ZU DIESEM BUCH Tarbox heißt das friedliche Städtchen eine Bahnstunde südlich von Boston, in dem hübsche Vögel, rauschende Bäume, Tennis und Segeln, Dinnerparties und Cocktailstunden gehütete Kulisse wohlstandsbürgerlichen Lebensstils sind. Unterhalb dieser urbanen Idylle indes finden sich zehn Ehepaare zu einem promiskuitiven Reigen zusammen, in dem nach unausgesprochenen Regeln ein Kult des Sexuellen zelebriert wird.

Inmitten dieser sexbewußten und sexkonsumierenden Clique stehen der junge Bauunternehmer Piet Hannema mit seiner Frau Angela, daneben das «neue» Ehepaar, der Biochemiker Ken Whitman und seine Frau Foxy, und die «Applesmiths», wie aus gutem Grund die Ehepaare Appleby und Smith genannt werden. John Updike folgt den verschiedenen erotischen Kombinationen und emotionellen Fluktuationen. Die Aktivitäten scheinen das Oberflächenmuster dieser Leben kaum zu stören, aber darunter bildet sich ein anderes kompliziertes und ständig wechselndes Muster. Updike zeigt, daß die Paare, die Promiskuität für Progressivität halten, im Grunde Menschen sind, die es aufgegeben haben, im Leben einen Sinn zu suchen. Dieses Buch mit der amüsanten und prickelnden Note der Indiskretion ist zugleich eine ernste Auseinandersetzung mit den Wertbegriffen unserer Zeit.

John Updike, am 18. März 1932 in Shillington/Pennsylvania geboren, studierte in Harvard und an der Ruskin School of Drawing and Fine Arts in Oxford/England; von 1955 bis 1957 Redaktionsmitglied des «New Yorker», für den er viele Kurzgeschichten, Gedichte und Satiren schrieb. John Updike lebt in Beverly Farms bei Boston.

Die im Rowohlt Verlag erschienenen und lieferbaren Werke von John Updike sind auf Seite 491 verzeichnet.

John Updike

EHEPAARE

Roman

Deutsch von
Maria Carlsson

rororo

Rowohlt

Die Originalausgabe erschien bei Alfred A. Knopf, Inc.,
New York, unter dem Titel «Couples»

Einmalige Sonderausgabe November 1995

Veröffentlicht im Rowohlt Taschenbuch Verlag GmbH,
Reinbek bei Hamburg, März 1972

Umschlagillustration Jürgen Mick
Umschlagtypographie Walter Hellmann
Gesamtherstellung Clausen & Bosse, Leck
Printed in Germany
1600-ISBN 3 499 13840 9

Für Mary

Der Durchschnittsbürger, auch wenn er zu Rang und Ansehen in seinem Beruf gelangt ist, hat die Tendenz, Entscheidungen, die das Leben der Gesellschaft bestimmen, der er angehört, für eine Fügung des Schicksals zu halten, auf die er keinen Einfluß hat – wie die römischen Untertanen überall in der Welt zur Zeit des Römischen Imperiums: eine Verhaltensweise, die das Wiederaufleben der Religion begünstigt, sich jedoch nachteilig auswirkt auf die Erhaltung einer lebendigen Demokratie.

Paul Tillich, *Die Zukunft der Religion*

Ins Fleisch verliebt, in seine Reize, Töne,
Den Todeshauch noch hingeraffter Schöne ...
Sind wir denn schuld, daß eure Knochen knacken,
Wenn zärtlich schwer sie unsre Pranken packen.

Alexander Blok, *Die Skythen*

I. WILLKOMMEN IN TARBOX

«Was hältst du von dem neuen Paar?»

Die Hannemas, Piet und Angela, zogen sich gerade aus. Ihr Schlafzimmer war niedrig, Kolonialstil, und die Holzvertäfelung war in einem gebrochenen Weiß gestrichen, das man in der Fachsprache ‹Eierschale› nennt. Eine Frühlingsmitternacht preßte sich gegen die kalten Fensterscheiben.

«Oh», antwortete Angela vage, «sie kamen mir jung vor.» Sie war eine hübsche, sanfte, braunhaarige Frau, vierunddreißig, schon ein wenig schwer in den Hüften und um die Taille, aber mit mädchenhaft zierlichen straffen Fesseln und einer mädchenhaft zögernden, tastenden Art, sich zu bewegen, als sei die Luft von hindernden Geweben durchzogen. Nur in ihrer etwas weicher gewordenen Kinnpartie, ihren sehnigen Handrücken und geröteten Fingerkuppen verrieten sich Spuren des Alters.

«Was meinst du mit jung?»

«Ach, ich weiß nicht. Er ist dreißig und möchte gern vierzig sein. Sie ist jünger. Achtundzwanzig? Neunundzwanzig? Gedenkst du, eine Statistik aufzustellen?»

Piet lachte unlustig. Er hatte rotes Haar und war von kräftigem Wuchs, nicht größer als Angela, aber stämmiger. Unter seinen flächigen holländischen Gesichtszügen, ererbten, stach etwas dazuerworbenes Amerikanisches hervor: eine schuldbewußte, muntere Gier, eine wortlose Frage. Die lässige Art seiner Frau, das Unerwartete zu tun, ihre scheue Frische, die von einer aristokratischen Selbstsicherheit herrührte, faszinierten ihn noch immer. Er selber hielt sich für ungeschliffen, in ihr dagegen sah er etwas Zartes, etwas so Feines, Ziseliertes, daß ihm jede ihrer Gesten von einer Anmut und Natürlichkeit beseelt schienen, an die er nicht heranreichte. Als er sie kennenlernte, diese Angela Hamilton, war sie eine junge Frau gewesen, die ihre erste Blüte hinter sich hatte, deren Schimmer matter wurde und die auf eine rührende, manierierte Art langsam den Kopf abwandte und dabei die Seite ihres Halses entblößte; eine seltsam unversehrte Schönheit, die sich die Zeit mit Schulunterricht vertrieb und bei ihren Eltern in Nun's Bay wohnte, und er hatte für ihren Vater gearbeitet, zusammen mit einem Freund vom Militär, es war einer ihrer ersten Jobs gewesen: sie sollten eine Pergola bauen, mit Blick auf den Ozean und auf den großen schokoladedunklen Felsen, der, aus einem etwas anderen Winkel gesehen, an ein weibliches Profil unter einer Nonnenhaube erinnerte. Ein Kliff war dort gewesen, eine weite grüne Rasenfläche und Büsche, so platt gestutzt, daß sie wie Tische aussahen. Im Haus hatte es viele Uhren gegeben, Standuhren und Schiffsuhren, Uhren in Ormolu und schwarzem Chinalack und Präzisionsuhren in silbernen Gehäusen, mit vier Kugeln als Pendel. Die Tage ihrer ersten Liebe verflogen so rasch wie ein Zauber oder eine Illusion. Die Zeit war aufgehoben. All die Uhren beschleunigten ihr Ticken, trieben sie an Zweifeln vorbei, um scharfe Ecken und nußbaumgedrechselte Treppengeländerpfosten. Ihr Vater, ein weise lächelnder Mann in grauem Maßanzug, versagte sich alle Mißbilligung. Sie hatte zu jenen Töchtern gehört, die so verwöhnt werden, daß eigentlich nur der Jungfernstand es wagen kann, die Hand nach ihnen auszustrecken. Fortpflanzung um jeden Preis. Er schanzte seinem Schwiegersohn Verdienstmöglichkeiten zu. Das erste Kind der Hannemas, eine Tochter, wurde neun Monate nach der Hochzeitsnacht geboren. Neun Jahre später hatte Piet noch immer das Gefühl, als trachte, mit Angelas Hilfe, eine höhere Macht danach, ihn sich zum Werkzeug zu machen. Wie um sich zu verteidigen, sagte er: «Mich interessiert ja nur, in welchem Stadium die beiden sind. Er schien mir ziemlich spröde und gleichgültig zu sein.»

«Du hoffst also, sie sind im gleichen Stadium wie wir?»

Der kühle, spitze Ton, den sie in dem Augenblick angeschlagen hatte, als er glaubte, die Intimität zwischen ihnen in diesem schön beleuchteten, sicheren, vom Aprildunkel umschlossenen Zimmer werde genug stimulierende Kraft entwickeln, sie über ihre Hemmungen hinwegzutragen, ärgerte ihn. Er kam sich wie ein Tölpel vor. Er sagte: «Ganz richtig. Im siebten Himmel.»

«Befinden wir uns da?» fragte sie wie von weit her, bereit, es zu glauben.

Sie standen jeder vor einer Wandschranktür, zu beiden Seiten eines unbenutzten, mit Fichtentäfelung und azurblau bemaltem Stuck verkleideten Kamins. Das Haus stammte aus dem achtzehnten Jahrhundert, ein wohlproportioniertes Bauernhaus mit acht Zimmern. Eine Scheune, ein schöner quadratischer Garten und eine hohe Fliederhecke gehörten dazu. Die früheren Besitzer hatten für ihre halbwüchsigen Söhne einen Basketballring an der einen Scheunenwand befestigt und einen kleinen, asphaltierten Platz angelegt. In einer anderen Ecke dieses zwei Morgen großen Besitztums stand im Halbkreis eine Baumgruppe, die an einen benachbarten Obstgarten grenzte. Und dahinter lag eine Meierei. Elf Kilometer weiter nördlich an der Landstraße, dieser unsichtbaren, aber sehr gegenwärtigen, lag das Städtchen Nun's Bay, und nach weiteren dreißig Kilometern kam Boston. Piet war Bauunternehmer von Beruf, vernarrt in akkurate, rechtwinklige Sachen, und liebte dieses Haus, seine rechteckigen niedrigen Räume mit den handprofilierten, feingeschnitzten Scheuer- und Wandleisten; die schlanken Fensterpfosten und die alten lavendelgetönten, mit länglichen Bläschen gefleckten Scheiben; die saubergefegten, abgenutzten Ziegel der Kaminlöcher, dieser Einstiege ins rußige Herz der Zeit hinauf; den Dachboden, den er mit silberner Isolierfolie ausgeschlagen hatte, so daß er jetzt wie ein gewölbtes Schmuckkästchen aussah oder wie Aladins Höhle; den soliden, frisch zementierten Keller, der ein dreckiges Loch gewesen war, als sie vor fünf Jahren Einzug gehalten hatten. Er liebte es, wie dies Haus zu jeder Jahreszeit zitronengelb gesprenkelte Sonnenrauten in sich einließ, deren langsames Weitergleiten es in den Kreislauf des Tages einbezog – wie die Kajüte eines Seglers auf kurvenreicher Fahrt. Piet hatte Freude an jedem Haus, an allem, das etwas umschloß, aber sein genügsamer holländischer Sinn dafür, wieviel von dieser Welt er für sich abstecken und behalten durfte, wurde vollauf befriedigt von dieser Parzelle flachen Landes sechzig Meter abseits von der Straße, anderthalb Kilometer von der Ortsmitte und sechs Kilometer vom Meer entfernt.

Angela, die von seeräuberischen Walfängern aus New Bedford abstammte, wünschte sich einen Besitz an der Atlantikküste. Es war ein schwerer Schlag für sie gewesen, als das neu zugezogene Ehepaar, die Whitmans, über die Maklerfirma Gallagher & Hannema, Immobilien und Bauunternehmen, das Haus erwarb, das sie selbst so brennend gern gehabt hätte: das alte Robinson-Anwesen, ein schlecht gebautes Sommerhaus, das von unten bis oben überholt werden mußte. Von hier sah man weit auf die Salzmarschen hinaus, und das Haus war in einer Weise dem Wind ausgesetzt, die allen Isoliermaßnahmen Hohn sprach. Sie und Piet waren im vergangenen Winter mehrmals dort gewesen. Es war um neunzehnhundert gebaut worden, als ebenerdiges Cottage. In den frühen zwanziger Jahren hatte man es auf Stelzen gestellt und ein neues Erdgeschoß darunter gesetzt, mit einer langen, verglasten Veranda, die das Wohnzimmer dunkel machte. Dann waren neue Besitzer gekommen und hatten einen Gesindeflügel angebaut, der zwei Stufen höher lag als das Hauptgebäude. Piet zeigte Angela die schlampige Zimmermannsarbeit, den abbröckelnden Putz, die durchgerosteten Wasserrohre, die veraltete Stromleitung mit der brüchigen Gummi-Isolierung, die klappernden Schiebefenster, die von Tieren und vom Regen angenagt waren. Durch das Oberlicht im großen Schlafzimmer drang das Wasser ein. Die Heizung bestand aus einer einfachen, mit einem Gitter versehenen runden Öffnung im Wohnzimmerfußboden: darunter, in einem ungemauerten Lehmloch, stand ein mit der Hand zu speisender Kohlenofen. Den Keller hätte man ganz und gar neu ausschachten müssen. Solide Innenwände und ein komplettes Heizungssystem wären erst mal das Vordringlichste gewesen. Das Dach hätte erneuert werden müssen. Die Regenrinnen, die Fensterrahmen. Die Decken. Die Küche war unmodern, unbrauchbar; Dienstboten hatten sie benutzt, nur im Sommer, und dort Hummersalate zubereitet. Auf den beiden dem Wind ausgesetzten Seiten hatten sich die Zedernschindel gelöst, waren ausgeblichen oder weggeweht. Vierzigtausend sollte das Ganze kosten, zwölf davon bar auf den Tisch, mindestens. Das war zu viel, das konnte man nicht von Piet verlangen. Sie stand vor dem breiten Schieferspülstein, versunken in den winterlichen Anblick der von Gräben durchzogenen Marsch, der von Weißdorn und Erlengestrüpp überwucherten Inseln, des stahlblauen Kanals in der Ferne, des salzweißen Dünensaums und des geschliffenen Grats des Ozeans, und gab auf. Es war zu teuer.

Als Piet jetzt an jenes Haus dachte, dessen Erwerb ihm erspart geblieben war und aus dessen Verkauf er zusammen mit seinem Geschäftspartner Gewinn geschlagen hatte, erfüllte ihn behagliche Besitzerfreude an seinem eigenen Haus. Er fühlte die beschwingende Symmetrie, die ihn hier überall umgab, er stellte sich vor, wie seine beiden rundgesichtigen Töchter im Schutz dieser Mauern schliefen, er weidete sich am Anblick seiner Frau, ihrem schönen, voll erblühten Körper.

Angela hatte ihre Partyperlen abgelegt und streifte sich gerade das schwarzgestrickte, dekolletierte Kleid über den Kopf. Das weiche Wollgewirk verfing sich in ihren Haarnadeln. Als sie sich zu befreien versuchte, stoben Zickzackfunken von ihrem Unterrock auf, und der Nylonstoff war so elektrisiert, daß er an ihren Schenkeln haftete. Der Unterrock rutschte hoch, Strumpfränder und Strumpfbänder wurden sichtbar. Ohne ihren Kopf war sie nur Form, voll, süß, fest.

Von Liebe angestachelt, beschuldigte er sie: «Du bist nicht glücklich mit mir.»

Sie entwirrte das Kleidknäuel und sah ihn schräg von der Seite an. Das Licht, das von einer Tischlampe mit gefälteltem Leinenschirm auf sie fiel, schnitt Schatten in die Linie ihres Kinns. Sie wurde älter. Vor einem Jahr noch hätte sie die Klage abgewiesen. «Wie kann ich das», sagte sie, «wenn du mit jeder Frau flirtest, die dir vor Augen kommt?»

«Die mir vor Augen kommt? Tatsächlich?»

«Und ob du das tust! Groß oder klein, alt oder jung, du verschlingst sie alle. Sogar die Gelben – Bernadette Ong. Sogar die arme kleine zerrupfte Bea Guerin, die schon genug Ärger hat.»

«Du scheinst dich auch nicht schlecht amüsiert zu haben. Den ganzen Abend hast du mit Freddy Thorne zusammengehockt.»

«Piet, wir können so nicht weitermachen – immer Rücken an Rücken zu Partys gehen. Ich komme mir hinterher so schmutzig vor. Ich finde es abscheulich, wie wir leben.»

«Hättest du uns lieber Bauch an Bauch? Sag mal –» er hatte den Oberkörper entblößt, und sie scheute zurück vor dem schildbreiten, straffen Stück Haut mit dem kreuzförmigen Wappen bernsteinblonden Haars – «worüber hast du mit Freddy eigentlich Stunden um Stunden zu reden. Ihr hockt da in einer Ecke zusammen wie Kinder, die mit Murmeln spielen.» Er machte einen Schritt auf sie zu, seine Augen waren klein und gerötet, partywund. Sie widerstand dem Reflex, zurückzuweichen, sie wußte, daß dies bedrohliche Gebaren, das auf Sex abzielte, eine Bitte war.

Statt dessen griff sie sich unter den Unterrock, um die Strumpfbänder zu lösen. Diese sie preisgebende Bewegung entwaffnete ihn; er blieb vor dem Kamin stehen, seine nackten Füße froren auf den glatten Ziegelsteinen.

«Er ist eine Flasche», sagte sie beiläufig und meinte Freddy Thorne. Ihre Stimme klang gedämpft, da sie das Kinn auf die Brust drückte; ihre abwärts gestreckten Arme schoben die Brüste zu einer dunklen Furche zusammen. «Aber er redet über Sachen, die Frauen interessieren. Küche. Psychologie. Kinderzähne.»

«Was sagt er denn so Psychologisches?»

«Heute abend hat er mir erklärt, was jeder von uns im andern sieht.»

«Wer?»

«Du weißt doch. Wir. Die verschiedenen Paare.»

«Was Freddy Thorne in *mir* sieht, ist ein Gratis-Drink, was er in *dir* sieht, ist ein prachtvoller runder Weiberarsch.»

Sie überhörte das Kompliment. «Er meint, wir sind ein Kreis. Ein magischer Kreis von Schädeln, um die Nacht fernzuhalten. Er hat mir gesagt, er bekommt Angst, wenn er uns ein Wochenende mal nicht sieht. Er meint, jeder von uns hat aus dem andern eine Kirche gemacht.»

«Das meint er nur, weil er in keine richtige Kirche geht.»

«Also, Piet, du bist der einzige, der das tut. Von den Katholiken mal abgesehen.» Die einzigen Katholiken, mit denen sie umgingen, waren die Gallaghers und Bernadette Ong. Die Constantines waren abtrünnig geworden.

«Das ist die Quelle meiner überwältigenden Virilität», sagte Piet. «Ein steifendes Sündenbewußtsein.» Und unvermittelt warf er sich in seiner Nadelstreifenhose nach vorn, stützte sein ganzes Gewicht auf seine gespreizten rauhknöcheligen Hände und stand Kopf. Seine gestrafften Zehen streckten sich zur Spitze des kegelförmigen Schattens hin, den er gegen die Zimmerdecke warf. An der Kehle und an den Unterarmen traten ihm die Adern hervor. Angela wandte den Kopf ab. Diesen Anblick hatte sie schon zu oft gehabt. Geschmeidig schnellte er auf die Füße zurück; das Schweigen seiner Frau machte ihn verlegen. «Gelobt sei Jesus Christus», sagte er und klatschte sich selber Beifall.

«Scht. Du weckst die Kinder auf.»

«Warum auch nicht, zum Teufel, die wecken mich ja auch immer auf, die kleinen Blutsauger.» Er ließ sich auf die Knie nieder und watschelte so bis zur Bettkante. «Papi, Papi, auftehn, Papi, die Sseitung is da. Rat ma, was? Jackie Kenneny kricht 'n *Beebi!*»

«Du bist grausam», sagte Angela, während sie ihre Entkleidungszeremonie fortsetzte und mit den Händen immerfort irgendwelche Widerstände beiseite schob. Sie öffnete ihre Schranktür und entzog sich so den Blicken ihres Mannes. Vom Körper losgelöst, trieb ihre Stimme zu ihm hin: «Freddy hat noch etwas anderes gesagt – er meint, die *Kinder* hätten darunter zu leiden.»

«Worunter?»

«Unter unserem gesellschaftlichen Leben.»

«Ich bin leider auf ein gesellschaftliches Leben angewiesen, wenn du mir kein Sexualleben bieten willst.»

«Wenn du glaubst, *das* ist der richtige Weg zum Herzen einer Dame, dann hast du noch eine Menge zu lernen.» Er haßte diesen Ton; er mußte dann an die Jahre denken, als sie ihn noch nicht kannte und Lehrerin gewesen war.

Er fragte sie: «Warum sollen Kinder nicht leiden? Sie müssen leiden. Wie können sie sonst lernen, gut zu sein?» Denn er hatte das Gefühl, daß er zumindest in Dingen des Leidens besser Bescheid wußte als sie und daß sie ohne ihn die beiden Töchter so erziehen würde, wie sie selbst erzogen worden war: für eine Welt, die es nicht gab.

Sie war entschlossen, so lange ernsthaft und geduldig auf ihn einzugehen, bis sie seine stachelige Stimmung besänftigt hatte. «Das ist positives Leiden», sagte sie. «Aber *wir* vernachlässigen unsere Kinder, und zwar auf eine so subtile Weise, daß sie es nicht einmal merken. Wir mißhandeln sie nicht, wir weichen einfach aus. Nimm zum Beispiel Frankie Appleby, er ist ein aufgewecktes Kind, aber er verkommt regelrecht, er ist nichts weiter als Jonathan Klein-Smiths Punchingball, weil die Eltern der beiden dauernd zusammenhocken.»

«Zum Teufel, es ist doch vor allem wegen der Kinder, daß wir alle in diesem blöden Provinznest leben.»

«Aber *wir* haben den Nutzen davon. Die Kinder werden einfach nur mitgeschleift. Die hatten keinen Spaß an all den Skiausflügen im letzten Winter, standen immer nur klappernd und kläglich an den Schlepplifften Schlange. Die Mädchen wollten den ganzen Winter am Sonntag mal ein Museum besuchen, ein hübsches, warmes Museum mit ausgestopften Vögeln, aber wir wollten nicht mit ihnen hingehen, weil wir uns als geschlossene Familie hätten aufmachen müssen und unsere Freunde inzwischen ohne uns etwas Aufregendes oder Schreckliches hätten anstellen können. Irene Saltz hat sie schließlich mitgenommen, gepriesen sei sie, sonst wären sie nie hingekommen. Ich mag Irene; sie ist die einzige von uns, die sich noch ein bißchen Unabhängigkeit bewahrt hat und nicht versackt ist in all dem Mist.»

«Wieviel hast du heute abend getrunken?»

«Freddy hat mich nicht genug zu Wort kommen lassen, das ist alles.»

«Er ist eine Flasche», sagte Piet. Erstickt von einem dumpfen Gefühl des Ausgeschlossenseins und in der Hoffnung, sich zumindest den jederzeit verwendbaren Aktivposten einer eindeutigen Zurückweisung einzuhandeln, sprang er über die Kaminziegel hinweg, die abgewetzt waren wie das Pflaster einer Delfter Gasse, und stieß mit dem Fuß so heftig die Schranktür zu, daß Angela beinahe von ihr getroffen worden wäre. Sie war nackt.

Auch er war nackt. Seine Hände, Füße, sein Kopf, seine Genitalien schienen für einen größeren Mann bestimmt: als ob sein Schöpfer, als er sah, daß der abkühlende Leib zu klein geraten war, ihm rasch noch eine letzte Dosis Plasma injiziert hätte, die dann an diesen Extremitäten zu massigen Klumpen geronnen war. Physisch hielt er sich wie jemand, der sich einer potenten Last bewußt ist, die arbeitsrauhen Hände leicht gekrümmt, den Akrobatenrücken ein wenig gebeugt.

Angela war zusammengezuckt und erstarrte jetzt, mit dem einen Arm schützte sie ihre Brüste. Eine leuchtende Blässe, wie Blütenstaub, das Negativ des Badeanzugs vom letzten Sommer, hob ihren überraschend üppigen Schamhügel hervor. Die schlaffe Wölbung des Bauchs erinnerte an ihre Schwangerschaften. Ihre dickschenkligen Beine waren von Krampfadern durchzogen. Aber ihre angewinkelten Arme waren glatt und ebenmäßig wie die eines Mädchens; ihre weißen Füße hatten einen hohen Rist, und keiner ihrer beiden kleinen Zehen berührte den Boden. Das Zusammenspiel von Hals, Handgelenken, dreieckigem Busch schien unleugbar auf einen Fluchtversuch hinzuweisen, aber wie die in Stein gehauene Eva eines Kirchenportals blieb sie vorgeneigt stehen, erstarrt in Scham. Sie hielt stand. In ihren blauen Augen glomm ein Licht auf; flach, katzenhaft. Ihre Haut atmete Haß. Er wagte nicht, sie zu berühren, obwohl ihm die Zunge trocken wurde, so hübsch, so zum Greifen nah stand sie vor ihm. Ihre Körper hingen an ihnen wie protzige Kleider. Piet spürte die Zugluft des Kamins an seinen Knöcheln und wurde sich auf einmal der Nacht bewußt hinter Angelas gekrümmten Schultern: eine Weite, die sich an die blasengesprenkelten alten Scheiben, die zerbrechlichen Mittelpfosten der Fenster preßte, eine Schwärze, die befrachtet war mit dem Schmerz ersten Wachstums und den schwebenden Skeletten der Jungfrau, des Löwen und der Zwillinge.

Sie sagte: «Bulle.»

Er sagte: «Du bist hinreißend.»

«Jetzt ist es genug. Ich möchte mein Nachthemd anziehen.»

Seufzend, eingetaucht in ein Getöse von Licht und Farbe, zogen die Hannemas sich für die Nacht an und krochen erschöpft ins Bett.

Wie immer nach einer Party konnte Piet nicht einschlafen. Als Kind hatte er nicht viele Feste erlebt, und jetzt ließen sie ihn in einem exaltierten, überreizten Zustand zurück. Er faßte sich an, um sich schläfrig zu machen. Seine Frau war nach kurzer Zeit ein totes Gewicht neben ihm. Sie behauptete, nie zu träumen. Mitleidig schob er seine Hand unter ihr Baumwollnachthemd, das durchsichtig wurde bei seiner Berührung, und massierte die kräftige, sanfthäutige Breite ihres warmen Rückens; er hoffte, so werde er vielleicht in den Tiefen ihres Schlafs einen Strudel aufrühren, eine fließende Fabel, die sie sich selber erzählen könnte und die ihr am Morgen wieder einfiele. Sie sollte ein Tal sein und er ein Sandsturm. Er wollte ein sanfter Löwe sein, der in ihrem Fluß badete. Er konnte nicht glauben, daß sie nie träumte. Wie konnte man ohne Träume sein? Er träumte immer. Letzte Nacht hatte er geträumt, er sei ein alter Pfarrer, der Besuche macht. Er ging über Land, mußte eine Autobahn überqueren und blieb lange Zeit auf dem Mittelstreifen stehen. Während er dort wartete, sah er in ein ländliches Tal hinab, wo aus den Schornsteinen kleiner Häuser Rauch aufstieg. Dort mußte er seine Besuche machen. Er überquerte die andere Hälfte der Autobahn und war erleichtert, als ein Polizist auf einem Motorrad vor ihm stoppte, ihn auf deutsch ansprach und festnahm.

Die Party war von den Applebys veranstaltet worden, zu Ehren des neuen Paares, der – wie hießen sie doch – der Whitmans. Frank kannte Ted, oder Dan, von Exeter her, oder von Harvard. Exeter, Harvard: für Piet war das, als sehe er an den Scheiben des Treibhauses hinauf, die mit weißer Tünche gespritzt waren, um das Sonnenlicht zu dämpfen. Er schob das Treibhaus weg. Er wollte sich nicht erinnern an das Treibhaus. Es war eine Klippe.

Seine Finger erlahmten, wurden steif in dem Bemühen, seiner Frau einen Traum zu verschaffen: ein Säugling auf dem Fluß ihrerselbst, Moses am Nilmorgen, gestrandet, gefunden in den raschelnden Papyrusstauden, ägyptische Mägde, weidengeschmeidige Böschungen, offener Lotus, leichter Zugang. Sex etwas ganz Natürliches in der Zeit vor Christus. *Bulle.* Luder. Okkupiert dreiviertel des Bettes, als hätte sie ihre Pflicht getan. Atmet durch den Mund, Lippen schlaff. Wörter rein und raus. Jungfrauen werden schwanger durchs Ohr. Komm mir doch ein bißchen psychologisch. Er faßte sich lieber wieder selber an. Wachsweich. Verwelkte Kamelienblätter. Als er noch jung war, ein Zepter aus Elfenbein, wann immer er wollte. Beim Gedanken an eine Ritze – oder im Klassenzimmer, wenn ein Sonnenspeer seinen Schenkel traf: aufstehen und rezitieren: *breathes there a man with soul so dead.*[1] Die ganze Klasse kicherte, wie er da so vornübergebeugt stand. Das Mädchen am Pult neben ihm trug Leinenblusen, so dünn, daß die Büstenhalterträger durchschimmerten, so kurzärmelig, daß ihre Achselhöhlen. Ganz kahl, rasiert. Vojt. Annabelle Vojt. Ein Mann, ein Vojt. Holländisch unkompliziert. War jetzt mit einem Geflügelzüchter in der Nähe von Grand Rapids verheiratet. Herrliche Zungenspitze, beweglich, breit. Hatte ihn mal damit geküßt, nach einer Fete, im Auto, beim Steinbruch, und er ging los hinterm zugeknöpften Hosenschlitz. Intensiver damals, der Duktus enger, größerer Druck. Nicht sein Mädchen, aber ihre Schlüpfer seidig, ferner Torfgeruch, Krinolinengeraschel, Gesellschaftstanz. Rasch wie ein Wimpernschlag, ihre dunkle Zunge frech unter seiner. Sein Körper kabelte die Botschaft von Nerv zu Nerv. Sofort steif. Hinfassen. Ein Blütenblatt aus Wachs, gebettet in sensibles Gekräusel: wach auf. Alkohol. Schlimmes, abstumpfendes Zeug. Macht das Blut trä-

1 Ein Vers aus *The Lady of the Last Minstrel* von Sir Walter Scott, siehe auch die folgenden Seiten. (Anm. d. Übers.)

ge, laugt die Muskeln aus. Er drehte sich um, knautschte das Kissen zusammen, streckte sich flach und gerade aus, versuchte, sich einem unsichtbaren Fadenlauf anzupassen, dem Fadenlauf der Welt, des Schicksals. Entspannen. Die Party rekapitulieren.

Twist. Der glatzköpfige Freddy Thorne legte mit feuchtem, glitzerndem Grinsen die Platte auf. Chubby Checker. *Come on, now everybody! Let's twist again!* Probates Mittel, sie alle scheußlich aussehen zu lassen. Allmählich wurden sie alt und ekelhaft, reihum durch die Häuser. Carol war die einzige von den Frauen, die es raushatte: ihre Beckenknochen beschrieben saubere Achten, Hände in der Schwebe wie sanfte Messer, Gewichtsverlagerung von einem Fuß auf den andern, lautloses Klicken, ohne Schuhe, schmal, hungrig, knochige Schulmädchenschönheit, gesellschaftlich eher seine Stufe, diese Bewegungen, kühle Akkuratesse, die Füße vergessen, Augen elegant verhängt, Frank Appleby vor ihr bestimmt nur ein auf und nieder hopsender Nebel, keinerlei Logik in seinen Hüften, vorstehende Zähne wiehernd gebleckt, entblößtes Zahnfleisch, brauner Atem, unangenehmer Speichelregen. Alles twistete. Klein-Smiths schwarze, schlenkernde Füße. Georgenes Kinn, entschlossen gestrafft wie beim zweiten Aufschlag. Angela zu weich, eignete sich besser zum Schwenken. Gallagher eine ruckende, zuckende Gliederpuppe. John Ong sah zu, nüchtern, schweigsam, lächelnd, rauchend. Einmal wandte er sich Piet zu in hohen, freundlichen Tönen; in dem Getöse hörte es sich an wie lauter Vokale. Piet wußte, daß der Koreaner mehr wert war als sie alle zusammen in diesem rüttelnden, schüttelnden Knäuel, aber er konnte nie verstehen, was er sagte: *Who never to himself has said.* Bernadette kreuzte auf, eine breite, flache, zweidimensionale Dame, halb japanisch, die andere Hälfte katholisch; aus Baltimore; sie fragte Piet: *Twist?* In dem überfüllten, schwankenden Raum, dem Spielzimmer der Appleby-Kinder, Wände mit einem rosa Entchen-Fries beklebt, stieß und prügelte Bernadette ihn mit ihren seidigen Flachheiten, das Goldkreuz hopste in der Untiefe zwischen ihren Brüsten, ihre Schenkel, Handgelenke schlugen auf ihn ein, diese gelbe Gefahr. *Wuuwiuu. Wauuu.* Warum nicht lieber Foxtrott. Sie machten sich ja lächerlich, wie sie sich da abstrampelten, es wurde reichlich spießig hier. Die Fensterscheiben waren übermalt. Bücher bis unter die Decke.

Piet, der tapfere kleine Holländerjunge, hatte das Gefühl, daß, einer Flutwelle gleich, Gefahr auf seine Freunde zurollte, hier in dieser Stadt, wo man ihn akzeptiert hatte, weil Angela eine geborene Hamilton war. Die Männer hatten mit dem Karrieremachen aufgehört und die Frauen mit dem Kinderkriegen. Alkohol und Liebe waren übriggeblieben. Connie Francis sang, und er tanzte mit Bea Guerin, schlaff und betrunken hing sie an ihm, sein Bein und sein Hals taten ihm schon weh, ihre feuchten Brüste klebten an seinem Hemd, anscheinend hatte sie ihn gefragt, warum er sie nicht ficken wolle. Er war nicht sicher, ob sie dieses Wort gebraucht hatte, aber es klang wie etwas Holländisches, *fokker, in de fuik lopen,* irgendso etwas, das zu ihm herübergeweht war von seinen Eltern, wenn sie sich im hinteren Raum des Treibhauses unterhielten. Der kleine Piet, *Amerikander,* konnte nicht verstehen, was sie redeten. Aber er war gern bei ihnen in der künstlichen Wärme, sah zu, wie sein Vater mit breiten, schmutzigen Daumen Moos zusammendrückte und seine Mutter mit ihren blassen, spindligen Fingern Manschetten um die Töpfe wickelte und die grünen Preisschilder hineinpiekte. Und wieder sah Piet, mit den Augen eines Kindes, die Kreppapierrolle vor sich, die Kästen, in denen bunter Kies und Steinchen verwahrt wurden für die winzigen Topfarrangements aus Kakteen und Veilchen und chinesischen Tempelchen und Tierfigürchen mit kleinen Glanzeffekten auf den Nasenspitzen; die Schublade mit den aufgeschichteten Visitenkarten, auf denen in erhabenen Silberbuchstaben HANNEMA stand, sein Name, er selbst, Buchstaben, in denen die ganze Konstellation seines Schicksals enthalten war: *ah, Mann, amen.* Neben diesem Hinterraum, wo Mama die Töpfe herrichtete und Papa seine Rechnungen ordnete, waren die eisig beschlagenen Türen, hinter denen Schnittrosen und eingefärbte Nelken und liebliche Iris und Gladiolen standen, tiefgekühlt, tot. Piet streckte sich und änderte seine Lage und löschte das Treibhaus zusammen mit der Party aus.

Das neue Paar. Sie kamen sich einmalig vor, waren selbstgefällig wie Gladiolen. Cambridge-Gewächse, hochgereckt und erlesen. Neulinge ärgerten Piet. Der Boden hier war nicht so ertragreich, war schon bevölkert genug. Ted? Ken. Rasches Grinsen, aber verdrossene Gleichgültigkeit, nicht einmal ein ironisches Interesse daran, recht zu haben. Irgendwas Wissenschaftliches, nicht Mathematik wie Ong oder Miniaturisierung wie Saltz. Biochemie. Papa hatte anorganischen Düngemitteln mißtraut, mit dem Lastwagen immer Hühnermist von Geflügelfarmen herangekarrt: *this is my own, my native land.* Sie wurde Foxy genannt, komisch, Mädchenname vielleicht? Oder Fairfox, Virginia? Ein Hauch von Südstaaten. Groß, Eichen- und Honighaar, ständig gerötetes Gesicht, wie windgebeizt oder fiebererhitzt. Schien nicht ganz in Ordnung zu sein, hatte sich zweimal für längere Zeit ins obere Badezimmer zurückgezogen. Als sie das zweite Mal die Treppe herunterkam, hatte Piet, der sich akrobatisch verrenkte, ihre Strumpfbänder gesehen. Bräunlich aschige Streifen in der Tiefe einer Schattenglocke. Sie hatte ihn ertappt und mit Blicken zurechtgewiesen. Bernsteinaugen. Augen so braun wie gebürstetes Fell auf goldenem Grund.

Bea. Was hast du gesagt? Ich muß taub sein.

Piet, Schatz, du hast es gehört. Ich glaube, ich bin sehr betrunken. Verzeih mir.

Du tanzt göttlich.

Mach dich nicht lustig über mich. Ich weiß, daß ich dir nichts bedeuten kann, du hast Georgene, da kann ich nicht mithalten. Sie ist wunderbar. Sie spielt wunderbar Tennis.

Das ist sehr schmeichelhaft. Du glaubst wirklich, ich habe was mit Georgene?

Schon gut, in singendem Tonfall, Blick in verschwommene Fernen gerichtet, *mach dir nicht die Mühe, es abzustreiten, aber Piet – Piet?*

Ja? Ich bin hier. Du hast inzwischen nicht den Partner gewechselt.

Du machst dich lustig über mich. Das ist gemein, das ist deiner nicht würdig, Piet. Piet?

Ja, hallo.

Ich würde gut zu dir sein. Und eines Tages wirst du jemanden brauchen, der gut zu dir ist, weil – du darfst jetzt nicht ärgerlich werden – weil du umgeben bist von lieblosen Menschen.

Zum Beispiel? Meinst du etwa die arme Angela?

Du bist ärgerlich. Ich spür's an deinem Körper, daß du ärgerlich bist.

Nein, sagte er und machte einen Schritt beiseite, so daß er befreit war von ihrem Gewicht, und sie sackte zusammen, richtete sich aber gleich wieder auf und blinzelte verletzt, als er fortfuhr: *Das passiert jedesmal, wenn ich versuche, nett zu sein mit Betrunkenen. Es endet immer damit, daß man mich beleidigt.*

Oh! – ein atemloser Schrei, als sei sie geschlagen worden – *und ich habe es doch so gut gemeint.*

Kalktünche war nach zwei oder drei Regenfällen weggewaschen, aber nach dem Krieg brachte die chemische Industrie ein Gemisch auf den Markt, das gut bis zum Winter durchhielt. Im Winter konnte gar nicht genug Licht einfallen. Die Michigan-Schneemassen türmten sich um die gläsernen Wände, und drinnen im Treibhaus vereinten sich das Tröpfeln und ein raspelndes Surren in den erdfarben verrosteten Rohren, die sich über den mit winzigem Klee bewachsenen Sandboden schlängelten, zu einem Wiegenlied. Eines der Kinder schrie im Schlaf. Als werde es im Traum erdrosselt. Der Stimme nach mußte es Nancy gewesen sein. Nancy, die mit drei Jahren ihre Schuhe zubinden konnte, hatte kürzlich, mit fünf, angefangen, am

Daumen zu lutschen und vom Sterben zu reden. *Ich will nie erwachsen werden und ich will nie nie in meinem ganzen Leben sterben.* Ruth, ihre Schwester, neun im letzten November, wurde wütend, wenn sie das hörte. *Doch du wirst sterben jeder stirbt sogar Bäume.* Piet überlegte, ob er zu Nancy ins Zimmer gehen solle, aber der Schrei wiederholte sich nicht. In das Vakuum, während er lauschte, fädelte sich ein rhythmisches Quietschen, das so beharrlich war wie Atmen. Eine Nadel, die sich durch die Nacht nähte. Er hatte Ruth zum Geburtstag einen Hamster geschenkt; das kleine sackförmige rostbraune Tier schlief den ganzen Tag, und nachts lief es immerfort in seinem Spielrad herum. Piet gelobte, das Rad zu ölen, aber inzwischen versuchte er, sein Atmen diesem Quietschrhythmus anzupassen. Zu schnell; sein Herz raste, schien sich auszubuchten wie ein Rucksack, als jäh zwei Gedanken hineingestopft wurden, die in der nächtlichen Perspektive fürchterliche Ausmaße gewannen: er mußte bald mit dem Bau von Ranchhäusern auf dem Indian Hill beginnen, und Angela wollte keine Kinder mehr. Er würde nie einen Sohn haben. *Iik ik iik ik iiik.* Ganz ruhig. Morgen ist Sonntag.

Ein Lastwagen fuhr auf der Straße vorbei, Piet lauschte ihm nach, konzentrierte sich auf den Augenblick, da das Geräusch verklang. Als Kind hatte es ihn getröstet, auf Dinge zu lauschen, die durch die Nacht rollten: Autos, Züge; pelzige, grollende Geräusche, die näher kamen, einen Augenblick verharrten und sich dann entfernten, ihn unbeachtet, unberührt zurückließen, weiterrollten nach Chicago oder Detroit, nach Kalamazoo oder Battle Creek oder in die andere Richtung, dem Schnee entgegen, der mit Tierspuren bestickt war und die ganze Halbinsel im Norden bedeckte, dort, wo man nur mit Booten hinkam. Inzwischen war eine Brücke gebaut worden. Er hatte sich vorgestellt, er sei Superman und habe eine Brust aus Stahl, die nicht aufgerissen werden konnte von den scharfkantigen Lokomotivenrädern, wenn sie über ihn hinwegrollten. Das immer dünner werdende Pfeifen der Züge in der Ebene damals schien wie mit dem Bleistift gezogen, mit einem Bleistift, der so scharf gespitzt war, daß er abbrach an der Wirklichkeit. Kommt in der Natur nicht vor: ein Punkt oder ein vollkommener Kreis oder etwas Unendliches oder ein Danach. Der Lastwagen war weg. Aber er mußte da sein, er mußte. Mußte. Ist irgendwo.

Zu dieser späten Stunde, in diesem Winkel von Neu-England, zwischen Plymouth und Quincy, zwischen Nun's Bay und Lacetown, floß der Verkehr nur spärlich, und Piet mußte lange warten, bis der nächste Lastwagen kam, ihn einzulullen. Angela bewegte sich, träge wich sie irgendeinem Hindernis aus, das den Weiterfluß ihres Schlafs störte – ein Traum vielleicht, der geboren werden wollte –, und er erinnerte sich daran, wie sie das letzte Mal miteinander geschlafen hatten, vor mehr als einer Woche, in einer anderen Jahreszeit, im Winter. Geduldig hatte er sich auf und nieder bewegt und gewartet, daß ihre Haut sich aus der Tiefe belebe, aber schließlich hatte sie die Hoffnung aufgegeben, zum Orgasmus zu kommen, und ihn gebeten, sie einfach zu nehmen und fertig. Als er sie losließ, drehte sie sich auf die andere Seite, er legte den Arm über ihre Brüste, und dabei trafen seine Finger auf eine unerwartete, traurige Festigkeit.

Angela, deine Brustwarzen sind hart.

So?

Du bist erregt, du hättest auch kommen können.

Ich glaube nicht. Mir ist kalt, weiter nichts.

Ich möchte, daß du kommst. Laß es mich mit dem Mund tun.

Nein. Ich bin ganz naß da unten.

Aber das ist von mir. Du bist naß von mir.

Ich möchte schlafen.

Aber es ist so traurig, es hat dir doch anscheinend gefallen, daß ich mit dir geschlafen habe.

Ich sehe nicht, was daran so traurig sein soll. Wir sind nächste Nacht auch noch da.

Er lag auf dem Rücken, wie eine Stadt, die an einem Kirchturm aufgehängt ist. Er fühlte einen feinen Luftzug auf seinem Gesicht, der aus irgendeinem Winkel seines behaglichen Hauses kommen mußte: ein Doppelfenster, das nicht richtig eingehakt war, ein Riß in der Isolierfolie unterm Dach, ein Mörder, der gerade eine Tür aufbrach. Er rollte sich auf den Bauch, und das Treibhaus schlug über ihm zusammen. Die Tische – lange Holzbretter –, die Blumen knospig, blühend, ihre Blütenblätter abwerfend, unverkauft. Als er noch ein Kind war, hatte er getrauert um die unverkauften Blumen, die mit ihren hoffnungsvollen Blütenkronen und ihrem warmen Duft das gleichmäßig graue Treibhauslicht anflehten. Er ging alle Partygäste durch, überlegte, welche Frau er mit nach Hause nehmen würde, und pickte sich Bea Guerin heraus. *Liebe Bea, natürlich will ich dich ficken, wie könnte ich das nicht wollen, du mit deinem dampfenden kleinen Körper, der so müde ist und klein und freundlich. Du bist ganz Lilie, nicht wahr? Jetzt mach die Beine breit. Es geht ganz leicht. Ah.* Feuchtigkeit und Licht im Treibhaus waren so gleichbleibend und so stark, daß sogar Unkraut gedieh. Auch wenn gleißender Schnee sich rings um die Glaswände häufte, was aussah wie eine Querschnittsdarstellung im Schulbuch, sproß aus dem Nichts Klee um die Tischbeine und rostigen Rohre, und der Erdboden war mit einer moosigen Patina überzogen, und ein unvergleichlich stiller, schwerer, satter Geruch stieg von ihm auf. Er sah sie beide, seinen Vater und seine Mutter, *vader en moeder*, wie sie sich sacht bewegten in dem verblassenden, vielflächigen Lichtherzen, das aus der dumpfen Natur herausgeschnitten war: ihre Körper waren durchsichtig, und seine Gedanken gerieten an eine Klippe – ein Ausgleiten, dann schlitternder Absturz. Die linke Faust auf der Brust geballt, suchte er in seiner Vorstellung nach der Party, aber sie war nicht mehr da.

Gott, hilf mir, hilf mir, hilf mir hier heraus. *Iik ik, iik ik.* Lieber Gott, laß mich einschlafen. Amen.

Ein goldener Hahn drehte sich hoch über Tarbox. Die Kongregationskirche, ein griechischer Tempel mit einer Kuppel und einer aufgesetzten Turmspitze, teilte sich eine riffartige Anhöhe, einstmals Gemeinde-Weideland, mit einem Baseballplatz und einem gußeisernen Musikpavillon, der nur am Memorial Day benutzt wurde: dann dröhnte er von Gebeten; und in der Weihnachtszeit: dann wurde er zur Krippe. Auf das ursprüngliche Andachtshaus, ein strohgedecktes Fort, waren drei Gebäude gefolgt, und das letzte, das 1896 und 1939 renoviert worden war, hob gute dreißig Meter hoch einen vergoldeten Wetterhahn in die Luft, der von der ersten Kirche erhalten geblieben war und also aus Kolonialzeiten stammte. Sein Auge war ein kupferner englischer Penny. In jeder Generation war der Hahn einmal entthront worden: von Stürmen, Blitzschlägen oder im Verlauf von Ausbesserungsarbeiten; aber so verbogen und vielfach geschweißt er auch war, immer hatte man ihn wieder an seinen Platz gesetzt. Er drehte sich im Wind und funkelte in der Sonne und diente den Fischern in der Massachusetts Bay als Landmarke. Die Kinder dieser Stadt wuchsen auf in dem heimlichen Glauben, der Vogel da oben sei Gott. Falls Gott überhaupt physisch anwesend war in Tarbox, dann in Gestalt dieses unerreichbaren, überall sichtbaren Wetterhahns. Und falls der Penny sehen konnte, dann sah er alles, was sich unter ihm wie eine lebendige Landkarte hinbreitete. Auf den anderthalb Quadratkilometern, die das Zentrum von Tarbox ausmachten, konnte man eine Strumpfwirkerei finden, die in eine Plastikspielzeugfabrik umgewandelt worden war, drei Dutzend Läden, etliche Morgen Parkplätze und Hunderte von Wohnhäusern mit kleinen Gärten. Die Hausformen waren unterschiedlich: die erhalten gebliebenen Saltboxes mit ihrem hinten fast bis zum Boden reichenden Dach, im siebzehnten Jahrhundert von den Vorfahren der Kimballs und Sewells und Tarbox' und Cogswells längs den holprigen Wiesenwegen erbaut und wunderlich benannt nach den Tugenden, die man dem Grün nachsagte; die verwitterten würfelförmigen Gebäude aus der Bürgerkriegszeit mit dem Kapitäns- oder Witwenausguck: einer kleinen, balustradengefaßten Plattform auf dem Dach; die viktorianischen Pfefferkuchenvillen, die von den Jahrzehnten kündeten, da die Textilindustrie geblüht hatte; die engen Gassen mit den Backsteinhäusern, eigens angelegt, um die aus Polen herübergeholten Spinnereiarbeiter unterzubringen; die kleinbürgerlichen Eigenheime aus der Zeit vor der Depression, mit häßlichen offenen Vorderveranden, schmalen Kaminen und senf-, petersilie-, graphit- und weinfarbenen Verblendplatten; die neuen Siedlungen, die sich wie ebenmäßige, pastellfarbene Zähne in die Wälder des fernen Indian Hill hineinfraßen. Und dahinter ein aderiges Geflecht von Straßen, pfeilspitz zulaufende tote Eisenbahngeleise, ein Fluß, der klar war oberhalb des gelben Wasserfalls bei der Fabrik und salinisch unterhalb, ein Golfplatz, durchsetzt mit bohnenförmigen Sandflecken, ein paar hartnäckige Bauernhöfe und schachbrettartige Obstgärten, ein glitzernder Meiereistall an der Straße nach Nun's Bay, ein Feld mit langsam sich bewegenden Sprenkeln – galoppierenden Pferden –, flach hingebreitete Salzmarsch, von Inseln und kleinen Buchten aufgelockert, und das Meer, dessen gekrümmte Horizontlinie an Tagen, die so klar waren wie dieser, unterbrochen wurde von der violett verwischten Spitze des Cape Cod. Hätte der Hahn sein Pennyauge unmittelbar nach unten richten können, so wären ihm jetzt, in schwindelnder Perspektive, die punktgroßen Köpfe der Kirchgänger aufgefallen, die sich versammelten, und der rote Schopf von Piet Hannema, diesem ewig zu Späten, der eben den grauen Pfad heraufhastete.

Die Kirche war innen ganz weiß. Alabastereffekte waren kunstvoll in Holz imitiert. Anmutige runde Wölbungen schlossen sich zu einer billigen Gipsdecke. Eine Empore mit dorisch kannelierten Brüstungsstäben ragte an den Seitenwänden schwerelos in den Raum hinein und hinten unter der bemalten viktorianischen Orgel hervor. Die Kunsttischlerarbeit an den alten, mit Türchen versehenen Kirchenbänken war nach wie vor bewunderungswürdig. Piet betrat selten die Kirche, ohne darüber zu sinnieren, daß die Zimmerleute, die sie erbaut hatten, tot waren und niemand unter den Nachgeborenen die Fähigkeiten besaß, an ihre Stelle zu treten. Er nahm seinen gewohnten Platz in einer Bank links hinten ein, klinkte das paneelierte Türchen zu und war allein mit einem ausgefransten weinroten Sitzkissen – eine Kollekte zur Erneuerung dieser abgewetzten Kissen war nicht recht erfolgreich gewesen –, einem Paar puderblauer Pilgrim-Gesangbücher und einem scheußlichen, aus Walnußholz gefertigten Gestell für Abendmahlsgläser, das irgendeiner testamentarischen Verfügung zufolge brav an die alte Fichtenholzwand geschraubt worden war. Piet saß immer allein. Seine Freunde gingen nicht in die Kirche. Er rückte sich das Kissen zurecht und griff nach dem weniger zerfledderten der beiden Gesangbücher. Die Organistin, eine lilahaarige alte Jungfer aus Lacetown, wühlte sich durch ein Bach-Präludium. Als erstes wurde Choral Nummer 195 angestimmt: «Lob und Preis sei Gott». Piet stand auf und sang. Er sang zaghaft und falsch; dann und wann drang ihm seine eigene Stimme an die Ohren: «... auf diesem Erdenball ... bringst Engel selbst zu Fall ... und krönest ihn, o Herr im All ...» Der Aufforderung des Pfarrers folgend, setzte Piet sich wieder hin und betete. Beten war eine unsichere Sache für ihn. Ging es gut, dann war ihm vorübergehend so zumute, als sei er ein kleines, niedliches, haariges Tier, das zusammengerollt wie zum Winterschlaf im hintersten Winkel seines Erdbaus lag. Er fühlte sich dann einem starken, warmen Geheimnis nah – ähnlich dem Lavakern im Herzen der Erde. Eine Sekunde lang schien seine Existenz vor dem Untergang bewahrt. Aber es war zu aufregend in der Kirche, zu viel Licht und Musik, als daß ein wirkliches Gebet hätte stattfinden können, und sein Geist glitt ab von den Worten, die da gesungen wurden, wanderte über diesen oder jenen Bauplatz hin, mit dem er befaßt war, graste die Gesichter und Körper der Frauen ab, die er kannte, sprang vom Gedanken an seine Töchter über zur Erinnerung an seine Eltern, die so ungerecht, so andauernd tot waren.

Sie waren zusammen gestorben, seine Mutter innerhalb von Minuten, sein Vater drei Stunden später im Krankenhaus: ein Autounfall in der Woche vor Weihnachten 1949, bei Dämmerung. Sie kamen von einer Farmer-Versammlung und waren auf dem Heimweg nach Grand Rapids. Auf der Route 21 gab es eine fast schnurgerade Strecke, die oft vereist war. Ganz in der Nähe floß der Fluß. Es hatte angefangen zu schneien. Ein Lincoln schlitterte frontal in sie hinein; der Fahrer, ein Bursche aus Ionia, kam mit Fleischwunden davon. Nach der Art, wie die Autos standen, war nicht klar zu erkennen, wer ins Schleudern geraten war, aber Piet, der wußte, wie sein Vater fuhr: Kilometer für Kilometer, ebenso bedächtig, wie er Geranien umtopfte, zweifelte nicht daran, daß die Schuld bei dem Jungen lag. Andererseits – die Dämmerung war tückisch, sein Vater wurde alt; vielleicht war für einen Augenblick jede Perspektive in diesem trügerischen flachen Land verlorengegangen, dazu die entgegenrasenden Scheinwerfer, ein momentanes Rutschen der Räder, und der alte Mann war in Panik geraten. War es möglich, daß in diesem friedlichen guten Gärtner mit den ebenmäßigen falschen Zähnen und dem schweren Schritt und den blassen, borstigen Wimpern eine fatale Unvernunft verborgen gewesen war, die sich plötzlich Bahn gebrochen und zwei unschuldige Menschenleben zerstört hatte? All die angesammelten Pläne und gehorteten Hoffnungen und geduldig zum Reifen gebrachten Samenkörner? Piet malte sich aus, wie Glasscherben über die Straße verstreut waren, und sah den Schnee, der ohne Unterlaß niederfiel und in den wimmelnden Lichtkegeln der Polizeilampen flimmerte. Er hatte es bis zum zweiten Jahr an der Universität von Michigan gebracht, steuerte aufs Architektendiplom zu, fühlte sich dann aber nicht imstande, weiterzustudieren mit geborgtem Geld, auf Kosten anderer. Ein Schaudern war in seinem Kopf, das er nicht loswerden konnte. Er verkaufte seinem Bruder Johan – Joop – für billiges Geld seinen Anteil an den Gewächshäusern und ließ sich zum Militär einberufen. Seit jenem Unfall hatte die Welt eine schlüpfrige Oberfläche für Piet; er stand auf der Haut der Dinge, in der Haltung eines Mannes, der eine frischgefrorene Eisdecke prüft: den Kopf schräg dem verräterischen Knacken zugeneigt, das Rückgrat gekrümmt, um sich leichter zu machen.

«... und wir erheben unsere Herzen im Gebet für jene, die gestorben sind und nach vollbrachter Erdenzeit das Jenseits schauen ...» Piet sammelte seine Gedanken in der Hoffnung, seine Eltern möchten unsterblich sein, er sah sie verschwommen und winzig zwischen den Wolken in ihren werktäglichen Treibhaus-Kleidern und erkannte, daß, wenn sie wirklich dort oben sein sollten, sie nichts als Fremde für ihn sein würden, keine Augen mehr für ihn hätten, mehr als einen Ozean weit von allem entfernt wären, was sie auf Erden bewegt hatte, und davon war er – als Säugling, Kind, Knabe, Jüngling – nur ein Teil gewesen. *Kijk, daar is je vader. Pas op, Piet, die hond bijt. Naa kum, es bekommt kälter draußen. Benimm dich anständig und verkehre nicht mit Mädchen, die zu heiraten du dich schämen würdest.* Er betete, und seine Gedanken schnellten von der unbegreiflichen Tatsache, daß seine Eltern tot waren, zu der unbegreiflichen Gewißheit, daß er selber würde sterben müssen – eine Gewißheit, die das weiße, wohlgefügte Holz und die leuchtenden hohen Fenster neben ihm leichtfertig zu leugnen schienen.

Piet war in einer strengeren Kirche aufgewachsen, der Holländisch Reformierten, zwischen polierter Eiche und finsteren Buntglasscheiben mit Hirtenmotiven, die paralysiert im Netz der Bleifassungen hingen. Er war dieser Schwesterkirche, einer gemäßigteren Tochter Calvins, beigetreten, um einen Kompromiß mit Angela zu schließen, die ohne Glauben war. Piet überlegte, was ihn wohl von den Scharen jener Gesegneten trennte, die an nichts glaubten. Mangelnder Mut wahrscheinlich. Sein Lebensnerv hatte einen Riß bekommen, als seine Eltern starben. Mit seinem Glauben zu brechen, erfordert einen Augenblick des Muts, und Mut ist eine Art Spielraum in uns, und nach dem jähen Tod der Eltern hatte Piet keinen Spielraum mehr. Es war ihm zu eng in seiner Haut, und sein flächiges Gesicht zeigte ständig einen angespannten Ausdruck. Überdies bestand sein europäischer Sinn für Ordnung darauf, seine Kinder im Christentum geborgen zu wissen. Seine Tochter Ruth, die von ihm das breite, wache Gesicht geerbt hatte und von ihrer Mutter den stattlichen, seiner selbst nicht bewußten Körper, sang im Kinderchor. Als er sah, wie sie ergeben die Lippen bewegte, schrie sein Blut *Herr!*, und sein Tod hing über ihm wie eine vollkommen klare Platte aus Glas.

Der Chorgesang der Kinder, ein planloser Melodiendiebstahl, während die Orgel auf Zehenspitzen schlich, war zu Ende. Schweigend fuhren die Kirchendiener mit der Kollekte fort. Rascheln, Husten. Der Gottesdienst war gut besucht heute am Palmsonntag. Piet hielt das Gesicht lächelnd geradeaus gerichtet, damit seine Tochter ihn sehe, wenn sie, wie er vermutete, die Reihen nach ihm absuchte. Sie sah ihn, lächelte, errötete und senkte den Blick auf ihre verborgenen Knie. Auf Nancy wirkte seine Männlichkeit zuweilen furchteinflößend, Ruth hingegen konnte sie bloß verlegen machen. Die Kirchendiener stapften nach vorn über den scharlachroten Läufer. Wie über eine Brücke. Der Boden vibrierte. Der Pfarrer breitete seine Engelsflügelarme aus, sie zu empfangen. Die goldenen Teller wurden aufeinandergestapelt. Dann der Choral: «Wir erklimmen Jakobs Leiter». Piet hätte weinen mögen inmitten all dieser Yankees, die sich Mühe gaben, wie Sklaven zu singen; die Holländisch Reformierten, das wußte er, hätten sich nie und nimmer zu diesem christlichen Unternehmen hergegeben. «Sünder, liebst du deinen Jesus?» Abolitionismus. Kinder des Lichts. «Jede Sprosse führt dich höher, höher ...» Zwei der vier Kirchendiener traten in die Reihe vor Piet, und einer von ihnen hatte Satyrohren, verstopft mit drahtigem Haar. Sein Nacken kreuz und quer gefurcht, pockenzernarbt von der Zeit. Minuten. Meteore. Auf uns niederstürzend. Die Predigt hob an.

Reverend Horace Pedrick war ein skelettdürrer Ignorant von sechzig Jahren. Seine fixen Ideen kreisten alle ums Geld. Er hatte nie genug davon gehabt. Er stammte aus Maine, aus einer armen Fischerfamilie, und war in den geistlichen Stand getreten, nachdem er zweimal als Geschäftsmann bankrott gemacht hatte wegen seiner übermäßigen Vorsicht und seiner Angst vor Armut. Zu schüchtern und zu alt, um noch eine Kirche in der Großstadt zu ergattern, zermürbt von Fünfjahresverträgen in knauserigen Neu-England-Städtchen, glaubte er nun, es mit einer Gemeinde zu tun zu haben, die aus «Männern der Tat» bestand, aus Geschäftsleuten, deren Unternehmungen die Tragweite und Unerbittlichkeit von Naturprozessen hatten. Wenn er auf der Kanzel stand, das weiße Haar gesträubt, weil das Wasser, mit dem er es zu glätten pflegte, inzwischen verdunstet war, panzerte er sich innerlich gegen den Spott, den er in der Gemeinde zu spüren wähnte, und in seinen Predigten versuchte er krampfhaft – manchmal krümmte sein Körper sich regelrecht dabei –, die ausgetrockneten Formeln des christlichen Glaubens in die Sprache der Finanzwelt zu übertragen. «Der Mann Jesus» – eine seiner Lieblingswendungen – «der Mann Jesus verlangt nicht, daß wir langfristige Risiken eingehen. Er kommt nicht und sagt: ‹Hier hast du Aktien, nun spekuliere. Kauf zu achteinachtel, und im Paradies kannst du dann für hundert verkaufen.› Nein, er bietet uns *sofortige Sicherheit*, viereinhalb Prozent in jedem Kalenderquartal, mit Zinseszinsen! Nun merke ich, daß ich zu nüchternen, praktisch denkenden Männern rede, zu Geschäftsleuten, deren Entscheidungen weit hinausreichen in die unsentimentale Welt jenseits dieses Gotteshauses ...»

Piet überlegte, ob das aus den Ohren sprießende Haar vor ihm wohl gestutzt war. Sah aus wie ein beschnittener Busch: mit elektrischem Rasierapparat, ruckzuck. Er betastete seine Nasenlöcher, und kribbelndes Jucken kroch wie mit Spinnenbeinen durch seinen ganzen Körper; er kämpfte gegen ein Niesen an. Er betrachtete das goldene Altarkreuz und fragte sich, ob Freddy Thorne wohl recht hatte mit seiner Behauptung, Jesus sei an ein x-förmiges Kreuz geschlagen worden, und die Kirche habe da eine Fälschung vornehmen müssen, wegen der Unzüchtigkeit der Haltung. Auch Christus hatte also Lenden gehabt. Kein Thema, seine Unberührtheit, wurde sie in der Bibel überhaupt erwähnt? Eigentlich unwahrscheinlich, Araberjungen mit zwölf, eine ländliche Kultur, Sodomie, ganz natürlich, leichter Zugang, ägyptischer Lotus. In Afrika Paarungen auf dem Feld, mitten bei der Arbeit: ein Schluck Wasser. Merkwürdig, wie klar der Blick einer Frau beim Ficken wird. Christi Lenden arabisch, aber die undurchsichtige Luft unter den Lendenbogen dieses Deckengewölbes: Sein Blick. Piet fürchtete Freddy Thorne, seinen Hyänenappetit auf schmutzige Wahrheiten. Fürchtete ihn und hatte sich ihm doch ausgeliefert, hatte ihm einen Trumpf in die Hand gegeben, x-förmig gespreizt, roter nasser Spalt. Freddys wissendes Glitzern. Der Kopf mit den überkreuz eingekerbten Falten im rasierten Nacken drehte sich unter Piets starrendem Blick, und die Ohröffnung wurde zu einem runden braunen Auge. Die über Jesu Weg gebreiteten Palmzweige waren in Pedricks Predigt zu Dollarnoten geworden, und den Diebstahl des Eselfüllens nahm er zum Anlaß, eine besorgte Untersuchung über Eigentumsrecht anzustellen. Diese Geschichte machte Pedrick zu schaffen, damit konnte er sich nicht abfinden. Wie fröhlich war Gott, wie unbekümmert: diese unverhoffte Erkenntnis gab Piet frischen Lebensmut. «Nun also, meine Herren, es *gibt* etwas, das über das Geld hinausreicht, ob Sie es glauben oder nicht: eine Macht, die Reichtum leichtnimmt, die eine teure Flasche Salböl annimmt und sich über den Preis keine Gedanken macht und die es wagt, die Wechseltische ehrbarer Bankiers und Geschäftsleute, wie Sie selber es sind, umzustoßen. Möge uns heute die Gnade zuteil werden, daß diese Macht mit Hosianna ihren Weg in unsere Herzen findet. Amen.»

Sie sangen: «Öffnet euch, ihr mächtigen Tore» und setzten sich, um zu beten. Gebet und Masturbation gehörten für Piet so lange schon gewohnheitsmäßig zusammen, daß er, während der Segen gesprochen wurde, seine Geliebte vor sich sah: nackt, eine Pfütze aus Sonnenlicht zwischen den Brüsten, das spröde Kinn gestrafft, die leicht vorquellenden grünen Augen ganz klar. Erotische Wärme lag in den Grüßen, die Piet austeilte, als er sich durch den Mittelgang, an einem Porzellanladensammelsurium nickender alter Damen vorbei, in den Vorraum kämpfte, wo es nach feuchtem Papier roch; Pedricks klammernde, schwielige Hand noch schütteln, dann war er im Freien.

An der Tür bekam Piet von einem gestriegelten Kind in Kordsamtshorts einen Palmwedel überreicht.

Er wartete auf seine Tochter und lehnte sich gegen einen warmen weißen Pfeiler, den Palmwedel in der Linken, eine Lark-Zigarette in der Rechten. Der Tag draußen vor den Toren der Kirche gab sich ungemein gefühlvoll: ein zartes Aroma von Asche und Pflanzensaft, geklöppelte Schatten, blattlose Bäume, schindelverkleidete Häuser, die sich kreidig aus dem steinigen Anger hoben und sich in der Sonne wärmten. Der grüngestrichene Eisenpavillon verstärkte den Eindruck, daß man es mit einer munteren Bühnendekoration zu tun hatte. Der Himmel emailblau, Schicht auf Schicht. Über Piet hing, reglos gegen die Brise gestemmt, die Füße angezogen wie zwei parallele Krampen, mit einem schwarzen, an den Flügelspitzen breiter werdenden Streifen konturiert, eine Möwe. Jedem Kieselstein, Grasbüschel, Schuhabdruck, jeder ausgewaschenen Rinne im Erdreich vor den Portalstufen war der passende Mittagsschatten zuteil geworden. Piet war aufgewachsen in der Vorstellung, harter Boden sei etwas Verabscheuenswertes, aber im Laufe eines Jahrzehnts hatte er diesen Landstrich lieben gelernt. Jeder Morgen Land hier war eine Augenweide. Gallagher sagte gern, sie verkauften keine Häuser, sondern Ausblicke. Als er vom Hügel hinab auf das Geschäftsviertel blickte, das einen deutlichen Scheitelpunkt bei Cogswells Drugstore hatte, wo die Divinity Street mit der Charity Street zusammenstieß und in rechtem Winkel hügelaufwärts abbog, schob sich etwas Weißes in sein Blickfeld, von dem, wie auf ein inneres Glockenzeichen, seine Aufmerksamkeit gebannt wurde. Wer war das? Er wußte, daß er es wußte. Die Gestalt mit dem abgewandten, verschleierten Kopf da unten bewegte sich schwebend und gemessen wie eine Braut. Weiße Kleidung war ungewöhnlich zu dieser frühen Jahreszeit; außer am Silberahorn weit und breit noch keine Knospen. Vielleicht stammte sie, wie er selber auch, aus einer Gegend, wo es eher Frühling wurde. Sie trug ein schwarzes Gesangbuch in der langbehandschuhten Hand, und das Rosa ihres Gesichts hatte einen kräftigen Ton, als erröte sie gerade. Er wußte. Die neue Frau. Whitman. Offensichtlich war sie Episkopalistin. St. Stephen, die Episkopalkirche, turmlos, aus Feldsteinen gebaut, lag etwas weiter unten am Hügel. Mrs. Whitman ging schnell, ging auf einen schwarzen MG zu, der weit weg von ihrer Kirche unten am Anger stand. Vielleicht kam auch sie immer zu spät, genau wie Piet. Eine subtile Art, seine Verachtung zu zeigen. Sie glaubte sich unbeobachtet, stieg mit ungestümer Grazie in ihr Auto, zog dabei den Rock hoch, lehnte sich zurück und schlug die Wagentür zu. Der trockene Knall erreichte Piet eine Sekunde nach dem lebhaften Bild. Der ferne Motor kam auf Touren. Das Gewicht des MGs verlagerte sich auf die äußeren Räder, sie kurvte um die Insel aus Felsgestein, fuhr, den Anger hinter sich lassend, bergab, zur Stadt hinaus, ihrem Haus über der Marsch entgegen. Die Frauen, die Piet kannte, fuhren fast alle Kombiwagen. Angela fuhr einen Peugeot. Er legte den Kopf in den Nacken und sah noch einmal zum Zenit hinauf. Die reglose Möwe war fort. Das blaue Feuer da oben, Schicht um Schicht aufgesogenes Sternenlicht, war vom zerfasernden Kondensstreifen einer Düsenmaschine in zwei Hälften geteilt. Er schloß die Augen und stellte sich vor, wie rings um ihn, in verschwommenen Deltas, die Säfte stiegen. Eine Bö voller Aschengeruch. Eine kreidige Wärme. Ein angenehmes, bräutliches Aroma. Scheu, ängstlich, ihn aufzuwecken, schob sich die Hand seiner älteren Tochter in seine herabhängende Linke, die den Palmzweig hielt, mit dem Jesus in Jerusalem begrüßt wurde.

Nach einer Cocktailstunde, die Foxy viel zu lang vorkam und während derer die Männer sich über ihre Aktien und Skiabenteuer unterhielten und den neuen Entwurf zur Wiederbelebung der stillgelegten Eisenbahnstrecke erörterten, wonach die Stadt ein Abkommen mit der Massachusetts Bag Transit Authority schließen wollte, und Ken, der immer mit seinem MG zur Bostoner Universität fuhr, mit überheblicher und gelangweilter Miene dasaß und, den Fußknöchel des einen Beins auf das Knie des andern gelegt, sich in das Kreuzmuster seiner Schnürsenkel vertiefte, als ließe sich ein Kode daraus ableiten, bat Bea Guerin, die Gastgeberin, sie zögernd zu Tisch: «Kommt bitte zum Essen. Nehmt eure Drinks mit, wenn ihr mögt, aber es gibt auch Wein.» Die Guerins wohnten in der Prudence Street, in einem alten Saltbox-Haus; die Deckenbalken und der Hauptkamin stammten mindestens aus der Zeit um 1680. Das Haus war mit einem solchen Aufwand restauriert worden, daß es für Foxy die empfindliche Verletzlichkeit einer neubezogenen Wohnung hatte. Foxy konnte es nachfühlen, daß ein kinderloses Ehepaar seine Möbel verhätschelte.

Man erhob sich, stellte die Gläser ab und ging durch eine niedrige gebohnerte Diele, wo auf einer imitierten Schusterbank Mäntel und Hüte zusammengedrückt lagen wie ein Häuflein ungebetener Gäste, ins Eßzimmer hinüber. Foxy hatte den Eindruck, daß die hier versammelten Paare – die Guerins, die Applebys, die Smiths, allgemein die Klein-Smiths genannt, und die Thornes – die «nettere» Hälfte des kleinen Kreises darstellten, der sie und Ken einzubeziehen suchte. Sie hatte viel zuviel getrunken, in der Hoffnung, dadurch ihre Befangenheit loszuwerden. Von dem mechanisch insistierenden, unerbittlich die Stirn runzelnden Gastgeber hatte sie sich zwei Martinis aufdrängen lassen, und dann, aus einer dummen falschen mädchenhaften Laune heraus, noch einen dritten; daraufhin hatte sie eine leichte Übelkeit verspürt, war in die Küche gegangen, um den Gin mit Wermut zu verdünnen, und hatte der Gastgeberin ihr Geheimnis zugeflüstert – ein betrunkenes kindisches Verhalten, Ken würde außer sich sein, wenn er es erführe; aber sie spürte, es war genau das, was man in diesem Kreis von ihr erwartete. Bea Guerin hatte hastig ihre bebende Hand auf Foxys Unterarm gelegt und atemlos gehaucht: *Wie wunderbar von Ihnen.* Bis zu diesem Augenblick hatte Foxy Bea für verletzlich gehalten, für jemand, der seine Unsicherheit hinter blassen Scherzen und einem kleinen Schwips zu verbergen suchte, und sie hatte gefunden, das rotsamtene Empirekleid sei eine Spur zu tief ausgeschnitten, und die schlaffe Schleife unterm Busen gehöre unverzüglich abgetrennt; aber jetzt war Bea entschieden die Ältere, Erfahrenere: mit dem Finger die Zitronenschale festhaltend, goß sie den Martini kurzerhand in den Ausguß und ersetzte den Gin durch trockenen Wermut. *Wenn Sie nicht trinken mögen, lassen Sie's doch einfach. Der Herd ist ein bißchen komisch, wir haben ihn in einen Kamin einbauen lassen, und der Wind fährt zum Schornstein herein und bläst immer die Zündflamme aus, darum wird das Lamm nicht gar, und alles verzögert sich.* Es gefiel Foxy, daß Bea bei allem Reichtum – und der mußte beträchtlich sein, denn die andern machten Witze darüber, und Roger schien es noch nicht einmal für nötig zu halten, wenigstens so zu *tun,* als arbeite er, sondern fuhr eigentlich nur nach Boston, um dort zu lunchen und Squash zu spielen – daß Bea selber kochte und gar kein Aufheben davon machte. Janet Appleby hatte ihr gesagt, einer der Gründe, weshalb sie und ihre Freunde Tarbox so *liebten,* sei, daß es hier keine Country Clubs und keine Dienstboten gebe: es sei *viel* luxuriöser, *einfach* zu leben. Bea öffnete die Backofentür, piekte vorsichtig in den Braten und machte die Tür in gespieltem Entsetzen wieder zu. An ihrem Oberarm war ein ovaler lilabläulicher Fleck – möglich, daß sie sich gestoßen hatte. Wenn sie lachte, entblößte sie eine reizende kleine Lücke zwischen den Schneidezähnen. *Meine Liebe, Sie sind fabelhaft. Ich beneide Sie. Ich beneide Sie wirklich.* Und sie berührte Foxy mit ihrer martinifeuchten Hand. Foxy verließ die Küche und fühlte sich immer noch nicht ganz wohl.

Der April war ihr zweiter Schwangerschaftsmonat, und sie hatte gehofft, die zum Anfang gehörende Übelkeit würde nun nachlassen. Diese Proteste und Vorwürfe in ihrem Innern kränkten sie. Sie hatte sich lange nach dieser Schwangerschaft gesehnt, es war ihr zuwider gewesen, immer wieder vertröstet zu werden von ihrem besonnenen Mann, dessen Studium kein Ende nehmen wollte; jetzt war sie achtundzwanzig und fragte sich, ob der Körper einer jüngeren Frau wohl leichter damit fertig wurde. Sie hatte gedacht, es werde wie das mühelose Aufbrechen einer Blume sein, ein Krokus, der durch den Schnee stößt.

Kerzen warfen flackerndes Licht über den langen Tisch mit der gestickten Decke. Foxy hielt sich bereit; ihr Magen drückte nach oben, als ob sie sich auf einem Flug befände über dieser dampfenden Miniaturstadt aus Porzellan, Stielgläsern und glitzerndem, orangerot betupftem Silber. Vor jedem Teller stand, mit adretter runder Schrift beschrieben, ein Tischkärtchen. Roger Guerin führte sie mit übertriebener, entschlossener Förmlichkeit an ihren Platz. Sie wollte, daß man leicht und ungezwungen mit ihr umgehe, aber sie hatte das Gefühl, daß sie vor langer Zeit, bei einem Vorfall, an dem sie anerkanntermaßen unschuldig war, für den sie jedoch verantwortlich gemacht wurde, Roger gekränkt und Feindseligkeit in ihm geweckt hatte. Die Wärmewolke, die von der Consommée aufstieg, umhüllte ihr Gesicht und brachte sie wieder ins Gleichgewicht. Auf der Brühe schwamm, in fötalem Frieden, eine Zitronenscheibe. Instinktiv wartete Foxy aufs Tischgebet, statt dessen aber lag die wortlose Weigerung in der Luft, die jetzt allenthalben üblich war: eine kurze, ruckhafte Stille, während der sie alle den Atem anhielten. Dann tauchte Bea heiter ihren Löffel in die Suppe, der Bann war gebrochen, das Abendessen begann.

Roger, rechts von Foxy, fragte: «Was macht das neue Haus, das Robinsonsche, fühlen Sie sich wohl darin?» Seine Haut war dunkel, seine Fingernägel lang und poliert, und er wirkte älter, als er war; seine düsteren, gerunzelten Brauen stellten unablässig Forderungen an den übrigen Teil des Gesichts. Sein Mund war der kleinste Männermund, den sie je gesehen hatte, ein Schneckenfuß von einem Mund.

Sie antwortete: «Durchaus. Es ist primitiv, und das tut uns vermutlich nur gut.»

Der Mann zu ihrer Linken, der kahle Zahnarzt Thorne, sagte: «Primitiv? Was meinen Sie damit?»

Die Suppe war gut, klar, aber stark, mit Petersilie garniert und einem fernen Horizont von Sherry: sie wollte sie genießen, es war in letzter Zeit so selten vorgekommen, daß sie Vergnügen am Essen hatte. Sie sagte: «Eben primitiv. Es ist ein altes Sommerhaus. Es ist kalt. Wir haben ein paar elektrische Heizöfen fürs Schlafzimmer und für die Küche gekauft, aber sie rösten einem eigentlich nur die Fußgelenke. Sie sollten sehen, wie wir uns morgens warmhüpfen; wie bei einem Volkstanz. Ich bin nur froh, daß wir im Augenblick noch keine Kinder haben.» Die Tischrunde war verstummt und spitzte die Ohren. Foxy hatte mehr gesagt, als sie hatte sagen wollen. Errötend beugte sie sich über die seichte Bernsteintiefe, in der die Zitronenscheibe wie ein Embryo sich wiegte.

«Das Wort ‹primitiv› ist mir durchaus ein Begriff –» Freddy Thorne blieb eisern – «ich meinte, Sie sollen mir erklären, wieso Ihnen das nur gut tut.»

«Oh, ich glaube, jede Art von Härte ist gut für die Charakterbildung. Finden Sie nicht?»

«Definieren Sie ‹Charakterbildung›.»

«Definieren Sie ‹definieren›.» Sie hatte seine sokratische Nörgelei durchschaut: eine strategische List, eine Methode, die er sich im Umgang mit Frauen zurechtgelegt hatte, um sie herauszufordern. Jedesmal, wenn er etwas gesagt hatte, zog er auf fischige Weise die Lippen ein, als wolle er vorführen, wie der Köder zu schnappen sei. Zähne waren nicht zu sehen in diesem Mund. Er ließ ihn einen Spalt breit offen und wartete, daß sie hineinschlüpfe. Sein Mund war, einfach so als Mund genommen, weder maskulin noch feminin und eigentlich auch nicht infantil. Die Nase war belanglos, die Augen verschwammen hinter konkaven Brillengläsern, die bis zum Rand mit zitterndem Kerzenlicht gefüllt waren. Die Haare mochten einstmals braun gewesen sein oder sandfarben, jetzt waren sie nur noch ein farbloser Flaum, ein kranzförmiger Schatten über den Ohren; wie alle kahlen Schädel hatte auch Freddys einen prahlerischen Glanz. Trotz dieses abstoßenden Äußeren benahm er sich mit der unbekümmerten Zudringlichkeit eines höchst attraktiven Mannes.

Smith, der gegenüber saß und mitangehört hatte, wie Foxy ihren Nachbarn auflaufen ließ, sagte: «Gib es ihm, Mädchen», und fügte, als wolle er sich verständlicher machen, hinzu: «*Le donnez-lui.*» Offenbar eine Angewohnheit, ein linguistischer Tick.

Roger Guerin mischte sich ein. Foxy spürte, daß ihm daran gelegen war, in dieser anmaßenden Gesellschaft ein Mindestmaß an Manieren aufrechtzuhalten. Er fragte sie: «Haben Sie schon einen Bauunternehmer beauftragt?»

«Nein. Der einzige, den wir kennen, ist der Partner des Mannes, der uns das Grundstück verkauft hat. Piet...?»

«Piet Hannema!» rief Klein-Smiths Frau, die auf der anderen Seite von Freddy Thorne saß und sich vorbeugte, damit Foxy sie sehen konnte. Sie war eine zierliche straffe Brünette mit strengem Mittelscheitel und beweglichen Ohrgehängen, deren Gefunkel über ihr ganzes Gesicht tanzte. «Reimt sich auf Sweet.»

«Und auf hybrid», sagte Freddy Thorne.

«Sie kennen ihn alle?» fragte Foxy.

Die gesamte Tischrunde lachte laut auf.

«Er ist der größte Neurotiker der Stadt», erklärte Freddy Thorne. «Ein Autounfall vor zehn Jahren oder so hat ihn zur Waise gemacht. Er treibt sich herum und kneift in alle Popos, weil er damals in seiner Entwicklung stehengeblieben ist. Um Gottes willen, nehmen Sie bloß nicht den. Der braucht ewig und kostet euch ein Vermögen. Und wenn nicht er, dann sein Partner Gallagher, dieser Gauner.»

«Freddy», sagte seine Frau, die Foxy gegenüber saß. Sie war eine gesund aussehende, kleingewachsene Person mit einem energischen, sommersprossigen Kinn und einer schmalen Donatello-Nase.

«Freddy, ich finde nicht, daß du ganz fair bist!» rief Frank Appleby vom Tischende her, über Marcia Klein-Smith hinweg. Seine großen Zähne und sein Zahnfleisch waren entblößt, wenn er sprach, und ein Speichel-Sprühregen funkelte im Kerzenlicht. Er hatte eine blühende Gesichtsfarbe, und seine Augen waren oft blutunterlaufen. Seine Hände waren groß und schön geformt. Foxy mochte ihn, sie bildete sich ein, daß Güte aus seinen Scherzen sprach. «Ich dachte, bei der letzten Gemeinderatssitzung hätte man einstimmig den Feuerwehrhauptmann zum Chefneurotiker gewählt. Wenn du einen anderen Kandidaten vorzuschlagen hattest, warum hast du dich dann nicht gemeldet?» Frank erklärte Foxy: «Er heißt Buzz Kappiotis und ist einer von unseren Griechen hier, deren Onkeln die Stadt gehört. Seine Frau betreibt die Super-Wäscherei, und sie selber ist auch ziemlich super, sie ist noch fetter als Janet.» Seine Frau streckte ihm die Zunge heraus. «Er hat eine pathologische Angst davor, die Geschwindigkeitsgrenze zu überschreiten, und kreischt jedesmal, wenn der Löschzug um eine Ecke biegt.»

Harold Klein-Smith, dessen Himmelfahrtsnase in eine blanke, wißbegierige Doppelspitze auslief, sagte: «Außerdem hat er Angst vor Höhe, Hitze, Wasser und Hunden. *L'eau et les chiens.*»

Appleby fuhr fort: «Die einzige Möglichkeit, in dieser Stadt sein Haus zu versichern, ist, sich der Liberty Mutual auf Gnade und Ungnade auszuliefern.»

Klein-Smith fügte hinzu: «Wenn die Sirene losgeht, dann rennen alle Kinder in der Stadt mit Marshmallows und Popcorn zur Brandstelle.»

Roger Guerin sagte zu Foxy: «Es stimmt, in Tarbox liegen die Versicherungsprämien höher als sonst im Plymouth County. Aber es gibt ja auch so viele alte Holzhäuser hier.»

«Ihres ist wunderschön restauriert», sagte Foxy.

«Wir finden es ein bißchen schwierig zu möblieren. Übrigens hat Piet Hannema es für uns hergerichtet.»

Zwischen Ken und Klein-Smith saß Janet Appleby mit ihrem gepuderten, plumpen, verdrossenen Gesicht, die Lider kohlefarben, der Mund herzförmig, und rief: «Und diese Sirene!» Sie beugte sich zu Foxy hinüber, um zu erklären, was sie meinte, und tauchte ihren sahnigen Busenansatz ins Licht. «Ihr könnt sie nicht hören da unten an der Marsch, aber wir wohnen gleich auf der anderen Seite vom Fluß, und es ist das absolut schlimmste Geräusch, das ich je von einer städtischen Einrichtung gehört habe. Die Kinder in der Stadt nennen es die Sterbende Kuh.»

«Wir sind zu Sklaven von Auktionen geworden», spann Roger Guerin seinen Faden weiter. Aus der kantigen Form seines Schädels schloß Foxy, daß er eher schweizerischer denn französischer Abstammung war.

Sie bekam einen leichten Stoß in die Seite, Freddy Thorne meldete sich wieder. «Roger denkt, eine Auktion ist wie ein Monopolyspiel. In ganz New Hampshire und Rhode Island ist er als der verrückte Bieter aus Tarbox verschrien. Hochbeinige Kommoden, dickbeinige Kommoden, krummbeinige Kommoden. Auf jeden Fall ist er wild auf Kommoden.»

«Freddy übertreibt», sagte Roger.

«Er kennt sich aus!» rief Bea von ihrem Tischende herüber.

«*Ich* höre aber, daß die Kinder es ganz anders nennen», sagte Harold Klein-Smith zu Janet.

«Was hast du denn gehört, mein Herz?» ging Janet auf ihn ein.

Harold tauchte die Finger in sein Wasserglas und schnippte sie ihr ins Gesicht; drei oder vier Tropfen, jeder mit einem Funkelreflex, blieben an ihren nackten Schultern hängen. «*Femme méchante*», sagte er.

Frank Appleby mischte sich ein, er erklärte Ken und Foxy: «Wenn man ins Anständige übersetzen würde, wie die Kinder das Sirenengeheul nennen, dann hieße es etwa: ‹Die Gottheit läßt Gas ab.›»

Bea Guerin und Thornes schweigsame Frau standen auf und räumten die Suppenteller ab. Foxys Teller war noch halb voll. Mrs. Thorne wartete höflich. Foxy legte den Löffel hin und ließ die Hände in den Schoß sinken. Die Suppe verschwand. Oh, vielen Dank. Während Bea den Tisch umkreiste, sagte sie in singendem Tonfall: «Meine Lieblingsperson in der Stadt ist die alte Dame mit den *National Geographics.*»

Klein-Smith, dem aufgefallen war, daß Ken bislang kein Wort gesprochen hatte, wandte sich diesem höflich zu; seine Nasenspitze war feurig illuminiert und hatte etwas Diabolisches: ein gespaltener Huf. «Hat Frank mir nicht gesagt, Sie seien Geograph – oder sagte er Geologe?»

«Biochemiker», sagte Ken.

«Dann muß er Ben Saltz kennenlernen», sagte Janet.

«Ein Schicksal, schlimmer als der Tod», sagte Freddy, «wenn Sie mir meinen Antisemitismus gütigst nachsehen wollen.»

Foxy fragte in die kerzenhelle Luft hinein: «*National Geographics*?»

«Sie hat alle gesammelt», sagte Klein-Smiths Frau und beugte sich über den Tisch, aber nicht zu Foxy, sondern zu Ken hin. Aus Foxys Blickwinkel war sie im Profil zu sehen, ihre Unterlippe war kiebig nach innen gestülpt, und das Ohrgehänge flirrte neben ihrem Kinn wie eine kleine Maschine. Ken lachte unvermittelt auf, ein Jungenlachen, abrupt, hoch, übertrieben. Wenn er allein war mit Foxy, lachte er selten.

Derart ermuntert, setzten die anderen ihr Geplauder fort. Die alte Dame war die allerletzte der echten Tarboxer, sie bewohnte ein oder zwei Räume in einem großen, zwischen Geschäften eingeklemmten viktorianischen Kasten an der Divinity Street, nahe dem Spritzenhaus, schräg gegenüber vom Postamt und von Freddys Praxis, und ihr Vater, dem die Strumpfwirkerei gehört hatte, in der jetzt Plastikenten für die Badewanne und Beißringe hergestellt wurden, hatte die Zeitschrift von der ersten Nummer an abonniert. Sie waren säuberlich rings an den Wänden aufgestapelt, zwölf Ausgaben pro Jahr, beginnend mit dem Jahrgang 1888.

«Der Stadtbaumeister hat ausgerechnet», gab Frank Appleby zum besten, «daß sie 1984, bei Eintreffen des Novemberheftes, zu Tode gequetscht wird.»

«Wie eine Gestalt bei Poe», sagte Klein-Smith und wandte sich bestimmten Tones an seine Frau: «Marcia, wo kommt das vor? *Nicht* in *Die Grube und das Pendel.*»

«Harold, du bist ja ganz konfus, du meinst den *Untergang des Hauses Usher*», sagte sie.

«*Non, non, tu es confuse*», sagte er, und Foxy hatte das Gefühl, daß sie übereinander hergefallen wären, stünde der Tisch nicht zwischen ihnen.

«Es *gibt* eine Geschichte, in der jemand von Wänden erdrückt wird.»

Janet sagte: «Im Fernsehen passiert das immerzu.» Und zur Runde gewandt: «Was *kann* man nur dagegen tun, daß die Kinder fernsehen? Frankie wird allmählich ein regelrechter Schwachkopf.»

Frank Appleby sagte: «Die Geschichte heißt *Der Tag, an dem die Wände einstürzten* – nacherzählt von Jim Bishop.»

Ken setzte hinzu: «Nach einem Bericht von I. C. H. Platt, einem zweidimensionalen Überlebenden», und er lachte so heftig, daß eine Kerzenflamme flackerte.

Marcia sagte: «Apropos Fernsehen – wißt ihr, was ich gerade gelesen habe? Im Jahre 1990 wird in jedem Zimmer ein Gerät stehen, und jeder kann jeden beobachten. In dem Artikel hieß es –» sie kam ins Stottern und brachte den Satz dann eilends zu Ende – «niemand könne mehr Ehebruch begehen.» Ein Engel ging durchs Zimmer.

«Mein Gott», sagte Frank, «die werden noch die Institution der Ehe unterminieren.»

Das Gelächter, vermutete Foxy, war befreiend.

Freddy Thorne wisperte ihr zu: «Ihr Mann ist ziemlich witzig. Gar nicht so hölzern, wie ich dachte. I. C. H. Platt, zweidimensional – das gefällt mir.»

Harold Klein-Smith war nicht amüsiert. Er gab der Unterhaltung eine neue Wendung, indem er sagte: «Sagt mal, war das nicht erschütternd, die Geschichte mit der *Thresher*?»

«Was hat dich daran erschüttert?» fragte Freddy mit diesem schlüpfrigen, drängenden Unterton. Also schlug er ihn nicht nur gegenüber Frauen an.

«Ich finde es erschütternd», wiederholte Klein-Smith, «daß wir in sogenannten Friedenszeiten hundert junge Männer auf den Meeresgrund schicken.»

Freddy sagte: «Sie haben sich freiwillig gemeldet. Bei uns war's doch nicht anders, Harry, mein Junge. Wir haben alle mal Flitterwochen mit Onkel Sam riskieren müssen, diese Jungs also auch. *Che sarà sarà,* wie Doris Day es so tiefgründig ausdrückt.»

Janet fragte Harold: «Was heißt hier ‹sogenannt›?»

Harold schnappte zurück: «In fünf Jahren werden wir Krieg mit China haben. Wir haben jetzt schon Krieg mit China. Kennedy wird in Laos gerade so weit gehen, daß die Wirtschaft in Schwung bleibt. Was wir in Laos brauchen, ist ein zweiter Diem.»

Janet sagte: «Harold, das ist reaktionärer Mist. Davon bietet Frank mir schon genug.»

Roger Guerin sagte zu Foxy: «Nehmen Sie die Leute hier nicht allzu ernst. Es ist nichts Romantisches oder Exzentrisches an Tarbox. Die Puritaner wollten einen Hafen daraus machen, aber sie blieben im Sand stecken. Es ist passé, wie alles in Neu-England, mehr als passé.»

«Roger», protestierte Janet, «das ist eine Gemeinheit, was du der Kleinen da erzählst! Was ist mit unseren entzückenden Kirchen und den alten Häusern und der Marschlandschaft und dem absolut einmaligen Strand. Ich finde, wir sind die hübscheste, zwangloseste Stadt in ganz Amerika.» Sie achtete nicht darauf, daß Harold Klein-Smith, während sie sprach, jeden einzelnen der Wassertropfen, die er ihr auf die Schultern geschnippt hatte, mit der Spitze seines Zeigefingers verrieb.

Frank Appleby bellte: «Braucht ihr beiden vielleicht ein Handtuch?»

Eine Lammkeule und eine Schüssel mit Gemüse wurden aufgetragen. Der Gastgeber erhob sich und tranchierte das Fleisch. Seine Hände mit den langen, polierten Nägeln wären gut zu brauchen gewesen für ein Anschauungsfoto in einem Kochbuch: der keilförmige Einschnitt, der seitliche Schnitt am verborgenen Knochen entlang, die senkrechten Scheiben, ebenmäßig wie Blütenblätter, zwei auf jeden Teller. Die Teller wanderten von Hand zu Hand, bis zu Bea, die Frühlingserbsen und junge Kartoffeln und Minzgelee um das Fleisch legte. Schlichte ländliche Kost, dachte Foxy; sie und Ken hatten sechs Jahre in Cambridge gelebt, einer Gegend, wo komplizierte Aufläufe und ungarisches Gulasch und knoblauchgewürzte Salate und gefüllter Schweinebraten und sautiertes Kalbsbries üblich waren. Inmitten dieser weniger differenzierten Esser fühlte sie sich beinahe selber wie eine Delikatesse, eine Prinzessin. Frank Appleby bekam zwei Flaschen zum Entkorken, Bordeaux aus dem hiesigen Spirituosenladen, und ging zweimal um den Tisch herum, schenkte erst den Damen ein, dann den Herren. In Cambridge wurde der Chianti ganz unzeremoniell von Hand zu Hand weitergereicht.

Freddy Thorne brachte einen Toast aus. «Auf unsere tapferen Jungs in der *Thresher*!»

«Freddy, du Leichenschänder!» rief Marcia Klein-Smith.

«Freddy, wirklich», sagte Janet.

Freddy zuckte die Achseln und sagte: «Es kommt von Herzen. Nehmt's, wie ihr wollt. *Mea culpa, mea culpa.*»

Foxy merkte, daß er es gewohnt war, auf Ablehnung zu stoßen; er genoß das wie eine düstere Diagnose, die sich bewahrheitet hatte. Sie ahnte auch, daß die Geringschätzung, mit der die anderen ihn behandelten, dazu diente, ein Gefühl der Verbundenheit, der Übereinstimmung zwischen ihnen zu schaffen: sie waren die Paare, die Freddy Thorne tolerierten. Foxy äugte neugierig zu Thornes Frau hinüber. Die spürte den Blick und sah auf. Ihre Augen waren von einem bestürzenden Blaßgrün, quollen leicht hervor, und die Pupillen waren hineingebohrt wie bei römischen Büsten. Foxy dachte, sie müsse aus sehr hartem Material gemacht sein, weil diese Ehe ihr so gar keine Narbe zugefügt zu haben schien.

«Freddy, die sind dir doch ganz gleichgültig», fuhr Janet fort. «Du bist bloß heilfroh, daß es *sie* erwischt hat und nicht dich.»

«Und ob. Aber du auch. Wir sind alle Überlebende. Eine immer kleiner werdende Gruppe von Überlebenden. Ich habe auch einiges riskiert. Ich habe Gott und Onkel Sam meinen Tribut gezollt.»

«Du hast an einem Stahlrohrschreibtisch gesessen und japanische Pornographie gelesen», versetzte Harold ihm.

Freddy blickte erstaunt, sein formloser Mund war nach innen gestülpt. «Haben das nicht alle getan? Wir haben doch oft genug von dir und deinen Geishas gehört. Die armen kleinen unterernährten Dinger – alles nur für eine Packung Zigaretten und einen halben Schokoladenriegel.»

Die flaschengrünen Augen seiner Frau blickten ihn an, als gehöre er zu jemand anderem.

«Man möchte doch wirklich wissen, was in denen so vorgeht», fuhr Freddy fort, er ruderte verzweifelt, um nicht unterzugehen in der Verachtung der anderen, sein schwarzer Mund war in den Winkeln hochgezogen. «Die blöden Meßgeräte versagen plötzlich, die

Scheißrohre brechen – was dann? Mutter? Die Fahne? Unser Herr Jesus? Die letzte Vögelei?»

Verächtliches Schweigen ging von den Männern aus.

«Ich fand so rührend», sang Bea Guerin schleppend, «daß der Tender – sagt man so? –»

«U-Boot-Tender, ja», sagte ihr Mann.

«– daß der Tender *Skylark* hieß, Feldlerche. Und wie er den ganzen Morgen Lockrufe ausstieß und seine Kreise zog auf dem Meer, das von unten wie ein Himmel aussehen mußte, immerzu kreiste und rief und keine Antwort bekam. Arme Feldlerche.»

Frank Appleby erhob sich. «Zuviel des Wassers hast du, arme Ophelia! Ich möchte einen Toast auf das neue Paar ausbringen, auf die Whitmans.»

«Hört, hört», sagte Roger Guerin mit gerunzelter Stirn.

«Auf daß ihr lange unseren Stadtsäckel füllen helft, dessen Steuerforderungen hoch und dessen Wohltaten gleich Null sind.»

«Hört, hört!» Das war Klein-Smith. *«Écoutez.»*

«Danke», sagte Foxy errötend und spürte, wie eine neuerliche Welle des Protests in ihrem Innern aufstieg. Rasch legte sie die Gabel weg. Das Lamm war nicht ganz durch.

Klein-Smith versuchte noch mal sein Glück mit Ken. «Was machen Sie eigentlich, als Biochemiker?»

«Ich mache verschiedenes. Zur Zeit beschäftige ich mich mit der Photosynthese. Bislang habe ich Seesterne in ganz dünne Scheiben geschnitten, um ihren Metabolismus zu studieren.»

Janet Appleby beugte sich wieder vor, tunkte ihren sahnigen Busenansatz ins warme Licht und fragte: «Und dann überleben sie zweidimensional?» In einer hellen strudelnden Welle von Übelkeit stellte Foxy fest, daß man mit ihrem Mann flirtete.

Ken lachte bereitwillig. «Nein, sie sterben. Das ist das Ärgerliche an meinem Fach. Das Leben hat etwas dagegen, analysiert zu werden.»

Bea fragte: «Ist Chemie ein sehr komplexes Gebiet?»

«Sehr. Unglaublich. Sollte irgendwann ein cleverer Theologe mal dahinterkommen, *wie* komplex Chemie ist, dann werden die es zuwege bringen, daß wir alle wieder an Gott glauben.»

Von Bea beiseite gedrängt, wandte Janet sich an die Runde: «Da wir gerade davon reden», sagte sie, «was will der alte Papst Johannes eigentlich dauernd von uns? Er tut so, als wären wir alle an seiner Wahl beteiligt gewesen.»

«Ich mag ihn», sagte Harold. *«Je l'adore.»*

Marcia sagte: «Aber Chruschtschow magst du auch.»

«Ich mag alte Männer. Sie können so herrliche Gauner sein, weil sie nichts zu verlieren haben. Die einzigen Leute, die so sein können, wie sie sind, sind Babys und alte Gauner.»

«Ach was», sagte Janet, «ich habe versucht, dies *Pacem in Terris* zu lesen, und es ist genauso langweilig wie eine Verlautbarung von der UNO.»

«He, Roger», rief Freddy an Foxy vorbei – sein Atem roch nach Fleisch –, «was sagst du denn dazu, wie dieser U Dingsbums Tshombé im Kongo ausgeknockt hat? Muß erst ein Nigger kommen, um mit einem Nigger fertig zu werden!»

«Ich finde es *wundervoll*», sagte Bea emphatisch zu Ken und berührte ihn am Ärmel, «daß es so komplex ist. Ich möchte nicht so ohne weiteres verstanden werden.»

Ken sagte: «Zum Glück sind die Vorgänge im Königreich des Lebens so ziemlich überall die gleichen. Ein Bröckchen Hefe zum Beispiel spaltet Traubenzucker auf haargenau demselben achtstufigen Umsetzungsweg in Brenztraubensäure auf wie Sie.» Das war ein Aspekt, unter dem Foxy ihn kaum noch zu sehen vermochte: der junge Mann, der sagen konnte: «im Königreich des Lebens». Wer, glaubte er eigentlich, war König?

Bea sagte: «Ach du meine Güte. Ich komme mir an manchen Tagen *tatsächlich* ganz verschimmelt vor.»

Freddy ließ nicht locker, obwohl Roger seinen winzigen Mund abwehrend zusammenpreßte. «Das Dumme an Hammarskjöld war», sagte er, «daß er dir und mir viel zu ähnlich gewesen ist, Roger. Lauter nette Kerle.»

Marcia Klein-Smith rief ihrem Mann zu: «Liebling, wer hindert dich denn daran, ein herrlicher alter Gauner zu sein? Etwa ich schreckliche Person?»

«Wirklich, Hass», sagte Frank Appleby, «ich sehe in dir unseren lokalen Bertrand Russell.»

«Ich finde, er ist mehr ein Albert-Schweitzer-Typ», sagte Freddy Thorne.

«Ihr blöden Kerle, ich *meine* es so.» Seine Nasenspitze reckte sich unter den Angriffen in die Höhe wie die zarte Schnauze eines Maulwurfs. «Seht euch Kennedy an. In diesem Roboter steckt jemand drin, der gern raus möchte, aber er traut sich nicht, weil er zu jung ist. Man würde ihn kreuzigen.»

Janet Appleby sagte: «Nun laßt uns doch mal über etwas Aktuelles reden. Immerfort hecheln wir bloß Leute durch. Ich lese nämlich die Zeitung, wenn Frank seinen Shakespeare studiert. *Warum* tut Ägypten sich mit den anderen Arabern zusammen? Wissen die denn nicht, daß sie Israel zwischen sich haben? Die sind ja genauso schlimm wie wir mit unserem Alaska.»

«Ich könnte dich küssen, Janet!» rief Bea, über Ken hinweg. «Genau das denke ich auch.»

«Diese Staaten sind keine Staaten», sagte Harold. «Das sind nur Filialen von Standard Oil. *L'huile étendarde.*»

«Zitier uns noch ein bißchen Shakespeare, Frank», sagte Freddy.

«Wir lachten», deklamierte Frank, «wenn vom üpp'gen Spiel des Windes der Segel schwangrer Leib zu schwellen schien. *Sommernachtstraum.* Ist das nicht ein herrliches Bild? Es ist mir tagelang nicht aus dem Kopf gegangen. Der Segel schwangrer Leib zu schwellen schien.» Er stand auf und schenkte allen noch einmal Wein nach. Foxy deckte die Hand über ihr Glas.

Freddy Thorne beugte sich ganz nah zu ihr und sagte: «Sie haben nicht gerade einen Riesenappetit. Macht das Bäuchlein Scherereien?»

«Im Ernst», sagte Roger Guerin auf der anderen Seite von ihr, «ich hätte nicht die leisesten Bedenken, Piet Hannema anzurufen und mir wenigstens einen Kostenvoranschlag machen zu lassen. Er liefert solide Arbeit. Zum Beispiel ist er einer der wenigen Bauunternehmer, die einem noch anständig verputzte Wände hinstellen. Und was er für uns getan hat, war mit Liebe gemacht, wenn er auch eine Ewigkeit dazu gebraucht hat. Restaurieren ist vermutlich seine Stärke.»

Bea ergänzte: «Er ist ein lieber kleiner altmodischer Kerl.»

«Ihr werdet's bereu-hen», sagte Freddy Thorne.

Frank Appleby rief: «Und er soll euch einen Deich bauen, dann kann Ken die Marsch bewirtschaften. Man kann ein Vermögen verdienen mit Salzbinsenheu. Es wird für die Artischockenzucht gebraucht.»

Foxy wandte sich an ihren Quälgeist: «Warum mögen Sie ihn nicht?» Ihr war plötzlich eingefallen, wer Hannema war. Auf Franks Party hatte sie ihn gesehen: ein untersetzter rothaariger Mann, der albern am Fuß der Treppe gelegen und ihr unters Kleid geschaut hatte.

«Aber ich mag ihn ja», sagte Freddy Thorne. «Ich liebe ihn. Ich liebe ihn wie einen Bruder.»

«Und er dich», sagte Klein-Smith rasch.

Thorne sagte: «Um die Wahrheit zu sagen, ich fühle mich homosexuell zu ihm hingezogen.»

«Freddy», sagte seine Frau so tonlos, daß sie kaum die Absicht haben konnte, gehört zu werden.

«Er hat eine entzückende Frau», sagte Roger.

«Sie ist wirklich entzückend», rief Bea, «so ausgeglichen. Ich beneide sie um ihre herrlichen Bewegungen. Du nicht auch, Georgene?»

«Angela ist eigentlich ein Roboter», sagte Frank Appleby, «und in ihr steckt Jack Kennedy, und der möchte gern raus.»

«Ich bin nicht sicher, ob sie so vollkommen ist», sagte Georgene Thorne. «Ich glaube nicht, daß sie Piet viel zu geben hat.»

«Sie gibt ihm gesellschaftliche Sicherheit», sagte Harold.

Freddy sagte: «Ich wette, sie walkt ihn ab und zu auch ganz schön durch. Schließlich ist sie ein Mensch. Wir sind alle Menschen, Herrgott noch mal. Das ist meine Ansicht.»

Foxy fragte: «Was ist denn so neurotisch an ihm?»

«Sie haben gehört, was Roger über seine Bauweise gesagt hat. Er ist aus der Analphase raus. Außerdem geht er in die Kirche.»

«Aber ich gehe auch in die Kirche. Ich könnte nicht ohne sie sein.»

«Frank», rief Freddy, «ich glaube, ich habe die vierte gefunden!»

Foxy nahm an, er meinte, daß sie die viert-neurotischste Person der Stadt sei, nach dem Feuerwehrhauptmann, dem holländischen Bauunternehmer und der Dame, die dazu verdammt war, von ihren Zeitschriften erdrückt zu werden.

Foxy kam aus Maryland und hatte etwas von der Aggressivität der Frauen aus den Südstaaten. «Sie *müssen* mir erklären, was Sie mit ‹neurotisch› meinen.»

Thorne lächelte. Sein perverser Mund stand einladend offen im Kerzenlicht. «Sie haben mir nicht erklärt, was Sie mit ‹Charakterbildung› meinen.»

«Vielleicht», sagte Foxy höhnisch heiter, «meinen wir dasselbe.» Sie mochte diesen Mann nicht, sie konnte sich nicht erinnern, je einem Mann begegnet zu sein, den sie weniger gemocht hatte, und sie versuchte, dem Durcheinander in ihrem Körper einen klaren Ausdruck dafür abzuringen.

Er neigte sich zu ihr und flüsterte: «Essen Sie doch was von Beas Lamm, und sei es nur aus Höflichkeit, selbst wenn es roh ist.» Dann wandte er sich ab von ihr, wie von einer lästigen Bittstellerin, und gab Marcia Feuer für ihre Zigarette. Und während er damit beschäftigt war, streifte er mit seinem Schenkel absichtlich den von Foxy. Sie war überrascht, amüsiert, angewidert. Dieser Dummkopf bildete sich ein, er habe eine Eroberung gemacht. Sie spürte, daß er danach gierte, sich in ihr Schicksal einzumischen, eine Rolle darin zu spielen, und sie schauderte. Der Druck seines Schenkels verstärkte sich, und in dem einlullenden stumpfen Licht kam das Verlangen nach rettendem Schlaf über sie. Sie sah sich hilfesuchend um. Der Gastgeber, dessen Brauen sich tyrannisch über der Nasenwurzel zusammenzogen, war gerade damit beschäftigt, weitere Lammscheiben abzusäbeln. Und der Urheber ihres Schlafbedürfnisses, ihr Mann, saß gegenüber zwischen Bea Guerin und Janet Appleby und lachte. Der dolchförmige Schatten in der Mulde zwischen Janets üppigen Brüsten verschob sich, sooft ihre Hände zur Bekräftigung irgendwelcher unverständlichen Sätze durch die Luft fuhren. Es wurde wieder Wein eingeschenkt. Foxy nickte bejahend auf eine Frage, weil sie dachte, sie sei gemeint, und riß den Kopf hoch, aus Angst, eingeschlafen zu sein. Ihr Schenkel wurde wieder berührt. Keiner sprach mit ihr. Roger Guerin flüsterte mit Georgene Thorne, schien ihr Trost zuzusprechen. Kens hohes, hartes Lachen schallte durch den Raum, und sein Gesicht, das sonst so asketisch war, sah teigig und unwirklich aus, als sei es von einem Scheinwerferstrahl getroffen. Er amüsierte sich; es würde noch Stunden dauern, bis sie ins Bett käme.

Als sie nach Hause fuhren, belebte die Nacht sie wieder. Die frische Luft war kühl, und der Himmel, eine hohe, sich brechende Woge, war mit Sternen übersprüht. Die Scheinwerfer pflückten Briefkästen, Hecken, einen Straßengraben mit harschigen Schneeresten aus der Dunkelheit. Der MG kostete schwingend jede Kurve der gewundenen Küstenstraße aus. Ken fragte: «Lebst du noch?»

«Jetzt geht es mir wieder gut. Vorhin, am Tisch, war ich nicht sicher, ob ich es überstehen würde.»

«Es war wirklich sehr gespenstisch.»

«Alle wirkten so ineinander verkrallt.»

«Komische Leute.» Wie von Schuld geplagt, setzte er hinzu: «Arme Fox, mußte gähnend da herumsitzen mit ihrem dicken Bauch.»

«Habe ich mich sehr dumm benommen? Ich habe es Bea gesagt.»

«Um Gottes willen, warum denn?»

«Ich wollte einen verdünnten Martini. Genierst du dich, weil ich schwanger bin?»

«Nein, aber warum soll man es ausposaunen? Es wird noch früh genug zu sehen sein.»

«Sie sagt es niemandem weiter.»

«Spielt ja auch keine Rolle.»

Wie wenig für dich eine Rolle spielt, dachte Foxy. Die Bäume am Straßenrand kippten ins Dunkel weg und ballten sich, nachdem die Lücken zwischen ihnen den Blick auf kaltes, mondbeschienenes Marschland freigegeben hatten, weit hinten zu Klumpen zusammen. Die Briefkästen wurden spärlicher. Immer weniger Hauslichter waren zu sehen. Foxy zog ihren Mantel fester um sich, einen pelzgefütterten Gabardinemantel, der wie ein russischer Offiziersüberzieher geschnitten war. Sie dachte an ihr kaltes Haus mit den dünnen Wänden und dem altersschwachen Ofen. Sie sagte: «Wir *müssen* uns einfach einen Bauunternehmer besorgen. Wollen wir nicht diesen Hannema bitten, uns einen Kostenvoranschlag zu machen?»

«Thorne sagt, er ist ein Popokneifer.»

«Typischer Fall von Projektion.»

«Janet hat mir erzählt, daß er das Haus beinahe selbst gekauft hätte. Seiner Frau hat offenbar die Aussicht so gefallen.»

Er nennt sie also schon beim Vornamen.

Foxy sagte: «Hast du die Feindschaft zwischen Frank und diesem Klein-Smith bemerkt?»

«Haben sie nicht beide mit Aktien zu tun? Vielleicht machen sie sich Konkurrenz.»

«Ken, bei dir geht's immer nur um den Beruf. *Ich* hatte das Gefühl, es geht um eine Frau.»

«Janet etwa?»

«Aber ja, die wollte es doch offensichtlich auf die Spitze treiben mit ihrem Busen.»

Er kicherte. *Laß das,* dachte sie, *du bist nicht gemeint.* «Zwei Spitzen», sagte er.

«Ich wußte, daß du das sagen würdest», sagte sie.

Die Straße stieg an, und von der frostzerfressenen Kuppe hatte man zum erstenmal einen Blick aufs Meer. Foxy sah das Mondlicht auf dem Wasser, silbern, reglos ihnen zur Seite bleibend, und doch aus Myriaden ungebändigter Oszillationen bestehend; wie die Materie selbst, dachte sie. Ken wühlte da herum, wo die Protonen sich von Molekül zu Molekül schwingen und Elemente sich zu langen Spiralleitern verketten. Ein Dünenschimmer: gebleichte Knochen. Das Auto glitt in eine Senke. Viermal stieg und fiel die Straße zwischen der verlassenen, mit Brettern zugenagelten Eisbude und der Zufahrt zu ihrem Haus. Sie wohnten ziemlich am Ende der Straße – im Winter am Ende der Welt. Jäh überkam sie ein Verlangen nach der Helligkeit, der Freiheit des Sommers.

Ken sagte: «Dein Freund Thorne hat ja eine sehr schlechte Meinung von Hannema.»

«Er ist nicht mein Freund. Er ist ein widerlicher Kerl, und ich begreife nicht, warum alle ihn so mögen.»

«Er ist Zahnarzt. Und einen Zahnarzt braucht man. Janet hat mir erzählt, er habe eigentlich Psychiater werden wollen, sei aber durchgefallen an der medizinischen Fakultät.»

«Er ist gräßlich, so klebrig und zudringlich, ich hatte die ganze

Zeit das Gefühl, er wollte mit seinen Händen in mich hinein. Ich habe ihn abfahren lassen, und er dachte, ich mache ihm Avancen. Er hat immerfort Knie-Küssen mit mir gespielt.»

«Aber er saß doch *neben* dir.»

«Er hat's von der Seite gemacht.»

«Ja, so geht es wahrscheinlich auch.»

«Ich finde, wenn der eine schlechte Meinung von jemandem hat, sollte man das als Plus werten.»

Ken sagte nichts.

Foxy fuhr fort: «Roger Guerin hat gesagt, er sei ein guter Bauunternehmer. Er hat ihr Haus restauriert. Bei *dem* Geld, was die haben, hätten sie sich jeden leisten können.»

«Wir wollen es uns überlegen. Ich würde lieber jemanden nehmen, den keiner kennt. Ich möchte mich möglichst heraushalten aus der Cliquenwirtschaft in diesem Nest hier draußen.»

«Ich dachte, einer der Gründe, weshalb wir hierhergezogen sind, sei gewesen, daß wir bei unseren Freundschaften nicht immer bloß auf deinen beruflichen Bekanntenkreis angewiesen sein wollten.»

«Sag das noch mal.»

«Du weißt genau, was ich gesagt habe. Ich konnte mir meine Freunde nie aussuchen, immer waren's nur chemische Elemente.»

«Aber Fox, das sind wir doch alle, chemische Elemente.» Er wußte, daß sie das nicht glaubte, warum sagte er es? Wann würde er sie aus der Schule entlassen?

Eine Briefkastensäule, die von einem Schneepflug gerammt worden war, lehnte schief im Mondlicht. Sie gehörte Leuten, die nur im Sommer herkamen, und würde monatelang nicht aufgerichtet werden. Foxy wickelte sich fester in ihren Russenmantel und zog zugleich ihren Körper, ihr ganzes Selbst, um den kleinen Unruhestifter in ihrem Leib zusammen: dieses fremde Leben, das heimlich von ihrem schmarotzte. Sie kam sich häßlich vor und benutzt. Sie sagte: «Dir haben diese Frauen ja offensichtlich *gefallen* mit ihren Hochdamitbüstenhaltern und ihrem Holmichhierherausgekicher!» Die Frauen, die sie in Cambridge gekannt hatten, waren größtenteils schlichte Quäkermädchen gewesen, die friedliche Ehen mit Strebern führten, oder solche, die auf abstoßende Weise mit eigenen Geistesgaben gepanzert waren, unnahbare Zigeunerschönheiten, mit hitzigen Meinungen über kubanische Unabhängigkeit und deutsche Schuld. Foxy seufzte resigniert. «Na ja, es heißt ja nicht umsonst, daß ein Mann sich spätestens dann die erste Geliebte nimmt, wenn seine Frau ein Kind bekommt.»

Er sah sie an, zu überrascht, um etwas zu sagen, und ihr ging auf, daß er unfähig war, sie zu betrügen, und sie wunderte sich dabei über ihre Enttäuschung. Sie zerbrach sich den Kopf; nie während ihrer ganzen Ehejahre war sie so auf ihn angewiesen gewesen wie jetzt, nie hatte sie mehr Grund zur Dankbarkeit gehabt. Aber eine unruhige Chemie braute sich in ihrem Körper zusammen, und sie verübelte ihm, daß er davon ausgeschlossen war. Sie hatte immer schon das Gefühl gehabt – hatte es auch jetzt –, daß sein anmaßendes, nie versagendes Verantwortungsbewußtsein ihn die Schuld nicht sehen ließ, die, ihrem dunklen Empfinden nach, zum Leben gehörte; und auf diese Weise ließ er sie die doppelte Last tragen.

Nach einer Weile sagte er: «Worauf willst du hinaus? Wir waren eingeladen. Wir sind hingegangen. Warum machen wir uns dann nicht auch einen Spaß daraus? Ich habe nichts gegen mediokre Leute, vorausgesetzt, daß ich ihnen nichts beibringen muß.»

Ken war zweiunddreißig. Sie hatten sich kennengelernt, als er sein Examen gerade hinter sich hatte und Biologieunterricht gab und sie im letzten Collegejahr stand, im Radcliffe, und ein Stipendium brauchte. Von ihrem zweiten Collegejahr an hatte Foxy eine Liebesaffäre mit einem Kunststudenten gehabt, einem bärenstarken jüdischen Burschen aus Detroit. Der war mittlerweile Bildhauer geworden, und seine gewaltigen zusammengeschweißten Schrottmontagen waren hier und da in Zeitschriften abgebildet. Schon damals hatte er etwas Metallisches, Grelles gehabt, einen überheblichen, gewitterigen Hang zur Selbstparodie mit seinem perückenhaften, strohigen, streng nach vorn gekämmten Haar und einer Nase, die so krumm war, daß ihre Spitze fast die Unterlippe zu berühren schien. Die Linien seines Gesichts betonten eine gewisse Verächtlichkeit. Seine Zunge war hemmungslos. *Mach mich fertig, kleine Schickse, ich bin ein dreckiger alter Kerl. Schwarzer Rotz kommt mir aus allen Löchern. Ich kratz mir die Hämorrhoiden mit 'ner prophylaktischen Zahnbürste auf.* Er war voller Hohn, wenn sie Entsetzen zeigte. Er brachte ihr bei, es mit dem Mund zu machen. Sein Schwanz war ungeheuer groß in ihrem Mund; sie erlebte die Liebe zu ihm wie wellende und zart zerreißende Schleier in ihrem Körper. Bevor er mit ihr anfing, war sie sich blaß, groß, steif, kalt, unbrauchbar vorgekommen. Sein Rücken war behaart, knotig muskulös um die Schulterblätter und, wie unter einem Fluch, dicht mit Leberflecken übersät.

Mit einem Takt, der vernichtender war, als ein brüskes Verbot es hätte sein können, verwandelten ihre Eltern diese Liebe allmählich in etwas Groteskes, Unerträgliches. Foxy wußte nicht, wie sie es machten: es war, als ob ihre Eltern und Peter sich durch sie miteinander besprachen, ohne daß sie wußte, was gesagt wurde; bis von beiden Seiten das *Nein* kam und sich unter ihren Rippen traf. Dieser Schulmädchenschmerz und die vielen Zigaretten. Ihr letztes Jahr im Radcliffe: es hatte geschneit, geschneit; sie erinnerte sich an das Zwitschern der Fahrräder, die über die Wege geschoben wurden, an das Quietschen der schnallenlosen Gummigaloschen, an den feuchten Schal um ihren Hals, an die Schneekristalle, die schwerelos wie Gedanken gegen die hohen, heiteren Fenster des Lesesaals flatterten. Sie erinnerte sich an das gebleichte Licht, das jeden Morgen ihr Zimmer erfüllte, wenn sie mit dieser Wundheit im Herzen aufwachte.

Ken trat auf den Plan, war größer als sie, wollte sie, war akzeptabel und wurde auch von allen Seiten akzeptiert; es war ganz so wie bei einem bohrenden mathematischen Problem, das sich plötzlich von selber löst. Foxy konnte keinen Fehl an ihm finden, und das forderte sie heraus, reizte ihren Eigensinn, ihren Trotz. Sie empfand zwischen seinem guten Aussehen und seiner Intelligenz einen Widerspruch, hinter dem sich womöglich der vertrackte Humor ihres Juden verbarg. Ken sah aus wie ein reicher Junge und arbeitete wie ein armer. Er stammte aus Farmington und war der einzige Sohn eines in Hartford praktizierenden Rechtsanwalts, der noch nie einen Fall verloren hatte. Foxy verstieg sich zu der Vorstellung, daß es sogar bei seiner Geburt kühl und schmerzlos zugegangen sein müsse, ohne eine Träne oder einen einzigen Aufschrei. Nichts beunruhigte ihn. Es gab Unbekanntes, aber nichts Unerklärliches. Nach ihrer eigenen entwürdigenden Fehlkalkulation – denn das mußte ihre erste Romanze ja gewesen sein, so jäh und jämmerlich, wie sie gescheitert war – suchte sie Schutz in Kens wetterfester Geradlinigkeit. Dankbar erkannte sie seine selbstverständliche Überlegenheit im Umgang mit anderen an. Er sah besser aus, konnte besser denken, funktionierte einfach besser als andere. Nur in einem irrte er: nämlich wenn er sie auf Grund der beherrschten Haltung, die ihre körperliche Größe ihr diktiert hatte, wie jemanden seines Schlages behandelte.

Sie selber, Elizabeth Fox, aus Bethesda, sah sich als ein Wesen von verdrängter Wärme. Beifällig hatte sie beobachtet, wie ihr Jungmädchenherz sich zu streunenden Tieren, unglücklichen Kindern, verlassenen Heldinnen und zu den bandagierten Verwundeten hingezogen fühlte, die um das neue Krankenhaus spazierten, dessen häßliche lange Fensterreihen wie zugezogene Reißverschlüsse aussahen. Die Fox' waren im Frühling 1941, als das Krankenhaus gerade im Bau war, aus dem Washingtoner Osten hierher gezogen. Ihr Vater war Berufssoldat bei der Marine, Korvettenkapitän, mit einigen Ingenieurskenntnissen und einem übertriebenen Sinn für Stand und Herkunft. Einer seiner Großväter war Virginia-Soldat gewesen, der andere Pastor in New Jersey. Er hielt sich für einen Mann von feiner Lebensart, und als Foxy mit zwölf Jahren vor ihn hintrat, begeistert von der Idee, Krankenschwester zu werden, belehrte er sie, daß sie zu intelligent dafür sei und eines Tages aufs College gehen werde. Im Radcliffe dann kam sie rückblickend zu der Überzeugung, daß an ihren verdrängten Zärtlichkeitsgefühlen die lange Abwesenheit ihres Vaters während des Zweiten Weltkriegs schuld war; dieser globale Krieg hatte verhindert, daß sie vom Tochterdasein hinüberfand zu heterosexuellen Beziehungen ohne Unterwürfigkeit, ohne die büßerischen Erniedrigungen, zu denen sie Peter reizte. Jetzt, da sie verheiratet war und ihre Selbstanalysen nachsichtiger und nicht mehr so sehr mit dem Rechenschieber betrieb, fragte sie sich, ob das Traurige, das Gebrochene, Unvollständige ihrer Erziehung seine Wurzeln nicht schon in der Zeit vor dem Krieg hatte, in der Zeit der Depression, deren gespenstischer Schatten von erhabener Ohnmacht, von Straßenbahnwagen und Stirnhöhlenkatarrh noch immer die düsteren, mausoleumshaften Amtsgebäude Washingtons umgeisterte, wenn sie ihre Mutter besuchte. Vielleicht aber rührte alles Unglück auch nur daher, daß ihre Mutter, obschon gewandt und einstmals hübsch, nicht aus vornehmer Familie stammte, sondern die Tochter eines Lebensmittelhändlers aus Maryland war.

Foxy hatte erst geheiratet, als ihre Eltern geschieden waren. Nach dreißig Dienstjahren bei der Marine nahm ihr Vater, weit davon entfernt, sich zur Ruhe zu setzen, einen lukrativen Beraterposten in der Schiffsbau-Industrie an und zog nach San Diego. Ihre Mutter verheiratete sich wieder, als wolle sie trotzig beweisen, daß auch sie auf den Wassern der Prosperität zu segeln verstand: sie nahm einen reichen Witwer aus Georgetown, einen Mr. Roth, der ein Kettenunternehmen von Münzwäschereien, hauptsächlich in Negergegenden, besaß. Sie richtete sich jetzt immer sorgfältig her, zog sogar zum Einkaufen einen Hüfthalter an, hielt sich einen Pudel, rauchte Filterzigaretten mit rotem Mundstück, ließ sich von ihren Freunden «Connie» nennen und sprach von ihrem Mann nur als von «Roth».

Das Ehepaar von einst, Foxys Elternpaar, gab es nicht mehr. Das schmale Fachwerkhaus mit den Fensterläden in der Rosedale Street. Die nie benutzte offene Vorderveranda. Die rostfarbenen Sonnenrollos, die immer heruntergelassen waren gegen die Hitze. Der elektrische Ventilator in der Küche, der seinen Kopf bedächtig hin und her bewegte wie ein Schwachsinniger, der monoton vor sich hin schimpft. Das ewig gestörte Philco-Radio, mit Lowell Thomas, der die Abendnachrichten sprach. Die Feldpost, die durch den erregten

Briefschlitz schoß. Die einmal wöchentlich aufkreuzende Negerin namens Gracelyn, deren Schürzentaschen nach Orangenschalen und Schokoladenbonbons rochen. Veronica, die übergeschnappte, sterilisierte Terrierdame, und dann Merle, ein sabbernder, schwarzzüngiger Chow Chow. Das vertrocknete, blütenlose Gebüsch, wo Elizabeth so oft nach Flaschenkappen und ‹Spuren› stöberte; die langen zeitungsfarbenen Eiskremabende; das rotkarierte Wachstuch auf dem Küchentisch, das an zwei Stellen durchgescheuert war; die Mutter, wie sie abends an diesem Tisch saß, nach den Nachrichten, bevor sie ihre Tochter zu Bett brachte, eine Chesterfield rauchte und sich ruckhaft, mechanisch über die Haut unter den starrenden Augen strich: all das gab es nicht mehr, es existierte nur noch in Foxys Herzen. Sie ging in die Kirche, um etwas zu bewahren. Episkopalismus – die schlingernden, den Männern auf See gewidmeten Bariton-Hymnen, die Bankreihen, in denen die Schulterstücke der Offiziere funkelten – hatte zum tapferen Leben von Papa und seinen Freunden gehört, an ihrer Spitze Mr. Roosevelt mit seinem Cape, der den Krieg geführt und gewonnen hatte.

Sie machte ihr Examen und heiratete im Juni 1956.

Jede Heirat ist eine Spekulation mit ungewissem Ausgang. Foxy ließ sich darauf ein in der Gewißheit, daß, was auch immer das Schicksal für sie bereithalten mochte, es bestimmte Arten von verletzender Behandlung gab, die ihr Mann ihr nicht einmal in Gedanken zufügen würde. Darüber war er hinaus, so wie die meisten amerikanischen Männer darüber hinaus sind, anderen die Augen oder Eingeweide herauszureißen. Sie hatte recht behalten. Nicht daß er zu sanftmütig gewesen wäre; er war einfach zu elegant, zu überlegen, um grausam zu sein. Sie hatte keine berechtigte Klage vorzubringen, nur die eine unberechtigte, daß sie bis zu seiner Promovierung in Unfruchtbarkeit ausharren mußte und diese Zeit lang gewesen war. Aus den vorgesehenen vier Studienjahren nach dem Examen waren über der Quälerei mit der Dissertation fünf geworden, zwei weitere gingen drauf mit einem Forschungsstipendium, das die Gesundheitsbehörde ihm bewilligte; und dann vertat er noch ein Jahr als Assistent im Magnetfeld jener Harvard-Götter, deren Namen allein Foxy schon in Harnisch brachten. Sie hatte sich inzwischen beschäftigt: kleine wissenschaftliche Hilfsarbeiten zwischen flämischen Kupferstichen oder mesozoischen Farnfossilien in gemütlichen, staubigen Harvard-Kellern; Rezeptionsdienst im Verwaltungsgebäude; Mitarbeit an einem Unterrichtsprojekt für geistig behinderte Kinder – woraufhin sie erwog, in die Sozialfürsorge zu gehen, was sie dann aber wieder verwarf; ziellose Teilnahme an Graduate-Seminaren; einen

Anlauf, den Master-Titel zu erwerben; zwei Semester Aktzeichnen in Boston; Ferien, sogar Flirts; aber alles ohne Ergebnis. Sieben Jahre dauern lang, zählt man sie nach Monaten, in denen pünktlich die Blutsteuer entrichtet werden muß, mißt man sie nach Wochen, in denen alle Freuden geschmälert werden durch erniedrigende Verhütungsmaßnahmen; sieben solche Jahre dauern länger als ein Krieg. Sie hatte sich danach gesehnt, von Ken ein Kind zu empfangen, seine Vortrefflichkeit in ihrer Wärme fortzupflanzen. Das erschien ihr als das höchste Geschenk, das sie ihm geben konnte, seit ihr klargeworden war, daß irgend etwas in ihr sich ihm versagte. Ein Kind, eine Verbindung ihrer beider Chemien, würde ein aufrichtiges Pfand ihrer Bewunderung, ihres Vertrauens sein und sie beide für alle Zeit über die Ebene hinausheben, auf der die Tauglichkeit dieser Gefühle in Frage gestellt sein könnte. Nun durfte sie ihm dieses Geschenk darbringen. Ken war Dozent an der Universität von Boston, wo die Abteilung für Biochemie raschere Aufstiegsmöglichkeiten bot als anderswo. Ihre Gründe, glücklich zu sein, waren ebenso weitgefächert wie der Blick von ihrem neuen Haus.

Dieses Haus war Kens Idee gewesen. Sie hatte gemeint, man solle näher bei Boston leben, in Lexington vielleicht, unter ihresgleichen. Tarbox lag viel weiter außerhalb, eine Autostunde von Boston entfernt, und trotzdem hatte er, der doch täglich hin und her fahren mußte, sich auf dieses Haus gestürzt, als habe er sich sein ganzes Leben lang nach einer Landschaft gesehnt, die so öde und unverfälscht war wie diese Marsch, diese fernen knochenbleichen Dünen, dieser Meeressaum. Vielleicht, so dachte Foxy, brauchte er diese Unermeßlichkeit als Ausgleich für seine mikroskopische Arbeit. Und es hatte sich als nützlich erwiesen, daß er und dieser Immobilienmensch Gallagher einander sympathisch gewesen waren. Foxy hatte zwar alle nur denkbaren vernünftigen Einwände erhoben, aber es hatte ihr doch Vergnügen gemacht, zu sehen, wie er nach dem langen, faden Stau des Studentendaseins plötzlich aufwachte und den Wunsch hatte nach etwas Neuem, Handgreiflichem, Wirklichem. Daß er sogar die leise Verrücktheit besaß, die man brauchte, um sich auf ein derart abwegiges, unpraktisches Haus zu versteifen, machte ihr (als habe es Grund zum Verzweifeln gegeben) Hoffnung.

Das Haus war kalt heute nacht, angespeichert mit schaler Frostigkeit. Cotton, der Kater, tappte ihnen geräuschvoll aus dem dunklen Wohnzimmer entgegen und reckte den schlafsteifen Körper. Er war ein schwerpfotiger, karamellfarbener Bursche, der in den Jahren, da er ihr einziges Spielzeug gewesen war, etwas von der Umgänglichkeit eines Hundes und den anspruchsvollen Allüren eines Babys angenommen hatte. Höflich verbeugte er sich vor ihnen, den Schwanz zum Fragezeichen aufgekrümmt, die Vorderpfoten in den geflochtenen Flickenteppich gekrallt, den die Robinsons in der Diele zurückgelassen hatten. Mit zierlichem Geräusch löste er seine Krallen aus dem Stoff und schnurrte erwartungsfroh, weil Foxy ihn gleich auf den Arm nehmen würde. Sie hielt ihn, während der Motor in seiner Kehle immer weiterpurrte, an ihren Hals gedrückt und wünschte sich wie ein Kind, magisch in sein Fell zu schlüpfen.

Ken schaltete eine Lampe im Wohnzimmer an. Die kahlen Wände sprangen ins Blickfeld, die unverkleideten Stützbalken, die rohen Mauerflächen hier und da, der abbröckelnde Verputz, die eingerahmten Erinnerungen an vergangene Sommer – fächerförmig angeordnete Muschelkollektionen, in Reih und Glied sortierte getrocknete Strandgewächse –, die die Robinsons nicht mitgenommen hatten. Sie waren einander nie begegnet, aber Foxy stellte sie sich als eine große, schlampige Familie vor, die voller Possen steckte und in der jeder einen Spitznamen hatte und Hobbys die Menge: die Mutter pinselte Aquarelle (ihr Œuvre war übers ganze Obergeschoß verteilt), die älteren Jungen segelten in der Marsch, das Mädchen sammelte verträumt Schallplatten und wurde gehänselt, der jüngere Sohn und der Vater grasten systematisch den Strand nach klassifizierbaren Spielarten der Natur ab. Das Zimmer roch, als sei der Sommer darin eingeschlossen und dennoch weggesickert. Die Fenstertüren, die in einen Seitengarten mit Rosen und Päonien führten, waren mit Brettern vernagelt. Vor den Fenstern, von denen man auf die Veranda und die Marsch hätte sehen können, waren die Läden verriegelt. Die scharfkantigen Möbel aus Cambridge, teils Door Store, teils Design Research, sahen karg und verloren aus; der Raum hatte eine angenehme Größe und eine gute quadratische Form. Er bot Möglichkeiten. Er brauchte Weiß, weiße Wände und Licht und Liebe und Stil. Sie sagte: «Wir *müssen* hier was machen.»

Ken hielt die Hand an das Heizgitter im Fußboden. «Der Ofen ist schon wieder aus.»

«Laß ihn bis morgen. Die Wärme dringt sowieso nicht bis nach oben.»

«Ich lasse mich aber nicht gern zum Narren halten. Wär doch gelacht, wenn man nicht fertig würde mit diesem verfluchten Ding!»

«Ich habe mehr Angst, im Schlaf an Kohlengas zu ersticken.»

«Keine Chance, bei dieser miserablen Anlage.»

«Ken, bitte, ruf Hannema an.»

«Ruf du ihn an.»

«Du bist der Mann im Haus.»

«Ich bin nicht sicher, ob er der richtige ist.»
«Du magst doch Gallagher.»
«Sie sind aber keine Zwillinge, sondern Geschäftspartner.»
«Dann nimm jemand anderen.»
«Wenn du Hannema willst, dann ruf du ihn auch an.»
«Also gut, ich tu's.»

«Na fein, dann mal los.» Er ging zu der Tür, die in das enge Loch hinunterführte, das als Keller herhalten mußte. Das Heizgitter fing zu scheppern an und verströmte einen giftigen Geruch. Foxy trug Cotton in die Küche, stöpselte den elektrischen Ofen ein und füllte zwei Schüsseln mit Milch. Die eine stellte sie auf den Boden, für den Kater; die andere nahm sie für sich selbst und brockte Crackers hinein. Cotton beschnüffelte das Dargebotene, verschmähte es und stieß ein fragendes Miauen aus. Foxy beachtete ihn nicht und löffelte gierig ihre Schüssel leer. Milch mit Crackers war ein Lieblingsgericht aus Kindertagen, das es immer zwischen den Nachrichten und dem Zubettgehen gab; unversehens hatte jetzt die alte Gier sie gepackt – es war wie eine Erlösung vom Fieber, ein Sturm von Gesundheit. Und während abwechselnd die Hitze des Heizapparats und das Fell des bettelnden Katers um ihre Beine strich, schmierte sie Butter auf schwammiges Weißbrot, riß es in Stücke, drei große Scheiben hintereinander, und schlang es, viel zu gefräßig, um sich mit Toasten abzugeben, besessen und zwanghaft wie eine Betrunkene in sich hinein. Ihre Fingerspitzen glänzten butterig.

Sie beugte sich über den Schieferausguß, um sich die Hände zu waschen, und sah aus dem Fenster. Der Wasserstand war hoch; silbern überschwemmt lag das lineare Netz der Gräben im Mondlicht. Gegen das Schimmern hob sich eine kleine unbebaute, mit Dornengestrüpp überwucherte Insel ab. In der Ferne, an der äußersten Landspitze der Bucht von Tarbox, überflimmerten die Lichter einer kleinen Stadt, deren Namen Foxy sich noch nicht gemerkt hatte, den Horizont. Ein kreisendes Leuchtturmlicht bestrich rhythmisch die Ebene des Ozeans. Der Strahl traf in ungleichmäßigen Abständen auf ihr Gesicht. Sie zählte: fünf, zwei, fünf, zwei. Zwei Lichtkegel. Die Sekunden wischten weg, vorbei. Fünf, zwei. Hastig wandte sie sich ab und wickelte das Brot wieder in die Cellophanhülle. Die Nacht hatte sich für sie zu einer massiven Traurigkeit geballt. Mitternacht war vorüber. Heute war Ostern. Sie mußte früh aufstehen, in die Kirche gehen.

Ken kehrte vom Ofen zurück und lachte, als er die Spuren ihres Hungers sah: den verstümmelten Butterwürfel, die zerrupften Brotreste, die leere Schüssel. Sie sagte: «Ja, aber nur auf das billige Brot bin ich so scharf, nicht auf das gute Pepperidge-Farm-Brot. Das altmodische matschige Zeug mit all den chemischen Zusätzen, genau das will ich.»

«Kalziumpropionat», sagte er. «Unser Kind wird ein agglutiniertes Monstrum werden.»

«War das dein Ernst, daß ich diesen Holländer anrufen soll?»

«Warum nicht? Hör dir doch mal an, was er zu sagen hat. Er muß das Haus ja kennen, wenn seine Frau so erpicht darauf war.»

Aber sie hörte die Skepsis in seiner ruhigen Stimme und wechselte das Thema. «Weißt du, was mich an den Leuten heute abend so gestört hat?»

«Es waren alles Republikaner.»

«Sei doch nicht albern, nichts wäre mir gleichgültiger. Nein, mich hat gestört, daß sie unbedingt wollten, wir sollen sie lieben. Genau das erwarteten sie von uns, aber sie waren nicht liebenswert.»

Er lachte. Warum war sein Lachen so irritierend? «Vielleicht hast *du* es gewollt», erwiderte er.

Sie gingen schlafen, stiegen eine Treppe hinauf, die verschrammt und mit Buntstiften beschmiert war von Kindern, die sie nie gesehen hatten. Foxy war sicher, daß zugleich mit ihrem neuerwachten Appetit auch wieder tiefer animalischer Schlaf über sie kommen würde. Ken küßte sie auf die Schulter, zum Zeichen der Liebe, die er in diesem Monat besser nicht mit ihr vollziehen sollte, kehrte ihr den Rükken zu und war sofort ganz still. Sein Atem ging unhörbar, und nichts bewegte sich mehr an ihm. Die Reglosigkeit seines Körpers stellte eine Spannung her, durch die sie sich nicht fallen lassen konnte; wie eine Nadel lag sie auf der Haut des Wassers. Unten tappte Cotton hin und her, schwerpfotig und unzufrieden; das ganze Haus schien davon zu zittern. Der Mond, so hell, daß er kein Gesicht hatte, war eingerahmt vom Deckenfenster und brannte eine schlaflose Stunde lang in der Mitte ihrer Stirn wie ein Edelstein.

Montag morgen: teils-teils. Der Himmel pudrig blau, Farbe der Gesangbücher. Sonnenschein, in Kodezeichen zerlegt von plusterigen, segelnden Kumuluswölkchen. Die Sonnenterrasse der Thornes – das mit Teerpappe gedeckte Flachdach ihrer Garage, von hohen fedrigen Lärchen gegen den Wind geschützt, erreichbar durch gläserne Schiebetüren vom Schlafzimmer her – speicherte die Wärme. Georgene war jedes Jahr früher braun als alle anderen. Heute kamen schon ihre Sommersprossen durch, und sie sah streng und abstoßend aus vor lauter Gesundheit.

Sie hatte ihre karierte Wolldecke in der Ecke bei den reflektierenden Aluminiumfolien ausgebreitet, die sie zur Verstärkung der bräunenden Strahlen an der Balustrade befestigt hatte. Piet zog seine aprikosenfarbene Wildlederjacke aus und ließ sich auf die Decke fallen. Die Sonne, lau und frisch, solange er stand, brannte jetzt auf seinem breiten Gesicht und rötete ihm die Augen. «Himmlisch», sagte er.

Sie machte es sich wieder auf der Decke bequem, und ihr Unterarm berührte den seinen: es war, als habe ihn feines Sandpapier gestreift; er spürte eine kleine stechende Reibungshitze. Sie trug nur Unterwäsche. Er stützte sich auf den Ellbogen und küßte ihren Bauch, der flach und weich und heiß war, und das Bügelbrett seiner Mutter fiel ihm ein und wie er immer den Kopf auf die lindernde Wärme hatte legen müssen, wenn er Ohrenschmerzen hatte; er preßte das Ohr auf Georgenes Bauch und belauschte das heimliche Grummeln ihrer Verdauung. Noch immer ganz der Sonne hingegeben, kraulte sie ihn im Haar und fuhr tastend mit den Fingern über seine Schultern. «Du hast zu viel an», sagte sie.

Seine Stimme klang gequält und bettelnd: «Baby, ich habe keine Zeit. Ich müßte längst drüben auf dem Indian Hill sein. Wir fällen gerade Bäume.» Er lauschte auf das Raspeln und Kreischen seiner Motorsägen; der Hügel war anderthalb Kilometer entfernt.

«Bitte, bleib einen Augenblick. Du kannst doch nicht herkommen, bloß um mich zum Narren zu halten.»

«Ich kann nicht mit dir schlafen, und ich will dich doch gar nicht zum Narren halten. Ich wollte nur mal vorbeischauen und dir sagen, wie sehr ich dich das ganze Wochenende vermißt habe, wo wir beide doch auf verschiedenen Partys gewesen sind. Wir mußten zu den Gallaghers, zusammen mit den Ongs. Ziemlich trübselig.»

«Wir haben am Samstagabend bei den Guerins von dir gesprochen. Ich bin ganz krank vor Sehnsucht gewesen.» Sie richtete sich auf und fing an, sein Hemd aufzuknöpfen. Ihre Unterlippe verschwand unter der Zunge. Angela machte den gleichen Mund, wenn sie den Kindern die Skianzüge anzog. Alle Frauen gleich, so feierlich bei ihren kleinen Verrichtungen; es amüsierte ihn, es hob ihn hoch wie auf einer Welle, als ihm plötzlich der Gedanke kam, daß die ganze Welt von dieser weiblichen Ernsthaftigkeit in materiellen Dingen angetrieben wurde: Knöpfe aufmachen, Bügeln, Sonnenbaden, Kochen, Lieben. Von solchen Verrichtungen schien die Welt zusammengehalten. Er ließ Georgene fummeln und küßte den feinen, nur in der Sonne sichtbaren Flaum vor ihrem Ohr. Sogar hier hatte eine Sommersprosse sich angesiedelt. Samen. Zwischen Dornen gefallen. Sie öffnete den Kragen seines Hemds, versuchte, es ihm von den Schultern zu streifen, und berührte ihn bei dieser Anstrengung mit ihrem maßvoll gefüllten Büstenhalter und der weichen glatten Fläche unterhalb des Schlüsselbeins. In der Beuge ihres Halses lag Demut. Er schälte sich das Hemd herunter, dann das Unterhemd: über die weiße Haut und das bernsteinfarbene Haar seiner Brust flimmerten, schwerelos wie Wasserspinnen, Lichtpünktchen hin, die von der Aluminiumfolie reflektiert wurden.

Piet zog Georgene in den purpurnen Schatten, den seine Schultern warfen. Ihr fügsamer Körper, nur mit Höschen und Büstenhalter bekleidet, war knabenhaft knochig, ganz anders als Angelas zerfließende Fülle. Angela berühren: sie löst sich auf. Georgene berühren: sie ist da. Diese Einfachheit gab Piet zuweilen das Gefühl, als hafte der Liebe zwischen ihnen etwas Inzestuöses an; die Beziehung war zu unmittelbar. Er argwöhnte, daß Georgene mit ihrer Nachgiebigkeit all das, was ohnehin schon schwach und anfällig an ihm war, noch unterstützte. Alle Liebe ist Verrat, insofern, als sie dem Leben schmeichelt. Der Mann ohne Liebe ist am besten gewappnet. Ein eifersüchtiger Gott lauert. Sie öffnete weit ihren Mund und sog seine Zunge in eine formlose, nasse Höhle; die flatternden Bewegungen schmolzen hinüber in selbstvergessene Hingabe. Er fühlte, wie er unterging, und riß sich erschrocken los. Ihre Lippen sahen verschmiert und wund aus. Das Grün ihrer Augen war dunkler geworden in seinem Schatten. Er fragte sie: «Was haben sie denn gesagt?»

Sie sah über ihn hinweg und dachte nach. «Die Whitmans haben überlegt – sie kriegt übrigens Junge –, die Whitmans haben überlegt, ob sie dich für ihr Haus nehmen sollen. Frank hat gesagt, du wärst gräßlich, und Roger hat gesagt, du wärst großartig.»

«Appleby hat mich schlecht gemacht? So ein Schweinehund, was hab ich ihm denn getan? Ich habe nie mit Janet geschlafen.»

«Vielleicht war's ja auch Smitty, ich weiß es nicht mehr genau. Es war bloß so eine Bemerkung, ein Scherz, nichts weiter.»

Sie verschanzte sich hinter einer gelassenen Miene, ihr Kinn war gestrafft, ihre Mundwinkel zogen sich mit einstudierter Traurigkeit nach unten. Die Schatten der Lärchenzweige streiften über sie hin. Er vermutete, daß es ihr Mann gewesen war, und wechselte das Thema. «Diese große kühle Blonde mit dem rosa Gesicht kriegt ein Kind?»

«Sie hat es Bea in der Küche erzählt. Ich muß sagen, sie schien ziemlich rüde. Freddy hat sie wie einen dummen Jungen behandelt, und über der Suppe ist sie zu Eis erstarrt. Sie stammt aus dem Süden. Haben die Frauen dort nicht immer Angst, vergewaltigt zu werden?»

«Ich habe sie vorigen Sonntag gesehen, wie sie von der Kirche fortfuhr. Fast wären die Gummireifen geschmolzen. Irgendwas brodelt in der Dame.»

«Fötus nennt man das.» Auf ihrer Kinnpartie erschienen kleine Runzeln. Sie setzte hinzu: «Ich glaube nicht, daß die als Paar Furore machen werden. Freddy findet, *er* ist ein Stockfisch. Und *sie* – ich saß ihr am Tisch genau gegenüber, ihre großen braunen Augen waren ununterbrochen in Bewegung. Ihr entging nichts. Es war regelrecht beleidigend. Freddy benahm sich wie üblich, und ich merkte ihr an, daß sie sich nicht schlüssig werden konnte, was sie von *mir* halten sollte.»

«Keiner von uns weiß, was er von dir halten soll.»

Die Gekränkte spielend – aber Piet spürte, daß sein Interesse an der Whitman sie tatsächlich kränkte –, entwand sie sich seinen Armen und streckte sich wieder auf der Decke aus. Jetzt war also die Sonne wieder dran. Hure. Die reflektierende Folie schmückte Georgenes Gesicht mit parabolischen Farbtupfen und Schattensprenkeln und Lichtspritzern: Sonnensperma. Piet zog eifersüchtig Schuhe, Socken und Hose aus, behielt nur die Unterhose an. Paisley-Slip. Er war ein heimlicher Dandy. Er legte sich neben sie, und als sie sich ihm zukehrte, griff er ihr auf den Rücken, knöpfte den Büstenhalter auf und sagte: «Zwillinge» – das bedeutete, sie sollten beide gleich gekleidet sein, nur Slips anhaben.

Georgenes Brüste waren kleiner als Angelas, hatten blassere, eingefallene Warzen und schienen, so nackt und bloß, um Schutz zu flehen. Er preßte seine Brust gegen ihre, und so lagen sie eng aneinander geschmiegt unter den flüsternden Bäumen, verloren wie Hänsel und Gretel. Abgefallene Lärchennadeln hatten sich auf der Teerpappe zu kleinen Wällen und Häufchen angesammelt und bildeten längs der Holzbalustrade und den Aluminiumschienen der Glasschiebetür rostig-ockerfarbene Verwehungen. Piet streichelte die gleichmäßige Linie ihres Rückens, spürte mit dem Daumen ihrer Wirbelsäule nach, von den höckerigen Knöchelchen oben am Hals bis hinunter zu dem merkwürdig vorstehenden Steißbein. Georgene hatte einen richtigen kleinen Schwanzansatz. Sie war knochiger als Angela. Es kam ihm so selbstverständlich und geschwisterlich vor, wie sie da gegen ihn gepreßt lag, daß sich nichts bei ihm regte, während ihm bei Angela schon genügte, wenn sie mit ihrem Fuß seinen Spann berührte; und er fragte sich, halb zerschmettert unter der Weite des Himmels und den Baumkronen und dem Vogelgesang, wen von beiden er wirklich liebte.

Bevor ihre Affäre begann, hatte er Georgene gar nicht wahrgenommen. Die Verachtung für ihren Mann hatte ihm den Blick auf sie verstellt. Seine und Angelas Abneigung gegen Freddy Thorne war ganz spontan gewesen, dabei hatten die Thornes, als Ehepaar, während der ersten Jahre, die die Hannemas in Tarbox verbrachten, sich sehr um sie bemüht. Und zum Dank dafür waren die Hannemas so rüde gewesen, mehrere Einladungen ohne ein Wort der Entschuldigung auszuschlagen, ja nicht einmal darauf zu reagieren. Damals hatten sie noch kein besonderes Bedürfnis nach Freunden gehabt. Piet war mit Angela noch nicht bewußt unglücklich gewesen und hatte nur ganz vage davon geträumt, mit anderen Frauen zu schlafen – mit Janet oder mit der imposanten, zigeunerhaarigen Terry Gallagher –, so wie man sich Phantasien vorgaukelt, um Schlaf zu finden. Aber vor zwei Sommern hatten die Ongs ihren Tennisplatz angelegt, und da kamen die Hannemas öfter mit Georgene zusammen; und als im vergangenen Sommer Piets Träume ohne sein Zutun sich in Wirklichkeit zu verwandeln begannen und er, ohne es sich bewußt zu machen, sich von Angela abgewandt hatte und eine einzige offene Frage geworden war, da versuchte Georgene, mit einer flüchtigen Berührung auf einer Party und einer scheinbar ungeplanten gemeinsamen Autofahrt zum Tennisplatz und wieder zurück, diese Frage damit zu beantworten, daß sie da war. Sie sagte, sie habe schon seit Jahren auf ihn gewartet.

«Und sonst?» fragte er.

«Was und sonst?» Hinter der sonnengrellen Maske ihres Gesichts hatten ihre Sinne sich ganz seiner Hand hingegeben.

«Was gibt's sonst bei dir? Wie geht es Whitneys Erkältung?»

«Armer kleiner Whit. Gestern hatte er Fieber, aber ich habe ihn trotzdem zur Schule geschickt, für den Fall, daß du dich entschließen würdest zu kommen.»

«Das hättest du nicht tun sollen.»

«Er wird bald wieder in Ordnung sein. Jeder hat jetzt seine Frühjahrserkältung.»

«Du nicht.»

Sie griff den streitsüchtigen Ton auf. «Piet, wie war das eigentlich eben gemeint – als ich Franks abfällige Äußerung über dich erwähnte, hast du gesagt, du hättest nie mit Janet geschlafen.»

«Hab ich auch nicht. Es ist Jahre her, daß ich's mal gewollt habe.»

«Aber glaubst du denn – halt mal einen Augenblick deine Hand still, du kitzelst mich ja bloß noch –, daß Freddy dich *deshalb* nicht leiden kann? Ich habe gelogen, weißt du. Freddy war's, der den Whitmans gesagt hat, du seiest ein schlechter Bauunternehmer.»

«Natürlich. Diese Flasche.»

«Du solltest ihn nicht so hassen.»

«Das hält mich jung.»

«Glaubst du, daß er es weiß – das mit uns? Ich meine Freddy.»

Diese Neugier kränkte ihn; er wollte, daß sie Freddy völlig beiseite schob. Er sagte: «Nicht als Faktum. Aber vielleicht durch Osmose? Bea Guerin hat mir neulich zu verstehen gegeben, daß alle es wissen.»

«Hast du es zugegeben?»

«Natürlich nicht. Was hast du? *Weiß* er es?»

Ihr Gesicht war ganz still. Ein dünner Lichtstreifen balancierte zitternd auf ihrem einen Augenlid; ein Windstoß kräuselte die Aluminiumfolien, stellte einen aufgeregten Miniaturdonner her. Sie sagte vorsichtig: «Er behauptet, es müsse irgendeinen anderen geben, weil ich ihn nicht mehr so oft haben will wie früher. Er fühlt sich bedroht. Und wenn er eine Liste aufstellen müßte von denen, die in Frage kommen, dann würde er dich ganz sicher an die Spitze setzen. Aber aus irgendeinem Grund zieht er keine Konsequenz daraus. Möglich, daß er es weiß, aber nichts sagt, weil er sich's für einen späteren Zweck aufheben will.»

Das erschreckte ihn, veränderte die Spannung in seinem Körper. Sie spürte das und öffnete die Augen; das Coca-Cola-Flaschengrün war fleckig vor Erschöpfung. Die Pupillen waren in der Sonne so klein wie das Markrund am Ende eines Bleistifts.

Er fragte sie: «Dann ist es wohl an der Zeit, daß wir Schluß machen?»

Wenn sie herausgefordert wurde, fiel Georgene, Tochter eines Bankiers aus Philadelphia, in einen scherzhaften Jargon, halb Ladenmädchen, halb Vamp. «Bist wohl verrückt, Jungchen», sagte sie, hob sich ihm mit einem Ruck entgegen und preßte ihren Bauch an ihn, so daß er durch seine Baumwolle ihre Seide spürte. Sie hielt ihn fest, als sei er ihr Gefangener. Ihre glatten Arme hatten Kraft; beim Tennis konnte sie manchmal einen Satz gegen ihn gewinnen. Er wehrte sich gegen ihren Klammergriff, und im Gerangel hingen ihre Brüste plötzlich frei und birnenförmig über ihm; flossen dann in die Breite, als er sie auf den Rücken drehte und, die Knie auf ihre Schenkel, die Hände auf ihre Handgelenke gestemmt, sie zu Boden drückte. Teerpappe. Georgenes glänzende Haut starrte. Verwundet vom Sieg, beugte er den Kopf und faßte mit verlangenden Lippen eine ihrer Brustwarzen; salzig, säuerlich. Plötzlich fühlte sie sich an, als bestünde sie nur aus Kreisen – Kreise, die man teilen konnte und die neue Kreise bildeten. Vögel zirpten jenseits des Regenbogenrandes der kreisförmigen feuchten Berührung, die ihn festhielt. Georgenes Hand, federleicht, stellte eine weitere Berührung her, fand sein Zentrum. Wenn er ihrer Hand glauben konnte, dann waren seine Hoden Samt, sein Phallus schieres Silber.

Höflich fragte er: «Haben wir nicht zu viel an?»

Die Höflichkeit war echt. Weil es keinen Ehe- oder sonstigen Vertrag zwischen ihnen gab, hatten sie zwischen sich einen Kodex gegenseitiger Rücksichtnahme aufgestellt. Ihr Ehebruch war genau in zwei Hälften geteilt. Dadurch, daß er es gewagt hatte, vom Schlußmachen zu sprechen, hatte er sie bewußt provoziert, diesen Kodex zu verletzen. Jetzt war die Reihe an ihr zu provozieren und an ihm, sich zu entscheiden. Sie sagte: «Was ist nun mit den Bäumen auf dem Indian Hill?»

«Die können ohne mich fallen», sagte er. Die bratende Sonne ließ einen modrig-mostigen Geruch von dem Nadelhäufchen am Rand der Wolldecke nahe seinem Gesicht aufsteigen. Die Dachpappe flimmerte. Gute Qualität: mineralisierte Ruberoid-Dachbahnen, hatten 1960 vier Dollar fünfundzwanzig pro Rolle gekostet. Seine Arbeit, dieses Flachdach. Er setzte hinzu: «Aber ich bin nicht sicher, ob *du* das kannst.»

«Ach, so weit bin ich noch lange nicht», sagte Georgene, richtete sich rasch auf die Knie auf und warf in stolzer Gebärde ihre Arme dem Himmel entgegen. Diese gewissenhafte Vereinsdame, diese energische Mutter hatte eine überraschende, entzückende Eigenschaft: ihre Sexualität war offen und arglos. Entstanden in den ersten Ehejahren mit Freddy und so direkt wie Essen, so natürlich wie Laufen. Im Innersten war sie unschuldig. Sie hatte vorher noch nie eine Affäre gehabt, und obgleich Piet nicht begriff, was sie an ihm fand, bezweifelte er doch, daß sie sich je einen anderen Liebhaber nehmen würde. Sie hatte kein Verlangen nach Schuldgefühlen. Am Anfang, als Piet sich zum Ehebruch mit ihr entschloß, hatte er sich auf schreckliche Gewissensqualen gefaßt gemacht, so wie ein Taucher schon beim Sprung das Rauschen und Dröhnen fühlt, das ihn unter Wasser erwartet. Statt dessen hatte sie ihn – es war September: Äpfel in der Küche, Kinder in der Schule, bis auf Judy, die schlief – leichthin an einem Finger nach oben in ihr Bett geführt. Sie hatten sich ohne Umschweife ausgezogen, sie ihn, er sie. Als er sich Sorgen machte wegen möglicher Folgen, lachte sie. Schluckte Angela denn noch nicht Enovid? *Willkommen,* sagte sie, *im Pillen-Paradies* – eine heitere Blasphemie, die ihn ungeheuer erleichterte. Der Liebesakt zwischen ihm und Angela war belastet von Erinnerungen an seine Unbeholfenheit und ihr Unvermögen, Unbeholfenheit zu ertragen; von dem Bedürfnis nach Zartgefühl und der Irritation, die das Flehentliche, das im Zartgefühl liegt, bei ihr hervorrief; von der

Verachtung, die sie sowohl seinem pyjamadrapierten Werben wie seiner nackten Wut entgegenbrachte; von seiner hilflosen Durchschaubarkeit und ihrer undurchschaubaren Enttäuschung. Georgene hatte binnen zwanzig Minuten all diese Schichten von Mißverständnissen abgetragen und ihm etwas Ursprüngliches gezeigt. Jetzt kniete sie da in der Sonne, und Piet richtete sich auf, um bei ihr zu sein, und mit äußerster Achtsamkeit, als gelte es, das letzte oblatendünne Zahnrädchen ins Uhrwerk einzusetzen, küßte er den schimmernden Gipfel ihres linken Schulterblatts, dann den des rechten. Überall war sie doppelt, nur in ihren Mündern nicht. Alle Dinge doppelt, aber ohne Dualität. Entropie. Das Universum Gottes Spiegel.

Sie sagte: «Du bist mir in der Sonne.»

«Es ist zu früh, um braun zu werden.» Höflich: «Hast du etwas dagegen, wenn wir hineingehen?»

Die Glasschiebetür führte von der Sonnenterrasse durch ein Spielzimmer in den großen Schlafraum, der mit chinesischen Lampions, afrikanischen Masken und geschnitzten Tierhörnern aus den verschiedensten Ländern dekoriert war. Das Haus, ein spätviktorianischer Walmdachbau mit knusperhäuschenhaften Traufen und Stützbalken, mit verschnörkelten Blitzableitern, welligen Schindeln, Wasserspeiern aus Zink und rosa Dachziegeln, die sich bis zum First hinauf staffelten, war in einem fröhlichen Mischmasch-Stil eingerichtet: ungeschlachte schwarze spanische Truhen, hochbeinige Chippendale-Kommoden mit kontrastierenden Obstholz-Furnieren, die immer mehr abblätterten, unklassifizierbares Modernes, aus Stahlrohr und irgendwelchen Platten gefertigt, Kolonialmöbel wie aus Andenkenläden, Hitchcockstühle mit fehlenden Querstäben, jugendstilige Schaukelstühle, japanische Drucke, riesige Kordsamtkissen, Teppiche von den Philippinen, die aus Binsenrosetten zusammengesetzt waren. Unverwüstlich wie ein Bordell, war es wie geschaffen für Partys. Aber Piet hatte es bei seinen verbotenen Morgenbesuchen in einem anderen Licht kennengelernt: Räume, in denen Kinder lebten und ihre Frühstücksspuren hinterließen, wenn sie über die Auffahrt zum Schulbus stürmten, und in denen der *Globe*, mit der Comic-strip-Seite nach oben, auf dem Boden herumlag. Allmählich lernten die Gegenstände – die bizarren Lampen, die starrenden Masken – ihn zu begrüßen als den zeitweiligen Herrn des Hauses. Besitzerisch pflegte er sich auf dem königsformatigen Doppelbett der Thornes auszustrecken, in dem er mit den nackten Zehen nicht ans Fußende reichte, während Georgene ihre vorbereitende Dusche nahm. Neugierig blätterte er in den Büchern, die in Thornes Regal neben dem Bett standen: Henry Miller in zerfledderten Pariser Ausgaben, Sigmund

Freud aus der Modern Library, *Notre-Dame-des-Fleurs* und *Fanny Hill*, frisch von der Grove Press, Inspirationspsychologie von den Menningers, ein taubengraues Handbuch über Hypnose, die *Psychopathia sexualis* in Lehrbuchformat, ein aus Kyoto geschmuggelter, delikat kolorierter Bildband mit Seiten aus steifem Papier, die Gedichte der Sappho aus der Peter Pauper Press, die ungekürzte Ausgabe von *Tausendundeiner Nacht*, zweibändig, in Kassette, Werke von Theodor Reik und Wilhelm Reich sowie diverse billig aufgemachte Taschenbücher. Dann pflegte Georgene dampfend aus dem Bad zu kommen, ein purpurrotes Handtuch als Turban um den Kopf geschlungen.

Zu seiner Überraschung erwiderte sie: «Laß uns doch zur Abwechslung einmal draußen bleiben.»

Piet hatte das Gefühl, daß er noch immer gestraft wurde. «Bringen wir Gott damit nicht in Verlegenheit?»

«Weißt du denn nicht, daß Gott eine Frau ist? Nichts bringt sie in Verlegenheit.» Sie zog das Gummibündchen seiner Unterhose zu sich heran, streifte es herunter. Ihr Blick drückte Zufriedenheit aus. Eine Wolke trübte im Vorüberziehen die Sonne. Piet spürte und fürchtete einen Zeugen und sah nach oben und wurde, als gehe etwas Unerklärliches vor sich, von Ehrfurcht ergriffen beim Anblick der unaufhaltsam dahintreibenden, blaubäuchigen Wolkenflotte: Schiffe, die alle nur ein einziges Ziel hatten. Die kleine verdunkelnde Wolke glühte golden an ihrem Heck und im Gerank ihrer Masten. Eine irisierende Entladung der Bordgeschütze – dann war sie vorbei. Gefahrlos über ihn hinweggeglitten. Die Sonne schickte wieder kühne Strahlenlanzen auf die rissige Aprilerde nieder, auf die verwesten Herbstblätter, die neuen Triebe – korallenfarben an den Birken, senfgelb an den Lärchenzweigen –, auf die abgefallenen Nadeln, die Teerpappe, die verstreuten Kleider. Zwischen den feingerüschten Beinöffnungen von Georgenes Höschen zeigte sich ein zarter honigfarbener Fleck. Der Schweiß zwischen ihren Brüsten glitzerte salzig. Er umschlang sie, streichelte und leckte ihre bereiten, beweglichen Brustspitzen, das Zäpfchen im Spalt zwischen den Härchen. Sonne und Speichel bildeten einen wolkigen Schaum auf ihrem Schamhaar; Piet mußte an ein junges Kätzchen denken, das lernt, Milch aus einer Untertasse zu trinken. Er hatte es eilig, er brauchte ihr Verzeihen, denn dicht davor, sich zu ergießen, hatte seine Liebe eine Trübung erfahren, etwas Reuevolles, Vergangenes bekommen. Er spreizte ihre geraden Schenkel und nahm sie mit der Selbstverständlichkeit, die sie ihm gewährte. Eine Lippe des Widerstands, dann wohlige Tiefe, Hineingleiten, immer tiefer. Langsames Erschrecken dämmerte in ihrem

Blick, als er sie immer weiter öffnete. Er schloß die Augen, aus Angst, ihr hingegebenes Gesicht unschön zu finden. Ein Wispern von Zweigen sickerte auf sie herab. In der Ferne raspelten Sägen. Der leichte Wind strich foppend über seinen zusammengepreßten Hintern; er fühlte sich belästigt von den Vogelgeräuschen ringsum: Thornes gedungener Chor, lauter Spione.

«Oh, schön – oh, wie schön», sagte Georgene. Piet wagte einen Blick und sah ihre verzückt geschlossenen, zart violett geäderten Lider und eine kleine Speichelblase, die ihr aus dem Mundwinkel quoll. Er durchlitt ein kurzes schwindelerregendes Gefühl von Vergeblichkeit. Sein Herz trommelte, aber voll Trauer. Er biß sie in die Schulter, die glatt war wie eine Orange in der Sonne, und glitt eine gedämpfte Parabel entlang, deren rote warme Wände *sie* war und an deren Ende sie ihn erwartete. Ihr Gesicht fiel zur Seite; durchweichte Federn zogen an seiner Kuppe; oh. So ein gutes Mädchen, war einfach da für ihn, ganz egal, wie er herumfummelte, sie fand ihren Weg von allein. Er bäumte sich in ihrer seltsamen Höhlung, bäumte sich noch einmal. Sie sagte: «Oh.»

Lavendelfarben lag sie in seinem Schatten, ihre Mundwinkel waren feucht. Piet fragte höflich: «War's gut?»

«Dreimal darfst du raten.»

«Ich war ziemlich kümmerlich. Ich bin diesen Frühsport im Freien nicht so gewöhnt.»

Georgene unter ihm zuckte die Achseln. Ihr Hals und ihre Schultern waren schlüpfrig. Etwas Schwarzes, ein winziger Teerkrümel, der ihm aus dem Haar gefallen sein mußte, klebte an ihrer Wange. «Du warst du. Ich liebe dich. Ich liebe dich, wenn du in mir bist.»

Piet hätte weinen mögen, dicke Tränen auf ihre flach hingebreiteten Brüste. «War ich groß genug?»

Sie lachte, entblößte perfekte Zähne: die Frau eines Zahnarztes. «Nein», sagte sie, «du warst klein und schrumpelig.» Als sie merkte, daß er in seinem labilen, aufgelösten Zustand bereit war, es zu glauben, erklärte sie feierlich: «Du tust mir weh, weißt du. Ich habe Schmerzen hinterher.»

«Wirklich? Ich tu dir weh? Wie wunderbar! Wie wunderbar, daß du das sagst. Aber warum läßt du dir das denn gefallen?»

«Man muß eben kleine Opfer bringen. Aber jetzt herunter von mir. Marsch auf deinen Indian Hill.»

Als er, beiseite geschoben, neben ihr lag, fühlte er sich so schwach und zu Sonderwünschen berechtigt wie ein Kind. Rastloses Verlangen zuckte ihm in Fingern und Mund. Er fragte: «Was hat Freddy denn so Gemeines über mich gesagt?»

«Er hat gesagt, du seiest teuer und langsam.»

«Aha. Das könnte sogar stimmen.»

Er zog sich an. Das Vogelgezwitscher war zum Ticken einer Uhr geworden. Georgenes Nacktheit wurde langsam ranzig, wie Butter auf einer sonnigen Fensterbank. Sie lag da, wie sie wohl oft lag: empfing die Sonne mit dem ganzen Körper. Das Negativ des Badeanzugs war bei ihr nicht so deutlich wie bei Angela. Ihr Kätzchenflaum klebrig von Sperma. Die karierte Decke war zerknautscht und unter ihrem Kopf weggerutscht, ein paar Lärchennadeln hingen ihr im schwarzen, graumelierten Haar. Weil es so früh schon seine Farbe verlor, trug sie es ganz kurz, Federschnitt.

«Meine Süße», sagte er, um das flüsternde Schweigen zu füllen, das ihn beim Anziehen umgab, «Freddy kann mir gestohlen bleiben. Ich will mit dem Whitman-Haus nichts zu tun haben. Man weiß nie, auf was man stößt, wenn man diese alten Kästen erst mal angebohrt hat. Gallagher findet, wir haben viel zuviel Zeit damit vergeudet, für unsere Freunde und die Freunde unserer Freunde alte Bruchbuden instand zu setzen. Er will bis zum Herbst drei neue Ranchhäuser auf dem Indian Hill fertighaben. Die Kriegsbabys wachsen heran. Und da steckt das Geld.»

«Geld», sagte Georgene. «Du redest schon genau so wie die anderen.»

«Klar», sagte er, «ich kann ja nicht bis in alle Ewigkeit eine Jungfrau bleiben. Sogar ich mußte mal korrupt werden.»

Er hatte sich angekleidet. Die kühle Luft zog sich um seine Schultern zusammen, und er hängte sich die aprikosenfarbene Wildlederjacke um. Mit der Wohlerzogenheit, die selten aussetzte zwischen ihnen beiden, begleitete sie ihn durchs Haus. Er war voller Bewunderung und gleichzeitig ein wenig schockiert, daß sie mit solcher Unbekümmertheit nackt durch alle Türen schritt, an den Spielsachen ihrer Kinder, den Büchern ihres Mannes vorbei, die Treppen hinunter, unter einem Bord mit Putzmitteln entlang, in die blitzblanke Küche, bis zum Seiteneingang. Hier, wo das Kaminholz aufgestapelt lag und eine einzelne große Ulme ein zartes Schattennetz warf, hatte das Haus etwas Ländliches und Freundliches, gar nichts mehr von seiner sonstigen barbarischen Klotzigkeit. Ein Pfad, nicht gepflastert mit Ziegeln oder Steinen, sondern durchs Gras getreten und aufgeweicht, führte um die Garagenecke herum, wo Piet seinen kleinen Lieferwagen versteckt hatte, einen staubigen olivfarbenen Chevrolet, auf dessen hintere Ladeklappe ein Kind WASCH MICH MAL geschrieben hatte. Georgene, barfuß, ging nur bis zur Schwelle mit und lehnte schweigend und lächelnd in der offenen Tür, und in Piets Gedächtnis blieb, gerahmt wie ein Bild, ein vielfältiger Eindruck zurück: Haustier, gefickte Frau, spöttischer Knabe, Abschied.

Am Sonntag darauf, kurz nach zwölf, als Foxy gerade aus der Kirche heimgekommen war und mit einem Seufzen ihren Schleierhut auf den Klapptisch neben das Telefon gelegt hatte, brach dieses in unverschämtes Läuten aus. Sie erkannte die Stimme: Piet Hannema. Die ganze Woche über hatte sie mit dem Gedanken gespielt, ihn anzurufen, und war deshalb, obgleich sie eigentlich nie richtig mit ihm gesprochen hatte, darauf vorbereitet, seine Stimme zu erkennen, die zögernder und respektvoller war als die der anderen Männer hier und einen flachen, verwischten mittelwestlichen Tonfall hatte. Er bat, Ken sprechen zu dürfen. Sie ging in die Küche und hörte bewußt nicht hin, weil sie gern hingehört *hätte*.

Die ganze Woche lang hatte sie es nicht über sich gebracht, gegen Kens stummen Widerstand den Bauunternehmer anzurufen, und nun zitterten ihr die Hände, als fühle sie sich schuldig. Sie goß sich ein Glas trockenen Wermut ein. Wirklich, zur Kirche zu gehen, kam immer mehr einem Opfer gleich, je schöner das Wetter wurde. Magnolienknospen, angeschwollen von der Wärme, reckten sich in das Stückchen Himmel, das von der schräggestellten Entlüftungsscheibe aus buntem Glas freigegeben wurde, Vögel sangen in dem kleinen spätviktorianischen Friedhof zwischen der Kirche und dem Fluß, die Predigt schleppte sich hin, die Bankreihen knarrten unruhig. Ken kehrte vom Telefon zurück und sagte: «Er hat gefragt, ob ich um zwei zu ihm kommen will, zum Basketball.»

Basketball war der einzige Sport, aus dem Ken sich je etwas gemacht hatte; er hatte für Exeter gespielt und für Harvard, was er ihr wie ein Beichtgeheimnis mitgeteilt hatte; es galt als altmodisch. Foxy sagte: «Wie komisch.»

«Offenbar hat er einen Korb an seiner Scheunenwand und einen kleinen Asphaltplatz. Er sagte, im Frühling, zwischen Skilaufen und Tennis, spielten manche der Männer ganz gern mal Basketball. Und sie brauchen mich, weil sie dann sechs sind, drei auf jeder Seite.»

«Hast du zugesagt?»

«Ich dachte, du wolltest einen Spaziergang am Strand machen.»

«Den können wir immer noch machen. Ich kann auch allein gehen.»

«Spiel nicht die Märtyrerin. Was ist das, trockener Wermut?»

«Ja. Ich bin ihm bei den Guerins auf den Geschmack gekommen.»

«Und außerdem, vergiß nicht, Ned und Gretchen kommen heute abend.»

«Die werden frühestens kurz nach acht hier sein, du weißt doch, wie arrogant diese Cambridge-Typen sind. Ruf noch mal an und sag ihm, du spielst mit, es wird dir guttun.»

Ken gestand: «Wir sind sowieso schon so verblieben, daß ich wahrscheinlich vorbeikomme.»

Foxy lachte, ganz entzückt darüber, daß sie beschwindelt worden war. «Aber wenn du ihm zugesagt hast, was soll dann diese Geheimniskrämerei?»

«Ich kann dich doch nicht den ganzen Nachmittag hier allein lassen.»

Weil du schwanger bist, hieß das. Seine tyrannische Rücksicht verriet ihn. Sie hatten zu lange kinderlos gelebt; er fürchtete sich vor der Umstellung und verlieh ihr dadurch noch mehr Gewicht. Foxy machte sich ganz leicht, gab sich fröhlich. «Kann ich nicht mitkommen und zusehen? Ich denke, das hier ist eine Stadt für Ehefrauen.»

Foxy war die einzige Frau, die zum Basketball erschien, und Angela Hannema trat vors Haus, um ihr Gesellschaft zu leisten. Der Tag war dazu angetan, daß man ihn im Freien verbrachte; nichts im Verhalten der anderen Frau verlangte nach einer entschuldigenden Erklärung. Gemeinsam trugen sie eine Bank, ein verwittertes feuchtes Gartenmöbel mit einer Rückenlehne aus gedrechselten Stäben, von der Scheunenseite zu einem Platz auf dem Kiesweg, wo sie gleichzeitig die Männer spielen sehen, sich die Sonne aufs Gesicht scheinen lassen und ein Auge auf die vielen Kinder haben konnten, die in dem großen quadratischen Garten und in dem filigranhaften, knospenden Gehölz dahinter umhertobten.

Foxy fragte: «Wem gehören all diese Kinder?»

«Zwei davon sind unsere, zwei Mädchen. Eins von ihnen können Sie sehen, die mit dem Daumen im Mund, beim Vogelbecken. Das ist Nancy.»

«Ist Daumenlutschen schlimm?» Das war vermutlich eine naive Frage, eine andere Mutter hätte sie nicht gestellt, aber Foxy war neugierig und hatte das Gefühl, daß sie sich kaum in Verlegenheit bringen konnte dieser Frau gegenüber, die so viel Grazie und humorvolle Gelassenheit zu besitzen schien.

«Es ist nicht ästhetisch», sagte Angela. «Als Kleinkind hat sie's nicht getan, erst im letzten Winter fing sie damit an. Sie macht sich Sorgen wegen dem Tod. Ich weiß nicht, woher sie das hat. Piet besteht darauf, daß die Kinder zur Sonntagsschule gehen, und vielleicht wird dort über so etwas gesprochen.»

«Wahrscheinlich denken die, sie *müßten* darüber reden.»

«Wahrscheinlich. Die anderen Kinder, die Sie sehen, die vergnügten Krachmacher da, gehören unseren Nachbarn von der Meierei, und alle übrigen sind von ihren stolzen Papis mitgebracht worden.»

«Ich kenne die Papis alle gar nicht. Nur Harold – warum heißt er *Klein*-Smith?»

«Das ist so einer von den Scherzen, die sich nie wieder abschaffen lassen. Es hat mal irgendwelche anderen Smiths in der Stadt gegeben, aber die sind längst weg.»

«Und der große Imposante ist unser Immobilienmakler.»

«Matt Gallagher. Der Partner meines Mannes. Und der Kraftmeier da mit dem roten Haar ist mein Mann.»

Foxy dachte, wie komisch, daß er das ist. Sie sagte: «Er war auf der Party, die die Applebys für uns gegeben haben.»

«Alle waren wir da. Der Grinsende mit dem Bart ist Ben Saltz. S-a-l-t-z. Ich glaube, das ist irgendeine Abkürzung.»

«Er sieht ziemlich diabolisch aus», sagte Foxy.

«Nicht in meinen Augen. Ich glaube, er möchte gern wie ein Wüstling wirken, aber aussehen tut er wie ein Amish. Der Bart soll Pokkennarben zudecken. Als wir hierher zogen, war sein Bart buschiger, jetzt stutzt er ihn eckig. Er täuscht – der Bart, meine ich. Ben ist ein besonders netter, lieber Ehemann. Irene ist der gute Geist des Frauenvereins und des Komitees für Soziale Wohnungsplanung und was es sonst noch Nützliches in dieser Stadt gibt. Ben arbeitet in einem der Atomkraftwerke an der Route 128, die alle aussehen, als ob sie Eiskrem fabrizierten.»

«Ich dachte, das sei der Chinese, der dort arbeitet.»

«Das ist ein Koreaner. John Ong. Der ist nicht hier. Der spielt nur Schach und ziemlich schlecht Tennis. Beim Schach ist er aber gut, sagt mir Freddy Thorne. Er ist Kernphysiker und arbeitet im Massachusetts Institute of Technology. *Am* M. I. T.? In Wirklichkeit, glaube ich, arbeitet er *unterm* M. I. T., in einer riesigen unterirdischen Werkhalle, wo man ein Kennwort braucht, um hineinzukommen.»

Foxy fragte: «Haben die dort ein Zyklotron?»

Angela sagte: «Ach richtig, Ihr Mann ist ja auch Wissenschaftler. Ich habe keine Ahnung. Weder John noch Ben können je über ihre Arbeit reden, weil sie beide für die Regierung tätig sind. Alle anderen fühlen sich dadurch schrecklich ausgeschlossen. Ich glaube, ein winziger kleiner Hebel in irgendeinem Dings, das den Mond verfehlt hat, war Bens Erfindung. Er bastelt Miniaturgeräte. Einmal hat er uns Radios gezeigt, die waren so klein wie Fingernägel.»

«Auf der Party habe ich versucht, mich zu unterhalten mit – mit wem? mit Ong? Ihr habt alle so komische Namen.»

«Sind denn nicht alle Namen komisch, bis man sich an sie gewöhnt hat? Denken Sie an Shakespeare und Churchill. Oder Pillsbury.»

«Jedenfalls versuchte ich, mich zu unterhalten, und konnte kein Wort verstehen.»

«Ich weiß. Konsonanten sind bei ihm nicht das, was man von ihnen erwartet. Er ist eine Art Beute aus dem Korea-Krieg; ich kann mir nicht vorstellen, daß er übergelaufen ist, seine ganze Einstellung klingt mir nicht danach. Ich nehme an, er stand hoch im Kurs bei denen. Eine Weile hat er an der Johns-Hopkins-Universität unterrichtet und dann in Baltimore Bernadette kennengelernt. Wenn sie jemals eine H-Bombe über Tarbox abwerfen, dann nur seinetwegen. Ähnlicher Fall wie mit dem Arsenal in Watertown. Aber Sie haben recht. Er ist nicht sexy.»

Aus ihrem Ton war Verachtung für alles Sexuelle zu hören und gleichzeitig die gelassene Erkenntnis, daß andere sich möglicherweise gerade davon leiten ließen. Foxy betrachtete Angelas Lippen, die blaß waren im Sonnenlicht und sich zögernd zu einem Lächeln formten, und ihr war, als ob sie, Foxy, zu einem luxuriösen, fernen Bereich hinaufsähe, wo Beobachtungen und Eindrücke höflich nickend aneinander vorbeitrieben wie Aristokraten auf der Promenade. Es läuft wohl darauf hinaus, daß jede Ehe aus einem Aristokraten und einem Bauern besteht. Aus einem Lehrenden und einem Lernenden. Foxy kam sich neben Angela, obwohl sie um etliche Zentimeter größer war, wie eine Schülerin vor: beschützt und herausgefordert zugleich. Sie merkte, daß sie rot wurde, und fragte hastig: «Wer ist der Schnelle mit den Gespensteraugen?»

«Ja, wahrscheinlich sind sie wirklich gespenstisch. Ich habe immer gemeint, sie seien stählern, aber das stimmt nicht. Er heißt Eddie Constantine. Er ist Pilot bei einer Luftverkehrsgesellschaft. Sie sind erst vor einem Jahr oder so hierher gezogen, in ein unfreundliches großes Haus auf dem Anger. Der lange Teenager da, der wie der Apollo von Belvedere aussieht, ist ein Junge aus der Nachbarschaft, den er mitgebracht hat für den Fall, daß keine sechs zusammenkommen. Piet wußte nicht, ob mit Ihrem Mann zu rechnen sein würde oder nicht.»

«Oh. Und jetzt ist durch Ken einer überzählig?»

«Im Gegenteil, alle sind begeistert, einen Neuen dazugewonnen zu haben. Basketball ist nicht sehr beliebt, man kann keine Frauen dabei gebrauchen. Er ist sehr gut. Ihr Mann.»

Foxy sah hin. Der Nachbarsjunge, anmutig sogar noch in seiner Befangenheit, stand abseits, während die sechs erwachsenen Männer keuchten und schnauften, sich duckten und den Ball dribbelten. Sie sahen tolpatschig aus, wie sie sich da auf dem kleinen Asphaltplatz zusammendrängten, dessen Ränder in den matschigen, von den Tennisschuhen mittlerweile festgetretenen Erdboden übergingen. Ken und Gallagher waren die größten, und Foxy beobachtete, wie Ken, dessen Bewegungen von einer gewissen reizvollen Knappheit waren, die sie seit Jahren schon nicht mehr an ihm gesehen hatte, den Ball bis in Stirnhöhe hochhob und ihn dann von sich wegstieß. Der Ball trudelte am Korbrand entlang, prallte ab, war danebengegangen. Sie freute sich darüber: warum? Er hatte so überzeugt ausgesehen, sein ganzer, so hübsch gereckter Körper hatte die Zuversicht ausgedrückt, der Ball werde ins Ziel gehen. Constantine griff sich den abgeprallten Ball, dribbelte ganz tief, schützte ihn mit abgewinkeltem Ellbogen. Foxy merkte ihm an, daß er in einer Großstadt aufgewachsen war. Seine Augen, mit ihrer geisterhaften Transparenz, waren wie Fotopapier: bald silbern, bald schwarz, bald klar, je nachdem, in was sie getaucht wurden. Klein-Smith, das scharfgeschnittene Gesicht gerötet, hielt unablässig seine Füße in Bewegung, als wolle er Verwirrung stiften. Nicht eine seiner Bewegungen ließ Spielinstinkt erkennen, und Foxy fragte sich, warum er mitmachte. Saltz, für den zu schwärmen sie bereit war, bewegte sich vorsichtig am Rand entlang, geduckt und lächelnd, als wolle er zu erkennen geben, daß er an einem Kinderspiel teilnahm. Er hatte einen breiten Hintern, und er trug keine Leinenschuhe, sondern schwarzlederne, geschnürte, ähnlich denjenigen, die unter Priesterröcken hervorschauen. Sie sah weiter zu, sah, wie Hannema, plötzlich wild geworden, Constantine den Ball wegschnappte, mit Wucht gegen dessen Ellbogen rempelte, auf eine Weise an Ken vorbeipreschte, die regelwidrig sein mußte, sich in der Hüfte drehte, ausholte, schoß. Als der Ball durchs Netz fiel, sprang er übermütig auf Gallaghers Rücken. Und der Ire, dessen Kinnladen so breit waren, daß sein Gesicht fünfeckig wirkte, trabte mit seinem Geschäftspartner auf dem Buckel schafsgeduldig einmal um den Platz herum.

«Aussetzen!» protestierte Saltz.

«Du hast den Neuen gefoult», sagte Constantine, «du bist ein skrupelloser Schuft!»

Ihre Stimmen waren jungenhaft schrill. «Schon gut, ihr Schreihälse, ich setze aus», sagte Hannema und winkte dem wartenden Jungen, er möge statt seiner weiterspielen. «Soll ich Thorne anrufen und ihn fragen, ob er kommt, dann sind wir vier auf jeder Seite.»

Niemand antwortete; das Spiel ging schon wieder weiter. Hannema drapierte sich einen Sweater um den Hals, ging zu den beiden Zuschauerinnen und blieb aufrecht vor ihnen stehen. Foxy konnte sein Gesicht nicht erkennen, ein runder purpurner Schatten vor der Sonne. Männlicher Schweißgeruch strömte von ihm aus. Mit seiner körnigen, höflichen Stimme fragte er seine Frau: «Soll *ich* Thorne anrufen, oder willst *du* es tun? Er ist *dein* Freund.»

Angela antwortete: «Es ist ungezogen, ihn so spät zu bitten, er wird sich fragen, warum du ihn nicht eher angerufen hast.» Ihre Stimme klang, wie sie sich so dem Mann entgegenhob, tonlos in Foxys Ohren, erschreckt.

Er sagte: «Thorne gegenüber kann man nicht ungezogen sein. Wenn das ihn stören würde, hätte er schon längst die Stadt verlassen. Und sowieso weiß doch jeder, daß er sonntags zum Lunch immer fünf Martinis zu sich nimmt und gar nicht früher kommen *kann.*»

«Dann ruf ihn eben an», sagte Angela. «Und begrüß Foxy.»

«Entschuldigen Sie. Wie *geht* es Ihnen, Mrs. Whitman?»

«O danke, Mr. Hannema.»

Sie war entschlossen, sich nicht auch einschüchtern zu lassen, und stellte fest, daß sie standhielt.

Die Sonne legte einen Kranz aus schillerndem Flaum um seinen Kopf. Er blieb als aufrechter, Hitze ausdünstender Schatten vor ihr stehen, aber seine Stimme änderte sich, stellte sich auf irgend etwas in der ihren ein. «Es ist wirklich reizend», sagte er und wiederholte: «wirklich *rei*zend, Sie als Publikum hierzuhaben. Wir brauchen Publikum.» Und seine jähe Energieexplosion – wie er Ken überspielt hatte, Gallagher auf den Rücken gesprungen war – wurde nachträglich in helles Licht gerückt dadurch, daß sie zugesehen hatte. Er hatte das alles getan, damit sie es sah.

«Ihr scheint *alle* vor Kraft zu platzen», sagte Foxy. «Ich bin beeindruckt.»

Er fragte sie: «Würden Sie gern mitspielen?»

«Ich glaube nicht», erwiderte sie und überlegte, ob er wohl wußte, daß sie schwanger war, erinnerte sich, wie er ihr unter den Rock gesehen hatte, und war sicher, daß er es wußte. Er würde sich's angelegen sein lassen, es zu wissen.

«Dann muß ich ja wohl doch Thorne anrufen», sagte er und ging ins Haus.

Angela, die ihre Ungezwungenheit wiedergewonnen hatte, erklärte Foxy: «Es spielen tatsächlich manchmal Frauen mit. Janet und Georgene sind gar nicht mal so schlecht. Jedenfalls machen sie auf mich den Eindruck, als ob sie wüßten, was sie tun.»

Foxy sagte: «Hockey ist das einzige, was ich kann.»
«Was haben Sie gespielt? Ich war Mittelläufer.»
«Sie haben auch gespielt? Ich war meistens halbrechts. Manchmal Flügelstürmer.»
«Es ist ein herrliches Spiel», sagte Angela. «Das war die einzige Gelegenheit in meinem Leben, bei der es mir Spaß gemacht hat, aggressiv zu sein. Männer müssen dies Vergnügen ziemlich häufig haben.» Es war etwas so Fließendes, so Überzeugendes in ihrer dahintreibenden Sprechweise, daß Foxy nicht anders konnte als zuzustimmen, als eifrig zu nicken, indes die Sonne tiefer sank, in einen lachsrosa Schleier hinein. Da saßen diese beiden, die blassen Gesichter dem blassen Licht zugewandt, und redeten über Hockey («Was mir als Mittelläufer so viel Spaß gemacht hat», sagte Angela, «war, daß man immer beides tun mußte, angreifen und verteidigen, und einem dabei niemand aus irgendwas einen Vorwurf machen konnte.»); über Sport im allgemeinen («Es tut so gut», sagte Foxy, «Ken beim Spielen zuzusehen. Ich glaube, immer nur mit Studenten zusammen zu sein, macht einen unnötig alt. Ich kam mir wie eine Urgroßmutter vor in Cambridge.»); über Kens Beruf («Er erzählt mir gar nichts mehr von seiner Arbeit», sagte Foxy. «Früher ging es um Seesterne, und das hat ja noch irgendwie Spaß gemacht, einen Sommer sind wir mal nach Woods Hole gefahren, aber jetzt hat er mehr mit Chlorophyll zu tun und all den neuen Errungenschaften auf anderen Gebieten, DNS und was nicht alles.»); über Piets Haus («Er mag es», sagte Angela, «weil alles quadratisch ist. Ich wollte das Haus haben, das ihr jetzt habt. Man könnte so viel draus machen, und allein die Lage – als ob es über der Marsch schwebt! Piet hatte Angst wegen der Moskitos. Hier haben wir dafür diese gräßlichen Bremsen von der Meierei. Er kommt aus dem Binnenland, müssen Sie wissen. Ich glaube, das Meer schüchtert ihn ein. Er läuft gern Schlittschuh, aber aus Schwimmen macht er sich nicht viel. Er findet das Meer öde und überflüssig. Ich glaube, *ich* mag es, wenn Dinge ein bißchen ungeformt sind. Piet möchte alles schön durchgeformt haben.»); und über die Kinder, die dann und wann aus dem Gehölz auftauchten und mit einer Schramme, einer Klage, einem Geschenk zu ihnen kamen:
«Na so was, Franklin, vielen Dank! Was mag das wohl sein?»
«Ein Gewöll», sagte der Junge. «Von einer Eule oder einem Falken.» Der Junge war acht oder neun, intelligent, aber wenig entwikkelt für sein Alter und dünnhäutig. Das Gewöll lag in Angelas Hand, es war kleiner als ein Golfball, ein winziges trockenes Knäuel, in dem krumme Knöchelchen zu sehen waren.

«Es ist schön auf seine Art», sagte Angela. «Was soll ich denn damit machen?»

«Es für mich aufbewahren, bis ich nach Hause muß. Passen Sie auf, daß Ruthi es nicht kriegt. Sie sagt, es gehört ihr, weil es ihr Wald ist, aber ich möchte eine Sammlung anfangen, und ich habe es *zuerst* gesehn, auch wenn sie es aufgehoben hat.» Als er diese lange Erklärung abgegeben hatte, war er den Tränen nah.

Angela sagte: «Frankie, lauf und sag Ruth, sie möchte zu mir kommen.» Er blinzelte, machte kehrt und rannte los.

Foxy sagte: «Ist das nicht Frankie Appleby? Aber Frank selber ist doch gar nicht hier.»

«Harold hat ihn mitgebracht. Der Kleine ist mit seinem Sohn Jonathan befreundet.»

«Ich dachte, der kleine Smith wäre etliche Jahre älter.»

«Ist er auch, aber natürlich haben sie die Kinder zusammengeworfen.»

Natürlich?

Drei Kinder kamen aus dem Gehölz – vier, wenn man die kleine Nancy Hannema mitzählte, die bei dem Vogelbecken stehenblieb und, den Daumen im Mund, die Finger auseinanderfächerte, als wolle sie ihr Gesicht vor Foxys Blick verstecken.

Ruth war ein stämmiges großes rundgesichtiges Mädchen. Ihr ganzer Körper zuckte und stampfte vor empörter Energie. «Mutter, er sagt, er hat es *zuerst* gesehen, aber er hat es überhaupt nicht gesehen, bis *ich* es aufgehoben habe. Dann hat er gesagt, es ist seins, weil er es *zuerst* gesehen hat.»

Der größere Junge sagte mit einem aufgeweckten, unsteten Ausdruck im Gesicht: «Das ist die Wahrheit, Mrs. Hannema. Der alte Petzer Franklin hier grabscht immer alles weg.»

Der kleine Appleby brach ohne Vorwarnung in Schluchzen aus. «Das ist nicht wahr», sagte er, und er hätte noch mehr gesagt, aber die Kehle war ihm verstopft.

«Buhu, Petzerchen», sagte Smith junior.

«Mutter», sagte Ruth und stampfte mit dem Fuß auf den Kies, um Angelas Aufmerksamkeit wiederzugewinnen, «vorigen *Sommer* haben wir ein Vogelnest gefunden, und *Frankie* hat gesagt, es gehört *ihm*, für seine *Sammlung*, und er hat es mir aus der Hand gerissen, und da ist es ganz und gar auseinandergefallen und hat sich in *Nichts* aufgelöst, und alles bloß *seinet*wegen!» Sie wirbelte so heftig herum, daß ihr glattes Haar sich waagrecht auffächerte.

Jonathan Klein-Smith sagte: «Da guckt mal, Petzerchen heult schon wieder. Buhu, ach du meine Güte, ist das ein Theater.»

Mit kehligem Aufwinseln und dreschenden Fäusten fiel der Kleinere über seinen Freund her. Jonathan lachte; sein Arm schnellte vor und stieß das wütende rote Gesicht zur Seite; er gab dem Kleineren einen verächtlichen Stoß. Angela stand auf und trennte die beiden, und Foxy dachte, wie anmutig und kräftig zugleich sie aussah, und stellte sie sich als Hockeyspielerin vor, wie sie geistesabwesend, aber unbezwinglich, mit einer blauen Turnhose bekleidet, in der Mitte des gekalkten Feldes stand. Als Angela sich umdrehte, verriet ihr Körper Spuren jenes Altersprozesses, der eine Frau in mittleren Jahren, mit ihrem schwerer gewordenen Rumpf und den abgemagerten Beinen, immer so aussehen läßt, als befinde sie sich in einem Balanceakt.

«Hör mal zu, Jonathan», sagte Angela, beide Jungen an den Händen haltend, «Frankie möchte sich eine Sammlung zulegen. Hast du das denn auch vor?»

«Nein, ich scheiß auf das Ausgekotzte von irgendso 'nem alten Vogel. Er hat das Ding ja *Ruthie* weggenommen.»

«Ruthie ist immer hier, und ich *weiß*, daß sie noch so ein Gewöll im Gehölz finden wird. Ich möchte, daß ihr alle mithelft. Ich höre jede Nacht eine Eule schreien, ihr braucht bloß ihren Baum zu suchen, ich wette, dann findet ihr eine Menge solcher Gewölle. Du hilfst auch mit, Nancy.»

Das Kind war näher gekommen. «Maus ist tot», sagte es, ohne den Daumen aus dem Mund zu nehmen.

«Ja», sagte Ruth und wirbelte herum, so daß ihr Haar flügelgleich aufflatterte, «und wenn du nicht aufpaßt, dann wird die riesengroße Eule kommen und dich fressen, und dein Daumen steckt dann in einem riesengroßen Gewöll mit Glotzaugen drauf!»

«Ruth!» rief Angela; zu spät. Ruth war ins Gehölz zurückgerannt, ihre langen Beine wirbelten unter dem wehenden Rock. Die Jungen, einig im Verfolgungsdrang, setzten ihr nach. Nancy schmiegte sich in den Schoß ihrer Mutter, die sie zerstreut liebkoste. «All das», sagte Angela, «haben Sie nun auch vor sich.»

Foxys Schwangerschaft war also allgemein bekannt. Sie stellte fest, daß es ihr nichts ausmachte. Sie sagte: «Ich wäre froh, wenn ich schon so weit wäre. Die Hälfte der Zeit über fühle ich mich scheußlich, und in der übrigen Zeit komme ich mir nutzlos vor.»

«Etwas später», sagte Angela, «wird es herrlich. Man ist so im Einklang mit der Welt. Dann kommt das kleine Bündel an und ist so rundherum abhängig, hat ganz präzise, eindeutige Bedürfnisse, die Sie alle be*frie*digen können! Sie haben alles, was es braucht. Ich fand es wunderbar, Kinder zu bekommen. Aber dann muß man sie aufziehen.» Nancy hörte, halb in ihrem Schoß liegend, mit weit aufgerissenen Augen zu. Ihre Lippen machten ein heimliches, feuchtes Geräusch um den Daumen herum.

«Sie können gut umgehen mit Kindern», sagte Foxy.

«Ich unterrichte gern», sagte Angela. «Das ist einfacher als Lernen.»

Ein gelbes Kabrio mit aufgeklapptem Dach bog unter Kiesgespritz in die Auffahrt und kam, einen knappen Meter von der Bank entfernt, zum Stehen. Dieser Thorne saß am Steuer; sein rosa Schädel ragte aus dem Metallgehäuse wie das Fleisch einer Molluske. Auf dem Rücksitz standen ein krank aussehender Junge, der ihm ähnelte, und ein etwas jüngeres Mädchen, ungefähr sechs, mit grünen, leicht vorquellenden Augen. Es gab Foxy einen Stich, wie rasch Angela aufstand, um die Gäste zu begrüßen. Eine Stunde lang hatte sie nun mit ihr diese Bank und die Sonne geteilt, jetzt war sie eifersüchtig. Angela stellte ihr die Kinder vor: «Whitney und Martha Thorne – sagt Mrs. Whitman guten Tag.»

«Ich kenne Sie», sagte der Junge. «Sie sind in das Spukhaus am Ende von unserer Straße gezogen.» Sein Gesicht war bleich, Nasenlöcher und Ohren wirkten entzündet. Vielleicht hatte er Fieber. Seine Schwester war ausgesprochen fett. Foxy war gerührt von diesen Kindern, und als sie dann den Vater der beiden ansah, sogar von dem.

«Wieso ist es denn ein Spukhaus?» fragte sie.

«Er meint, weil es so lange leergestanden hat», mischte Angela sich ein. «Die Kinder können es vom Strand aus sehen.»

«Alle Rolläden dicht», sagte Whitney, «aber aus den Schornsteinen kommt Rauch.»

«Der Junge halluziniert», sagte sein Vater. «Er kaut Peyote zum Frühstück.»

Whitney verteidigte sich: «Iggy Kappiotis hat gesagt, er und noch ein paar andere hätten sich mal auf die Veranda geschlichen und drinnen Stimmen gehört.»

«Nichts weiter als eine kleine unschuldige Teenager-Fickerei», sagte Freddy Thorne und blinzelte in die blasse Frühlingssonne. Bei Tageslicht war seine amorphe Weichheit nicht mehr ganz so bedrohlich, eher mitleiderregend. Er trug ein weiches weinrotes Sporthemd mit einem knallgrünen Seidentuch und hochschäftige Schnürstiefel, wie Kinder mit schwachen Fußgelenken sie brauchen.

«Hallo, großer Freddy!» rief Harold Klein-Smith vom Basketballplatz herüber. Das Stampfen und Schnauben hatte für eine Weile aufgehört.

Hannema kam angerannt und verkündete, Thorne am Ellbogen packend: «Dieser Mann ist der personifizierte Gin.»

«Das sind keine vorschriftsmäßigen Basketballschuhe!» protestierte Ben Saltz.

«Das sind Frankenstein-Schuhe», sagte Eddie Constantine. Er machte sich steif, torkelte die wenigen Schritte auf Thorne zu und fiel bumsend gegen dessen Brustkasten. Schnüffelnd sog er Freddys Atem ein, griff sich an die Kehle und schrie gellend: «Aagh! Was für 'ne Fahne!»

Thorne lächelte und wischte sich den Mund. «Ich werde nur zusehen», sagte er. «Ihr braucht mich ja nicht, ihr habt ja genug Leute. Warum habt ihr mich angerufen?»

«Und ob wir dich brauchen», sagte Hannema mit Nachdruck und hatte ihn schon wieder am Ellbogen gepackt; er schien es zu genießen, daß er kleiner war als Freddy. «Vier auf jeder Seite. Paß schön auf mich auf, du gehörst zu Matt, Eddie und Ben.»

«Tausend Dank für die milde Gabe, schöne Scheiße», sagte Constantine.

«Wieviel Punkte gibst du uns voraus?» fragte Gallagher.

«Gar keinen», sagte Hannema. «Freddy ist doch prima. Eine richtige Kanone. So schön locker. Hier, zum Angewöhnen, Freddy.» Er kickte den Ball vom Asphalt weg direkt in Freddys Bauch. «Seht ihr, wie locker er ist?»

An der steiffingrigen Art, mit der Thorne den Ball handhabte, sah Foxy, daß er alles andere als ein Sportler war; er bewegte sich so watschelig, so plattfüßig, daß sie die Augen abwandte.

Angela neben ihr sagte: «Gut möglich, daß hin und wieder junge Pärchen in das Haus eingedrungen sind. Es gibt so wenig Plätze, wo sie sich treffen können.»

«Was für Leute waren das, denen das Haus früher gehört hat?»

«Die Robinsons? Wir kannten sie kaum. Sie waren nur im Sommer da und an den Wochenenden. Ein kinderreiches Ehepaar in mittleren Jahren, das sich aus heiterem Himmel scheiden ließ. Ich bin ihr manchmal in der Stadt begegnet, sie hatte immer ein Fernglas um den Hals. Eine ganz ansehnliche Frau, mit Knoten, ein bißchen mitgenommen vom Wind, immer in Tweed. Er war ein häßlicher kleiner Mann mit einer gewaltigen Stimme, stieß ständig die Drohung aus, er werde die Stadt verklagen, wenn sie die Straße zum Strand verbreitere. Aber Bernadette Ong, die die beiden kannte, sagte, er sei es gewesen, der die Scheidung wollte. Er hat Cello gespielt, so viel ich weiß, und sie Geige; sie haben sich dann mit irgendwelchen Leuten aus Duxbury zu einem Streichquartett zusammengetan. Für das Haus haben sie nie einen Finger gerührt.»

Da platzte es aus Foxy heraus: «Ob Ihr Mann wohl bereit wäre, sich unser Haus einmal anzusehen? Und uns einen Kostenvoranschlag zu machen oder uns wenigstens einen Tip zu geben, wo man am besten anfangen sollte?»

Angela spähte zum Gehölz hinüber, einem linearen Labyrinth, in dem Kindergestalten verborgen waren. «Matt», sagte sie vorsichtig, «möchte, daß Piet sich auf Neubauten konzentriert.»

«Dann könnte er uns vielleicht einen anderen Bauunternehmer empfehlen. Wir müssen einen Anfang machen. Ken mag das Haus anscheinend, wie es ist, aber wenn der Winter kommt, dann geht es nicht mehr.»

«Natürlich geht es.» Der schroffe Ton erschreckte Foxy. Noch immer zu den Bäumen hinüberspähend, sprach Angela weiter, zögernd, als werde sie bei der Wahl der Worte abgelenkt durch Dinge, die ungesehen sich entfalteten. «Ihr Mann – vielleicht können er und Piet sich einmal unterhalten. Aber nicht heute nach dem Basketball. Alle bleiben noch auf ein Bier.»

«Nein, gut. Wir müssen ohnehin ganz eilig nach Hause, Freunde aus Cambridge kommen zu Besuch.»

So entstand eine kleine Kluft zwischen ihnen. Ihre Blicke gingen in verschiedene Richtungen: Angela sah zum Gehölz hinüber, in dem die Kinder waren, Foxy achtete auf das Spiel der Männer. Vier auf jeder Seite, das war zu viel. Der Platz, mittlerweile tief in den Schatten der Scheune getaucht, war überfüllt, und Thorne mit seinem aufdringlichen Hinterteil und seinen konfusen Bewegungen war allen im Weg. Hannema hatte den Ball. Da Thorne unausgesetzt, unter allgemeinem Gejohle, gegen ihn rempelte, um ihn am Dribbeln zu hindern, gab er den Ball durch Aufprall an den Nachbarsjungen der Constantines ab; im selben Augenblick hakte er seinen Fuß um Thornes Fessel und brachte durch abrupte Rückwärtsverlagerung seines Gewichts den Größeren zu Fall. Thorne fiel in Etappen, er streckte einen Arm aus, rollte dann, mit dem Gesicht voran, eine Hand unter sich, auf den matschigen Asphalt.

Das Spiel stoppte. Foxy und Angela liefen zu den Männern. Hannema hatte sich neben Thorne gekniet. Die andern bildeten einen stummen Kreis um sie. Klebrig lächelnd, das weinrote Hemd dreckverschmiert, setzte Thorne sich auf und hielt ihnen seine zitternde Hand hin: der kleine Finger ragte kreideweiß und schiefwinklig in die Gegend. «Ausgerenkt», sagte er mit einer Stimme, die trocken und brüchig war vor Schmerz.

Hannema, noch immer auf den Knien, stieß hervor: «Um Gottes willen, Freddy, es tut mir leid. Das ist ja furchtbar. Verklag mich.»

«Ist mir schon mal passiert», sagte Thorne. Er nahm die verletzte Hand in die heile, schnitt eine Grimasse und zog. Ein schnappender Ton, zarter als das Geräusch eines brechenden Zweigleins, eher wie das Aufplatzen einer Schote, erschreckte die schweigende Runde. Freddy stand auf und barg die Hand mit dem wieder eingerenkten Finger an seiner Brust, als handle es sich um etwas äußerst Empfindliches, Geschändetes, das nicht berührt werden durfte. Er fragte Angela: «Hast du Verbandzeug im Haus und irgendwas, das als Schiene herhalten kann – ein Stäbchen, mit dem man die Zunge herunterdrückt, oder einen Lollystiel? Ein Löffel tut's zur Not auch.»

Hannema war zusammen mit ihm aufgestanden und fragte: «Freddy, wirst du so arbeiten können?»

Thorne grinste zuckerig in des anderen ängstliches Gesicht hinunter. Er genießt es, Mittelpunkt zu sein, dachte Foxy; sie hatte geglaubt, nur Frauen benutzten physischen Schmerz als Waffe. «Oh», sagte er, «in einem Monat oder so. Ich kann den Leuten ja wohl schlecht mit einem Gipsverband in den Mund kriechen, oder?»

«Verklag mich», sagte Hannema. Sein Gesicht war eine seltsame, angespannte Mischung aus Sommersprossen und Blässe, aus Kampfeshitze und Zerknirschung. Die übrigen Spieler hatten sich in zwei sympathisierende Gruppen gespalten. Freddy Thorne ging, seine Hand vor sich her tragend, Angela, Constantine, dem Nachbarsjungen und Saltz im Triumph voran ins Haus. Foxys Eindruck jedoch blieb unverändert: bis zu dem Augenblick, da er die Situation auszubeuten begann, hatte er sich instinktiv stoisch verhalten.

«Du hast es ja nicht mit Absicht getan», sagte Klein-Smith zu Hannema. Foxy wunderte sich, daß er, Thornes Freund, draußen geblieben war bei dem Missetäter. Das Muster der Beziehungen war verschlungen.

«Doch, es *war* Absicht», sagte Piet. «Ich habe der armen Flasche vorsätzlich ein Bein gestellt. Es macht mich rasend, wie er einen dauernd mit dem Bauch anrempelt.»

Gallagher sagte: «Er versteht nichts von dem Spiel.» Gallagher wäre ein gutaussehender Mann gewesen, hätte er nicht etwas Enges um den Mund gehabt, etwas im voraus Festgelegtes, Verschlossenes, das sich in den parenthesenförmigen, scharf in die Winkel gekerbten Falten ausdrückte: zwei pedantische kleine Biesen. Zwischen all den stoppeligen Sonntagsgesichtern war seins als einziges glattrasiert; er war in der Messe gewesen.

Foxy sagte: «Ich finde, ihr geht alle gräßlich grob miteinander um.»

«C'est la guerre», belehrte Klein-Smith sie.

Ken benutzte die Pause, um mit dem Ball zu üben, sich zu vervollkommnen. Foxy kam sich ertrunken vor in Schatten und widrigen Strömungen, während er sich amüsierte, den Ahnungslosen spielte, hohl und munter dahintrieb. Sein Dribbeln und das vibrierende Scheppern des Netzrings irritierten sie, wie nur irgendein Monolog es konnte.

Hannema stand neben ihr. Überraschend sagte er: «Ich finde es ekelhaft, wenn ich mich wie ein Haufen Dreck benehme, und dazu kommt's jedesmal. Ich bitte ihn herzukommen und mitzuspielen, und dann mache ich ihn zum Krüppel.»

Halb war es ein Geständnis, halb Prahlerei. Foxy war bestürzt, daß er damit zu ihr kam, es war, als lege er ihr seinen Kopf in den Schoß. Sie scheute zurück, war sprachlos und ärgerte sich dann, daß sie in dem Augenblick, da sie seine berüchtigte Kraft, seine waisenkindhafte, bedürftige Offenheit auf so unerwartete Weise zu spüren bekam, sich ebenso furchtsam erwiesen hatte wie Angela.

Der Kies auf der Auffahrt spritzte abermals. Ein altes kastanienbraunes Coupé fuhr vor, die Windschutzscheibe ein Gewimmel von widergespiegelten Zweigen und Wolkenfetzen. Janet Appleby stieg auf der Fahrerseite aus. Sie schleppte zwei Sechserpackungen Bier. Aus der anderen Tür zwängte sich Georgene Thorne mit einem Kind auf dem Arm, das in einem lästigen Alter war und so dick gewindelt, daß seine Beine auseinanderstanden wie die Stelzen eines H. Nach den hitzig geröteten Bäckchen zu urteilen, war es ein kleiner Appleby.

Klein-Smith und Hannema eilten ihnen entgegen. Gallagher entschied sich für Ken und den Ball. Und Foxy, die bei der Begrüßung nicht stören wollte, aber der Meinung war, daß ihr Geschlecht sie berechtige, sich zu den Frauen zu gesellen, schlenderte ihnen langsam über die Auffahrt entgegen, als Klein-Smith gerade schelmisch Freddys Unglücksfinger beschrieb: *«... le doigt disloqué.»*

Georgene sagte: «Ich habe ihm ja gleich gesagt, er soll sich nicht sportlich betätigen, wenn er blau ist.» Ihre Lider waren rosa, als habe sie in der Sonne gelegen.

Piet Hannema sagte: «Aber ich habe ihn doch extra gebeten herzukommen, damit wir vier auf jeder Seite sind.» So ein trauriges breites Gesicht – wurde alt, ohne weise zu werden, immer wach und angestrengt.

«Ach, er wäre in jedem Fall gekommen. Du glaubst doch nicht, daß er den ganzen Sonntagnachmittag nur bei *mir* herumsitzt.»

«Warum nicht?» sagte Piet, und Foxy bildete sich ein, Feindseligkeit in seinen Augen zu lesen, als er Georgene fixierte. «Willst du nicht hineingehen und sehen, wie es ihm geht?»

«Es geht ihm gut», sagte sie. «Angela ist doch bei ihm, nicht wahr? Laß die beiden in Ruhe. Er ist glücklich.»

Janet und Harold verhandelten aufgeregt miteinander, im Flüsterton. Das Problem schien organisatorischer Natur zu sein, Zeiteinteilungen und Arrangements von Autos und Kindern zu betreffen. Als der Appleby-Sprößling eine Katze auf dem Rasen ergriff und sie an den Hinterbeinen hochhob, als wolle er eine Tüte mit Bonbons ausschütten, war es Klein-Smith, der herbeieilte und das Tier befreite, während Janet einen müßigen Augenblick lang das Gesicht der Sonne hinhielt. Die Katze, eine gescheckte mit brandigem Auge, lief weg und verkroch sich in der Fliederhecke. Foxy fragte Hannema: «Gehört so was zu euch?»

«Die Katze oder das Kind?» fragte er zurück, als sei auch ihm soeben aufgegangen, daß die Abstammung dieses Kindes nicht recht festzuliegen schien.

«Die gescheckte Katze. Wir haben einen Kater, der heißt Cotton.»

«Ach *bitte*, bringen Sie Cotton das nächste Mal zum Basketballspiel mit», sagte Georgene Thorne. Und einen sportgestählten Arm zum Gehölz hinstreckend, fügte sie hinzu: «Ich kann vor lauter Bäumen keine Kinder sehen», als erkläre das die Ungezogenheit der vorangegangenen Bemerkung, aus der zu hören gewesen war, wie sehr sie sich über Foxys Anwesenheit ärgerte.

Hannema sagte: «Sie gehört zur Meierei nebenan, aber die Kinder füttern sie manchmal. Sie lassen das elende Vieh mitsamt seinen Flöhen ins Haus, und nun habe *ich* sie.»

Freddy Thorne trat aus der Tür. Sein kleiner Finger war mit einem grünen Picknickplastiklöffel geschient. Das Polster der Fingerkuppe ruhte schmuck in der Löffelmulde, und die Krümmung des Stiels paßte sich anmutig der des Fingers an. Diese Improvisation war also Angelas Werk: Foxy fühlte sich bestärkt in der Ahnung, zwischen den beiden müsse eine unerlaubte Neigung bestehen. Freddy war unverhohlen stolz.

«O Freddy», sagte Janet, «das ist einfach fabelhaft.» Sie trug weiße Slacks, die so eng saßen, daß sie lauter horizontale Falten über den Bauch warfen. Ihr türkisfarbener Pullover, flauschiger Velours, hatte da, wo er sich der Wölbung der Brüste anschmiegte, einen changierenden Schimmer; wenn Janet sich bewegte, war sie vorn ein elektrisch knisterndes Licht- und Schattenspiel. Hinten am Hals war der Pullover ausgeschnitten und gab einen Spalt blaßvioletter

Haut frei. Ihre Lippen waren herzförmig geschminkt, aber ihr kreidiges Gesicht brauchte Schlaf. Sie war dünnhäutig wie ihr Sohn und schien, gleich ihm, noch in der Entwicklung begriffen.

Freddy sagte: «Der Junge hat's gemacht.»

Constantines junger Nachbar erläuterte: «Letzten Sommer im Camp mußten wir einen Erste-Hilfe-Kurs mitmachen.» Seine Stimme löste sich flach und piepsig aus der Form eines erwachsenen Mannes: eine Maus auf einem Sockel.

Eddie Constantine sagte: «Er kommt zu uns ins Haus und massiert Carol den Rücken.»

Freddy fragte: «Ach, sie hat einen schlimmen Rücken?»

«Nur wenn ich zu lange zu Hause gewesen bin.»

Ken und Gallagher hörten zu spielen auf und gesellten sich zu den Erwachsenen.

Die Sechserkartons wurden geöffnet und Bierdosen herumgereicht. «Ich *hasse* diese neuen Reißlaschen», sagte Klein-Smith, heftig an einer reißend. «Jeder, den ich kenne, hat zerschnittene Daumen. Das sind die neuen Stigmata.» Foxy merkte, wie er nach dem französischen Wort für Stigmata suchte.

Janet sagte: «Ich schaffe es nicht, ich bin zu schwach und abgehalftert. Versuchen *Sie's* mal?» Sie reichte ihre Dose – Ken!

Alle Augen richteten sich auf sie. Harold Klein-Smiths Nase reckte sich hoch, und seine Stimme klang nervös. «Freddy Thorne», höhnte er, «Löffelfinger! Der Mann mit dem Plastikfinger. *Le doigt plastique.*»

«Wirklich, Freddy, wie ärgerlich», sagte Georgene, und Foxy spürte das darin versteckte Bemühen, Mitleid zu bekunden.

«Spaß beiseite», sagte Constantine, «wie willst du damit eigentlich reinkommen – in diese kleinen Ritzen zwischen den Zähnen?» Er war unverhohlen neugierig, und seine Augen, die Foxy eine Sekunde lang voll ansahen, spiegelten, in Ermangelung von Intelligenz, Aluminium wider und den grauen Wind und die perlmutterne Weite unter dem Himmel bei großer Flughöhe. Er war dort gewesen, in der metallischen Öde über den brodelnden Wolken, und nun interessierte ihn, wie Freddy dahin kommen wollte, wohin *er* gehörte.

«Mit einem Laserstrahl», sagte Thorne, und der grüne Löffel wurde zu einem Todesstrahl, den er, zzzzz durch die Zähne zischend, auf Constantine richtete, auf Hannema, auf Foxy. «Zzzz. Sterben! Zzzzz. Ihr seid tot.»

Die ihm am nächsten standen, lachten ausgiebig. Sie waren Höflinge, und Freddy war König, der König des Chaos; Foxy weigerte sich zu lachen, und das, obwohl sie tot war. Georgene und Piet hinter ihr wechselten, Freddy nicht beachtend, Worte, die verwirrend waren in ihrer gewichtigen Einfachheit:

«Wie geht es dir?»

«Soso, Schätzchen.»

«Du hast auf deinem Sonnendach gelegen.»

«Ja.»

«Wie war's? Erholsam?»

«Einsam.»

Foxy lauschte und war hingerissen, so wie früher, wenn sie ihre Eltern hinter einer verschlossenen Tür brummeln und murmeln hörte und das Heimliche daran die alltäglichen Worte mit Zauberkraft auflud.

Ben Saltz' überdeutliche Stimme erhob sich; sein artikulierender Mund sah aus wie ein Ding für sich: als werde er von einer Extrabatterie betrieben, die zwischen den Barthaaren versteckt war. «Wirklich mal ganz im Ernst, Freddy, die leisten tatsächlich schon allerhand in der nontaktilen Zahnheilkunde.»

«Hoppla», sagte Freddy Thorne, «taktile Typen wie ich kommen da in Fahrt», und er gab Janet einen Klaps auf die biförmige Sitzfläche ihrer engen weißen Hose. Sie löste sich mit einer heftigen Drehung aus dem Tête-à-tête mit Ken und warf Freddy einen Blick zu, der nicht Überraschung ausdrückte, sondern eher eine Warnung, und Foxy hatte das Gefühl, daß es Janet weniger um den Klaps ging als vielmehr darum, ihn vor aller Augen bekommen zu haben.

Saltz benutzte die Gelegenheit, sich an Ken heranzumachen: «Ach bitte, wenn Sie eine Minute erübrigen können – ich möchte so gern wissen, ob Sie in der Biochemie auch schon Wirkungen mit Laser erzielt haben. Vor ein paar Wochen las ich im *Globe*, man habe mit Laser recht erfolgreiche Krebsbehandlungen an Mäusen durchgeführt.»

«Mit Mäusen kann jeder Wunder vollbringen», behauptete Ken und fixierte trübselig Janets Hintern. Vor Jahren schon hatte Foxy bemerkt, daß ihm nicht wohl in seiner Haut war, wenn er mit Juden sprach; zu oft hatte er gegen sie verloren.

«Tun Sie mir den Gefallen», fuhr Saltz fort, «und erzählen Sie mir ein bißchen über die DNS. Wie zum Teufel, so denke ich mir in meinem Kopf, wie zum Teufel kann spontan aus dem Chaos eine so komplexe Struktur entstehen?»

«Die Materie ist kein Chaos», sagte Ken. «Sie hat Gesetze, die bestimmt werden von dem, was nicht geschehen kann.»

«Ich kann verstehen», sagte Saltz, «wie drüben in unseren westlichen Staaten, nehmen wir mal den Grand Canyon als Beispiel, wie da ein Felsen durch Erosion zur Form einer Kathedrale gemeißelt werden kann. Aber wenn ich dann in die Kathedrale hineinschaue und die Bänke sehe, wie sie da in allerschönster Ordnung stehen, in Reih und Glied, dann fange ich an, den Braten zu riechen, sozusagen.»

«Vielleicht», sagte Ken, «haben Sie die Bankreihen selber aufgestellt.»

Ben Saltz grinste. «Das gefällt mir», sagte er. «Diese Antwort gefällt mir.» Sein Grinsen war überwältigend: es warf ihn um Jahrtausende zurück, war wie ein Sonnendurchbruch, der seine Augen in glitzernde Schlitze verwandelte und sein ganzes Gesicht erfaßte, so wie auf einem assyrischen Basrelief ein knurrender Löwe mit seinem ganzen Gesicht knurrt. «Diese Antwort gefällt mir außerordentlich. Sie spielen auf das Kosmische Unbewußte an. Sie wissen, Jahwe war ursprünglich eine Vulkangottheit. Ich finde es absurd, wenn religiöse Menschen Angst haben vor der Majestät und der Kraft des Universums.»

Angela rief von der Veranda: «Friert außer mir sonst noch jemand hier? Kommt doch alle ins Haus.»

Das war für einige das Zeichen zu gehen, für andere zu bleiben. Eddie Constantine quetschte seine Bierdose zusammen und gab sie Janet Appleby. Die hielt sich die Büchse vor die Brust wie eine Blechkorsage. Constantine ging zu seiner Vespa hinüber, streifte dicht an Foxy vorbei und gab ihr einen Klaps auf den Bauch. «Ziehen Sie Ihren Wanst ein.» Das waren seine Worte. Der Nachbarsjunge schwang sich hinter ihm auf die Vespa und klammerte sich wie ein Opossum an ihm fest. Constantine stieß sich ab, und ein Kieselregen spritzte von seinem Hinterrad auf, als er die Auffahrt hinunterfuhr und in die Straße jenseits der Fliederhecke bog, die immer mehr an Transparenz verlor, je üppiger ihre Knospen schwellten. Die Katze brach erschreckt aus der Hecke hervor und rannte lautlos, sich immer länger streckend, über den Rasen. Kinder tauchten aus dem dunkel werdenden Gehölz. Die Hälfte von ihnen weinte. In Wirklichkeit war's nur Frankie Appleby, der weinte. Jonathan Smith und Whitney Thorne hatten ihn mit seinen eigenen Schnürsenkeln an einen Baum gefesselt, und dann konnten sie die Knoten nicht wieder aufkriegen und mußten die Schnürsenkel durchschneiden, und nun hatte er keine mehr, und dabei war es doch gar nicht *seine* Schuld. Seine Füße schlackerten und schlurften zur Untermalung dieses Vorfalls, und Harold Klein-Smith eilte zu ihm, indes Janet, seine Mutter, kalt, plump und plusterig auf der Veranda stand und in die Sonne starrte, die orangefarben, netzumsponnen, im dünnen Gehölz hing. Über den Rasen kamen die rosigen Hannema-Töchter und ein schöner Knabe, der mit seinem lockigen schwarzen Haar und der selbstbewußten Geschmeidigkeit seines Körpers wie ein Gainsborough-Geschöpf aussah in dem romantischen verblassenden Licht. Gallagher verabschiedete sich mit einem energischen Kopfnicken, nahm dieses Luxuskind bei der Hand und ging mit ihm zu seinem Wagen, dem grauen Mercedes, durch dessen große blanke Scheibe Foxy zum erstenmal Tarbox gesehen hatte. Saltz und die Thornes gingen auf das Haus zu. In der engen Farmhaustür stießen die beiden Männer, der eine bärtig, der andere kahl, zusammen, und Thorne legte überraschend seinen Arm, den mit der invaliden, grünverzierten Hand, um den Juden und drückte ihn fest von der Seite an sich. Saltz bleckte ihn mit seinem Löwengrinsen an und sagte etwas, worauf Thorne entgegnete: «So ein Schlappschwanz bin ich ja nun wirklich nicht. Komm, ich will dir was über Dentalhypnose erzählen.» Das einladende Haus nahm sie auf. Foxy und Ken machten Anstalten zu gehen.

«Geht doch nicht schon alle», bat Angela. «Habt ihr nicht Lust auf einen *richtigen* Drink?»

Foxy sagte: «Wir müssen nach Hause»; sie war ehrlich traurig. Diese Traurigkeit sollte sie noch oft erleben, diese chronische Traurigkeit der späten Sonntagnachmittage, wenn die Paare ihr Spiel ausgespielt hatten – Basketball oder An-den-Strand-Gehen oder Tennis oder Touch-Football – und einem Abend entgegensahen, der sich drückend auf sie legte, ein Abend ohne Spiel, ein Abend, der bei flackerndem Lampenlicht zugebracht werden mußte, mit launischen Kindern und Speiseresten und der nörgelnden, halb gelesenen Zeitung voller griesgrämiger Warnrufe und Greuel, ein Abend, da Ehen sich zufalteten wie Blumen, von denen die Sonne sich abgewandt hat, ein Abend, der wie ein verschmiertes Fenster auf den Montag und die lange Woche hinausging, wo sie wieder ihre Rollen als arbeitende Menschen spielen mußten, als Börsenmakler und Zahnärzte, als Ingenieure und Mütter und Hausfrauen, als Erwachsene, die nicht der Welt Gäste sind, sondern ihre Gastgeber.

Janet und Harold verhandelten flüsternd miteinander. Janet wirbelte herum und verkündete: «Herzchen, wir *können* nicht. Wir *müssen* Marcia und Frank erlösen, sie stecken sicher *tief* in einer Unter*hal*tung.» Sie sammelten ihre durcheinandergewürfelten Kinder ein und stiegen in Janets kastanienbraunen Wagen. Als sie rückwärts aus der Ausfahrt fuhren, durchstach die sinkende Sonne für einen Augenblick die Windschutzscheibe und legte ihrer beider Gesichter in fahlen, eingefallenen Details bloß: Heilige unter Glas.

«Auf Wiedersehen», sagte Piet Hannema höflich von der Veranda her. Foxy hatte ihn vergessen. Freddys Fingerunfall schien ihn so mitgenommen zu haben, daß sie ihm zurief: «Kopf hoch!»

Als sie sicher in ihrem MG saßen, sagte Ken: «Junge, Junge, morgen werde ich einen ganz schönen Muskelkater haben.»

«Aber hat es nicht Spaß gemacht?»

«Die Bewegung hat mir gut getan. Hast du dich schrecklich gelangweilt?»

«Nein. Ich fand Angela hinreißend.»

«Warum?»

«Ich weiß nicht. Sie ist anmutig und unbekümmert und gleichzeitig über alles erhaben. Und sie stellt nicht dauernd diese *Ansprüche* wie die andern.»

«Sie muß früher umwerfend gewesen sein.»

«Und jetzt nicht mehr? Ich muß sagen, deine angemalte Freundin Janet mit ihren Klopf-mich-auf-den-Hintern-Hosen macht ästhetisch keinen Eindruck auf mich.»

«Was für einen Eindruck macht sie denn auf dich, Fox?»

«Daß sie weniger glücklich ist, als sie eigentlich sein sollte. Sie war als lustige dicke Person gedacht, und irgendwas ist schiefgegangen.»

«Glaubst du, sie hat was mit Smith?»

Foxy lachte. «Männer sind doch scharfe Beobachter. Es ist so offenkundig, daß es passé sein muß. Meiner Meinung nach ist sie mit Smith seit kurzem fertig, hat es jetzt mit Thorne und faßt dich für die Zukunft ins Auge.»

Das geschmeichelte träge Lachen, mit dem er antwortete, ärgerte sie. «Ich muß dir was beichten», sagte sie.

«Du hast eine Affäre mit Saltz. Gott, sind diese Juden schwerfällig. Immer so *beteiligt*. Das Kosmische Unbewußte – lieber Himmel!»

«Nein. Aber es ist fast genauso schlimm. Ich habe Angela gesagt, wir würden uns freuen, wenn ihr Mann sich um unser Haus kümmerte.»

Seine Stimme wurde reserviert, nahm einen distanzierten, kritischen Ton an. «Hast du einen Tag ausgemacht?»

«Nein, aber ich finde, das sollten wir jetzt tun. Warum rufst du ihn nicht an? Angela meint ohnehin, er sei nicht interessiert.»

Ken fuhr zügig die Straße hinunter, die sie inzwischen auswendig kannten; beide lehnten sich leicht zur Seite, noch ehe die Kurve da war. «Na ja», sagte er nach einer Pause, «ich hoffe nur, daß sein Benehmen beim Basketball nicht darauf schließen läßt, wie er Häuser baut. Er spielt ganz schön ruppig.»

Ruth stand, mit fast schon fraulichen Ausmaßen, weinend am Bett ihres Vaters und weckte ihn aus einem Traum, in dem eine große, abgewandte Frau in Weiß am Ende eines geschwungenen Korridors auf ihn wartete. «Papi, Nancy sagt, die Meiereikatze hat unten ein Tier gefangen, und der Hamster ist nicht in seinem Käfig, und ich habe Angst, nachzusehen.»

Piet erinnerte sich an das *iik iiik*, von dem er sich hatte in den Schlaf lullen lassen, und schlüpfte aus dem Bett; ein Angstkloß klumpte in seinem Magen. Angela seufzte feucht, rührte sich aber nicht. Der Fußboden und die Treppenstufen waren kalt. Nancy in ihrem rosa Nachthemd hockte zusammengekauert auf dem braunen Wohnzimmersofa im schattenlosen frühen Morgenlicht und sagte, den Daumen aus dem Mund nehmend: «Ich wollte das nicht, ich wollte das doch nicht, es war aus Versehen!»

Er hatte einen trockenen Mund. «Was wolltest du nicht? Wo ist das Tier?»

Das Kind sah ihn an mit Augen, so rein und riesig, als seien sie ein gut Teil größer als die Fenster dieses niedrigen Zimmers. Die Möbel, soweit sie herausragten aus dem einheitlichen Dämmer, waren wie empfindende, wenn auch paralysierte Wesen.

Er beharrte: «Wo ist das Tier, von dem du Ruthie erzählt hast, Nancy?»

Sie sagte: «Ich wollte das nicht», und brach in Tränen aus; ihr glattes Gesicht zerfiel wie ein Wunderwerk der Balsamierungskunst, wenn es plötzlich der Luft ausgesetzt wird, und Piet war benommen von der Kraft, die aus dem Loch strömte, das ihr Gesicht in das gleichmäßige graue Licht gerissen hatte.

Ruth sagte: «Heulsuse-Heulsuse-heultsichumunddumm-Suse», und Nancy stöpselte sich das Gesicht wieder mit dem Daumen zu.

Das kleine Tier lag sackförmig, den Bauch nach oben, mitten in der Küche auf dem Linoleum, und die Meiereikatze saß in einiger Entfernung, feige und zugleich selbstzufrieden, hinter den Sprossen eines Küchenstuhls auf Beobachterposten. Sie hatte ihr rasches Instinktwerk äußerst adrett erledigt. Der Hamster war kaum gezeichnet, und doch war er tot. Sein Körper gab mit klitschiger Elastizität nach, als Piet ihn antippte; die Oberlippe war hochgezogen und entblößte Zähne, die wie Kammzinken aussahen, und die Augen waren auf eine unangemessene, menschenhaft würdige Weise geschlossen. Ein Hauch von Wimpern. Die vier zusammengekrallten Füße. Die plumpe kahle kleine Nase.

Ruth fragte, obwohl sie in der Küchentür stand und alles selber sehen konnte: «Ist er es?»

«Ja, Süße, er ist tot.»

«Ich weiß.»

Es war leicht, sich alles zusammenzureimen. Ruth, in der Annahme, daß ihr Liebling mehr Platz brauche, Grausamkeit witternd in der endlosen Emsigkeit des Rades, unfähig, bei ihrem wachsenden Verstand sich damit abzufinden, daß es Kreaturen geben könnte, die nicht intelligent genug waren, um unter solch einer Gefangenschaft zu leiden, hatte aus Fliegengittern, die sie auf dem Dachboden gefunden hatte, wo sie für den Sommer aufbewahrt wurden, rund um den kleinen Käfig einen größeren improvisiert. Sie hatte die Rahmen mit Bindfäden aneinandergebunden, und Piet hatte nie sein Versprechen eingelöst, ihr einen stabileren Käfig zu bauen. Etliche Male hatte der Hamster sich durch eine Lücke geschnüffelt und Streifzüge in Ruths Zimmer unternommen. In dieser Nacht war er bis ins Erdgeschoß gelangt, hatte im mondgetränkten Dunkel ungeahnte Kontinente entdeckt, Wälder aus Möbelbeinen, riesige Teppiche, die ozeanisch duftend sich hinbreiteten; gegen Morgen dann hatte eine arglose Riesin im Nachthemd einen Löwen mit brandigem Auge hereingelassen. Der Hamster hatte nie Grund zur Angst gehabt, so konnte er auch in diesem Augenblick keine empfunden haben, bis aus einem jähen Himmel, der die eben entdeckten Düfte von Katze und Kuh und Tau verströmte, Krallen auf ihn niedersprangen.

Angela kam in ihrem blauen Bademantel die Treppe herunter, und Piet konnte ihr nicht erklären, warum er dies Mißgeschick so trostlos fand, diese schwachsinnige kleine Entdeckungsreise, die mit dem Donnerschlag des Todes geendet hatte. Das Küchenlinoleum, grün wie Gras, fühlte sich schlüpfrig an unter ihm. Der Tag, der draußen dämmerte, sah fad und fruchtlos und frostig aus – einer von den vielen, mit denen Neu-England dem Frühling ein Schnippchen schlägt. Nach einem Blick auf ihn und Ruth und die Hamsterleiche galt Angelas Sorge Nancy; sie trug sie aus dem Wohnzimmer in die relative Helligkeit der Küche. Voller Ekel wickelte Piet den kleinen rostbraunen Kadaver, der jetzt, wo die Zügel des Lebens ihn nicht mehr hielten, beängstigend schwer und wabbelig war, in eine Zeitung. Nancy wollte ihn sehen.

Piet fragte Angela mit einem Blick um Erlaubnis und faltete die Zeitung wieder auseinander. KENNEDY BEFÜRWORTET STAHL-RESTRIKTIONEN. Nancy starrte und fragte langsam: «Wacht er nicht mehr auf?»

Ruth sagte mit tränenerstickter Stimme: «Nein, du Blöde, er wacht nicht auf, weil er tot ist, und Tote wachen nicht mehr auf nie mehr nie mehr nie mehr.»

«Wann kommt er dann in den Himmel?»

Alle drei sahen Piet an und wollten eine Antwort. Er sagte: «Ich weiß es nicht. Vielleicht ist er schon oben und dreht und dreht und dreht sich in einem Rad.» Er ahmte das Quietschen nach; Ruth lachte, und Ruth hatte er auch aufheitern wollen. Nancys ängstliche Neugier forschte nach etwas, das er in sich vergraben hatte, und er mochte sie nicht, weil sie danach suchte. Angela, die sie auf dem Arm hielt, schien an diesem Versuch beteiligt zu sein: ihn aufzudecken und zu entmannen, das schamvolle Geheimnis zu enthüllen, den kindischen Glauben, aus dem er seine Männlichkeit bezog.

Er fragte Nancy schroff: «Hast du gesehen, wie es passiert ist?»

Angela sagte: «Nicht, Piet. Sie möchte nicht daran denken.»

Sie irrte sich. Nancy starrte auf den leeren Fußboden, wo es sich zugetragen hatte, und sagte: «Muschmusch und Hamster haben gespielt, und Hamster wollte immer weg, und Muschmusch hat ihn nicht gelassen.»

«Hast du gewußt, daß der Hamster unten war, als du die Muschmusch reingelassen hast?»

Nancys Daumen wanderte in den Mund zurück.

«Ich bin sicher, sie hat es nicht gewußt», sagte Angela.

«Ich möchte ihn noch mal sehen», sagte Ruth, und als er ihr den kompakten kleinen Körper hinhielt wie ein erstarrtes Herz, stellte er still für sich fest, daß der tote Liebling das vorstehende kantige Hinterteil hatte, welches dem männlichen Geschlecht seiner Spezies eigen ist, eine hoffnungsfrohe sexuelle Selbstgefälligkeit, deren endgültige Annullierung Piet als Erleichterung empfand. Das hatte er jetzt mit Ruth gemeinsam: die Kenntnis von dem seltsamen inneren Verdorren, dem sachten Verglühen, das aufs Schlimmste folgt, wenn es unwiderruflich eingetreten ist. Sie ging fort zur Schule, ging in ihrem gelben Ostermantel über die knirschende Auffahrt und wartete, all ihre Tränen vergessend, auf den gelben Schulbus, unter einem wolkigen Himmel, der keinen Regen verhieß.

Piet hatte ihr einen neuen Hamster und einen besseren Käfig versprochen. Er begrub den alten Hamster am Rand des Gehölzes, in der Nähe eines Scilla-Tuffs – kleine Lilien von hellwachem Blau –, wo der Boden weich und torfig war. Ein Spatenstich genügte für das Grab; zwei machten es tief. Die Bäume fingen an, sich zu belauben, und das Unterholz hatte etwas Skizzenhaftes: zwischen grünen Strichen standen noch, zerbrechlich wie Strohhalme, wie Vogelknochen, winterbleiche tote Stengel. Mit einer Bewegung der Luft, dieser leidenschaftslosen Luft, die gleichgültig herabstreicht, spülte Frühlingsentsetzen über ihn hin. Er empfand das langsame Drängen des

Wachstums als verworrene Hast dem Tode zu. Schüchterne grüne Spitzen, wie winzige Waffen geformt, zielten auf nichts. Die liebende Hand, mit der sein Vater Grünes berührte. Undankbare Erde, immer empfänglich. Innerhalb einer Stunde war der Hamster erkaltet, hatte Gewicht und Gestalt an die Elemente verloren. All dies hatte in Piet das Gefühl für eine Gegenwart geweckt, die der Trauer wert war; die menschenhaften Füßchen und die witternde zitternde Nase, die mit ihrer Neugier das ganze Bett zum Vibrieren gebracht hatte, wenn Ruth dem Tier auf ihrer Decke freien Lauf ließ, waren abgesunken in ein unendliches Nichtmehrdasein. Der kleine Körper rutschte, mit der Nase voran, in das ausgeschaufelte Loch. Piet deckte ihn mit schuldbewußter Eile zu. In den annähernd fünf Jahren, die sie hier lebten, war ein kleiner Friedhof am Rand des Gehölzes entstanden: verletzte Vögel, die sie vergeblich gepflegt hatten; Schildkröten aus irgendwelchen Ramschläden, die aufweichten und weiß wurden und starben; eine junge Katze, die von einer Fliegengittertür zerquetscht worden war; ein Backenhörnchen, aufgeschlitzt von der Kehle bis zum Bauch, Opfer einer unentschlossenen Raubgier, die gerade so viel Leben übriggelassen hatte, daß es einen ganzen langen Juninachmittag noch flackerte. Im letzten Herbst, als die Rotkehlchen sich auf die Reise machten, hatte Nancy bei der Scheune eines mit gebrochenem Rückgrat gefunden, das sich, in seiner Sehnsucht zu fliegen, aufzusteigen zu den anderen, bäuchlings über den asphaltierten Basketballplatz schleppte. Allein vom Schlag seines Herzens getragen, war es bis zur Mitte des Rasens gelangt, wo die vier Hannemas erwartungsvoll zusammenliefen, um mitzuerleben, wie es, geheilt, die Flügel ausbreitete. Aber es war zerstört, so wie Piets Vater mit seinem zerschmetterten Brustkasten und Rückgrat zerstört gewesen wäre, hätten seine Lungen ihn am Leben gelassen; und die Kinder, gelangweilt von des Vogels kläglichem Bemühen, zu einem Mirakel zu werden, schlenderten davon. So blieb nur Piet, hilflos dastehend wie neben einem Partygast, der sich zu gehen weigert, als Zeuge der letzten Anstrengung zurück: ein asymmetrisches Spreizen der Flügel, ein tiefer Atemzug, der den Schnabel ins süße, unkrautige, schattenkühle Gras drückte. Der Vogel stieß einen spitzen, hohen Schrei aus – ein Geräuschpunkt, winzig wie ein Stern – und erschlaffte. Nur Piet hatte diesen Laut gehört. Nur Piet hatte dem Begräbnis beigewohnt, genau wie jetzt.

Angela kam über den Rasen, dorthin, wo er mit der Schaufel stand. Sie trug ein englisch aussehendes, Pfeffer-und-Salz-gemustertes Tweedkostüm; heute war Dienstag, der Tag, an dem sie in Nancys Kindergarten unterrichten mußte; die Mütter wechselten einander ab. «Zu dumm», sagte sie, «daß von uns allen ausgerechnet Nancy dabei sein mußte, als es passierte. Jetzt möchte sie, daß ich sie in den Himmel bringe, weil sie nachsehen will, ob sie da auch noch Platz hat und ob es wirklich ein kleines Rad dort gibt. Ich frage mich ehrlich, Piet, ob die Religion nicht alles noch komplizierter macht, als es ohnehin schon ist. Nancy merkt doch, daß ich selber nicht daran glaube.»

Er machte sich krumm neben der Schaufel, nahm die Haltung eines alten Landarbeiters an. «Ach», sagte er, «das is ja woll alles schön un gut für ne feine Dame wie Ihnen, Madam, aber so unsereiner von die Bauersleut, wir brauchen das bißchen heilige Wasser, das is gut für Rheumatismus und fürn bösen Blick.»

«Ich *hasse* Imitationen, ob sie von dir kommen oder von Georgene Thorne. Und ich hasse es, in die Lage gebracht zu werden, meinen Kindern den Himmel aufschwatzen zu müssen.»

«Aber Angela, wir alle sind der Meinung, daß du den Himmel nie verlassen hast.»

«Hör auf, mich zu triezen, und denk mal an das Kind. Es hat ständig den Tod im Kopf. Es begreift nicht, warum es nur zwei Großeltern hat und nicht vier wie die anderen Kinder.»

«Du redest, als hättest du einen Mann mit nur einem Bein geheiratet.»

«Es war lediglich eine Feststellung, keine Beschwerde. Im Gegensatz zu dir gebe *ich* dir keine Schuld an dem Unfall.»

«Ach, ich dank auch recht schön, Madam, und gleich heute noch werd ich einen besseren Käfig basteln und dem armen Kind einen neuen Hamster beschaffen.»

«Es geht mir nicht um Ruth», sagte Angela. Das war der springende Punkt. Angelas Herz suchte die Unschuld der jüngeren Tochter zu bewahren; Piet hatte die mutige Korruptheit der älteren lieber, die im Kirchenchor sang und brüsk die Schwelle der Furcht überschritten hatte, vor der Nancy mit aufgerissenen Augen stehenblieb.

Angela und Nancy gingen zusammen in den Kindergarten. Piet fuhr mit dem Lieferwagen in die Stadt und kaufte bei den Gebrüdern Spiros, Baumaterialien und Holzhandlung, fünf Meter verzinkten Feinmaschendraht, eine hundertzwanzig mal neunzig Zentimeter große und zwei Zentimeter dicke Sperrholzplatte, sechs Meter astfreies Fichtenlattenholz, fünf Zentimeter stark, ein halbes Pfund vier Zentimeter lange Tischlernägel und die gleiche Menge Metallkrampen, leichte Ausführung. Jerry Spiros, der jüngere der beiden Brüder, erzählte Piet, daß ihm seit Weihnachten ein Knoten in der Brust sitze, den zehn Tage Jamaika nicht hätten auflösen können. «Diese Scheißnigger», sagte Jerry, «klauen Ihnen die Uhr vom Arm weg», und er hustete anhaltend.

«Klingt, als hätten Sie Leim in die Luftröhre gekriegt», sagte Piet; er ließ das Material für den Hamsterkäfig aufs Konto von Gallagher & Hannema schreiben, warf das Zeug hinten in seinen Lieferwagen, schlug die Ladeklappe zu, auf der WASCH MICH MAL stand, und fuhr, den längeren Weg wählend, Richtung Indian Hill. Er wollte am Büro vorbei, um zu sehen, ob Gallaghers grauer Mercedes dastand. Ihr Büro war im flachen, barackenartigen Anbau eines mit Teerpappe gedeckten, größtenteils leerstehenden Mietshauses an der Hope Street untergebracht, einer kleinen, direkt zum Bahnhof führenden Querstraße der Charity Street. Die Charity Street, die Hauptgeschäftsstraße, traf in rechtem Winkel auf die Divinity Street, die an Cogswells Drugstore vorbei hügelaufwärts führte zur Kirche. Weiß und ausladend erhob sie sich auf dem Anger.

Ein riesiges, luftiges Ding. Vierundzwanzig Scheiben in jeder Fensterhälfte, achtundvierzig insgesamt, er hatte sie oft gezählt, wenn Pedrick sich auf der Kanzel verrenkte; kein Symbol, denn als sie gebaut wurde, waren noch nicht so viele Staaten in der Union – Arizona, Oklahoma: alles noch Indianergebiet. Das Holz, das diese Leute damals hatten! Einfach so als Brennstoff. Verschwendung? Gibt der Stadt einen gewissen Charakter. Schon trübselig genug hier. An diesem zähen, lieblosen Tag sah alles aus, als brauche es einen frischen Anstrich. Salzluft zerfrißt. In Michigan blieben rote Scheunen über Generationen rot.

Der Anger hatte die Form einer Sanduhr, wurde zweigeteilt durch einen Fußweg: auf der einen Seite war die Kirche, auf der anderen der Baseballplatz. Piet schwenkte an der Taille des Angers entlang nach links und spähte zum Garten der Constantines hinüber, in der Hoffnung, Carol zu sehen, wie sie gerade mit hochgereckten Armen und flachgestrafften Brüsten Wäsche aufhängte. Bei griechischen Tänzen führte sie die Kette an, Sechserlöckchen an den Schläfen, Slipper an den Füßen, Zehen vorgestreckt, den Nachbarsjungen mit einem Taschentuch an sich gekettet – biegsam. Niedere Klassen haben diese Biegsamkeit. Generationen von Hunger. Laßt die Armen zu mir kommen. Marcia spröde, Janet fett. Angela zerfließend und diese Whitman staksig, von einer leichten Steifheit, als wehre sie sich gegen etwas, Luft. Eddies Vespa, aber kein Ford – Carol fuhr einen Ford. Er zu Hause und sie beim Einkaufen. Besorgte sich etwas zum Einreiben für den Rücken. *Ich habe Schmerzen hinterher.* Vor der Einfahrt des Bestattungsunternehmens stand ein Leichenwagen, ein

Cadillac, und ein noch nicht schulpflichtiges Kind spielte mit Kieselsteinen. Wuchs auf im Geruch von Einbalsamierungsöl statt in Blumenduft, Leichen im Kühlschrank, ein Gewächshaus war besser, da lernte man die Schönheit lieben, andererseits blieben einem hier wahrscheinlich manche Ängste erspart. Tod. Hamster. Zersplittertes Glas. Er nahm Gas weg.

Forsythien tanzten wie ein gelber Nebel in Gärten und an Zäunen, zwischen Hecken und an Garagen, überall das gleiche Gelb, ein Tanz ohne Pause, von Garten zu Garten, Grenzen nicht achtend. Vergib uns. Piet fuhr weiter, durch die Prudence Street, am Haus der Guerins vorbei. Hübsch restauriert, sechs Mille, einer ihrer ersten Aufträge in Tarbox, Gallagher noch nicht so raffgierig damals. Tischlerarbeiten alle von Adams und Comeau, keiner unter sechzig weiß, wie man eine Tür einhängt. Das ganze Balkenwerk war abgesackt. Trokkenfäule. Die Grundschwelle des in den Hang gebauten Hauses war unter feuchter Erde begraben. Sie hatten eine sechs Meter lange Stahlverstärkung in den Stützbalken eingezogen, der durch eine Kammer zu dem eisenbeschlagenen A-Träger unter dem Dach führte. Solide, aber nicht ganz gerade. *Warum willst du mich nicht ficken?* Gute Frage. Loyalität Georgene gegenüber, Seitentriebsloyalität, der Trieb vom letzten Jahr wird Hauptzweig in diesem Jahr, Geliebte wird zur Ehefrau. Festigt sich. Georgenes Kinn, entschlossene Festigkeit. Nicht immer attraktiv. Cocaflaschenaugen, nackte Haut wie ranzige Butter, Teerpappenkörner, Freddys Spione. Piets Gedanken stolperten über einen grünen Plastiklöffel.

Unten am Hang ein Briefträger, der sich schief gegen seine schwer ziehende Tasche stemmte. Blaue Uniform, geregelte Arbeitszeit, meilenweite Fußmärsche, Muskeln fest, würde ewig leben. An der Ecke begrüßten sich zwei Hunde. Hallo, olé!

Piet fuhr durch die Musquenomenee Street, am Fluß entlang, der bis zum Wasserfall bei der Fabrik von Ebbe und Flut beeinflußt wurde und im Augenblick niedrig stand; schwarzer Salzschlamm, glitzernde, schaumig brackige Pfützen, Ursprung des Lebens. Auf der anderen Seite des Flusses Straßen, hoch von Ulmen überwölbt, und Häuser mit ovalen Fenstern und bleigefaßten Lünetten, die aus den klingelnden Jahrzehnten der Eiswagen stammten. Knickerbockers, Schnurrbärte, Zelluloidkragen: Heimweh nach einer Zeit, die er nie gekannt hatte. Piet sah keinen Menschen. Niemand war um diese Zeit unterwegs. Der Silberahorn trieb rötliche Blütenknospen, die Ulmen aber waren mit rostfarbenen kleinen Quasten behängt. Risse im lilafarbenen Himmel. Natur, dies traurige, feine Mahlwerk, Säen und Ernten.

Seine Stimmung hob sich ein wenig, als er am Protestantischen Friedhof vorbeikam: fächerartig gingen die Gräberreihen von dem keilförmigen, aus der Puritanerzeit stammenden Mittelplatz aus, auf dem eingesunkene, mit Helmkraut und Moosflechte überwachsene Schiefersteine standen. Ordnung herrschte. Friedhöfe und Golfplätze würden bald die letzten Grünflächen sein. Sich drängende hungrige Massen, Korn für Indien. Auf dem Golfplatz sichtete er zwei einsame Zweisame. Zu früh, Matsch, zäher Brei, Spikes zerhacken das Grün. Eigentümer gierig nach Mitgliedsbeiträgen, befürworten Restriktionen, Aufnahmebeschränkung zum Beispiel, Erde auch hungrig, er hatte ihr einen Brocken hingeworfen. Hamster. Von der Erde gehamstert. Er fuhr durch pastellfarbene neue Siedlungen – stoppelig sprießende Rasenflächen, scheckige Fassaden – und folgte dann einer matschigen, radzerfurchten Wegspur, an der links und rechts, laut Stadtverordnung, bis hinauf zu seinem Baugelände auf dem Indian Hill, bereits Hydranten und Abwasseranlagen installiert worden waren.

Der Bulldozer war inzwischen angekommen. Das hätte ihn freuen sollen, aber die Maschine, eine Case Construction King mit hydraulischem Bagger und Frontlader, deprimierte ihn mit ihrer bösen Wucht, ihrer erschreckenden Kostspieligkeit. Fünfundzwanzig Dollar, bis sie hier war, und dann zweiundzwanzigfünfzig pro Stunde, einschließlich Fahrer, einem großen, overallbekleideten Neger aus Mather. Er saß auf seinem rüttelnden Thron und machte den Eindruck, als ob die Kraft der Maschine seine Kraft sei, als ob er, wenn das Getriebe zu mahlen aufhörte, sich selber herabschwingen und mit bloßen Händen der empörten roten Erde die Baumstümpfe entreißen werde. Wie sehr Piet seine Vorstellungskraft auch anstrengte: er konnte nicht glauben, dazu beigetragen zu haben, daß dieser Mann mitsamt seiner Maschine hier stampfte und schnaubte und ratterte und kreischte, wo früher Vögel und Kinder Zuflucht gesucht hatten. Aber der Neger begrüßte ihn fröhlich, und der junge Vorarbeiter, Leon Jazinski, sprang ihm eilfertig über die aufgerissenen, schlammigen Furchen entgegen, und die Arbeit ging reibungslos vonstatten. Baumstümpfe, an deren Wurzeln trockener Lehm sich klumpte, und einzelne Findlinge, blind seit Äonen, waren zu einem immer höher ragenden Ossarium aufgehäuft worden, das abgefahren werden mußte. Der Neger hob jetzt, Meter für Meter, das erste Kellerloch aus, das mit rotmarkierten Pfählen und mit Schnüren abgesteckt war. Dieses Haus würde die beste Aussicht haben, von hier sah man über den fächerförmigen Friedhof hinweg auf die Stadt mit ihrem Turmstachel und dem funkelnden Hahn. Die beiden anderen würden mehr nach Süden, Richtung Lacetown, blicken, auf ein nichtssagendes Gelände mit Kiesgruben, zweitrangigen Baugrundstücken und unökonomischem Baumbestand, der seltsam intensiv in den Farben war: Purpur, mit Kupfer legiert – diese Häuser würden wahrscheinlich ein-, zweitausend weniger bringen. Piet stellte sich das erste vor, das, wo er jetzt stand: Fichtenverkleidung in Rotholzcharakter, Grundriß Plan C: Rasenterrasse, durch fünf Natursteinstufen mit der betonierten Zufahrt zur Garage verbunden, die unter der Küche liegen würde; schicker Fliesenvorplatz und Türglocke mit Dreiklang; Heizungsrohre hinter den Scheuerleisten, Ölfeuerung, Heißwasser-Umwälzpumpe; hinten ein Backstein-Patio, für Mahlzeiten im Sommer und eventuelle Sonnenbäder; kombinierte Allwetter-Schiebefensterrahmen aus Aluminium und in die Decke eingelassene regulierbare Beleuchtungsvorrichtungen; eine leistungsstarke Küche in Perlgrau, mit Panoramascheibe aus Thermopen; er schätzte, daß es neunzehnneun bringen würde oder, falls Gallagher in Panik geraten und es dem erstbesten zuschlagen sollte, wenigstens achtzehnfünf, wobei für ihn selber, nach Abzug der Unkosten, die er mit hundertfünfzig pro Woche veranschlagte, ein Reinverdienst von drei- oder viertausend herausspränge – allerdings nur, wenn er die Lieferfristen der einzelnen Firmen genauestens aufeinander abstimmte –, aber plötzlich schien das gar nicht mehr viel, jedenfalls nicht genug, um sich mit Gallagher auszusöhnen, nicht genug, um sich guten Gewissens mit diesem zerstörerischen Wüten ringsum abzufinden, mit dieser Schändung eines Paradieses für nutzlos-schöne, scheue Kreaturen, die kein Haus brauchten. Bauunternehmer begruben die Welt, die Gott geschaffen hatte. Der doppelköpfige Bulldozer, gelb wie ein Schulbus, stampfte, malmte, knirschte, fraß sich immer tiefer. Blaue Rauchrülpser stiegen aus der Grube auf. Der Neger im Sattel, nackt bis zum Gürtel, ein Kannibalenfürst auf einem ölschwitzenden Drachen, grinste und meldete Piet, er sei zum Glück auf keine Gesteinsader gestoßen.

«Dies ist die weiche Hügelseite!» rief Piet zurück, aber der Junge hörte ihn nicht. Piet fühlte, daß zwischen ihm und diesem Farbigen ein ganzer Kontinent lag, die unüberbrückbare Kluft zwischen mitleidlosem Dschungel und einem verwöhnten, geradlinigen, dem Meer abgeschmeichelten Land. Der Neger war zu Hause hier in diesem Tumult von hochwirbelnden Steinen, bockenden Kehrtwendungen, rasselnden Getrieben, gellendem Lärm, Rauch, innerer Verbrennung: dem Land des freien Mannes. Er war Ham und würde erben. Piet versuchte sich das junge Paar vorzustellen, das in diesem Hause leben würde, und er mochte die beiden nicht. Keiner seiner Freunde würde in ein solches Haus ziehen. Er bückte sich und klaubte einen

Knochen auf, den die Fahrraupe des Bulldozers in das Erdreich gedrückt hatte, und hielt ihn fragend Jazinski hin.

«Von einer Kuh», sagte Leon.

«Ist er dafür nicht zu zart?»

«Reh vielleicht?»

«Soll hier am Südhang nicht eine Gräberstätte der Indianer gewesen sein?»

Jazinski zuckte mit den Achseln. «Da bin ich überfragt.» Leon war ein schlaksiger, hohlbrüstiger junger Mann und kam aus Nashua, New Hampshire. Er gehörte zu den drei Arbeitern, die das ganze Jahr über bei Gallagher & Hannema in Lohn standen. Die beiden anderen, Adams und Comeau, waren ehrwürdige Tischler; Piet hatte sie von dem alten Ed Byrd übernommen, einem allzu gutmütigen Bauunternehmer aus Tarbox, der 1957 in Konkurs gegangen war. Den jungen Jazinski hatte Piet persönlich vor zwei Jahren aus einem Dutzend Sommerarbeiter herausgesucht. Leon hatte ein gutes Augenmaß und einen hellen Verstand und wußte solide Arbeit von Pfuschwerk zu unterscheiden, er hatte auch einen Sinn für die richtige Dosierung von Bluff und vorsichtiger Schätzung, mit der ein kleiner Unternehmer seine Leute, sein Material, seine Leihmaschinen und seine Zusagen einteilt, um so Zeit zu sparen, welche bekanntlich Geld ist. Gallagher, der eine heimliche Vorliebe fürs Billige hatte – Kunststoff statt Holz, Preßpappe statt Gips –, hatte Jazinski letzten Winter entlassen wollen, aber Piet hatte ihn gebeten, den Jungen zu behalten, und sich erboten, mit seinem eigenen Gehalt auf tausendfünfundzwanzig herunterzugehen; er fürchtete, daß irgend etwas von ihm, sein jüngeres Ich vielleicht, verlorengehen werde, wenn sie Leons ursprünglichen Instinkt fürs Gediegene, Stabile, Unerläßliche nicht noch einige Zeit förderten.

Piet hatte das Gefühl, der Knochen in seiner Hand stamme von einem Menschen. Er fragte Leon: «Ihr seid nicht zufällig auf Pfeilspitzen gestoßen oder auf Perlen oder Tonscherben?»

Leon schüttelte bedächtig seinen schmalen Kopf. «Alles bloß Dreck», sagte er. «Mutter Erde.»

Piet sagte verlegen: «Na, halten Sie mal die Augen offen. Möglich, daß wir hier auf geweihtem Boden stehen.» Er ließ den Knochen fallen: für einen Schenkel war er zu klein, vielleicht hatte er zu einem Arm gehört. Leon hielt das Gesicht gesenkt, und Piet meinte, unter der Traufe blonden Haars ein höhnisches Grinsen zu erkennen. Er fragte in geschäftlichem Ton, ohne Freundlichkeit: «Wann können wir schütten? Anfang nächster Woche?»

«Kommt drauf an.» Der Junge maulte. «Ich bin hier ganz allein.

Wenn Adams und Comeau bloß endlich mal mit ihrem Getrödel an der Garage fertig würden –»

«Sie dürfen keinesfalls gehetzt werden.»

«Das Fundament wasserdicht zu machen, dauert mindestens einen Tag.»

«Muß aber sein.»

«Wenn man's ließe, wer würde das schon merken.»

Piet sah, daß er sich Leon jetzt vorknöpfen mußte, oder der Junge würde für alle Zeit verdorben sein, und so sagte er rasch: «*Wir* würden es merken. Und in ein paar Jahren, wenn das Haus sich gesetzt hat und der Keller langsam voll Wasser läuft, merken's alle andern auch. Ich kann dir ein Lied singen von Häusern! Irgendwann kommt alles heraus, jede Pfuscherei, jede Hetzarbeit. Ich verlange ein gut abgedichtetes Fundament, ich verlange Polyäthylen unter dem Zement, ich verlange, daß du einen Haufen Kies unter die Dränziegel schüttest und genauso viel darüber, und ich verlange, daß du die Verbindungsstellen mit Filz abdichtest, sonst gibt es dort Verstopfungen, darauf kannst du dich verlassen. Glaub ja nicht, bloß weil du etwas verdeckst, wäre es nicht da. Die Leute haben eine Nase für schlampige Arbeit. Und wenn du Bauunternehmer bist, dann bleibt das an dir hängen. Wir sehen uns jetzt noch mal zusammen die Pläne an.»

Leons abgewandtes Gesicht errötete bei dieser Zurechtweisung. Er starrte in das Loch, das sich immer tiefer in die Erde fraß, und sagte: «Diese beiden alten Knacker pusseln jetzt einen geschlagenen Monat an einer Garage herum, die ich mit zwei Jungen in einer Woche aufgestellt hätte.»

Piets pädagogische Energie war verbraucht. Müde sagte er: «Sie haben es jetzt bald geschafft, ich fahre mal rüber und sehe zu, ob sie morgen hier mit anfassen können. Heute nachmittag bestelle ich eine Ladung Kies und erkundige mich gleich, ob wir nächsten Montag die Mischmaschine aus North Mather haben können, und wenn ihr alle drei Keller auf einmal in Angriff nehmt, dann habt ihr einen Tag für jeden – ich helfe auch noch selber mit, wenn wir Gallagher nicht dazu kriegen, ein paar Jungen in der Gewerbeschule loszueisen.» Einen Findlingsblock unter den niedrigen Ästen einer mächtigen Eiche, die später den Patio überschirmen würde, als Tisch benutzend, vertieften er und Leon sich dann eine Stunde lang in die Blaupausen, die er sich aus Chicago von einer Firma für Hochbaubedarf hatte kommen lassen. Piet spürte, daß der Jüngere nach schwachen Stellen bei ihm suchte, ihn rachsüchtig auf die Probe stellen wollte. Und während sie gemeinsam ihren Schlachtplan entwarfen, dämmerte ihm, daß Leon ihn nicht mochte, daß er wohl genug über sein Leben erfahren hatte, um ihn für einen Taugenichts, einen Trinker, einen zugewanderten Hanswurst zu halten, der auf allen Partys zu sehen war, der seine Frau betrog und den seine Arbeit langweilte. Wie ein eisiger Hauch wehte ihn diese Einschätzung an, als er mit seinem breiten Daumennagel die Linien und Abmessungen nachzog und Korrekturen eintrug, die durch die Hanglage bedingt wurden. Leon nickte gelehrig, aber er übte weiterhin diesen kühlen Druck aus, der zur Wahrheit dieser Wälder zu gehören schien, wo die Jungen über die nicht mehr so Jungen herfallen, die Ehrgeizigen über die Träumer. Piet brannte vor Ungeduld, die Baustelle zu verlassen.

Im Gehen wandte er sich für einen Augenblick dem Neger zu, der sich mit Brotbüchse und Thermosflasche in einen Winkel der Baugrube zurückgezogen hatte. Die aufgeschnittenen Erdwände legten geäderte, exakt verlaufende Schichten bloß. Seiten eines ungelesenen Buches. Aufeinandergepreßtes vegetabilisches Leben. Piet fragte den Jungen: «Sind Sie eigentlich jemals auf ein Indianergrab gestoßen?»

«Knochen liegen rum.»

«Was machen Sie, wenn Sie welche sehen?»

«Mann, ich laß mich nicht aufhalten.»

Piet lachte, fühlte sich erleichtert, freigesprochen, berührt und umarmt von etwas Menschlichem, das aus großer Ferne kam, und hinter den beiläufig gesprochenen Worten meinte er eine Philosophie zu erkennen, ein Nachtleben.

Aber der Neger verzog hochmütig den Mund, als wolle er sagen, daß seine Rasse ein für allemal nicht mehr mit Lachen abzuspeisen sei. Seine Armkugel größer als Fußbälle. Seine Oberlippe schweißglitzernd. Ein leiser teeriger tigerhafter Geruch. Piet war bezwungen, senkte den Kopf.

Verzeihen Sie mir, Dr. King.

Er ließ die beiden Männer allein auf der Lichtung zurück und fuhr in die Stadt, ans entlegene Ende der Temperance Avenue, wo Adams und Comeau hinten auf einem bebauten Grundstück eine Garage zimmerten. Comeau war dünn, und Adams war fett, aber nach so vielen Jahren der Gemeinsamkeit bewegten sie sich wie einander zugeordnete Planeten auf ihrer Umlaufbahn und waren sich stillschweigend, auch wenn sie mit dem Rücken zueinander in entgegengesetzten Winkeln der Garage arbeiteten, ihrer wechselseitigen Anziehungskraft bewußt. Wenn sie zum Werkzeugkasten gingen, der auf einem Brett zwischen zwei Sägeböcken stand, mußten sie sehr dicht aneinander vorbei, aber nie stießen sie zusammen. Keiner von beiden nahm Notiz von Piet. Er stand in dem leeren Rechteck, das für die Hängetür bestimmt war – Laufschienen, ein leichtes Anheben würde genügen –, genoß den Duft von gehobeltem Holz und das Gefühl sicher umgrenzten Raumes. Der Bau schien fertig zu sein, bis auf die Tür. Piet räusperte sich und fragte: «Wann denken die Herren, können wir die Sache hier als abgeschlossen betrachten?»

Adams sagte: «Wenn sie soweit ist.»

«Und wann könnte das sein? Meiner Meinung nach dauert das hier keinen Tag mehr, es braucht ja bloß noch die Tür eingehängt zu werden.»

«Noch allerhand Kleinigkeiten», sagte Comeau. Er hobelte gerade an der Innenkante eines Fensterrahmens herum, der fix und fertig aus der Fabrik gekommen war. Adams schraubte L-förmige Winkeleisen zwischen zwei Stützpfosten fest, für Regale. Er rauchte Pfeife und trug eine Monteurshose, die so viele Taschen hatte wie eine Eisenwarenhandlung Schubladen. Comeaus blaue Hemden waren immer frisch gewaschen, und seine Finger waren braun vom Zigarettenrauchen. «Wenn wir hier erst mal fertig sind, dann muß die Witwe selber sehen, wie sie zurechtkommt», setzte er noch hinzu. Das Anwesen gehörte einer jungen Frau, deren Mann, ein Soldat, umgebracht worden war – erstochen vom deutschen Liebhaber seiner Freundin in Hamburg.

«Wir müssen alles tipptopp hinterlassen», sagte Adams.

Piet unterbrach seine Inspektionsrunde und besah sich ein Detail im Balkenwerk. Eine fünf mal zehn Zentimeter dicke Diagonalverstrebung durchschnitt einen senkrechten Pfosten, und obwohl der Winkel knifflig und das Ganze nur eine Roharbeit war, hatten sie die beiden Balken so sorgfältig ineinandergefügt, als handele es sich um allerfeinste Furnierarbeit. Verschwendung. Piet hatte das Gefühl, als sei ihm eine Blume überreicht worden, mußte aber sagen: «Leon braucht euch auf dem Indian Hill, ihr müßt ihm helfen, die Keller schüttfertig zu machen.»

«Fix bei der Hand, dieser Jack», sagte der alte Comeau und wedelte ein Streichholz aus. Jack war ihr Spitzname für Jazinski.

«Die Tür aus Mather ist aber noch nicht da», sagte Adams.

Piet sagte: «Ich rufe dort an. Wenn sie bis heute nachmittag nicht geschickt wird, kommt ihr auf jeden Fall morgen früh zum Indian Hill. Das ist eine tadellose Garage für die Witwe, und mehr ist nun nicht drin, bei sechsfünfzig pro Stunde. Sie wird ja wohl irgendeinen Freund haben, der ihr die Regale festmachen kann. Ich muß wieder auf den Indian Hill.»

Als er um die Garage herum zur Straße ging, hörte er, wie Comeau, der noch immer am Fenster hobelte, sagte: «Der raffgierige Gally sitzt ihm im Genick.»

Piet fuhr heim. Der quadratische Garten und das Haus hießen ihn willkommen, niemand war da. Er trug alles, was er gekauft hatte, Holz und Draht, in seine Kellerwerkstatt, die den ganzen Winter nicht benutzt worden war. Er schnitt sich ein paar Stücke von dem fünf Zentimeter starken Fichtenholz zurecht, merkte dann aber, daß der zusammengerollte Draht so stark verkrümmt war, daß ein kunstvolles System von Verstrebungen notwendig gewesen wäre, um die Käfigwände gerade zu halten. Also entwarf er in Gedanken eine neue Skizze: machte sich die Krümmung des Drahts zunutze, befestigte mit Metallkrampen zwei parabolische Kurven des Maschendrahts auf der Sperrholzplatte, schnitt sich dann aus dem Draht ein Oval zurecht und überdeckte den Käfig damit. Aber irgendwo mußte eine Tür hin. Aus einem Bügel improvisierte er Scharniere, und um die nötige Festigkeit herzustellen, baute er Holzstäbchen ein. Und die ganze Zeit, während er werkelte, zitterten ihm erregt die Hände: das war sein Schöpfungseifer, mit dem er sich schon als Kind immer gerade dann, wenn es auf den letzten leisen Fingergriff ankam, so manches Projekt verpatzt hatte: Vogelhäuser, Go-carts, Sandburgen. Als der Käfig fertig war, erschien er ihm schön, ein durchsichtiger Hangar, geschaffen nach Gesetzen, die aus dem Schaffensakt selber sich ergaben, ein zierliches, erfundenes Gebilde, *sein* Werk. Er malte sich Ruths freudige Überraschung aus, Angelas brummige Bewunderung, Nancys Entzücken und die Beharrlichkeit, mit der sie in diesen wie für ein Kind geschaffenen Unterschlupf würde kriechen wollen. Er brachte den Käfig nach oben in die Küche, und weil er sich in seiner Freude über die vollbrachte Leistung jemandem mitteilen mußte, wählte er die Nummer der Thornes. «Ist da die schwedische Bäckerei?» So war's verabredet, sie konnte mit Nein darauf antworten.

Georgene lachte. «Hallo, Piet. Wie *geht* es dir?»

«Miserabel.»

«Wieso?»

Er erzählte ihr vom Hamster und der unerquicklichen Arbeit auf dem Indian Hill, aber den eigentlichen Grund seiner Niedergeschlagenheit vermochte er nicht deutlich zu machen: sein Gefühl, daß kein Zusammenhang bestand zwischen dem, was ihm widerfuhr; sein Gefühl, zu fallen. Der Mangel an Sonne und Schatten. Angelas Reserviertheit. Die Lektion, die der Neger ihm erteilt hatte. Die Saumseligkeit des Frühlings.

Georgene sagte: «Armer Piet. Mein armer kleiner Liebhaber.»

Er sagte: «Nicht der richtige Tag für die Sonnenterrasse, oder was meinst du?»

«Ich bin gerade beim Hausputz. Heute abend tagt der Vorstand des Frauenvereins bei mir, und ich habe regelrecht Angst vor Irene, sie ist so tüchtig und bieder.»

«Wie geht's Freddys Finger?»

«Oh, gut. Gestern hat er ihn aus dem Löffel genommen.»

«Mir war ziemlich mies wegen dieser Geschichte. Ich verstehe gar nicht, warum es mir Spaß macht, ihm etwas anzutun, denn im Grunde genommen – natürlich, ohne es zu wissen – duldet er doch, daß ich dich habe.»

«So also siehst du die Sache. Ich dachte, *ich* dulde es, daß du mich hast.»

«Tust du ja, tust du ja. Dank dir auch. Aber warum habe ich bloß so einen Haß auf ihn?»

«Keine Ahnung.» Immer wieder, wenn er mit ihr telefonierte, empfand er es als sonderbar, daß sie nicht den rechten Kontakt zueinander fanden und daß ihre energische, rasche Stimme zänkisch klingen konnte.

Höflich fragte er: «Ob ich – wäre es dir recht, wenn ich auf einen Sprung zu dir käme? Nur um guten Tag zu sagen, schlafen können wir leider nicht miteinander, dazu ist die Zeit zu knapp. Ich muß auf den Indian Hill zurück.»

Und ihre Pause, in der sie wieder keinen Kontakt hatten, war noch sonderbarer. «Piet», sagte sie, «ich könnte mir nichts Schöneres vorstellen ...»

«Aber?»

«Ich weiß nicht, ob es gerade jetzt so klug wäre. Es ist etwas passiert.»

Schwanger. Von wem? Über dem Telefontisch hing ein Spiegel, er sah sich darin: ein Vater mit bleichem, angespanntem Gesicht; der Fußboden unter ihm kippte weg.

Stockend redete sie weiter, sie, die ihm alles anvertraut hatte – ihre Jungmädchenlieben, ihre ersten Sexerfahrungen mit Freddy und wann sie jetzt mit ihm schlief, ihre Perioden, ihre harmlosen, vorübergehenden Gelüste nach anderen Männern, alles –: «Ich glaube, ich bin dahintergekommen, daß Freddy etwas mit Janet hat. Als ich neulich einen Anzug von ihm in die Reinigung geben wollte, habe ich in der Tasche einen Brief gefunden.»

«Wie unvorsichtig von ihm. Vielleicht *wollte* er, daß du ihn findest. Was stand denn drin?»

«Nicht sehr viel. Ungefähr das: ‹Laß uns Schluß machen, keine Telefonanrufe mehr› und so weiter, das kann alles mögliche bedeuten. Zum Beispiel, daß sie Druck auf ihn ausübt, er soll sich von mir scheiden lassen.»

«Warum sollte sie denn Freddy heiraten wollen?» Er merkte, daß er eine Taktlosigkeit begangen hatte, und versuchte, sie mit einer anderen Frage zu bemänteln. «Und du bist sicher, daß der Brief von Janet ist?»

«Todsicher. Sie hat mit J unterschrieben, und ihre Handschrift ist unverkennbar, groß und fett und hingeschmiert. Du kennst sie ja von ihren Weihnachtskarten her.»

«Ja, schon. Aber, mein Herz, das hat doch seit einiger Zeit in der Luft gelegen, Freddy und Janet. Ist es wirklich ein solcher Schock für dich?»

«Anscheinend gibt es so etwas wie weiblichen Stolz», sagte Georgene. «Aber es ist noch mehr. Der Gedanke an eine Scheidung macht mich krank. Falls es dazu kommen sollte, möchte ich alles vermeiden, was er mir seinerseits an den Kopf werfen könnte und was die Kinder dann in der Zeitung zu lesen bekämen. Freddy wäre es egal, aber mir nicht.»

«Und was für Folgen hat das für *uns*?»

«Keine wahrscheinlich, außer, daß wir sehr vorsichtig sein müssen.»

«Wie vorsichtig ist vorsichtig?»

«Piet. Ich muß dir nicht noch einmal bekunden, wieviel du mir bedeutest. Ich habe dir das in einer Sprache gesagt, in der Frauen nicht lügen können. Ich habe nur einfach das Gefühl, daß ich heute keine rechte Freude daran hätte, und ich möchte dich nicht unnütz verbrauchen. Außerdem ist es schon fast Mittag.»

«Hast du Freddy schon mit deiner Entdeckung konfrontiert?» Der Mann im Spiegel zwinkerte, seine jähe Angst war in List umgeschlagen.

Georgene ging jetzt mehr aus sich heraus und sagte: «Ich bin zu feige. Er würde es Janet erzählen, und dann wüßte sie, daß *ich* es weiß, und solange ich noch keinen Plan habe, wie ich vorgehen soll, ist es besser, wenn ich's einfach nur *weiß*.»

«Ich bin gerührt, wieviel Freddy dir bedeutet.».

«Aber mein Zuckerschnäuzchen, schließlich ist er mein *Mann*.»

«Da gibt es keinen Zweifel. Du hast ihn dir ausgesucht, er gehört dir allein. Nur sehe ich nicht ein, warum ich geopfert werden muß, bloß weil Freddy unartig ist.»

«Vielleicht ist er's nur, weil ich es bin. Weil wir es sind. Und außerdem hörst du dich so an, als ob du geradezu begierig darauf wärest, geopfert zu werden.»

«Gib mir Bescheid, wann ich dich sehen kann.»

«O Liebling, jederzeit, nur nicht heute. Ich bin nicht ganz bei mir.»

«Süße Georgene, verzeih mir. Ich benehme mich sehr dumm, mein Egoismus fühlt sich bedroht.»

«Ich *liebe* deinen Egoismus. Ach zum Teufel. Komm jetzt sofort, wenn du willst, Judy kommt nicht vor halb eins aus dem Kindergarten zurück.»

«Nein, auf keinen Fall. Ich habe nichts davon, wenn du nicht in der richtigen Stimmung dazu bist. Du fühlst dich schuldig. Du denkst, du hast den armen alten gottesfürchtigen monogamen Freddy in die Arme dieser Dirne getrieben.»

«Ich *mag* Janet. Ich finde, sie ist sehr komisch und couragiert. Ich finde, Frank ist unmöglich, und sie hält sich ziemlich gut, alles in allem.»

Piet mochte Frank; er bezwang den Wunsch, Streit anzufangen. Jede neue Beteuerung, die Georgene vorbrachte, beruhigt und entspannt in der Gewißheit, daß er nicht kommen würde, steigerte seinen Ärger. «Außerdem höre ich gerade die Zwölf-Uhr-Sirene», sagte er. «Ich möchte nicht, daß Judy von der Schule zurückkommt und sagt: ‹Mami, was ist denn das für ein Buckel unter deiner Bettdecke – riecht ja ganz nach Nancys Papi.›» Riechen: den Wald, die Erde, die Haut des Negers, das gehobelte Fichtenholz der Garage, den Whisky in Bea Guerins Atem.

«Piet. Nehme ich dir die Stimmung? Ich will dich doch.»

«Ich weiß. Bitte, entschuldige dich nicht. Du warst eine entzückende Geliebte.»

Sie überhörte die Vergangenheitsform. «Als ich diesen Zettel fand, war das erste, was ich tun wollte, dich anzurufen und – ja was? An deiner Schulter zu heulen. Zu dir ins Bett zu kriechen. Es war am Montagabend. Freddy war im Lions. Ich hatte plötzlich entsetzliche Angst. Ich war allein in einem großen häßlichen Haus und hielt ein Stück Papier in der Hand, das nicht verschwinden wollte.»

«Du brauchst keine entsetzliche Angst zu haben. Du bist eine wunderbare Partnerin beim Doppel und eine gute Frau für Freddy. Wer außer dir könnte es denn mit ihm aushalten? Dich zu verlieren wäre das Schlimmste, was ihm zustoßen könnte, seit er in der Medizin durchgefallen ist.» Ging ihr auf, daß er sie ganz unabsichtlich mit der Zahnheilkunde gleichsetzte: beide praktisch, sauber, einfach, beide eine Hilfe in der Not? Und, übrigens, war er selber, Piet, nicht auch durchgefallen – bei einer Prüfung namens Angela? «Außerdem glaube ich», fuhr er fort, «sind im Augenblick weder Freddy noch Janet besonders dazu aufgelegt, irgendwas Neues anzufangen.»

Sie sagte: «Es ist so traurig. Du rufst an, weil du Zuspruch brauchst, und nun mußt du *mir* Trost zusprechen. Ach du meine Güte, Bernadettes VW biegt in die Auffahrt. Der Kindergarten hat heute aber früh Schluß gemacht. Ist denn ein Feiertag?»

«Dreiundzwanzigster April? In der Zeitung steht, Shakespeare hat Geburtstag. Er wird dreihundertneunundneunzig Jahre alt.»

«Piet, ich muß laufen. Wir haben so vieles nicht gesagt. Wir müssen uns ganz bald sehen.»

«Ja, das müssen wir», sagte er, und ihr Kuß schnalzte aus dem Hörer, als Piet schon fast die Gabel heruntergedrückt hatte. Der Mann im Spiegel stand geduckt, ein sprungbereiter Schatten im sonnenlosen Tageslicht, das hinter ihm ins Zimmer sickerte. Er sah jung aus, fand er, wenn seine Krähenfüße und die Fältchen unter seinen Augen sich zu Schatten glätteten. Ein Fetzen der ersten Unterhaltung fiel ihm ein, die er und Georgene als Liebespaar geführt hatten. Sie war so fröhlich gewesen, so sportlich unbekümmert an jenem frischen Septembertag, als sie ihn nach oben in ihr Bett mitnahm, daß er kaum glauben konnte, ihr erster Geliebter zu sein. Herbstlicher Glanz hatte ihr Haus erfüllt und die exotische Einrichtung aus Bambus und Binsenrosetten und Batik und ungebleichtem Segeltuch in warmes Licht getaucht. Entgeistert hatte er die knallbunten gualtemaltekischen Kissen am gewaltigen Kopfende des Bettes angestaunt. *Hier? Ausgerechnet in Freddys Bett?*

Es ist auch mein Bett. Tätest du's lieber auf dem Fußboden?

Nein, nein. Es ist höchst luxuriös. Wem gehören all die Bücher?

Freddys pornographische Sammlung, ekelhaft. Bitte, richte dein Augenmerk auf mich.

Das tu ich ja, weiß Gott, aber ... sollten wir uns nicht irgend etwas einfallen lassen, damit wir kein Baby kriegen?

Schätzchen, du bist so naiv. Willst du etwa sagen, Angela nimmt noch kein Enovid?

Nimmst du's? Und es funktioniert?

Natürlich funktioniert es, es ist fabelhaft. Willkommen, sagte Georgene, *im Pillen-Paradies.*

Und während er allein in seinem niedrigen Wohnzimmer stand, wo die Tapete ihrer scheidenden Besucherin, der Sonne, nachtrauerte und das spärliche gepflegte Mobiliar die merkwürdige Eintracht zwischen seinem und Angelas zuchtvollem Geschmack widerspiegelte, erinnerte er sich daran, wie Georgenes Wangen, sommersprossig vom sommerlangen Sonnenbaden, sich humorvoll gekräuselt hatten, als sie diesen Scherz machte. Sie war ihm immer mit einer federleichten, neckenden Art begegnet, die das Hämmern seines Herzens dämpfte, und jeden Tag aufs neue hatte sie in ihr Verhältnis, wie eine Mitgift aus jungfräulicher Spitze, diese Leichtigkeit, diese Schuldlosigkeit eingebracht. Wenn sie nun wertlos und verdorben für ihn war, bloß weil Freddy sich so dilettantisch anstellte: wo würde er fortan eine derartige Absolution finden? Bei jenem ersten Mal – hatte sie da gebadet? Nein, das gewöhnte sie sich erst an, als er zu erkennen gab, daß er sie gern zwischen den Schenkeln küßte. Und diese unbefangene, gelassene Heiterkeit, hatte sie sich die nur zugelegt, um seinen verschwenderischen Liebesbezeigungen gewachsen zu sein – eine Schutzmaßnahme vielleicht gegen seinen ungehörigen Ernst, der ihre Ehe bedrohte? Sein Lob hatte sie belustigt; ihre Antwort war immer gewesen, alle Frauen hätten Spaß an der Liebe, alle Frauen seien schön, wie eine Klosettschüssel, wenn man eine benötige. Aber er hatte am hellen Tag einen Ausdruck des Friedens auf ihrem hingegebenen römischen Gesicht gesehen, der tiefer war als der Schlaf eines Kindes und den er im nächtlichen Dunkel auf dem Gesicht seiner eigenen Frau nie gefunden hatte. Angela stattete er nur verstohlene ehemännliche Besuche ab, nie hatte er sie so kennengelernt, wie er seine süße, unkomplizierte, sachliche Morgengeliebte kannte. Die Linie ihrer schmalen hochrückigen Nase: eine Doppel-Arabeske. Die weißen Haare: eine Verleumdung ihres jungen Körpers. Ihr niedlicher kleiner Schwanzansatz.

Sie entfernte sich immer weiter, das machte den stumpfen Mittag hohl. Spitze Schößlinge reckten sich in die sonnenlose graue Luft und suchten Licht. Die Salami, die er zum Lunch gegessen hatte, lag ihm wie kleingehackter Tod im Magen. Schließlich fuhr er ins Büro. Seine Stimme am Telefon klang belegt, vernichtet. Eine Garagentür in der Art, wie er sie brauchte, hatte man in Mather nicht am Lager, sie mußte in Akron bestellt werden. Der Preis für Kies hatte sich um zwei Dollar pro Tonne erhöht, und vor Freitag konnte keine Wagenladung mehr zugestellt werden. Wegen der städtebaulichen Neugestaltung Bostons war weit und breit kein Zimmermann aufzutreiben, und sechs Telefonanrufe erbrachten ganze zwei Lehrlinge von einer dreißig Kilometer entfernten Gewerbeschule. Das Frühjahrsbaugeschäft hatte begonnen, und er war nicht auf Draht gewesen. Gallagher gab sich in der Unterhaltung zwar mitfühlend, aber wenn er schwieg, dünstete er Vorwürfe aus.

Piet hatte Matt 1951 in Okinawa beim Militär kennengelernt. In dem flußlosen Flachland damals, einer Welt von Baracken und Sand, von Bier in blanken Büchsen und teilnahmslosen Luchuan-Prostituierten, wo die Gefahr, im Gefecht zu fallen, ebenso unwirklich war wie die Heimat, deren Schlagermusik durch die Kantinen dröhnte, fühlte Piet sich angezogen von Matts chorknabenhafter Verschmitztheit, seiner gepflegten Erscheinung, seinem schwarzen Haar und den schwarzen Augen, seiner Sprache, die ohne das übliche gemeine und zynische Vokabular auskam, und seiner selbstbewußten Überzeugungsgabe. Er hatte Piet zugeredet, hatte sich ihm als Abkürzungsweg zur Architektur empfohlen und ihn nach der Entlassung mitgenommen nach Neu-England, in dieses Leben. In letzter Zeit wurde Piets Loyalität auf eine harte Probe gestellt. Er fand, Matt sei unzugänglich und prüde geworden, allzu rasch mit Urteilen bei der Hand und jesuitisch in finanziellen Dingen. Matt träumte davon, ganze Hügellandschaften zuschanden zu machen, aber sich selber wollte er rein erhalten. Seine Frau und sein einziges Kind riegelte er hinter einem Wall von Katholizismus ab. In der kleinen durchschaubaren Welt der Paare, von deren Ränken Piet sich hatte umgarnen und verändern lassen, stach Matt als undurchdringlich moralisch hervor.

Als das Telefon auf seinem Schreibtisch klingelte, fürchtete Piet, es sei Georgene, die wieder einlenken wollte. Es war ihm schrecklich, Matt mit seinen Heimlichkeiten Kummer zu bereiten; der Gedanke an Matt war ihm ebenso unbehaglich wie die Erinnerung an seinen Vater, diesen Geist, der geduldig im erleuchteten Treibhausdämmer umging und stumm erwartete, daß Piet das Rechte tue, sich nicht dabei beirren lasse.

Es war nicht Georgene, sondern Angela. Nancy sei im Kindergarten in Tränen ausgebrochen, wegen des Hamsters. Das Kind habe plötzlich mit visionärer Klarheit erkannt, daß es schuld sei am Tod des Tieres. *Papi hat's gesagt,* habe sie gesagt. Ihr hysterischer Anfall sei nicht zu zügeln gewesen. Sie, Angela, habe sie aus dem Raum tragen müssen, und weil ja heute ihr Unterrichtstag gewesen sei, habe sie alle Kinder frühzeitig entlassen. Sie sei aber nicht nach Hause gefahren mit Nancy. Zu Hause sei nichts zu essen gewesen, nur Schinken. In der Hoffnung, das Kind mit Saft und Eiskrem ablenken zu können, sei sie mit ihm ins Pancake House nach North Mather gefahren. Und jetzt liege Nancy, daumenlutschend und leicht fiebrig, auf dem Sofa und schlafe.

Piet sagte: «Das Kind hat's aber fein raus, Mitleid zu schinden.»

«Nicht bei seinem eigenen Vater, wie man sieht. Aber ich habe auch nicht angerufen, um Rührung bei dir zu wecken, obwohl ich, offengestanden, finde, daß du es ungeschickt angefangen hast. Ungeschickt oder grausam. Ich habe angerufen, um dich zu bitten, Ruth von der Schule abzuholen und mit ihr nach Lacetown zu fahren, zur Tierhandlung. Es muß ein neuer Hamster her, und zwar *sofort.*»

Die reine Magie. Durch einen Taschenspielertrick würde der neue Hamster zum alten werden, zu dem, der kopfüber unter dem Scilla-Polster moderte. Eine Religion eleganter Heuchelei. Die Idee des

Hamsters dauert ewig fort. Platon. Piet war Aristoteliker. Er sagte, er könne es unmöglich an diesem Nachmittag schaffen, es gebe noch tausend Dinge zu tun, die Abrechnungen des ersten Quartals müßten geprüft werden, außerdem versuche er gerade, die Häuser auf dem Indian Hill in Schwung zu bringen, Millionen Kleinigkeiten, das Baugewerbe sei am Zusammenbrechen. Er fühlte sich gehemmt, weil er wußte, Gallagher hörte mit. In leiserem Ton setzte er hinzu: «Den halben Vormittag hab ich damit vertan, einen neuen Käfig zu basteln. Hast du ihn gesehen, in der Küche?»

Angela sagte: «Ach, das ist ein Käfig? Wir konnten uns nicht erklären, was das vorstellen sollte. Warum hat das Ding denn so eine komische Form? Nancy hat gedacht, es sei ein kleines Gefängnis, in das du *sie* stecken willst.»

«Sag der Kleinen, ich liebe sie heiß, und sie soll sich beruhigen. Auf Wiedersehen.»

Die Bücher wiesen weniger als die zwanzig Prozent auf, die Gallagher gern als Reingewinn erzielen wollte. Die Gebrüder Spiros hatten ihrem Rechnungsauszug von diesem Monat die vorgedruckte Bitte beigefügt, das Konto nicht weiter zu überziehen; der Schuldsaldo belief sich auf $ 1189,24. Gallagher ließ Rechnungen gern lange anstehen, er vertrat die Theorie, daß Geld ständig an Wert verliere. Die Zahlen woben ein graues dunstiges Netz um Piet, und als sei seine Klaustrophobie noch nicht schlimm genug, rief diese Whitman an, die uneingeladen zum Basketball gekommen war, und bat, er möge sich doch mal ihr Haus ansehen. Er wollte diesen Auftrag nicht, er hatte keine Lust, für Leute aus seinem Bekanntenkreis zu arbeiten. Aber in seiner trostlosen Verfassung, und weil er dem Telefon und den Rechnungen und Gallaghers lähmender Nähe entkommen wollte, stieg er in den Lieferwagen, auf dessen hinterer Ladeklappe WASCH MICH MAL stand, und fuhr los.

Rechts von ihm breitete sich die Marsch aus, grandios lag sie da im sterbenden Tageslicht. Ein Streifen Emailblau am Horizont des Meeres. Farbige Kacheln an einem Badewannenrand. Die ersten Tropfen eines zaghaften Regens fielen kalt und trocken auf seine Handrücken, als er aus dem Lieferwagen stieg. Die Fliederbüsche am Eingang zum Robinson-Anwesen waren weiter als seine eigenen in der Hecke zur Straße. Mehr Sonne am Meer. Mehr Leben. Winzige weindunkle Kegel, die sich in ein paar Wochen zu lavendelfarbenen Blütendolden entfalten würden. Vollgesogen. Tau. Salz. Brise. Buttergelbe Narzissen erschauerten zu seinen Füßen, am kahlen Bretterzaun, wo sie die widerstrahlende Wärme auskosteten. Piet hob den salzzerfressenen Aluminiumschnepper an und trat ein. Die Aussicht war trotz der niedrighängenden Wolken überwältigend: eine herzbeklemmende, teppichbelegte Fläche, begrenzt von der Reinheit der Dünen und des Ozeans. Er hatte sich geirrt, war übervorsichtig gewesen. An diesen Platz hätte Angela gehört.

Ken Whitmans Spezialgebiet war jetzt, nach seinem anfänglichen Interesse für den Metabolismus bei Echinoiden, die Photosynthese; in seiner Doktorarbeit hatte er die Zuckercarbonsedoheptulose untersucht, ein flüchtiges Zwischenstadium in der unermeßlichen Reaktionskette, mittels derer die fünf Sechstel der Phosphorglyzerinsäure, die sich nicht zu Stärke umformen, in D-Ribulose zurückverwandelt werden. Es war ein eleganter Prozeß, und kaum einer unter vierzig wußte besser Bescheid als Ken auf der gigantischen Leiter aus Licht, die Kohlendioxyd erklimmen muß, um zu Kohlehydrat zu werden. Zur Zeit überwachte er die Forschungsarbeit zweier Studenten, die ihr Examen bestanden hatten und sich jetzt mit dem Transport von Traubenzuckermolekülen durch die Zellwände befaßten. An diesem Punkt seiner Karriere angelangt, hatte Ken kein Interesse mehr am Molekularverhalten des Zuckers und sehnte sich danach, dem geheimnisvollen Vorgang der Kohlendioxydbindung auf die Spur zu kommen – der Umwandlung sichtbaren Lichts in chemische Energie mit Hilfe des Chlorophylls. Aber hier, auf dieser letzten Stufe, wo durch eine einzelne Reaktion der ungeheure Atmungsprozeß und seine Folgeerscheinungen kompensiert und Tod und Verwesung gleichsam umgekehrt werden, wußte Ken nicht weiter. Hier waren Biophysik und Elektronik zuständig. Die Granula der aufgehäuften Quantosomen waren strukturiert wie die Kristallgitter in Transistoren. Photone erregten einen Elektronenfluß im Nebel der Teilchen innerhalb des Chlorophylls. Zwar hatte Ken gewisse Vorstellungen, aber warum gerade Chlorophyll? Warum nicht irgendwelche anderen genauso komplexen Verbindungen? War das Magnesiumatom der Schlüssel? Er würde noch mal zur Schule gehen müssen, und mit seinen zweiunddreißig Jahren fühlte er sich dafür zu alt. Er mußte sich mit dem unscheinbaren Kohlenstoffzyklus begnügen, während jüngere Männer Ruhm und üppige Stipendien ernteten auf den gefälligen Feldern der Neurobiologie und Virologie und in der herrlichen neuen Wildnis der Nukleinsäuren. Er hatte eine Frau, demnächst ein Kind, ein Haus, das von Grund auf repariert werden mußte. Er hatte sich übernommen. Das Leben, dessen erlesene Geheimnisse er hatte aufdecken wollen, lastete schwer auf ihm.

Wie unter Wasser bewegte er sich durch die letzte Stunde dieses drückenden grauen Tages. Eine unabwendbare, festgelegte Zukunft braute sich im Apparat seines Laboratoriums zusammen: im phantastischen Glasalphabet der Reagenzfläschchen und Destilliergefäße, inmitten der Halte- und Schiebevorrichtungen und Röhren, der elektromagnetischen Waagen, die ein Hundertstel Milligramm registrierten, der Versuchsreihen, die in Berkeley oder auf der anderen Seite des Flusses, in Harvard, wahrscheinlich ganz genauso unternommen wurden. Ken arbeitete im vierten Stock eines monumentalen neogriechischen Gebäudes, einer wohltätigen Stiftung: außen rußig, innen veraltet, Baujahr 1911. Vom Fenster der Halle, auf dessen Sims ein schmieriger, benutzter Pappbecher stand, sah man auf Boston hinaus. Schnellverkehrsstraßen speisten kapillarengleich das höckerige, dichte, ziegelrote Zentrum, über dem, ein goldener Nukleolus, die Kuppel des Parlamentsgebäudes ragte. Staubige Baugruben verheerten das umliegende Gelände. Im viereckigen Hof direkt unter dem Fenster bewegten sich Studentinnen in leuchtenden Frühlingskleidern – gefärbte Spurenelemente – auf den Gehsteigen zwischen Chlorophyll-Polygonen. Ken sah dies alles mit einer Müdigkeit, deren er sich nicht bewußt war. Vor einer Weile hatte es geregnet. Der gleiche Regen fiel jetzt auf Tarbox. Der Tag war so trüb, daß das Fenster teilweise ein Spiegel war, aus dem sein hübsches Gesicht, dies sonderbare Hemmnis bei seiner Karriere, mit schiefer Braue, verwischtem Mund und weißem Augapfelschimmer zurückstarrte. Ken scheute vor diesem Gespenst; die meiste Zeit seines Lebens hatte er Selbstbespiegelung bewußt vermieden. Als Kind hatte er sich gelobt, ein Heiliger der Wissenschaft zu werden, und sein glattes Gesicht war ihm dabei zum Feind geworden. Er wandte sich ab und ging ans andere Ende der Halle, wo aus Platzmangel, trotz der fünfzehntausend, die das Institut hatte springen lassen, der Flüssigkeitsschwingungszähler, ein Packard Tri-Carb, aufgestellt war. Im Augenblick arbeitete er gerade, tickte sich durch eine Kette isotopisch gekennzeichneter Lösungen, wahrscheinlich Neusners gehackte Mäuselebern. Neusner war Anfang Vierzig, specknackig, rotblond – daß er Jude war, merkte man nur an seinen schläfrigen Augenlidern –, und trat mit dem Aplomb gewollter und betonter Mittelmäßigkeit auf. Seine Vorlesungen waren mit Scherzen gespickt und seine Schriften reich an Wunschgedankengängen. Aber er war beliebt und hatte ein für allemal die räumliche Anordnung eines bestimmten Enzyms festgelegt. Ken beneidete ihn und war nicht traurig, Neusners Labor um halb fünf schon leer vorzufinden. Neusner war ein Konzertbesucher und Weinkenner und Schürzenjäger und die Hauptstütze des Abend-Clubs des Lehrkörpers; er tummelte sich auch in den politischen Kreisen von Cambridge und hatte Ken gestern in seiner hastigen, emphatischen

Sprechweise den neuesten Kennedy-Witz anvertraut. *Eines Nachts um drei hört Jacky Jack ins Weiße Haus schleichen, und sie geht ihm bis zur Treppe entgegen. Sein Kragen ist total zerknittert, und sein Kinn ist mit Lippenstift verschmiert, und sie fragt ihn: Wo zum Teufel kommst du her? Und er sagt zu ihr: Ich hatte gerade eine Konferenz mit Madame Nhu, und sie sagt: Oh, und denkt nicht mehr daran, bis eine Woche darauf das gleiche passiert, und diesmal sagt er, er habe bis tief in die Nacht mit Nina Chruschtschow über Ideologie diskutiert . . .* Ein bläßlicher Student brachte die verlassenen Labors in Ordnung. Auf einem Tablett lag, wie eine Traube aus lauter geplatzten Beeren, ein Haufen ausgeweideter weißer Mäuse. Ganze Käfige voll rosaäugigen Gewimmels warteten munter auf ihre Vernichtung. Neusner liebte Computer und statistisches Theoretisieren, und seine Schriften waren berühmt für die Zahlenwälle, mit denen er die Luftschlösser seiner Folgerungen absicherte. Eine Tür weiter tüftelte der alte Prichard, das Aushängeschild der Abteilung, an seiner neuesten Spielerei herum: der Entdeckung und Analyse einer Gedächtnis-Substanz, die angeblich vom Gehirn abgesondert wurde. Ken beneidete den Alten um seine kindliche Unbeschwertheit, um die Freiheit, mit der er in den Forsten der Evidenz einem derartigen Paradiesvogel nachjagte. Neusner, Prichard – beide waren frei auf eine Art, die Ken nicht kannte. Warum? Jeder spürte es, irgendwas stimmte nicht mit Ken, so intelligent und hübsch und vorsichtig und unangreifbar er auch war; allein schon in dieser Zusammenstellung drückte es sich aus: eine unsichere Verbindung, naturwidrig. Prichard, ein Heiliger, wollte die Dinge zurechtrücken, wollte Ken Zutrauen zu sich selber geben und hatte ihm, während seine pergamentenen, fleckigen Hände die Luft zersägten und der hagere Kopf mit den eingefallenen, geschminkt wirkenden Wangen zitterig nickte, in seiner delikat stotternden Sprechweise zugeredet: *Alles, was wir – alles was wir tun, Wh-Whitman, ist doch nur St-tümperkram. Sie dürfen nicht g-glauben, das – ah – das Leben sei uns was sch-schuldig, wir qu-quetschen die alte N-Nutte einfach aus, so gut wir können, hm?* Gleich neben dem Labor war Prichards Studierzimmer, ein enges Wühlgelaß, die Wände rings überkrustet mit Ausschnitten, Karikaturen, Schnappschüssen von anderer Leute Kindern und Enkelkindern, goldgefaßten Urkunden über verliehene Ehrenwürden, präparierten Schmetterlingen, durchgepausten Grabstein-Inschriften hinter Glas und vielen anderen Überbleibseln von des alten Mannes zahllosen Liebhabereien. Wehmütig blieb Ken vor der Tür zu diesem lebendigen Erinnerungsalbum stehen; er sehnte sich nach einem Augenblick der Ermutigung und grübelte, warum ihm selber eine solche geweihte Zelle für immer versagt sein würde. Der alte Mann war nicht verheiratet. In seiner Jugend hatte es einen Skandal gegeben: eine Frau, die ihm davongelaufen war. Ken bezweifelte diese Geschichte – wie hätte eine Frau es je fertigbringen können, einen so guten Mann zu verlassen?

Eine Erleuchtung kam ihm: vielleicht waren Prichards Vorzüge das Produkt dieses Verlassenwordenseins, eine metabolische Reduktion sozusagen, die unerläßlich ist fürs Wachstum, eine fruchtbare Fraktionierung? Die Erleuchtung starb; Ken hielt Umschau in sich selber und traf auf eine bestürzend glatte Oberfläche. Inmitten des Wirrwarrs auf Prichards Schreibtisch meldete die heutige Zeitung: EHRHARD ENDGÜLTIG NACHFOLGER ADENAUERS.

Morris Stein hielt noch ein Problem für ihn bereit: ein Enzym, das sich nicht kristallisieren ließ. Dann war es nach fünf. Er fuhr nach Hause; kennerhaft, eine Spur arrogant – wie ein Mann, der diese Formel oft bewältigt hat –, flitzte er über die südöstliche Schnellstraße, wechselte die Fahrbahnen, wann immer es ihm gefiel, und die ganze Zeit gingen ihm Prichard und Neusner und Stein im Kopf herum, und draußen schnurrten und schlurrten Autos aller Typen vorbei, überholten und wurden überholt. Er wunderte sich über die Leute in Tarbox, wie konnte Hannema dauernd mit diesem schäbigen rasselnden Lieferwagen durch die Gegend karriolen, und wie hielten die Applebys es bloß mit ihrem alten kastanienbraunen Mercury aus, wo sie doch Geld genug hatten. Er fragte sich, warum Prichard nie den Nobelpreis bekommen hatte, und zog den Schluß, daß er seine Forschungsarbeit wohl ähnlich betrieb wie seine Hobbys: mal dies, mal das, immer im Zickzack, mehr Begeisterung als Disziplin. Dann dachte er an die Photosynthese, und er fand, daß es eine ermüdende unergründliche Koketterie von der Natur war, ihre Geheimnisse zu hüten, während die Kirche Astronomen verbrannte und Kinder an Leukämie eingingen. Und daß sie sich aus lauter Übermut und Laune immer nur denen gab, die spielerisch um sie warben, mit sorgloser Leidenschaft, die ihm, Ken, fehlte. *Die alte N-Nutte.*

Die Fabrikschlote und Gastanks von Süd-Boston wichen den Hikkorygehölzen längs der Nun's Bay Road. Er war vor Dunkelwerden zu Hause. Die Sommerzeit hatte begonnen. Im Wohnzimmer war nur Cotton, schlafend zusammengerollt lag er auf dem Gurtenstuhl von Design Research. Ken rief Foxys Namen. Sie antwortete undeutlich von der Veranda. Irgendwer hatte die Bretterverschalungen von den Fenstertüren abgerissen. Foxy saß in einem Korbstuhl, hielt einen großen Gin-Tonic in der Hand und sah durch die verrosteten Fliegengitter aufs Meer hinaus. Der Himmel hellte sich auf nach dem

Schauer. Dunkelblaue Wolken, dünn wie Spielkarten, von der Seite gesehen, vervielfältigten die Horizontlinie. Die Leuchtturmspitze war mit einem orangefarbenen Spritzer letzten Sonnenlichts betupft. Ken fragte: «Ist dir nicht kalt?»

«Nein, mir ist warm. Ich bin doch so dick.»

Er sehnte sich danach, sie zu berühren, aus Aberglauben, aus Schutzbedürfnis – so wie er damals in Farmington als kleiner Junge nach langem Verstecken im Gestrüpp *Frei!* gerufen und den heimatlichen Ahorn berührt hatte. Die kompakte Stille eines Baumes ging von ihr aus, während sie in das sterbende Licht blickte, auf die grünglänzende Marsch hinaus. Ihr blondes Haar, ihre rosige Haut, ihre braunen Augen – in der Dunkelheit der Veranda hatte alles den gleichen Ton. Fast abrupt war das Licht erloschen. Er beugte sich nieder, um sie zu küssen, und ihre Haut fühlte sich fremd an. Sie erschauerte. An den Armen hatte sie eine Gänsehaut. Er bat: «Komm ins Haus.»

«Es ist so schön draußen. Dafür zahlen wir doch, nicht?»

Er fand diesen Satz merkwürdig. Sie hatten nie viel an Geld gedacht. Beförderung, Anerkennung: darauf kam es an. Als habe sie seine Gedanken gehört, fuhr sie fort: «Eigentlich leben wir alle unter Schonbezügen, findest du nicht? Kaum jemals öffnen wir uns wirklich für die Schönheit rings um uns. Aber sie ist da, jeden Tag, sie besteht fort und fort, ob wir sie wahrnehmen oder nicht. Eine grandiose Verschwendung, nicht wahr?»

«Ich gehe jetzt hinein und mixe mir einen Drink.» Sie folgte ihm ins Haus und erzählte ihm von ihrem Tag. Sie hatte im Seitengarten Unkraut gejätet und geharkt. Sie hatte sich entschieden, an der blinden Südwand des Dienstbotenflügels Rosen anzupflanzen, weiß und rot gemischt. Die Plymouth-Vertretung hatte angerufen und gesagt, ihr Wagen – ein gebrauchter Kombi, den er ihr gekauft hatte, weil sie ohne Fahrzeug praktisch eine Gefangene gewesen wäre an diesem äußersten Ende der Strandstraße – würde Donnerstag abholbereit sein, mit Nummernschildern und Inspektionsaufkleber. Ken hatte dies Auto vollkommen vergessen, dabei brauchte sie es offensichtlich dringend. In Cambridge waren sie lange Zeit ganz und gar ohne Wagen ausgekommen. Kurz vor dem Lunch hatte Irene Saltz hereingeschaut, sie kam vom Strand und trug den winzigen Jeremiah huckepack in einer Art Indianertuch. Irene war eine Naturschutz-Fanatikerin und voll des Jammers darüber, daß die Winterstürme mehrere Dünen eingeebnet hatten. Jede Stadt, außer Tarbox, hätte schon vor Jahr und Tag Zäune und Reisighecken gezogen, um den Sand festzuhalten. Sie wollte Foxy überreden, dem Frauenverein beizutreten, und trank drei Tassen Kaffee. Wenn man mit einem derartigen Monologisten verheiratet ist, muß man sich wahrscheinlich irgendein zusätzliches erotisches Ventil verschaffen, bloß, das Mühsame an Leuten, die sich dem Guten geweiht haben, ist, daß sie von andern genau dasselbe erwarten, sie wollen, daß man sich ebenso verströmt wie sie, auch wenn man einen Mann hat, der so attraktiv, so reizend, so aufmerksam ist wie du, Liebling... Ken nippte an seinem Glas und war neugierig, worauf sie hinauswollte. Sie sah blaß aus im Wohnzimmerlicht, ihre Ohren und Nüstern waren rosa, als habe man sie gekniffen. Irgend etwas hatte sie in Hochstimmung versetzt.

Was war sonst noch passiert? O ja, als sie gerade ihren Mittagsschlaf hielt – übrigens, sie war jetzt beim zweiten Band von Painters Proust-Biographie angelangt, der bei weitem langweiliger zu sein schien als der erste, weil Proust nämlich inzwischen aus der Kindheit heraus war –, hatte Carol Constantine angerufen und sie zu einem Maifest eingeladen; es hatte ziemlich nach Orgie geklungen. Und schließlich hatte sie sich ein Herz gefaßt und diesen Hannema angerufen, er möge doch kommen und sich das Haus ansehen.

«Wann kommt er nun?»

«Oh, er war schon da.»

«Und was hat er gesagt?»

«Oh, er hat gesagt, fünfzehntausend, vielleicht mehr, vielleicht weniger. Es hängt davon ab, wieviel du ändern willst. Er fände es gut, wenn wir das Haus voll unterkellern ließen, aber ein Kriechkeller unter dem Küchentrakt würde auch genügen, ich glaube, er sagte, man müßte dann eine Plastikhaut über den Erdboden spannen. Er ist grundsätzlich für Heißwasserheizungen, aber er sagt, Heißluft würde für uns billiger werden, weil wir die Rohre dann in die Wände legen könnten, und die müßten sowieso neu gemacht werden. Du mußt selber mal mit ihm reden. Irgendwie scheint alles noch von etwas ganz anderem abzuhängen.»

«Was ist mit dem Dach und den Schindeln?»

«Das Dach muß erneuert werden, die Schindeln braucht man fürs erste nur auszubessern, meint er.»

«Ist in diesen fünfzehntausend mit drin, wenn man was an den gräßlichen Dachfenstern und dem lecken Oberlicht macht?»

«Wir sind nicht nach oben gegangen. Aber er kennt das Haus natürlich längst. Der Keller schien ihm das Wichtigste zu sein. Er war ziemlich komisch und verschroben, immer wieder kam er auf Babys zu sprechen, die doch auf einem schön warmen Fußboden herumkrabbeln müßten, und dabei sah er auf meinen Bauch.»

Ken fühlte, wie eine Last sich auf ihn wälzte, aber er fragte weiter: «Und die Küche?»

«Er schätzt viertausend. Er möchte die Trennwand zur Anrichte wegnehmen und alles erneuern, bis auf den Ausguß. Da hat er mir zugestimmt: dieses Schieferbecken muß erhalten bleiben. Aber die gesamte Wasserleitung muß überholt werden von oben bis unten, und die elektrischen Leitungen auch. Trink noch einen Bourbon, Liebling.»

Sie nahm sein Glas und bewegte sich sacht, wie ein windgeblähtes Segel, auf die Küche zu. «Mit viel Wasser, bitte», sagte er, und als sie mit dem Glas zurückkam: «Mochtest du ihn eigentlich?»

Foxy blieb einen Augenblick stehen, ihr blasser Mund sah aus, als wolle er summen. «Ich kann fertig werden mit ihm. Er machte heute einen etwas unglücklichen Eindruck. Eine Nachbarskatze hat den Hamster seiner Tochter gefressen.» Ken dachte an Neusners Tablett voll ausgeweideter Mäuse und staunte, daß manche Leute sich immer noch so viel Rührseligkeit leisteten.

«*Du* wirst ihn am Hals haben», sagte er.

Wieder bewegte sie sich mit dieser stofflosen Leichtigkeit; es war, als habe sie eine Möglichkeit erwogen und dann fallenlassen. «Ich glaube nicht, daß er diesen Auftrag gern annimmt. Er und dein Freund bauen gerade neue Häuser für die Bevölkerungsexplosion.»

«Ich kann nicht gerade behaupten, daß Gallagher mein Freund ist. Hat Hannema denn irgendeinen anderen Bauunternehmer empfohlen?»

«Ich bat ihn darum. Aber er sagte, auf Anhieb falle ihm keiner ein. Er war sehr unschlüssig. Irgendwie scheint er diesem Haus gegenüber Besitzergefühle zu hegen.»

«Seine Frau hätte es gern gehabt.»

«Das sagst du *andauernd.*» Ihre Reaktionen waren so lebhaft, ihre Augen strahlten so hart, daß er sie kaum wiedererkannte; er fühlte, daß ein unsichtbarer Faktor am Werk war, eine noch nicht definierte Chemikalie. Hannema hatte ihr mißfallen: diese Vermutung, schmeichelhaft, aber auch wieder selbstverständlich für ihn, so, wie er sich selber sah, nahm ihn für den Mann ein, und er sagte: «Ich finde, wir sollten versuchen, ihn herumzukriegen. Streng mal deinen Charme an.»

Sie bewegte sich leicht und rasch durchs Zimmer, es war, als mache sie Inventur: sie strich über rauhe Oberflächen, die bald geglättet sein würden, nahm Abschied von den häßlichen Erinnerungsstücken – der fächerförmig angeordneten Muschelkollektion, den vertrockneten Stranderbsen-Zweigen, der wolligen Hudsonia –, all den Gegenständen, von denen sie bis jetzt, einen schwangeren Monat lang, umgeben gewesen war. Sie wechselte das Thema. «Wie war dein Tag?»

Er gestand: «Ich weiß nicht mehr weiter.»

Sie dachte: *Du brauchst eine andere Frau.* Sie sagte: «Das kommt vom vielen Hinundherfahren.»

«Nein, von zu viel mediokrer Gehirnschinderei. Meinerseits. Ich hätte Jurist werden sollen. Dazu taugen wir. Mein alter Herr hat statt Grips zwei Plattfüße, aber in Hartford hält ihn jeder für einen Donnerkerl.» Sie lachte, und er sah erschrocken auf; sein Vokabular wurde schulbubenhaft, wenn er an Hartford dachte, und er merkte es noch nicht einmal. Melancholisch fuhr er fort: «Ich habe heute an Prichard denken müssen, und mir ist aufgegangen, daß ich's einfach nicht in mir habe. Mir fehlt das Gespür dafür. Das Ganze ist nichts weiter als eine Fülle von Details für mich – wie für jeden x-beliebigen Dummkopf.»

«Prichard ist ein alter Mann. Du bist jung. Alte Leute haben an nichts Wichtiges zu denken.» Mit ‹wichtig› meinte sie den Schatten in sich selbst, ihr Kind, diese dunkle brütende Welt.

«Außer an den Tod», sagte Ken, was sich rührend und befremdlich in seinem Mund ausnahm. Sie hatte geglaubt, er habe für den Tod nicht mehr Gedanken übrig als eine Uhr für die Tatsache, daß sie irgendwann abläuft. Sie war der Meinung gewesen, dies Problem sei von Geburt an für ihn gelöst gewesen, und hatte deshalb, unabhängig von ihm, zu einer eigenen Lösung gefunden.

«O nein», sagte sie ungestüm, «wenn man *jung* ist, denkt man daran. Wenn man dann alt ist, hat man nichts anderes mehr zu tun, als über jeden neuen Tag glücklich zu sein.» Sie wehte zu dem klobigen, zwischen zwei senkrechten Stützbalken befestigten Bord hinüber, auf dem eine einsame bernsteinfarbene Murmel mit honigweißen Spiralen lag. Sie nahm die Murmel in ihre ovale rosa Handfläche und versuchte, in ihr Zentrum zu sehen, und stellte sich vor, Gott sei ein alter Mann, so alt, daß jeder Tag ihn vollkommen glücklich macht. Sie verstand nicht, warum sie diesen Gott nicht mit Ken teilen konnte, er war so harmlos wie diese Murmel hier, freundlich und unwichtig, aber doch da. Mehr brauchte Ken ja gar nicht zu glauben, mehr verlangte sie nicht von ihm. Aber in seiner Gegenwart schämte sie sich, kam sie sich heuchlerisch vor.

Ken sah auf, als erwache er gerade. «Wer hat die Bretter von den Verandatüren entfernt?»

«Er hat das gemacht. Hannema.»

«Mit bloßen Händen?»

Mit bloßen Händen?

Klar. Warum nicht? Warum haben Sie das nicht schon selber gemacht?

Wir dachten, sie hätten einen bestimmten Zweck.

Hatten sie auch, aber der Winter ist vorbei. Jetzt wird es endlich Frühling. Na, das Ding muß doch aufzukriegen sein – wollen's mal mit Liebe versuchen. So, das hätten wir. Kommen Sie.

Oh. Ich bin so gut wie nie auf der Veranda gewesen. Kann man die Fliegengitter wohl noch reparieren?

Er hatte ein loses Stück von dem verrosteten Gitterwerk herausgenommen, es in der Faust zerdrückt und ihr den orangefarbenen Staub gezeigt, der wie Pollen an seiner Handfläche haftete. *Neue Fliegengitter werden noch zu den geringsten Ihrer Ausgaben gehören. Die Firma Alcoa stellt hübsche große Holzrahmen her, die könnte man hier entlang an Gleitschienen aufhängen. Hier auch. Im Herbst haken Sie sie dann aus. Im Sommer ist diese Veranda der beste Raum im ganzen Haus. Da kriegen Sie etwas von der Brise ab.*

Aber das Wohnzimmer wird so dunkel dadurch. Ich habe mir überlegt, ob man sie nicht ganz wegreißen sollte.

Reißen Sie doch nicht freien Raum weg. Sie haben die Aussicht gekauft. Hier haben Sie sie.

Glauben Sie, daß wir dumm waren? Dieses Haus zu kaufen?

Nicht im mindesten. Es könnte ein fabelhaftes Haus werden. Der Grundriß stimmt und die Größe auch. Alles, was man jetzt braucht, ist Geld.

Eigentlich war's mein Mann, der sich in dies Haus verliebt hat. Meine Vorstellung war, näher bei Boston zu leben, in Lexington oder Newton.

Wissen Sie – Anstatt den Satz zu beenden, war er auf den Dielenbrettern, da, wo der Verandaboden durchhing, prüfend auf und nieder gefedert.

Ja?

Ihre Veranda hat keine richtigen Tragstützen. Veranstalten Sie möglichst keine Volkstänze hier draußen.

Sie wollten etwas anderes sagen.

Nicht so wichtig.

Sie hatte gewartet.

Ich wollte sagen, daß der Ausblick hier mich melancholisch stimmt, weil meine Frau ihn so geliebt hat und ich nicht den Mut hatte, das zu tun, was Ihr Mann getan hat, nämlich es einfach zu riskieren.

Finden Sie wirklich, daß es eine Frage des Muts war? Vielleicht hat es mehr mit Selbsteinschätzung zu tun?

Vielleicht.

Vielleicht ist es einfach nicht nach Ihrem Geschmack, dies Grundstück.

Danke. Das war mein Gefühl damals. Ich habe nicht viel fürs Meer übrig. Ich habe gern viel Land um mich – falls mal eine Flut kommt.

Mir geht es, glaube ich, genauso. Ich hasse nasse Füße.

Aber Sie sind glücklich hier, oder? Irgendwer hat mir gesagt, Sie sind glücklich. Es geht mich natürlich nichts an.

Er war so höflich gewesen und so verlegen, so bereit, sich ganz in die Rolle eines Lohnempfängers zu verkriechen, daß ihre Zunge fast gestolpert wäre beim hastigen Bemühen, ihm seine Befangenheit zu nehmen. *Doch, ich bin eigentlich ganz glücklich. Ich langweile mich ein bißchen. Aber ich mag die Stadt, und ich mag die Leute, die ich hier kenne.*

Tatsächlich?

Sie sagen das so erstaunt.

War nicht meine Absicht. Ich glaube, ich bin darüber hinaus, mich zu fragen, ob ich die Leute hier mag oder nicht. Sie gehören zu mir.

Und Sie zu ihnen?

In gewisser Hinsicht ja. Geben Sie acht. Ihnen kann das auch so gehen.

Nein, Ken und ich, wir sind immer unabhängig gewesen. Wir haben uns nie irgendwelchen Leuten angeschlossen. Wahrscheinlich sind wir beide etwas kühl.

Er hatte ein Messer herausgeholt, ihr den Rücken zugekehrt und an irgend etwas herumgebohrt. *Die Schieberahmen müssen alle erneuert werden.*

Wenn man Sturmfenster nähme, würde es sich dann nicht erübrigen?

Manche von diesen Fensterverkleidungen sind so vergammelt, daß man keine Sturmfenster mehr einschrauben kann.

Hoffentlich ...

Hoffentlich was?

Ich wollte sagen, hoffentlich können wir Ihre Frau dazu bewegen – Sie und Ihre Frau –, uns einmal zu besuchen, wenn das Haus fertig ist. Ich habe jetzt schon Angst, daß sie vielleicht nicht billigen wird, was wir hier anstellen.

Er hatte gelacht – bei ihm kam das Lachen aus tieferen Tiefen als bei anderen Männern, war wärmer, hatte etwas Beunruhigendes, Überfallartiges.

Sie hatte versucht, sich zu verteidigen. *Wieso mache ich mir eigentlich Sorgen, ob Ihre Frau hier irgend etwas billigt oder mißbilligt? Sie ist eine wunderbare Frau.*

Wieder hatte er gelacht. *Und Ihr Mann ist ein wunderbarer Mann.*

II. APPLESMITHS UND ANDERE SPIELE

Foxy hatte recht und unrecht zugleich im Fall Janet. Janet hatte tatsächlich nie mit Freddy Thorne geschlafen, obwohl sie und Freddy sich ernsthaft darüber beraten hatten; aber sie mußten die Erfahrung machen, daß Janets Affäre mit Harold Klein-Smith wider Erwarten schwer zu entwirren und zu beenden war.

Die Applebys und die Klein-Smiths waren Mitte der fünfziger Jahre nach Tarbox gezogen; sie kannten einander nicht, obwohl beide Männer in Boston, in der State Street, mit Wertpapieren zu tun hatten: Harold als Börsenmakler, Frank als Prokurist einer Bank. Frank war in Harvard gewesen, Harold in Princeton. Sie gehörten zum gehobenen Mittelstand, zu all denen innerhalb ihrer Generation, die sich gelinde gegen die Zucht und Ordnung auflehnten, mit deren Hilfe die besitzende Klasse durch alle Stürme der Depression und des Weltkriegs hindurch ihren Lebensstil aufrechterhalten hatte. Sie waren in gesicherten Verhältnissen aufgewachsen, trotz dieser nationalen Schicksalsschläge, waren dann als Erwachsene in eine nachgiebige Wirtschaft eingeführt worden, in eine Geschäftswelt, die ein merkwürdiger Verschnitt war aus flottem, jugendlichem Modelldenken und immanentem Verlust jeglichen Persönlichkeitsgefühls, aus erfolgreichen Spekulationen in kleinem Rahmen, die vor dem Hintergrund üppig wuchernder Diversifizierung und unter dem allmächtigen Einfluß einer Regierung stattfanden, deren Steuer- und sonstige Provisionsgelüste und deren Hunger nach militärischer Stärke allenthalben Grenzen setzte; waren eingeführt worden in eine Nation, deren Führungsspitze einem zahnlosen Moralismus Tür und Tor öffnete, mit dem gewisse dubiose Praktiken bemäntelt werden sollten; in eine Kultur, wo halbwüchsige Emotionen und homosexuelle Philosophien im Begriff waren, die Oberhand zu gewinnen, und der blanke Hedonismus sich nur mit Mühe im Zaum hielt – ein Land, das noch zu offenkundig von außen bedroht wurde, um ohne Skrupel Selbstzerstörung zu betreiben, ein Klima des Übergangs, der Unentschiedenheit, wo man von der Hand in den Mund lebte und alle Induktionen, auch die negativen, unintelligent erschienen –: dieser neuen Welt traten die Applebys und die Klein-Smiths mit der nüchternen Entschlossenheit entgegen, ungebunden, anpassungsfähig und fair zu sein. Zwischen ihnen und ihren Eltern hatten immer Kindermädchen und Erzieher und Hausangestellte gestanden, darum gründeten sie selber nun große, innige Familien. Sie wechselten Windeln mit eigener Hand, machten Hausarbeit, nahmen selber Reparaturen vor, hegten ihre Gärten, schaufelten Schnee und hatten das Gefühl, immer gesünder zu werden. Als Kinder waren sie in schwarzen Packards und Chryslers chauffiert worden; jetzt fuhren sie Gebrauchtwagen in allen nur möglichen Bonbonfarben. Selber frühzeitig in Internate verbannt, beschlossen sie, ihre Kinder auf die Schulen am Ort zu schicken und für eine Verbesserung dieser Schulen zu sorgen. Sie hatten gelitten unter den starren Ehen und konventionellen Ausflüchten ihrer Eltern, und nun schwebte ihnen die vollkommene Aufrichtigkeit vor, die aus dem unbefangenen, freimütigen Umgang mit anderen Paaren gedeihen sollte. Statt der Country Club-Riten gab es bei ihnen zwanglose Mitgliedschaft in einem Freundeskreis und Teilnahme an einem Reigen von Partys und Spielen. Sie wandten sich ab von den Sommerorten ihrer Kindheit, wo die Gesellschaft streng gegliedert war, wo diskriminierende Unterschiede herrschten und sich immer dasselbe ermüdende Karussell der feinen Lebensart drehte, und verbrachten das ganze Jahr an einem so entlegenen Platz wie dem ländlichen Fabrikstädtchen Tarbox; hier versuchten sie, einen neuen Lebensstil zu improvisieren. Das Ideal hieß nicht mehr Pflicht und Arbeit, sondern Wahrheit und Vergnügen. Tugend fand nicht länger im Tempel oder auf dem Marktplatz statt, sondern zu Hause – zu Hause bei sich selber, und dann zu Hause bei den Freunden.

Während der ersten Jahre in Tarbox spielte sich das gesellschaftliche Leben der Smiths und Applebys hauptsächlich unter älteren Leuten ab. Tanten aus der Nachbarschaft machten pflichtschuldig Besuche, wurden höflich empfangen und schließlich entschlossen verscheucht. «Wie öde diese Pferdeleute alle sind», hatte Marcia einmal gesagt, und als sie sich dann eng mit Janet befreundete, prägten die beiden den Begriff ‹die Großen Ps›, womit all die Leute gemeint waren, denen sie so getrost den Rücken gekehrt hatten und die doch so hartnäckig nett waren und immer das Richtige taten: eine Kette von Verwandten und Bekannten, die von Quogue bis Bar Harbor reichte. Wenn Marcia und Janet einander in Millbrook oder Scituate auf einer Pferdeparty entdeckten – bevor sie einwilligten, dort hinzugehen, hatten sie natürlich eine große Schau eheweiblicher Resignation abgezogen –, pflegten sie sich zur Begrüßung anzuwiehern. Janets zierliche Art, durch die Nüstern zu schnauben und mit dem Fuß zu scharren wie mit einem Huf, war äußerst pikant; damals war sie schlanker gewesen als jetzt. In Wahrheit schlugen sie solche Einladungen nur selten aus; freilich, je öfter sie versäumten, sie zu erwidern, desto weniger wurden sie eingeladen. Denn diese verhöhnten Leute, wie näselig und holzköpfig sie auch sein mochten, hatten die Applebys und die Smiths nur auf Grund ihres Namens, des Namens ihrer Eltern, in ihrem Kreis aufgenommen; Jahre vergingen, bis Tarbox sie mit einer Gesellschaft versorgte, die ebenso schmeichel- und nahrhaft war wie die geschmähten ‹Großen Ps›.

Die Thornes und die Guerins lebten schon länger in Tarbox, aber beide Paare hatten etwas Beklemmendes, von den Männern ging etwas Unausgesprochenes, Bedrücktes aus: der eine war Zahnarzt, der andere offensichtlich ganz ohne Beschäftigung, obschon er sich häufig in Boston aufhielt. Die Frauen waren beide schüchtern; Bea trank damals noch nicht so viel und saß ganze Abende lang in sich gekehrt und angespannt lächelnd da. Wenn Roger mit den Augen funkelte, erstarrte sie wie ein Kaninchen. Harold nannte die beiden *Barbe bleu et Fatime.* Alle fanden Freddy Thornes schmierig schmunzlige Anmaßung und Zudringlichkeit lächerlich. Damals hatte er noch Haare gehabt – ein paar schüttere wellige Flachssträhnen, quer über den Schädel gekämmt, um die erste kahle Stelle zu verdecken. Georgene war eindeutig nichts weiter als irgendein wohlerzogenes, gutgetrimmtes Fohlenmädchen aus der Philadelphia-Linie der Großen Ps. Die Paare vertrieben einander die Zeit mit gelegentlichen steifen Abendessen und tauschten Umstandskleider aus – nur daß Bea nie schwanger war.

Die Leute, die wirklich handfeste Partys veranstalteten, waren zehn Jahre älter und kamen den andern ungehobelt und aufgeblasen vor: Dan Mills, bronzebraun, humpelnd, Alkoholiker und Eigentümer des jämmerlichen Yachthafens; Eddie Warner, Direktor einer Farbenfabrik in Mather, rundköpfig, ehemaliger Sportler, konnte bei bierseligen Picknicks am Strand den Ball immer noch über einen Kilometer weit durch die möwengraue Dämmerung treiben; Doc Allen; der gute alte Ed Byrd; ein paar Lehrer von den Schulen in Tarbox, resignierte Arbeitstiere; und die Frauen dazu, zappelige Weiber mit Sex aus zweiter Hand und Rock'n'Roll-Getue und halbwüchsigen Sprößlingen. Janet hielt diese Leute für schrecklich ungebildet, für provinziell und laut. Die Ehebruchsgeschichten, die man sich über sie erzählte, fand sie bemitleidenswert, das offenkundige schwere Trinken widerte sie an. Sie selbst hatte gerade ein Baby hervorgebracht: Franklin jr., acht Pfund, hundertsiebzig Gramm. Die Haut an seinen Schläfen pulste köstlich, wenn er an ihren Brüsten saugte, so daß nicht nur die ruppig frotzelnden Stimmen und unschönen Ausdünstungen des ‹Yachthafenklüngels›, wie sie und Marcia die andern getauft hatten, sie beleidigten, sondern auch deren Teint, der zu wünschen übrigließ. Leprakranke sollten nicht so tanzwütig sein. Der ‹Yachthafenklüngel›, eine Art Nachkriegsaristokratie von Kampfveteranen – alles Leute, die hier am Ort arbeiteten und keine College-Bildung hatten –, war sich im klaren darüber, daß er von den jüngeren, nüchterneren Paaren mit gönnerhafter Nachsicht behandelt wurde, und empfand kein Bedauern, als diese es vorzogen, sich abzusondern und eine eigene Clique zu bilden und die andern ihrem Alkohol, ihren Bridgepartien und lärmenden Erinnerungen an Anzio und Guadalcanal zu überlassen.

Hätten sie mit diesen Menschen auch nur irgend etwas gemein gehabt, so wäre Janet wohl kaum auf die Idee gekommen, den Saltz' und den Ongs gesellschaftliche Avancen zu machen, zwei Paaren, die sich 1957 an entgegengesetzten Enden der Stadt niedergelassen und wenigstens das College absolviert hatten. John Ong mußte in der Tat über große Geistesgaben verfügen. Er arbeitete in Cambridge: mathematische Aufschlüsselung der Materie, im Rahmen eines von der Regierung finanzierten Projekts. Er hätte faszinierend sein können, aber sein Englisch war unmöglich zu verstehen. Seine Frau, Bernadette, war eine breitschultrige Halbjapanerin aus Baltimore, ihr Vater war ein eingewanderter Portugiese. Sie war exotisch und ungestüm, von überströmender Herzlichkeit und nervenzermürbend, als müsse sie Kontaktfreude für zwei an den Tag legen. Die Saltz' waren tödlich ernsthaft, aber nach dem dritten Martini konnte Irene komisch sein, dann ahmte sie manchmal all die Magistratspersonen und sonstigen Stadthonoratioren nach, gegen die ihr kreuzfahrerischer Geist sich auflehnte. Ben hatte nur eine einzige Nummer auf Lager, und die spielte er unfreiwillig: ein Rabbi mit struppigem Bart und gebeugter Haltung, Hände auf dem Rücken verschränkt, sorgenvolle Duldermiene. Aber erst im Jahre 1958, als Hannema und Gallagher in der Hope Street ihr Büro aufmachten, wurde die endgültige Ökologie der Paare begründet. Mit diesen beiden Männern, dem Iren und dem Holländer, die zusammenpaßten wie Don Quichotte und Sancho Pansa, begann der Reigen der Sportveranstaltungen – Touch-Football, Skilaufen, Basketball, Segeln, Tennis, wieder Touch-Football –, der den Paaren unerschöpflichen Grund zum Zusammensein bot: ein Jahresreigen von Zusammenkünften, die bevorstanden oder bereits Erinnerung waren, von Alibis für unvorhergesehene Partys. Und die beiden neuen Frauen, Terry und Angela, brachten einen neuen Stil mit, eine zerstreute Liebenswürdigkeit, die von den anderen Frauen nachgeahmt wurde und ihnen zur einzig möglichen Tonart verhalf – einer beiläufigen, belustigten –, mit der so viel Gastlichkeit und ständiges Miteinander überhaupt zu ertragen war. 1960 zogen die Constantines in ihr großes düsteres Haus auf dem Anger; Carol malte und Eddie flog. Als Ehepaar hatten sie etwas attraktiv Riskantes. Und nun, 1963, waren die Whitmans in das alte Robinson-Haus gezogen.

In diesen Jahren war es immer mehr bergab gegangen mit dem ‹Yachthafenklüngel›, bis er sich schließlich ganz aufgelöst hatte. Zwei Ehen waren geschieden worden, die Lehrer hatten es nicht geschafft, Dauerstellungen zu ergattern, hatten gekündigt oder waren entlassen worden, der arme Alkoholiker Danny Mills hatte seinen Yachthafen der Bank überschreiben müssen und war nach Florida gegangen, ohne seine Frau, deren harte, sehnige Beine tüchtig genug gewesen waren, mit dem jeweils neuesten Tanzschritt fertig zu werden. Der einzige Kontakt mit denen vom ‹Yachthafenklüngel› bestand noch übers Telefon, wenn man eine ihrer halbwüchsigen Töchter als Babysitter brauchte. Aber diese Leute, an die normalerweise niemand mehr gedacht hätte, lebten auf Grund einer schnurrigen, für Harold und Marcia freilich verdrießlichen Hinterlassenschaft in der Erinnerung der jüngeren Paare fort. Während jener ersten Jahre hatte es in Tarbox noch ein anderes Ehepaar namens Smith gegeben, großköpfige, rotgesichtige, humorlose Emporkömmlinge, die inzwischen in Newton wohnten, aber damals ein Jahr lang dieselben Partys besuchten, zu denen auch die kleineren Smiths geladen wurden. So kam es, daß der Bequemlichkeit halber die unterscheidenden Vorsilben ‹Groß› und ‹Klein› sich einbürgerten, und es blieb dabei, auch als eine Unterscheidung gar nicht mehr notwendig war: dies ‹Klein› gehörte fortan für alle Zeit zu Harold und Marcia, obwohl mittlerweile nur noch wenige ihrer Freunde wußten, wer die Groß-Smiths gewesen waren, und kaum jemand mehr eine Vorstellung hatte von ihren schwerfälligen, rot angelaufenen, fratzenhaften Gesichtern, die unablässig nickten wie die Puppen auf den Festwagen bei einem Shriner-Umzug. Ein alljährlicher Anlaß zur Heiterkeit war der hektographierte Weihnachtsbrief, mit dem die Smiths aus dem fernen Newton die Thornes, die Guerins, die Applebys und ihre Namensvettern beglückten und der mit jener unerbittlichen, unverdrossenen Freundlichkeit abgefaßt war, die ihnen immer schon als bewährtes Angriffsmittel gedient hatte. Harold und Marcia adressierten sie unweigerlich mit ‹Klein› in Anführungszeichen: *an unsere lieben Doppelgänger in Tarbox, die «Klein»-Smiths.*

Die Affäre Applesmith begann damit – böse Zungen behaupteten fälschlich, Janet habe den Stein ins Rollen gebracht –, daß Marcia auf Franks Hände aufmerksam wurde. Ehedem waren sie ein wenig schwammig gewesen, aber im Verlauf einer Diät – der massive Börsensturz im April und Mai 1962 hatte ihm ein Magengeschwür eingetragen – waren sie schön geworden. Dieser Börsensturz, von dem Frank in seiner Bank (er war gerade zum Prokuristen aufgestiegen) mehr betroffen war als Harold in seinem Maklergewerbe und der darüber hinaus Frank persönlich anging, denn er hatte Tausende in der elektronischen und pharmazeutischen Industrie investiert, brachte in jenem Frühling und Sommer die beiden Paare einander noch näher als sonst. Es wurde ihnen zur Gewohnheit, daß sie Sonntag abends, nach dem Tennisspiel, alle zusammen Hummer aßen oder gebackene Muscheln, die sie in dampfenden Papiertüten aus einem Restaurant in North Mather holten. Eines Abends, als sie auf Kissen und Stühlen um den niedrigen Mosaiktisch der Klein-Smiths saßen, war Marcia auf einmal hypnotisiert von der geformten Kraft, mit der Franks fettig glänzende Finger Zwiebelringe zerteilten. Die Diät hatte das Fleischpolster abgetragen, so daß die Finger, mit besonders apart modellierten Gelenken und Nagelbetten, in ihrer ganzen aristokratischen Länge sichtbar wurden; seine Daumen waren ausdrucksvoll bei jeglicher Beleuchtung. Von den flaumbedeckten Handgelenken, durch die strangartig hervortretenden Adern seiner Handrücken, bis hinunter in die Fingerspitzen, floß eine Kraft, die zerstören und formen konnte. Beim Rosenstutzen hatten seine Hände kleine Schrammen bekommen, den Schrunden eines Muschelsammlers oder Bildhauers vergleichbar, und Marcia hob die Augen auf zu seinem Gesicht und fand dort, unter der schulbubenhaften Rundlichkeit, die gleichen Schrunden, die gleichen unbewußten Merkmale, die von getaner Arbeit zeugten und von einer treibenden Kraft, deren Intensität seine Wangen und seine Augen rötete. Er war ein Mann. Er sah zerschunden aus wie einer, der über alle Hindernisse hinweg vorwärtsgeschwemmt worden war. Nach dieser Offenbarung rief jede seiner Bewegungen ein Kräuseln in Marcia hervor, einen leichten Wirbel im Strom ihres Bluts. Sie war eine Frau. Sie empfand ihn jetzt als etwas kostbar Schreckliches; und als sie dann aufstanden, um zu gehen, und Janet, die im achten Monat war, einen Augenblick die Balance verlor und sich auf Franks eilig ausgestreckte Hand stützte, nahm Marcia, wie wenn es das erste Mal sei, das selbstverständliche, liebevolle Zusammenspiel der beiden wahr und geriet außer sich: ein dreister Diebstahl hatte sich ereignet, unter ihren Augen.

Marcia war eine geborene Burnham, Tochter eines Arztes, Enkelin eines Bischofs. Die Entdeckung einer maskulinen Schönheit in Frank

Appleby wirkte sich bei ihr zunächst nur als unschuldige, fröhliche Leichtigkeit im Umgang mit dem anderen Paar aus und dementsprechend als Niedergeschlagenheit, wenn ein Wochenende bevorstand, für das nichts Gemeinsames geplant war – obwohl sie es meistens zuwege brachte, Janet anzurufen und dafür zu sorgen, daß man sich wenigstens auf einen Drink sah oder mit den Jungen eine kleine Segelpartie im Katboot der Applebys unternahm. Zwischen ihrer besitzhungrigen tastenden Zuneigung und den Freundschaftsgefühlen von ehedem war kaum ein Unterschied zu erkennen, aber bei Tanzveranstaltungen oder überhaupt auf Partys, wo getanzt wurde, spürte sie eine übermächtige Bereitschaft, von Franks Händen geführt zu werden. Er war nie ein guter Tänzer gewesen, und wenn Marcia in seinem rüttelnden, schiebenden Klammergriff hing, fühlte, wie ihre Zehen malträtiert wurden, und ihre kühle, in Duftwassern gebadete Hand in seiner feuchten, klebrigen Faust unterging und sein alkoholseliges Schnaufen an ihrem nackten Hals sich niederschlug wie der Atemhauch eines Kindes an einer Fensterscheibe, sah sie manchmal neidisch zu ihrem Mann hinüber, der Janet oder Carol Constantine am dämmerigen Rand des Zimmers entlang von einer Ecke in die andere wiegte, während sie und Frank beharrlich die hell ausgeleuchtete Mitte okkupierten. Harold war ein behender, geradezu auffallend guter Tänzer, und manchmal, nach einem allzu langen Geschiebe mit Frank, ließ sie sich von ihrem Mann übers Parkett wirbeln, damit ihre Nacken- und Schulterpartie sich wieder lockere, die vom vielen Hochrecken schmerzhaft verkrampft war. Aber Frank hatte eine Solidität, die Harold fehlte. Harold hatte nie gelitten; er wich immer nur aus. Harold las *Barron's* oder Ian Fleming im Zug nach Boston und zurück; Frank las Shakespeare.

Was sie nicht wußte, war, daß er Shakespeare teils ihretwegen las: der Börsensturz, die schlaflosen, von Verdauungsstörungen getrübten Nächte, die Geburt seines zweiten Kindes, die Sternenblicke der Frau seines Freundes, ihre eigentümliche Hingeschmolzenheit – all das waren Bestandteile ein und derselben Erfahrung, eine Ouvertüre zum Älterwerden, ein Präludium zur Sterblichkeit; und er reagierte darauf in der Art seines Vaters, eines leidenschaftlichen Amateur-Sinologen, indem er tief in die Vergangenheit tauchte, dorthin, wo Friede herrschte. *Wenn Sturm dem Giebelfenster droht, / Im Schnee das Vöglein emsig pickt, / Wenn Lisbeths Nase spröd und rot, / Der Pfarrer hustend fast erstickt*... jenes verstummte Husten, der geschmolzene Schnee, der tote Vogel: es war, als sei all das in Bernstein eingefangen, in etwas Feinerem als Bernstein, denn Bewegung war darin möglich. *Ja, einen Star schaff ich, der nichts soll lernen /*

Zu schrein als ‹Mortimer›, und geb ihm den, / Um seinen Zorn stets rege zu erhalten. Wenn Frank so makellos bewahrter, für alle Zeit sichergestellter Leidenschaft nachsann, vergaß er seinen Magen. Dabei war er alles andere als eine Lesernatur; er konnte sich auf keine zwei Zeilen Dante oder Milton konzentrieren, mochte Stücke auf der Bühne nicht, mochte auch keine Romane und fand diese lindernden Eigenschaften, den Trost gebändigten, alle Farben einschließenden Strömens nur bei Shakespeare.

«Alles kommt bei ihm vor», sagte er zu Marcia, und das war flirtend gemeint, denn er redete sonst mit niemandem über Shakespeare, am wenigsten mit Janet, die diese Lektüre als Tadel empfand, weil sie vorzeitig das College verlassen und statt dessen ihn geheiratet hatte, «alles, was wir uns nur erträumen, und immer nimmt es ein schlimmes Ende.»

Marcia fragte: «Auch in den Komödien?»

«Die enden mit einer Ehe, und Shakespeares Ehe war unglücklich.»

«Mir scheint», sagte Marcia, denn sie war eine angespannte, nervöse Frau, die auf der Stelle alles klären mußte, «du willst mir schonend beibringen, daß es mit *uns* ein schlimmes Ende nehmen würde.»

«Mit uns? Mit dir und mir?»

Also hatte er ganz und gar nicht die Absicht gehabt, ihr anzudeuten, daß seine Ehe unglücklich sei. Aber sie ließ sich nicht beirren: «Wenn wir ... miteinander etwas anfangen würden.»

«Wir beide? Ja, die Idee gefällt mir.» Sein großer roter Kopf schien schwerer auf seinen Schultern zu ruhen, als dieser Gedanke Wurzel in ihm faßte. «Und was ist mit Harold und Janet? Sollten wir sie nicht erst befragen? Ach was, wir tun einfach so, als hätten wir das schon erledigt.»

Er war so derb und ironisch, daß es sie kränkte. «Bitte, vergiß, was ich gesagt habe. Es ist ein Fehler der Frauen, Freundschaft immer sexualisieren zu wollen. Ich möchte dich nur zum Freund haben.»

«Warum? Für die Freundschaft hast du doch Janet. Bitte, sexualisiere mich. Scheint mir ein angenehmer Vorgang. Wenn man bedenkt, wie flau die Börse zur Zeit ist, ist das vielleicht noch die beste Anlage.» Sie hatten Tennis gespielt und lehnten jetzt in der Sommerhitze am kastanienbraunen Kühler von Applebys Mercury, der neben dem festungsartigen, an der Straße nach North Mather gelegenen Backsteinhaus der Gallaghers stand. Matt hatte die Erlaubnis, den Tennisplatz eines Nachbarn zu benutzen. Harold war hineingegangen, um etwas zu trinken; Janet war zu Hause und stillte das Kind. Es war ein Mädchen geworden und hatte den Namen Catharine bekommen, nach einer Tante, die Frank als ein Häufchen staubigen, mit blutroten Granaten besetzten Samts in Erinnerung hatte.

Marcia sagte – aber erst, nachdem sie genüßlich gelacht hatte: «Du bist haarsträubend, mit deinen Doppelengagements.»

«Doppelt gemoppelt hält besser. Janet ist jetzt neun Monate lang eine Zumutung gewesen. Laß uns wenigstens in Boston zusammen lunchen. Ich brauche dringend eine Erholung. Wie sieht's am Dienstag bei dir aus?»

«Da habe ich mein Auto nicht.»

«Aha. Mittwochs lunche ich normalerweise mit Harold im Harvard Club, aber mehr als schnuppern tut er sowieso nicht. Soll ich ihm absagen?»

«Nein, nein, Harold haßt es, wenn an einer Gewohnheit gerüttelt wird. Ich muß eben sehen, ob ich zum Donnerstag einen Babysitter für Henrietta auftreiben kann. Bitte, Frank, laß kein Mißverständnis zwischen uns aufkommen. Wir wollen uns bloß unterhalten.»

«Natürlich. Ich werde dir von Völkern erzählen, deren Kopf wächst unter ihrer Schulter.»

«Othello?»

«Richtig.»

«Frank, hör mir zu. Ich bin fixiert auf dich, ich weiß, es ist absurd, aber ich bitte dich, mir zu helfen. Als Freund.»

«Prä- oder Postsexualisation?»

«Bitte, sei ernst. *Mir* ist es noch nie so ernst gewesen. Ich kämpfe um mein Leben. Ich weiß, du liebst mich nicht, und ich glaube auch nicht, daß ich dich liebe, aber ich *muß* mit dir reden. Ich brauche es so sehr –» und an dieser Stelle senkte sie, halb aus List, den Kopf, um die Tränen zu verbergen, die zu guter Letzt doch echt waren – «ich habe Angst.»

«Liebe Marcia. Warum denn bloß.»

Sie lunchten, sie lunchten noch oft zusammen, trafen sich an den Ecken neuer Glasbauten oder in den Eingängen von Blumengeschäften; ein zähnebleckender, rotgesichtiger Mann mit der geruhsamen Miene eines ehemaligen Musterschülers und eine kleine dunkle energische Frau, die immer ein wenig atemlos aussah: so durchstreiften sie Hand in Hand die Meeresgerüche der Hafengegend, das Geglitzer und Gedränge der Washington Street und fahndeten nach dem perfekten, verschwiegenen Restaurant mit Ecktisch und väterlichem Barkeeper, wo es keine Geschäfts-, keine Collegefreunde gab. Sie redeten miteinander, berührten sich gegenseitig mit den Fußspitzen, streiften einander flüchtig mit den Händen, ermahnend oder Anteil nehmend, sprachen über sich selber, über ihre Kindheit, die hinter gestutzten

Hecken verstrichen war, über Shakespeare und Psychiatrie, welche Marcias hinreißender Vater praktiziert hatte, über Harold und Janet, die, je entgegenkommender sie sich betrügen ließen, um so zärtlicher respektiert wurden, so daß sie schließlich fast heilig wurden in ihrer Ahnungslosigkeit, wunderbar in ihrer Schwäche, überreiche Vergebung fanden für ihre Frigidität, Anmaßung, Beschränktheit und Hohlheit und die Liaison zwischen ihren Ehegesponsen am Ende eine Verschwörung zum Ruhme der Abwesenden zu sein schien. Nördlich von Boston gab es ein Landhaus, in dem sie vollkommen sicher und fern von ihrem Alltagsleben waren und das einer von Franks Tanten gehörte, die den Schlüssel immer auf einem Mauersims hinter einem Grundpfeiler aus Feldstein verwahrte. Wenn Frank als Kind sich heimlich diesen versteckten Schlüssel erbeutet hatte, war es jedesmal ein Piratenabenteuer für ihn gewesen, die Erschließung und Plünderung einer tiefen Grotte, in der es nach Erde und Kreosot und ätzendem Dung roch. Jetzt war der Schlüssel auf einmal erbärmlich leicht zu haben, und Frank dachte, wie viele andere, der Familie fremde Leute diese nackten Matratzen wohl benutzt haben mochten, die rauhen Militärwolldecken aus der Zedernholz-Kommode geholt und hinterher, beim Rauchen, die Asche sorgfältig in die Cellophanhülle der Zigarettenpackung gestreift hatten. In der Küche hatten sie eine Mausefalle samt toter Maus vorgefunden. Sterbend hatte das Tier sich herumgeworfen und lag nun, mit dem Bauch nach oben, schmutzig weiß auf dem Boden wie ein benutzter Wattetupfer in einer Arztpraxis. Frank und Marcia nahmen sich heimlich vom Sherry im Schrank, aber die Maus rührten sie nicht an. Sie waren ja gar nicht hier. Das Haus wurde nur an Wochenenden benutzt. Von seinem geschützten Platz zwischen Kiefern und Sumpfeichen sah es auf die schlanke Halbinsel von Nahant hinaus. Der Meeresgeruch, der durch die Schiebefenster hereindrang, war salzhaltiger und strenger als der am Strand von Tarbox, wo Janet und die Kinder sich wohl gerade sonnten. Marcia war Frank sonderbar klein vorgekommen: sportgestählter und handlicher als Janet, ohne deren erregtes, vibrierendes Echo zwar, aber von einer angenehmen pointierten Straffheit; als er in ihren Körper eindrang, mußte er an die kleinen Mätressen des französischen Hofs denken, an die japanischen Prostituierten, die Harold irgendwann, als er betrunken war, einmal beschrieben hatte, an die schmalen, geschmeidigen Knaben, die Rosalinde und Käthchen und Ophelia gespielt hatten. Marcia war von einer nervösen Verführbarkeit, wie er sie noch bei keiner Frau erlebt hatte. Ihre mageren Schultern sprühten Funken in seinen roten Armen. Ihr Gesicht schien, wenn es entspannt war, einem geöffneten

Objektiv gleich, erfüllt von *seinem* Gesicht. «Ich liebe deine Hände», sagte sie.

«Das hast du schon einmal gesagt.»

«Ich liebe es, wie du mich in ihnen hältst. Sie sind riesig.»

«Nur vergleichsweise», sagte er und bereute es sogleich, denn jetzt hatte er Harold mit ins Bett gezogen.

Sie wußte das, wußte, daß sie niemals allein sein würden, und fragte: «Ist es mit mir anders als mit Janet?»

«Ja.»

«Meine Brüste sind so klein.»

«Du hast entzückende Brüste. Wie eine griechische Statue. Venus hat immer kleine Brüste. Janets – Janets sind jetzt gerade voll mit Milch. Nicht sehr einladend.»

«Wonach schmeckt das?»

«Was? Janets Milch?»

«Du mußt es mir nicht sagen.»

«Warum denn nicht? Süß. Zu süß, ehrlich gesagt.»

«Du bist ein so zartfühlender Mann», sagte Marcia. «Ich bin es nicht gewohnt, so zart geliebt zu werden.» Mit dieser Bemerkung, die ihre Liebesbeziehung schwächte, aber ihre Vertrautheit stärkte, gab sie Frank zu verstehen, daß er zu zart gewesen war, daß Harold kräftiger zupackte, sie gründlicher befriedigte, den größeren Schwanz besaß. Als winke er einer verschwommenen plumpen Gestalt an nebligem Ufer zu, erkannte Frank bekümmert das Endomorphe in sich selbst. Seine anspruchsvolle, höhlenreiche Geliebte, ektomorph, lag entspannt neben ihm. Klebrig von oben bis unten, berührte ihre Haut die seine. Das nervöse Glitzern ihres intelligenten Gesichts war zur Ruhe gekommen; einer der baumelnden Ohrringe lag, schräg vom Ohrläppchen wegstrebend, auf dem Kopfkissen, eine Parallele zur Linie des Wangenknochens; der strenge Mittelscheitel ihres schwarzen Haars war verweht wie von einem Wind. Schlief sie? Er tastete neben dem Bett, zwischen seinem Unterzeug, nach der Armbanduhr. Bald würde er es gelernt haben, sie beim Ausziehen an diskret sichtbarer Stelle zu deponieren. Ihr stilles, goldumrandetes Gesicht, ein winziges Bankiersgesicht, gab zu bedenken, daß er nun schon eine Stunde und vierzig Minuten zum Lunch unterwegs war. Ein saures Brennen stieg in seinem Magen auf.

Ihre Affäre blieb zwei Monate lang unentdeckt. Das erste Mal ist es nicht schwierig, zu betrügen, denn die Betrogene besitzt keine Abwehrstoffe; noch nicht mit Argwohn geimpft, übersieht sie Verspätungen, gibt sie sich mit absurden Ausreden zufrieden und läßt sie zu, daß mit den fadenscheinigsten Flicken größte Löcher im Alltagsablauf gestopft werden. «*Wo* bist du gewesen?» fragte Janet eines Samstags ihren Mann.

«Auf dem Schuttabladeplatz.»

«Auf dem Schuttabladeplatz? *Zwei* geschlagene Stunden lang?»

«Ach richtig, ich habe noch in den Drugstore hineingeschaut und und mich mit Buzz Kappiotis über Steuern und die vier Prozent Lohnzulage der Feuerwehrleute unterhalten.»

«Ich dachte, Buzz sei zum Angeln nach Maine gefahren.» Ihre Putzfrau war eine Nachbarin von Kappiotis.

«Ich meine ja auch gar nicht Buzz, ich meine Iggy Galanis, ich bin wohl nicht ganz bei Trost.»

«Das kann man wohl sagen. Im Bett bist du so zappelig, daß ich nicht mehr schlafen kann.»

«Muß wohl an meinem süßen blauäugigen Baby-Ulkus liegen.»

«Ich verstehe nicht, warum du in letzter Zeit so nervös bist. Die Börse hat sich wieder erholt, die Margen sind herabgesetzt. Und *wieso* ist dein Anzug so zerknittert?»

Er sah an sich herunter und entdeckte ein langes schwarzes Haar von Marcia, das am Schlitz seiner Kordhose hing. Verstohlen hinabschauend, fühlte er das kleine Glied unter dem Stoff, es war warm und benutzt und brannte leicht. Sonnenlicht war durch die staubige Windschutzscheibe über ihre Haut geflutet. Er pflückte das Haar ab und sagte: «Vom Hantieren mit den Mülleimern.»

Aber eine Liebesaffäre möchte sich ausplaudern, möchte ihre Seligkeit mit der Welt teilen. Keine Handlung ist so geheim, daß sie nicht doch Beifall sucht. Frank konnte vor Dritten seine stolzen Beschützergefühle Marcia gegenüber kaum im Zaum halten; die Art, wie er ihr nach einer Party den Mantel hinhielt und um die Schultern legte, unterschied sich ebenso kraß von den Höflichkeiten, die er Georgene Thorne erwies, wie das Empfangen der Hostie vom Genuß eines Horsd'œuvre. All die nichtssagenden Pausen und vorsichtigen Berührungen bei diesem simplen Akt der Wohlerzogenheit waren von einem köstlichen Zauber durchdrungen: wenn er ihr den Kragen glattstrich, streiften seine Finger ihren Nacken; und wenn sie sich die Revers zurechtrückte, mit ihren eigenen Händen zwar, so war es doch, als ob es *seine* Hände wären, die sich auf ihre Brüste preßten; ihre Augen rollten spanisch; und diese ganze unschuldige Pantomime des Mantelanziehens war durchtränkt von der Erinnerung an ihre Nacktheit. Mit dem Bewußtsein und mit dem Mund waren sie auf Beständigkeit und Täuschung aus, ihre Körper aber wollten den Ausbruch, wollten Gewalt, Veränderung. Endlich traten die beiden Klein-Smiths, Marcia und der betrunken plappernde Harold, von der erleuchteten Veranda in die Nacht hinaus – ein Abschiedsblick von Marcia, so dunkel wie eine vom Winter getötete Rose –, und die Tür fiel endgültig ins Schloß. Janet fragte Frank: «Hast du ein Verhältnis mit Marcia?»

«Das ist aber eine merkwürdige Frage.»

«Halt dich nicht bei der Frage auf, gib mir eine Antwort.»

«Selbstverständlich nicht.»

«Das klingt nicht überzeugend. Überzeuge mich. Bitte, überzeug mich.»

Er zuckte die Achseln. «Ich habe weder die Zeit noch den Magen für so etwas. Außerdem ist sie nicht mein Typ. Sie ist zu klein und zappelig und hat keine Titten. Und schließlich und endlich bist du meine Frau, und du bist fabelhaft. Eine ägyptische Kostbarkeit! Eine königliche Hure! Die heiligen Priester mögen dich segnen für deine Verbuhltheit. Komm ins Bett.»

«Wir müssen erst noch das Geschirr in die Spülmaschine tun. Und glaube ja nicht, daß du mich für dumm verkaufen kannst. Wieso kennt sie sich auf einmal so gut bei Shakespeare aus?»

«Weil sie ihn vermutlich gelesen hat.»

«Um dir zu gefallen. Um mich damit zu ärgern.»

«Wieso ärgert sie dich damit?»

«Sie weiß, daß ich nie lese.»

«Dafür findest du Bücher in plätschernden Bächen, Predigten in Steinen und Gutes in allen Dingen.»

«Haha. Diese emsige kleine Mistfliege – reibt mir dauernd unter die Nase, daß sie ein Geheimnis hat.»

«Sagt sie das?»

«Ihre Augen sagen es. Und ihr Hintern. Ich habe sie immer für knochentrocken und blaustrümpfig gehalten, aber seit einiger Zeit wackelt sie mächtig mit den Hüften.»

«Vielleicht hat sie ein Verhältnis mit Freddy Thorne?»

«Laß diese Miene!»

«Was für eine Miene?»

«Diese amüsierte Miene. Laß sie! Laß sie, Frank! Ich hasse sie!»

Und plötzlich fiel sie über ihn her mit ihren Fäusten, mit ihrem ganzen sich aufbäumenden Gewicht; er preßte sie an sich und war sich reumütig bewußt, daß er sogar jetzt noch, während ihre Fäuste auf seine Schultern niederprasselten und ihr Gesicht sich verzerrte und in Tränen auflöste und der Geruch ihres Parfums stechend wurde, diese Miene beibehielt: diese heitergelassene Überlegenheit, dies unersättliche Vergnügen an einem herrlichen Geheimnis.

Harold Klein-Smith erkannte nicht sofort die Stimme der Frau, die ihn eines Vormittags in seinem Büro anrief. Er telefonierte selten mit Janet, hatte es immer Marcia und Janet oder Marcia und Frank überlassen, die verschiedenen gemeinsamen Unternehmungen dieses Sommers zu planen: die Tennis- und Segelpartien, die Spiele am Freitagabend und die Konzerte am Samstagabend. Die Frau am Telefon sagte: «Ich bin den ganzen Vormittag in der Stadt gewesen, um Besorgungen zu machen, aber die verdammten Läden haben *nichts*, und jetzt bin ich hungrig und verärgert und wollte mich erkundigen, ob du mich wohl zum Lunch ausführen würdest. *Keine* gebackenen Muscheln, danke bestens.» Gerade noch rechtzeitig erkannte er, daß es Janet war.

«O Janet, du! Das ist eine wunderbare Idee, aber heute ist ausgerechnet der Tag, wo ich immer mit Frank lunche. Wollen wir nicht zu dritt essen?»

«So war es nicht gemeint, Harold. Kannst du nicht Frank anrufen und ihm absagen? Laß dir irgendeine gute Ausrede einfallen. Sag ihm, du hättest eine Freundin. Du brauchst vor Frank keine Angst zu haben, Harold.»

«Wer sagt denn, daß ich Angst vor ihm habe?»

«Schon gut, bitte – ich weiß, es klingt merkwürdig und aufdringlich, aber ich muß mit dir reden, und dies ist die einzige Möglichkeit, auf die ich gekommen bin. Ich wußte, daß du dich mittwochs mit Frank triffst und sonst immer frei bist.»

Aber Harold zögerte. Er genoß gelegentlich ungezwungenes Reden und Denken, da sein Leben von Kindheit an äußerlich von Ordnung und Gehorsam bestimmt war. Das Leben war eine Art Marathonlauf, an dem man nach Belieben teilnehmen konnte, solange man alle Kontrollpunkte berührte; einer dieser Kontrollpunkte war sein allwöchentlicher Lunch mit Frank. Sie unterhielten sich über Aktien und andere Wertpapiere und sprachen kaum je von ihrem eng verknüpften Familienleben in Tarbox.

Janet drängte: «Du brauchst mich nicht einzuladen, du sollst nur mit mir *essen.*»

Das saß; er hielt sich für so etwas wie einen Dandy, einen altmodischen Elegant. Letzten Frühling in St. Louis hatte er einem Mädchen zweihundert Dollar für eine Nacht spendiert. Er nannte Janet das Ritz, erster Stock, ein Uhr, und legte auf.

Merkwürdig, daß ausgerechnet sie gesagt hatte, er brauche vor Frank keine Angst zu haben: er hatte immer nur vor *ihr* welche gehabt. Vulgäres Benehmen, das man nicht mit gleicher Münze heimzahlen und damit abtun konnte, hatte ihn stets eingeschüchtert. Als er die Applebys kennenlernte, war ihm schleierhaft gewesen, warum

Frank ein so gewöhnliches Mädchen geheiratet hatte; gut im Bett, ohne Frage, aber warum gleich heiraten? Sie stammte zwar aus einer angesehenen Familie (ihr Vater besaß eine Arzneimittel-Fabrik in Buffalo, und ihr Mädchenname fand sich auf den Regalen sämtlicher Drugstores im Land), aber sie war vermutlich die einzige Frau in seinem Bekanntenkreis, die ohne irgendeine Veränderung in ihrem äußeren Habitus Kellnerin oder Verkäuferin in einem billigen Warenhaus hätte sein können (tatsächlich hatte sie zwei Sommer lang hinter dem Ladentisch gestanden, bei Flint & Kent, und Männerschmuck verkauft) oder auch Empfangsdame in einem Tanzlokal. Eines Tages, eines nicht mehr fernen Tages, würde sie fett sein. Schon kerbte sich eine Falte vorn in ihre Fesseln, das Fleisch an ihren Oberarmen war nicht mehr fest, und ihre Hüften hatten eine korsettierte Härte. Trotz allem fand Harold sie nicht unattraktiv, und schon deshalb hatte er Angst vor ihr. Er empfand ihre Schönheit als ein Geschenk, mit dem sie Mißbrauch trieb wie ein Junge mit einem Gewehr, oder das sie verschwendete wie ein Narr ein Vermögen. Sie kam ihm vor wie eine schlechte Spekulantin, die bei Hausse kauft und bei Baisse abstößt und alle mit sich ins Verderben reißt. So ging er nun die Milk Street hinauf, durch das Gedränge der für Boston typischen Sonderlinge und Originale – Tremont Street, dann Common Garden und Public Garden –, und hatte das bedrückende Gefühl, nicht vorsichtig genug sein zu können. Der Bürgersteig war so heiß, daß die Hitze durch die Sohlen seiner dünnen schwarzen italienischen Schuhe stach; aber Fetzen von Samt und Schimmer von seidigweißer Haut trieben ihm durch den Kopf, und er fand es romantisch, nicht im Taxi zu fahren. In sexuellen Dingen war Harold der erfahrenste von den vier Applesmiths. Er besaß eine Art von Trivialität – Trivialität gepaart mit Selbstsicherheit und Gelassenheit –, die den Frauen das Gefühl gab, sie könnten ihn getrost ausprobieren, und vor der Ehe hatte er mit so vielen geschlafen, daß er sie nicht mehr zählen konnte. Nach der Heirat (er war alt gewesen: sechsundzwanzig) hatte es Geschäftsreisen gegeben und Callgirls, die meist teigig und mürrisch waren und nach Whisky rochen und scheußliche Stimmen hatten; aber noch nie hatte er Marcia mit einer gesellschaftlich Gleichgestellten betrogen.

Nach dem zweiten Martini sagte Janet: «Harold, es handelt sich um Marcia und Frank.»

«Sie scheinen in letzter Zeit sehr eng miteinander zu sein.»

«Scheinen ist gut. Ich *weiß*, daß sie ein Verhältnis miteinander haben.»

«Du weißt es? Hast du denn Beweise? *Évidence?*»

«Ich brauche keine Beweise, ich *weiß* es. Es knistert regelrecht zwischen ihnen. Er bringt dauernd so ganz zufällig die Rede auf sie. ‹Ist Marcia dir heute abend auch so gereizt vorgekommen?› – ‹Wie fandest du denn Marcias Kleid, Liebling?› Einen Dreck interessiert mich Marcias Kleid!»

«Aber Beweise hast du keine? Frank hat dir also nichts gestanden? Er hat nicht von Trennung gesprochen?»

«Warum sollte er sich denn von mir trennen? Er ist glücklich. Er melkt zwei Kühe.»

«Janet, du drückst dich nicht gerade gewählt aus.»

«Mir ist auch nicht gewählt *zumute.* Aber dir offenbar. Anscheinend bist du es gewöhnt, daß deine Frau herumschläft.»

«Bin ich nicht. Ich glaube einfach nicht daran. Frank und Marcia fühlen sich voneinander angezogen, das ja. Das ist nur natürlich, wenn man bedenkt, wie oft wir uns sehen. Was das angeht, so fühlen ja auch wir beide uns voneinander angezogen. *Toi et moi.*»

«Das ist das neueste, was ich höre.»

«Komm, komm. Du weißt genau, was du wert bist. Du weißt, wie du auf Männer wirkst. Ich würde liebend gern mit dir ins Bett gehen.»

«Du drückst dich selber auch nicht sehr gewählt aus.»

«Natürlich werden wir's nicht tun. Wir sind verheiratet, wir haben unsere Eskapaden hinter uns, unsere *escapades romantiques.* Jeder von uns hat an einen andern zu denken.»

«Aber von denen spreche ich ja gerade, von Marcia und Frank. Andauernd redest du davon, daß wir zusammen ins Bett gehen sollten. Sie *gehen* zusammen ins Bett. Was gedenkst du dagegen zu unternehmen, Harold?»

«Bring mir irgendeinen Beweis, dann werde ich Marcia damit konfrontieren.»

«Was für einen Beweis erwartest du denn eigentlich? Schmutzige Fotos? Ein notariell beglaubigtes Pessar?»

Vibrationsringe, so fein wie Uhrfedern, oszillierten auf seinem Gibson-Cocktail, als er lachte; diese Frau hatte etwas überraschend Poetisches, wenn man ihr so nah, an einem Tisch für zwei Personen, gegenübersaß und spürte, wie sie mit jeder Faser und all ihrer auseinanderfließenden Weichheit von leidenschaftlicher Unruhe ergriffen war. Die Bäume des Public Garden draußen vor den Fenstern waren lautlose Kaskaden, die gewaltige Blutbuche ergoß sich wie ein glitzernder Lavastrom. Janet sagte: «Also schön. Wie ist Marcia denn in letzter Zeit bei dir im Bett – schlechter oder besser?»

Mein Gott, wie gewöhnlich das doch war; es schmeckte nach Hebamme und Hexe, nach Heilpraktikerin und Wahrsagerin, nach gestohlenen Haarnadeln und Menstruationsbinden. Der Kellner kam, ein grauer Mann, poliert und gebogen vom Dienst wie ein Silberlöffel, und Harold bestellte, ohne Janet zu fragen, *potage à la reine, quiche Lorraine,* Salat, einen leichten trockenen Chablis. «Du willst mich wohl auf Diät setzen», sagte sie.

Er sagte: «Um deine Frage zu beantworten: ich finde besser.»

«Siehst du? Sie ist aufgewacht. Sie denkt nur noch daran. Ans Vögeln.»

Er lachte; sein Gibson-Glas war leer, keine Uhrfedern kreiselten mehr. «Komm, komm, Janet. Du hast, scheint's, erwartet, daß ich sage schlechter?»

«Und ist es denn schlechter?»

«Nein, ich habe die Wahrheit gesagt. Sie war sehr zärtlich in letzter Zeit. Deine These ist, daß Frauen polygam sind, und je mehr sie kriegen, desto mehr wollen sie haben?»

«Ich weiß nicht, Harold. Ich bin Frank nie untreu gewesen, ist das nicht komisch? Aber als Frau würde ich meinen –»

Als Frau: diese plumpe, glatte Phrase aus ihrem Mund bereitete ihm ebensoviel Vergnügen wie früher Marcias geheucheltes Entsetzen, wenn er, von einer Party kommend, betrunken duschte und sich ihren Büstenhalter vor seine knochige Brust band.

«– daß sie dir gegenüber ein Schuldgefühl hat und sich selbst beweisen will, daß ihrer Ehe nichts weggenommen wird durch diese Geschichte, daß sie genug für zwei zu bieten hat; und außerdem, daß sie dich einweihen möchte in das wunderbare Geheimnis ihrer selbst und des ganzen Affentheaters überhaupt. Ich kann nur feststellen, daß Frank aus heiterem Himmel mit Touren angefangen hat, die *ich* ihm nicht beigebracht habe.»

Der dünne Keil eines beginnenden Kopfwehs bohrte sich ihm in die rechte Schläfe. Er griff nachdenklich nach seinem leeren Glas, nicht sicher, ob Marcia sich verändert hatte oder nicht, denn von den Gesprächen zweier Körper in Trance bleibt kaum etwas deutlich in Erinnerung, nur der gemeinsame langsame Aufstieg zu mondgebleichten Plateaus, wo die Pantomimen des Essens, des Tötens und des Sterbens aufgeführt werden, bei denen beide Akteure sämtliche Rollen durchspielen. Er fand Marcia kätzchenhaft, dann tigerhaft, dann seltsam abstrakt und kühl und mechanisch und schließlich, hinterher, sehr dankbar und zärtlich und gesprächig und klettenhaft.

Janet lächelte und goß ein wenig aus ihrem Glas in seines. «Armer Harold», sagte sie. «Er haßt indiskrete Unterhaltungen. So etwas ist ihm zu weiblich, es erschreckt ihn. Aber weißt du», fuhr sie fort, als ihr plötzlich aufging, daß mit ihm wahrscheinlich gut zu experimentieren war, «im Grunde kann ich mit anderen Frauen gar nicht richtig reden, solche Sachen könnte ich immer nur zu einem Mann sagen.» Sie tat, als habe sie ihm soeben ein ergreifendes Geständnis abgelegt, aber er fand ihre Worte nur anmaßend und ungehörig. Er war der Meinung, Frauen sollten nur mit Frauen ‹richtig› reden und Männer mit Männern, und der Verkehr zwischen beiden Geschlechtern solle ein elegantes und gefährliches Spiel sein: mit festen, insbesondere finanziellen Regeln und striktem Zeitlimit. Neunzig Minuten reichten im allgemeinen vollkommen, und dieser Lunch dauerte bereits länger.

Sie kamen überein, in der nächsten Woche wieder zusammen zu lunchen und ihre Gedanken auszutauschen. Harold kehrte in ein Haus zurück, das transparenter geworden war, seine Intimität verloren hatte. Die Applebys wohnten in einer abgelegenen, einsamen Straße der Stadt, jenseits des Musquenomenee-Flusses, in einem geräumigen weißen Haus undefinierbaren Stils, das im wesentlichen mit geliehenen oder geerbten Möbeln eingerichtet war; die Klein-Smiths dagegen hatten sich eigens eines bauen lassen und es bis ins kleinste geplant und entworfen: eine moderne Villa aus Rotholz mit Flachdach, an einem kleinen geschützten Hang, von dem man nach Süden zu die Marsch überblicken konnte. Die Eingangsdiele war mit Fliesen ausgelegt; rechterhand führte eine offene Treppe ins Souterrain hinunter, wo die drei Kinder schliefen (Jonathan, Julia, Henrietta) und die Wäsche gewaschen und die Autos abgestellt wurden. Darüber, im Parterre, befanden sich die Küche, das Eßzimmer, das Elternschlafzimmer und ein gebohnerter Flur, in dem Reproduktionen von Rembrandt, Dürer, Piranesi und Picasso hingen. Links von der Diele öffnete sich ein dramatisch langgestrecktes Wohnzimmer mit einem zotteligen himmelblauen Teppich, zwei einander gegenüberstehenden weißen Sofas, symmetrisch angebrachten Hi-Fi-Lautsprechern, einem Baldwin-Flügel und einem modernen offenen Kamin an der Stirnwand, über den sich eine enorme Kupferhaube wölbte. Das Haus zeugte von geschmackvoll angewandtem Geld. An Sommerabenden fuhr Harold, vom Bahnhof kommend, durch das nimmermüde schwebende Licht auf die braungelbe Marsch zu, die je nach den Gezeiten überflutet war oder trocken, und kehrte heim zu seiner kleinen Frau, die mit frischgekämmtem und gescheiteltem schwarzen Haar wartend auf dem längeren der beiden Sofas saß, dessen Bezug aus grobgewebter persischer Wolle nicht eigentlich weiß war, sondern blaß wie Sand, untermischt mit Asche. Eine Platte lief: Glenn Gould oder Dino Lupati, die Bach oder Schumann spielten;

klare Tonranken wuchsen aus dem Innern des Hi-Fi-Musikschranks. Die Martinis waren gemixt, der Glaskrug stand im Eisschrank für den kostbaren Augenblick der täglichen Heimkehr bereit; der grüne Stich des Wermuts wurde verschärft vom Blättergrün draußen, Grün auf Grün, Efeu und Erle, Schierling und Ilex, die sich durch die gläsernen Schiebewände ins Zimmer drängten. Draußen auf dem funkelnden Rasen, im sinkenden Licht der Sonne, die sich langsam der fernen Radarstation näherte, dieser wunderbar empfindlichen Silberscheibe, die ständig in Bewegung war, spielte Jonathan in Badehose und bonbongestreiftem Hemd mit seiner Schwester Julia oder den Kindern benachbarter Feriengäste Fangball, warf und fing, warf und fing einen narbigen Schaumgummiball, einen kleinen rissigen Mond, der durch die rotierenden flüssigen Zweige des Rasensprengers seine Bahnen zog. Henrietta, die das hübsche lebendige Gesicht ihrer Mutter hatte, kam angerannt in ihrem mit Entchen bedruckten Nachthemd, frisch gebadet, barfuß durch den Zottelteppich stapfend, und wollte von Harold hochgehoben, geküßt, herumgewirbelt werden, und Marcia goß die grünlichen Martinis in Gläser, die sofort beschlugen, und der Ball, zu kurz geworfen, fiel auf die Erde und saugte sich, vom Sonnenlicht in einen kleinen Halbmond verwandelt, mit Wasser voll, während die Kinder, lautlos, darüber debattierten, wer ihn wiederholen und sich naßregnen lassen solle, und sein ganzer Haushalt, mitsamt dem verirrten Kohlweißling, der sich auf der Kupferhaube über dem Kamin niedergelassen hatte, machte den Eindruck, als werde er jeden Augenblick in Jubel ausbrechen, wie eine bis zum Anschlag aufgezogene Spieldose.

Er entdeckte kaum eine Veränderung an Marcia. Sie hatten sich während eines Sommers auf Long Island kennengelernt und im nächsten geheiratet, und alles hatte sich mehr oder minder so reizend entwickelt, wie es vorauszusehen gewesen war. Sie waren beide Mitte Zwanzig gewesen und hatten bei ihren Altersgenossen in dem Ruf gestanden, etwas zu intellektuell und kühl zu sein. Sie entdeckten, daß sie beide sinnlich waren, aber ihrer Ehe prägten sie den Stempel der Kühle auf. Sie stritten sich nie im Beisein Dritter und nur selten, wenn sie allein waren; jeder erwartete vom anderen, daß er sich im Mechanismus dieses Ehebündnisses auskenne und kommentarlos die notwendige Toleranz und Rücksicht übe. Die gelegentlichen Callgirls rechtfertigte Harold vor sich selber als hygienische Maßnahme; er griff zu ihnen, wie er hinter geschlossener Badezimmertür, ohne sich bei Marcia zu beklagen, nach den Aspirintabletten griff, um seine Kopfschmerzen zu kurieren. Er konnte sich durchaus vorstellen, daß Marcia zur Untreue fähig war, aber nur um ihm gefällig zu sein, sozusagen, um ihm Mühe zu ersparen, ihn mit neuen Subtilitäten zu überraschen. Er hatte sie geheiratet, als die meisten ihrer Freundinnen bereits verheiratet waren. Er hatte sie herausgeholt aus der klotzigen mittelatlantischen Geldgesellschaft, in der sie preziös und zerbrechlich gewirkt hatte. Er vertraute darauf, daß sie immer die Seine sein würde. Lächelnd hob sie das Martiniglas; der Gin und ihre Ohrringe zitterten. Er nahm einen Schluck; die Kühle war köstlich.

Man sah es ihnen nicht an, aber sie waren eine Spur älter als die meisten ihrer Freunde in Tarbox; Harold war achtunddreißig, Marcia sechsunddreißig.

In letzter Zeit schien sie ihm tatsächlich erfinderischer, rücksichtsvoller zu sein. Zu dem Grundstück mit dem alten Sommerhaus, das sie abgerissen hatten, gehörte ein verwitterter Plankenweg, der jeden Frühling neu instand gesetzt werden mußte. Er führte zu einem kleinen, den Gezeiten unterworfenen Wasserlauf, der für die meisten Motorboote zu schmal war; das Wasser war wärmer als am Strand, und wenn Flut war, konnten sie hier, zwischen hohen schilfigen Ufern, mit ihren Freunden und den Kindern ihrer Freunde baden. In diesem Sommer nun war Marcia auf die Idee gekommen, spät abends, wenn der Wasserstand günstig war und die Kinder schliefen, ihn, Harold ganz allein, aufzufordern, vorm Zubettgehen nackt mit ihr zu schwimmen. So gingen sie im Mondlicht zwischen giftigem Efeu und zurückgeschnittenem Sumach vorsichtig, Fuß vor Fuß, über den vielfach ausgebesserten Plankenweg, dessen verschiedenfarbene Holzroste wie die Tasten eines riesigen Klaviers aussahen, traten auf den splitterigen, weichen Anlegesteg, zogen sich aus und standen, Mann und Frau, nackt, mit leichter Gänsehaut, einen Augenblick lang nebeneinander, um Mut zu schöpfen, bevor sie sich aus der schwangeren Sommerluft in das flache, schwarze, von wehendem Schilf belebte Wasser stürzten. Marcias leichte Brüste, ihre weit ausholenden Arme, ihr aufwärts gewandtes Gesicht, über das schwarze Haarzungen leckten, gurgelten neben ihm durch den blassen Schaum, durch das träge ölige Wasser, das ihm mit seinen Millionen Fäserchen die Spuren des Großstadtschmutzes aus den Nervenenden sog. Unsere erste Liebe, unsere Liebe zu den Elementen, gab ihm sein jüngstes Selbst zurück. Manchmal, wenn das Wasser hoch stand, kam es vor, daß ein Motorboot wie ein zyklopischer Elefant vorbeischlingerte und die ganze Fahrrinne in sein Scheinwerferlicht tauchte; dann kauerten sie sich wie Eingeborene unter den Anlegesteg in den wurzeldurchwucherten Schlamm, bis das Boot vorbei war. Und hinterher trockneten sie einander ab, Harold und Marcia, sie rieb sogar seine schweren, nassen Genitalien trocken und dachte dabei, wie unschuldig sie doch aussahen, wenn sie so niederhingen an ihm und nicht brutal, in parasitischem Eigenleben, vorstanden. Wenn sie dann, die Kleider an ihre Brüste pressend, vor ihm herlief über den Plankenweg, tanzte ihr Hintern im gleichmäßigen Mondlicht. Später, im Bett, liebten sie sich, mit salzigen Körpern und feuchtem Haar, und sie pries seine Heftigkeit – «so hart» – und seine Erfahrenheit – «oh, du kennst mich so gut» –, als gebe es neuerdings einen Maßstab für sie: jemand, der sanft und unbeholfen war. Und ihr «Ich liebe dich» brach mit neuer Emphase aus ihr hervor, als sei das «dich» von einem unausgesprochenen ‹Trotzdem› überschattet.

Beim nächsten Lunch hatte Janet nichts anderes vorzubringen als Beschwerden darüber, daß Marcia dauernd anrufe und alle möglichen Sachen vorschlage, die die Paare gemeinsam unternehmen sollten: Segeln, Schwimmen, Tennis, irgendwelche Veranstaltungen. Ja, sie versuche sogar, ihr das Komitee für Soziale Wohnungsplanung einzureden, das Irene Saltz und Bernadette Ong leiteten. «Ich habe zu ihr gesagt: ‹Aber es gibt nicht einen einzigen Neger in der Stadt›, und sie sagte: ‹Das ist es ja gerade. Wir nagen kulturell am Hungertuch, unsere Kinder wissen nicht, wie ein Neger aussieht›, und ich sagte: ‹Sehen sie denn nie fern?›, und dann sagte ich, allmählich wurde es mir zu bunt: ‹Es scheint mir doch eine arge Zumutung für den Neger zu sein, ihn hierher zu holen, nur damit deine Kinder ihn anglotzen können. Warum gucken sie sich an einem dunklen Tag nicht einfach mal die Ongs an?› Das hätte ich nicht sagen dürfen, ich finde Bernadette wirklich großartig, aber das mit dem Komitee ist reines Getue. Nur weil andere Städte auch so etwas haben. Wie ein Spielmannszug.»

Janet kam Harold alt vor, obwohl sie ein paar Jahre jünger war als er: alt und doppelkinnig und quengelig; sie ärgerte sich über etwas, das, wie er gut wußte, ausschließlich Marcias Streben nach Geselligkeit entsprang, ihrem unschuldigen Bedürfnis, sich nützlich zu machen. Er wechselte das Thema. «Worüber hast du dich mit Piet auf der Party bei Thornes neulich so ernsthaft unterhalten?»

Ihr herzförmiger Mund, von dem die Lippenstiftfarbe abkrümelte, schürzte sich mürrisch. «Er hat mir erzählt, daß seine Frau ihn nicht ran läßt. Das erzählt er jeder Frau.»

«Marcia hat er's nicht erzählt.»

«Sie hat's *dir* nicht erzählt. Piet brennt schon lange darauf, auszubrechen, und ich verstehe nicht, was ihn zurückhält. Georgene wartet bloß auf ihn.»

Es war faszinierend, er sah seine Freunde plötzlich in einem völlig neuen Licht. «Und Freddy Thorne?» fragte er vorsichtig. Schon seit langem hätte er gern gewußt, ob Janet wohl mit Freddy geschlafen hatte.

Janet sagte: «Freddy ist mein Freund. Er versteht etwas von Frauen.»

«Und das ist alles, was du zu sagen beliebst?»

«Das ist alles, was ich zu sagen habe. Wir sind nie miteinander ins Bett gegangen, ich mag Freddy, er ist harmlos. Warum seid ihr Männer so gemein zu ihm?»

«Weil ihr Frauen so nett zu ihm seid.»

Belustigt stellte Harold fest, daß er eifersüchtig war, und betrachtete seine Finger, die parallel zum Besteck auf dem Tisch lagen. «Glaubst du, daß die Hannemas sich scheiden lassen?» fragte er. Er mochte Angela, sie war eine der wenigen Frauen in der Stadt, die seine Sprache sprachen. Er liebte ihre forschende Schüchternheit, die mütterliche Art, mit der sie an Sommerabenden bei den Zusammenkünften der Freunde präsidierte. Jeder liebte Angela.

«Niemals», sagte Janet entschieden. «Piet ist zu zahm dafür. Hat ein viel zu zähflüssiges Gewissen. Der wird bei den dreien aushalten, bis er schwarz ist, und jede besteigen, die er gerade kriegen kann. Das Schlimme an so einer Schwanzfopperin wie Angela ist, daß sie ihren Mann auf die ganze Welt losläßt und dadurch andere Frauen in Ungelegenheiten stürzt. Piet kann nämlich sehr gewinnend sein.»

«Du redest, als ob du es wüßtest. *Elle qui sait.*»

«Es hat Ouvertüren gegeben, aber nichts Drastisches. Zu all seinen anderen Problemen kommt hinzu, daß er schüchtern ist.»

«Armer Piet», sagte Harold und wußte nicht warum, aber Janet nickte zustimmend.

An diesem Wochenende, nach einer Party, als sie beide betrunken waren, fragte er Marcia: «Liebst du mich?»

«Ich liebe dich, Harold, aber bitte nicht heute abend. Wir sind beide zu betrunken und müde. Laß uns lieber irgendwann morgen ein kleines Schläfchen machen.» Morgen war Sonntag.

«Ich hatte nicht sagen wollen, daß ich mit dir schlafen möchte, ich meine, offen gestanden, ob du nicht ganz schön gelangweilt von mir bist, *après douze années très heureuses?* Denkst du je daran, wie es wohl mit anderen Männern wäre?»

«Ach, hin und wieder vielleicht. Nicht sehr bewußt.» Sie trug ein götterpflaumenfarbenes Chiffonnachthemd, und als sie ins Bett kroch, hatten ihre dunklen Gliedmaßen etwas Affenhaftes. Man mußte gelenkig sein, um in dieses Bett zu klettern, es war hoch – hoch und außerdem hart, weil sie fanden, daß solch eine Matratze sich am besten für die Liebe eigne. Das Schlafzimmer der Klein-Smiths, so wie sie es entworfen hatten, war ein Tempel, eine schmucklose, sakrale Stätte; die Einrichtung bestand aus zwei Teakholz-Kommoden, einer Leselampe, die ins Kopfende des Bettes eingelassen war, einem Wandschrank mit Spiegeltür, einem Philodendron und einem Fellteppich – ein Zebra, das Harolds Großvater auf einer Safari mit Teddy Roosevelt erlegt hatte. Als sie sich bequem hingelegt hatte, schaltete er das Licht aus. Die Dunkelheit war purpurn, und hoch oben im Fenster hing zwischen treibenden Wolken der Marschenmond, und es sah aus, als schwinge er hin und her wie das Gewicht eines Pendels.

«Sag mir alles», sagte er. «Es verletzt mich nicht.»

«Gut, dann frag mich nach den Männern.»

«Hast du jemals Lust verspürt, mit Piet Hannema zu schlafen?»

«Eigentlich nicht. Er wirkt auf mich wie ein Erlkönig. Er ist einfach zu väterlich und mitfühlend. Bei den Guerins, in dem Zimmer mit dem größeren Kamin, blieben er und ich einmal einen Augenblick allein, und da fing er an, mir den Rücken zu streicheln – als ob ich ein Bäuerchen machen sollte. Ich glaube, Piet mag lieber größere Frauen. Georgene und Bea und ich sind zu klein für ihn.»

«Freddy Thorne.»

«Nie, nie. Er ist so glitschig und weibisch, ich glaube, bei ihm ist alles sowieso nur Maulhurerei. Janet kann mehr mit ihm anfangen als ich, frag *sie*.»

«Du weißt doch, daß ich mit Janet nicht reden kann. Ihr Vokabular stößt mich ab.»

«In letzter Zeit wird es schlimmer, findest du nicht?»

«Und Frank?»

Lichtmuster – langgezogene Rauten aus Mondlicht, die sich auf das Zebrafell und in eine Ecke des Betts lagerten; ein Stab elektrischen Lichts, das vom Flur durch den Türspalt fiel, den sie, zur Beruhigung für die Kinder, offengelassen hatten; ein verwischter bläulicher Schimmer an der Decke, der von einer Bogenlampe an der Strandstraße herrührte und durch das Fenster über der Tür zur Diele sickerte – lösten sich aus der purpurnen Dunkelheit, während Harold den Atem anhielt und auf Marcias Antwort wartete.

Sie kam sehr beiläufig, in schläfrigem Ton. «Ach, Frank ist schon zu lange ein Freund, als daß man so etwas noch in Erwägung ziehen könnte. Außerdem riecht er nach Whisky und hat ein Magengeschwür. Nein, danke.» Als er, noch immer in die Betrachtung der friedlichen Licht-Besucher versunken, keine Antwort gab, drehte sie sich um und fragte: «Wieso? Hast du es auf Janet abgesehen?»

Er lachte ziemlich laut und sagte: «*Mon Dieu,* nein! Dies Mädchen ist nichts weiter als eine Belästigung.»

«Sie benimmt sich in letzter Zeit sehr feindselig mir gegenüber.»

«Ich finde», sagte Harold und schlang einen Arm um sie und schmiegte seine Genitalien in die kurvige Wärme ihrer Rückseite, «wir sollten uns dazu aufraffen, die Applebys weniger zu sehen. Wir könnten doch mal die Guerins zu uns bitten. Vielleicht noch ein paar andere neue Leute – die Constantines zum Beispiel. Die Frau scheint ziemlich *hip* zu sein.»

Marcia reagierte nicht, er knuffte sie leicht, und da sagte sie: «Die Guerins sind so deprimierend.»

Janet war beim nächsten Lunch heiterer und sah fünf Jahre jünger aus. Es war an einem dieser sehr heißen Tage Ende August, wenn der Sommer für eine Frau wie ein scheidender Liebhaber ist, den sie mit letzter Hingabe umarmt: Äußerlichkeiten spielen keine Rolle mehr; Liebe ist sich für nichts zu schade. Schweiß verwischt das Make-up und löst die Frisur auf. Die Arme schwimmen frei in der Luft. Die dampfenden Großstadtstraßen, in denen es von Sekretärinnen wimmelt, verströmen die Wollust eines Harems. Janet trug ein ärmelloses Baumwollkleid – türkisfarbener Grund, bedruckt mit auf dem Kopf stehenden Reihern – und schlenkerte durch die Gegend, als ob nichts in der Natur, kein Sonnendolch, kein Donnerschlag, ihr etwas anhaben könnte. Ihre Füße, nackt in Sandalen, waren staubig, und während er neben ihr in der Hitze durch die Federal Street ging, fragte Harold sich, wie es wohl wäre, wenn er jeden ihrer zehn schmutzigen Zehen sauberlutschen würde. Er zog seinen Mantel aus und warf ihn sich lümmelhaft über die Schulter; sie aßen in einer Cafeteria, deren Glastüren auf beiden Seiten offenstanden wie Schleusentore. Lärm durchflutete den Raum: Lastwagen mit Fehlzündungen und Besteck-Geklirr und laute Essensbestellungen und die Worte der Frau, die ihm mit schwitzendem, rundem Gesicht und verwischtem Lippenrot gegenübersaß. «Wie hast du das Wochenende verbracht?» fragte sie.

«Ausgezeichnet. Du solltest es wissen. Wir waren keinen Augenblick von euch getrennt, außer, wenn einer mal ins Bad mußte.»

«Ich weiß. Ist es nicht zum Auswachsen, wie Frank und Marcia sich gegenseitig anschmachten und andauernd diese klitzekleinen zärtlichen Blicke tauschen?»

«Das übertreibst du nun *wirklich.*»

«Von wegen, Harold. Frank kriegt einen cholerischen Anfall, wenn Marcia nicht seine Partnerin beim Tennis ist. Und wenn sie dann bloß noch durchs Netz voneinander getrennt sind, all diese neckischen kleinen Aufschläge – kurz, ich könnte kotzen. Und er mit seinem ständigen Vorbeihuschen. ‹Ich husch nur mal kurz bei den Smiths vorbei, um Frankie abzuholen.› – ‹Ich huschte nur mal kurz bei Smittys vorbei, um die kritische Shakespeare-Ausgabe abzugeben, und da haben sie mich zu einem Drink gebeten.› Nachher entpuppte das Plural-‹sie› sich als Marcia, und du warst weg, zu einer Versammlung der Republikaner. Harold, *warum* bist du ein Konservativer? Das ist eine solche Pose.»

Er ließ diese Tirade mit Vergnügen über sich ergehen, wie eine Massage oder eine Dusche. «Aber du weißt immer noch nichts Bestimmtes.»

«Wie bestimmt muß bestimmt sein? Harold, er weiß einfach zuviel. Er wußte, daß du am Samstagabend mit den Gallaghers ins Symphoniekonzert gehen wolltest. Er wußte, daß Julia sich am Donnerstag die Schulter verstaucht hat, als sie einen Kopfsprung vom Anlegesteg gemacht hat. Wenn ich mich mit Marcia unterhalte und ihm hinterher erzähle, was sie alles gesagt hat, macht er sich überhaupt nicht mehr die Mühe zuzuhören, weil er schon alles weiß. Er weiß, daß ihr unten an eurem Steg nackt badet und hinterher vögelt.»

«Weiß das nicht jeder? Das mit dem Anlegesteg? Das andere muß sich nicht unbedingt daraus ergeben.»

«Wieso sollte jeder es wissen? Glaubst du, eure Freunde haben nichts Besseres zu tun, als mit Feldstechern bewaffnet in der Marsch herumzustiefeln?»

«Marcia könnte es Bea erzählt haben oder Georgene oder auch Irene, ohne sich etwas dabei zu denken.»

«*Mir* hat sie's jedenfalls nicht erzählt, und ich gelte immerhin als ihre beste Freundin. Frank hat es mir erzählt. Frank.»

«Ich habe sie neulich nacht gefragt, ob sie ein Verhältnis mit Frank hat.»

Janet biß in ihr Pastrami-Brötchen und starrte ihn an. «Und was hat sie gesagt?»

«Den genauen Wortlaut habe ich vergessen. Wir waren beide sehr müde. Es lief darauf hinaus, daß er ein zu alter Freund sei und ein Magengeschwür habe.»

«Alles beides Gründe, die dafür sprechen. Jede Frau hat einen Krankenschwestern-Komplex. Und warum soll man nicht mit einem Freund schlafen? Das ist doch besser als mit einem Feind. Ich habe nie begriffen, warum die Leute immer so schockiert sind, wenn einer mit der Frau seines besten Freundes schläft. Die Frau des besten Freundes ist ganz einfach *die* Frau, die man am häufigsten sieht.»

«Aber sie hat mich nun mal überzeugt.» Er versuchte, die Argumente seines Herzens vorzubringen. «So unglücklich sind wir nicht, daß sie Grund hätte, mich anzuschmieren.»

«Wunderbar. Sie ist so rein wie Schneewittchen, und die Flecken in Franks Unterhosen sind bloße Naturerscheinungen. Vergessen wir die beiden. Sprechen wir von uns. Warum magst du mich nicht, Harold? Ich mag dich. Ich mag deine Nase, die in zwei Spitzen ausläuft wie eine superblasse Erdbeere. Warum nimmst du dir heute nachmittag nicht frei und gehst mit mir durch den Common Garden zur Newbury Street hinüber und siehst dir mit mir Bilder an? Du verstehst etwas von Bildern. Was ist das für eine neue Tour, alles so wie Comic strips zu machen?»

Sie legte ihre Hand mit nach oben gekehrter Innenfläche auf den Tisch; die Hand war feucht, eine faltige, feuchte rosa Untertasse auf dem silbern gesprenkelten Resopal. Er legte seine Hand in die ihre, und die Geste bekam bei all dem Geklapper und der Zugluft in der Cafeteria etwas enorm Schwülstiges: zwei riesige weiße Hände – wie die Attrappe eines belegten Brötchens –, die für Liebe warben. Mit dem Brötchenrest in der freien Hand wischte Janet die letzten Pastrami-Krümel auf. «Das ist eine erbauliche Idee», sagte er, «aber ich kann nicht. Wir wollen am Freitag nach Maine fahren und über den Labor Day hinaus bleiben, somit habe ich nur noch einen Tag fürs Büro. Ich kann diesen Nachmittag nicht entbehren. Es heißt Pop Art. Oder auch Hard Edge.»

«Dann seid ihr also das ganze Wochenende weg?» Sie zog ihre Hand zurück und wischte sich der Reihe nach sämtliche Fingerspitzen mit einer Papierserviette ab. Ihr Gesicht wirkte verloren; die Lidschatten waren zerlaufen und gaben ihr einen theatralisch müden Ausdruck.

Harold sagte: «Ja, und wir bleiben noch ein paar Tage über den Feiertag hinaus, nächste Woche entgeht mir also der Lunch mit dir. *Je regrette.*»

«Wirklich?» Als sie sich voneinander verabschiedeten, sagte diese zerzauste, fettgepolsterte, mit kopfstehenden Reihern gemusterte Person, indem sie ihre wohlgeformten Schwimmerarme schwenkte: «Amüsier dich gut mit Marcia»; die Betonung war unverschämt. Sie verließen die Cafeteria durch getrennte Ausgänge: Janet ging durch den einen Ausgang, zu ihrem kastanienbraunen Wagen in der Tiefgarage, Harold durch den anderen, zu seinem Büro am Post Office Square, froh, von ihr erlöst zu sein.

Der Familiensitz in Maine lag oberhalb einer blaumarmorierten Bucht, in der es wimmelte von blitzenden Segeln und schaukelnden

Bojen und überraschenden Felsen, die alle im gleichen Winkel aus dem Wasser ragten und von einer äonenfernen vulkanischen Bodenerhebung zeugten. Die größten dieser Felsen waren mit Gras und Strauchwerk bewachsen und bildeten deshalb Inseln. Das Wasser war eiskalt, und im Gegensatz zur endlosen Dünenlandschaft von Tarbox war der Strand hier ein kümmerliches Ufersegment aus Schotter und bräunlichem Split, bedeckt mit angeschwemmtem Tang. Aber während Harold den Strand von Tarbox nur ein- oder zweimal im Sommer aufsuchte, ging er hier jeden Morgen schon vor dem Frühstück schwimmen. Er war glücklich in Maine. Er aß den Hummer mit Kartoffelsalat, wie ihn seine Mutter auf den Tisch brachte, las abgedroschene Taschenbuch-Krimis und alte Abenteuergeschichten in fleckigen Einbänden, segelte durch den schäumenden Gischt, hänselte seine Schwestern und Schwager und fiel in tiefen Schlaf, wenn er, wie ein Seemann nach Monaten auf dem Meer, mit Marcia geschlafen hatte. Sie war seine Hure. Sie kauerte und wimmerte über ihm, und ihre Brustwarzen kitzelten seine Lippen. Sie ließ sich schnurrend auf ihm nieder, sie war eine geile Katze. Das war neu, dies Prostituiertenhafte an ihr, die Hemmungslosigkeit, mit der sie ihm zu Willen war und aus seiner Lust ihr Vergnügen schöpfte. Ihr geschmeidiger, fester Körper war schamlos, aber er kehrte nicht mehr, wie früher bei ihren keuscheren Umarmungen, die inneren, von hilflosem Nektar überschwemmten Blütenblätter heraus. Sie blieb jetzt immer ein wenig eng und trocken. Er dachte nicht darüber nach, woher diese Veränderung in ihrer Chemie kam, für ihn bedeutete sie Gewinn: weniger Zartgefühl wurde ihm abverlangt und weniger Selbstbeherrschung. Vielleicht mißbrauchte er sie, denn in der zweiten Hälfte dieses kurzen Urlaubs verweigerte sie sich ihm; es begann abrupt in der Nacht des Labor Day. Später erzählte sie Frank, sie habe plötzlich die vertraute Berührung von Harolds allzu wissenden Händen nicht mehr ertragen können. «Er kam mir wie ein wildfremder Lüstling vor, der sich benahm, als hätte er mich gekauft.» Ihn in sich zu haben, sei widerlich gewesen, «wie ein Bissen im Mund, den ich nicht herunterschlucken konnte». Möglich, daß Marcia in Maine zu erfolgreich mit der Schamlosigkeit experimentiert hatte. Den Gedanken an ihren Geliebten wie eine empfängnisverhütende Spirale in sich tragend, hatte sie ihrem Mann eine sozusagen versachlichte Sinnlichkeit entgegengebracht und sich dann entsetzt, wie bereitwillig er darauf eingegangen war. Sie erkannte, daß sie mehrere Männer in einem Bett befriedigen konnte, viele Männer in einer Nacht, daß diese Möglichkeit Teil ihrer Natur war, und flüchtete sich in eine ausschließliche Liebe zu Frank. Mit Harold zu schlafen, büßte auf einmal alle Bedeutung ein. Was einer mit des anderen Körper machte, wurde so trivial wie der tägliche Stuhlgang, und erst Monate später, als Harold geladen war mit der gespannten Drohung, sie zu verlassen, wurden ihre körperlichen Beziehungen erlöst vom Fluch des Abscheus.

Die Klein-Smiths kehrten am Donnerstagabend nach Tarbox zurück. Harold war sich im klaren darüber, daß er die Kette seiner Verabredungen mit Janet unterbrochen hatte, und bezweifelte, ohne ein Gefühl des Bedauerns freilich, ob sie sich wieder knüpfen ließ. Ihre Theorie hatte sich als falsch erwiesen, war vielleicht nichts weiter als ein Vorwand gewesen. Er war mit drei Schwestern aufgewachsen, sein Respekt vor weiblichem Verstand war also gering. Er hatte bei seinen Schwestern erlebt, wie aus unbekümmert lärmenden, schlaksigen Tierchen tückische Kreaturen geworden waren, dazu verdammt, sich selbst zu behaupten, ohne offene Aggression anwenden zu dürfen; ihr Empfindungsvermögen war zwangsläufig gestört. Janet konnte bestenfalls nicht logisch denken und war schlimmstenfalls paranoid. Im Begriff, fett zu werden und ihr hübsches Aussehen zu verlieren, behaftet mit einem magenkranken und langweiligen Ehemann, hatte sie sich verzweifelt einem Mann zugewandt, der keineswegs verzweifelt war. Börsenmakler ernteten bei gutem und schlechtem Wetter, und Marcia hatte ihm eine neue Vielseitigkeit, eine neue Intensität ihrer Liebe bewiesen.

Trotz allem erwartete er, daß Janet ihn am Freitag im Büro anrufen würde, und als der Anruf nicht kam, ärgerte es ihn, in welchem Maß er sich gestattete, darauf zu warten. Den ganzen Tag, während er sich durch erdenschwere Stapel unerledigter Post und überholter Börsenberichte wühlte, juckte ihm ein Signal aus dem Weltraum im Ohr. Ihm ging nicht aus dem Sinn, wie merkwürdig sie ihre Kleider trug: nämlich so, daß sie sich von ihrem Körper lösten und einem im Gedächtnis umherflatterten. Vielleicht würde man sich am kommenden Wochenende sehen. Hoffentlich machte sie keine Szene. Ihre Empörung war so – plusterig. Seine Sekretärin fragte ihn, warum er lächle.

Am Samstagvormittag fuhr Marcia in die Stadt, um mit Irene Saltz wegen des Komitees für Soziale Wohnungsplanung zu reden; Marcia hatte sich bereiterklärt, dem Bildungsausschuß beizutreten, dessen einzige Leistung bislang darin bestand, die High School-Bibliothek um ein Abonnement auf *Ebony* bereichert zu haben. «Es kann Stunden dauern, du weißt ja, wieviel sie redet. Kannst du für dich und die Kinder etwas zu essen machen, falls ich bis Mittag nicht zurück bin? Im Eisschrank ist noch etwas Pastrami zum Aufwärmen. Wie man's macht, steht auf der Packung. Wichtig ist, daß du's mit der Cellophanhülle ins Wasser tust.»

Sie hatten am Abend zuvor bis in die Nacht mit den Thornes und Hannemas getrunken, und Harold war froh, in Ruhe vor sich hin trödeln zu können; er räumte die Requisiten des Hochsommers weg: rollte das zusammengefallene, ausgediente Plastik-Planschbecken ein, wickelte den Gartenschlauch auf, schraubte den Rasensprenger ab. Jonathan kramte den Fußball aus einem Wandschrank, und er und Harold kickten ihn hin und her, bis ein anderer Spielkamerad, der pummelige Frankie Appleby, mit seiner Mutter aufkreuzte. Janet trug enge blaue Jeans, einen orangegestreiften Jerseypullover und eine saloppe pfirsichfarbene Kaschmirjacke, die sie sich wie ein Cape um die Schultern gehängt hatte. «Wo ist Marcia?» fragte sie, als die Jungen außer Hörweite auf dem Rasen waren.

«In der Stadt, zu einer Besprechung mit Irene. Wo ist Frank?»

«Er hat gesagt, er muß zum Friseur. Aber er mochte Franklin nicht mitnehmen, weil er vielleicht noch in den Drugstore gehen und ein bißchen über Politik plauschen wollte.» Sie schnaubte, ein höhnisches, pferdehaftes Geräusch, und stampfte mit dem Fuß auf. Eine Glocke von strahlendem Glanz schwebte über ihr; das schleierlose, scharfe Licht des Septembers war meilenweit um sie gebreitet, bis zum Marschenrand hin, bis zur bungalowbepflanzten Halbinsel von East Mather und dem unheimlichen, gen Norden geneigten Radarteller. Janet war hohläugig und blaß und barst vor nervöser Unruhe, eine überreife, sanfthäutige Frucht, gleichgültig sich selbst gegenüber.

Harold sagte: «Du meinst, er lügt.»

«Natürlich lügt er. Müssen wir hier draußen stehen? Die Sonne tut weh.»

«Ich dachte, du seiest verliebt in die Sonne. *Une amoureuse du soleil.*»

«Nicht heute. Mir wird schlecht, wenn ich dran denke, was ich gleich jemandem antun muß.»

«Wem denn?»

«Dir.»

Harold öffnete ihr die Tür, die vom Rasen ins Souterrain des Hauses führte, wo die Kinder schliefen und die Wäsche gewaschen wurde. In der Waschküche roch es nach Zement und Seife und säuerlich nach schmutziger Wäsche, die sich an diesem Vormittag um die Trokkenschleuder häufte. Die Garten- und Hauswerkzeuge, die Borde mit Farbtöpfen und Grassamen und Düngekalk befanden sich an der anderen Wand, wo der Rasenmäher seinen Benzingestank verbreitete. Janet stellte sich inmitten dieser Ausdünstungen in Positur und sagte: «Als ihr in Maine wart, ging mein Wagen kaputt, irgendwas am Getriebe, und ich mußte Franks Corvair zum Einkaufen nehmen. Ich gehe meist in den IGA-Supermarkt in Lacetown, und auf der Rückfahrt hält mich dieser diensteifrige alte Polizist an, der mit den Goldzähnen, weil ich das Stopschild nicht beachtet habe, du weißt schon, kurz vor der Kreuzung beim Spitzen-Museum. Ich hätte aus der Haut fahren können, denn ich war schon halb in Tarbox, wo man nie angehalten wird. Na, jedenfalls, als ich im Handschuhfach nach den Wagenpapieren suchte, fand ich ganz zuunterst, zwischen all den Straßenkarten, das hier.» Sie zog einen speckigen, doppelt gefalteten weißen Briefbogen aus ihrer Handtasche. Am indigoblauen Rand erkannte Harold Marcias Schreibpapier. Eine Tante aus Southampton hatte es ihr zur Hochzeit geschenkt, ganze Schachteln voll davon, es war in Reliefdruck mit dem Monogramm ihrer neuen Initialen geschmückt. Marcia hatte gelacht und es abscheulich prätentiös gefunden, es für den Inbegriff all dessen gehalten, dem sie durch die Heirat mit Harold entfliehen wollte, und nachdem alle Dankbriefchen geschrieben waren, hatte sie es fast nie wieder benutzt, so daß jetzt, nach zwölf Jahren, immer noch etwas übrig war. Er überlegte, ob Janet sich nicht einen Bogen davon gestohlen haben könnte, so unähnlich sah es Marcia, es zu benutzen. Er streckte die Hand aus, aber Janet gab den zusammengefalteten Bogen nicht her. «Bist du sicher, daß du es lesen willst?»

«Natürlich.»

«Es ist schrecklich eindeutig.»

«Verdammt noch mal, gib her!»

Sie gab ihm den Bogen und sagte: «Du wirst keine Freude daran haben.»

Es war Marcias Handschrift.

Lieber Frank, den ich meinen Liebsten nennen möchte, aber nicht so nennen darf – ich komme gerade vom Strand und will Dir rasch einen Gruß schicken, der Dich erreicht, wenn ich schon in Maine bin. Von unserem Nahant-Panorama kommend, fuhr ich direkt nach Hause und nahm die Kinder mit an den Strand, und als ich dort lag, lockte die Sonnenhitze einen Duft nach Dir aus meiner Haut, und ich dachte: das ist er. Ich roch an meinen Handflächen: und da warst Du wieder, ich schloß die Augen und hob meinen Körper der Sonne entgegen, während Irene und Bernadette schwatzten und schwatzten und die Kinder vom Wasser her riefen – es war eine gewaltige Brandung heute. Ich fühlte, daß Du vorhin nicht glücklich gewesen bist, als Du gingst. Es tut mir leid, daß das Telefon geläutet hat – wie Eiswas-

ser, das man über uns schüttete – und daß ich scherzend von Dir verlangte, Du sollest noch bleiben. Es war wirklich nur ein Scherz. Vergib mir und glaub mir, daß die Augenblicke mit Dir kostbar für mich sind, wie unbefriedigend kurz sie auch sein mögen; nimm mich, wie und wann Du magst, ohne Bedenken, ohne Skrupel. Liebe bedeutet nicht nur Befriedigung im technischen Sinn. Denk an mich, wenn ich in Maine bin und mich nach Dir sehne und glücklich bin allein schon in dieser Sehnsucht, Du Vögelchen, das Julia ihrer Hand entschlüpfen läßt und dann zurückziehn wird an seidnem Faden.

In Liebe und Eile

M.

Das war ihre Unterschrift, dieses scharfwinklige ‹M› mit den drei emphatisch dickgezogenen Strichen, aber sonst war der ganze Brief mit einer fließenden Geschmeidigkeit geschrieben, die ihm nicht recht vertraut war: als sei sie betrunken oder in Trance gewesen. Jahre waren vergangen, seit er zum letztenmal auf ihre Handschrift geachtet hatte. Er hob den Blick vom Papier und fand in Janets Gesicht all die Bestürzung, die sich bei ihm nicht einstellen wollte.

«Soso», sagte er, «ich habe mich oft gefragt, woran Frauen wohl denken, wenn sie in der Sonne liegen.»

«O Harold!» schrie sie. «Wenn du dein *Gesicht* sehen könntest!» Und sie stürzte sich auf ihn, warf sich so heftig in seine verdutzte Umarmung, daß er Marcias Brief gerade noch rechtzeitig davor bewahren konnte, zerknittert zu werden. Der blaugerandete Bogen flatterte auf den Zementboden. Harolds Sinne wurden aufgebrochen, ließen die ätzenden Gerüche nach Zement und Waschpulver ein; der sonnenverbrannte Rasen füllte das Fenster an der hinteren Wand mit goldener Stickerei – wie ein Bild von Wyeth. Janets Brüste und Hüften, Kissen, vollgesogen mit Trauer, preßten ihn gegen die Emailkante der Wäscheschleuder; kalte Tränen, heißer Atem: ein Rückzug war unmöglich. Er küßte ihren klaffenden Mund, die rissige Puderschicht auf ihren Wangen, die zuckenden, zitternden Wölbungen ihrer geschlossenen Augen. Sie war so groß wie er, gegenseitig zogen sie sich in den Haufen schmutziger Wäsche nieder, zwischen schlaffe Hemdärmel und Pyjamahosen, und der harte Fußboden darunter war wie feuchtkaltes Gebein. Sie schob schluchzend die Jacke und den orangegestreiften Pullover hoch, zerrte zornig an ihrem Büstenhalter, und als sie ihn auf hatte, fielen ihre blauweißen Brüste heraus, schwer, unaufhaltsam, wie Wäsche aus einem umgestürzten Korb, Brustwarzen wie Knöpfe, Adern algengrün. Er ging unter. Mit kalten Fingernägeln tastete sie die gespannten Winkel seines saugenden

Mundes ab, und manchmal drang ein neugieriger Finger bis zu seiner Zunge vor. Harold öffnete die Augen: das große Fenster, das auf den Rasen hinausging, war aus schierem Gold, von keinem lauernden Kinderschatten getrübt; die Stimmen trieben aus sicherer Entfernung vom Anlegesteg herüber. Sein Gesicht war halb begraben in schmutzigen, friedlich nach Familie riechenden Kleidungsstücken, die Jonathan, Julia, Henrietta und Marcia gehörten. Als liege er auf Geistern, die arglos geschwitzt hatten. Janets Finger nestelten an seinem Hosenschlitz, und er tastete sich zu den Insektenzähnen des Reißverschlusses vor, der sich stramm über ihre Hüfte spannte. Tszzzk: er zog, und das kleine, akkurate, erregte Geräusch weckte sie beide auf.

«Nein», sagte sie, «das geht nicht. Nicht hier.»

«Noch einen Kuß», bettelte er.

Ihr Mund war naß, seine Hände flossen über von ihren Brüsten, und seine Zunge sehnte sich, bis an den Horizont dieses Überflusses zu schwimmen. Janet richtete sich auf. «Das ist verrückt.» Sie kniete auf dem Zement und panzerte ihren Busen mit Schalen aus schwarzer Spitze, die ihn an die Klöppeldeckchen seiner Großmutter in Tarrytown erinnerten, eben jener Großmutter, deren Familie Teddy Roosevelt gekannt hatte, den Großpapa dann auf die Jagd mitnahm. «Jeden Augenblick können die Kinder hereinplatzen», sagte Janet und zog sich den Pullover herunter. «Und Marcia könnte nach Hause kommen.»

«Nicht, wenn sie gerade mit Frank auf dem Schuttplatz kopuliert.»

«Du glaubst, sie tun das *heute*?»

«Warum nicht?» sagte Harold. «Das große Wiedersehen muß doch gefeiert werden, sie ist aus Maine zurück, mitsamt dem gehörnten Scheusal. *Avec le coucou.* Sie haben uns darauf vorbereitet, daß es Stunden dauern kann, bis sie nach Hause kommen. Haareschneiden. Soziale Wohnungsplanung.»

Janet hängte sich die pfirsichfarbene Wolljacke wieder wie ein Cape um die Schultern, stand auf und klopfte sich die Hose ab, die vom Knien staubig geworden war. Er blieb hingerekelt auf der Wäsche liegen, und sie musterte ihn, als sei er eine Neuanschaffung, die sich zu Hause anders ausnimmt als im Laden. «Im Ernst, bis zu diesem Augenblick hast du keinen Verdacht gegen sie gehabt?»

«Nein. Ich habe nicht geglaubt, daß sie die Courage dazu hat. Als ich sie heiratete, war sie eine verkrampfte kleine Maus. Mein kleines Mädchen ist richtig erwachsen geworden.»

«Du bist nicht schockiert?»

«Ich bin vernichtet. Aber wir wollen von dir reden.»

Sie zupfte sich mit nachdenklicher Entschiedenheit die Kleider zurecht. «Das war eben der reine Instinkt. Mach dir bitte keine Hoffnungen.»

«Ich tue es aber. Ich bete dich an. *Ta poitrine, elle est magnifique.*»

Als sei das Kompliment an ihr hängengeblieben, entfernte sie ein Stäubchen von ihrem Pullover. «Sie sind jetzt reichlich schlaff. Du hättest mich erleben sollen, als ich neunzehn war.»

«Sie sind herrlich. *Bitte,* komm mit mir nach oben.» Er hatte das Gefühl, es sei korrekt, wenn er diese Bitte im Stehen vorbrachte; und so blieb vom Augenblick ihrer Liebe nichts übrig als ein plattgedrücktes Wäschehäufchen. Er hatte alle Trümpfe aus der Hand gegeben und war nun ihrer Gnade ausgeliefert.

Janet sagte: «Es geht nicht. Die Kinder.» Mit einer resignierten Handbewegung deutete sie die verschiedensten Bedenken an.

«Können wir denn nie zusammenkommen?»

«Was ist mit Marcia und Frank?»

«Was soll mit ihnen sein? Berührt uns, was sie tun? Mal ehrlich, können wir ihnen geben, was sie einander geben?»

«Harold, ich bin nicht so abgeklärt. Ich bin sehr eifersüchtig und moralistisch veranlagt. Ich will, daß sie bestraft werden.»

«Wir werden alle bestraft, ganz gleich, was wir tun. Das ist eine Lebensregel: die Menschen werden bestraft. Sie werden bestraft, weil sie gut sind, sie werden bestraft, weil sie schlecht sind. Ein Mann aus unserem Büro, der sein ganzes Leben lang Vitamintabletten genommen hat, ist vor zwei Wochen tot im Fahrstuhl zusammengesackt. Um ihn herum lauter gesunde Säufer. Die Menschen werden sogar bestraft, wenn sie gar nichts tun. Nonnen kriegen Gebärmutterkrebs, weil sie nicht vögeln. Was für ein Spiel treibst du eigentlich mit mir – ich dachte, du hättest mir ein Angebot gemacht.»

«Ja, habe ich auch, aber ...»

«Ich akzeptiere.»

«Du hast mir leid getan – ich weiß selber nicht mehr, was es eigentlich war. Harold, es ist einfach zu verderbt. Wie stellst du dir das vor? Wir erzählen es ihnen und legen dann eine Tabelle an, wie wir umschichtig miteinander schlafen sollen?»

«Du hast aber wirklich etwas Entromantisierendes. Warum denn gleich alles erzählen? Laß uns doch erst mal dafür sorgen, daß es überhaupt was zum Erzählen *gibt.* Laß uns zusammensein und sehen, wie es geht. Bist du nicht neugierig? Daß *ich* dich haben will, dafür hast du schon gesorgt, als du mich durch die heißen Bostoner Straßen gehetzt hast und dabei immer diese aufregenden Sommerkleider anhattest. Janet, willst du mich denn überhaupt nicht um meiner selbst willen haben? Bin ich nur ein Mittel für dich, es Frank heimzuzahlen?» Er ließ seinen Handrücken über den Abhang ihrer linken, dann ihrer rechten Brust gleiten. An ihrem veränderten Gesichtsausdruck merkte er, daß dies der richtige Weg war. Streicheln, unaufhörlich streicheln. Ihre Brüste sind schlaff und wollen gestreichelt werden. Laß ihr keine Zeit zum Zweifeln, sie haßt, was sie weiß, und will keine Zeit dafür haben. Nicht aufhören.

Sie sprach langsam, befühlte mit der Zungenspitze ihren Gaumen und fingerte sich Knopf für Knopf an seinem Hemd hinunter. «Frank will Anfang nächster Woche nach New York», sagte sie.

«*Quelle coïncidence!* Marcia hat genau dasselbe angekündigt: Dienstag abend will sie ins Symphoniekonzert, Mittwoch vormittag irgendwas für die Junior League erledigen und die Nacht dazwischen eventuell in der Stadt verbringen. Ich finde, man sollte ihr dringend dazu raten, meinst du nicht auch? Arme kleine Heilige, eine ganze lange Stunde hin und zurück.»

Janet starrte ihm über die Schultern; ihr Mund, dessen lange, nach außen geschwungene Oberlippe eine so reizvolle Mesalliance mit der kurzen schwellenden unteren eingegangen war, zog sich traurig zusammen. «Soweit ist es also schon? Sie verbringen ganze Nächte miteinander?»

«Hab dich nicht so», sagte er, und sich selber befahl er: *Nicht aufhören.* «Es ist ein so herrlicher Luxus, neben dem geliebten Wesen in Schlaf zu sinken. *Un luxe.* Gönn es ihnen doch.» Er streichelte unablässig weiter.

«Weißt du», sagte Janet, «ich *mag* Marcia. Sie ist immer heiter, hat immer das richtige Wort parat; sie hat mir schon oft aus Depressionen herausgeholfen. Ich glaube, was mich so kränkt, ist nicht das Verhalten von Frank – schon seit Jahren ist es bei uns nicht mehr so toll im Bett, armer Kerl, soll er doch –, sondern daß *sie* es fertigbringt, mir so was anzutun.»

«Hast du gehört, was ich über Dienstag nacht gesagt habe?»

«Ich habe es gehört.»

«Wer von uns besorgt den Babysitter?»

So schliefen in diesem Herbst Harold und Janet miteinander, ohne daß Frank und Marcia es wußten. Harold hielt seine Geliebte anfänglich für langsam; sein Orgasmus, den er angesichts ihrer optischen Fülle nicht im Zaum zu halten vermochte, trat immer zu früh ein. Erst beim sechstenmal, in einer gestohlenen Stunde, die sie im Gästezimmer der Applebys verbrachten, unter einem Wandbord mit chinesischen Tempelgeräten und Schriftrollen, Erbstücken von Franks Vater, war auch Janet soweit: sie bäumte sich mit einer solchen Gewalt, daß Harold buchstäblich entwurzelt wurde; als alles vorbei war, lachte er vor Erleichterung, daß er es überlebt hatte, denn einen gefährlichen Augenblick lang war er nichts als ein tief in ihr verlorener, donnernder Herzschlag gewesen. Er genoß es, sie anzusehen, er liebte den Einklang der vielfältigen Creme- und Rosa- und Lila-Schattierungen ihrer Nacktheit, das Gelb ihrer Fußsohlen, das Algengrün ihrer Adern, den Alabasterton ihres Bauchs. Er entdeckte eine unvermutete Bescheidenheit an ihr, eine verschämte Scheu, die seine Zuneigung steigerte, denn er gefiel sich in der Rolle des Lehrers, des Connaisseurs. Es bereitete ihm Vergnügen, neben ihr zu sitzen und ihren Leib zu betrachten, bis sie es leid war, sich geniert zu winden, und sich gelassen seinem Blick hingab wie ein Malermodell. Ihm war, als unterweise er sie in ihrer Schönheit, die sie im Lauf der Zeit immer geringer geachtet hatte, obgleich diese Schönheit offenbar einmal die Voraussetzung gewesen war für ihre derbe, unverblümte Art; die Schönheit, die sie vor fünfzehn Jahren besessen hatte, als sie so alt gewesen war wie seine Mulattin in St. Louis. Harold war der Ansicht, Schönheit sei das, was sich im Zusammensein mit anderen Menschen ereignete, gleichsam die Spur all dessen, was sich ereignet *hatte*, und darum fand er die heutige Janet, trotz all ihrer Fältchen und ihrer schlaffen Haut, in Wahrheit schöner als das unangetastete junge Mädchen, von dem ihrer Meinung nach nur noch die Ruine existierte. Für diese großmütige Betrachtungsweise erntete er reichen Lohn: wenn er, versunken in Lobpreisungen, neben Janet lag, war ihm zumute, als verzehre ein glühender Tumor ewigen Lebens die Zellen seiner Sterblichkeit.

Im Herbst 1962 lebten die beiden Paare ekstatisch, skandalös eng zusammen. Frank und Marcia waren selig, soviel Zeit miteinander verbringen zu können, ohne daß sie sich darum bemühen mußten. Janet und Harold scherzten heimlich über die nun durchsichtigen Strategien der beiden anderen Liebenden. Nach und nach sickerten diese Scherze in die Unterhaltungen der vier ein. Zum allsonntäglichen Ritual der unterwegs gekauften Abendmahlzeit hatten sich Wochentagspartys gesellt, Cocktailstunden, die sich ausdehnten, bis ein improvisiertes Abendbrot daraus wurde, und als Vorwand dienten die Kinder (Frankie jr. und Jonathan verabscheuten einander; Catharine war noch zu babyhaft, um auf Julias und Henriettas ungeschickte Bemutterungsversuche einzugehen), die entweder abge*liefert* oder abge*holt* werden mußten. Während die Frauen kochten, herumpusselten, sich kokett in Szene setzten, erörterten Frank und Harold mit uferloser betrunkener Gründlichkeit Shakespeare, Geschichte, Musik, die saumäßigen Börsenkurse, Monopolunternehmen, die untergründige Verfilzung von Industrie und Regierung, die Allgegenwart des Weißen Hauses, Kennedys ungeschickte Hand im Fall Kuba und in der Stahl-Affäre, die Ähnlichkeit zwischen JFKs Herkommen und ihrem eigenen, die Unterschiede, ihre Vergangenheit, ihre Väter, ihre Ressentiments gegen die Väter, ihre spätere Anerkennung derselben und schließliche Liebe zu ihnen, ihren Widerwillen und ihren Schrecken vor den Müttern, Sex, ihre Ansichten von der Welt, die ein Ort sei, wo läppische Arbeit getan werden mußte, damit vergängliche Freuden genossen werden konnten. «Reif sein ist alles», sagte Frank zuweilen, wenn sich schließlich die Schwingen des Schweigens über ihre benommenen Köpfe breiteten und alle vier berauscht waren von einer so intensiven Freundschaft, wie sie sie seit ihrer Kindheit nicht mehr erlebt hatten.

Oder Janet sagte, weil sie wußte, daß man etwas Gewagtes von ihr erwartete: «Ich sehe gar nicht ein, warum Inzest so etwas Schlimmes sein soll. Wieso ist das für alle ein Tabu? Ich hätte manchmal ganz gern mit meinem Bruder geschlafen, und ich bin sicher, er hätte nichts dagegen gehabt. Wir haben immer zusammen gebadet, und da habe ich gesehen, wie er einen Steifen kriegte. Er hat irgend etwas an meinem Bauch gemacht – damals dachte ich, er hätte uriniert. Jetzt leitet er die Antibiotika-Labors meines Vaters in Buffalo, und nun geht es nicht mehr.»

«Mein süßer Schatz», sagte Harold und beugte sich ihr über den runden, lederbezogenen Sofatisch der Applebys entgegen, der im Wohnzimmer mit der laternenförmig abgeschrägten Decke stand, «genau das ist der Grund. Deshalb ist es so tabu. Weil nämlich jeder es gern möchte. Außer mir. Ich hatte drei Schwestern, und zwei davon hätten kritisierend daneben gestanden. *Trois sœurs est trop beaucoup.*»

Marcia richtete sich steil auf, sie witterte Streit und sagte: «Ich habe gerade gelesen, daß sich bei den Ptolemäern, ihr wißt schon, diese Pharaonensippe, pausenlos Bruder und Schwester miteinander verheiratet haben und trotzdem keine Schwachköpfe dabei herausgekommen sind. Darum glaube ich, daß die Angst vor Inzucht reiner Puritanismus ist.» Ihre Ohrgehänge funkelten.

«Katzen tun es», sagte Frank. «Verwandte Katzen ficken immer miteinander.»

«Aber», fragte Janet, «sind fickende Katzen immer verwandt?»

«Ich habe einmal», sagte Harold, entschlossen, Marcias Fehdehandschuh aufzuheben, «einen Bankier kennengelernt, der viel mit Finanzierungsangelegenheiten für die Amish in der Gegend von Lancaster, Pennsylvania, zu tun hatte, und der sagte, die Leute seien winzig. *Très, très petits.* Und mit jeder Generation würden sie kleiner. Ein typischer Fall von Inzucht, Marcia. Sie sind nicht größer als du.»

«Sie hat genau die richtige Größe», sagte Frank.

Marcia sagte zu Janet: «Ich bin *deiner* Meinung. Ich habe einen bezaubernden jüngeren Bruder, er spielte Oboe und war Pazifist, und es wäre *so* hübsch, mit ihm verheiratet zu sein und nicht immerfort erklären zu müssen, warum man so ist, wie man ist – jemand, der alle Familienscherze kennt und einen Nerv hat für deine *Phasen*. Im Gegensatz zu diesen beiden Klötzen hier.»

«Und willst du wissen», beharrte Harold, «warum vice versa die Amerikaner in einem so phänomenalen Grad immer größer werden? Die Ernährung ist mitnichten der Grund. Exogamie. Die Leute verheiraten sich nach draußen. Sie fliegen glatt über den ganzen Kontinent, um zu heiraten, bis nach Denver oder St. Louis.»

Marcia fragte: «Warum um alles in der Welt St. Louis? Denver kann ich ja noch verstehen.»

Harold errötete bei seinem Lapsus (die Frauen wußten beide nichts von der Mulattin, aber Frank wußte es) und fuhr fort: «Die Gene werden immer wieder aufgefrischt. Kreuzbefruchtung. Der Rat ‹Liebe deinen Nächsten› ist also ein schlechter Rat, biologisch gesehen. Wie so mancher Rat von diesem Mann Jesus.»

«Er hat gesagt: *liebe* deinen Nächsten, nicht *vögele* deinen Nächsten», sagte Janet.

«Ich will meinen bezaubernden Bruder», sagte Marcia; sie goß sich noch ein wenig Bourbon ein und gab ein Zwitschern von sich, das wie gespieltes Weinen klingen sollte.

«Reif sein ist alles», sagte Frank nach einer Weile.

Oder aber sie saßen um den rechteckigen Mosaiktisch der Klein-Smiths, im Wohnzimmer mit der indirekten Rheostatbeleuchtung, und sahen Harold zu, wie er mit leeren Händen und großen Gesten ganze Platten von Wagners *Tristan* oder Mozarts *Zauberflöte* oder Brittens *War Requiem* dirigierte. Frank Appleby war nur für Barockmusik zu haben und blickte verstört – seine Augäpfel wurden immer röter, sein schmerzender Magen wölbte sich vor –, wenn Harold, agil wie ein japanischer Verkehrspolizist, das *ting* eines Triangels aus dem Hintergrund des Orchesters hervorzupfte oder mit gewaltig ausgreifenden Armbewegungen die rollenden Ozeane der Streicher beschwor. Janet starrte hypnotisiert auf Harold, und Marcia beobachtete neugierig Janet. Was fand sie nur an dieser manischen Vorführung? Wie konnte eine Frau, die jede Nacht mit Frank das Bett teilte, es auch nur im mindesten lustig finden, wenn Harold sich so bemitleidenswert rührend seine Wunschvorstellungen erfüllte? Eines

Abends, als die Applebys gegangen waren, fragte sie ihn: «Schläfst du eigentlich mit Janet?»

«Wieso? Schläfst du denn mit Frank?»

«Natürlich nicht.»

«In diesem Fall schlafe ich auch nicht mit Janet.»

Sie probierte es andersherum. «Hängen dir die Applebys nicht schrecklich zum Hals heraus? Was ist denn mit unseren anderen Freunden?»

«Die Groß-Smiths sind nach Newton gezogen.»

«Das waren nie unsere Freunde. Ich meine die Thornes und die Guerins und die Saltz' und die Gallaghers und die Hannemas. Weißt du, was Georgene mir neulich erzählt hat? Sie sagte, bei Matt habe jemand angebissen für das Robinson-Haus, das Angela so gern gehabt hätte. Ein Ehepaar aus Cambridge.»

«Wie kommt Georgene zu all diesen Informationen? Sie ist ja eine wahre Expertin in Sachen Hannema geworden. *Un spécialiste vrai.*»

«Du findest also auch, daß Freddy und Angela aufeinander fliegen?»

«*Tu es comique*», sagte Harold. «Angela ist die allerletzte hier am Ort, die in Sünde fällt. Außer dir natürlich.»

«Dann meinst du, Georgene hat was mit Piet?»

«Jedenfalls setzt sie ein sehr nachsichtiges Lächeln auf, wenn sie ihn ansieht.»

«Du meinst, so wie Janet, wenn sie *dich* ansieht?»

«*Tu es trop comique.* Janet ist doppelt so groß wie ich.»

«Aber du hast große –»

«Genitalien?»

«Vorstellungen von dir selbst, wollte ich sagen.»

Die anderen Paare gewöhnten sich an, sie die Applesmiths zu nennen. Angela Hannema träumte – sie, die sonst nie träumte –, sie gehe mit einem Kuchen in der Hand zu den Applebys. Als sie auf der Vorderveranda unter der sechsflächigen Hauslaterne aus buntem Glas stand, merkte sie, daß sie nicht zur Tür hineinkonnte, weil das Haus von Hochzeitsgästen überquoll. Marcia Klein-Smith kam um die Ecke, in Shorts, sie schwang einen roten Krocketschläger und sagte: «Ist schon gut, meine Liebe, wir werden sehr glücklich sein.» Dann gingen sie alle in dichter Schar über einen Feldweg, der ein bißchen wie der Plankenweg aussah, der zum Anlegesteg führte, und Angela trug noch immer auf emporgehobenen Händen den Kuchen vor sich her und sagte zu Frank Appleby: «Aber kannst du die Sache mit den Versicherungspolicen in Ordnung bringen?» – was befremdlich war, weil Angela in ihrem wachen Leben mit keinem Gedanken an Versicherungen dachte. Mit Gargantua-Blinzeln beruhigte er sie: «Ich lege neue Schuldverschreibungen auf», und das war alles, woran sie sich erinnern konnte, höchstens noch, daß der Weg auf beiden Seiten dicht mit Veilchen, Hyazinthen und kleinen blauen Lilien gesäumt war. Am nächsten Vormittag, nach dem Kindergarten, trank sie Kaffee mit Georgene, und weil sie sich neuerdings in Georgenes Gegenwart so unbehaglich fühlte, erzählte sie ihr vor lauter Nervosität den Traum. Georgene erzählte ihn Bea und Irene, und Piet, der ihn zum Frühstück serviert bekommen hatte, erzählte ihn im Büro Matt Gallagher. Auf diese Weise bekam Bernadette Ong ihn gleich von zwei Seiten zu hören: von Irene, bei einer Vorstandssitzung des Komitees für Soziale Wohnungsplanung, und von Terry Gallagher, im Anschluß an eine Probe des Tarbox-North Mather-Lacetown-Gesangvereins; die durstigen Sänger pflegten nämlich nach ihren Proben bei den Ongs ein Glas Bier zu trinken.

Aber Bea war es, Bea, deren Boshaftigkeit untrennbar war von ihrer Gefallsucht, und deren Gefallsucht wiederum nicht zu trennen war von ihrer Unfruchtbarkeit und dem häufigen Alkoholgenuß, Bea war es, die den Traum Marcia erzählte. Marcia war verstört, fand nichts Lustiges daran. Keinen Augenblick kam ihr der Gedanke, Janet und Harold könnten miteinander schlafen. Sie hielt es für ausgeschlossen, daß Harold so etwas fertigbrachte; ihre Scheu vor Janet – eine Scheu, die sie vor allen großen Frauen empfand – war noch gewachsen, seit sie sich in Janets Mann verliebt hatte. Nie hatte sie in Betracht gezogen, daß es von außen den Anschein haben könnte, als hätten sie sich alle vier komplicenhaft arrangiert. Sie war schockiert, erschrocken. Sie erzählte es Harold; er lachte. Sie erzählten es gemeinsam den Applebys, und da war es Janet, die lachte, und Frank, der sich verärgert zeigte. «Warum kümmern sich die Leute nicht um ihre eigenen dreckigen Geschichten?»

«Anstatt um *unsere* dreckigen Geschichten?» fragte Harold vergnügt, und die Doppelspitze seiner Nase reckte sich, fand Marcia, wie der Hintern einer Biene.

«Wie reden wir denn!» sagte sie gereizt.

«Komm, komm, *mon petit chou*», sagte er, «Angela kann doch nichts dafür, wenn sie mal träumt. Von allen Frauen, die wir kennen, ist sie die sublimierteste. Und Bea kann nichts dafür, daß sie dich damit geneckt hat. Ihr Mann schlägt sie, sie kann keine Kinder kriegen, irgendwie muß sie doch zum Zug kommen.»

Janet war in träger Stimmung. «Wahrscheinlich *will* sie geschlagen werden», sagte sie. «Sie hat sich Roger ausgesucht, also muß er doch ihren Wünschen entsprochen haben.»

«Aber das trifft auf uns alle zu», sagte Harold. «*Tout le monde*. Wir kriegen, was wir uns unbewußt wünschen.»

Marcia erhob Einspruch. «Aber die denken offenbar, wir sind zu *allem* fähig, dabei scheint es mir reichlich pervers von *denen*, wenn sie sich nicht vorstellen können, daß es reine Freundschaft gibt.»

«Es *ist* schwer, sich so etwas vorzustellen», sagte Harold und überlegte, ob er ein Lächeln riskieren solle. Sie bewegten sich alle hart an der Grenze. Er sah zu Janet hinüber, die, eine Zigarette in der Hand, schläfrig in ihrem gelben Ohrensessel lehnte – ihre Seidenbluse changierte schimmernd, ihr Rock legte unbekümmert die Strumpfränder und -bänder und das sanfte, vertraute Fleisch bloß –, und er dachte, wie einfach, wie richtig es jetzt wäre, mit ihr nach oben zu gehen, während die beiden anderen die Gläser wegräumten und sich in ihr eigenes Bett legten.

Frank sagte: «Sie sind ausgehungert. Ihre Ehen sind schal geworden, und wenn sie etwas an der Nase kitzelt, dann halten sie das gleich für Champagner. Wir haben das Glück, ganz ungezwungen miteinander umgehen zu können, und dürfen uns von den andern nicht befangen machen lassen.» Er räusperte sich und zitierte: «Die schmutz'ge, wankelmüt'ge Menge.»

Diese Sätze beschworen eine Nacht voller Hinterhältigkeit um sie alle. Marcias Augen verschlangen Frank und waren dunkel, dunkel wie undurchdringliche Sterne, die keinen Strahl ausschickten, und sie kam sich vor wie eine Grube, dafür geschaffen, diesen schwerblütigen Mann mit den sanften Händen aufzunehmen, dessen Sprache immer mehr, je länger sie seine Geliebte war, Shakespearesche Färbung und Würde gewann. *Was ihre Nase kitzelt, ist Champagner.* Er hatte sie alle von der Grenze zurückgeholt. Die Klein-Smiths verabschiedeten sich um halb zwei und fuhren durch die Stadt; die brennenden Straßenlampen, novembernackt, schienen über sie zu lästern. Vom Schlafzimmerfenster aus gesehen wirkte die Marsch, die sich geriffelt und wellig zwischen den abgelaufenen Kanälen hindehnte, wie die Oberfläche des Mondes und der herabblickende Mond wie eine Erde, die unversehrt im Raum schwebte. Nervös, reuevoll schliefen sie miteinander, während jenseits der entlaubten Stadt, Kilometer entfernt, das andere Paar, das nackt war wie sie, es ihnen gleichtat.

Mit dem vollen Geständnis wurde bis zum Winter gewartet. Es schneite früh in New Hampshire, und die Hannemas, die Applebys, die Thornes, die Gallaghers und die Klein-Smiths fuhren in den Weihnachtsferien mit den größeren Kindern zum Skilaufen. Das Anschlagbrett des Hotels war gespickt mit Sommeransichten des Hauses, mit Fotos von Kanus, von Paaren, die mit Wurfringen spielten, von Verandabalustraden, die mit nassem Badezeug drapiert waren. Jetzt knirschte dick verharschter Schnee auf den Verandastufen, ein Schild verbot das Tragen von Skistiefeln im Eßzimmer, das Abendessen bestand aus Erbsensuppe und gebackenem Schinken und Apfelauflauf, die Kinder polterten und tobten hinterher im langen Korridor oben, zwischen dem Schlafraum der Mädchen und dem der Jungen, und die Eltern saßen unten am Kamin und sonnten sich im Widerschein ihrer körperlichen Leistungen. Der Whisky beeilte sich, die Kalorien zu ersetzen, die ihnen in der frischen Luft abhanden gekommen waren. Georgene blätterte gewissenhaft eine Seite nach der anderen von *Ski* um. Freddy flüsterte auf dem Sofa mit der mürrisch dreinschauenden Janet. Frank spielte mit seinem Sohn und Jonathan Klein-Smith Memory und verlor, weil er nur Gedanken für das rotierende Unbehagen in seinem Leib hatte: vielleicht der Schinken mit der dicken Rosinensauce. Harold mixte, fröhlich mit Eiswürfeln klimpernd, einen Drink für Angela, deren feiner Teint auf den bitterkalten Hängen einen unirdischen Schimmer bekommen hatte, einen Gipfelglanz, der erhaben war über alles Welken; sie sah eher wie zweiundzwanzig aus denn wie vierunddreißig. Marcia hörte Matt Gallagher zu, der gerade erläuterte, wie der Vatikan sich jetzt, nach Aufhebung der zweiten Sitzungsperiode des Konzils, aller Voraussicht nach zur künstlichen Geburtenregelung äußern würde: «Nichts da, Leute, Sex bleibt weiterhin verboten, aber vielleicht dürfen wir dafür am Freitag Fleisch essen.» Marcia nickte verstehend – seit sie einen Liebhaber hatte, verstand sie alles viel besser, sogar Matt Gallaghers bedingungslosen Glauben an die Buchstabengerechtigkeit einer lieblosen Kirche – und sah zu Terry hinüber. Terry hatte ihre schwarzen Lastexhosen an, saß mit gekreuzten Beinen auf dem Fußboden und zupfte sorgsam eine Reihe von Akkorden auf ihrer Laute herunter, einem kürbisförmigen kostbaren Instrument, dessen acht Saiten einen durchgewetzten fernen Ton gaben. Matt hatte ihr die Laute zu Weihnachten gekauft, das paßte ebenso zu seiner allgemeinen Wohlstandsprotzerei wie der Mercedes; vielleicht aber hatte er nebenher noch eine symbolische Absicht mit diesem Geschenk verbunden, denn der blonde Glanz des Instruments, seine Intarsieneleganz hatten etwas Sakramentales wie ihre Ehe. Piet lag bäuchlings neben ihr auf dem Teppich und starrte auf die straffgespannte Stoffpartie zwischen ihren Beinen. Ein Stich in der Naht war geplatzt. Er spürte Georgenes Mißmut in seinem Rücken, rollte sich herum und vollführte Radfahrübungen in der Luft und fragte sich, ob es mit Katholikinnen wohl anders sei, und seine lang verflossene, nie vollzogene Liebe zu Terry fiel ihm ein – damals, als er und Matt gerade Geschäftspartner geworden waren. Whitney und Martha Thorne, Ruth Hannema, Tommy Gallagher mit seiner Gainsborough-Zerbrechlichkeit und Julia Smith mit ihren rabenschwarzen Rattenschwänzchen sahen sich einen Film über den Zweiten Weltkrieg an, in dem Brian Donlevy die Hauptrolle spielte. Der Empfang aus Manchester war schlecht. Die Memory-Partie wurde abgebrochen. Frank brauchte mehr Bourbon, um seinen Magen zu beschwichtigen. In Zweier- und Dreiergruppen wurden die Kinder nach oben gebracht oder hinaus in die gasgeheizten Bungalows zwischen den knochenbleichen Birken. Die fremde Bridge-Runde neben dem Kamin löste sich auf. Georgene Thorne, eine adrette Person mit kurzgestutztem, graumeliertem Haar und knabenhaftem Donatello-Profil, nickte, in *House & Garden* blätternd, und folgte ihren Kindern hinaus zum Bungalow. Freddy warf ihr schmierig schmunzelnd eine Kußhand nach. Als sie allein über den knirschenden Pfad ging, dachte sie voller Zorn an Piet – an seine Flirtversuche, seine Akrobatenkunststückchen –, und wußte doch, daß derlei im Handel inbegriffen war; sie hatte bekommen, was sie wollte. Ihr Atem war weiß in der schwarzen Luft. Der unsichtbare See ächzte und knarrte, fror härter. Die schwarzen Birkenzweige klirrten. Harold und Marcia versuchten, Ratespiele in Gang zu bringen – Botticelli, Gespenster –, aber alle waren viel zu sehr mit physischen Sensationen beschäftigt. Der Fernsehapparat erregte sich während der Elf-Uhr-Nachrichten unbeachtet, ungehört über militärische Aktionen der UNO in Katanga; irgend jemand schaltete ihn ab. Piet bat Terry Gallagher, sie solle ihnen etwas vorspielen, und als geschehe alles ganz ohne ihren Willen, beobachtete sie, wie ihre weißen, verhexten Finger die entsprechenden Positionen auf dem Griffbrett einnahmen und die einzige Melodie herunterzupften, die sie beherrschte: *Greensleeves.* Die andern wollten mitsingen, hatten aber den Text vergessen. Terry hielt den Kopf schief, ihr langes schwarzes Haar hing glatt zur Seite herab. Sie kam zu Ende; Matt erhob sich militärisch straff, und die Gallaghers gingen hinaus zu ihrem Bungalow. In dem kurzen Augenblick, da die Tür offenstand, hörten alle den Schneepflug, der sich durch die Straße am Hang schaufelte. Hoch oben in einem staubigen Winkel meldete eine Kuckucksuhr – zu spät –, daß es elf sei. Angela erhob sich würdevoll, ihre hellen Wangen glühten, und Piet, muskelig wie ein Hund mit schlaffem Fell, der gern gekrault werden möchte, folgte ihr nach oben ins Schlafzimmer. So blieben nur noch die Applesmiths und Freddy Thorne übrig.

Die beiden ältlichen jungen Leute, die das Ferienhotel betrieben, hatten inzwischen den Geschirrberg bezwungen, kamen nun herein und knipsten knauserig alle Lampen aus, bis auf eine, und rückten im Kamin die Holzscheite auseinander, damit das Feuer stürbe. Mit honigsüßem, niederträchtigem Lächeln wandten sie sich ihren Gästen zu. «Also dann gute Nacht.»

«Gute Nacht.»

«Nacht.»

«*Bon soir.*»

Aber eine ganze Stunde mußten sie noch ausharren, im Halbdunkel, bei zunehmender Kälte, denn Freddy konnte sich nicht losreißen von der Schönheit, die ihm bewußt geworden, der Güte, die aufgekeimt war, als die Paare vorhin hier so zwanglos beisammensaßen. «Ihr seid alle so schöne Frauen. Marcia, warum lachst du? Mein Gott, jedesmal, wenn ich Leuten ganz unverblümt etwas Nettes sagen will, lachen sie. Die Menschen hassen die Liebe. Sie fühlen sich durch sie bedroht. Sie ist wie Zahnverfall, riecht schlecht und tut weh. Ich bin der einzige Mensch auf Erden, der keine Angst davor hat, ich traue mich mitten hinein, mit Bohrer und mit Spiegel. Ich liebe euch, alle, wie ihr da seid, Männer, Frauen, neurotische Kinder, verkrüppelte Hunde, räudige Katzen, Kakerlaken. Die Menschen sind das einzige, was den Menschen geblieben ist, seit Gott eingepackt hat. Mit Menschen meine ich Sex. Ficken. Hip, hip, hurra! Frank, glaubst du an den Unterschied zwischen Tragödie und Komödie? Sag mir das, um des süßen Fickens willen. Die Frage ist mir ernst.»

Frank rappelte sich aus der hingerekelten Haltung hoch, die seinem Magen anscheinend wohltat, und sagte bedächtig: «Ja, insofern, als es formale Unterscheidungsmerkmale gibt, an die ja auch Shakespeare geglaubt hat. Aber ich würde nicht meinen, daß der Unterschied ein absoluter ist.»

«Frankfurt, das ist schön von dir. Das ist genau der Schluß, zu dem jeder mittelintelligente Mensch auf der Welt gelangen würde. Und just das ist der Unterschied zwischen dir und mir. Ich glaube nämlich daran. Ich glaube, daß es tragische Dinge gibt und komische. Das Schlimme ist bloß, daß die meisten tragisch sind, von den goldenen Sternen bis zu den leckeren kleinen Fäulnisbakterien, die sich in deinem Mund vermehren. Sieh dir das Feuer da an, das unsere filzigen Wirtsleute ausgehen lassen, um ein paar lumpige Kröten zu sparen. Tragisch. Hör den Wind. Sehr tragisch. Schön, was ist also nicht tragisch? In der westlichen Welt gibt es nur zwei komische Dinge: die christliche Kirche und nackte Frauen. Wir haben keinen Lenin, das ist unser Pech. Und alles übrige dient bloß dazu, uns für tot zu erklären. Denk mal drüber nach, stell dir die beiden Schwabbeldinger vor, wie sie auf und nieder hopsen. Da kriegt man doch das

Lachen, oder nicht? Oder wenigstens das Lächeln. Denk an die arme Marilyn Monddoof – die wirklich guten Filme mit ihr waren Komödien, zum Donnerwetter.»

«Und warum die christliche Kirche?» fragte Marcia und sah nervös zu Frank hinüber, als wolle sie den Grad seiner Schmerzen abschätzen.

«Ach Gott», sagte Freddy, «ich würde ja so gern glauben. Irgendwas. Das kleinste Fitzelchen wäre schon genug. Ein einziges lausiges Faß Wasser, das in Wein verwandelt worden ist. Oder nur ein halbes Faß. Ein viertel. Ich wäre auch schon mit einem halben Liter zufrieden.»

«Na los», sagte Janet träge, «dann glaub doch.»

«Ich *kann* nicht. Marcia, hör auf, Frank zu durchleuchten. Er ist hyperalgetisch, er lebt noch lange. Laß uns weitermachen, das ist jetzt endlich mal eine Unterhaltung, bei der's aufs Ganze geht. Das wollen die Leute doch immer. Das große Wahrheitsspiel. Nimm dich, zum Beispiel, mit deinem flauschigen lila Kropfpullover: ungeheuerlich. Du siehst aus wie ein gefärbter Pudel, nichts als Nerven und Zehennägel, *preiswürdig*, kann ich da nur sagen. Wäre dein Großvater nicht Bischof von Osterei gewesen, dann hätte eine kolossale Hure aus dir werden können. Und du, Janet, du bist ein kurioser Fall. Manchmal erwischst du alle Neune mit einem einzigen Wurf, und manchmal geht's total daneben. Um den Mund herum verschrumpelst du allmählich wie 'ne Backpflaume. Heute abend bist du jedenfalls in Hochform. Aus irgendeinem blöden Grund bist du stinksauer, vielleicht zeigt Harold dir die kalte Schulter, vielleicht hast du auch bloß die rote Fahne rausgehängt, aber wie auch immer, du bist ganz da. Du bist nicht immer ganz da. Woran fehlt's eigentlich, man liest deinen Namen in jedem Drugstore, und ich habe mir sagen lassen, es handle sich um ein verdammt gutes Abführmittel, obwohl ich selber, mit Verlaub, nie eines benötigt habe.»

«Wir haben expandiert», erklärte Janet, «wir haben uns jetzt vorwiegend auf Antibiotika eingestellt. Außerdem war es kein Abführmittel, sondern Paraffinöl.»

«Meinen Segen hat es! Du hast allerhand abgenommen, ein raffinierter Zug von dir. Eine Weile lang hab ich geglaubt, dein Kinn kriegt Junge. Weißt du, Süße, daß du ein phantastisches Stück bist – ich sage das jetzt nicht als Interessent, sondern gleichsam von Mädchen zu Mädchen –, und du hast es nicht nötig, dauernd diese knallbunten Kleider zu tragen, als müßtest du's beweisen. Wir wollen dich so, wie du bist, fett oder mager, Janet Apfelmus: mehr brauchen wir nicht zum Nachtisch. Wir *lieben* dich, Schluß jetzt mit der Selbstquälerei. Wie gesagt, ihr seid *alle* rasante Weiber. Es hat mich vom Stuhl gerissen vorhin, mich allen Ernstes anschwellen lassen, als unsere alte Terry Tollfotze mit gespreizten Beinen und herunterhängendem Haar dasaß und auf diesem trostlosen Kürbis herumklimperte. Habt ihr mal auf ihren Mund geachtet? Riesig. Ihre Zunge ist so groß wie ein Bett. Jedesmal, wenn ich an ihren Molaren zu tun habe, möchte ich mich am liebsten dadrinnen zusammenrollen und schlafengehen.»

«Freddy, du bist betrunken», sagte Marcia.

«Laß ihn, ich mag das», sagte Harold. «*Je l'aime*. Freddys Arie.»

Frank sagte: «O daß wir einen bösen Feind in den Mund nehmen, damit er unser Gehirn stehle!»

Janet sagte: «Über uns wissen wir nun Bescheid, Freddy. Knöpf dir jetzt mal Angela und Georgene vor.»

«Schöne Mädchen. Wirklich schön. Ich meine es im Ernst. Ihr laßt zwar kein gutes Haar an Angela, aber –»

«Das ist nicht *wahr*!» protestierte Marcia.

«Ihr laßt zwar kein gutes Haar an dieser Heiligen, aber sie hat unbedingt den eindrucksvollsten Arsch, der mir je begegnet ist, abgesehen vom Vogel Strauß.»

«Giraffen haben auch schöne Hintern», bemerkte Harold.

«Außerhalb deiner Reichweite, würde ich meinen», sagte Frank.

Harold fuhr herum, Nase gereckt, und sagte: «Du Nilpferd. Du Ochse.»

Janet sagte: «Aber Jungs.»

Freddy redete weiter: «Sah sie nicht hinreißend aus heute abend? Angela.»

Harold, der einen nasalen Baß hatte, auf den er stolz war, intonierte arienhaft: «Sah sie nicht, sa-ha-hah sie nicht, hi-hi-hinrei-heißend aus heut a-bend. A-aaaaangela lala!»

Freddy wandte sich an die beiden Frauen. «Sagt es mir geradeheraus. Ihr seid Frauen. Ihr habt hübsche klare lesbische Augen. Sah sie nicht wie zwanzig aus, eine jungfräuliche Zwanzigjährige, mit Augen voller Himmel und dieser phantastischen rosigen Haut, großer Gott, ihr seid natürlich beide Schönheiten, daran ist nicht zu rütteln, aber sie ist mein Idol. Ich vergöttere sie. Ich sehe diesen Arsch und fühle mich wie im Himmel. Meilenweit nichts als Rotkehlchen und Erdbeeren mit Schlagsahne.»

Die beiden Paare lachten verblüfft. Freddy blinzelte, als müsse er sich erst wieder zurechtfinden; sein Whiskyglas hatte sich wie durch Hexerei nachgefüllt. Marcia sagte: «Und was ist mit Georgene, Freddy? Deine Frau hast du überhaupt noch nicht erwähnt.»

«Ein gesundes Kind», sagte Freddy. «Sie kocht gut, spielt gut Tennis. Im Bett –» er kniff abschätzend die Augen zusammen und wiegelwagelte mit der Hand – «soso. *Comme ci comme ça.* Ich hab's gern, wenn es lange dauert, wenn es ewig dauert: ein bißchen Wein trinken, noch ein bißchen Wein trinken, herumfummeln, es mal von hinten probieren, ihr wißt schon, das Ganze *menschlich* gestalten. Sie kommt zu schnell. Sie kommt, damit sie sich wieder an die Hausarbeit machen kann. Ich hab ihr zu Weihnachten das *Kamasutra* geschenkt, aber sie hat sich nicht einmal die Bilder angesehen. Das Biest ist nicht dazu zu kriegen, mir einen zu blasen, außer wenn sie einen Kräftigen sitzen hat. Wie sagt doch Shakespeare? Ficken ist menschlich, einen geblasen kriegen, göttlich.»

Freddy schlug, wie gewöhnlich, über sämtliche Stränge; die Smiths und Applebys unternahmen rastlose Versuche, ihm zu entkommen. Janet stand auf und schüttete den Inhalt ihres Aschenbechers in den schwelenden Kamin. Frank sammelte die Memory-Karten ein. Harold legte die Füße auf die Sofalehne und tat angestrengt so, als schlafe er. Nur Marcia, die mit einem ihrer Ohrgehänge spielte, gab sich einen Anschein von Interesse.

Freddy starrte in die Ecke hoch oben über der Kuckucksuhr, wo ein staubiges Spinnwebengewirr hing, regenbogenfarben, als spiegle es sich umgekehrt im Wasser. Er sagte: «Ich habe eine Offenbarung gehabt. Wollt ihr wissen, warum wir alle hier auf Erden unseren Platz haben?»

Aus den Tiefen seines heuchlerischen Schlafs tauchend, fragte Harold: «Und warum?»

«Gerade eben ist es mir aufgegangen. Eine Vision. Wir sind hier alle an unseren Platz gestellt, um uns gegenseitig zu vermenschlichen.»

«Freddy, du bist so blöd», sagte Marcia, «aber du machst dir Gedanken. Das ist dein Charme, du machst dir Gedanken.»

«Wir sind eine subversive Zelle», fuhr Freddy fort, «wie in den Katakomben. Nur mit dem Unterschied, daß die damals dem Hedonismus entfliehen wollten, und wir versuchen, wieder zu ihm zurückzufliehen. Das ist nicht einfach.»

Janet kicherte und hielt Frank den Mund zu, bevor ihm sein «Reif sein ist alles» herausrutschen konnte.

Dann brach unvermittelt ein Gefühl der Erschöpfung und der Niederlage über sie herein. Das Zimmer war kalt. Schweigen stand Wache. Freddy rekelte sich hoch und sagte: «Bis morgen, auf der Piste», und schleppte sich hinaus zu seinem Bungalow. Der schwarze See hinter den kreidigen Birken war wie ein offener Mund, der darauf wartete, daß man ihm zuhöre. Der alkoholhaltige Schweiß auf Freddys Brust gefror zu einem Schildkrötenpanzer; seine kahle Kopfhaut zog sich zusammen. Er eilte über den knirschenden Pfad zu Georgene, ihrem Verzeihen entgegen, das ihn lossprach.

Die beiden Paare aber zögerten immer noch, nach oben zu gehen. Freddys elegische Obszönität hatte sie aufgescheucht. Marcia und Janet wuselten umher, räumten Gläser weg, ordneten Zeitschriften, setzten sich wieder hin. Frank räusperte sich; seine Augen brannten rot. Harold kreuzte ruckhaft die skibehosten Beine, legte sie wieder nebeneinander und sagte, als wolle er Frank zuvorkommen: «Freddy ist sehr krank. *Très malade.*» Die glühenden Aschereste der Holzscheite hinter dem Kamingitter formten ein Sternbild, das in immer weitere Fernen zu rücken schien. Das Schweigen wurde klebrig, peinlich, Marcia stieß sich vom Sofa ab, und mit den Bewegungen einer Tänzerin, die lampenfiebrig aus den Kulissen schwebt, ihrem ersten Sprung, ihrer Eröffnungspirouette entgegen, folgte Janet in ihrer pfirsichfarbenen Jacke und den weißen Slacks der Freundin die Treppe hinauf nach oben. Beide Paare hatten ihre Zimmer im Obergeschoß des Haupthauses. Frank und Harold lauschten auf das Gurgeln und Rauschen der Wasserleitungen und knipsten die letzte Lampe aus. Abermals räusperte Frank sich, aber er sagte nichts.

Oben, im Flur mit den aneinandergereihten Zimmertüren, fühlte Harold eine Hand auf seinem Arm. Er hatte das erwartet. Frank flüsterte heiser, in tödlicher Verlegenheit: «Bist du sicher, daß wir uns nicht in den Zimmernummern irren?»

Harold sagte schnell: «Wir haben neun, ihr elf.»

«Ich meine, was hältst du davon, wenn wir tauschen, du und ich?»

Harold war versucht, sich von der Höhe seines überlegenen Wissens herabzulassen und diesen täppischen, vor Begierde winselnden Mann zu bedauern. Kapriziös bedachte er sich, dann schlug er vor: «Sollte man nicht zuerst die Damen konsultieren? Ich zweifle, ob sie einverstanden sind.»

Eine einzige Birne brannte im Korridor, das Nachtlicht, und Franks vorgereckter Kopf sah in dieser Beleuchtung aus, als werde er gleich gesprengt von all dem, was sich in ihm staute. Frank flüsterte feucht: «Das geht schon in Ordnung. Janet hat oft genug gesagt, sie fühle sich von dir angezogen. Nimm sie. Meinen Segen habt ihr. Was soll's denn, verdammt noch mal. Es lebe der Beischlaf!»

Harold tat, als sei er vom Donner gerührt. «Und Marcia? Will sie dich denn?»

Frank nickte kläglich, eifrig. «Das geht schon in Ordnung.»

Die Türen zu Nummer 9 und 11 standen beide einen Spalt offen.

Harold dachte an Janets nackte Arme, die schweißfeucht in den grittigen, glimmerglitzernden Straßen des sommerlichen Boston geschlenkert hatten, und konnte es sich nicht verkneifen, seinen Rivalen noch einen Augenblick zappeln zu lassen. «Oh – macht ihr das –» er drehte die Hände hin und her, so daß abwechselnd Finger und Daumen oben waren – «öfter, du und Janet?»

«Nie. Bis jetzt noch nie. Na los, ja oder nein? Mach nicht so ein Theater. Ich bin müde, und der Magen tut mir weh.»

In Franks Stimme schwang plötzlich ein bedrohlicher Unterton körperlicher Überlegenheit, vor der Harold sich fürchtete. Hinzu kam, daß Frank, der Bankprokurist, dem Börsenmakler Harold unzählige Courtagen zugeschanzt hatte. Das Depot an Geheimnissen, das Harold in seinem Kopf hatte, schien auf einmal nicht mehr börsenfähig. Franks großer bulliger Kopf war gesenkt. Die beiden Türen standen wartend angelehnt. Hinter der einen lag Marcia, mit der er Nacht für Nacht das öde Lager teilte; hinter der anderen Janet, deren Körper eine Truhe voller Düfte war. Er erkannte, daß der Betrug, den er mit ihr begangen hatte, jetzt allen Wert verlor. Aber Gelegenheit zum Verkaufen gibt es immer; der Trick an der Börse ist, man muß wissen, wann. Janet winkte als sicherer Gewinn. Bedächtig zuckte er die Achseln. «Warum nicht? *Pourquoi non?* Mir soll's recht sein. Aber sei zart.» Das war ein sonderbarer Nachsatz, aber er hatte in dem morschen Flur mit den dünnen Wänden und dem Linoleumbelag, als Frank ihm mit erhobenem Kopf einen muffigen Atemschwall ins Gesicht geblasen hatte, plötzlich eine Ahnung von dessen brünstiger Massigkeit bekommen und fürchtete, seine nervöse, feingliedrige Frau werde einem solchen Gewicht nicht gewachsen sein; dann fiel ihm ein, daß sie es sich schon viele Male aufgeladen hatte. Franks Anblick – sein Gesicht mit den eselhaft vorstehenden Zähnen, den dicht von roten Äderchen durchzogenen Augäpfeln – bekam etwas Beleidigendes; Harold ging auf die Tür von Nummer 11 zu, tippte gegen sie, und sie schwang auf, als ob die Dunkelheit auf ihn gewartet hätte.

Das Schloß klickte zu. Ein Licht, das über das schneebedeckte Verandadach ins Zimmer schien, warf wirre Schatten auf die Wände. Janet fuhr im Bett hoch, und ihre Worte, lauter Einsilber, kamen ihm wie Streichhölzer vor, die in einer explosiven Umgebung aufflammten. «Du? Was ist? Doch nicht jetzt! Mein Gott, das geht nicht!»

Er tastete sich zum Bett und setzte sich auf die Kante und stellte fest, daß sie über dem Nachthemd einen Pullover trug. «Die Idee stammt von deinem Mann. Ich brauchte bloß ja zu sagen. Die beiden denken, es ist das erste Mal für uns.»

«Aber jetzt wissen sie *Bescheid.* Sie werden uns beobachten. *Begreifst* du denn nicht? Du hättest entrüstet tun müssen und sagen, so etwas fiele dir im Traum nicht ein. Frank weiß genau, wenn er betrunken ist; er hätte es dir nicht übelgenommen. Ich bin sicher, er hat erwartet, daß du ihm eine solche Antwort gibst. O Gott, Harold!» Sie schmiegte sich begierdelos an ihn. Seine Arme umschlossen ihren gekrümmten Rücken, der wollumhüllt war wie der einer Kranken.

«Aber ich hatte Sehnsucht nach dir, Janet.»

«Du kannst mich doch jederzeit haben.»

«Nein, nicht jederzeit. Wann kann ich denn schon mal eine Nacht mit dir zusammen sein.»

«Aber wie kann es dir Spaß machen, wenn du weißt, daß eine Tür weiter die beiden anderen liegen?»

«Das macht mir nichts aus. Ich mag sie beide. Gönn ihnen doch ihr bißchen Glück.»

«Ich kann es nicht ertragen. Ich bin nicht so kühl wie du, Harold. Ich gehe jetzt zu ihnen und laß alles auffliegen.»

«Nein.»

«Spar dir diesen großspurigen Ton. Tu nicht, als wärst du mein Vater. Ich bin wirklich außer mir.»

«Leg dich doch einfach in meine Arme. Wir brauchen nicht miteinander zu schlafen. Lieg einfach nur in meinem Arm und schlaf ein.»

«Hast du denn kein Gefühl dafür? Es ist so *falsch.* Jetzt sind wir wirklich verkommen. Alle miteinander.»

Er legte sich neben sie auf die Bettdecke. Der Schnee vor dem Fenster war heller geworden. «Glaubst du, auf dem Mond spielt das eine Rolle?» fragte er.

«Eigentlich ist es nur *ihret*wegen», sagte Janet. «Jetzt hat sie was in der Hand gegen mich.»

«Marcia? Nicht mehr, als du gegen sie.»

«Aber sie hat das College absolviert und ich nicht.»

Er lachte überrascht. «Ich verstehe. Sie hat das College absolviert, also beherrscht sie die erotische Technik besser als du, also holt sie mehr aus Frank heraus, als du aus mir. Gerade in diesem Augenblick macht sie den Fischbiß, dann kommt die Reitposition dran, wie sie die Hygieneabteilung des Bryn Mawr College empfohlen hat.»

Janet zog die Arme unter die Bettdecke zurück und schnaubte. «Das trifft es überhaupt nicht. Aber mir scheint, *du* bist dieser Meinung.»

Er nahm an, daß er sie in seinem Unmut über ihre mangelnde Begeisterung hoffnungslos gekränkt hatte. Aus und vorbei; er seufzte durch die Nase.

Nach einer Weile fragte sie schüchtern wie ein Ladenmädchen, das es mit einem unschlüssigen Kunden zu tun hat: «Warum kommst du nicht unter die Decke?»

So wanderte er dann durch einen Palast von Stoff und gleitenden Stufen der Truhe voller Düfte entgegen, die sie aus einem Dutzend strahlender Winkel über ihn ausschüttete. Der Heizkörper neben dem Waschtisch schnurrte aus seinen sieben parallelen Kehlen. Da lag sie, Janet: dämmerig, blaß, pudrig, schwer, süß, derb, mütterlich; unwirsch gab sie ihm Ruhe, sein schmales Gesicht lag zwischen ihren Brüsten, seine Zunge hing heraus wie die Zunge einer paralysierten Eidechse.

Ein paar Schritte weiter aber lag Frank und empfand Marcia als transparent, gleitend, ungreifbar, eins mit den Schatten im Zimmer. Er wuchs, wuchs, bis sie ganz verschwand und das Dunkel durch ihn zu Festigkeit gerann; dann nahm er sich wieder zurück, schuf Raum für ihre silberne, atemlos hauchende Stimme: «Wie schön. Oh. Fick. Fick, fick.»

Zwischen den beiden Paaren, in Zimmer 10, lagen Piet und Angela Hannema Rücken an Rücken in blindem, taubem Schlaf; Piet träumte von Dübeln und Zapfen, die sich störend mit Parallelschwung, Schuß und ‹Talschulter› aus dem Skikurs verquickten, den er am Nachmittag mitgemacht hatte, und Angela träumte von nichts, sprunghaft vielleicht von Kindern ohne Namen, von Schneefall in einem gebirgigen Ort, den sie nie kennengelernt hatte, von einem großen Tisch mit Löwenfüßen, auf dem eine leere, makellos blaue *mei ping*-Vase stand – Träume, an die sie sich beim Erwachen nicht mehr erinnern würde.

Harold würde nie Janets kühle Noblesse in dieser Nacht vergessen, weder den Halbmond aus Licht auf ihren fleischigen Schultern über ihm, noch die Großmut, mit der sie sich der langen Anstrengung unterwarf, die zu seinem zweiten Orgasmus nötig war. Erschöpft und von dem Gedanken abgelenkt, daß ihre Beziehung nun offenkundig war, brauchte er ungewöhnlich lange. Widerstandslos wie ein Schlachttier, mit langgestrecktem Hals, die Schultern im Schatten, lag sie unter ihm.

«Verzeih», sagte er, «ich brauche ewig.»

«Schon gut. Ich mag es.»

«Soll ich aufhören?»

«O nein, nein.»

Die leidvolle Ruhe ihrer Stimme ergriff ihn so sehr, daß er auf den Gipfel gehoben wurde, sich fallenlassen und sie von der Leibeigenschaft losbinden konnte. Sie drehte sich um und schlief. Als ob sie auf einer Wippe säßen, hob ihr totes Gewicht ihn in die Schlaflosigkeit. Die Weiße vor dem Fenster flimmerte wie ein überbelichteter Filmstreifen. Das Kissen, auf dem ihr wirres Haar lag, schien aus Schnee gemacht. Jedesmal, wenn Harold die Augen schloß, sah er wieder den Berghang, die verkrüppelten eisverkrusteten Kiefern oben neben der Liftstation, die gefrorenen Pisten, das pulverige Stieben, die festen, von unzähligen Bretterschwüngen geformten Schneebuckel, und immer noch fühlte er die harte Anspannung in den Beinen. Die Schienbeine taten ihm weh. Musikklänge, durchscheinende Passagen wie von Debussy, versuchten, in den Pausen zwischen Janets Atemzügen zu ihm vorzudringen. Er drehte sich um und schmiegte sich an ihren Körper. Sie sagte seufzend, mit Kinderstimme: «O nein, Liebster, nicht schon wieder.»

Er nickte ein, erwachte im Morgendämmer. Fußschritte klickten über den Korridor. Seine verlassene Frau, mißbraucht und dem Wahnsinn nah, auf der Suche nach ihm. Janets unvertraute Leibesfülle lag in Schlaf gekuschelt neben ihm und brachte ihn ins Schwitzen. Behutsam, wie ein Spion einen Briefumschlag öffnet, schlich er sich aus ihrem Bett. Das Gewebe der Nacht erwies sich als brüchig, zerfiel in optisch deutlich wahrnehmbare braune Partikel: Schmutzklümpchen in den Fußbodenritzen; seine, Harolds, schmale Füße, an den Risten wundgescheuert von den Skistiefeln; Janets seidene Unterhandschuhe, die auf der Heizung trockneten wie kleine Tintenfische; ein Tiegelchen mit Handcreme auf der kahlen Fichtenholzkommode, in dem sich Mondglanz fing. Von den Kleidungsstücken, mit denen er das Zimmer betreten hatte, zog er in seiner Eile jetzt nur die Hose und den Pullover an. Wieder knackte es im Flur, diesmal nahe der Tür. Er öffnete sie behend, sein Gesicht war eine Maske der Zärtlichkeit.

Vor ihm stand Frank, der gerade von der Toilette kam und quelläugig und fleckig aussah im Funzellicht. Bei Harolds Anblick vollzog sich in seinen Augen eine schmerzliche Metamorphose: sie bekamen etwas Ausweichendes und zugleich Herausforderndes und dazu etwas Beschämtes und Hilfloses; ihm war übel.

«Was ist los?» flüsterte Harold.

«Mein Magen. Zu viel getrunken.»

«Et ma femme? Dorme-elle?»

«Wie ein Stein. Was macht Jan-Jan?»

«La même.»

Frank versank in Meditationen über sein Befinden. «Sitzt wie ein

Teerklumpen dadrinnen, und ich werde ihn nicht los. Mußte mich eben übergeben. Jetzt fühle ich mich besser. Vielleicht bin ich nervös.»

«Möchtest du in dein eigenes Zimmer?»

«Das wäre wohl ratsam. Die Kinder stehen bald auf und könnten hereinkommen.»

«Gute Nacht, mein Fürst. Und Engelscharen etcetera, etcetera.»

«Danke. Ich seh dich dann auf der Piste.»

«*Oui.* Bis nachher auf der Piste.» Harold dachte nach, wie Piste auf französisch hieß, kam nicht drauf und lachte, als sei ihm nachträglich eine Ironie aufgegangen.

Janet war wach geworden, als Harold sich davonschlich, sie hatte das Flüstern im Korridor gehört und wußte, daß es Frank war, der sich nun zu ihr ins Bett legte, aber sie stellte sich schlafend. Vielleicht setzte in diesem Moment die zornige Gewißheit bei ihr ein, daß sie geprellt worden war. Janet war eine Frau, in der frühe Schönheit hohe Erwartungen genährt hatte. Sie blieben unerfüllt, und das hatte einen säuerlichen Idealismus mit sich gebracht, einen Idealismus, der nur dazu taugte, die Welt schlecht zu finden. Sie kam zu dem Schluß, daß durch Harolds Einwilligung, dem Betrug ein Ende zu machen, sie die Betrogene war. Marcia hatte aus freien Stücken Ehebruch begangen, Janet hingegen hatte sich nur deshalb an Harold geklammert, weil sie ihre und seine Verzweiflung lindern wollte. Durch ein zynisches Arrangement wurde sie nun um diese Rechtfertigung gebracht. Bei jedem Zusammensein mit Harold hatte sie eine Rate der Rache beglichen; in aller Stille war ein Muster der Gerechtigkeit entstanden. Aber jetzt war ihre Affäre keine Vergeltungstat mehr, sondern bloß noch eine Annehmlichkeit, und Janets Idealismus verlangte mehr vom Leben als rationierte Zuteilungen von Bestätigung und Sex. Tiefer noch als alle moralischen Vorbehalte lauerte in ihr der Verdacht, Marcia sei sinnlicher, sei besser im Bett als sie. Janet sah nicht ein, daß sie zwei unzulänglichen, unbequemen Männern zu Willen sein sollte, nur damit Marcia in allen Ehren eine Nymphomanin sein konnte. Die Person, die Janet immer für ledern und unschick gehalten hatte, entpuppte sich als wahrhaft diabolisch, und es fuchste Janet, daß im Falle eines Skandals Marcia alle Sympathien und sie, Janet, alle Schuld bekommen würde.

Wie unzulänglich und unbequem die Männer waren, zeigte sich in dem Augenblick, da Janet rebellierte. Am Wochenende nach dem Tauschhandel saßen sie im Wohnzimmer der Applebys um den niedrigen runden, mit Leder bezogenen Tisch, vor den Regalen mit den geerbten Gesamtausgaben: Balzac in Rot, Scott in Ocker, d'Annunzio in goldgeprägtem weißen Kalbsleder, Mann in der schwarzen Ausgabe des Knopf-Verlags, Shaw in Grün, erschienen bei Dodd, Mead & Co. Diese Wand von Büchern, die nie berührt wurden, schluckte den Rauch und die Unterhaltung. Ein Schneesturm, der erste, der in diesem Winter über Tarbox herfiel, schloß sie ein. Frank hatte einen heißen Rumpunsch gebraut, und sie waren betrunken. Um Mitternacht sagte er: «Gehen wir hinauf.»

«Nein», sagte Janet.

«Du sollst ja nicht mit *mir* gehen», sagte Frank. «Du kannst *ihn* nehmen.»

«Ich kann auf euch beide bestens verzichten.»

«Janet!» rief Harold, freilich nicht besonders erstaunt, denn sie hatte am Mittwoch mit ihm geschlafen und ihm anschließend ihre Gefühle mitgeteilt.

«Ich finde es einfach pervers», sagte sie. «Du nicht, Marcia?»

Marcia hielt ihren linken Ohrring fest, als habe er geläutet. «Nicht, wenn wir uns alle gegenseitig respektieren.»

«Tut mir leid», sagte Janet, «aber ich kann niemanden von euch respektieren. Schon gar nicht eine Frau, die so viele Männer haben muß.»

«Bloß zwei», wandte Frank ein.

«Nimm es mir nicht übel, Marcia, aber ich bin ehrlich der Meinung, du solltest dich in die Hände eines Arztes begeben.»

«Das wären dann *drei*», sagte Harold. Im stillen war er davon überzeugt, daß Janets Widerstand eine Art Nebel war, der sich aus der Ferne wie eine Wand ausnahm, aber zerfloß, sobald man in ihn eindrang – als spiele man Golf an einem dunstigen Tag.

«Willst du damit andeuten, ich soll mich *sterilisieren* lassen?» fragte Marcia.

«Ich meine keinen praktischen Arzt, sondern einen Therapeuten. Einen Psychoanalytiker. Frank hat mir alles über euer Verhältnis erzählt, und ich finde, die Art und Weise, wie du hinter ihm her warst, ist kaum noch normal. Ich spreche nicht als die gekränkte Ehefrau, ich würde dasselbe sagen, wenn es sich um einen x-beliebigen anderen Mann handelte. Und vermutlich hätte es tatsächlich jeder x-beliebige sein können.»

«Liebste Janet», sagte Marcia, «ich bin gerührt über deine Besorgnis. Aber ich war nicht hinter Frank her. Wir haben zueinander gefunden, weil du ihn unglücklich gemacht hast. Dir verdankt er sein Magengeschwür.»

«Sein Magen ist zehnmal schlimmer geworden in diesen letzten Monaten.»

«Du anscheinend auch. Nach Harolds Schilderung von deinem Striptease in der Waschküche bin ich doch sehr erstaunt, daß du dich auf einmal so zimperlich anstellst.»

Janet drehte sich zu Harold. «Du hast es ihr erzählt?»

Er zuckte die Achseln und griff sich ans linke Ohrläppchen. «Sie hat *mir* alles erzählt. Und ich wollte nicht, daß sie sich schuldig fühlt.»

Janet begann zu weinen: versteinert, ohne die leiseste Bewegung ihrer Arme oder Hände.

Marcia zündete sich eine Zigarette an und starrte trockenen Auges auf die andere. «Reg dich nicht auf», sagte sie, «ich würde dir Frank nicht wegnehmen, auch wenn du mich auf den Knien darum bätest. Weder heute nacht noch in irgendeiner anderen Nacht. Ich möchte, daß du ihn behältst, bis du ihn in Grund und Boden gestampft hast. Ich habe ihn jetzt ein halbes Jahr lang flott gehalten, und ehrlich gesagt, es langweilt mich allmählich zu Tode. Das *letzte*, was ich erwarte, ist Dank von *dir*.»

Janet sagte nichts, und beide Männer nahmen sie in Schutz.

«Ich verdanke mein Magengeschwür der Börsenflaute», sagte Frank, «Jan-Jan hat nichts damit zu tun.»

«Sie ist *reizend* im Bett», beteuerte Harold seiner Frau. *«Belle en lit.»*

Marcia sagte zu Frank: «Dann fick sie. Geh hinauf mit ihr und fick sie, und komm nicht dauernd zu mir angekrochen mit deinen elenden Shakespeare-Brocken. Ich könnte heulen, so schlecht ist mir von diesen dicken dummen Weibern, die nichts anderes zuwege bringen, als sich von aller Welt ihren entzückenden Hintern lecken zu lassen. Laß dich doch scheiden», sagte sie zu Harold, «laß dich scheiden und heirate sie doch, wenn sie so fabelhafte Titten hat. Laß mich von keinen Hindernissen hören, die treuer Seelen blablabla bedräun, heißt es nicht so, Frank? Das ist das Ende. Du, ich, der ganze verfaulte Mist.» Sie stand auf und sah, das Ausmaß der Verheerung abschätzend, auf die Gesichter der anderen herab.

«Marcia», sagte Harold, «hör auf, in diesem pöbelhaften Ton auf Janet herumzuhacken.»

«Sie hackt nicht auf mir herum», sagte Janet. «Ich bin ihrer Meinung.»

«Ich wärme den Punsch noch mal auf», sagte Frank. «Oder möchte jemand ein Bier?»

«Frank, du bist ein Schatz», sagte Harold, «aber wenn wir uns nun schon nicht alle miteinander ins Bett legen, ziehe ich es vor, schlafen zu gehen. Wir haben eines von den Mills-Mädchen als Babysitterin zu Haus, die steckt gerade in der Zwischenprüfung an der Bostoner Universität.»

Frank sagte: «Dieser Bursche, mit dem ich in Exeter zusammen war und der das Robinsonsche Haus kaufen will, hat einen Lehrauftrag dort.»

«Er soll so gut aussehen», sagte Janet.

Marcia spürte, daß ihre große Szene vorüber war, und sagte: «Ich kann euch nicht mehr ertragen, und ich hasse dies trostlose Haus.» Sie ging in die Diele, um ihren mäusigen alten Mantel zu holen. Harold folgte ihr, er wußte, daß sie ein Pessar in ihrer Handtasche mitgebracht hatte, und fragte sich, ob sie es nun zu Hause benutzen würde. Aber die Klein-Smiths hatten zu lange gewartet mit ihrem Aufbruch, und beide Applebys, zuerst nur Frank, dann auch Janet, mußten durch den hohen Schnee stapfen und Harolds Porsche anschieben, damit er von der Auffahrt herunterkam. Die Rücklichter schlitterten höhnisch hin und her, dann verschwanden sie endlich, und Janet sagte: «Ich hoffe, es war das letzte Mal, daß wir die gesehen haben. Sie sind kleinkariert. Ich weiß, sie können nicht anders, aber sie sind vergiftend. Ist das nicht eine herrliche Nacht, Frank? Ich glaube, ich habe nicht ein einziges Mal mehr aufs Wetter geachtet, seit wir uns mit diesen Leuten eingelassen haben.» In den Lükken zwischen den Bäumen, die von der Verandalaterne in trübes Licht getaucht wurden, eilten Flocken nieder und berührten sie, zart, ganz zart, und zergingen sogleich. Aber als sie sich in der überheizten Diele vornüber beugte, um sich die Gummischuhe abzustreifen, und Frank sie tätschelte, schoß sie wütend hoch und sagte: «Wag bloß nicht, mich anzurühren! Auf *sie* bist du scharf. Geh doch zu ihr. Geh doch. *Geh!*»

Janet wünschte sich verzweifelt, nicht frigid zu sein. Alle ihre Bildungsquellen, von Disneys *Schneewittchen* bis zur letzten *Life*-Nummer, hatten sie gelehrt, der Liebe den höchsten Wert beizumessen. Nur ein Kuß konnte den Zauber des vergifteten Apfels brechen. Von der Geburt bis zum Tod marschieren wir in der großen Menge mit, und diese Parade heißt Liebe. So wenig erhebend das auch sein mochte, Janet fürchtete sich davor, zurückzubleiben. Darum konnte sie nicht aufhören zu flirten, sehnsüchtig die Fühler auszustrecken, obwohl bei jeder Regung ihres Herzens ein Mißtrauen in ihr, eine Bitterkeit ähnlich den Residuen in ihres Vaters Arzneimittel-Fabrik, überwunden werden mußte. Alkohol half bei diesem Manöver.

Einige Wochen lang mieden die Klein-Smiths und die Applebys einander. Marcia und Janet setzten beide in Umlauf, es habe Streit gegeben. Die anderen Paare verhielten sich taktvoll und luden sie nicht mehr zusammen ein. Als Harold Janet anrief, sagte sie: «Tut mir leid, Harold, es war wunderbar mit dir, von Mensch zu Mensch, als Mann und Frau – du verstehst es wirklich, eine Frau fühlen zu lassen, was das ist. Aber ich finde es schrecklich degoutant, so etwas unter Ehepaaren zu tun, und solltest du noch mal anrufen, werde ich auflegen müssen. Denk doch wenigstens an die Kinder, wenn du sonst schon an niemanden denkst.» Als Frank Marcia anrief, sagte diese: «Ich möchte sehr gern mit dir zusammen sein, Frank, einfach mit dir zusammen sein, irgendwo. Ich wünsche es mir sehnlicher, als ein Mann sich das überhaupt vorstellen kann. Aber unter keinen Umständen, unter *gar* keinen, habe ich die Absicht, Janet noch mehr Munition zu liefern. Wenn ich das Gefühl hätte, du liebtest mich, dann wäre es etwas anderes; aber in der Nacht im Skihotel damals, als du mein Bett verlassen hast, ist mir klargeworden, wie sehr du noch immer an sie gebunden bist, und ich muß nun darauf bedacht sein, mich zu schützen. Sie würde mich zugrunde richten, wenn sie könnte. Ich möchte nicht melodramatisch werden, das ist ihr Stil, nicht meiner. Ich sage dir nicht Lebewohl. Wenn ihr beiden miteinander ins reine gekommen seid, würde ich mich *glücklich* schätzen, dich wiederzusehen. Du bist die Liebe meines Lebens, leider.» Frank hatte den Eindruck, als wolle sie ihm eine Scheidung nahelegen. Inzwischen begann Amerikas beratende Funktion in Vietnam zu stinken, und Schrecken breitete sich an der Börse aus, Schrecken und zugleich gespannte Erregung bei dem Gedanken an eine mögliche Ausweitung des Krieges. Mit der Wirtschaft stand es allgemein nicht zum besten unter Kennedy; irgendwie mangelte es ihm an Überzeugungskraft.

Eines Samstags im Januar fuhren alle Paare von Tarbox nach Boston, um im Athens Olympia zu Abend zu essen und anschließend ein Hockeyspiel zu besuchen: Bruins gegen Red Wings. Sowohl die Klein-Smiths als auch die Applebys hatten abgesagt; beide in der irrigen Annahme, das andere Ehepaar fahre mit. So blieben sie gemeinsam in Tarbox zurück, und da Jonathan und Frank junior am Samstags-Skikurs in East Mather, unterhalb der Radarstation, teilnahmen, war es nur natürlich, daß die Väter überein kamen, Frank senior solle die beiden Kinder um halb fünf heimbringen, und daß Frank, als er einmal bei den Klein-Smiths war, nicht nein sagte, als man ihm einen Drink anbot, und dann noch einen, und daß er daraufhin um sechs, ermuntert von den kichernden Klein-Smiths, Janet anrief und ihr vorschlug, sie solle einen Babysitter besorgen, irgendwo ein paar Pizzas auftreiben und doch herüberkommen. Denn was sie für Moral gehalten hatten, war zum großen Teil nichts weiter als die Scheu vor den anderen, von denen sie sich beobachtet fühlten.

Janet rief zehn Minuten später zurück und sagte, sie könne keinen Babysitter auftreiben, denn wegen des Hockeyspiels in Boston seien sie alle ausgebucht. Harold ging ans Telefon und machte den Vorschlag, sie solle Catharine mitbringen, die Kleine könne auf dem Klappbett in Henriettas Zimmer schlafen.

Um halb acht erschien sie dann, im einen Arm das Babybündel, im andern eine dampfende Papiertüte. Sie trug einen kniekurzen Nerzmantel, der aus der Frühzeit ihrer Ehe stammte, aber für gewöhnlich unbenutzt in einem mottensicheren Sack hing, weil er in Tarbox nur prätentiös und lächerlich gewirkt hätte. Ihr übriger Aufzug war köstlich: eine mohnblumenrote Seidenbluse, eingelaufene, fleckig ausgeblichene Teenager-Bluejeans und weiße, wadenlange Stiefel; sie zog sie aus, und ihre nackten Füße kamen zum Vorschein. Als Harold sie, so gewandet, in seinem langgestreckten Wohnzimmer stehen sah (ihre Zehen auf dem zottigen himmelblauen Teppich waren rosig von der Kälte, ihre Füße außen und am Rist lilaweiß, die Fersen und Zehenglieder pollenüberstäubt), fühlte er, wie sein gesamter Organismus süß besänftigt sich entspannte. Sogar Marcia war gerührt bei dem Gedanken, daß ihr Mann eine so herrliche Geliebte besessen hatte. Frank trat ängstlich besorgt auf sie zu, als sei sie gebrechlich oder ein guter Geist, der sich verflüchtigen könnte.

Von sieben bis acht tranken sie. Zwischen acht und neun brachten sie die Kinder zu Bett. Franklin junior, in der heimlichen Angst, das Bett zu nässen, weigerte sich, mit dem streitsüchtigen Jonathan zusammen zu schlafen. Er bekam statt dessen das Klappbett in Henriettas Zimmer. Übrig blieb Catharine Appleby, mit Bäckchen so rot wie ein poröser Weinschlauch; sie mußte ins große hohe quadratische geheiligte Ehebett, auf eine Gummiunterlage. Janet legte sich zu dem Kind und lullte es in Schlaf, während Marcia die kaltgewordenen Pizzas in den Backherd schob. Harold las Frankie junior aus einem Buch mit dem Titel *Gesteine* vor, indes Frank sich um Jonathan kümmerte, der sich verächtlich mit einem Jugend-Krimi, dem *Ungebetenen Gast*, unter die Bettdecke zurückzog. Von neun bis zehn aßen die Erwachsenen dann, von zehn bis elf unterhielten sie sich, von elf bis Mitternacht tanzten sie. Harold legte eine alte Ella Fitzgerald-Platte auf den Hi-Fi, und zu den Melodien von *These Foolish Things* und *You're the Top* und *I've Been Around the World* kreisten die beiden Paare durch den vom Teppich befreiten Raum: Harold und Janet geschmeidig am Rand entlang, Frank und Marcia beharrlich in der Mitte. Die gläsernen Schiebetüren, die auf die Marsch hinaussahen, waren wie Spiegel, so daß eine symmetrische Party stattzufinden schien: zwei verschlungene Paare, die sich zwei anderen Paaren bald näherten, bald von ihnen wegglitten – Klecksographien auf einem gefalteten Stück Papier; Besucher eines violetten Aquariums, die dichter an die Glasscheibe herantreten, weil sie keine Fische sehen, und die wässerigen Schatten von Männern und Frauen erkennen.

Marcia, die sich fast nicht bewegte, sah, wie Harolds Hand zuversichtlich auf Janets Hintern lag, während er sie von einer Ecke in die andere wiegte; Janet bemerkte im Herumwirbeln, daß Marcia sich enger in Franks statische Umarmung schmiegte und daß er ihr ins Ohr flüsterte. Sein Gesicht glänzte, dünstete Alkohol aus. Seine eine Hand – die andere lag auf Marcias Rücken – hatte er zwischen ihr Kinn und seine Brust geschoben, und Janet wußte, während Harolds Schenkel sich an ihren Schenkeln rieben, daß Frank mit seinem Finger hypnotisch Marcias Hals streichelte, bis hinab zum Ansatz ihrer Brüste. Das war ein Trick von ihm, einer seiner wenigen. Sie wirbelte herum, und Franks andere Hand, die, welche nicht mit Streicheln beschäftigt war, zog den Reißverschluß hinten an Marcias unelegantem schwarzen Kleid herunter. Aus einem wieder neuen Blickwinkel sah Janet dann, daß Marcias Lippen, als hänge eine Zigarette zwischen ihnen, einen winzigen Spalt offenstanden und diesen Zug von Grausamkeit hatten, der sich, wie Janet längst wußte, immer dann zeigte, wenn Marcia sehr müde war oder sich sehr wohl fühlte. Marcia fand Janets Augen, die vom anderen Zimmerende herüberstarrten, riesenhaft und so erweitert, als könnten sie den ganzen Raum in ihren Sehkreis fassen, so wie eine metallene Zierkugel im Garten verzerrt und verkleinert die gesamte Nachbarschaft einfängt. Franks sensible Hand öffnete Marcias Büstenhalter-Verschluß; sein Finger glitt tiefer zu ihren Brüsten. Ihr Körper zerfloß. Ihr war, als werde sie immer größer. *I've flown around the world in a plane,* sang Ellas Purpurstimme, *I've settled rev-o-lutions in Spain.* Janet, vom vielen Drehen schwindlig, fühlte sich so hartnäckig von etwas Knochenhartem, Reißverschlußüberspanntem bedrängt, daß sie fast hintenüber kippte bei dem eidechsenhaften Winden und Gleiten, und sie fand es traurig, daß Harold sich in den Augen dieser beiden Grausamen wie ein Tölpel ausnehmen mußte, wo es ihr, zu zweit mit ihm, in idealer Abgeschiedenheit, doch so leicht gefallen wäre, die dünkelhaften Vorstöße und Anbiederungsversuche seines Körpers zu verzeihen. Das Bild, das sie von sich selber hatte, dehnte sich immer weiter aus, Milch und Pollen und Mohn, reichte hinauf bis zu den parallelen Rotholzriemen an der Decke mit den bündig eingelassenen kleinen runden Lampen, die auf gedämpftes Licht geschaltet waren, und ihr schien, daß Mütterlichkeit schon immer ihre Stärke gewesen war.

Als die Musik dann aufhörte, war Janet es, die sagte: «Ich bin müde und ein bißchen taumelig. Wer bringt mich ins Bett?» Frank in der Mitte des Zimmers machte keine Anstalten, und Harold blieb an ihrer Seite.

Um Platz für sich selber zu schaffen, mußten die beiden Paare die Kinder umgruppieren. Catharine Appleby, mit schwer baumelndem, erhitztem Köpfchen, wurde zu der zierlichen sechsjährigen Julia Smith ins Bett gelegt; und die Tür zu Jonathans Zimmer (er war eingeschlafen, ohne das Licht auszumachen, *Der ungebetene Gast* lag, mit dem Gesicht nach unten, auf der Bettdecke) wurde geschlossen, damit kein Geräusch aus dem elterlichen Schlafzimmer ihn wecke. Die beiden weißen Sofas wurden zusammengeschoben und ergaben ein zweites Lager. Es kam Janet sehr fremd vor, so fremd wie eine Reise nach Sikkim oder ins Hochland von Peru, zwischen drei und vier an jenem Morgen aufzubrechen zu ihrem eigenen Haus; ihre schlafenden Kinder in geliehene Decken zu wickeln und über den steinharten Rasen der Klein-Smiths zu ihren beiden dunklen Autos zu tragen; letzte Abschiedsworte zu flüstern und letzte Liebkosungen zu tauschen, durch Kleider hindurch, die man wieder hatte anlegen müssen und die sich nun wie falsche und steife und behelfsmäßige Kostüme anfühlten; hinter Franks stetigen Rücklichtern herzufahren, durch eine verschlissene Landschaft, die mit Placken trockenen, halbgeschmolzenen Schnees geflickt war; mit den Kindern auf dem Arm das öde Haus zu betreten wie beutebeladene Diebe; sich schlafen zu legen neben einen unvertrauten, schweren Mann, der außerdem ihr Ehemann war; den Samen eines andern noch immer feucht zwischen den Schenkeln zu fühlen; zu erwachen und festzustellen, daß es Morgen war und das Fremdsein aufgehört und keine Spuren hinterlassen hatte, höchstens etwas Gestautes, Ausweichendes in Franks dankbaren Augen und einen schmerzlichen Mißklang in den Farben auf der Comic-Seite der Sonntagszeitung, der vielleicht von dem unsauberen Druck herrührte.

Dies Grundmuster – Streit und Versöhnung, Abscheu und Hingabe – wiederholte sich drei- oder viermal in diesem Winter, während in der Türkei Flugzeuge zusammenstießen und im Irak und in Togo Staatsstreiche sich ereigneten, in Libyen die Erde bebte, auf den Kanarischen Inseln eine Panik ausbrach und in Ecuador eine Kapelle einstürzte und hundertzwanzig Mädchen und Nonnen begrub. Janet hatte sich angewöhnt, die Zeitung zu lesen, als könne dieser verwischte Schlüsselloch-Blick ins Leben anderer ihr dazu verhelfen, aus dem eigenen herauszufinden. Warum war sie nicht zufrieden? Die andern drei waren es doch, und ihre religiöse Herkunft – laues Presbyterianertum; ihr Vater geizte zwar nicht mit wohltätigen Spenden, war aber viel zu reich, um je in die Kirche zu gehen: wie jemand, der seine Dienstboten in Verlegenheit bringen würde, wenn er auf ihrem Fest erschiene – konnte kaum verantwortlich gemacht werden für ihr unbehagliches Sündenbewußtsein. Sie argwöhnte, daß Marcia und Harold und Frank, die das College absolviert hatten, im Besitz von Geheimnissen waren und sie, Janet, benutzten. Sie hatte das Gefühl, die andern ergötzten sich an ihrem Fleisch. Sie war die störrische Beute der drei. Als sie ihnen einmal nach Mitternacht Rührei servierte, im Nachthemd, mit einem Bademantel darüber (sie hatte sich wütend, mit Kopfschmerzen, ins Bett gelegt und war nach einer Stunde wieder aufgestanden und hinuntergegangen, weil das Dreiergelächter ihr keine Ruhe ließ), und sich, mit der Bratpfanne in der Hand, über den Küchentisch beugte, hatte Frank sie von der einen Seite gestreichelt und Harold von der anderen, und Marcia hatte zugesehen und gelächelt. Sie war das Schoßtierchen, das Lieblingsthema der anderen. Sie hatten kein Verständnis für ihre Klaustrophobie, für ihre Empörung, und erörterten ihr ‹Problem› mit ihr, als habe es wer weiß wo seinen Ursprung, nur nicht in ihnen, diesen Dreien, selbst.

«Hast du vielleicht einmal gesehen», fragte Harold, als sie um den runden fettfleckigen lederbezogenen Tisch saßen, «wie deine Eltern miteinander schliefen?»

«Nie. Allerhöchstens ist mir Sonntag morgens manchmal aufgefallen, daß die Tür zu ihrem Schlafzimmer abgesperrt war.»

«Arme Janet», sagte Marcia. «Arme kleine Janet. Schleicht auf Zehenspitzen, in ihrem Sonntagsschulkleid, durch den langen stummen Korridor und dringt auf diese abgesperrte Tür ein.»

«Scheiße», sagte Janet, «ich bin nie auf irgendwas eingedrungen. Schließ nicht von dir auf andere.»

«Ach du liebe Güte», sagte Marcia, «das sollte wohl treffen.»

«Böse, böse Janet», sagte Harold. «In der Waschküche bist du ganz hübsch auf mich eingedrungen.»

«Weil du so unglücklich ausgesehen hast.» Janet versuchte, nicht zu weinen, sie wußte, das würde die anderen nur noch mehr anstacheln.

«Laßt Jan-Jan in Ruhe», sagte Frank, «sie ist ein famoses Weibsstück und die Mutter meiner Erben.»

«Hör dir Frank an», sagte Marcia zu ihrem Mann, «der hofft schon wieder auf Erben.» Die Intimität, die zwischen ihnen herrschte, hatte jedem eine Rolle aufgezwungen, und Marcia hatte den Part der Trockenen, Witzigen übernommen, dabei war sie in Wirklichkeit – Janet wußte das – ernst und gewissenhaft, humorlos und heftig von Gefühl. Janet blickte zu ihr hinüber und sah ein nervöses, unschuldig boshaftes Kind.

«Du brauchst Janet nicht gegen mich zu verteidigen», sagte Harold zu Frank. «Ich liebe sie.»

«Du begehrst sie», korrigierte Marcia ihn. «Du hast deine Libido auf sie gerichtet.»

Sturzbetrunken fuhr Harold fort, und die Doppelspitze seiner Nase funkelte dabei: «Sie ist verflucht noch mal die herrlichste P –»

«Putzine», ergänzte Marcia und fingerte in ihrem zerknüllten Newports-Päckchen nach einer Zigarette.

«*Pièce de non-résistance,* die mir je untergekommen ist», schloß er. Und er fügte hinzu: «Außerhalb meiner Ehe.»

«Das Horn, das Horn, das wackre Horn ist nicht ein Ding zu Spott, zu Zorn», sagte Frank, und Janet merkte, daß die Unterhaltung ihn genauso deprimierte wie sie.

Harold war noch nicht fertig mit Janet. «Die ersten Male, als du dich mit Jungen in die Büsche schlugst – war das interessant oder unangenehm? *Intéressant ou désagréable?*»

«Kein Junge in Buffalo hat sich mit mir in die Büsche geschlagen», sagte Janet. «Ich war zu fett und zu reich.»

Marcia sagte: «*Wir* waren nie richtig reich. Bloß angesehen. Ich hielt meinen Vater für einen Heiligen.»

«Sankt Couch», sagte Harold, und dann wiederholte er es mit französischer Aussprache: «*Saint Kuusch.*»

Janet, zunehmend interessiert und in der Hoffnung, sie könne jetzt etwas lernen, sagte: «Meinen habe ich eigentlich eher für einen Schlappschwanz gehalten. Ich fand, meine Mutter machte mit ihm, was sie wollte. Sie war früher sehr schön gewesen und hielt es nicht für nötig, auf ihr Gewicht zu achten, sie fand sich auch dann noch schön, als sie schon ziemlich in die Breite gegangen war. Mich hat sie immer ihr häßliches Entlein genannt. Sie sagte immer: ‹Ich begreife es einfach nicht. Dein Vater ist doch so ein hübscher Mann.›»

«Du solltest das einem Psychiater vortragen», sagte Marcia, und unwillkürliches Mitgefühl erhellte ihr Gesicht.

«Nicht nötig, *wir* sind ja da», sagte Harold. «*Pas de besoin, avec nous ici.* Offensichtlich war es ihr nie vergönnt, die homosexuelle Liebe zur Mutter zu überwinden und zu normaler Heterosexualität zu gelangen. Unser erstes Liebesobjekt ist die Brust der Mutter. Das erste Geschenk, das wir der Geliebten darbringen, ist ein Kothäufchen, das Kothäufchen des Babys. Der Vater stellt Abführmittel her. O Janet, es ist sonnenklar, warum du nicht mit uns schlafen willst!»

«Sie schläft mit mir», sagte Frank.

«Gib nicht an», sagte Marcia, und ihre unverhohlene warme Zuneigung, trotz des spröden Tons, erhöhte Franks Wert in Janets Augen. Sie sah ihn an, über das kleine runde Floß hinweg, auf dem die leeren Gläser und Karaffen sich drängten, und er kam ihr wie ein Mitüberlebender nach einem Schiffbruch vor, versengt von der Sonne, wahnsinnig von dem Salzwasser, das er getrunken hatte.

«Warum mußt du alles kaputtmachen?» rief er plötzlich zu ihr hinüber. «Begreifst du denn nicht, daß wir dich alle lieben?»

«Ich mag diese dreckigen Spiele nicht», sagte Janet.

«Hat man dich als Kind im Buffalo-Dreck spielen lassen», fragte Harold, «oder hattet ihr eine Anal-Amme zu Hause?»

«Analamme», sagte Marcia, «das klingt ja nach einem Musical.»

«Was ist denn so schlimm daran?» fragte Frank seine Frau, und seine betrunkene Zerzaustheit, die blutunterlaufenen Augen, der massige Kopf jagten ihr einen gelinden Schrecken ein, obwohl sie ihn nun zehn Jahre lang, Nacht für Nacht, in den Schlaf gelullt hatte, ihren Minotaurus. Er rief ihnen allen zu: «Los, kommt, wir treiben's alle vier im selben Zimmer! Bespring mein weißes Mutterschaf, ich möchte es wimmern hören.»

Harold seufzte empfindsam durch die Nase. «Siehst du», sagte er zu Janet, «du hast deinen Mann um den Verstand gebracht mit deiner Frigidität. Und ich bekomme Kopfschmerzen.»

«Los, wir wollen uns gegenseitig vermenschlichen», drängte Frank.

Marcia herrschte ihn an, als sei sie für sein Denken zuständig: «Frank, bitte, zitiere nicht Freddy Thorne. Ich meine, du solltest mehr intellektuelle Selbstachtung haben.»

Gleichwohl war es Freddy Thorne, der die Schwierigkeiten witterte und versuchte, Vorteil aus ihnen zu schlagen. «Ich höre, in Applesmithville nistet eine Schlange», sagte er zu Janet.

«Wo ist das?» Es war April, die Applebys hatten zur Willkommensparty für die Whitmans geladen. Janet war zerstreut, hatte ihre Pflichten als Gastgeberin zu bedenken; sie bildete sich ein, an allen Ecken und Enden bedürfe man ihrer. Piet Hannema lag sage und schreibe quer über der Treppe, um Foxy Whitman unter den Rock sehen zu können, als diese aus dem Bad herunterkam. Sie mußte Foxy mal beiseite nehmen und sie über Piet aufklären.

«Oh», erwiderte Freddy, bestrebt, ihre Aufmerksamkeit zu gewinnen, «hier und da, überall. Die ganze Welt ist Applesmithville.» In der Ecke, vor der Regalwand mit den uniformen Gesamtausgaben, saß John Ong mit alterslosem, angestrengt höflichem Gesicht und lauschte dem emsigen Geplapper von Ben Saltz; Janet dachte, daß schleunigst eine Frau dazwischenfunken müsse, aber angesichts dieser Alternative neigte sie sich ein wenig näher zu Freddys Flüstern hin. Warum sieht sein Mund nur so zahnlos aus, wunderte sie sich, wo er doch Zahnarzt ist? «Sie beuten dich aus, Jan-Jan», sagte er. «Du bedienst zwei Hengste, und Marcia sitzt im Sattel.»

«Verschone mich mit deiner ordinären Phantasie, Freddy», sagte sie, Marcia imitierend. «Im Gegensatz zu dem, was alle anzunehmen scheinen, haben Harold und ich nie miteinander geschlafen. Gewiß, wir haben die Möglichkeit erwogen, aber wir kamen zu dem Schluß, daß es zu schmutzig wäre.»

«Du bist schön», sagte Freddy, «die Art, wie du mir offen in die Augen siehst, während du mir diesen Bären aufbindest, ist wunderschön. Eines ist dir anscheinend immer noch nicht aufgegangen: du hast das gewisse Etwas. Du bist nicht wie die anderen Fotzen hier. Marcia zum Beispiel versucht, sich mit kleinen Vögeleien dahin zu bugsieren. Bea denkt, sie schafft es mit Trinken. Angela möchte sich darüber erheben. Aber du bist ganz da. Tu mir also den Gefallen und flunkere dem guten alten Freddy nichts vor.»

Janet lachte; seine Worte waren wie das bonbonsüße Mundwasser neben seinem emaillierten Behandlungsstuhl – nicht zum Schlucken, aber köstlich. Sie fragte: «Und Georgene? Hat sie das gewisse Etwas?»

«Georgene ist in Ordnung, wenn sie im Tennisdreß ist, kein Wort gegen die Kleine. Sie fickt und sie kann kochen, also was ist. Ich will dir keinen Heiratsantrag machen.»

«Freddy, zwing mich nicht, dir zu nahezutreten.»

«Du willst raus, hab ich recht?»

«Einerseits ja, andererseits nein. Ich bin nicht – wie sagt man – ambidexter?»

«Ambivalent. Androgyn. Androdextrorogerogyn.»

«Wir haben *Spaß* mit den Smiths, sitzen zusammen und unterhalten uns – weder Frank noch ich haben früher jemals richtig gute Freunde gehabt. Es will dir nicht in den Kopf, daß es so etwas wie reine Freundschaft gibt, was?»

Er tätschelte seinen glänzenden kahlen Schädel und scheuerte plötzlich lebhaft frohlockend auf ihm herum. «Zwischen dir und mir, ja. Das ist ungefähr dasselbe, was ein Fisch für den Fisch empfindet, den er frißt. Du willst raus, ich kann dir dabei helfen. Hab ein kleines Verhältnis mit mir, und dieser Zirkus, den du da unterhältst, packt zusammen und verläßt die Stadt. Dann kannst du wieder du selber sein.»

«Wie klein ist klein?»

«Oh –» mit den Händen quetschte er eine unsichtbare Ziehharmonika zusammen – «das steht ganz in deinem Belieben. Nix zahlen, nix kriegen. Wenn es nicht funktioniert, dann eben nicht. Ohne Flaschenpfand, versteht sich.»

«Warum schlägst du mir so etwas vor? Du bist doch gar nicht so scharf auf mich, du willst doch bloß Angela.»

«A, will ich nicht, B, bin ich sehr, und C, ich bin ein hilfsbereiter Mensch. Ich glaube, du stehst kurz vor einer Panik, und ich kann das nicht mitansehen. Du bist viel zu schnuckelig dafür. Siehst viel zu hübsch aus in deinen Kleidern. Übrigens, eine Wucht, was du da anhast. Bist du eigentlich schwanger?»

«Sei nicht blöd. Das ist ein Empirekleid.»

«Aber mal ehrlich, wäre es nicht schrecklich, angebufft zu werden und nicht zu wissen, wer der Vater ist? Du, nimmst du eigentlich die Pille?»

«Freddy, diese Unterhaltung wird mir allmählich zuwider.»

«Schon gututut. Laß es ein bißchen schmurgeln. Wie Chruschtschow sagte, als er seine Raketen auf Kuba deponierte: wer nicht wagt, der nicht gewinnski. Ich stehe dir zur Verfügung, wenn du meinst, du kannst mich brauchen.»

«Danke, Freddy. Du bist ein netter Mensch.» Ihr Gewissen piekte; sie fügte hinzu: «Ja.»

«Was ja?»

«Das ist die Antwort auf deine Frage, ja, ich nehme die Pille. Marcia noch nicht. Sie hat Angst vor Krebs.»

Freddy schmunzelte und formte einen Ring aus Daumen und Zeigefinger. «Du bist goldig», sagte er. «Du bist die letzte der Golden Girls.» Er hielt sich den Ring vor den Mund, steckte seine Zunge hindurch und ließ sie flattern.

Janet erwog sein Angebot ernsthaft. Während sie sich durch den Partytrubel schleuste, kam es ihr gar nicht so abwegig vor. Freddy verstand sich bestimmt darauf, eine Frau zu umgarnen. Marcia und Frank und Harold würden außer sich sein. Harolds Eitelkeit wäre ein für allemal gekränkt. Eine Liebe jagt die andere. Solche Dinge passieren eben. Piet kam gerade bei der armen kleinen Bea Guerin zum Zug. Frank twistete grotesk (seine Verdauung!) mit Carol Constantine. Eddie saß neben Bernadette Ong auf dem Sofa und erklärte ihr mit kreisenden Handbewegungen das Warteschleifensystem im Luftraum über LaGuardia und Idlewild, und warum die Turboprops und Privatmaschinen eher Landeerlaubnis bekommen als die Jets, die schöne neue 707 und die DC-8 zum Beispiel, und warum mit jedem neuen Maschinentyp im zivilen Flugdienst etliche hundert Passagiere wegen eines Fehlers des Piloten ihr Leben lassen müssen und warum die Stare und Möwen von Logan eine besondere Gefahr sind; und schließlich landete er seinen schmalen lockigen Kopf sicher auf ihrer Seidenschulter und sah aus, als schlafe er ein. Die Ehrengäste kamen sich als Randfiguren vor. Foxy fühlte sich unwohl, und so verabschiedeten die Whitmans sich früh. Als alle gegangen waren, bis auf die Klein-Smiths, und sie zu viert um den Tisch saßen und die Reste der Liköre austranken, fragte Janet Marcia: «Hat Freddy Thorne heute abend etwas Anziehendes für dich gehabt?»

Marcia lachte; das Glitzern ihrer Ohrgehänge prasselte auf ihr Gesicht. «Guter Gott, nein. Er fragte mich, ob ich glücklich sei in Applesmithville.»

«Was hast du gesagt?»

«Ich war sehr frostig. Er trollte sich. Arme Georgene.»

«Mich hat er auch gefragt. Um's gleich zu sagen –» Janet war nicht sicher, ob das jetzt Taktik war, aber der Benedictine ließ es so erscheinen – «er hat mir vorgeschlagen, mit ihm ein Verhältnis anzufangen.»

«Er ist wirklich ein unglaublicher Flegel», sagte Frank. Brandy war das Schlimmste für ihn, und er war bereits beim dritten Glas.

Harold schwenkte nachdenklich seinen Grand Marnier. «Warum erzählst du uns das?»

«Ich weiß nicht. Ich war ganz überrascht über mich selber, denn ich fand die Idee gar nicht mal so schlecht. Seit er überhaupt keine Haare mehr auf dem Kopf hat, sieht er ziemlich gut aus, auf eine unheimliche Weise.»

«Auf eine aalglatte, glitschige Weise», sagte Marcia. Sie nippte an einem Glas mit Anisette.

«Janet, ich bin empört über dich», sagte Harold. «Wie kannst du diese *merde* auf drei Menschen abladen, die dich anbeten?»

«Ich bete sie nur halb an», sagte Marcia.

«Zwei Komma fünf Menschen, die dich anbeten», sagte Harold. «*Deux point cinq.*»

«Ich weiß nicht», sagte Janet. «Vermutlich möchte ich überredet werden, es nicht zu tun. Ich verstehe gar nicht, warum ihr Männer so beleidigt ausseht. Vielleicht könnten wir bei der Gelegenheit Georgene an Land ziehen. Wir brauchen doch frisches Blut, oder? Mir scheint, wir haben alles, was wir zu sagen haben, schon mindestens sechzigmal gesagt. Wir wissen alles über Franks Magengeschwür und Franks Vater, der nur deshalb um ein Magengeschwür herumkam, weil er alles über China lernte, und wir wissen, daß Shakespeare nicht so gut wirkt wie China, vielleicht, weil er säurehaltiger ist; *ich* rate ja sowieso zu Maalox. Wir wissen bis ins kleinste, was für Heilige

Marcias Vater und ihr Großvater, der Bischof, waren und wie sehr sie Long Island gehaßt hat und wie herrlich sie es hier findet, weitab von all den trostlosen Gesellschaftsmenschen, die es einfach nicht lassen konnten, mit Martini-Oliven Federball zu spielen. Wir wissen Bescheid über Harolds Prostituierte und über seine kleine Farbige in St. Louis, und daß keine von uns beiden auch nur annähernd so gut...»

«Irgendwelche Kunkeleien mit Freddy», sagte Frank, drohend aufgeplustert, «und du gehst ins Kloster. Ich laß mich von dir scheiden.»

«Aber dann müßte ich alles über uns an die Öffentlichkeit zerren», gab Janet zu bedenken, «und wir würden uns sehr seltsam in den Zeitungen ausnehmen. Fremden läßt sich nur schwer erklären, was unter Freunden durchaus verständlich ist.»

«Jetzt verstehe ich», sagte Freddy Thorne am nächsten Wochenende zu ihr, als sie spät abends, während einer Dinnerparty bei den Guerins, allein in der Küche waren. «Du hast Harold nie geliebt, du hast dich an ihn herangemacht, um nicht hinter Marcia zurückzustehen.» In der vergangenen Woche hatte sie ihn wegen eines schmerzenden Zahns in seiner Praxis aufgesucht, und im Verlauf der Behandlung war es ihm gelungen, ihre Version der ganzen Geschichte zu erfahren.

«Freddy, wie kannst du das beurteilen?» Sie nahm sich ein mit Quark beladenes Sellerieschiffchen, das noch von den Horsd'œuvres übriggeblieben war. «Woher nimmst du die Hoffnung, auf diese Weise in anderer Leute Leben eindringen zu können? Wenn Harold und ich allein sind, dann ist er so, wie du es dir überhaupt nicht vorstellen kannst. Er kann unwiderstehlich sein.»

«Das können wir alle», war seine Antwort. «Widerstehlich oder unwiderstehlich zu sein, hängt nur davon ab, ob die Frau beschließt, zu widerstehen oder nicht zu widerstehen.» Es kam ihr vor, als schwitze er hinter den dicken Brillengläsern, die ständig seine Augenstellung zu verändern schienen. Er sah schlecht. Vor kurzem hatte er sich einen neuen Bohrapparat mit einer Wasserzerstäuberanlage zugelegt, und während er sie behandelte, hatte er sich häufig die Brille putzen müssen.

«Freddy», sagte sie, «ich habe es nicht gern, wenn man in mich dringt und mich ausquetscht. Zuallererst muß man sich eine Frau zum Freund machen.»

«Ich bin dein Freund gewesen, seit du in dieser Stadt lebst.» Er streichelte ihren Arm, der nackt aus der schwarzen Spitzenbluse wuchs. Kerzenschein durchzitterte das angrenzende Zimmer, in dem die anderen sich unterhielten. «Wenn ich's recht bedenke», flüsterte Freddy weiter, «komme ich zu dem Ergebnis, daß du dir Harold nicht geschnappt hast, um den beiden anderen eins auszuwischen, sondern um ihnen gefällig zu sein, um ihre Zuneigung zu gewinnen. Dafür, daß du ein so umwerfendes Weibsstück bist und obendrein noch reich, hast du verdammt wenig Selbstsicherheit.»

«Dafür, daß du ein kurzsichtiger Trottel bist und obendrein noch Zahnarzt, hast du verdammt viel Selbstsicherheit. Und da wir gerade davon sprechen: hör auf, dich an die Whitman ranzuschmeißen. Sie ist schwanger.»

«Dem Herrn sei Lob und Dank. Nachschub für Amerikas U-Boote. Sie weiß es zwar noch nicht, aber sie ist eine tolle Nummer. Frauen mit dieser überhitzten Haut sind meist phantastische Matratzen. Bei denen schlägt das Herz schneller.»

«Du bist wirklich ein Miststück», sagte Janet, deren Haut auffallend blaß und ziemlich körnig und stumpf war.

Freddy hatte recht, überlegte sie später: der Wunsch, gefällig zu sein, spielte tatsächlich eine Rolle. Die Applesmiths hatten die äußerste Grenze eines Zustands erreicht, wo ihre Bedürfnisse samt und sonders miteinander verschmolzen und individuelle Sehnsüchte einer allgemeinen Verbindlichkeit Platz machten. Die Frauen schliefen aus Mitleid mit den Männern, und jede überließ aus resignierter hoffnungsloser Großmut ihren Mann der andern. Das wuchernde Gespinst aus Takt und Rücksichtnahmen breitete sich immer weiter aus, und in beiden Häusern herrschte bereits eine ungesunde Krankenhaus-Atmosphäre. Frank und Harold waren paralysiert von sexueller Übersättigung; sie selbst und Marcia gingen, abgesehen von gelegentlichen Krächen, so behutsam und schonungsvoll miteinander um wie zwei gesichtsverstümmelte Patienten auf einer Unfallstation.

Eine Woche darauf mußte sie sich eine Porzellanfüllung erneuern lassen; Freddy rief sie jeden Mittag an und forderte sie auf, mit ihm zu schlafen. Aber nie schlug er einen Treffpunkt, eine bestimmte Zeit vor; und ihr dämmerte, daß er gar nicht die Absicht hatte, ihr physisch nahe zu kommen: die verbale Intimität, Reden allein, befriedigte ihn schon. In der Zwischenzeit hatte Harold, der sie anflehte, das Verhältnis mit ihm wiederaufzunehmen, sich unter Mühen den Schlüssel zu einem Junggesellen-Appartement in der Beacon Street beschafft, das den ganzen Tag leerstand. Neugierig, zu sehen, wie Junggesellen leben, ging sie am Freitag vor dem Sonntag, als Piet Freddys kleinen Finger brach, mit ihm dorthin. Auf den ersten Blick stand es für sie fest, daß die Wohnungsinhaber Homosexuelle sein mußten. Die Einrichtung war allzu harmonisch komponiert; geschwungene Korbmöbel und orangefarbener Samt herrschten vor. Einer der Männer malte oder richtiger: stellte Collagen her aus Zeitschriften-Anzeigen und aus Schlagzeilen, in denen vom Krieg die Rede war, aus desodorierten Nuditäten mit perlmutternen Achselhöhlen und von Bomben getroffenen, blutverschmierten Bauern, aus Rabattmarken und Robert McNamara und verzückten Fotomodellen mit geriffelten Hüfthaltern und zwischen die Schenkel geklebten Comicstrip-Kanonen. Es war ziemlich scheußlich und gemein, aber die Harmonie des Zimmers war nicht zu erschüttern, und die Magnolienbäume am Südende der Beacon Street standen kurz vor der Blüte. Harold war höflich, schüchtern, väterlich, rührend, hatte sich alles gemerkt. Sie ließ zu, daß er sie auszog, und kam, in rascher Aufwallung, mit ihm zusammen, und dann, nach einer Zigarette und einem Schluck Wein, ließ sie ihn noch einmal kommen, gab ihm Zeit, bis es sich in seinen Lenden wieder sammelte und er sich abermals mühelos in die weiten Höhlungen ihres Leibes ergoß. Zitternd, als sei er gepeitscht worden, leckte er ihr die Augenlider und lutschte, einen nach dem andern, ihre Zehen ab. Das war ein hysterisch kitzeliges Gefühl. Am nächsten Tag, am Samstag, schrieb sie Freddy einen Brief:

Freddy, Lieber –
ich danke Dir für Dein Interesse. Ehrlich. Aber meine Zukunft, davon bin ich mehr denn je überzeugt, liegt bei Frank. Deshalb muß jetzt Schluß sein mit Deinen Anrufen. Von heute an werde ich auflegen, wenn ich Deine Stimme höre. Können wir trotzdem weiterhin gut miteinander sein, Freunde bleiben? Bitte, ich möchte so ungern den Zahnarzt wechseln. Du hast alles über mich in Deiner Kartei.

Herzlich,
J.

Sie adressierte den Brief an seine Praxis in dem cottageartigen Haus an der Divinity Street. Er bekam ihn am Montag, las ihn lächelnd, war nicht enttäuscht, erwog, ihn über der Gasflamme in seinem Labor zu verbrennen, aber da sein Leben mit amourösen Andenken nicht allzureich gesegnet war, zerknüllte er den Umschlag, warf ihn in den Papierkorb und steckte den Brief in seine Jackentasche, wo Georgene ihn an dem Abend fand, als er im Lions Club war. Am nächsten Tag dann offenbarte sie Piet ihr Entsetzen und kränkte ihn auf nicht wiedergutzumachende Weise.

Foxy hatte also recht und unrecht zugleich im Fall Janet. Sie überschätzte Janets Freiheit und täuschte sich in der Beurteilung von Freddy Thornes Sexualität. Zwar wirkte er aggressiv im Umgang mit Frauen, aber in Wahrheit trachtete er danach, sich mit ihnen zu verbünden. Dann kam jedoch der Sommer und fegte Foxys Spekulationen über das Liebesleben der anderen beiseite; sie wurde weggerissen, auf ein Meer hinaus, so weit, daß die Paare an der Küste von Tarbox nur noch eine Kette aus bunten Perlen waren.

Piet Hannema wurde aus dem Zimmer geschickt, und man einigte sich auf Ho Chi Minh. Frank Appleby hätte ihn gern als Casanova gesehen, aber Irene sagte, die Person dürfe nicht erfunden sein. Frank belehrte Irene, Casanova sei genauso aus Fleisch und Blut gewesen wie du und ich, aber alle stimmten überein, daß sie keinerlei Beziehung zu ihm hätten. Irene schlug Vizepräsident Johnson vor. Jeder protestierte, der sei doch viel zu langweilig. Terry Gallagher verfiel dann auf Ho Chi Minh, und das schien genau das Richtige. Eins rauf für Terry: seit sie ihre Laute hatte, war viel mehr mit ihr anzufangen. Sie war einfach menschlicher geworden. Den ganzen Frühling hatte sie bei einer alten Frau in Norwell Lautenstunden genommen. Ihr langes schwarzes Haar hing jetzt offen herab, und ihre breiten Lippen waren in den Winkeln hochgezogen, als habe sie eine Münze oder einen Bonbon im Mund. Terry ansehend, machte Eddie Constantine noch den Vorschlag, Piet solle Joan Baez sein, aber alle übrigen stimmten für Ho Chi Minh, und Georgene ging zur Treppe – sie waren bei den Saltz' versammelt – und rief Piet herunter.

Es war der letzte Sonntagabend im Juni. Die geschlossenen weinfarbenen Kegel an den Fliedersträuchern, die Piet bewundert hatte, als er zögernd vor Foxy Whitmans Pforte stehengeblieben war, hatten sich in der ersten heißen Maiwoche geöffnet und zu päpstlichen Blütenmitren entfaltet; zuerst die lavendelblauen, dann die größeren, erhabeneren, keuscheren weißen, und das Grün der schützenden herzförmigen Blätter war plötzlich billig geworden. Die Dolden verblaßten und verdorrten, das bräutliche Strahlen erlosch und wurde mit Staub bedeckt an jedem Garagentor, an jeder Auffahrt. Der Pfeil, das edelste unter den Sternbildern, schwirrte reglos zwischen Schwan und Adler, gigantischen juwelenbesetzten Flugzeugen, die von Deneb und Altair gelenkt werden; die Milchstraße zog sich wie ein Kielwasserstreifen durch den hitzebleichen Himmel. Gestaltlose, kaum vorbereitete Partys, Unkraut im Beet des geselligen Lebens, sprossen allenthalben auf, um die blassen, durch den Sommerzeitplan geblähten Abende auszufüllen – Partys mit hängengebliebenen Tennisspielern und sonnenverbrannten Ehehälften und kalter Salami und mitgebrachter Pizza und Bitter Lemon und sandigen, verlotterten, vernachlässigten Kindern, die vom bläulichen Geflimmer des Fernsehapparats in den Schlaf gelullt wurden. *Präsident Kennedys Triumphzug durch Westeuropa fand heute bei ruhigen Gesprächen in Sussex, England, seinen Ausklang ...*

Die Saltz', emsige Vogelkundler und Wanderer, als ob die Natur ein Lehrgang sei, den es durchzubüffeln galt, waren spät an den Strand gegangen, um die Schnepfen zu beobachten und zu schwimmen. Irene hatte einen Sonnenbrand und wagte sich tagsüber nur mit Schlapphüten und langärmeligen Pullis hinaus; zum Schwimmen ging sie nur gegen Abend. Ganz hinten bei den Felsen hatten sie und Ben die Hannemas getroffen, alle vier, samt den beiden Whitmans. Ken schnorchelte gern, und die Hannema-Kinder waren begeistert gewesen von seiner Ausrüstung. Hier bei den Felsen fiel der Strand so steil ab, daß man gut tauchen konnte. Piet erklärte gerade seiner Tochter Ruth, die Taucherbrille und Schwimmflossen trug, wie man es machen müsse, und Nancy, besorgt um die Schwester und neidisch, weinte. Ken und Angela standen nebeneinander, ein göttergleiches Paar, unangefochten, unverwundbar, und spähten zur Horizontlinie, auf die ein Segelboot-Rennen gefädelt war: prunkvolle, geblähte Spinnaker. Foxy, in einem zitronengelben Umstandsbadeanzug mit Überröckchen, lag lächelnd, mit geschlossenen Augen, auf einem glatten Felsen ausgestreckt. Irene war neidisch auf jeden, der sich wohl und glücklich fühlte in derselben Sonne, die ihr einen so schmerzvollen Ausschlag verursachte. Die Hannemas und die Whitmans waren schon seit Mittag hier. Spontan, jedoch mit dem kleinen Hintergedanken, die so erfreulich unbeschäftigte Whitman für eine ihrer Unternehmungen zu gewinnen (vorschulische Erziehung, Soziale Wohnungsplanung, Landschaftsschutz), lud Irene sie alle zu einem Drink ein. Die Saltz' wohnten nahe beim Anger, in einem schmalen, asbestgedeckten Haus, das von den Constantines aus zu sehen war. Die Constantines bemerkten die Autos und kamen herüber. Sie brachten Terry Gallagher mit. Carol, die Ballettunterricht gehabt hatte und nähte und webte und malte, spielte außerdem noch Gitarre, und so fanden die beiden Frauen sich in diesem Sommer hin und wieder zu einem Duo zusammen. Auf Eddies Vorschlag rief Ben Saltz die Applebys an, die gerade mit den Klein-Smiths und den Thornes bei einem improvisierten Essen saßen, und nach einer Weile kreuzte die Hälfte dieser Extraparty auf: Frank, Marcia und Georgene. Inzwischen war es nach acht. Bevor es dunkel wurde, fuhr Eddie ausgerechnet mit Angela auf seiner Vespa zu dem Italiener an der Route 123, und sie kamen mit fünf Pizzas zurück. Als sie wieder in das enge Wohnzimmer der Saltz' traten, sah Angela glorios aus:

gerötet vom Fahrtwind und von der Aufregung und Anstrengung, die Pappschachteln heil über die Runden zu bringen; sie hatte sich ein feuchtes Handtuch um die Taille ihres nassen schwarzen Badeanzugs geknüpft, und als sie sich vorbeugte, um ein Stück Pizza abzubeißen, konnte Piet ihre Brustwarzen sehen. Seine Frau. An diesen Brüsten hatte er gesogen. Die Hannemas hatten nicht damit gerechnet, daß die Party sich so lange hinziehen würde, und waren mit ihren Kindern gekommen. Ruth ließ, zusammen mit dem älteren Saltz-Sohn Bernard, Ströme von Fernsehprogrammen an ihren weit aufgerissenen, tränenden Augen vorbeiziehen, und Nancy schlief im Zimmer des kleinen Jeremiah ein. Irene liebte Ratespiele. Gegen halb zwölf, als Ken Whitman bereits die Schnürbänder seiner Leinenschuhe studierte und Frank Appleby, die Augen nach innen, auf seine Verdauung, gerichtet, zwei Anrufe von Janet bekommen hatte, die sich vergewissern wollte, ob er mit Marcia nicht etwa irgendwo anders hingegangen war, und sich erkundigte, wie sie wohl jemals Freddy Thorne aus dem Haus kriegen sollten, hatte die Gesellschaft bei Saltz' bereits vier Geister-, zwei Wahrheits- und drei Botticelli-Spiele hinter sich. Blieb also nur noch das Assoziations-Spiel übrig. Eddie Constantine war als erster hinausgegangen und hatte sich, bei nur einer einzigen falschen Antwort, nämlich Burl Ives, als der selige Papst Johannes identifiziert. Georgene brauchte etwas länger, bis sie darauf kam, daß sie Althea Gibson vorstellte. Dann meldete Piet sich freiwillig, weil er auf die Toilette gehen und nach Nancy sehen wollte (*Ich will nie erwachsen werden und ich will nie nie in meinem ganzen Leben sterben.* Ihr Haar war wirr und krustig; ihr meergrüner Badeanzug war hochgerutscht und hatte ihr kleines Hinterteil entblößt: zwei sandig glitzernde Halbmonde. Piet war von Jammer gepackt beim Anblick dieses Kinderkörpers, aber der Sog des strahlenden Lebens da unten hielt ihn gefangen. *Schlaf. Vergib uns in deinem Schlaf.*), und sie machten ihn zu Ho Chi Minh.

Unten an der Treppe tätschelte er, unbewegt geradeaus starrend, um der alten Zeiten willen Georgenes Flanke mit der Kante seiner Hand. Dann trat er ins Wohnzimmer; er hatte einen Sweater an und eine karierte Badehose; seine bloßen Füße sahen knotig und plump aus auf dem Fußboden, und seine nackten Beine waren in Foxys Augen mit einem blassen pelzigen Glorienschein umgeben. «Was für eine Landschaft bin ich?» fragte er.

«Dschungel», sagte Georgene.

«Reisfelder», sagte Marcia Klein-Smith.

Terry Gallagher sagte: «Zerrissen.»

Piet fragte: «Eine zerrissene Landschaft?»

«Vielleicht meine ich auch eine befriedete.»

Angela schloß die Augen. «Ich sehe einen Tempel mit rötlichen Pfeilern, einen Götzen mit abgeschlagenem Kopf, rankenüberwuchert, und irgendwer hat mit Kreide auf der breitesten Stelle des einen Schenkels mathematische Berechnungen angestellt.»

«Sexy», sagte Eddie Constantine.

Georgene sagte, und ihr Kinn straffte sich: «Es ist unfair, wenn Ehepaare sich telepathisch verständigen.»

Piet fragte: «Sonst noch jemand? Foxy? Ken?»

Ken sagte: «Mir fällt Indiana ein – warum, weiß ich nicht.»

Alle lachten, nur Foxy nicht, die nickte. «Er hat recht. Etwas Stilles und Graues und Alltägliches», sagte sie. «Oregon? Süd-Dakota?»

Frank Appleby sagte: «Du meinst Nord-Dakota.»

«Nicht so deutlich werden!» protestierte Carol Constantine. Sie saß auf dem Fußboden, im Schneidersitz, als webe oder bete sie oder als spiele sie Monopoly. Ein grüner Ballerinenrock breitete sich über ihre Beine: ein Polster aus Lilienblättern, aus dem ihr Torso aufstieg wie ein Stengel. Ihre Taille war bemerkenswert schmal und biegsam, und ihre Nüstern, lange Schlitze, schienen nur ein-, nie auszuatmen.

Piet fragte: «Was für eine Blume?»

«Mohn.»

«Mohn.»

«Eine nickende Pogonie», sagte Irene Saltz, «oder vielleicht auch eine Sommerorchidee.»

«Eine Sommerorchidee im Schatten eines gewaltigen chinesischen Tulpenbaums», sagte Frank Appleby.

Carol sagte zu Marcia: «Ich glaube, Frank kapiert das Spiel nicht, immer winkt er mit dem Zaunpfahl.»

Foxy Whitman sagte: «Ich sehe etwas Graues. Einen Mistelzweig.»

«Was anderes als Grau scheint Ihnen zu mir nicht einzufallen», sagte Piet in sonderbar gereiztem Ton, und er wandte sich an Angela: «Noch eine Blume gefällig? – Ken?»

«Flohkraut», sagte Ken, und es klang feindselig; er starrte auf seine Füße. Meinte er es so?

Angela sagte: «Keine Blume oder jede Blume. Eine einzelne Lilie, die ein Kind der Frau des Bürgermeisters beim Gartenfest überreicht.»

«Eine verwelkte Gardenie am Revers eines Pikkolos», sagte Terry Gallagher und strahlte, als die Komplimente sich überschlugen. Terry wurde immer besser, blühte sichtlich auf.

Georgene sagte: «Eine Distel. Von einem amtlichen Standpunkt aus gesehen.»

Piet beschwerte sich: «Ich kriege nicht einmal heraus, ob ihr diese Person nun eigentlich mögt oder nicht.»

«Auf was für ein Geschlecht tippst du denn?» fragte Carol ihn. In ihrem Gesicht gab es, so gelassen und glatt es auch war, zänkische Schattenpunkte: an den Nasenflügeln, in den Mundwinkeln und unterhalb der schwellenden Unterlippe, wo der Schatten wie ein Schmutzfleck aussah. Piet stellte fest, daß sie die Lidlinien mit Augentusche verlängerte, und ihm fiel auf, daß ihre Augen klein waren und ziemlich eng standen, so eng, daß man bei raschem Lichtwechsel geneigt war, die stilisierte Würde ihrer Haltung darauf zurückzuführen, daß sie schielte. Er fühlte sich jetzt sicherer ihr gegenüber, weniger fasziniert. Ihr Haar war stumpfigbraun, eigentlich farblos und zu einem Pferdeschwanz zusammengebunden, für den sie zu alt war.

«Männlich», sagte er. «Aber das scheint keine Rolle zu spielen. Sein Ruhm beruht nicht auf seiner Männlichkeit.»

«Im Unterschied zu wem?» fragte Carol schnöde.

Piet errötete pflichtschuldig. «Was – was für eine Malperiode?»

«Art Nouveau», sagte Angela prompt.

«Spanische Höhlenzeichnungen», sagte Foxy, ebenso prompt.

Frank Appleby rollte die Augen nach innen und ächzte. «Mir fällt auch etwas ein, aber Carol erlaubt es ja nicht.»

«Was ist es denn?» fragte Carol.

«Sowjetische Plakate.»

«Nein», sagte Carol, «dagegen habe ich nichts. Es ist zwar nicht besonders gut, aber es mag durchgehen.»

Irene Saltz fragte sie: «Wer hat dich eigentlich zum Schiedsrichter bestellt?»

«Illustrationen in einem medizinischen Lehrbuch», sagte Ken Whitman entschieden, «mit einem Deckblatt aus Reispapier.»

«Gut», sagte irgend jemand höflich, nach einer Pause.

«Terry und die Plagiatoren», sagte Eddie Constantine.

Carol sagte: «Tut mir leid, ihr habt alle keine Ahnung. Er ist eindeutig Yves Tanguy. Vielleicht auch Arshile Gorky.»

«Das ist ein Dramatiker», belehrte Frank sie.

«Du meinst Maxim», belehrte sie ihn.

Ken, dem einfiel, wieviel Erfolg er in dieser Runde mit Wortwitzen schon gehabt hatte, fragte unschuldig: «Wer war denn Maxim Aal?»

Foxy zuckte zusammen.

«Ein jüdischer Expansionist», sagte Eddie. «Huch, war nicht als Beleidigung gemeint, Ben.»

Geduldig fragte Piet weiter: «Sonst noch irgendwelche Maler oder Malperioden?»

«Ich finde», sagte Marcia, «mit denen funktioniert es nicht so gut. Die sind zu begrenzt. Sporn unsere Phantasie mehr an, Piet.»

Piet hörte daraus, daß Frank sich zu langweilen begann, und er fragte: «Frank, was für ein Shakespeare-Stück bin ich?»

Verdrießlich wälzte Frank die Frage in seinem Kopf, und nach einem Schluck Brandy verkündete er: «*Antonius und Kleopatra,* aus der Sicht Octavians.»

Marcia, in der Rolle der hilfreichen Ehefrau, soufflierte ihm: «Wie wär's mit *Titus Andronicus*?»

«Völlig daneben», sagte Frank. «Dieser Mann hier ist tüchtig.»

Foxy Whitman – sie war inzwischen rasch nach Hause gefahren und hatte den zeltartigen Umstandsbadeanzug gegen ein Kleid ausgewechselt, einen kanarienvogelgelben Hänger, der schmeichelhaft ihre Wölbungen umflatterte – versuchte, sich Gehör zu verschaffen. «Wie wär's mit einem Othello, bei dem Jago im Recht ist?»

Frank sagte: «Der ist immer im Recht», und wieherte.

Ben Saltz, der müde aussah, stand auf und fragte: «Wer möchte noch Bier? Oder Brandy? Wir haben noch Ströme von Gin, aber kein Bitter Lemon mehr.»

Georgene sagte: «Piet, du brauchst viel zu lange. Wir haben dir großartige Stichworte gegeben, und du läßt uns hängen.»

«Ihr habt mich verwirrt mit eurer Großartigkeit. Ich muß dauernd an Kens Medizinbuch denken.»

«Vergessen Sie es», sagte Foxy.

«Also dann: was für ein Getränk?»

«Tee.»

«Tee.»

«Eher Souchong als Orange Pekoe.»

«Tee mit Muskat», sagte Angela.

«Angela, du magst diese Person wirklich, nicht wahr?» Terry war es, die das fragte.

«Ich muß sie mögen, es ist mein Mann.»

«Ich hasse Tee», sagte Piet. «Ich hasse Tee mit Muskat.»

«Du hast es nie probiert», sagte Angela.

«Sei nicht so sicher.» Die anderen verstummten, um den beiden Gelegenheit zum Streiten zu geben. Piet fuhr hastig fort: «Was für ein Essen?»

«Reis.»

«Reis, aber nie genug», sagte Ben, der gerade mit zwei braunen Bierflaschen zurückkam.

Piet fragte: «Gekocht oder geröstet?»

Angela sagte: «Gekocht. Das ist reiner.»

Marcia sagte: «Köstlich geröstet.»

Terry schloß die Augen und sagte: «Verbrannter Toast mit Schinken, Salat und Tomaten.»

Frank Appleby sagte: «Ach was, zum Teufel, ich sage, was mir einfällt. Ein gegrillter Mönch.»

Carol schrie – ihr ganzer geschmeidiger Körper war von Strom durchzuckt, ihre Füße stießen unter dem Rock hervor –: «Frank, du bist ein Schwein! Du hast es ihm verraten!»

Piet sagte mit großer Erleichterung: «Ich bin Nie-geh Diem.»

Die Stimmen der anderen rotteten sich um ihn zusammen. «Ngo, nein, der bist du nicht.» – «Heiß, aber mit einem Sitar hat es nichts zu tun.» – «Heiß? Kälter geht es überhaupt nicht!» – «Der Zug ist schon richtig, bloß das Abteil noch nicht.» Das letzte hatte Georgene gesagt, sie wollte ihm die Hand reichen. Ihre Hilfe wurde akzeptiert, sie selber verschmäht.

Piet hatte es jetzt: «Ho Chi Minh.» Unter fröhlichem Radau brach das Spiel ab. Das Bier wurde herumgereicht. Terry Gallagher und Ken Whitman erhoben sich wie auf Kommando und sahen einander überrascht ob solchen Einklangs an.

«Sehr aufschlußreich», sagte Piet gerade, «wie liebevoll eure Assoziationen waren. Nichts als Blumen und delikate Grautöne – und das bei diesem Feind unserer Demokratie.» Georgene ahnte, daß seine Beschwerde sich gegen Angela und Foxy richtete.

«*Du* hast nach Blumen gefragt.»

«Nach Tieren hast du überhaupt nicht gefragt. Ein ziegenbärtiges Wiesel.»

«Ein sehr dünner Panda.»

«Warum soll man ihn denn hassen? Er ist genau das, was die Leute dort wollen.» Das war Irene; sie hatte sich bislang ungewöhnlich still verhalten.

«*Chacun à son goût,* wie Harold sagen würde, wenn er hier wäre», bemerkte Marcia in einem Anfall verschrobener Loyalität.

«Ich finde es toll, daß ich mich plötzlich daran erinnert habe, daß er mal Pikkolo in Paris war», sagte Terry. «Habt Dank, Leute, aber ich muß gehen. Wir waren heute in der Frühmesse, und der arme Matt hat den ganzen Nachmittag lang Häuser zeigen müssen.»

«Ich bin mit von der Partie», sagte Ken. «Fox, komm.»

Aber der spontane Eindruck, den Terry und Ken vermittelt hatten, als sie so einträchtig aufgestanden waren – ein schönes Paar, groß, dunkelhaarig, würdevoll –, verleitete die anderen dazu, Foxy zu necken.

«Ach bitte», bettelte Carol, «bleibt doch noch auf eine Runde.»

«Diesmal ist Foxy dran.»

«Ja, Foxy ist dran. Los, Foxy.»

«Alle schwangeren Frauen verlassen den Raum.»

Foxy sah Ken an; der las rührende Unschlüssigkeit in ihrem Gesicht. Diese angeheiterte, boshafte Meute war eine Verlockung für sie; bei ihnen zu Hause wimmelte es von Moskitos, und überall lag Handwerkszeug herum. Aber sie war müde und seine Frau und pflichtgetreu und sagte: «Nein, ich würde mich nur dumm anstellen. Ich begreife das Spiel noch nicht so richtig.»

«Aber nicht doch, natürlich begreifen Sie es.»

«Der Witz ist, Sie müssen einfach Sie selber sein.»

«Ihre Assoziationen waren hinreißend.»

«Wir denken uns jemand ganz Unkomplizierten aus. Margaret Truman. *Nicht* Jackie. Es dauert zehn Minuten.»

Sie schwankte, und Ken sprach über die schnatternden Köpfe hinweg mit mustergültiger Freundlichkeit zu ihr, aber seine Stimme erschreckte sie trotzdem; seine Erscheinung hatte nichts Körperhaftes. Er wirkte wie eine tadellos ausgeschnittene Pappfigur mit Lautsprecheranlage. «Ich bin tot, Fox, aber bleib du nur hier und spiel weiter. Marcia kann dich ja zu Hause absetzen.»

«Oh», sagte sie, «aber das geht doch nicht. Marcia muß sich um Harold kümmern. Ich gehe mit dir.»

Alle sagten: «Sie können nicht weg. Sie sind dran. Sie müssen bleiben.»

«Bleib», sagte Ken und wandte sich zum Gehen, und sie fühlte sich brüskiert, im Stich gelassen mit ihrem Bauch; ihre Figur beleidigte ihn. Sie hatte gehofft, er werde sie aus der Unentschlossenheit erlösen, aber er hatte sie mutwillig preisgegeben. Zornig erklärte sie sich zum Bleiben bereit und ging nach oben, wo Piet gewesen war. Er hatte kein Zeichen hinterlassen.

Sie brauchten nicht lange, um sich zu entscheiden, der Juni war ein so sensationsträchtiger Monat gewesen: Papst Johannes war gestorben, Quang Duc hatte sich als Brandopfer dargebracht, Valentina Tereschkowa war als erste Frau in den Weltraum vorgestoßen, John Profumo war zurückgetreten, in den staatlichen Schulen Amerikas war das Vaterunser abgeschafft worden. Georgene trat nach kurzer Zeit an den Fuß der Treppe und rief: «E-li-za-beth! Elizabeth Fox Whitman, kommen Sie auf der Stelle herunter!» Das war der Tonfall ihrer Tante aus Wilmington.

Wie ein getadeltes Kind trat Foxy ins Wohnzimmer; die menschengrelle Helligkeit hier unten kam ihr roh vor. Die dunklen Zimmer im oberen Stockwerk, wo Landkarten an den Wänden hingen, Spielzeugschienen herumlagen, friedlich die Kinder schliefen und

Klempnerinstallationen brave Dienste leisteten, waren eine bessere Welt gewesen. Sie dachte an ihr Schlafzimmer und an den Mond, der ihr Gesellschaft leistete, wenn sie nicht schlafen konnte. Das leere Kissen neben Kens Kopf, das war sie. Ken war nicht mehr hier, er war weg, mit Terry Gallagher. Frank Appleby schlief: seine in Sandalen steckenden Füße hatte er hochkant auf den niedrigen unechten Kolonialtisch der Saltz' gepflanzt, aus seinem offenen Mund kamen raspelnde Schnarchlaute. Und aus der Küche drang ein Flüstern herüber, und Foxy stellte fest, daß Eddie Constantine und Irene fehlten. Die sechs Hinterbliebenen, vier davon Frauen, sahen müde aus und hatten eine Duldermiene aufgesetzt, und Foxy ahnte, daß sie besser daran getan hätte, mit Ken nach Hause zu gehen. Das Spiel hatte sich totgelaufen, sie waren alle nur noch höflich, wollten ihr das Gefühl geben, daß sie beliebt sei, dazugehöre. Sie mußte rasch raten und dann gehen.

«Was – was für ein Meer bin ich?» Foxy war nicht sicher, ob es nicht vielleicht gegen die Spielregeln verstieß, Fragen zu stellen, die andere schon gestellt hatten, und außerdem wollte sie ja einfallsreich, feinnervig, originell sein. Auf dem genoppten Sofa saß Piet Hannema zusammen mit seiner Frau und starrte in sein Glas.

«Was für ein Meer?» wiederholte Carol. «Komische Frage. Ein sturmbewegtes, würde ich sagen.»

«Manchmal sturmbewegt», sagte Marcia. «Manchmal sehr still und wie in Trance. Manchmal auch nur eine einzige große Welle.»

«Ohne Spuren», sagte Piet.

«Ohne Spuren?»

«Schiffe fahren kreuz und quer über Sie hinweg und lassen keine Spur zurück. Sie nehmen alle. Keines hinterläßt bei Ihnen einen Eindruck.»

«Ein bestimmter Teil vom Meer», sagte Ben grinsend. «Mit einer Meerjungfrau drin.»

Carol sagte: «Keine direkten Anspielungen!»

Jäh in Schüchternheit versinkend, fragte Foxy: «Angela – irgendein Ozean?»

Kein «Ozean», sagte Angela. «Ein trauriger kleiner Tümpel.»

«Traurig?»

«Ziemlich sumpfig», sagte Georgene: ein frontaler Angriff aus heiterem Himmel, aber alle, besonders die Männer, lachten zustimmend.

«Aha. Was für eine Tageszeit?»

«Zwei Uhr früh.»

«Elf Uhr vormittags, zerwühltes Laken.»

«Keine bestimmte Zeit. Den ganzen Tag.»

Wieder dies bösartige Gelächter. Foxys Gesicht überzog sich mit langsamer Röte. Sie wollte diese Person sympathisch finden. Aus Trotz.

Angela versuchte ihr zu helfen. «Ich sehe diese Person gegen neun am Abend hinausgehen in die Lichter der Stadt: unbeschwert und geistlos.»

«Oder vielleicht», setzte Marcia hinzu, «geht sie auch schon um halb fünf hinaus, in den Park, ohne Hut, und lächelt den alten Männern zu und den Eichhörnchen und den kleinen Babys.»

«Und den Bobbys», sagte Piet.

Carol sang: «Wir werden schon wieder zu deu-heutlich!» und blickte mit einer abrupten Drehung des Kopfes, einer Bewegung, wie Ballerinen sie bei Pirouetten ausführen, zur wispernden Küche hin.

Englisch, so viel stand fest nach Piets Bemerkung. Königin Elizabeth – sumpfig? Virginia Woolf? *Die Wellen.* Aber diese zerwühlten Laken! Vielleicht ein effeminierter, heruntergekommener Mann. Lytton Strachey. Wilde. Piet hatte gesagt, kreuz und quer übers Meer: das könnte ein Schauspielertext sein. Aber ein sumpfiger Tümpel? Wie ungeschickt sie sich anstellte! Sie zitterte davor, etwas Falsches zu vermuten, war gehemmt, ratlos. Die Wohnzimmereinrichtung der Saltz' stürmte auf die Leere ein, die in ihr gähnte: samtschwarze Sessel mit Schondeckchen auf den Armlehnen, Zeitungsständer aus Ahornholz, in denen *Scientific American-*, *Newsweek-* und *Look-*Hefte steckten, aufdringliche Lampen mit schwenkbaren Hälsen, die allen Sesseln über die linke Schulter sahen, van Gogh, der die Wände besonnte, starre Hochzeitsfotos auf einem Klavier mit gelben Zähnen; und im dunklen Vestibül draußen ein scheelfüßiger Mantelständer, ein länglicher, fleckiger Spiegel und die schmale Treppe, die gefährlich steil nach oben führte. Kinder, die jeden Abend ihre Angst bezwingen mußten, um dort hinaufzusteigen. Die Vettern und Kusinen zweiten Grades ihrer Mutter hatten in Delaware ähnliche Häuser bewohnt, Häuser, die hart an der Straße standen und eingefriedet waren mit Hortensienbüschen, in denen man als Kind urinieren und sich verstecken konnte vor den Vettern und Kusinen dritten Grades. Die Juden haben den Mittelstand geerbt, niemand sonst will ihn. «Was für eine Gesellschaftsschicht?» fragte Foxy.

«Zu direkt», sagte Carol.

«Unterste», sagte Georgene.

«Nicht die unterste», sagte Piet. «Ein gewisser affektierter Stil ist vorhanden.»

«Hoch oder niedrig, die Grenzen zerfließen», erklärte Angela. «Tiefer als tief, höher als hoch.»

«Das hört sich ja nach Mystik an», sagte Ben Saltz mit pedantischem, manieriertem Blinzeln zu Angela.
«Du meinst wohl mistig», sagte Marcia.
«Oh, ich *begreife* einfach nicht, wieso wir diese Person kennen sollen, wenn sie so *ordinär* ist!» rief Foxy.
«Sie hat verborgene Talente», sagte Piet.
«Er oder sie», korrigierte Carol.
Foxy fragte: «Was für ein Vogel bin ich?»
«Ein Paradiesvogel», sagte Angela.
«Ein Spatz.»
«Eine besudelte Taube.»
«Besudelte Taube ist gut.»
«Ich stelle mir», sagte Piet, «einen ziemlich großen Vogel vor, mit schimmernder Brust. Ein Kakadu vielleicht?»
«Sie sind ein Kuhstar», sagte Georgene zu Foxy.
Piet drehte sich heftig zu Georgene hin. «Wie gemein!»
Georgene zuckte die Achseln. «Jemand, der anderer Leute Nest benutzt.»
Es ist, dachte Foxy, als sei man nackt und wisse es nicht, als liege man tot auf dem Obduktionstisch und könne doch alles mithören, all die gefühllosen, zotigen Bemerkungen. Sie wollte bei Ken sein, wollte fliehen mit dem erwachenden Leben in ihrem Leib; sie hatte gesündigt. «Was für eine Bibelgestalt bin ich? Ich weiß, daß ihr jetzt Delilah sagt.»
«Nein», sagte Piet, «Sie sind zu hart mit sich. Sie könnten vielleicht Hagar sein.»
«Nein», sagte Ben, «sie ist Abisag. Abisag war das Mädchen, das man David brachte, als er im Sterben lag; sie sollte ihm Wärme gegeben. *Vecham leadoni hamelekh,* auf hebräisch.»
«Und was geschah dann?» fragte Marcia.
«*Vehamelekh loh yada-ah.* Der König erkannte sie nicht.»
«Ben», sagte Marcia, «ich finde es wunderbar, wie du das herunterschnurren kannst. Auf hebräisch.»
«Ich habe es zehn Jahre lang studiert. Wir waren konservative Juden.»
«Trugt ihr auch diese kleinen Käppchen?»
«Die Jarmulkas.» Er grinste löwenhaft, aufregend, seine Zähne funkelten durch den Bart. «Im Sommer wurde ich immer ins Camp Ramah geschickt.»
Foxy fragte: «Georgene?»
«Ich kenne mich in der Bibel nicht aus, aber ich hätte Delilah gesagt. Oder Magdalena, obwohl das schon zu hoch gegriffen wäre.»

«Ich stelle mir viel eher irgendein Mädchen aus Jerusalem vor, das in der Bibel gar nicht vorkommt», sagte Angela. «Ein Mädchen, das sich überhaupt nicht darum scherte und mit einem römischen Soldaten flirtete, als das Kreuz vorbeigetragen wurde.»

«Was für eine entsetzliche Frau», sagte Foxy. «Ein sumpfiger Tümpel, ein Kuhstar.»

«Sie haben nur auf Georgene gehört», sagte Piet. «Georgene spielt heute abend die Moralische.»

«Aber Sie mögen sie ebensowenig. Nur Angela und Ben haben Sympathie für sie.» Foxy wurde eifersüchtig, als sie das sagte; sie wollte nicht, daß zwischen Ben und Angela ein Band bestehe, sie wollte Ben für sich behalten – nicht den wirklichen Ben, sondern den Widerhall, den er in ihr wachrief; er sollte *ihr* Jude sein.

Das Flüstern in der Küche war verstummt.

«Das dauert mir jetzt zu lange», sagte Carol und erhob sich, steif vom langen Sitzen, Hals und Handgelenke sehnig, angespannt. In die Küche zu gehen, wagte sie nicht recht; sie machte nur einen Schritt auf die offene Tür zu und rief in scharfem Ton: «Kommt her und helft uns, ihr zwei. Sie sitzt fest!»

«Ich gebe es auf», sagte Foxy. «Wer bin ich nun? Ich bin sicher, ich habe noch nie von mir gehört.»

«Doch, doch, ganz bestimmt», sagte Piet drängend; er wollte, daß sie es schaffe, er genierte sich für sie.

«Ich bin irgendein trostloses kleines Filmsternchen, und ich kann mir doch nie die Namen merken.»

«Im Augenblick», sagte Piet, «sind Sie ein Star.»

«Im Augenblick.»

«Sie stellen sich jetzt absichtlich beschränkt an», sagte Carol. «Sie wollen uns wohl auf den Arm nehmen.»

«Denken Sie weiter», sagte Piet. «Denken Sie Große Welt.»

Ben sagte: «Stellen Sie noch ein paar Fragen.»

Alle soufflierten, zischten dem bei der Weihnachtsaufführung steckengebliebenen Kind das Stichwort zu. In Georgenes kalten Augen stand unverhohlene Schadenfreude. Marcia sagte: «Fragen Sie Frank, welches Shakespeare-Stück Sie sind. Ich wecke ihn auf.» Sie rutschte zu Frank, der sackig hingerekelt in der Ecke des behäbigen Sofas lag, und flüsterte ihm, als sei sie seine Frau, so lange ins Ohr, bis er die Lider hob und verdrossen geradeaus starrte. Foxy hatte das Gefühl, daß sein Blick, traumumnebelt, durch sie hindurchging.

«Frank, helfen Sie mir», sagte sie. «Welches Shakespeare-Stück bin ich?»

«*Troilus*», sagte er, und seine Augen schlossen sich wieder.

«Das habe ich nie gelesen», sagte Foxy.

«Ich finde, Sie sind die Sonette», sagte Marcia.

«Auf russisch und englisch *en face*», sagte Piet, und alle, alle lachten.

«Ach, ihr seid alle zu gescheit», sagte Foxy. «Jetzt finde ich mich überhaupt nicht mehr zurecht. Ich steuerte gerade auf Prinzessin Margaret zu.» Abermals brandete Gelächter auf, und sie sagte: «Ich hasse euch alle. Ich will nach Hause. Ich gebe auf.»

«Geben Sie nicht auf», sagte Piet. «Sie haben es gleich, ich weiß es. Sie verkrampfen sich zu sehr.»

Ben fragte: «Was ist das Gegenteil von einer Prinzessin?»

«Ein Lumpenmädchen. Oh. Eine Blumenverkäuferin. Eliza Doolittle. Aber ich dachte, erfundene Personen kämen nicht in Frage.»

«Stimmt, Sie sind ja auch nicht Eliza», sagte Georgene. «Was ist das Gegenteil von einer Jungfrau?»

Angela sagte: «Ich finde, Foxy soll aufgeben, wenn sie möchte.»

«Sie ist zu nahe dran, um aufzugeben», sagte Carol.

Irene Saltz kehrte, sich die Frisur ordnend, ins Wohnzimmer zurück. Ihre schwarzen Augenbrauen waren ebenmäßig wie Flügelschläge. Sie wandte sich an Carol. «Eddie läßt dir sagen, er ist nach Hause gegangen. Er muß morgen fliegen und hat den Küchenausgang benutzt.»

«Typisch», sagte Carol, und ihr Gesicht hellte sich auf. Sie saß noch immer auf dem Fußboden, und ihre Wirbelsäule wurde wieder zum Blumenstengel, schlank, aufrecht. Sie bat Foxy: «Raten Sie noch ein wenig weiter.»

Mit ergebenem Seufzer fragte Foxy: «Was für eine Blume?»

Die Antworten kamen sehr überlegt, denn alle wollten, daß sie jetzt die Lösung finde.

«Eine Tigerlilie», sagte Carol, «die man aus einem Dorfgarten in eine Großstadtstraße verpflanzt hat.»

«Warum sollte sich irgendwer diese Mühe machen?» fragte Georgene. «Ich stelle mir eher etwas Derbes, aber Auffälliges vor. Klatschmohn.»

«Aber Ho Chi Minh war doch schon Mohn», sagte Piet.

«Vielleicht besteht zwischen den beiden eine gewisse Affinität», sagte Georgene und sah ihn mit ihren leicht vorquellenden, indignierten Augen an, die, zusammen mit der gepflegten Sonnenbräune und dem graumelierten Haar, zu der sarkastischen Frau in reifen Jahren gehörten, die sie demnächst sein würde. Foxy erinnerte sich an Georgenes Schweigen während des kerzenbeleuchteten Abendessens bei den Guerins, ein verschlossenes, in sich ruhendes Schweigen, das ihr an jenem mißlichen Abend so vorgekommen war, als habe es die gleiche chemische Beschaffenheit wie ihre Schwangerschaft. Seit jenem Tag war diese Frau auf ungute Weise gealtert.

Irene sagte: «Ich weiß nicht, um was es geht.» Als Carol ihr den Namen ins Ohr flüsterte, schnappte sie, ohne sich zu besinnen, zu: «Geißblatt.»

«In Japan, nach unseren Bomben», sagte Angela, «hat es da nicht eine Blume gegeben, die aus dem Nichts hervorsproß und im radioaktiven Gebiet gedieh? So nämlich sehe ich diese Person: sie versüßt das Gift unserer Zeit.»

Foxy sagte dankbar: «Angela, das ist lieb. Jetzt finde ich es nicht mehr so schlimm, diese Person zu sein.»

«Habichtskraut», sagte Marcia. «Oder irgendein Treibhausgewächs.»

«Nicht wahr, das kennen Sie doch», sagte Ben Saltz, «wenn man beim Unkrautjäten im Garten plötzlich auf eine Pflanze stößt – wilde Möhre zum Beispiel oder diese spindlige wilde Aster –, die ganz eindeutig ein Schädling ist, aber man hat nicht das Herz, sie auszurupfen, weil sie gerade so hübsch aussieht?»

Angela sagte: «So sind wir doch alle.»

Georgene sagte: «Bitte, sprich nur für dich, Schätzchen.»

«Eine Geranie, die von einem Fensterbrett zum andern getragen wird, damit sie immer in der Sonne steht», sagte Piet. «Eine Hyazinthe, die in einem Plastiktopf verkauft wird. Manchmal eine Lady-Palmerston-Rose. Foxy, sind Sie mal in einem Treibhaus gewesen, haben Sie jemals gesehen, wie man da Schnittnelken in einen Eimer mit Tinte taucht, um sie einzufärben? Die grünen für den St. Patricks-Tag werden zum Beispiel so gemacht. Ich finde, Sie sind eine gelbe Nelke, und man hat Sie mit purpurner Tinte getränkt, damit Sie dieses unglaubliche Schwarz erreichen, und immerfort fassen die Leute Sie an, weil alle denken, Sie seien künstlich, und dann stellen sie fassungslos fest, daß Sie tatsächlich eine Blume sind. Wenn Sie sterben, wird das Dunkle herausbluten aus Ihnen, und Sie sind wieder gelb.»

Sein flächiges, straffzügiges Gesicht bekam etwas von dieser vielberührten, verblassenden Blume.

Carol sagte: «Und wo bleibt die flotte Robustheit der Person?»

«Versuchen wir's mit Büchern», sagte Marcia ungeduldig. «*Moll Flanders*, von Ian Fleming.»

«*Phineas Finn*», sagte Angela, «in einer Kurzfassung für den *Playboy*.»

«*Rotkäppchen*», sagte Ben, «vom Marquis de Sade.»

«Halt!» bat Foxy. «Ich gebe auf. Ich bin zu dumm. Angela, sagen Sie es mir.»

Angela warf Piet einen fragenden Blick zu, ob sie es verraten dürfe, und in diesem Augenblick, im Licht dieser leicht erschreckten fragenden blauen Frauenaugen, erkannte Foxy so klar, als lese sie es gerade schwarz auf weiß in der Zeitung, wer sie war.

«Diese ... Nutte ... soll ich sein? Oh. *Entschuldigt* bitte.» Gegen ihren Willen, gegen alle Vernunft, und ohne genau zu wissen, in welchem Augenblick es dazu kam, brach sie, den Kopf abwendend, vor Erschöpfung und Fassungslosigkeit in Tränen aus; und alle, außer Angela und Ben, fühlten ihren Verdacht bestätigt, daß Foxy sich mit Piet eingelassen hatte.

III. DÜNNES EIS

Wie es uns not tut, im Schlaf zu träumen, so müssen wir im Wachen streicheln und reden, gestreichelt werden und zuhören. *Foxy?*

Ja, Piet? Allein schon ihre Namen hatten magische Kraft, den Zauber einer Liebkosung, bei der das Schreckliche und das Zarte in den Genitalien sich regt.

Glaubst du, wir tun unrecht?

Unrecht? Das Wort schien aus einer anderen Begriffswelt zu ihr hinzutreiben. *Ich weiß nicht. Ich glaube nicht.*

Wie gut von dir!

Daß ich es nicht glaube?

Ja, ja, ja. Glaub es nie. Denk nur an mich. Du, letzte Nacht habe ich von dir geträumt. Zum allererstenmal. Komisch, die Leute, von denen man sonst immer träumt. Wie eine geschlossene Gesellschaft ist das, bei der es nach den stupidesten Regeln zugeht. Dauernd träume ich von Freddy Thorne, dabei kann ich ihn nicht ausstehen.

Was habe ich gemacht in deinem Traum – war ich erotisch?

Sehr züchtig. Es war in einem Kaufhaus mit einem riesigen Oberlicht. Du warst eine Verkäuferin. Ich blieb vor deinem Ladentisch stehen, ohne zu wissen, was ich wollte.

Eine Verkäuferin – so siehst du mich also? Mit scherzhaften Streitsüchteleien dieser Art pflegte sie ihren reizbaren Stolz abzureagieren. *Und was habe ich deiner Ansicht nach zu verkaufen?*

Nein, die Atmosphäre war völlig anders. Du warst sehr prüde und distanziert und unverbindlich, wie es manchmal deine Art ist; ich konnte kein Wort herausbringen, aber du bücktest dich trotzdem hinter den Ladentisch, als suchtest du etwas, und ich konnte dich nicht mehr sehen und wachte auf mit einer mordsmäßigen Erektion.

In diesem Sommer litt Piet zuweilen an Schlaflosigkeit, und nachts, wenn er neben der schlafenden Angela lag, hob er manchmal die Hand und betrachtete ihre Form, die sich schwarz vor den blaßblauen Scheiben des kreuzförmig unterteilten Fensters abzeichnete. Und ihm schien, als sei diese Hand das letzte, was noch aus dem Wasser ragte, kurz vor dem endgültigen Untergang. Angelas unbewußtes langsames Atmen war wie eine Strömung auf der Haut der Tiefen, in die er absinken konnte. Er sehnte sich nach dem Quietschen des Hamsterrads, diesen Leuchtpünktchen in der Dunkelheit. Er war respektvoll und zurückhaltend mit Foxy umgegangen, ein Mann, der ihr Haus herrichten sollte, und sie zu begehren war ihm nicht in den Sinn gekommen. Sie aber hatte ihn bei der Neugestaltung dieses alten Wracks, innen und außen, mit so flirrendem, flirtendem Eifer unterstützt, daß er sich, wo immer sie das nackte Holz berührte, seltsam eins mit ihm gefühlt hatte.

Hier könnte man Regale bauen.

Oder Schränke.

Finden Sie offene Regale nicht besser? Türen haben so etwas Selbstgerechtes. Und außerdem klemmen sie oder lassen sich erst gar nicht schließen.

Es gibt jetzt magnetische Schließvorrichtungen, die absolut narrensicher sind. Offene Regale sind eine dauernde Versuchung. Sie haben eine Katze, demnächst kommen auch noch Kinder dazu. Sie brauchen Raum, den Sie abschließen können. Ich habe zwei alte Kunsttischler an der Hand, die sehr hübsche Einbauschränke machen, Adams und Comeau.

Und denen möchten Sie einen Auftrag zuschanzen.

Piet war verblüfft; die Frau in dem raschelnden, wallenden Umstandskittel, die sich da in ihrer antiquierten Küche hin und her bewegte, kam ihm leichter vor als andere Frauen, gab ihm das Gefühl, als durchschaue sie ihn schneller und als stehe er nicht als er selber vor ihr, sondern als ein anderer, den sie einst gut gekannt und dem sie noch immer gewisse Empfindungen bewahrt hatte. Er sagte vorsichtig: *Die beiden nehmen es genau, ich schicke sie gern zu Leuten, die das zu schätzen wissen.*

Sie drehte sich um und hob die Arme der Landschaft vor dem Fenster entgegen wie einer Ikone, wandte sich wieder zu ihm und sagte beschwörend: *Ich möchte offene Regale haben und offene Türdurchgänge, und überhaupt soll alles offen sein für das Meer, für die Meeresluft. Ich habe jetzt lange genug in zweckmäßigen kleinen Zimmern gelebt, wo jedes Winkelchen genutzt werden mußte;* und kühl umbauscht von ihrem zitronengelben Kittel, mit hellstrahlendem, glühendem Gesicht, rauschte sie aus der engen Küche hinaus. Und Piet wußte, daß sie ihm noch zu schaffen machen würde.

Georgene fragte ihn: «Warum hast du den Auftrag übernommen? Du hast mir doch gesagt, du müßtest Ranchhäuser bauen.»

Es war Sonntag vormittag, sie standen nahe beim Tennisplatz der Ongs. Piet hatte auf den Gottesdienst verzichtet, damit Angela die

Herausforderung annehmen konnte, die Freddy Thorne ihr neckisch aufgedrängt hatte. Er vermißte diese Stunde, da man sitzend sann und stehend sang. Überdies hatte ihm der Gin des vorangegangenen Abends drückende eisige Bänder um den Kopf gelegt. Die Herausforderung, die Freddy an diesem Abend bei den Constantines vernehmlich an Angela gerichtet hatte, bestand darin, daß sie sich ihm zu einem Einzel stellen solle; aber ausgerechnet an diesem Morgen hatte Bernadette mit ihren drei Söhnen die Frühmesse besucht; so mußten die Ongs zum Mitspielen aufgefordert werden, denn es war ihr eigener Platz. Er war aus einem Wiesenhang herausgeschnitten worden, der gleich neben dem neugebauten Wohnhaus lag. Diese exotische und teure Villa – Flachdach, Fliesen allenthalben und frei schwebende Treppen –, entworfen von einem Architekten, den John aus Cambridge kannte, einem Kompagnon von I. M. Pei, galt den dünkelhaften jungen Paaren von Tarbox als ein bedenkliches Zeichen für das ungebührliche Ansehen, das John Ong genoß. John, ein kleiner, knochiger, walnußbrauner Mann, verliebt in alles Amerikanische, von Ionisationskammern bis zu Filterzigaretten, spielte mit Leidenschaft Tennis, ohne jedoch die mindesten Voraussetzungen dafür mitzubringen, und unweigerlich trug er frisch gebügelte lange weiße Hosen, eine Bandage ums Handgelenk und einen grünen Augenschirm. Seine possierlichen, hurtigen Schläge, die er selber am laufenden Band mit anfeuernden Zurufen oder enttäuschten Gurrlauten kommentierte, wurden von seinen abendländischen Freunden erbarmungslos zurückgeschmettert. Bernadette hingegen war eine wahre Kanone. Sie und Freddy, der sich komisch plattfüßig aufgepflanzt hatte und die Bälle zurückpatschte wie ein Kind, standen auf der einen Seite und John und Angela auf der anderen; Angela spielte anmutig, mit gutem, gleichmäßigem Stil, nur nicht am Netz, wo es auf drastisches Zuschlagen ankam. Piet und Georgene schauten zu und unterhielten sich. Sie redeten in normaler Lautstärke, freilich so, daß die anderen nichts verstehen konnten.

Er gab zur Antwort: «Ranchhäuser sind so langweilig. Eines sieht wie das andere aus.»

Georgene verfügte über eine ganze Skala von clubdamenhaften Entrüstungstönen. «Mit Zähnen ist es genauso», sagte sie, «ein Zahn sieht wie der andere aus. Eine Aktie sieht wie die andere aus. Jeder Mann kennt das: im Beruf sieht eins wie das andere aus. Was ist so Besonderes an dir? Woher nimmst du dieses Playboygehabe? Nicht mal das Geld stimmt bei dir!»

Schon als Kind hatte Piet Gehirnkrämpfe bekommen, wenn man mit ihm schalt; daß die Welt an irgendeinem Punkt ihrer unermeßlichen Oberfläche imstande sein könnte, ihm ihre Liebe zu verweigern, erschien ihm wie ein mathematischer Widerspruch, über den nachzusinnen eine Tortur war. Er sagte: «Ihr andern habt doch das Geld für mich.»

«Ja, das scheint in der Tat deine Art zu sein. Du nimmst. Du nimmst und machst einen Diener und empfiehlst dich.» Ihr Gesicht war im Profil zu sehen: einäugig, dünnlippig, karobubenhaft. Sonnengeglitzer lag wie Salz auf ihrem Kinn.

Er wartete, bis ein Hagel von Schlägen und Zurufen auf dem Spielfeld seine Stimme zudeckte, und sagte dann: «*Du* bist es gewesen, die zur Vorsicht geraten hat. Wegen Janets Brief, erinnerst du dich? Ich habe dich gebraucht an dem Tag damals, und du hast mich nicht zu dir gelassen.»

«Das ist Monate her. Außerdem habe ich gesagt, wir müssen vorsichtig sein, und nicht, wir müssen Schluß machen.»

«Ich mag nicht, wenn man mir sagt, ich soll vorsichtig sein.»

«Nein, natürlich nicht, du hast es ja auch nicht nötig. Angela weiß verdammt gut, was du treibst, aber sie zieht es vor, nichts zu bemerken.»

Angela hörte ihren Namen und wandte den Kopf. Piet rief ihr zu: «Georgene bewundert deinen Stil!» Zu Georgene sagte er, lächelnd, als habe er eine harmlose Plauderei mit ihr: «Und wie steht's mit dir und deinem Göttergatten? Hast du ihm je den Brief vorgehalten?»

«Ja, schließlich doch.»

«Und was hat der Gute gesagt?»

Sie drehte ihren Tennisschläger um, den sie sich zwischen die Knie geklemmt hatte, und vertiefte sich in das Geflecht. Rauh und glatt. Rauh, glatt.

«Ich weiß es nicht mehr genau. Irgendwie hat er sich herausgewunden. Er sagte, er habe aus rein väterlichen Motiven gehandelt, es sei ihm nur darum zu tun gewesen, Janet aus der miesen Applesmith-Geschichte herauszuhelfen, aber sie sei einfach zu neurotisch und habe sich plötzlich gegen ihn gekehrt. Es klang ziemlich einleuchtend, nach der Art, wie ihr Brief abgefaßt war.»

«Und dann bist du erleichtert mit ihm ins Bett gegangen.»

«Ja, wenn du es genau wissen willst.»

«Und es war überwältigend.»

«Nicht übel.»

«Ihr hattet je sieben Orgasmen, und in den Pausen dazwischen habt ihr euch gegenseitig Henry Miller vorgelesen.»

«Du bist hervorragend im Bilde.»

«Dank deinen lebhaften Schilderungen.»

«Piet. Hör auf mit den Gemeinheiten. Ich habe es satt, ein Biest zu sein. Besuch mich. Auf einen Kaffee.»

«Auf einen Kaffee ist genauso schlimm wie zum Vögeln, falls wir dabei erwischt werden.»

«Du fehlst mir.»

«Hier bin ich.»

«Du hast eine andere, das ist der Grund, nicht?»

«Schätzchen», sagte er, «du kennst mich, so was gibt es bei mir doch gar nicht.»

«Ich kann nicht glauben, daß es diese Whitman sein soll. Die ist einfach zu etepetete und puppig für dich. Sie ist nicht dein Typ.»

«Du hast recht. Es ist nicht die Whitman. Es ist Julia Klein-Smith.»

«Foxy ist zu groß für dich. Du machst dich lächerlich.»

«Nicht genug, daß ich arm bin, nun bin ich auch noch ein Zwerg. Wie konnte eine solche Ausnahmeerscheinung wie du es bloß über sich bringen, sich mit mir einzulassen!»

Georgene musterte ihn kalt. Hinter ihren grünen Augen, ihrer hochrückigen Nase war der Maschendraht des Tennisplatzes; dahinter der Wiesenhang mit dem Sommergras, das sich weiß färbte, wenn ein Windstoß es bürstete. Wellen. Gitter. Verbindung und Rekombination. Lösung.

Sie flüsterte: «Ich verstehe es nicht. Es muß eine rein chemische Sache gewesen sein.» Dumpf regte sich die Melancholie der Begierde unterhalb seines Gürtels. Sie waren zusammen gewesen. Immer wieder. Lärchen. Teerpappe. Ihr purpurner Turban.

Ein letzter Punkt, und das Spiel war zu Ende. Angela und John Ong, die Sieger, kamen schweißglänzend auf den Rand des Spielfelds zu. John redete, und Piet verstand nichts; Ongs Vokale waren alle zu einem ‹a› abgeplattet und durch rasselnde Konsonanten miteinander verkettet. Piet blinzelte zu ihm hinauf und spürte die Intelligenz, die ungestüm hinter dieser glatten goldenen Maske hervordrängte. «Er sagt, ihm ist die Luft ausgegangen», dolmetschte Bernadette. Sie hatte breite Schultern, breite Hüften und ein breites Gesicht, das immer zu lächeln schien, auch wenn sie nicht lächelte. Piet mochte die Ongs; sie ließen ihn auf ihren Tennisplatz, behandelten ihn nie gönnerhaft, und ihre Anwesenheit in Tarbox war ebenso zufällig wie die seine. John zündete sich eine Zigarette an, bekam einen trockenen Hustenanfall, und Piet stellte überrascht fest, daß er koreanischen Husten deutlich verstehen konnte. Ein allgemein menschliches Grundvokabular: Husten, Lachen, Schluchzen, Schreien, Furzen, Seufzen, Amen.

John sagte, während er sich vor Husten krümmte: «Andan wei jetz»; das hieß, die anderen zwei Paare sollten jetzt spielen; und bestürmt von ihren drei Söhnen, gingen die Ongs auf ihr Haus zu.

Die Hannemas standen den Thornes gegenüber. Georgene hatte eine Sonnenbrille aufgesetzt; der Rest ihres Gesichts war wie gemeißelt. Die Sonne stand hoch. Das Licht flirrte und flitzte über den grünen Kunststoffbelag des Platzes. Angela gab an; ihre Aufschläge waren präzis, hatten aber nicht genügend Kraft und landeten immer so, daß man schön fett draufschmettern konnte. Georgene holte zu einem ihrer unerbittlichen, zielsicheren Vorhandschläge aus: Piet, der am Netz geduckt stand, fühlte ein Geschoß auf sich zukommen. Aber in ihrem Ingrimm war sie ein wenig zu hastig gewesen: der Ball prallte in Hüfthöhe gegen das Netz und fiel bleiern zu Boden.

«Fünfzehn null!» rief Angela und machte sich, auf die Zehenspitzen gereckt, für den nächsten Aufschlag bereit.

Piet ging auf die andere Seite und stand jetzt Freddy Thorne gegenüber, der grellkarierte Shorts und ein angeschwultes rosa Hemd trug, ferner eine Schirmmütze zum Schutz seines kahlen Schädels, heruntergerutschte blaue Socken und mit Gummi abgesetzte Basketballschuhe, die allem Anschein nach zu groß waren. Er kehrte die Füße clownshaft nach außen und hob das Racket wie einen Baseball-Schläger bis zur Schulter hinauf. Angela mußte lachen, kam aus dem Takt und machte einen Doppelfehler.

«Fünfzehn beide!» rief sie, und Piet stand wieder Georgene gegenüber. Ein flüssiges, tückisches Spiel. Der Vorteil wechselte rasch. Liebe wird zu Haß. *Ich bin, was du aus mir machst.* Georgene, augenlos, rüstete sich für den Aufschlag, maß die Höhe für ihre Vorhand ab, holte aus, straffte das Kinn, trat vor, und Piet, den Griff seines Schlägers so fest umklammernd, daß seine Hand schweißnaß wurde, verbiß sich einen Schrei nach Gnade.

«Papi, bin ich hübsch?»

Piets Kiefer schmerzte vor unterdrücktem Gähnen. Er hatte gedacht, dies sei nun erledigt. Er hatte dafür gesorgt, daß Nancy sich die Zähne putzte, hatte ihr zum zwanzigstenmal *Wo die wilden Kerle wohnen* vorgelesen und gemeinsam mit ihr, was sie jetzt immer seltener taten, ein Gutenacht-Gebet gesprochen, eine kleine Fürbittlitanei, bei der Piet nie wußte, ob er die Namen seiner Eltern anführen sollte oder nicht. Er fand, das Kind solle ihrer ebenso gedenken wie der Großeltern mütterlicherseits, aber ihr unwiderrufliches Totsein beunruhigte Nancy. Also gingen Jacobus und Marte Hannema meist ohne Fürbitte aus, und ihre Seelen mußten unbenetzt im Himmel weiterwelken. «Ja, Nancy, du bist sehr hübsch. Wenn du groß bist, wirst du genauso hübsch sein wie Mami.»

«Bin ich jetzt schon hübsch?»

«Du bist wirklich ein Dummerchen. Ja, du bist jetzt schon hübsch.»

«Sind andere Mädchen hübsch?»

«Was für andere Mädchen?»

«Martha und Julia.» Busenfreie kleine Weibswesen, die im eisigen Wasser der Tarbox-Bucht kreischten. Runde Glieder, überzukkert mit Sand. Im schleierigen Licht der Abendsonne kauernd, um die Flut aufzuhalten.

Piet fragte sie: «Was meinst *du* denn?»

«Sie sind häßlich.»

«Sie sind hübsch auf ihre Art, du bist hübsch auf deine Art. Martha ist hübsch auf Thornesche Art, und Julia ist hübsch auf welche Art?»

«Smith-Art.»

«Richtig. Und Catharine?»

«Apple-Art.»

«Auf Applebysche Art. Und wenn Mrs. Whitman ihr Baby hat, dann wird das hübsch sein auf Whitmansche Art.» Es war nicht recht, die unschuldigen Ohren eines Kindes zu mißbrauchen, aber Piet genoß es, Foxys Namen auszusprechen, ihn im Mund zu halten und zu fühlen, wie sein ganzer Körper überschwemmt wurde von der Erinnerung an sie. Angela, feinfühlig auf eine Weise, die nichts zu tun hatte mit bewußtem Begreifen, reagierte gereizt, wenn er die Whitmans erwähnte, wie beiläufig er es auch tun mochte; und so war dieser Name unterschwellig verpönt im Hause Hannema.

Nancy war dem Spaß jetzt auf die Schliche gekommen. Vergnügt strahlte ihr rundes Gesicht aus den Kissen, und sie sagte: «Und wenn Jackie Kenneny ihr Baby hat, dann ist das hübsch auf Kennenysche Art.»

«*Richtig*. Nun schlaf aber ein, hübsche Nancy, sonst bist du knurrig und knarzig morgen früh.»

Jedoch, in dieser Tochter steckte, mehr als in ihrer derben, holländisch gearteten Schwester Ruth, jenes weibliche Etwas, das nicht lokker läßt. «Aber ich bin die Hübscheste?»

«Meine Süße, wir haben doch gerade gesagt, jede ist hübsch auf ihre Art, und jede soll so bleiben, wie sie ist, weil sonst ja alle gleich wären. Wie die Rüben.» Er hatte unten neben seinem Stuhl einen Martini-on-the-Rocks stehenlassen, und das Eis schmolz sicher längst, und Wasserfäden spannen sich durch den juwelenklaren Gin.

Nancys Gesicht war verzerrt vor Anstrengung, die Tränen zurückzuhalten. «Aber dann muß ich *sterben*», sagte sie.

Er spürte ihrem Gedankengang nach. «Du meinst, wenn du die Hübscheste bist, läßt Gott dich nicht sterben?»

Sie nickte wortlos. Ihr Daumen war ihr in den Mund geschlüpft, und ihre Augen verdunkelten sich, als sauge sie Tinte aus ihm.

«Aber hübsche Menschen müssen auch sterben», erklärte er ihr. «Es wäre nicht nett, nur die Häßlichen sterben zu lassen. Und außerdem ist man nicht häßlich für Menschen, die einen lieben.»

«Mamis und Papis», sagte sie, den Daumen aus dem Mund nehmend und ihn sofort wieder hineinsteckend.

«Richtig.»

«Und Freunde und Freundinnen.»

«Ja, sicher.»

«Ich weiß, wer deine Freundin ist, Papi.»

«So? Wer denn?»

«Mami.»

Piet lachte. «Und wer ist Mamis Freund?» Symmetrie.

Das Kind sagte: «Marthas Papi.»

«Dieser gräßliche Mann?»

«Er ist lustig», sagte Nancy. «Er sagt puuh.»

«Du meinst, wenn ich puuh sagen würde, dann wäre ich auch lustig?»

Sie lachte; ein gurgelndes Geräusch, das aus Tiefen dicht beim Tor zum Königreich des Schlafs aufstieg. «Du hast puuh gesagt», sagte sie. «Pfui, pfui, Papi!»

Ein Schweigen legte sich zwischen sie. Das Fliederlaub, strotzend, blütenlos, reichte bis an Nancys Fenster und streifte die Scheiben mit lauter Herzformen. Angst tappte, schurrte näher. Piet wagte nicht zu gehen. «Machst du dir wirklich Sorgen wegen des Sterbens, meine Süße?»

Nancy nickte feierlich. «Mami sagt, ich werde mal eine ganz, ganz alte Dame sein und dann sterben.»

«Ist das nicht nett? Wenn du eine ganz alte Dame bist, kannst du in deinem Schaukelstuhl sitzen und all deinen Ururenkeln erzählen, daß du mal einen Papi hattest, der puuh gesagt hat.»

Das ersehnte Lachen tauchte bis an die Oberfläche des verschatteten Kindergesichts und ging dann lautlos wieder unter. Nancy starrte in das Entsetzen, das er heraufbeschworen hatte. «Ich will keine alte Dame sein! Ich will nicht groß werden!»

«Aber du bist jetzt schon größer, als du früher warst. Ganz früher warst du nicht größer als meine beiden Hände zusammen. Und so klein möchtest du doch gewiß nicht wieder sein. Du könntest dann nicht sprechen, nicht gehen, nichts könntest du.»

«Trotzdem, Papi. Geh weg, Mami soll kommen.»

«Nancy, hör mal zu. Du stirbst nicht. Dieses kleine Etwas in dir, das ‹Nancy› sagt, das wird nie, nie sterben. Der liebe Gott läßt überhaupt niemanden sterben; er hebt die Menschen auf und trägt sie in den Himmel. Das, was man in die Erde legt, bist gar nicht mehr du.»

«Ich will Mami!»

Piet erkannte, und ihm wurde übel dabei, daß Angela in ihrer Geradlinigkeit das Kind dem Prinzip der Hoffnung, der einzigen Hoffnung, entfremdet und ihm Angst davor gemacht hatte. «Mami ist unten und wäscht ab.»

«Sie soll zu mir kommen.»

«Sie kommt zu dir und gibt dir einen Kuß, wenn du eingeschlafen bist.»

«Sie soll jetzt kommen.»

«Und von Papi willst du gar nichts wissen?»

«Nein.»

In diesen warmen blassen Nächten, wenn die Luft sich abkühlte und jenseits der Fliederhecke, auf der Straße nach Nun's Bay, die Autos vorüberwischten und einen phosphoreszierenden Streifen von Radiomusik hinter sich her zogen, kam es vor, daß Angela sich Piet zuwandte, der dalag, bereit, sich der Müdigkeit zu überlassen. Ein heikler Augenblick war zu überstehen, wenn er sich nicht rührte, kein Verlangen nach ihr zeigte; dann preßte sie sich gegen ihn, ohne ein Wort zu sagen, als habe ein Wesen aus dem Weltraum sich ihres Leibes bemächtigt, und fuhr neugierig, mit gekrümmten Fingern, über seine Flanken und seine Wirbelsäule. Wortlos wie sie, damit der Zauber nicht gebrochen werde, probierte er, Streicheln mit Streicheln zu vergelten, und entdeckte dann, daß ihr Nachthemd, meist ein dichtes, hinderliches Gebilde, transparent wurde, sich auflöste, abfiel von ihrem Leib wie ein verwestes Leichentuch von einem Körper, der in seiner Kraft und Herrlichkeit aufersteht. Hinten und zwischen ihren Beinen fand er kostbare bereitwillige Rundungen und Feuchtigkeiten. Sie zog das Nachthemd bis zum Hals hinauf, und ihre Hände brachten eine schimmernde Brust seinem Mund entgegen, der zu einem *ah* der Erwartung geöffnet war; als sie sich, auf Symmetrie beharrend, umdrehte, um ihm auch die andere Brust zu überlassen, entdeckte seine Hand ihren hochgewölbten Venushügel, und ihr ganzer heller schwereloser Leib dehnte sich einer Gottheit entgegen, einem Irgendwas, das Piet, vom Schicksal begünstigt, in sich, in seinem dunklen Körper eingefangen hatte. Ihre Schönheit liebkoste die Haut seiner Augen; sein zerzauster Kopf tauchte zu dem uralten Hohlweg hin, wo sie, eine überreife, stolze Königin, am üppigsten sich verströmte. Seine Zunge kostete die bitteren Schamlippen, bis sie ihm süß erschienen. Sie zog ihn am Haar: *Komm wieder hoch.* «Kommst du zu mir?» Und staunend stellte er fest, er, der am Nachmittag zuvor noch bei Foxy Whitman gewesen war, daß es keine Fotze gab, die so wollüstig, so verschwenderisch war wie Angelas. Bis zum Heft verlor er sich in ihr. Er winselte, so heiß waren ihre chemischen Reaktionen. Das Problem zwischen ihnen hatte immer darin bestanden, daß er sie zu unerschöpflich fand, um sie nach seinem Willen handhaben zu können. Sie berührte das feuchte Haar auf seiner Brust, *warte*, berührte dann sich selber, und während es ihm wie Kometensprühen kam unter ihren flatternden Fingern, verhielt er sich noch, bis sie ihre Hand zu seinem Gesäß emporschnellen ließ und ihn keuchend anfeuerte und sich selber aus der Spannung erlöste.

Er sagte: «Meine liebe Frau. Was für eine hübsche Überraschung.»

Sie zuckte die Achseln, lag flach ausgestreckt auf dem schweißnassen Laken, ihre nackten Schultern waren von Sternenlicht poliert. «Ich kann es auch. Genauso gut wie deine anderen Frauen.»

«Ich habe keine anderen Frauen.» Er streichelte und glättete ihr ausgebreitetes wirres Haar. «Deine Fotze ist herrlich.»

Angela schob ihn weg und drehte sich zur Seite, um zu schlafen; schon zu Beginn ihrer Ehe hatten sie sich angewöhnt, nach der Liebe nackt zu schlafen. «Ich bin sicher», sagte sie, «daß wir da unten alle gleich sind.»

«Das stimmt nicht», sagte Piet, «das stimmt ganz und gar nicht.» Sie überging dieses Eingeständnis.

Er hatte sich zurückhaltend und respektvoll betragen und nicht im Sinn gehabt, Foxy zu begehren. Den größten Teil des Tages verbrachte er auf dem Indian Hill bei den drei Ranchhäusern, die rasche Fortschritte machten; schon erhoben sich die Holzgerippe auf den Betonfundamenten: ein Alphabet aus flachen Balken, N und T und M und H, ineinandergefügte Spannriegel und Träger und Querbalken und Bodenbretter und Pfosten und Blattstücke und Grundschwellen. Er genoß die Schwere des zuschlagenden Hammers. Er weidete sich am Anblick der senkrechten Hauptverstrebungen, und nie wieder fand er ein Haus so schön wie zu dem Zeitpunkt, da es als reines Holzgefüge dastand und die solide Zimmermannsarbeit noch nicht verdeckt war von fragwürdigem Material und fragwürdigen Handwerksmethoden und man sich noch nicht über die Bummeleien und Gaunereien der Vertragsfirmen zu ärgern brauchte, über herumwieselnde Elektriker, schlampige Klempner, widerborstige, tranige Maurer.

So kam es, daß er an vielen Tagen nicht vor drei oder vier am Nachmittag die Strandstraße hinunter zum Robinson-Haus rumpelte. Als erstes nahm er das schwierigste Problem, das Ausschachten eines Kellers, in Angriff. Der Dienstbotenflügel – vier kümmerliche, mit Mansardenfenstern versehene Schlafzimmer und eine unbenutzbare Kitchenette – wurde abgerissen, ein Bagger kam und hob an dieser Stelle binnen zwei Tagen ein drei Meter tiefes Loch aus, das bis zur Küche reichte. Eine Woche verging, dann hatten sich vier College-Studenten mit Spaten unter der Küche und der Diele zu dem Heizungsloch unter dem Wohnzimmer durchgegraben. Einige Tage lang, während der Zement geschüttet und verteilt wurde (es war Anfang Juni, und die Prozedur fiel mit einer Hitzewelle zusammen: die Szenerie in der Höhle unter dem Haus – Knaben, nackt bis zum Gürtel und knöcheltief im Schlamm – war infernalisch), ruhte Foxys Haus zur Hälfte auf Zedernholzpfählen und betongefüllten, mit Hohlziegeln untermauerten Stahlstützen. Über dem Keller, da, wo früher der Dienstbotenflügel gewesen war, errichtete Piet dann einen schlichten eingeschossigen Anbau: zwei Räume, von denen sich der eine als Kinderzimmer, der andere als Spielzimmer anbot, davor eine verglaste Veranda, die auf die Marsch hinaussah und durch einen Korridor, in dem Gartengeräte aufbewahrt werden konnten, mit der Küche verbunden war. Ende Juni bestellte Foxy bei der Gärtnerei Vos & Söhne sechs Rosensträucher, ließ sie an die Stirnseite des neuen Flügels pflanzen und versuchte, sie mit Hilfe von Kunstdünger und Torfmoos in dem lehmigen Boden aufzuziehen, der noch immer von Bauschutt übersät und von Traktorspuren zernarbt war.

Fünf Julitage vergingen, dann hatte eine Dachdecker-Mannschaft die verwitterte, durchlässige Schindelschicht abgenommen und durch ein schmuckes Flachdach ersetzt.

Die alte, wegsackende Veranda war abgerissen worden. Licht flutete ins Wohnzimmer, und als die Heißluftrohre der neuen Heizungsanlage gelegt waren, kamen ein alter Tscheche aus Lacetown und sein verkrüppelter Neffe – die einzigen Stukkateure, die es noch südlich von Mather gab –, bespannten die Wände rings mit feinmaschigem Gitterdraht und verputzten sie mit Gips. Diese größeren Renovierungen, die im wesentlichen Anfang August abgeschlossen waren, kosteten Ken Whitman elftausend Dollar, aber auf Piets Firma entfielen davon nur zweitausendachthundert, und für Piet selber sprangen nicht mehr als ein paar Hunderter heraus. Alles übrige ging für Baumaterial drauf, für Grobarbeiten, für die Tüfteleien von Adams und Comeau, für den Heizungsinstallateur, den Zementlieferanten, die Klempnerfirma. Die Instandsetzung der Küche – neue Apparaturen, zusätzliche

Rohrleitungen, Einbauschränke, Linoleumbelag – belief sich auf weitere dreitausend, und aus Mitleid mit Whitman (der gar kein Mitleid erwartete, sondern, zerstreut mit dem Kopf nickend, alle Notwendigkeiten, alle Ausgaben einsah, obwohl das Haus von Tag zu Tag weniger das seine war und immer mehr das Foxys) hielt Piet den ihm zustehenden Prozentsatz ganz niedrig. Wie jeder, und besonders Gallagher, vorausgesehen hatte, war dieser Auftrag ein Verlustgeschäft.

Aber wenn Foxy, Briefe lesend, sanftgoldene Schatten werfend, mit schwangerem Leib vor einer jungfräulich verputzten Wand stand, empfand Piet Freude. Und seine Arbeit sollte *ihr* Freude machen. Mit jeder Veränderung, die er zuwege brachte, festigte er einen essentiellen persönlichen Besitz. Nachts und in den langen Tagesstunden, wenn er noch nicht bei ihr war, malte er sich aus, wie sie beschützt und bewacht wurde von Schildwachen, die er postiert hatte: Stahlpfeiler, die schlank und stark im Keller standen; verputzte Flächen von blendendem Weiß; leicht bewegliche Türen, geschickt zurechtgehobelt, damit sie gut in den alten schiefen Rahmen hingen; das wiederhergerichtete, doppelt verglaste, frisch überfangene Deckenfenster über ihr, wenn sie schlief. Er stellte sie sich immer schlafend vor, wenn er nicht da war, dachte an ihren langgestreckten, stilliegenden, unbewußt reifenden Körper. Manchmal, wenn er am frühen Nachmittag kam, ruhte sie ein wenig. Das Meerwasser glitzerte dunkel in den gewundenen Kanälen. Fern, in der Hitze, zitterte der Leuchtturm von Lacetown. Hochsommerlicher Heuduft hing schwer über dem Hang, der voller Goldrute stand und von Feldmäusen wimmelte und sich zur Marsch hinuntersenkte. Neben dem Eingang die Fliederbüsche. Keine Handwerkerautos parkten in der Zufahrt, nur der alte Plymouth-Kombi, gesangbuchblau.

Er hob den Aluminiumschnepper an der Pforte und trat ein. Er inspizierte das unfertige Fachwerk des Anbaus, merkte sich zwei falsch zusammengenagelte und gesplitterte Verbindungsteile zwischen zwei Querbalken, ging zur Vorderseite des Hauses, wo früher die Veranda gewesen war und jetzt der Bauschutt zusammengekarrt wurde: Dreck, hartgewordene Zementbrocken, staubige große Papiersäcke, Polyäthylen-Fetzen, Isolierwolle; ging weiter und klopfte an die Seitentür, und es war, als wölbe sie sich ihm entgegen unter dem Druck der Stille, die hinter ihr herrschte. Irgend etwas ließ das Haus von innen sacht erzittern. Das war Cotton, der schwerpfotige, karamellfarbene Kater der Whitmans. Piet trat ein, und der Kater buckelte und streckte sich und schnurrte erwartungsfroh, in der Hoffnung, auf den Arm genommen zu werden, und hieß ihn willkommen inmitten des heiligen Geruchs von Hobelspänen.

Foxy schlief im oberen Stock. Leise, damit sie nicht zu plötzlich aufwache, ging Piet durch die unfertigen Räume, prüfte hier und da Fugen mit seinem Taschenmesser, öffnete und schloß Wandschranktüren, die mit delikatem, magnetisch saugendem Ton einschnappten. Über ihm waren Schritte zu hören, die schwerer waren als die einer Katze. Wütend stellte er fest, daß die Klempner das kupferne Abflußrohr unter dem alten Schieferausguß nicht fertig angeschlossen hatten: der Stumpf klaffte offen wie ein Schrei. Da stand sie neben ihm, in einem lose zusammengehaltenen Bademantel, darunter einen Unterrock, ihr Gesicht war schlafverwischt, ihr blondes Haar klebte feucht an der Schläfe, da, wo es eben noch auf dem Kissen gelegen hatte. *Sie haben gesagt, sie würden wiederkommen.*

Ich zerbreche mir gerade den Kopf, warum sie mitten bei der Arbeit aufgehört haben.

Sie haben es mir erklärt. Irgend etwas mit einem Gewindeschneider und einem Verbindungsstück.

Klempner sind der Tod dieses Geschäfts. Klempner und Maurer.

Sind sie eine aussterbende Zunft?

Sogar beim Aussterben lassen sie sich noch Zeit. Es muß Ihnen und Ken doch langsam zum Hals heraushängen, dauernd in diesem Dreck zu leben.

Ach, Ken ist tagsüber ja nie da, und mir macht es Spaß, von morgens bis abends Männer um mich zu haben, die ständig Neues bringen. Adams und Comeau und ich, wir sitzen um den Sofatisch und unterhalten uns über die guten alten Zeiten in Tarbox.

Was für gute alte Zeiten?

Anscheinend war es immer schon eine salzige Stadt. Übrigens, möchten Sie etwas trinken? Ich bin mit einem schrecklichen Durst aufgewacht, ich könnte uns Limonade machen. Dazu braucht man bloß kaltes Wasser.

Eigentlich müßte ich ins Büro zurück und den Klempnern den Marsch blasen.

Sie haben mir versprochen wiederzukommen, damit ich heißes Wasser habe. Macht es Ihnen etwas aus, wenn sie rosa ist?

Rosa Limonade? Die habe ich am liebsten. Meine Mutter hat sie immer gemacht. Mit Erdbeeren.

In den guten alten Zeiten, haben Adams und Comeau mir erzählt, fuhr noch die Straßenbahn durch die Divinity Street, und lauter Betrunkene purzelten heraus, denn Tarbox war der einzige Ort zwischen Boston und Plymouth, wo Alkohol nicht verboten war. Und selbst der heftigste Schneesturm hielt die Leute nicht davon ab.

Komisch, diese Straßenbahnen. Wie sie aufkamen und wieder verschwanden.

Mir ist immer schlecht geworden. Dieser fürchterliche Geruch und die Zigarren des Wagenführers.

Da wir gerade von Unannehmlichkeiten reden: was soll denn mit dem Platz passieren, wo früher Ihre Veranda war? Stellen Sie sich da Rasen vor oder eine Terrasse oder was?

Ich hätte so gern eine Weinlaube. Warum ist das komisch?

Sie würden alles Licht verlieren, das Sie jetzt gerade gewonnen haben. Sie würden den Ausblick verlieren.

Der Ausblick langweilt mich. Ausblicke sind Kens Sache. Ken hält dauernd Ausblick. Ich möchte Ihnen etwas von Weinlauben erzählen.

Erzählen Sie.

Eines Sommers, als ich noch klein war, im Sommer vor Pearl Harbor, wollten meine Eltern weg von Bethesda, und wir mieteten uns für einen Monat ein Backsteinhaus in Virginia; da gab es eine riesige Weinlaube mit Backsteinboden, wo die Ameisen kleine Hügel bauten. Ich muß damals – warten Sie – einundvierzig – sieben gewesen sein. Verzeihen Sie, ich bin sonst nicht so geschwätzig.

Ich weiß.

Ich kann mich noch erinnern – die kleinen Nebensprößlinge der Ranken bildeten Buchstaben, waren buchstabenförmig gekringelt, verstehen Sie. Sie formte ein A mit den Fingern. *Ich wollte mir eine vollständige Sammlung zulegen. Von A bis Z.*

Wie weit sind Sie gekommen?

Ich glaube, bis D. Ich habe nie ein richtiges E finden können. Dabei sollte man doch meinen, daß es in all dem Gerank auch ein E gegeben haben muß.

Sie hätten es überspringen und mit F weitermachen sollen.

Ich war abergläubisch. Ich dachte, das dürfe ich nicht. Ich hatte die ganze Zeit Hemmungen.

Piet verzog das Gesicht und dachte nach. In der Limonade war nicht genug Zucker. *Die scheinen ganz aus der Mode zu kommen. Hemmungen. Ich vermisse sie eigentlich.*

Wie können Sie so etwas Trauriges sagen. Warum denn? Ich vermisse sie ganz und gar nicht. Seit ich das Kind erwarte, bin ich eine richtige Schlampe geworden. Sehen Sie mich an – im Bademantel. Ich finde es herrlich. Ihre Lippen wirkten fast weiß in dem hellen rosigen Gesicht, wie mit einem Fettstift bestrichen. *Soll ich Ihnen ein Geheimnis verraten?*

Besser nicht. Verraten Sie mir lieber, was für einen Weißton Sie für die Holztäfelung in Ihrem Wohnzimmer haben wollen: Matt, Hochglanz, Elfenbein oder Eierschale.

Mein Geheimnis ist wirklich ganz harmlos. Jahrelang habe ich mir gewünscht, ein Kind zu bekommen, aber gleichzeitig hatte ich Angst davor. Nicht wegen meiner Figur, die war ohnehin viel zu knochig, als daß ich mir deswegen Kummer gemacht hätte, sondern weil ich dachte, der Anblick meines Körpers könnte anderen Menschen peinlich sein. Monatelang habe ich es niemandem erzählt, nur Bea Guerin.

Die es dann allen anderen erzählt hat.

Ja, und ich bin froh darüber. Weil sich herausgestellt hat, daß es ganz unwichtig ist. Niemand nimmt Notiz davon. Und ich war so eingebildet, zu glauben, daß es für die anderen von Belang sein könnte. Im Grunde mögen sie einen sogar ein bißchen lieber, wenn man angeschlagen aussieht. Wenn man gebraucht aussieht.

Sie kommen mir nicht sehr gebraucht vor.

Sie mir auch nicht.

Können Männer denn gebraucht werden? Sie gebrauchen doch immer nur selber.

Oh, da irren Sie sich aber sehr! Wir gebrauchen euch die ganze Zeit. Das ist das einzige, wovon wir etwas verstehen. Aber daß Sie so was sagen, paßt dazu, daß Sie Hemmungen vermissen. Sie sind sehr puritanisch. Sie sind sehr hart mit sich. Als ich Sie das erste Mal sah, dachte ich, Sie seien die Treppe heruntergefallen und machten akrobatische Kunststücke, um darüber hinwegzutäuschen. Aber in Wirklichkeit machen Sie so etwas, weil Sie sich weh tun wollen. Sie hoffen, daß es weh tut. Warum lachen Sie jetzt?

Weil Sie so gescheit sind.

Das bin ich nicht. Erzählen Sie mir von Ihrer Kindheit. Meine war trübselig. Meine Eltern haben sich schließlich scheiden lassen. Ich war wie vom Blitz gerührt.

Wir hatten ein Treibhaus. Meine Eltern sprachen mit holländischem Akzent, ich habe mich sehr anstrengen müssen, ihn mir nicht auch anzugewöhnen. Sie sind beide vor ein paar Jahren bei einem Autounfall umgekommen.

Ja, richtig. Freddy Thorne nennt Sie unser Waisenkind.

Sehen Sie Freddy Thorne oft?

Nicht mehr als unbedingt nötig. Er macht sich auf Partys an mich heran.

Er macht sich auf Partys an alle heran.

Ich weiß das. Sie brauchen es mir nicht zu sagen.

Entschuldigung. Ich brauche Ihnen überhaupt nichts zu sagen. Ich bin sicher, Sie wissen genug. Ich möchte nichts weiter, als mit dieser Arbeit fertig werden, damit Sie und Ihr Baby es im Winter guthaben.

Ihre Lippen blieben einen Augenblick lang offen stehen: erstarrt, blutleer, eine Spanne Luft abmessend wie ein Greifzirkel. Sie sagte: *Wir haben noch nicht einmal Juli.*

Die Zeit fliegt, sagte er. Es war nicht einmal Juli, und er hatte sie noch nie berührt, außer beim Gutentag- und Aufwiedersehen-Sagen und beim Tanzen. Wenn er mit ihr tanzte, hatte sie sich immer willig seiner Führung überlassen, dabei war sie mindestens so groß wie er; schwerelos lag ihr Arm auf seinem Rücken, und ihr harter Bauch preßte sich sanft gegen ihn. Jetzt aber, wie sie da so gelassen, in schlampigem Bademantel, auf dem Küchenstuhl saß, empfand er sie als eine Frau in anderen Umständen, ja, sie hatte sogar etwas Aggressives für ihn, erschien ihm unattraktiv, fahl und erwartungsvoll gebläht von der Schwangerschaft.

Beiläufig sagte er: *Gute Limonade,* und im selben Augenblick fragte sie scharf: *Warum gehen Sie in die Kirche?*

Und warum gehen Sie?

Ich habe zuerst gefragt.

Die üblichen Gründe. Ich bin feige. Ich bin konservativ. Republikaner, religiös. Die Seelen meiner Eltern sind dort, und meine älteste Tochter singt im Chor. Sie ist so tapfer.

Schade, daß Sie Republikaner sind. Meine Eltern haben Roosevelt verehrt.

Meine waren gekränkt, weil er holländischer Abstammung war; sie fanden, daß es nicht Sache der Holländer sei, das Land zu regieren. Ich glaube, sie waren der Ansicht, Macht sei eine Sünde. Ich habe keine ernsthaften Ansichten. Doch, eine habe ich. Ich finde, das heutige Amerika ist wie ein ungeliebtes Kind, das mit Bonbons überhäuft wird. Wie eine Ehefrau in mittleren Jahren, deren Mann von jeder Reise ein Geschenk mitbringt, weil er ihr untreu gewesen ist. Als sie jung verheiratet waren, hatte er es nicht nötig, Geschenke zu machen.

Wer ist dieser Ehemann?

Gott natürlich. Gott liebt uns nicht mehr. Er liebt Rußland. Er liebt Uganda. Wir sind fett und voller Pickel und jammern noch immer nach Bonbons. Wir leben nicht mehr in der Gnade.

Sie denken viel über die Liebe nach, nicht wahr?

Mehr als andere?

Ich glaube, ja.

Genaugenommen denke ich nie über die Liebe nach. Das überlasse ich Ihrem Freund Freddy Thorne.

Würden Sie mich gern küssen?

Sehr gern, ja.

Warum tun Sie es nicht?

Ich finde es nicht recht. Ich bringe es nicht fertig. Sie erwarten ein Kind von einem anderen Mann.

Sie sprang ungeduldig auf und rief: *Ken hat Angst vor meinem Kind, ich mache ihm angst, ich mache Ihnen angst!* Piet war von seinem Stuhl aufgestanden, und sie trat zu ihm und fragte mit einer Stimme, die so klein war wie die Entfernung zwischen ihnen: *Sind wir nicht in unserem Haus? Bauen Sie dies Haus nicht für mich?*

Bevor er sie küßte, aber als er schon keine Wahl mehr hatte, sah er ihr Gesicht: es war vollkommen ruhig und leergefegt von aller Empfindung, eine Kerzenflamme bei Windstille, reglos; oder eine schnurgerade Straße ohne Überraschungen wie die Straßen in seinem Heimatstaat oder wie die Kanäle in Holland; und die gleiche Entdeckung machten seine Hände, als sie über ihren Körper unter dem losen Bademantel glitten: eine Textur fast wie Holz, aber voller Leben und schon ganz sein. So rasch vertraut war ihm ihr Leib, daß kein Zweifel mehr bestand und es ganz unnotwendig erschien, sie noch an diesem Nachmittag zu nehmen; ein Mann und seine Frau, die sich in der Küche umarmen und sich wieder voneinander lösen, weil sie wissen: bald haben sie eine ganze Nacht für sich, die Kinder schlafen, und kein Postbote kann klopfen.

Als er wieder draußen stand, im zerfurchten Lehm, zwischen Bauabfällen, den aufgestapelten Bündeln roher Schindeln, den Fliedersträuchern, erinnerte er sich, wie ihr Haar, satt vergoldet von der Tarbox-Sonne, wuschelig und feuchtsträhnig an ihrer Schläfe geklebt hatte. Sie war errötend seinem Kuß ausgewichen, als müsse sie Atem holen, und aufseufzend hatte sie über seine Schulter hinweg in einen fernen Winkel des unfertigen Raumes gestarrt. Ihre Lippen, schmal fürs Auge, hatten sich voll und warm und schlüpfrig angefühlt; und die Erinnerung daran wirkte hier draußen, an der frischen Luft, wie eine dumpf einsickernde Droge auf ihn, als finde durch den Kontakt mit Sauerstoff eine chemische Umwandlung statt.

Sein Leben mit Angela litt jetzt unter einer Lethargie, einer Starre, wie Georgene sie niemals ausgelöst hatte. Jeder Blutstropfen in ihm war von Foxy durchdrungen; endlos verweilten seine Gedanken bei jeder Einzelheit, die sie ihm enthüllt hatte: ihr feingesponnenes Schamvlies, ihre hohen Schreie beim Koitus, die langen zärtlichen Meditationen ihres Mundes über seinem Phallus, von denen er nie auch nur zu träumen gewagt hätte. Er wurde ein besessener Schatzhüter in seinem Innern, ein heimlicher Gärtner.

Ich wußte gar nicht, daß du hier auch blond bist.

Wie sollte ich denn sonst sein? Du bist rot.

Aber bei dir ist es so zart. So durchsichtig. Wie der Flaum auf einer Rose.

Sie lachte. *Ich habe mich dran gewöhnt, du mußt es auch.*

Sein Leben verschwamm, tastete sich von einem dieser strahlenden Augenblicke zum nächsten, da sie einander hastig die Kleider abstreiften und sie sich neben ihn legte mit schimmerndem, gestrecktem Bauch, und er zu einer weit offenen Linse wurde und sich auf ihren Hängen verlor wie ein geblendeter Skiläufer. Der Juli war ihr fünfter Monat; sie mußten ihrem Zustand Rechnung tragen und entsprechende Positionen einnehmen. Weil das Bücken ihr beschwerlich war, rutschte sie immer ans Fußende, um ihn zu küssen. *Tust du das wirklich gern?*

Ich mag es.

Schmeckst du etwas dabei?

Es schmeckt gut. Salzig und streng. Und ein bißchen bitter, wie Zitrone.

Ich habe Angst, daß ich dich mißbrauche.

Nein, nein. Tu es nur.

Sie kam nie. Wie glücklich sie auch war, wenn er zu ihr kam, und wieviel Kunst er auch aufwandte, ihren Körper vorzubereiten und zu formen mit Händen und Zunge – am Ende gingen sie getrennte Wege. *Komm zu mir.*

Bist du soweit?

Ich will dich in mir haben.

Er spürte, wie die Melodie in ihr abriß. Ihre Fotze war jung, eng. Erbitterung schwemmte ihn vorwärts, bis an den Rand, und während sie wimmerte, ergoß er sich, und seufzend ließ sie ab von ihm. Aber indem sie ihm verzieh und er ihr, indem sie sich die Schuld gab und er das nicht zuließ und sie die Schuld gemeinsam auf sich nahmen, übte sich ihre Liebe und wurde größer. Unverwandt sah Foxy ihn an mit ihren braunen Augen, und in jedem spiegelte sich winzig das viereckige Oberlicht über ihm wider. Sie entschuldigte sich: *Es tut mir so leid, aber ich kann es nicht vergessen, daß du es bist.*

Wer sollte ich denn sein?

Niemand. Einfach irgendein Mann. Aber ich denke an dich, speziell an dich, und dann geht es nicht mehr.

Passiert dir das auch mit Ken?

Nein. Manchmal bin ich sogar noch vor ihm soweit. Wir kennen uns so lange, daß wir relativ unbeteiligt sind und einander einfach nur benutzen. Außerdem habe ich dir ja schon gesagt, daß wir kaum noch miteinander schlafen, seit ich schwanger bin.

Das begreife ich nicht. Du bist so schön in diesem Zustand. Deine Haut ist weich, und deine Figur kommt mir völlig normal vor. Ich kann mir gar nicht vorstellen, wie es mit dir wäre, wenn du einen flachen Bauch hättest. Dann wärst du nicht mehr du. Du hättest dann nicht mehr diese majestätische Würde.

Ken ist komisch. Sex gehört für ihn in ein Extraschubfach. Er hat mich geheiratet, und damit war die Sache erledigt, was ihn betraf. Er war immer dagegen, daß ich ein Kind bekomme. Wir hatten genug Geld, es war der pure Egoismus. Ich war nie seine Frau, ich war seine Einmaldiewoche-Hure, all die Jahre lang.

Ich bin eifersüchtig.

Nein, nicht, Piet. Mach dir keine Gedanken, daß ich nicht komme. Ich habe zuviel Liebe für dich in mir, daran liegt es.

Du bist lieb, aber ich befürchte allen Ernstes, daß ich ziemlich mittelmäßig bin in dieser Beziehung, genau wie beim Skilaufen und beim Golf. Ich habe eben zu spät angefangen.

Gräßlicher Kerl. Ich hasse dich, wenn du Komplimente aus einem herauslocken willst. Sämtliche Damen bescheinigen es dir doch, du bist unglaublich. Du bist unglaublich zärtlich.

Jeder Mann wäre zärtlich, den du nackt zu dir ins Bett nehmen würdest.

Nein. Mehr als drei kenne ich zwar nicht, aber zwei davon kommen schon nicht in Frage.

Auch nicht der Jude? Sie hatte ihm von dem Juden erzählt.

Er hat mich ausgelacht. Manchmal hat er mir weh getan. Aber damals war ich ja noch unberührt, und er konnte wahrscheinlich nichts dafür, daß er mir weh tat. Jetzt würde er mir vermutlich nicht mehr weh tun.

Möchtest du ihn jetzt haben?

Ich habe ihn jetzt. Ist es schlimm, wenn ich das sage? Ich habe ihn in dir und dich noch dazu. Das ist besser. Er war pervers, Piet.

Aber du bist auch pervers.

Ihre braunen Augen weiteten sich kindlich. *Wieso? Du meinst –* mit den Fingerspitzen berührte sie ihre Lippen, dann seinen Penis – *das? Aber warum ist das pervers? Magst du es nicht?*

Ich finde es wunderbar. Es bindet uns so fest aneinander, obwohl – ich habe Angst.

Wirklich? Ich bin froh. Ich hatte schon Angst, daß nur ich welche habe. Piet. Was wird die Welt mit uns tun?

Meinst du Gott oder die Welt, wenn du dir solche Gedanken machst?

Ist das für dich zweierlei? Ich finde, es ist ein und dasselbe.

Vielleicht meine ich das, wenn ich sage, du seiest pervers. Ihr Gesicht, so nahe dem seinen, war wie ein Paradigma, ein Modell all der weiblichen Gesichter, denen er jemals nahe gekommen war. Die reine Stirn, das Atmen, beides hätte zu Angela gehören können; dann drehte Foxy den Kopf auf dem Kissen, so daß ihr rosa überhauchtes Gesicht das Licht von oben auffing, das kalte blaue Licht des Himmels, und nichts mehr erinnerte ihn jetzt an Angela: dies war die Frau von Ken Whitman, die junge Ehebrecherin.

Sie hatte Angst, war schamlos, schüchtern, geil, entsetzt über sich selbst, ohne Reue. Ihr Ehebruch durchglühte sie von innen, wie der Strumpf einer Gaslampe, oder als habe man ein ganzes Haus voller gazedünner Vorhänge und Stoffwände angezündet, das nur inwendig verbrannte und nach außen in weißglühendem, sanft wallendem Gefüge erhalten blieb. Sie hatte geworben um ihn; sie war stolz auf ihre Schwangerschaft und ließ sie im gleichen Atemzug außer acht; sie schlief mit ihm; ihr Vater war ein unbeugsamer, familienbewußter Mann mit einem kleineren Posten im Marineministerium gewesen; ihre Mutter hatte einen Waschautomaten-Unternehmer geheiratet; sie, die Tochter, war durch Geburt wie auch durch Heirat sozial höhergestellt als er; sie nahm seinen prall durchbluteten Schwanz zwischen die Blütenblätter ihres Mundes; einst gab es einen Juden, den sie in ihm wiedergefunden hatte; sie konnte auch während der Liebesagonien so trockenen und geraden Verstandes sein wie ein Mann; sie war aus zartem, empfindlichem Stoff und von einem zweiten Leben durchglüht; sie war seine Sklavin; er war ihr Tagelöhner; sie hatte Angst – verglichen mit diesen schillernden, strahlenden Durchsichtigkeiten war Angela ein Klotz, eine Barriere, eine vernagelte Tür. Sie wußte nichts von seinem Verhältnis, obwohl alle anderen Paare es ahnten: das war der Kernpunkt ihrer aufreizenden Undurchdringlichkeit. Sie war verkrüppelt, stumm; und trampelte und schrammte in den eierschalefarbenen Zimmern des anmutigen Kolonialhauses auf seinen zum Zerreißen gespannten Nerven herum. Er war so erfüllt von Foxy, so schwanger mit ihrem Körper, den Düften ihres Körpers, ihren Schreien, ihren Gewissensqualen, ihrer ständigen Flucht und süßen Umkehr, so vollgesogen von ihrer beider Liebe, daß er innerlich einzubrechen drohte wie auf dünnem Eis. Flehentlich hoffte er, Angela möge es doch erraten, und ihre Weigerung erschien ihm vorsätzlich, und als sein Geheimnis immer heftiger brodelte in diesem hermetischen Stillschweigen, schlug die Dankbarkeit, die er immer für sie empfunden hatte, weil sie sich so willig betrügen ließ, in einen Zorn um, der sich irgendwann wider jede Vernunft Luft machen mußte.

«Wach auf!»

Sie saß, ein Buch lesend, im Lampenschein und blinzelte. Ihre Augen, die bislang auf die helle Buchseite geheftet waren, konnten ihn nicht sehen. «Ich bin wach.»

«Das bist du *nicht*. Du läßt dich durchs Leben treiben, als wärst du betäubt. Merkst du nicht, was mit uns passiert?»

«Ich merke, daß du dich mit jedem Tag abscheulicher benimmst.»

Angesengte Motten taumelten gegen den Lampenschirm über ihrer Schulter und blieben dort hängen. «Ich bin außer mir», sagte er.

«Weswegen?»

«Wegen allem. Wegen diesem verkniffenen, geizigen, halsabschneiderischen Gallagher. Wegen der miesen Ranchhäuser auf dem Indian Hill. Wegen Jazinski: er denkt, ich bin ein Trunkenbold. Wegen der Arbeit bei den Whitmans. Ich gebe mein letztes Hemd für den Kerl, aber von Dank keine Spur.»

«Ich dachte, du hast Spaß an diesem täglichen Ausflug zu der kleinen Prinzessin.»

Er lachte dankbar. «Dafür hältst du sie?»

«Ich halte sie für jung. Und ich halte sie für arrogant. Aber das gibt sich schon noch, irgendwann wird sie reifer werden. Das Kind wird ihr sicherlich guttun. Ich finde nicht, daß sie deine väterlichen Aufmerksamkeiten unbedingt nötig hat.»

«Wieso glaubst du, daß meine Aufmerksamkeiten väterlich sind?»

«Wie immer sie sein mögen. Kann ich jetzt mein Buch weiterlesen? Ich finde weder Foxy Whitman noch diese Unterhaltung besonders interessant.»

«Mein Gott, bist du blasiert. Du bist so phantastisch erhaben über alles, daß es zum Himmel stinkt.»

«Hör zu, ich versprech dir, daß ich nachher mit dir schlafe, laß mich jetzt bitte nur das Kapitel zu Ende lesen.»

«Von mir aus lies das ganze Scheißbuch zu Ende. Stopf es in dich rein, reg dich nur immer schön literarisch auf.»

Sie hörte das Bitten in seiner Heftigkeit und versuchte, den Kopf zu heben, aber ihr Blick hing an den Buchstabenhaken fest. Abwesend sagte sie: «Kannst du denn nicht zehn Minuten Ruhe geben? Ich habe nur noch fünf Seiten.»

Er sprang auf die Füße, machte zwei Schritte auf den Spiegel zu, der über dem Telefon hing, kam wieder zurück. «Ich muß heraus hier. Ich muß unter Leute. Was die Applesmiths jetzt wohl machen. Oder die Saltines.»

«Es ist elf Uhr. Bitte, sei leise.»

«Ich komme um. Ich bin ein vierunddreißigjähriger Gelegenheitsarbeiter. Ich habe keine Söhne, meine Frau behandelt mich wie Dreck, meine Angestellten verachten mich, meine Freunde sind samt und sonders die Freunde meiner Frau, ich bin eine Vollwaise, ein Paria.»

«Du bist ein eingesperrtes Tier.»

«Jawohl.» Er stemmte die Fäuste in die Hüften und pflanzte sich kämpferisch vor ihr auf: ein stämmiger, untersetzter rothaariger Mann mit aufgekrempelten Hemdärmeln, dessen Arme über und über mit Sommersprossen bedeckt waren. «Und wer hat den Käfig denn wohl gemacht, wie? Wer wohl? *Wer?*»

Er wollte, sie solle ihn aufreißen und überwältigt und verzaubert sein Geheimnis entdecken und gemeinsam mit ihm die verschlungene Natur desselben enträtseln und hegen und pflegen. Aber sie hatte sich für die Welt auf ihrem Schoß entschieden, eine exotische, jedoch exakte, in der eines Liebhabers Schamlosigkeit und eines Vaters Mitgefühl sich verbanden, und gab keine Antwort. Das Buch stammte aus ihrer College-Zeit und hatte damals wenig Würdigung gefunden, war vollgeschmiert mit backfischhaften Anmerkungen und fettfleckig von dem Hautöl, das sie und ihre Zimmergenossinnen unter der Höhensonne benutzt hatten: die Modern Library-Ausgabe der *Traumdeutung*.

Janet Appleby hatte Angela am Strand gestanden, daß sie regelmäßig einen Psychiater aufsuche. Angela erklärte es Piet. «Sie geht nur zweimal in der Woche hin, zur Therapie, nicht zu einer richtigen Analyse. Frank ist sehr dafür, obwohl es ihre Idee war. Sie hat mir geschildert, wie ihr neulich, als sie so gegen drei Uhr früh nach Hause kamen, von den Klein-Smiths, wo es einen schrecklichen Auftritt mit Marcia gegeben hatte, auf einmal klar wurde, daß sie Hilfe brauchte. Hilfe von irgend jemandem, der kein Freund, kein Liebhaber ist, sondern ihr völlig neutral gegenübersteht. Sie ist erst ein paarmal dagewesen, aber sie ist jetzt schon davon überzeugt, daß sie nicht weiß, warum sie all das tut, was sie tut. Sie hat Harold nie geliebt, warum ist sie also mit ihm ins Bett gegangen? Sie hat sich eingeredet, er habe ihr leid getan, aber er selber tat sich gar nicht besonders leid, wem hat sie also etwas vorgemacht? Und warum schaffen sie es nicht, sich an den Wochenenden von dem anderen Paar fernzuhalten, zumal sie jetzt gar nicht mehr alle miteinander schlafen – zumindest Janet und Harold nicht? Sie sagt, neuerdings seien auch die Thornes mit von der Partie, vor allem Freddy –»

«Diese Flasche», sagte Piet.

«– und damit ist das Durcheinander vollkommen. Zwiebelringe und Gin. Die Thornes finden offenbar nie nach Hause. Georgene sitzt einfach da und trinkt, was sie früher nie getan hat, und Freddy schreibt auf den Knien ein endloses pornographisches Theaterstück.»

«Janet muß demnach zum Psychiater, weil Georgene trinkt?»

«Natürlich nicht. Sondern weil sie denkt, sie sei neurotisch – ich meine Janet.»

«Was verstehst du unter neurotisch?»

Janet besaß ein Sortiment von Bikinis, und Piet stellte sich vor, wie sie ihr Geständnis abgelegt hatte: bäuchlings im Sand liegend, das Oberteil aufgeknöpft, damit ihr Rücken gleichmäßig braun wurde, die Wange auf ein gefaltetes Handtuch gebettet, die weißen Brüste zeigend, wenn sie sich auf die Ellbogen stützte, um sich deutlicher zu erklären oder nach den Kindern zu sehen.

Angela sagte: «Du weißt doch, was ‹neurotisch› ist. Du tust Dinge, von denen du nicht weißt, warum du sie tust. Du schläfst mit irgendwelchen Frauen, willst aber eigentlich deine Mutter umbringen.»

«Angenommen, sie ist bereits umgebracht worden?»

«Dann willst du sie vielleicht wieder ins Leben zurückrufen. Das Ich versucht, zwischen der äußeren Realität und dem Es, unseren Trieben, zu vermitteln. Das Ich trägt all die schlimmen Botschaften hin und her, aber das Es weigert sich, sie anzuhören, und versucht immer weiter, all das zu tun, was es gerade tun möchte, auch wenn das Ich ihm schließlich den Rücken kehrt. Ich kann es nicht so gut erklären, weil ich nicht genug davon verstehe, aber Träume zum Beispiel sind ein Ventil für solche Verdrängungen, die meistens sexuellen Ursprungs sind, was wiederum mit deinen Eltern zusammenhängt, die zum Über-Ich geworden sind und das Ich unablässig von der *anderen* Seite her quälen. Du weißt das doch alles, jeder weiß es.»

«Na schön, und was ist so unnatürlich daran, wenn Janet dann und wann mit Harold schläft? Frank kann manchmal ein ziemlicher Grobian sein – würde es dir Spaß machen, bis an dein Lebensende, Nacht für Nacht, mit ihm ins Bett zu gehen?»

«Es geht nicht darum, ob es natürlich oder unnatürlich ist oder richtig oder falsch. Es geht darum, daß man *versteht,* warum man dieses oder jenes tut, damit man aufhören kann. Oder Spaß daran hat. Und Janet hat es jedenfalls ganz gewiß nicht heraus, glücklich zu sein. Ich glaube nicht, daß sie sich übermäßig an ihren Kindern freut oder am Sex. Nicht einmal an ihrem Geld. Sie könnte großartig sein, verstehst du. Sie hat alles.»

«Aber das sind doch gerade die Leute, die unglücklich sind. Die, die alles haben, die leiden unter Angstpsychosen. Wir anderen sind viel zu sehr damit beschäftigt, uns durchzuwursteln.»

«Piet, das ist eine sehr primitive Einstellung. Du sagst damit, die Reichen gehen nicht durchs Nadelöhr, die Ersten werden die Letzten sein.»

«Mokier dich nicht auf Kosten der Bibel. Warum interessiert dich das überhaupt, dieser ganze Hokuspokus mit Ich und Es? Warum verteidigst du es so? Du willst wohl selber zum Psychiater gehen.»

«Ja.»

«Den Teufel wirst du tun. Kommt nicht in Frage, solange du meine Frau bist.»

«Ach, du denkst daran, dir eine andere zu nehmen?»

«Unsinn. Aber es ist eine Beleidigung. Es unterstellt, daß ich dir nicht genug Sex biete.»

«Eine derartige Unterstellung liegt mir fern.»

«Ich gebe dir mehr, als du willst.»

«Eben. Vielleicht könnte ein Psychiater mir klarmachen, warum ich nicht mehr will. Ich will, und ich will nicht. Ich verabscheue mich selber, so wie ich bin. Und darunter leiden wir alle beide.»

Piet war sprachlos; insgeheim hatte er sich darauf verlassen, Angela wisse es besser als er: das Maß an sexueller Betätigung, das sie zulasse, sei das richtige Maß, und alles, was darüber hinaus gehe, sei sein eigenes Problem, seine eigene Schuld. «Du bist also der Meinung, bei uns stimmt es nicht im Bett?» fragte er.

«Es ist furchtbar. Grauenhaft. Du weißt es doch.»

Er wollte es genau wissen. «Angenommen, es gäbe eine Skala von eins bis zehn – wo würdest du uns einstufen?»

«Bei zwei.»

«Nun *hör* aber auf, *so* schlimm ist es doch wirklich nicht. Du kannst phantastisch sein.»

«Aber wie selten. Und nie benutze ich meine Hände oder meinen Mund oder sonstwas. Ich bin krank. Ich brauche Hilfe, Piet. Ich mache aus dir ein Großmaul und einen Blender und aus mir eine alte Jungfer, von der jeder sagt, ihr glaubt nicht, wie schön die mal war.» Ihre blauen Augen füllten sich mit Tränen. Wenn sie weinte, sah ihr Gesicht dick aus, wie Nancys. Piet war gerührt. Sie saßen in der Küche, Angela mit einem Wermut, er mit einem Gin-and-Bitter-Lemon; die Kinder waren schon im Bett. Ihr Kopf, der sich hübsch oval und mit sommerlich geflochtenem und zu einem Knoten aufgestecktem Haar von der roten Blümchentapete abhob, hatte etwas vornehm Adrettes, das tatsächlich jüngferlich wirkte. Und Piet merkte plötzlich, daß sie ihn schonend auf eine weitere Nacht ohne Liebe vorbereiten wollte. Das Geständnis ihrer Frigidität rechtfertigte sie.

Er protestierte: «Aber alle Welt liebt dich! Jeder Mann in der

Stadt würde sofort mit dir ins Bett gehen wollen. Sogar Eddie Constantine flirtet mit dir, sogar John Ong betet dich an – wenn du ihn bloß verstehen könntest.»

«Ich weiß. Aber ich *habe* nichts davon, daß ich es weiß. Ich will mit *niemandem* ins Bett gehen. Ich komme mir überhaupt nicht wie eine richtige Frau vor. Ich bin irgendein freundliches Neutrum, dem als eine Art Scherz dieser Sex-Appeal angehängt ist.»

«Meine arme Angela. So als ob du hinten ein Schild hättest: ‹Tritt mich in den Hintern›.»

«Genau. Als ich Janet zuhörte, habe ich gedacht, wieviel Ähnlichkeit wir doch miteinander haben. Wir verbreiten Behaglichkeit, sind nett zu Scheusalen und haben beide diese angewiderte Leere im Herzen. Wir kommen aus guter Familie und haben breite Hintern und versuchen geistreich zu sein und lassen uns herumschubsen. Wußtest du, daß sie immer Schlaftabletten neben ihrem Bett liegen hat und in mancher Nacht gar nicht darauf achtet, wie viele sie nimmt?»

«Na, das tust du jedenfalls nicht.»

«Aber ich wäre imstande dazu. Es klang so vertraut, was sie mir da sagte. Ich schlafe auch gern. Einfach nur schlafen, nichts weiter. Es wäre herrlich, nie mehr aufzuwachen.»

«Angela! Das ist Sünde!»

«Der große Unterschied zwischen Janet und mir ist, ich verdränge, und sie versucht, sich zu artikulieren. Oder?»

«Frag *mich* doch nicht.»

«Ich bin sicher, du hast ein Verhältnis mit ihr gehabt, und weißt genau, was ich meine. Sag mir etwas über uns, Piet.»

«Du bist unmöglich. Ich habe nie mit Janet geschlafen.»

«Fast wünschte ich sogar, du tätest es. Es hat wohl lesbische Gründe. Ich fühlte mich sehr zu ihr hingezogen, als ich neben ihr im Sand lag. Ich muß wohl etwas Sapphisches haben. Ich hätte liebend gern eine Mädchenschule; wir würden alle Chitons tragen und Hockey spielen und warme Bäder nehmen und dann im Kreis sitzen und zuhören, wie eine von uns Gedichte vorträgt.»

«Wenn du alles schon selber analysiert hast, brauchst du ja keinen Psychoanalytiker mehr.»

«Ich analysiere nicht, ich denke es mir nur so. Ein Psychoanalytiker würde mir wahrscheinlich das Gegenteil beweisen. Zum Beispiel kann ich nicht ertragen, wenn andere Frauen mich berühren; Carol Constantine betatscht einen immer, und Bea tut das auch – da könnte er sagen, daß ich *allzu* heterosexuell bin für das heutige Amerika. Warum hat mich niemand geheiratet, bevor du auf der Bildfläche erschienst? Ich muß doch alle vergrault haben.»

«Oder dein Vater hat alle vergrault.»

«Soll ich dir noch etwas Krankhaftes gestehen? Kannst du es ertragen?»

«Ich will es versuchen.»

«Ich masturbiere.»

«Meine Süße. Wann?»

«Im Sommer öfter als im Winter. Manchmal wache ich morgens zwischen vier und fünf auf, wenn die Vögel gerade anfangen, oder ein Lastzug fährt draußen auf der Straße vorbei, und die Bettücher streicheln meine Haut, das regt mich auf, und dann tue ich es selber.»

«Das klingt völlig normal. Stellst du dir irgend jemanden dabei vor? Irgendeinen bestimmten Mann?»

«Nicht sehr deutlich. Es ist eigentlich nur eine Empfindung. Du bist der einzige Mann, den ich kenne, und wenn ich mir einen vorstelle, dann kannst bloß du es sein. Warum also wecke ich dann nicht gleich den leibhaftigen Piet auf?»

«Weil du zu rücksichtsvoll und schüchtern bist.»

«Ach Scheiße, Piet. Scheiße.»

«Du solltest dich auf Partys nicht soviel mit Freddy Thorne abgeben. Deine Ausdrucksweise kommt auf den Hund.»

«*Ich* komme auf den Hund. Ich weiß nicht, wie ich mich verhalten soll in diesem Sexpot.»

«Sexpot?»

«Tarbox.»

«Ein Sexpot ist aber doch kein Ort.»

«In diesem Fall ist es eben ein Ort. Bring mich von hier weg, oder bring mich zu einem Arzt.»

«Sei nicht albern. Diese Stadt hier ist wie jede andere. Du willst bloß sagen, daß du zu gut bist für diese Welt. Das ist das Beschissene an dir, du bist einfach zu gut für uns alle.»

«Schrei nicht so. Ich hasse diesen schrillen Ton.»

«Klar haßt du ihn, wie solltest du auch anders. Du haßt mich, also mußt du auch meine Stimme hassen.»

«Ich hasse dich nicht.»

«Mußt du aber, weil ich nämlich anfange, *dich* zu hassen.»

«Ah. Jetzt sprichst du es aus.»

«Na ja, ganz so meine ich es ja nicht. Du bist fabelhaft. Aber du bist so ichbezogen. Du hast keinen Schimmer, was in *mir* vorgeht –»

«Mit anderen Worten, du hast ein Verhältnis, und ich soll raten, mit wem.»

«Nein, so hab ich es nicht gemeint.»

«Foxy Whitman.»

«Mach dich nicht lächerlich. Die ist in anderen Umständen und betet ihren Eisheiligen an, und beruflich tötet sie mir den letzten Nerv.»

«Gewiß – aber was bringt mich dann auf diese Idee? Ich weiß ja, es ist neurotisch, aber jedesmal, wenn du von ihr kommst und mit mir und den Kindern so herzlich bist, dann denke ich, daß du mit ihr geschlafen hast. Ich beobachte ihr Gesicht und spüre, daß sie ein Geheimnis hat. Sie ist so sanft und heiter, wenn sie mit mir spricht. Und sie kennt mich viel zu gut – dabei sind sie erst im März hierhergezogen.»

«Sie mag dich. Vielleicht ist sie auch lesbisch.»

«Es geht auch gar nicht nur um Foxy, es könnte genausogut Janet oder Marcia oder sogar Georgene sein – ich bin rasend eifersüchtig. Und je eifersüchtiger ich werde, desto weniger kann ich mich dazu überwinden, mit dir zu schlafen. Es ist traurig. Es ist erbärmlich. Dein Telefon war gestern eine halbe Stunde lang besetzt, und ich habe mir einen Martini gemacht, morgens um elf, weil ich mir vorstellte, daß du mit irgendeiner Frau redetest.»

Ihr ovales Gesicht sehnte sich danach, noch ein wenig zu weinen, aber irgendein kunstvoll verschlungener Mechanismus in ihr förderte statt dessen ein halbes Lachen zutage. Piet sah verlegen zu Boden, auf ihre nackten Füße; keiner ihrer kleinen Zehen berührte das Linoleum. Seine liebe arme blinde betrogene Angela: mit welchem Recht hatte er sie von ihrem allmächtigen Vater getrennt, diesem alten Papa Hamilton, der jeden Nachmittag, eine Stunde vor Feierabend, Pfeifenrauch hinter sich her ziehend, über seinen Rasen zwischen den tafelglatt gestutzten Hecken schritt und den Arbeitern eine Großflasche Heineken-Bier samt Pappbechern brachte? Piet sagte: «Ich habe nicht Applebys Geld. Ich kann es mir nicht leisten.»

«Aber vielleicht gibt es die Möglichkeit, daß ich es mir selber verdiene», sagte sie. «Ich könnte im Herbst nach Boston gehen und es zumindest so weit bringen, daß man mich an einer Privatschule unterrichten läßt. Wenn Nancy in die erste Klasse kommt, wird sie den ganzen Tag aus dem Haus sein, und irgend etwas muß ich doch tun mit meiner Zeit. Ich mache einfach einen Pädagogenlehrgang mit und fange inzwischen schon mit der Therapie an, zweimal die Woche, nicht mehr. O Piet, ich werde eine wunderbare Ehefrau sein, in jeder Beziehung vollkommen.»

Es tat Piet weh, sie bitten zu hören, sie im voraus planen zu sehen. Sie hielt sich für nützlich, dachte immer noch, sie könne brauchbar für ihn sein, betrieb unverzagt Selbsterforschung, um ihm neue Nutzungsquellen zu erschließen, und war dabei doch erschöpft für ihn, ein stickiges Labyrinth, dessen Mäander er hinter sich bringen mußte, um an die frische Luft zu kommen und zu Foxy. Foxy schlafend, während Mondlicht leicht auf ihren Gliedern lag und schräg über die Wölbung ihrer Stirn hinstrich: der Magen sackte ihm weg bei diesem Bild, seine Haut wurde feucht, ein taubes Prickeln befiel seine Fingerspitzen und seine Zunge. Es gab eine silberne Straße unter den Sternen. Ahnungslos versperrte Angela ihm den Weg. «Nein!» brach es aus ihm heraus, denn Panik packte ihn bei dem Gefühl, die Zeit rase vorbei, Häuser, Bäume, ganze Leben würden weggekippt wie Schutt, Gelegenheiten seien vertan worden, Sternennebel schlügen um. «*Nein.* Mein Herz, merkst du nicht, was du mir antust? Laß mich *gehen*!»

Ihr Gesicht erbleichte bei diesem heftigen Ton; die lebhafte Farbe ihrer Wangen und das Angebot ihrer Augen erloschen. «Wie du willst», sagte sie, «geh. Und wohin gehst du, wenn ich fragen darf?»

Piet öffnete den Mund, um es ihr zu sagen, aber die Eiskruste, die sein Geheimnis umschloß, war zu hart. Angela kehrte ihm unsicher den Rücken zu. «Deine Gepflogenheiten», sagte sie, «werden von Mal zu Mal weniger komisch.»

«Papi, wach auf! Jackie Kennenys Baby ist gestorben, weil es zu klein war!»

Nancys Gesicht war ein Mond, der am Horizont seines Schlafs aufging. Ihre Augen waren wunderbar klar, himmelweit vor Staunen. Tränenkanäle, rot wie die Kehllappen bei Hühnern. Schlachtung. Der zu früh geborene Kennedy hatte bereits seit zwei Tagen mit dem Tod gekämpft. Nancy mußte die Nachricht im Fernsehen gehört haben. «Das ist aber traurig», sagte er. Seine Stimme klang dick, verstopft, rauh. Im August hatte Piet seine Heuschnupfenzeit. Merkwürdig, dachte er, wie das Unheil es auf dieses Paar abgesehen hat. Weder Reichtum noch Schönheit und Verehrung schützte es davor. Leid, das an der Robe eines Königs zerrt. Unsere verletzlichen Götter.

«Papi?»

«Mm.»

«Hatte das Baby Angst?» Ihre nach Flanell duftende Kinderhaut atmete Angst aus, streng wie Katzenmoschus. Piet hatte geträumt. Sein Bruder. Sein Bruder, erstarrt unter Glas, die sterblichen Reste eines Papstes, und er selber, Piet, voller Entschuldigungen, daß er nicht bei ihm geblieben, nicht sein Partner geworden war und ihm geholfen hatte im Treibhaus. *Is het koud, Joop?* Erfroren vor Überanstrengung, beim Edelweißpflücken. Er drehte sich zu den anderen um und erklärte: *Mijn broeder is dood.* Aber auch Foxy gehörte zu seinem Traum, obschon sie unsichtbar blieb; wie der unversiegliche Strom der Gnade, wie ein unterirdischer Fluß, der von Quelle zu Quelle rauscht, flutete sie unter der Oberfläche seines Traumes mit, genauso, wie sie auch im wachen Leben ständig bei ihm war – eine lebendige, zerbrechliche, fortwährend bedrohte Gegenwart.

«Das Baby war zu klein, um Angst zu haben. Das Baby hat überhaupt nichts gewußt, Nancy. Es hatte noch keinen Verstand.»

«Es will zu seiner Mami!» sagte Nancy und stampfte mit dem Fuß auf. «Es weint und weint, und niemand hört. Alle sind *froh*, daß es sich weh getan hat.»

«Niemand ist froh», sagte Piet, kuschelte seine Wange wieder ins Kissen und wußte, daß Nancy recht hatte: niemand hört. Das Fenster, vor dessen Scheiben seine emporgehaltene Hand sich bei Nacht wie ein unheimliches, gehörntes Gebilde abzeichnete, gab jetzt, im Morgendämmer, den Blick auf klares, reines Blättergrün frei: herzförmiges Flieder- und fedriges, fernes Ulmenlaub. Dic dritte Dimension erlöst, so schien es. Piet streckte den Arm aus und zog das Kind an sich, in die vermittelnde Wärme, die von seinem Schlaf übriggeblieben war. Nancy wehrte sich gegen die Umarmung, sie fühlte, daß er das Problem auf diese Weise nur zerstreuen und ersticken wollte. Ihr weit offenes Gesicht starrte ihn zornig an, sie fühlte sich betrogen. Sommersprossen, klein wie Fliegenfleckchen, waren in diesem Sommer auf ihrer Nase erschienen, dabei waren er und Angela der Meinung gewesen, sie habe die geschmeidige, brünette Haut ihrer Mutter geerbt. Angelas ausgewogene Form, durchsetzt mit seiner Friedlosigkeit. Bleifarbene Sprenkel im wolkigen blauen Dunst der Iris ihrer Augen. Meereswesen. Verschwommenes Licht wird Form wird Gedanke wird Seele und stirbt. Die Netzhaut bewahrt nichts. Piet fragte: «Wo ist Mami?»

«Aufgestanden. Steh du auch auf, Papi.»

«Geh, unterhalt dich mit Mami über das Kennedy-Baby, damit der Papi sich anziehen kann.» In der vergangenen Nacht hatte er den Versuch gemacht, mit Angela zu schlafen, und war nackt geblieben, obgleich sie sich ihm verweigert hatte; nun wollte er das Kind nicht mit seinem Körper erschrecken. «Geh nach unten», sagte er. «Papi fühlt sich nicht gut.»

«Bist du betrunken?» Sie kannte das Wort, es machte ihr angst; Frank Appleby war einmal zu ihr in den Laufstall geklettert und hatte eine Plastikente zertreten, und am nächsten Tag hatten sie ihr erklärt, er sei betrunken gewesen.

«Nein, ich *war* betrunken, und jetzt wünschte ich, ich wäre es nicht gewesen. Ich habe Kopfschmerzen. Und ich bin traurig wegen des Kennedy-Babys.»

«Mami hat gesagt, ich würde nie sterben, bis ich eine alte alte Dame bin mit Ohrringen.»

«Da hat sie vollständig recht.»

Aber – unausgesprochen blieb es in der Luft hängen. Er mußte urinieren und schlug ungeduldig die Decke zurück; beim Anblick seines Körpers gingen Nancy die Augen über, sie brach in Tränen aus. «Aber das kleine Baby war sogar noch kleiner als du – ist es *das*?» fragte er.

Sie nickte hilflos.

Piet kniete nieder und nahm sie in die Arme und spürte das gleiche stumme, laue Vibrieren, das er so oft in Angelas Körper ausgelöst hatte. Er sagte mit Nachdruck: «Aber das Baby ist zu früh herausgekommen, es war ein Versehen, Gott hat nie die Absicht gehabt, es leben zu lassen so wie dich, ein großes, starkes, gesundes Mädchen.» Die Luft, die seine Blöße umstrich, und Nancys atmende Haut in seinen Armen weckten sacht seinen Penis auf. Ein Sonnenspalt, ein Sonnenspeer.

Nancy riß sich aus seinen Armen und rief von der obersten Treppenstufe her: «Dann hätte Gott dem Baby doch gleich sagen können, daß es drinbleiben soll!»

Angela rief: «Piet, bist du auf?»

«Ich bin in drei Minuten unten», antwortete er. Er zog sich halb an, rasierte sich und vervollständigte dann seine Toilette. Ein Schreibtischtag stand ihm bevor. Der quadratische Rasen draußen vor den Schlafzimmerfenstern sah verdurstet aus. Ein trockener Sommer. Vorherrschende Winde aus wechselnden Richtungen. Gletscher schmolzen. Die großen Wälder lichteten sich. Staub wölkte um die Baugerippe auf dem Indian Hill und sickerte in die unfertigen Balkenkonstruktionen, wo allenthalben Sperrholzteile und lose elektrische Kabel herumlagen. Hier und da im Gehölz ein verdursteter Ahorn, der sich vor der Zeit verfärbte. Die Grillen lauter in der Nacht als sonst. Vor Foxy Whitmans Fenstern aber die Marsch: sie brauchte keinen Regen, saugte Wasser aus der Mutter Meer, lag üppig und jung hingebreitet, grün wie der Frühling und wie Plüsch krakeliert von den Windungen der Salzwasserläufe. An manchen Nachmittagen, wenn das Wasser hochstand, war das Marschenland fast ganz überspült, und Piet hatte das Gefühl, als strecke die Erde sich dem Mond entgegen. Atlantis. Ararat.

Die schmale Farmhaustreppe hatte zwei Absätze und endete, einen Schritt weit von der Eingangstür entfernt, unten in der Diele, die so eng war, daß die Tür, jedesmal wenn sie geöffnet wurde, gegen den untersten Geländerpfosten stieß. Rechterhand, im Wohnzimmer, das ziemlich dunkel war wegen der wuchernden Fliedersträucher draußen und wo auf den Lehnen und Kanten der Möbel noch immer die leeren Gläser der Klein-Smiths und Saltz' und Guerins vom Abend zuvor standen, Schildwachen in burgenhaftem Dämmer, saßen Nancy und Ruth vor dem Fernsehapparat. Ein höherer britischer Postbeamter, über Satellitenfunk importiert, erörterte hochnäsig und in mangelhafter Bildschärfe den gestrigen Raubüberfall auf einen Londoner Postzug: sieben Millionen Dollar, der tollste Coup aller Zeiten – «abgesehen natürlich von Plünderungen und Enteignungen, die aber streng genommen als politische Akte zu gelten haben, wenn Sie mir folgen können. Nach dem derzeitigen Stand unserer Ermittlungen jedoch haben diese Burschen keine politischen Motive.» Das Fernsehen lieferte einem die große weite Welt ins Haus. Der eisig leuchtende kleine Schirm vermittelte die Ahnung, daß sich jenseits des warmen Geheges von Tarbox, von Freunden und Familie, ein Universum abgründiger Kälte erstreckte. Spiegel, in New York und Los Angeles aufgestellt, beobachteten die zwischen ihnen liegende unbewohnbare Erdoberfläche und strahlten Berichte aus, von denen die Gesichter der Kinder in giftiges, flackerndes Blau getaucht wurden. Dies Gift war ihr nationales Leben. Seit Korea hatte Piet sich nicht mehr für Weltereignisse interessiert. Ereignisse stießen den andern zu.

Links von ihm, in der schon sonnendurchfluteten Küche, deckte Angela den Frühstückstisch: vier rechteckige Bastsets, Teller, Gläser, Löffel, Messer. Ihre Brustwarzen drängten dunkel gegen den Stoff des Nachthemds, ihr Haar war offen und wehte fröhlich in der Sonne, wenn sie sich bewegte. Sie wurde immer schöner, dachte Piet, glitt immer weiter fort von ihm, in abstrakte Bereiche der Schönheit.

Er sagte: «Arme Nancy. Sie ist ganz durcheinander.»

Angela sagte: «Sie hat mich gefragt, ob das Kennedy-Baby im Himmel ist, wo der Hamster sich in seinem Rad dreht. Wirklich, Piet, ich frage mich, ob die Religion das wert ist und ob es nicht doch gesünder wäre, den Kindern die Wahrheit zu sagen, nämlich, daß wir unter die Erde kommen und nichts mehr wissen und eines Tages als Gras zurückkehren.»

«Und von Kühen gefressen werden. Ich kapiere nicht, wieso der Tod euch Stoikern so verdammt gesund erscheint. Demnächst wirst du es noch beweisen wollen, indem du dich mit aufgeschnittenen Pulsadern in ein warmes Bad legst.»

«So, das möchtest du wohl.»

Nancy kam schluchzend in die Küche. «Ruthie sagt – Ruthie sagt –»

Ruth kam hinterdrein gestürmt. «Ich habe gesagt, Gott ist bescheuert.» Und höhnisch zu Nancy gewandt: «Kleinkind!»

«Ruth!» sagte Angela.

«Bescheuert?» fragte Piet. Das war ein Adjektiv, mit dem Ruths Generation schlechthin alles versah, was sich ihr nicht fügen wollte. *Der bescheuerte Lehrer hat uns alle nach Schulschluß dabehalten. Diese bescheuerte Feder schreibt einfach nicht. Frankie ist bescheuert.*

«Na, ist doch wahr», sagte Ruth. «Kleine Babys sterben lassen und erlauben, daß Katzen Vögel fressen, und lauter solches Zeug. Ab Herbst singe ich nicht mehr im Chor mit.»

«Ich bin überzeugt, das wird dem lieben Gott eine Lehre sein», sagte Piet.

«Ich sehe nicht ein, warum das Kind auf Biegen und Brechen jeden Sonntag im Chor singen soll», sagte Angela und beugte sich über Nancy, die sich weinend an ihren Schoß schmiegte. Ihr Haar fiel über das Kind herab. Mutterglück. Angelas Trost wurde angenommen und seiner verschmäht. Liebt ihre Mutter mehr als mich. Jedem das seine. Symbiose.

«Aus dem gleichen Scheißgrund, aus dem ich mein Leben im Kreis jammernder Weiber zubringen muß», erwiderte er und würgte, umzingelt von verletztem Schweigen, sein Frühstück hinunter. Aber trotzdem hatte er das Gefühl, eine gute Tat vollbracht zu haben: er hatte Nancy den Klauen des Todes entrissen. Lieber Zorn als Furcht, lieber töten als getötet werden.

Er fuhr zum Büro, ratterte durch die Charity Street, parkte in der Hope Street. Zufällig noch Platz, wurde immer schwieriger neuerdings. Ecke Divinity–Charity sollte eventuell eine Ampel hinkommen. Alles zu verwirrend für Auswärtige. Zu viele Autos. Zu viele Menschen. Homosexualität als Ausweg? Die Pille. Gallagher telefonierte, sein irischer Akzent schlug durch. «Insgesamt dreiunddreißig Zimmer, Schwester, und wir brauchen bloß eine einzige Wand herauszunehmen, dann haben wir ein erstklassiges Refektorium.» Piet machte sich auf dem Elektrokocher Wasser heiß und brühte Pulverkaffee auf. Maxwell. Faraday. Er setzte sich an seinem Schreibtisch zurecht und versuchte, sich auf den Papierkram zu konzentrieren. Nutzholz, insgesamt $ 769,82 überfällig ... falls es Ihrer geschätzten Aufmerksamkeit entgangen sein sollte ... und bitten wir um Überweisung, denn ohne stabile Kreditwürdigkeit etc. Seine Nasenwege juckten, seine Augen tränten. Wieder so ein Augusttag, wo man die Krätze kriegte. Foxy weit weg. Stundenweit weg. Ihr Lachen, ihr Flaum. *Die kleine Prinzessin. Zu puppig für dich.* Sein Apparat klingelte.

«Hallo, Schätzchen.» Einen Monat war es her, seit sie miteinander gesprochen hatten.

«Hallo.» Er schlug seinen flachen Geschäftston an.

«Du bist wohl nicht allein? Ist Matt da?»

«Nein. Doch.» Kürzlich war in ihrem ohnehin schon beengten Raum eine Trennwand aus zweieinhalb Zentimeter dickem geriffelten Glas gezogen worden, wodurch Gallagher abgesondert wurde und sich auf subtile Weise als Chef der Firma zu erkennen gab. Aber die Scheibe war dünn, und zudem ließ Gallagher, wenn er allein in seinem Kabuff war, ohne Kunden, die Tür offen, damit Luft hereinkam. Er brauchte Luft, sonst schwitzte sein Hemd durch. Er hatte sich eingemauert, saß da ohne Fenster. Mit ihm waren eingesperrt: eine elektrische Uhr, der Werbekalender einer Ford-Niederlassung, eine kolorierte Bezirkskarte von Tarbox, eine Luftaufnahme vom Stadtkern und dem Strandgebiet, eine Landkarte des gesamten Bezirks Plymouth, ein mandarinenfarbenes Straßenverzeichnis von Tarbox, die blaßblauen Jahrbücher der Stadtverwaltung, beginnend mit dem Jahrgang 1958, ein dünnes rotes Handbuch mit dem Titel *Schätzwerte im Immobiliengeschäft*, ein abgegriffenes fettes vierschrötiges schwarzes Meßbuch. Piet arbeitete, wenn überhaupt, an einem Schreibtisch aus gelber Eiche, der aus einer High School stammte und mit vergammelten Warenproben und Fabrikkatalogen überhäuft war; Gallaghers Tisch dagegen bestand aus militärgrauem Stahlrohr und war leergefegt bis auf eine Schreibgarnitur aus poliertem Serpentin, einen Tintenlöscher, gerahmte Fotos von Terry und Tommy und zwei Telefone. An der Wand hinter Matts Kopf hing, eingerahmt, die Lizenzurkunde, die ihm die Prüfungskommission des Verbandes der Immobilienmakler und -händler verliehen hatte. Soeben hatte er für die Firma ein Besitztum in Lacetown gekauft: fünfzig und mehr Morgen Grund, über dreißig Zimmer plus gußeiserne Bambis auf dem Rasen. Seine ursprüngliche Absicht war gewesen, das Grundstück zu parzellieren und nach und nach zu bebauen, aber dann hatte er Wind bekommen von einem Nonnenorden, der sein Novizenhaus in diese Gegend verlegen wollte. Und frohlockend hatte er Piet erklärt, die Kirche feilsche nicht. Bis dahin aber lastete auf ihrem winzigen Unternehmen, zusätzlich zu den kleineren Schulden, eine Hypothek von hunderttausend Dollar; die Sache sah brenzlig aus. Aber Gallagher war in seinem Element, wenn er spekulieren konnte; dies Geschäft riskiert zu haben, versärkte die psychologische Vorrangstellung, die er sich erobert hatte. Piet fürchtete, Georgenes Stimme könne bis zu Matt hinüberdringen, und drückte sich den Hörer fester ans Ohr.

«Keine Angst, ich lege sofort wieder auf», sagte sie. «Ich hatte nur gerade den verrückten Drang, dich anzurufen und einmal zu hören, wie es dir geht. Ist das vermessen? Ich habe doch noch gewisse Rechte, oder nicht? Ich meine, du und ich – uns hat es doch mal *gegeben*, oder täusche ich mich?»

«Ich verstehe», sagte Piet.

«Du kannst nicht richtig sprechen, oder?»

«Das scheint mir der Fall.»

«Siehst du, wenn du mich hin und wieder mal anrufen würdest, müßte so etwas nicht sein! Gestern abend sollt ihr ja eine kleine Party veranstaltet haben, ich war sehr gekränkt, daß ihr uns nicht eingeladen habt. Irene hat es uns gesteckt, sie war ausgesprochen schadenfroh.»

«Die Lieferfristen», sagte Piet unsicher, «sind um diese Jahreszeit ziemlich ungünstig. Die Regierung kauft haufenweise Tannenholz von der Westküste auf.»

«Piet, ich habe solche Sehnsucht nach dir, es bringt mich um. Könntest du nicht mal auf einen Kaffee hereinschauen, wenn du sowieso gerade unterwegs bist? Zum Beispiel heute vormittag? Es ist absolut ungefährlich. Whitney ist in seinem Ferienlager, und Martha und Judy sind mit Irene unten am Strand. Ich habe Irene gesagt, ich erwarte den Klempner. Das stimmt sogar, der Wasserdruck ist gleich Null bei uns. Siedle dich bloß nie auf einem Hügel an. Kannst du nicht kommen, bitte? Einfach nur, um ein bißchen zu reden? Ich verspreche, ich werde mich dir nicht aufdrängen. Ich war ein *solches* Biest bei den Ongs.»

«Der Kostenvoranschlag stimmt einen nicht gerade hoffnungsvoll.»

«Es geht mir er*bärm*lich, Piet. Ich halte es nicht mehr aus, mit diesem Mann zu leben. Er wird immer schlimmer. Ich verliere alles Selbstgefühl, als Frau.»

«Ich dachte, er macht gute Arbeit.»

Georgene lachte, kurz und konventionell. «Ich bin sicher, Matt läßt sich nicht an der Nase herumführen. Schöne Spielchen, die ihr beiden da treibt. Nein, wenn du es wissen willst, er macht miserable Arbeit. Er ist miserabel im Bett, das willst du doch hören, nicht? Das wolltest du immer schon hören. Ich habe dich angelogen. Ich habe ihn geschützt. Er bringt nicht das geringste zustande, höchstens wenn er betrunken ist, aber dann wird er sofort sentimental und schläft ein. Er schlafft ab. Verstehst du, was ich sage?»

«Wir reden von senkrechten Ständern.»

«Es ist so traurig. Ich *schäme* mich so sehr. Ich habe überhaupt kein Zutrauen mehr zu mir, in keinerlei Hinsicht. Terry und ich haben gestern sechs zu zwei, sechs zu drei gegen Bernadette und Angela verloren, vermutlich hat sie es dir erzählt und sich damit aufgespielt.»

«Nein.»

«*Bitte,* komm. Ich bin *so* deprimiert, so *schreck*lich deprimiert. Ich werde dich nicht mit Fragen quälen, ich verspreche es dir. Ich weiß, du hast eine andere, aber das ist mir inzwischen egal. Habe ich denn jemals Ansprüche gestellt? Habe ich das getan? Habe ich dich nicht immer so genommen, wie du warst?»

«Ja.» Gallagher raschelte geräuschvoll mit Papieren und stieß krachend eine Schublade seines Stahlrohrschreibtischs zu.

«Gott, wie ich meine Stimme hasse. Ich hasse sie, Piet. Ich hasse es, zu betteln. Es hat Wochen gedauert, bis ich mich überwunden habe, dich anzurufen. Du brauchst nicht mit mir ins Bett zu gehen, Ehrenwort. Ich muß dich einfach nur mal wieder eine halbe Stunde für mich haben. Fünfzehn Minuten.»

«Wir sind zeitlich in Verzug geraten, fürchte ich.»

«Komm, oder ich sage es Freddy. Ich sage Freddy und Angela alles über uns. Nein, nicht Angela. Ich sage es Foxy. Ich fahre auf der Stelle los und falle mit der Tür ins Haus und erzähle ihr, mit was für einem Schuft sie sich eingelassen hat.»

«Ich rufe wieder an. Ich muß mir noch mal meinen Terminkalender ansehen.»

Sie fing zu weinen an. Georgene und weinen – das passierte selten; ein reizloses, geistloses Geräusch. Piet hatte Angst, es könnte sich in das kleine Büro ergießen, denn sein Schädel schwappte schon über davon. «Ich wußte nicht», schluchzte sie, «daß ich so an dir hängen würde, ich wußte nicht ... daß du ... so tief ... in mir steckst. Aber du hast es gewußt. Du hast gewußt, was du mir antust, du Schuft, du erbärmlicher, lieber Schuft. Du läßt mich büßen, daß deine Eltern umgekommen sind. Piet, ich habe deine Eltern nicht umgebracht. Ich war in Philadelphia, als es passierte. Ich kannte sie gar nicht, ich kannte nicht einmal dich ... oh, verzeih mir, ich weiß nicht, was ich rede ...»

«Bis dahin», sagte Piet, «sollte man auf lecke Stellen achten», und hängte ein.

Aufdringlich fragendes Schweigen herrschte hinter ihm. Er antwortete: «Bea Guerin. Sie hat Angst, ihr Haus könnte absacken. Sie traut meinen Zedernholzpfosten nicht, weil wir bei den Whitmans Metall genommen haben. Ich glaube, sie ist hysterisch. Es ist ein Jammer, alles, was ihr fehlt, ist ein Baby. Da fällt mir ein, Matt, ich hätte gern mal deine Meinung gehört – Angela findet, sie müßte dringend zum Psychiater.»

Wie Piet gehofft hatte, konzentrierte Matts Aufmerksamkeit sich auf diesen letzten Satz; die Wahrheit ist immer interessanter als die Lüge. «Angela ist die normalste Person, die ich kenne», sagte Matt.

«Ach Matt», erwiderte Piet, «in dieser gottverlassenen Welt bedeutet Normalsein noch lange nicht, daß man sich auch wohl fühlt.» Gallagher runzelte irritiert die Stirn; zu seinem Katholizismus gehörte die Auffassung, daß man sich bei Privatunterhaltungen nur in humoriger Form auf Theologisches beziehen dürfe. Piet hatte sich im Umgang mit ihm einen neckischen, gespielt ehrerbietigen Ton zugelegt, mit dessen Hilfe er die immer breiter werdende Kluft zwischen sich und Matt bestätigen und doch auch wieder überbrücken konnte. Sie fanden einander immer unerträglicher. Hätte Piet nicht ein Spiel mit strengen Regeln, eine Pflichtübung daraus gemacht, wäre er kaum imstande gewesen, überhaupt noch mit Gallagher zu sprechen. «Und normaler als Terry ist sie bestimmt nicht», sagte er.

«Terry. Die ist ja übergeschnappt mit ihrer Laute. Zweimal die Woche ist sie in Norwell, und jetzt will sie auch noch das Töpfern lernen, bei dem Mann von der Frau.»

«Terry ist ausgesprochen künstlerisch veranlagt.»

«Schon möglich. *Mir* spielt sie jedenfalls nichts vor. Ich weiß in letzter Zeit überhaupt nicht mehr, wie ich sie behandeln soll.»

Piet wagte einen Vorstoß. «Unter uns: was Angela braucht, ist ein Liebhaber, kein Psychiater.»

Matts prüdes Gesicht – Kinn und Wangen so glattrasiert, daß sie wie poliert wirkten – verhärtete sich; sein Mund wurde schmal. Er spürte, daß sich aus Piets Überlegungen auch für ihn Konsequenzen ergeben könnten. Trotzdem war er neugierig; er war menschlich, wie Freddy Thorne festgestellt hätte. Er fragte: «Würdest du sie denn lassen?»

«Nun, ich würde erwarten, daß sie so dezent wäre, es mir zu verheimlichen. Ich würde ihr einfach nicht nachspionieren. Wenn es herauskäme, würde ich natürlich den Gekränkten spielen müssen.»

Sie unterhielten sich durch die offene Tür; Matt war von geriffeltem Glas eingerahmt. Das Büro war so klein, daß sie nicht die Stimme zu heben brauchten. Matt sagte: «Piet, wenn ich mal was sagen darf –»

«Du darfst, du darfst, mein Guter. Ein ehrlicher Mann ist die edelste Schöpfung Gottes.»

«Du mußt sehr eifersüchtig auf sie sein. Terry und ich waren immer beeindruckt, was für ein gutes Paar ihr zwei doch seid und wie fürsorglich und liebevoll ihr miteinander umgeht, auch wenn ihr allen das Gegenteil weismachen wollt.»

«So, tun wir das?» Piet war beleidigt, aber Matt war zu sehr in Gedanken vertieft, um es zu bemerken.

«Terry und ich», sagte er, «gestehen einander nicht so viel Bewegungsfreiheit zu wie ihr. Die gegenseitige Treue steht bei uns außer Frage. In den Augen der Kirche ist die Ehe nämlich ein Sakrament, das die Eheleute sich selber spenden, wußtest du das?»

«Vielleicht wäre es gut, wenn man sich mit diesem Sakrament auch ein bißchen Freiheit spenden würde. Was soll das Getue mit den Körpern», sagte Piet. «In fünfzig Jahren sind wir alle Gras. Willst du wissen, was mir wie ein Sakrament vorkommen würde? Angela und ein anderer Mann beim Vögeln, und ich stehe über ihnen und streue Rosenblätter auf seinen Rücken.» Piet hob die Hand und rieb Daumen und Zeigefinger gegeneinander. «Streue Segen auf seinen behaarten Rücken.»

«Mutter und Vater», sagte Gallagher.

«Wieso?»

«Deine Eltern. So, wie du das eben beschrieben hast, stelle ich mir ein Kind am Bett seiner Eltern vor. Der Junge liebt seine Mutter, weiß aber, daß er ihr nicht gerecht werden kann – also überläßt er dem Alten das Rammeln, und behält sich selber den Segen vor.»

Abermals beleidigt, sagte Piet: «Alle sind auf einmal so verdammt psychoanalytisch. Ich möchte dich mal was fragen. Angenommen, du entdeckst, daß Terry in Wirklichkeit gar nicht zur Musikstunde geht.»

«Ich würde mich hüten, das zu entdecken», erwiderte Gallagher mit katechetischer Hurtigkeit und lächelte. Wenn Iren lächeln, entsteht unweigerlich ein Funkenflug; sie haben Glut in ihren Augen, die Glut der lange Unterdrückten. Den Feuerstein der Ironie. Er sagte zu Piet: «Du hast eine Art Freiheit, die ich nicht habe. Du kannst auf Abenteuer ausgehen, wo ich es nicht kann. Ich muß meine Abenteuer hier suchen.» Er legte seine flache Hand auf den Stahlrohrschreibtisch. Der Handrücken war behaart. Grobe Poren. Grobes Dogma.

«Und die machen mich ganz schön nervös», sagte Piet. «Was zum Teufel fangen wir jetzt mit dem vergammelten alten Kasten in Lacetown an? Diese Wand, von der du der Schwester erzählt hast, kann nicht so ohne weiteres herausgebrochen werden. Es ist eine Tragemauer.»

Matt sagte: «In unserer Branche bist du eigentlich fehl am Platze, du bist zu konservativ. Du hast zu viele Skrupel. Du mußt dir endlich einmal klarmachen, Piet, daß man bei Grund und Boden nichts verlieren kann. Davon gibt es nämlich nur soundsoviel, aber Menschen gibt es immer mehr.»

«Das verdanken wir dem Papst.»

«Du hast mehr Kinder als ich.»

«Ich weiß nicht, wie du das machst. Es ist das reinste Wunder.»

«Selbstdisziplin. Versuch es mal.»

Piet war heute in Kampfstimmung. Daß Gallagher, dessen Frau sich mit irgendeinem alten Töpfer die Zeit vertrieb, den Nerv besaß, ihm Belehrungen zu erteilen, erboste ihn so sehr, daß er von seinem quietschenden Drehstuhl aufstand und sagte: «Da fällt mir ein, ich fahre jetzt lieber erst einmal zum Indian Hill hinüber und überzeuge mich, ob die Häuser auch wirklich mit Holz gebaut werden und nicht mit Pappe, wozu du die Leute immer anhältst.»

Matts Gesicht war ein Kristall, der sich zu den Backenknochen hin verbreiterte; seine rasierten Wangen und flachen Schläfen glänzten facettenartig. Er sagte: «Benutz die Gelegenheit, auch gleich bei Mrs. Whitman nach dem Rechten zu sehen.»

«Vielen Dank, daß du mich daran erinnerst. Wird erledigt.»

Als Piet in die baumlose Hope Street hinaustrat, traf ihn das Sommerlicht so hart, daß seine Augen schmerzten und die Welt vor ihnen verschwamm. Fernsehantennen, angeschlagene Bordsteine: wohin er auch blickte, alles mißraten – Freundschaften, Ehen, Gespräche, alles verkümmert, alles vereitelt, weil es zu früh zum Licht drängte.

Die drei Ranchhäuser auf dem Indian Hill waren auf eine trostlose Weise unfertig. Das Fachwerk, verkleidet mit einszwanzig mal zweivierzig großen Sperrholzplatten, war inzwischen zwar aufgestellt, aber die Zimmer innen warteten auf die Elektriker und Klempner und Stukkateure. Zedernschindeln lagen in kostspieligen, noch unangebrochenen Stapeln auf der feuchten Erde. Jazinski beaufsichtigte zwei Jungen von der Gewerbeschule, die Schindeln festnagelten, und Piet ärgerte sich über diese nichtsnutzige Untätigkeit. Er sagte: «Holen Sie einen Hammer», und wich den ganzen Vormittag nicht von Jazinskis Seite, reihte Zedernschindeln auf der Isolierfolie aneinander und nagelte sie fest. Das Zedernholz strömte einen uralten Duft aus; das Verfahren, die Schindeln gleichmäßig anzuordnen, indem man eine mit Kreide eingeriebene Schnur auswarf, war wohltuend primitiv. Die Sonne brannte ihm auf den Schultern, alle Sorgen verdampften. Es war gut zu arbeiten, ein Gehäuse wetterfest zu machen, ein Fischschuppenkleid zu entwerfen. Er war Noah, und der junge Pole mit den knochigen Armen, der im Gleichklang neben ihm den Hammer schwang, vielleicht ein Sohn. Piet versuchte, sich mit ihm zu unterhalten, aber alles, was Leon zum Gespräch beitrug, waren von Hammerschlägen zerhackte mürrische Feststellungen, die in sich abgeschlossen waren und keinen Anknüpfungspunkt boten.

Über den Tod des Kennedy-Babys: «Diese Leute haben alles, bloß kein Glück. Glück kann der alte Joe ihnen nicht kaufen.» Über die katholische Religion: «Daß es so etwas wie ein höchstes Wesen gibt, will ich ja noch glauben, aber alles übrige – nein. Meine Frau denkt genauso, das hat mich gewundert.» Über den Verlauf dieses Bauprojekts: «Die Klempner müssen jetzt ran. Ich glaube, zwei Häuser sind schon verkauft. Die Familien wollen einziehen, sobald die Schule anfängt. Man muß die Klempnerfirma anrufen.» Über den farbigen Bulldozer-Führer, den Piet in warmer Erinnerung hatte, weil er ihm an einem Todestag mit Fröhlichkeit begegnet war: «Meine Meinung ist die: wenn sie etwas können, sollen sie behandelt werden wie jeder andere auch. Das heißt allerdings nicht, daß ich Tür an Tür mit ihnen wohnen möchte.» Über die Zukunft: «Nächsten Sommer bin ich vielleicht nicht mehr hier. Ich muß mich ein bißchen umsehen. Das bin ich mir schuldig.»

«Na, Leon, vielleicht bin *ich* nächsten Sommer nicht mehr hier, und Sie können an meine Stelle treten.»

Leon sagte nichts, und Piet blickte zu ihm hin und fragte sich, warum der Junge so flechsige, bleiche Arme wie ein Büromensch hatte, obwohl er den ganzen Sommer in der Sonne arbeitete.

In der rhythmischen Stille zwischen den Hammerschlägen knüpfte Piet eine stumme Unterhaltung mit Foxy an. Er würde ihr eine Blume vom Straßenrand mitbringen – eine Wegwarte, mit Blüten so blau wie die Augen einer Nymphomanin. *Für mich?*

Für wen sonst?

Du bist so zärtlich. Wenn du nicht bei mir bist, erinnere ich mich nur an die Leidenschaft, die Zärtlichkeit vergesse ich.

Er würde lachen. *Wie sollte ich denn nicht zärtlich sein!*

Für andere Männer wäre das nicht selbstverständlich. Nehme ich an. Ich habe nicht viel Erfahrung.

Du hast genug, wenn du mich *fragst.*

Was findest du an mir? Ich werde immer dicker, und ich komme nie, wenn du in mir bist, und ich bin nicht gut und auch nicht amüsant, so wie Angela.

Für mich bist du amüsant genug.

Wollen wir nach oben gehen, ins Bett?

Nur für einen Augenblick. Um auszuruhen.

Ja. Um auszuruhen.

Ich liebe deine Umstandskleider. Ihr Flattern und Wehen. Ich liebe deinen Bauch, deinen harten Bauch, wenn er sich an mich preßt. Noch einen Monat, und es bewegt sich.

Magst du mich wirklich in diesem Zustand? Sieh mal, ich bekomme Krampfadern an den Beinen.

Ein schönes Blau. Blaue blonde daunenweiche rosige Foxy.

O Piet. Zieh deinen gräßlichen Slip aus. Ich will dich küssen.

Wenn du magst.

Und löwenhaft streckte er sich ihr hin. Die Lider gesenkt, die staubrosa Wange gehöhlt von den aufgesperrten Kiefern, verdeckte ihr entrücktes Gesicht jenes astharte, berstend volle Glied an ihm, das ein calvinistisches Geflüster an seiner Wiege ihn als schlecht und sündig anzusehen gelehrt hatte. Berührung von Zähnen: Lichtgeglitzer. Zungenflattern; Lippenbett. Ihr Haar wie gesponnene Luft zwischen seinen angewinkelten Schenkeln; Brustwarzen und Fingernägel, dunkler Widerhall des Bluts. Mit einem einzigen heftigen Stoß drängte er zum Licht, sie würgte, und reumütig bat er: *Komm herauf*, und ihr entrücktes, leergesogenes Gesicht schwamm dem seinen entgegen, und wenn er sie dann küßte, war auf ihren kalten schlaffen Lippen der mondige, zerschmolzene, schale Geschmack seiner Sündigkeit, die sie in sich hineingenommen hatte. In Unschuld fügten sie sich zusammen, ihr Bauch schimmerte groß auf dem seinen; ihr Atem ging schneller, selbstvergessen gab sie sich hin, und doch konnte sie nicht kommen. So war es geschehen, und so würde es noch viele Male geschehen in diesem Sommer der Sonnenfinsternis.

Vor drei Wochen hatte sie auf dem Breitengrad von Tarbox neunzig Prozent betragen. Inmitten knäuelnder Wolken, einer Schar von Zeugen, hatte sich ein unsichtbarer Mund durch die Sonnenscheibe gefressen. Die Lichtsprenkel unter der Ulme nahmen Halbmondform an; die Vögel sangen, als sei es Abend. Durch dunkles Glas gesehen, wirkte die Sonne wie ein Hobelspan, wie eine Augenbraue im Profil, ein Spielzeugboot, gestrandet auf zerklüftetem Kumulusgebirge. Die trügerische Abenddämmerung lief rückwärts; die Hörner der Halbmonde unter den Bäumen wiesen in die entgegengesetzte Richtung; die Vögel sangen, um den Tag zu begrüßen. Keinen Monat war es her, seit er zum erstenmal mit Foxy geschlafen hatte.

Etwas ähnlich Ominöses hatte er bisher nur ein einziges Mal erlebt: an jenem Mittwoch im Oktober 1962, als Kennedy und Chruschtschow wegen Kuba aneinandergerieten. Piet war mit Roger Guerin zum Golf verabredet gewesen. Sie hatten beschlossen, die Verabredung trotzdem einzuhalten. «Ist doch egal, auf welche Art man draufgeht», hatte Roger am Telefon gesagt. Für düstere Situationen hatte er etwas übrig. Als Piet Richtung Norden zum Golfplatz fuhr, hörte er im Radio, daß sich das erste russische Schiff der Blockade nähere. Sie begannen ihre Runde, schlugen den Ball in einen vollkommen klaren Nachmittag hinein und spähten dann und wann zum Himmel, ob die russischen Bomber schon kämen. Chicago und Detroit würden zuerst dran glauben müssen, und gewiß erhöbe sich lautes Geschrei im Clubhaus, wenn die ersten Nachrichten einträfen. Sie hatten das Gelände fast ganz für sich allein. Es glich einem großen schlingernden grünen Schiffsdeck, und Sonnenschein glitzerte im gilbenden Laub. Sie waren Amerikaner, hatten teilgenommen an der glanzvollen Fahrt ihrer Nation und genossen nun auch den Vorzug, zusammen mit ihr unterzugehen. Roger, der stramm und grimmig das Holz schwang und sich mit gerunzelter Braue auf jeden Schlag konzentrierte, beschloß den Tag mit knapp neunzig Punkten. Piet hatte weniger gut abgeschnitten. Er war zu glücklich gewesen. Er spielte am besten, holte am mühelosesten aus, wenn er einen Kater oder eine Erkältung hatte. Er war abgelenkt gewesen von dem himmlischen Glanz der Dinge ringsum – Gras, abgefallene Blätter, schiefe Fähnchen –, die sich alle vor dem Onyxgrund des Todes abzeichneten, vor der satten Transparenz des Himmels, wo jeden Augenblick ein Flugzeug sich materialisieren konnte. Er schwang den Schläger und pries sich dafür, daß er Angela vor einem Monat die Treue gekündigt und mit Georgene geschlafen hatte. Inzwischen hatten sie ihr Treiben von drinnen nach draußen verlegt, trafen sich an Stränden, auf Veranden, unter lichtfilternden Bäumen. Vor lauter Glück und in Gedanken an sie, an ihre langen Glieder, hieb er blindlings drauflos, verschenkte er fast jeden Schlag, spielte er jedes Loch am Rand einer imaginären Klippe. Auf der Heimfahrt hörte er im Autoradio, daß die Russen sich einer Durchsuchung unterworfen hatten und passieren durften. Schrecken hatte ihn befallen, denn ihm war plötzlich bewußt geworden, daß sie alle, Georgene und Angela und Freddy und er selber, weitermachen und zu einer weniger unfreiwilligen und schicksalhaften Lösung kommen mußten. Damals war er frisch verliebt gewesen.

Leon sagte: «Diese Sonne ist mörderisch. Winter ist mehr nach meinem Geschmack. Meine Frau und ich, wir haben gedacht, wir probieren es dies Jahr mal mit dem Skilaufen.»

Es wurde zwölf, es wurde eins. Der Hautzwickel zwischen seinem Daumen und seiner Handfläche, wo der Hammerstiel scheuerte, brannte, als werde es eine Blase geben. Piet verabschiedete sich von Leon, fuhr in die Stadt und bog in die Strandstraße ein. Staubige Blumen, Wegwarte und Goldrute, ein Tuff später Gänseblümchen huschten am Wegrand vorbei, aber er war zu sehr in Eile, um anzuhalten.

Ich wollte dir eine Blume mitbringen, aber ich konnte nicht schnell genug zu dir kommen, da habe ich nur mich selber mitgebracht.

Aber ja. Was für ein reizendes Geschenk.

Niemand war zu Hause. Kein Plymouth-Kombi, kein Handwerkerwagen stand auf der Auffahrt. Die Tür war unversperrt. Der Teppich in der Diele verrutscht. Cotton lag schlafend in dem blauen Liegestuhl. Die Arbeit war fast getan, der Verputz war fertig, sogar der Schmutz war schon weggefegt. Ein runder Thermostat und ein quadratischer Lichtschalter nebeneinander auf der glatten Wand. Ungeschliffene Kanten. Tapetenbücher lagen aufgeschlagen auf dem abgezogenen und versiegelten Fußboden. Eine Mappe mit Farbproben war schräg gegen eine Scheuerleiste aus Kiefernholz gelehnt. In der Küche fehlten nur der weiße Anstrich und die bestellte Geschirrspülmaschine. Geruch nach Sägemehl und Erde hing noch im Haus. Die Salzluft würde alles wegwischen. Foxy hatte versprochen, ihn und Angela einzuladen, sobald das Haus fertig war. Die Tapetenbücher waren bei Mustern aufgeschlagen, die Angela verworfen hätte. Große pastellige Kleckse. Vulgärer Geschmack.

Wo war sie? Zu dieser Stunde ging sie nie einkaufen, sondern hielt ihren Mittagsschlaf. Hatte er nur davon geträumt, sie zu besitzen? Das Wasser stand niedrig, und die Kanäle waren, von den Küchenfenstern her gesehen, funkelnde Bänder, die sich tief zwischen samtigen Lehmböschungen hinzogen. Drei Rehe wechselten über das trockene Marschenland zur unbewohnten Gebüschinsel. Die Jagdsaison war vorüber. Auf den kristallenen Himmel waren Zirrusstriche gezeichnet, federig zerfranst am einen Ende wie die Bremsspuren von Schlittschuhen. Fehlgeburt. Ärzte, Arbeiter, die zurückkehren. Ohne Foxy kam das Haus ihm feindselig vor, die Wände machten sich selbständig und wiesen ihn ab. Zu früh, zu früh. Er hatte es auf einmal eilig, davonzukommen, und bog auf dem Rückweg zur Stadt, einer spontanen Eingebung folgend, in die lange Auffahrt der Thornes ein.

Die Saltz' und die Constantines, von den anderen Paaren boshaft die Saltines genannt, hatten sich gemeinsam ein Boot gekauft – das Katboot der Applebys, das einen 6-PS-Motor hatte – und machten samstags oder sonntags Ausflüge miteinander; hinterher saßen sie in ihren feuchten Badeanzügen beisammen, tranken Bier und kalifornischen Sauternes und holten andere Paare dazu. Am Sonntagabend vor dem Labor Day fand sich eine große Gesellschaft in dem verlotterten viktorianischen Pfarrhaus der Constantines ein. Die Paare waren erregt und erschöpft vom Tennis; es war das Wochenende, an dem das offene Turnier des Clubs von North Mather ausgetragen wurde. Jahr um Jahr gelang es den Herren von North Mather, sehnigen Autohändlern und Versicherungsagenten, die sich den Winter über auf zwei kuppelartig überdachten, mit Plastikfiber-Gras belegten Plätzen fit hielten, die Herren von Tarbox, sogar die besten – Matt Gallagher zum Beispiel –, mühelos aus dem Feld zu schlagen; wohingegen die Damen von North Mather unter dem Ansturm ihrer Kontrahentinnen aus Tarbox samt und sonders auf der Strecke blieben. Ausnahmslos gingen Georgene und Angela, Terry und Bernadette als Siegerinnen aus den Damenfinalen hervor, und wochenlang vor dem Labor Day hörten ihre Telefone nicht zu schrillen auf, weil die Herren von North Mather, Zentauren auf der Jagd nach Amazonen, die sagenhaften Tarbox-Damen unbedingt als Partnerinnen fürs gemischte Doppel gewinnen wollten.

Von den Saltines spielte niemand Tennis. Eine hauchfeine, aber scharfe gesellschaftliche Trennungslinie war früh gezogen und nie überschritten worden. So hatten sie heute eine Bootspartie in die Bucht hinaus unternommen und Freddy Thorne, der miserabel spielte, zum Sporttauchen eingeladen. Er gefiel sich in dem Taucherdreß und behielt ihn an, und die enganliegende, schwarzglänzende Gummihaut brachte etwas schockierend Zwitterhaftes an ihm zum Vorschein: es zeigte sich, daß er sanftgerundete Hüften hatte wie eine Frau, und seine langen Hände züngelten nackt, mit der obszönen Zierlichkeit mörderischer Hydrazungen, aus den geschmeidigen Armpanzern hervor. Dieser Gummimensch mit den schwellenden Formen war einem anderen Element entstiegen. Die Schnorchelmaske saß wie ein riesiges Zyklopenmonokel vor seinem kahlen Schädel, und seine spatelförmigen Fußflossen platschten grotesk über die abgewetzten Orientteppiche der Constantines. Als er sich in einem Sessel, mit Schondeckchen auf den Lehnen, niederließ, eine Zigarette zwischen den Fingern zwirbelte und flott die Beine übereinanderschlug, war die Wirkung so haarsträubend und komisch, so monströs und majestätisch, daß sogar Piet Hannema lachte; Freddys Nummer kam ihm wie ein Dressurakt vor, bei dem die schlimmen Träume des Lebens gebändigt wurden.

«Lies uns dein Stück vor», bestürmte Carol Constantine ihn. Sie trug ein Männerhemd über ihrem orangeroten Bikini. Irgendein Teufel war heute abend in sie gefahren: vor einer Woche hatte sie sich das Haar orangerot gefärbt. «Laß uns mit verteilten Rollen lesen!»

Den ganzen Sommer war das Gerücht umgegangen, Freddy schreibe an einem pornographischen Stück. Jetzt gab er sich begriffsstutzig.

«Was für ein Stück denn?» fragte er. Seine Brille fehlte ihm, und die Schnorchelmaske war leicht beschlagen. Seine Augen blickten blind und schleierig; sein lippenloser Mund war geschmeichelt und zugleich verlegen nach innen gestülpt.

«Freddy, ich habe es doch *gesehen*», sagte Janet Appleby. «Ich habe das Personenverzeichnis gesehen.»

Mit der Würde eines senilen Monarchen wandte Freddy ihr langsam seinen Blick zu. «Wer bist du denn? Ah, ich weiß. Du bist Jan-Jan Apfelmus. Ich habe dich nicht gleich erkannt, du bist so aus dem Zusammenhang gerissen. Wo sind denn deine kleinen Freunde?»

«In Maine, Gott sei Dank.»

«Nun werd nicht gleich wieder so hinterfotzig, Freddy», sagte Carol, ließ sich auf der Lehne seines Sessels nieder und drapierte ihre hageren Arme um seine Gummischultern. Dabei öffnete sich ihr Hemd. Piet, der mit gekreuzten Beinen auf dem Fußboden saß, konnte ihren Nabel sehen: ein dicklidriges Auge. Carol streichelte Freddys Luftschlauch, den er sich lose um den Hals geschlungen hatte. «Wir möchten so gern dein Stück spielen», löcherte sie ihn.

«Wir könnten einen Film draus machen», sagte Eddie Constantine. Er flog im Schichtdienst; seit drei Tagen war er jetzt zu Hause. Bei seinem Stoppelbart dachte man an ein Sonderkommando, ein grausames, schlafloses. In jeder Hand hielt er eine Bierdose. Als er seine um Freddy geringelte Frau sah, vergaß er, für wen er das Bier geholt hatte, und seine leeren Augen hatten den gleichen Aluminiumton wie die Dosen. Jäh, als schleudere er eine Granate, drückte er eine Dose Ben Saltz in die Hand, der in der Ecke saß.

«Ich möchte die sein, die an die Tür geht», sagte Carol. «Fangen nicht alle unanständigen Filme damit an, daß eine Frau die Tür aufmacht?»

Ben saß da und starrte mit dunklen, sorgenfeuchten Augen vor sich hin. Er hatte sich kürzlich den Bart abrasiert und sah entkräftet aus, sein Kinn wirkte schlaff, sein Aufzug lächerlich: Seemannskluft, bestehend aus einem Pullover mit U-Boot-Ausschnitt, einer Windjacke, einer weißen Offiziersmütze und Leinenhosen, die mit der Schere zu Shorts verkürzt und entsprechend ausgefranst waren. Seine Waden waren dicht behaart, trugen Trauer. Mit einem flüchtigen Blick entdeckte Piet sich selbst in dieser altmodischen männlichen Zottigkeit. Nur war sein Körperhaar rötlich, durchsichtiger, fröhlicher, gekräuselt. Bei Ben war es lang und glatt und lief zu schwarzen Streifen zusammen, die sich wie Wundstriemen in seine komischen brandneuen Segeltuchstiefel mit den hochgebogenen Sohlen hinunterzogen. Abgesehen von der sonnenverbrannten Nase, sah Bens

Haut teigig und krank aus. Er hatte Pockennarben. Seine verletzte Liebe zu Carol machte die Luft im Zimmer drückend, putschte die Paare auf; sie gebärdeten sich hektisch und wichtigtuerisch wie Kinder, die Schutz gefunden haben vor einem Unwetter.

«Was ist das, ein unanständiger Film?» fragte Freddy und blinzelte, als sei er verwirrt.

«*Tom Jones*», sagte Terry Gallagher.

Zur Überraschung aller stand Angela auf und sagte: «Komm, Carol, wir ziehen ihn aus. Ich weiß, daß er das Stück in der Tasche hat.»

«Du meinst, er trägt es auch unter Wasser bei sich?» fragte Piet nachsichtig und tauschte mit Foxy einen spöttischen Blick ob dieser für Angela so uncharakteristischen koketten Unternehmungslust. Piet und Foxy, sie waren beide zu Eltern ihrer Ehehälften geworden, verziehen ihnen von der allwissenden Höhe ihres Ehebruchs herab alle Fehler und hätschelten sie in ihrer Hilflosigkeit.

Foxy war ohne Ken zur Party gekommen, dafür aber mit Terry Gallagher. Ken und Matt hatten sich, nach ihrer schmählichen Niederlage in North Mather, den ganzen Nachmittag lang auf dem Tennisplatz der Ongs mit Herreneinzeln getröstet. So unbehaglich sich die beiden Männer in Gesellschaft der Paare fühlten, so wohl war ihnen, wenn sie unter sich sein konnten. Foxy und Terry waren gleich groß, von beiden ging ein schwer definierbares Widerstreben aus, eine leicht abschreckende Verzauberung – Spiegelungen der Ähnlichkeit zwischen den Männern vielleicht. Foxy freilich war Schneeweißchen, und Terry war Rosenrot: keltischer Einschlag machte sich in ihren vollen Lippen, ihren musikalischen Händen und in den starken Muskeln bemerkbar, die ihre Schenkel und die Hüften miteinander verbanden. Hoch aufgerichtet stand sie da, wollte sich beteiligen an der Vergewaltigung und fragte Janet: «Wo sind seine Hosen? Du hast mir gesagt, er trägt es immer in der Hosentasche.»

«Oben», sagte Carol erstickt, während sie gegen Freddys um sich dreschende Arme ankämpfte und gewaltsam die rostigen Haken seiner Jacke zu öffnen versuchte. «In Kevins Zimmer. Aber weck ihn nicht auf.»

Janet, die nun seit zwei Monaten in psychotherapeutischer Behandlung war, betrachtete sich das Gerangel und stellte fest: «Das ist kindisch.»

Angela versuchte Freddy an den Fußgelenken festzuhalten, als er vom Stuhl rutschte. Mit einer seiner Schwimmflossen kippte er ein Taburett um, auf dem ein überquellender Aschenbecher und eine kleine Vase mit Astern standen. Angela kehrte die Asche und Zigarettenstummel mit zwei *Art News*-Heften zusammen, Eddie goß sorgsam Bier über Freddys Kopf, und Ben Saltz starrte benommen auf Carol, die sich fast nackt, mit einem Schopf, so rot, wie die Natur noch keinen hat wachsen lassen, in des Mannes schwarzer Umarmung wand. Das Gummi quietschte, als ihre blanke Haut sich über seinen Schoß schob. Das Hemd war ihr bis zu den Achselhöhlen hinaufgerutscht; das orangerote Oberteil verdrehte sich, und eine schmächtige Brust schnippte heraus. Carol kauerte sich auf dem Teppich zusammen und richtete sich hastig wieder her, aber eine Weile blieb sie keuchend auf den Knien liegen und wagte nirgendwohin zu blicken. All diese Leute hier hatten ihre Brustwarze gesehen. Sie war von blassem Orange.

Nebenan in dem kleinen Salon, der statt einer Tür einen Vorhang aus Perlenschnüren hatte, hörte man Irene Saltz sagen: «Ich kann einfach nicht glauben, daß du weißt, was du sagst, Frank. Ich *kenne* dich, und ich *weiß*, daß du ein Mensch bist.» Sie war betrunken.

Darauf Franks Stimme, erregt und gequält: «Aber *ihr* seid es doch, *ihr* wollt sie unten halten, indem ihr ihnen auf einem Servierteller all das reicht, was jeder andere in diesem Land sich erst erarbeiten mußte.»

«Erarbeiten! Was hast du dir denn schon erarbeitet?»

Janet Appleby rief zu ihnen hinüber: «Er hat sich ein Magengeschwür erarbeitet, Irene. Komm herüber zu uns, und bring deinen Mann nach Hause, er sieht elend aus!»

Das Haus der Constantines war groß, aber bombastische Eichentreppen, weiträumige Dielen und höhlentiefe Wandschränke nahmen viel Platz weg, so daß kein Zimmer groß genug war, eine Party zu beherbergen; sie mußte sich über mehrere Räume verteilen, was verkehrstechnische und akustische Probleme mit sich brachte. Janet wurde von den beiden nicht gehört, aber Franks Stimme schallte dafür um so deutlicher aus dem kleinen Salon herüber. «Die Regierung in Washington war nicht als dicke Mama gedacht, bei der jedes Wikkelkind Schutz suchen kann. Die Idee unserer Gründerväter war: so wenig Regierung wie möglich. Die Staaten sollten sich selbst verwalten. Nach ihren individuellen Gesetzen.»

Irenes rechthaberische Stimme klang undeutlich und fast zärtlich. «Frank, nimm an, du wärst Mrs. Medgar Evers. Wäre dir dann zum Weinen zumute oder nicht?»

«Erkundige dich bei jedem beliebigen intelligenten Neger, was man seiner Rasse mit der Fürsorgeunterstützung angetan hat. Sie lehnen sie ab. Sie kastriert. Ich bin einer Meinung mit Malcolm X.»

«Du antwortest nicht auf meine Frage, Frank. Was ist mit Medgar Evers? Was ist mit den sechs Kindern aus Birmingham?»

«Sie sollten den Schutz des Gesetzes genießen wie jeder andere auch, wie jeder andere auch», sagte Frank, «nicht mehr und nicht weniger. Diskriminierende Gesetzgebung kann ich nicht billigen, und genau darauf läuft der Soziale Wohnungsplan hinaus, den man jetzt in Massachusetts eingebracht hat. Der Hauseigentümer wird seines Rechts beraubt, sich frei entscheiden zu können. Die Verfassung, meine liebe Irene, möchte gleiche *Chancen* garantieren, nicht gleiche Rechte.»

Irene sagte: «Rechte und Chancen sind nicht voneinander zu trennen.»

«Können wir den beiden nicht den Mund stopfen?» fragte Eddie Constantine.

«Irene geilt sich auf daran», erklärte Carol ihm; sie war aufgestanden und knöpfte sich das Hemd zu. «Irene ist versessen darauf, mit rechtsgerichteten Männern zu diskutieren. Sie denkt, die haben größere Schwänze.»

Janet öffnete den Mund, aber ihr Blick huschte von Carol zu Freddy zu Ben, und sie sagte nichts. Wachsende Selbsterkenntnis machte sie zu einer Beobachterin, ließ sie zaudern.

Terry Gallagher kam mit einem einzigen, vielfach gefalteten Blatt Papier in der Hand die pompöse Treppe der Constantines herunter. «Nichts», sagte sie, «nicht einmal ein Anfang. Bloß ein Personenverzeichnis. Freddy, du bist ein Schwindler.»

Freddy verteidigte sich: «Aber es sind doch großartige Personen.»

Unter Gelächter, bei Bier und Weißwein und dem Dunst von Meer und Tennisschweiß wurde das Stück herumgereicht. Es hatte keinen Titel. Die erste Zeile war in penibler Schönschrift abgefaßt, alle folgenden aber waren hingeschludert, wie es Freddys Art war: mit bald vor-, bald zurückkippenden Schrägungen und depressiv abrutschenden Endstrichen.

Dramatis Personæ

Erik Schlapp, *Held*
Mimi Ritze, *Heldin*
Cunny Lingus, *eine listenreiche irische Maid*
Testy Kell, *ein wunderlicher alter Sack*
Anna L. Notzucht }
Ona Niemann } *Nymphen*
Labia Minoris }
Onkel I. M. Potent, *ein reicher, bedeutungsträchtiger Verwandter*

Erik *(eintretend)*: !
Mimi *(betreten)*: Oh!

«Das ist doch nicht richtig!» sagte Janet. «Kein Mensch heißt Cunny oder Ona.»

«Vielleicht besteht die Problematik darin, daß Erik zu rasch eintritt», sagte Piet.

«Onkel I. M. Potent habe ich für den dritten Akt aufgespart», sagte Freddy.

Terry sagte: «Ein Glück, daß Matt nicht hier ist.»

Foxy sagte: «Ken liebt Wortspielereien.»

«Prima Sache, Freddy», sagte Eddie Constantine. «Ich kauf es dir ab.» Er gab Ben Saltz einen herzhaften Klaps auf den Rücken und hielt ihm das Blatt Papier vors Gesicht. Ben war blaß geworden, blasser als die sonnenempfindliche Haut seiner Frau. Foxy ging zu ihm, kniete mit schwangerer Unbeholfenheit, ein Zelt, neben ihm nieder und flüsterte auf ihn ein.

Piet improvisierte munter drauflos. Seine deftige, allseits beliebte Erfindungsgabe war angesprochen. «Wir brauchen mehr Handlung», sagte er. «Vielleicht könnten wir Mimi Ritze einen Halbbruder geben, P. Niss. Peter Niss. Sie haben in der Wiege schmutzige Dinge miteinander getrieben, und nun kommt er aus Übersee zurück.»

«Aus Titty City», sagte Eddie. Er war der am wenigsten Gebildete unter den Männern, war in seiner Mentalität kaum über die Grenzen der Grundschule hinausgewachsen. Aber er war aufgestiegen und hatte Tausende von Menschenleben sicher über den Kontinent gesteuert. Sie akzeptierten ihn.

Janet sagte: «Ihr seid alle unglaublich widerwärtig. Ich könnte platzen vor Wut, wenn ich daran denke, daß ich diesen albernen Abend mit einer Zwanzig-Dollar-Sitzung bezahlen muß, für nichts und wieder nichts.»

«Dann geh doch», meinte Carol.

Piet war in voller Fahrt, er gestikulierte überschwenglich, rotes Haargespinst flimmerte auf seinen muskulösen Armen. «Mimi ist entsetzt über seine Rückkehr. Ob der alte Zauber wohl noch waltet? Großer Gott, laß es nicht zu. Sie umfaßt ihn mit einem Blick. Weh! Nichts hat sich geändert. ‹Mimi!› spritzt es aus ihm heraus. ‹Ich bin jetzt Frau Niemann›, gibt sie kühl, jedoch mit innerem Erbeben zurück.»

«Du bringst meine schönen Rollen durcheinander», beschwerte Freddy sich.

«Wir wollen etwas anderes spielen», sagte Carol; sie hockte sich auf den Boden, um die restliche Asche wegzuwischen. Ihre schlanken Brüste pendelten frei vor Piets Augen. Willkommen in Titty, der abgründigen City nicht zu verachtender Lutschbarkeit: sein Herz brandete auf und verschlang Carol, die da am Boden hockte. Liebe zu ihr leckte über die vom Bikinihöschen modellierten Furchen ihres Schoßes. Ihre nackten Füße mit den langen Zehen rochen wie Scheidenmuscheln. Ihr gefärbtes Haar flatterte in losen Strähnen und blieb dann und wann an ihrem Mund hängen. Sie richtete sich auf, Asche und Asternblätter in der lilienweißen Hand, und sah blitzeschleudernd in die Zimmerecke, wo, unter einem Miró-Druck, Foxy dem regungslos dasitzenden Ben Saltz Trost zusprach.

«Nein, wir wollen dies Spiel jetzt weitermachen», sagte Freddy Thorne zu ihr. «Es ist ein nützliches Spiel. Es tut gut, denn man kann dabei seine Wunschvorstellungen austoben.»

Angela sprang auf, sie war erhitzt vom Wein, und Freddy beim Wort nehmend, verkündete sie: «Ich möchte mich nackt ausziehen!»

«Gut, gut», sagte Freddy und nickte gelassen. Er drückte sich die Zigarette an der Stirn aus, auf dem gläsernen Zyklopenauge. Es zischte. Sein durchtriebenes Altweibergesicht mit den nach innen gestülpten Lippen war schweißüberströmt.

«Solltest du diesen Kampfanzug nicht lieber ausziehen?» fragte Piet. «Am Ende stirbst du noch, wenn deine Haut keine Luft kriegt.»

«Dieser Anzug *ist* meine Haut, Piet, mein Kleiner. Ich bin ein Ungeheuer aus der Tiefe.»

Angelas Hand hielt inne, als sie den Reißverschluß hinten an ihrem plissierten weißen Tenniskleid zur Hälfte heruntergezogen hatte. «Keiner sieht zu», sagte sie. Piet griff nach ihrer Hand und zog den Reißverschluß wieder hoch; es klang wie ein temperamentvoller Kuß.

«Laß sie, das ist doch gut», sagte Freddy. «Sie möchte uns alle teilhaben lassen an ihrer Pracht. Ich habe mir schon immer gewünscht, Angela nackt zu sehen.»

«Sie ist schön», versicherte Piet ihm.

«Jesus, das bezweifle ich keine Sekunde. Laß sie nur strippen. Sie will es doch, du kennst deine eigene Frau nicht. Sie ist eine Exhibitionistin und mitnichten das schüchterne Veilchen, an das du dich für alle Zeit gekettet wähnst.»

«Ben fühlt sich schlecht», sagte Foxy, sich verteidigend, zu Carol.

«Vielleicht», antwortete Carol, «wäre es ihm lieber, man ließe ihn in Ruhe.»

«Er sagt, ihr hättet ihm Hummer und Rum gegeben.»

Ben stöhnte. «Erinnert mich bloß nicht daran.» Piet durchschaute das Manöver: Ben wollte die Aufmerksamkeit auf sich ziehen, benutzte sein Unwohlsein als taktische Waffe. Aber Piet wußte jetzt schon, daß Ben in seinem sehnsüchtigen Wunsch, Erfolg zu haben, übers Ziel hinausschießen und am Ende sich selber treffen würde. Das verbissene Gesicht des Juden war wächsern: der tote Esau. Wo der Bart gewesen war, war es doppelt bleich.

«Schalentier», erklärte Eddie der Runde. «Nicht koscher.»

Carol sagte scharf: «Foxy, er muß es mit sich selber ausmachen. Er kann nach oben ins Bett gehen, wenn es sein muß.»

«Weiß er, wo die Betten sind?» fragte Freddy.

«Freddy, warum schnallst du dir diese Maske nicht über den Mund?» Carols Haut erschauerte, als sei jeder Nerv gereizt. Der Abend wurde kühl, und die Heizung war noch abgeschaltet. Ihre Lippen öffneten sich verzerrt über zusammengebissenen Zähnen, wie bei einem Kind nach zu langem Baden, und Piet war gerührt, es drängte ihn danach, sie zu streicheln, und er fragte: «Warum bist du ein solches Ekel heute abend?»

«Weil Braque gerade gestorben ist.» Ihre Wände hingen voller Bilder: die üblichen Drucke und ihre eigenen humorlosen, mediokren Gemälde, die undifferenziert in den Farben und modisch derb in der Pinselführung waren und ihre Kinder, auf Stühlen sitzend, zeigten, ferner die Werft und den Yachthafen von Tarbox, Eddie im Rollkragenhemd, die reizlose Rückansicht der Kongregationskirche und Häuser und Bäume, wie man sie durch die Fenster ihres Studios sah, aber dargestellt auf grelle, unwahre, anmaßende Art. Cézanne und John Marin, Utrillo und Ben Shahn – bei Carol wurden sie allesamt miteinander vermanscht, und Piet dachte, wie provinziell, wie mittelmäßig und hoffnungslos wir doch alle sind.

Carol witterte, daß er so etwas dachte, und brachte sich in Stellung. «Mir liegt etwas auf der Seele, wonach ich dich schon längst einmal fragen wollte, Piet, und nun habe ich gerade die richtige Menge Wein intus, um es zu riskieren. Warum baust du so häßliche Häuser? Du bist so schlau, du hättest es doch nicht nötig.»

Sein Blick suchte Foxys Blick, der ihm schon entgegenkam. Sie wußte, daß er ihre Augen suchte, wenn er verletzt war. Ihre Blicke trafen sich, verhakten sich, brannten, lösten sich voneinander. Er gab Carol zur Antwort: «Sie sind nicht häßlich. Sie sind einfach nur das übliche.»

«Sie sind scheußlich. Ich finde, was du dem Indian Hill antust, ist eine Schande.»

Und so hatte sie, diese schlanke Carol, vorsätzlich einen Kreis des Staunens um sich gezogen. Denn eine der unausgesprochenen Spielregeln war, daß Berufliches von Kritik verschont blieb; der Beruf, dem man nachging, war ein Pakt mit der belanglosen Welt außerhalb des Zirkels der Paare.

Terry Gallagher sagte: «Er baut das, was die Leute nach seiner und Matts Meinung gern kaufen wollen.»

Freddy sagte: «Ich *mag* Piets Häuser. Sie haben so etwas Holländisches, Properes. Ich muß dabei an Zähne denken. Da gibt es gar nichts zu lachen, ihr da, ich meine es im Ernst. Piet und ich, wir sind Brüder im Geiste. Ich fülle meine Höhlen mit Silber, er füllt die seinen mit Menschen. Himmel, da versucht man nun, ernst mit dieser Bande zu reden, und alle lachen.»

Angela sagte: «Carol, das ist doch absurd.»

Piet sagte: «Nein, sie hat recht. Ich hasse meine Häuser. O Gott, ich hasse sie.»

Janet Appleby sagte: «Noch jemand ist vorigen Monat gestorben. Ein Dichter, Marcia war sehr erschüttert. Sie sagte, er sei der bedeutendste von Amerika gewesen und noch gar nicht mal so alt.»

«Frost ist im letzten Januar gestorben», sagte Terry.

«*Nicht* Frost. Ein deutscher Name. *Ach.* Marcia und Harold würden es wissen. Von uns weiß aber auch niemand etwas.»

«Dachte ich mir doch gleich, daß du sie irgendwann vermissen würdest», sagte Freddy.

Janet, die auf dem Boden saß, legte den Kopf müde auf ein Fußpolster. Sie war inzwischen von der Therapie zur Analyse übergegangen und mußte nun jeden Morgen um halb acht nach Brookline fahren. Das Gerücht ging um, inzwischen habe sich auch Frank in therapeutische Behandlung begeben. «Wir brauchen ein neues Spiel», sagte sie.

«Freddy, laß uns Assoziieren spielen», sagte Terry.

«Wir wollen uns noch ein paar Namen für mein Stück ausdenken. Sie brauchen nicht unanständig zu sein.» Er blinzelte blind in die Ferne und kam dann mit «Morgan Einar E. Poche» heraus.

«Das hast du schon in der Tasche gehabt», sagte Janet. «Aber Harold hatte doch neulich abend so einen fabelhaften Einfall. Was war es doch gleich, Frank?» Unter Holzperlen-Geklapper war das Paar aus dem politischen Salon zurückgekehrt. Frank sah wie ein begossener Pudel drein, Irenes Brauen und Lippen waren so dunkel, als seien sie mit Ausziehtusche gefärbt.

«Ja, der Knabe Malcolm Fuß», sagte Frank und warf Janett einen Blick zu, der bedeutete: Ich will nach Hause.

Carol ließ sich im Ton einer überaus distanzierten Beobachterin vernehmen: «Irene, dein Mann sieht immer elender aus. Ich finde, er sollte nach oben gehen, aber niemand macht sich hier die Mühe, mich zu unterstützen. An sich soll es mir egal sein, aber wir können es uns nicht leisten, daß unser Teppich ruiniert wird.»

Irene hatte einen sonderbaren Gesichtsausdruck, während sie Ben betrachtete. Ihre anfängliche mütterliche Besorgnis war in Ungeduld und Verstimmtheit umgeschlagen. Delilah, auf den Samson starrend, den sie geschoren hatte. In der Mitte des Zimmers stand Eddie Constantine, ein kleiner, tatkräftiger Mann ohne Gottesfurcht oder tiefere Gedanken, drahtig und gebräunt und mit ansehnlichen Muskeln, und warb mit seiner strotzenden Gesundheit um ihre Aufmerksamkeit; eine Bierdose blitzte in seiner Hand, und der Blick seiner grauen Augen konnte brodelnde Wolken-Himalajas durchdringen. Er starrte Irene an, und allen im Zimmer dämmerte es, daß es sich lohnte, ihretwegen zugrunde zu gehen. Zwar war sie blaß und schwer, doch ging ein taubenbrüstiger Liebreiz von ihr aus. Sie fragte: «Warum kann er nicht ein paar Türen weiter in seinem eigenen Haus nach oben gehen?»

«Ich bringe ihn hin», sagte Eddie, ging zu ihm, stieß ihm seinen Kopf unter den Arm und stemmte ihn gekonnt vom Stuhl hoch.

Wie ein Schlafender aufschreckt bei einem lauten Geräusch, so kam durch den jähen Ruck Bens Konversationstalent ins Rollen. «Das ist ein hochinteressantes Thema», sagte er klar und deutlich. «Nach was für ästhetischen Gesichtspunkten sollte es beim modernen Wohnen gehen? Oder sollte es nicht vielmehr nur auf die Nützlichkeit und den Preis ankommen?»

Freddy Thorne stimmte fröhlich ein: «Haben sich die Bauern mit ihren strohgedeckten Hütten etwa um ästhetische Gesichtspunkte geschert? Aber *wir* sind jetzt total aus dem Häuschen, wenn es um strohgedeckte Hütten geht.»

«Präzise», sagte Ben. Er drückte sich aus wie immer, argumentierte gut, aber die Silben kamen nur mit halber Geschwindigkeit aus seinem gespensterbleichen Mund. «Vielleicht hat aber eine mehr orale und sakramentale Kultur einen instinktiven Schönheitssinn, den der Kapitalismus mit seinen Fließbandverfahren abtötet. Im *Commentary* steht diesen Monat ein faszinierender –»

«Gier», sagte Carol ungestüm, «moderne Häuser stinken nach Gier, nach Gier und Prüderie und Klempnerinstallationen. Warum wird aus Vorgängen im Badezimmer ein schmutziges Geheimnis gemacht? Wir tun es doch alle. Es würde mir nicht das geringste ausmachen, vor eurer Nase mein Geschäft zu erledigen!»

«Carol!» sagte Angela. «Das ist ja noch wunderbarer als mein Wunsch von vorhin, alle Kleider auszuziehen.»

«Wir wollen Wunderbar spielen!» rief Freddy Thorne, und er setzte hinzu: «Ich komme um in diesem Scheißanzug. Kann ich ihn nicht ausziehen?»

«Anbehalten», befahl Piet. «Das bist doch du.»

Foxy fragte: «Wie spielt man Wunderbar?»

«Sie», sagte Freddy, «Sie brauchen es gar nicht erst zu *spielen*.»

Terry fragte: «Hat es denn Ähnlichkeit mit Assoziieren?»

Ben sagte, indem er sich jetzt mit seinem ganzen Gewicht auf Eddie stützte und sein farbloses Gesicht gesenkt hielt: «Ich würde bei Gelegenheit gern einmal ernsthaft darüber diskutieren. Über Superstädte zum Beispiel und die Entsalzung des Meerwassers. Ich glaube, die Bauindustrie in diesem Land verpaßt den letzten Zug.»

«Tuuut tuuut», sagte Eddie, zog an einer imaginären Signalleine und beförderte Ben an die Tür.

Irene fragte: «Soll ich mitkommen?» Ihr Gesicht drückte abermals ein Gemisch von Empfindungen aus. Ihren Mann zu begleiten, bedeutete, mit ihrem Liebhaber zusammen zu sein. Die romantischen semitischen Schatten, die ihre unteren Wimpern warfen, lagen im Widerstreit mit einem gewissen Pragmatismus, der sich in ihren Augen und Lippen ausdrückte und es auf die Billigung der anderen, dieser Nachkommen der Puritaner, abgesehen hatte.

Eddie musterte sie scharf, taxierte, inwieweit sie für ihn fällig war, traf seine Entscheidung und sagte entschlossen: «Ja, ich bringe ihn hinüber, und du bringst ihn zu Bett.» So hielten sie alle drei ihren Auszug aus dem muffigen Zimmer, gingen durch die riesige, platzverschwendende Halle, die bei jedem Wetter nach alten Regenschirmen roch, in die gründurchwucherte, von blauen Straßenlampen gesprenkelte Nacht hinaus.

Übersprudelnd vor Erleichterung, warf Carol die Arme hoch. Die Applebys tauschten besorgte Vertraulichkeiten – Franks Magen, Janets Kopf – und erhoben sich zögernd; die Art, wie sie Abschied nahmen, besagte, daß ein Ende gekommen war: der Sommer der vielen Spiele ging zur Neige, sie wußten, daß sie jetzt in einen Herbst der Verantwortungen, der nüchternen Gegenseitigkeit und Pflicht eintraten. Nur Freddy Thorne bat sie, noch nicht zu gehen. Er hatte sich aus seinem Taucheranzug gepellt und stand demaskiert, in durchnäßtem Unterhemd und zerknautschter Badehose da. Die Haut an seinen Beinen und Armen war von der langen feuchten Einzwängung weich und rubbelig geworden wie die Hände einer Waschfrau.

Als die Applebys gegangen waren, blieben Freddy und Piet mit einer Überzahl an Frauen zurück.

Foxy erhob sich würdevoll, umgeben von etlichen Metern elfenbeinernen Leinens – sieben Monate waren vergangen –, und sagte: «Ich sollte jetzt auch gehen.»

«Herzchen, Sie können gar nicht», beschwichtigte Freddy sie, «wir müssen doch erst Wunderbar spielen.»

Foxy sah verstohlen zu Piet hinüber, und er wußte, was immer in seinem Gesicht geschrieben stand, sie würde lesen: *Bleib noch.* Er sagte: «Bleiben Sie noch.»

Terry fragte Freddy: «Wie spielt man das denn?» Piet stellte sich vor, daß Gallagher zu Hause saß und schrecklich wie eine Mutter auf sie wartete, und er fragte sich, woher sie den Mut nahm, nicht zu gehen, sondern gelassen sitzen zu bleiben. Frauen haben kein Gewissen. Können nie dafür. Die Schlange hat mich betört.

Freddy leckte sich die Lippen und sagte flau: «Jeder von uns nennt das Allerwunderbarste, das er sich vorstellen kann. Carol, was ist mit der verdammten Heizung los! Ich friere.»

Sie holte aus einem anderen Zimmer eine gehäkelte Wolldecke; er wickelte sie um sich wie einen großen Schal. «Freddy», sagte sie, «du wirst langsam alt.»

«Danke. Nun setz dich bitte hin, Carolino, und hör mit dem nervösen Gefummel auf. Eddie und Irene bringen bloß Ben ins Bett, sie kommen in einer Minute wieder. Und wenn nicht, wird deswegen nicht gleich die Welt untergehen. Stell dir vor, Eddie wäre auf einem Flug nach Miami. *Che sarà, sarà,* sage ich immer.»

«Erkläre uns den tieferen Sinn von Wunderbar», sagte Terry.

«Der tiefere Sinn, mein allerliebstes Terrytorium, ist, daß wir uns am Schluß alle viel besser kennen.»

Angela sagte: «Ich *will* aber niemanden von euch besser kennen!»

Foxy sagte: «Und ich will nicht, daß irgendwer von euch *mich* besser kennt!»

Piet fragte: «Wo liegt das Wettbewerbselement? Wie gewinnt oder verliert man?»

Freddy antwortete Piet mit orakelhaftem Bedacht. Er trug noch immer das gigantische Monokel und war betrunken, betrunkener als alle anderen, außer Angela, berauscht vom Weißwein: ein durchscheinender warmer Rausch, dessen Wahrheit den Geist beflügelt. «Du kannst nicht verlieren, Piet. Ich dachte, das wäre einmal eine Abwechslung für dich. Weißt du was, Peterchen – darf ich frisch von der Leber weg sprechen? –»

«O ja, Bruder, bitte!» Piet wand sich in religiöser Ekstase auf dem Boden. «Sprich zu mir, Bruder, sprich!»

Freddy sprach feierlich, war um Prägnanz bemüht. «Du bist ein wandelnder Widerspruch. Du bist ein komischer Kauz. Vor langer Zeit, als ich ein kleiner Junge war und mir so meine Mami und meinen Papi ansah, da kam ich zu dem Schluß, daß es zwei Sorten von Menschen auf der Welt gibt: A, solche, die ficken, und B, solche, die gefickt werden. Das Merkwürdige an dir, Petrow, ist, daß du denkst, du gehörst zu A, aber in Wirklichkeit gehörst du zu B.»

«Und das Merkwürdige an dir ist», sagte Piet, «daß du in Wirklichkeit zu keiner von beiden Sorten gehörst.»

Bevor er mit Foxy schlief, in der Zeit, als Freddy, vielleicht ohne es zu wissen, Georgene als Geisel festhielt, hätte Piet nicht so rasch, nicht so herausfordernd geantwortet. Freddy blinzelte verdutzt, als ihm aufging, daß Piet frei war und sich immer unverhohlener als Feind zu erkennen gab.

«Wenn ihr zwei Primadonnen aufhören würdet, euch gegenseitig anzugiften», sagte Terry, «dann könnten wir Wunderbar spielen.»

«Ich fände es wunderbar, wenn wir alle noch ein bißchen Wein trinken würden», sagte Carol. «Wer will noch welchen?»

«Ich», sagte Angela, streckte einen wohlgeformten Arm aus und hielt ihr leeres Glas hin. «Ich muß es morgen in den Ausscheidungsrunden mit Georgene aufnehmen.»

«Wo *steckt* Georgene eigentlich?» wandte Piet sich höflich an Freddy; er hatte Angst, er könnte eben zu weit gegangen sein, als er «zu keiner von beiden» gesagt hatte.

«Ruht sich aus für den großen Kampf», erwiderte Freddy, offenbar versöhnlich gestimmt.

«Wir müssen wirklich bald gehen», sagte Foxy zu Terry.

«Wir auch», ermahnte Piet Angela. Jedesmal, wenn sie eine dieser seltenen Anwandlungen innerer Befreitheit hatte, lief er Gefahr, auf herrliche Reichtümer in ihr zu stoßen und plötzlich die Tiefen des Verlustes zu ermessen, die während der Ehe unmerklich zugefroren waren.

Carol schenkte Wein aus dem Almadén-Krug aus und machte daraus eine tänzerische Pantomime. Sechs Gläser wurden neu gefüllt. «Also los», sagte Freddy. «Carol hat den Anfang gemacht, sie sagte, noch ein bißchen Wein fände sie wunderbar.»

«Ich habe aber nicht gesagt, daß es das Allerwunderbarste ist, was ich mir vorstellen kann. Ich bin noch einmal dran.»

«Klar wie Kloßbrühe, du bist die Gastgeberin, schieß los.»

«Ich soll also anfangen?»

Alle stimmten zu, ja, ja, sie sollte anfangen. Barfuß und in Schweigen versunken, stand Carol da, und Angela fragte aus heiterem Himmel: «Ist es nicht aufregend?»

Carol entschied sich: «Die Fingernägel eines Babys.»

Man quittierte das mit ehrfürchtigem Japsen: *ah*; dann mit parodiertem: *aaah*.

Freddy hatte sich einen Bleistift besorgt und notierte auf einem zusammengefalteten Stück Papier, der Rückseite seines Dramas: Die Fingernägel eines Babys. Dann sagte er: «Sehr schön. Bitte, erläutere es auch.»

«Ich muß es erläutern? Also gut. Ich meine den ganzen Vorgang, die ganze Chemie. Ich begreife es nicht, vielleicht kommt es mir deshalb so wunderbar vor. Verstehen Sie», fuhr sie fort und wandte sich an Foxy, die es als einzige unter den Frauen noch nicht so sicher wissen konnte, «es entsteht aus dem Nichts, und es ist fast einerlei, was wir tun, ob wir rauchen oder trinken oder die Treppe herunterfallen, und sogar wenn wir es überhaupt nicht wollen: dies lebendige *Baby* mit vollkommenen, winzigen Fingernägeln. Ich meine», redete sie weiter, nachdem sie alle Gesichter in der Runde befragt hatte und in ihnen zu lesen glaubte, daß sie den Anforderungen nicht genüge, «wieviel *Arbeit* und Erfindungsgabe, ja, wieviel *Liebe* darangesetzt wird, jeden einzelnen von uns zu erschaffen, ganz gleich, wie sehr wir das Werk später verpfuschen.»

Piet sagte: «Carol, du bist süß. Wie kann eine so süße Person mich und meine netten kleinen Häuser bloß so hassen?» Er merkte, daß sie die Gelegenheit genutzt hatte, ihr Image wiederherzustellen; ihr war klargeworden, daß sie sich wie ein rotgefärbtes Biest aufgeführt hatte, und brauchte, von den Saltz' und ihrem Mann im Stich gelassen, die Liebe derer, die noch um sie versammelt waren, und vielleicht ganz besonders die seine, weil er, ebenso wie sie, aus einer niedrigeren Schicht des Mittelstandes stammte als die anderen.

Sie sagte: «Ich hasse dich ja gar nicht. Im Gegenteil, ich finde, du hast der Menschheit viel zuviel zu geben, um es derartig zu verplempern.»

Nach einem freundlichen Schweigen sagte Angela: «Ich weiß nicht, soll das nun eine Beleidigung sein oder ein Annäherungsversuch?»

«Wir haben die Fingernägel eines Babys», sagte Freddy Thorne. «Wer ist der nächste?»

«Laß mal einen Mann an die Reihe», sagte Terry Gallagher.

Piet fühlte sich angesprochen, er war gerührt. *Laß mal einen Mann.* Sie hatte es sich auf dem Fußboden bequem gemacht, eine große Frau, die Beine angezogen unter den schwer gewordenen Hintern und die massigen Hüften. Ihre Lippen waren leicht geöffnet, als hielten sie eine Münze. Ihr dunkles Haar hing in harfenförmiger Welle herab. Einst hatte er sie geliebt, zu schüchtern noch, um zu wissen, daß Frauen warten. Gefäße werden geformt, ehe man sie füllt. Er trank mehr von dem Wein, der so weiß war wie die Sonne, wenn sie hinter einer Nebelwand steht: ein vollkommener Kreis, kleiner als der Mond. Die Sonnenfinsternis. War die Liebe verdammt? Foxy sah ihm beim Trinken zu, ihr rosiges Gesicht war eingerahmt von blassem Haar, das sich fedrig plusterte vom Schwimmen im Meer. Manchmal schmeckte ihr Bauch nach Salz. Leuchtende Trommel, straff gespannt wie der Horizont des Ozeans, aufsteigend über den vielen Uhrfedern aus blondem Haar. Nabel nach innen gestülpt. Liebesakte mondhaft, reibungslos kreisend um den Planeten ihres Leibes. Die sichelförmigen Polster ihrer Arschhälften gleich unter den Blütenblättern der Fotze, wo seine Zunge noch hinreichte. Ihre fernfernen Schreie – verfinstert.

«Piet, du bist dran», sagte Angela.

Seine Seele flog über die Welt hin, über Städte und Felder und Kirchtürme und Meere, über Dreck und Geld, geschlagenes Holz, duftende Hobelspäne, blaue Gesangbücher und Rosenflaum. Der Arsch einer Frau. Unaufhaltsam stürzte sein Bewußtsein sich in diese Erkenntnis: nichts zählt, nur der Leib einer Frau. Nichts ist so gut. Er sagte: «Eine schlafende Frau.» Warum schlafend? «Weil, wenn sie schläft», fügte er hinzu, «sie alle Frauen in sich vereint.»

«Piet, du bist betrunken», sagte Carol, und er nahm an, daß er sich allzu unverhohlen ausgedrückt und sie gekränkt hatte. Die Welt haßt das Licht.

Freddys Mund und Augen verengten sich zu Schlitzen. «Vielleicht deshalb schlafend», sagte er, «weil sie dich in wachem Zustand erschreckt.»

«Schließ nicht von dir auf andere», sagte Piet; das Spiel ödete ihn plötzlich an, er wollte bei seinen schlafenden Kindern sein, vielleicht waren Ruth und Nancy die Frauen, die er meinte: durchtränkt und schwer von Schlaf, wie Türkischer Honig schwer ist von Zucker. «Eine schlafende Frau», sagte er störrisch.

«In der sich die Fingernägel eines Babys befinden», ergänzte Freddy. «Uns geht doch nichts über die Familie. Horizontal gesehen. Terry?»

Sie war bereit, war es schon die ganze Zeit, seit ihr Lächeln dieses Behagen ausdrückte. «Die Werke von J. S. Bach.»

Piet fragte eifersüchtig: «Arrangiert für Laute?»

«Ganz gleich, in was für einem Arrangement. Ganz gleich, in was für einer Darbietung. Das ist das Wunderbare an Bach. Er wußte nicht, wie groß er war. Er hatte nichts weiter im Sinn, als mit ehrlicher Arbeit seine siebzehn Kinder durchzubringen.»

«Noch ein Hoch auf die Familie», murmelte Angela.

«Glaub doch das nicht», sagte Piet zu Terry. «Er wollte groß sein. Er war versessen darauf, unsterblich zu werden.»

Er war noch immer nicht mit Carol im reinen, haderte noch immer über seine Häuser, ihre Bilder mit ihr, rechtfertigte sich, gestand seine Verzweiflung ein.

Terry sagte gelassen: «Er kommt mir ganz selbstverständlich, ganz – natürlich vor. So klar wie das Tageslicht. Es ist wunderbar, ihn in den Fingern zu spüren.»

«Dann sei nur schön vorsichtig mit ihm», sagte Freddy, während er schrieb: «Die Werke von J. S. Bach, nicht notwendigerweise für Saiteninstrumente.» Dann rief er Angela auf.

«Ich fange gleich zu heulen an», sagte sie, «ihr wißt alle so genau, was gut ist. Mir fällt nichts ein, das wunderbar genug wäre, diese Bezeichnung zu verdienen. Kinder, nehme ich an, aber denke ich da an *meine* Kinder oder ans Kinderhaben überhaupt, was Carol ja schon gesagt hat? Bitte, nimm mich später noch einmal dran, Freddy. Bitte. Ich bin noch nicht soweit.»

Foxy sagte: «Das Abendmahl. Ich kann es nicht erklären.»

«Jetzt ist Freddy an der Reihe», sagte Piet. Zwiefache Rettung hatte eben stattgefunden: Foxy hatte Angela geholfen, er Foxy. Entlarvung war die Gefahr bei den Spielen, die Freddy erfand. Die Gefahr und der Ertrag.

Freddy legte den Bleistift hin, und mit tastend artikulierendem Mund, als klaube er die Worte aus einem magischen Text, der sich in der Luft materialisierte, sagte er: «Das Wunderbarste, das ich kenne, ist die menschliche Fähigkeit des Selbstbetrugs. Die hält alles übrige in Gang.»

«Nur in der Welt der Menschen», warf Carol ein, «und die bildet nur eine dünkelhafte kleine Kruste auf der eigentlichen Welt. Tiere betrügen sich nicht selbst. Steine auch nicht.»

Angela richtete sich auf: «Oh! Mit ‹Welt› meint ihr *alles*? Dann nenne ich die Sterne. Natürlich. Die Sterne.»

Überrascht, erschreckt – ihm war, als versinke er in den Flächen ihres klaren Gesichts – fragte Piet sie: «Warum?»

Sie zuckte die Achseln. «Sie sind so beständig. So hoch über allem. Als ob jemand eine Handvoll Salz ausgestreut hätte und die Körner Jahrbillionen so liegen geblieben wären. Ich weiß, sie bewegen sich, aber es betrifft uns nicht, wir sind zu klein. Wir sterben zu schnell.

Und außerdem: sie sind *schön*: Wega in einer Sommernacht, Sirius im Winter. Bin ich denn die einzige, die noch zu ihnen hinaufsieht? Einer meiner Onkel mütterlicherseits, Lansing Gibbs, war Astronom. Ich glaube, es gibt irgendeinen Effekt, der nach ihm benannt ist. Der Gibbs-Effekt. Vielleicht ist es eine Milchstraße. Stellt euch eine Milchstraße vor mit all ihren Welten und Sonnen: benannt nach einem einzigen Mann. Er war sehr klein, die Folge eines Kinderleidens, und hatte spitze Zähne und krumme Beine. Er mochte mich, auch dann noch, als ich größer wurde als er. Er sagte mir, welches die Sterne erster Größe sind – Wega, Deneb, Antares, Arkturus ... einige habe ich vergessen. Als Mädchen lag ich oft auf der Veranda unseres Sommerhauses in Vermont und stellte mir vor, daß ich unter ihnen wanderte, von Leben zu Leben, ewig. Sie sind wunderbar.»

«Angela», sagte Foxy, «Sie sind hinreißend.»

«Ja, Angela kann hinreißend sein», gab Piet vor versammelter Runde zu und seufzte. Es war höchste Zeit zu gehen.

«Freddy, klär uns über den Selbstbetrug auf», sagte Terry. Freddy sah alt und lächerlich aus in seiner Schalvermummung. Durch die Schlitze in den Fußflossen konnte man seine widerlichen Zehennägel sehen: sie waren eingewachsen, brandig, gegeneinander gekrümmt vom täglichen Druck der Schuhe.

Freddy fing an: «Andauernd kommen Leute zu mir, deren Zähne nicht mehr zu retten sind, mit Vereiterungen, die sie nicht wahrhaben wollten und sich als Neuralgie erklärt haben. Die Schmerzen müssen grauenhaft gewesen sein. Monatelang sind sie damit herumgelaufen, außerstande zu kauen oder auch nur die Kiefern zusammenzubeißen, weil sie sich unterbewußt dagegen sträubten, einen Zahn zu verlieren. Einen Zahn zu verlieren, bedeutet Tod für die Leute; es ist ein klassisches Kastrationssymbol. Lieber einen Schwanz, der weh tut, als überhaupt keinen. Sie haben tödliche Angst vor mir, denn von mir könnten sie ja die Wahrheit erfahren. Wenn sie ihre Zahnprothesen eingesetzt kriegen, sage ich ihnen, daß sie jetzt besser aussehen als je zuvor, und sie fallen mir nahezu um den Hals, so sehr glauben sie es. Aber alles ist Bockmist. Nie wieder kriegt man sein altes Lächeln hin, wenn man die Zähne verloren hat. Ihr könnt euch ausrechnen, wieviel Süßholz da erst ein Krebsdoktor raspeln muß! Lieber Gott, in dem einen Jahr, als ich Medizin studierte, sind mir Skelette begegnet, die davon redeten, daß es immer mehr bergauf mit ihnen gehe. Ich habe Frauen gesehen, die keine Gesichter mehr hatten, aber sich die Haare aufdrehten. Die groteske Wahrheit ist, es gibt kein Bergauf, und niemand schert sich einen feuchten Dreck darum. Man wird geboren, um sich auf der Matratze vernaschen zu lassen und dann zu sterben, und je früher, desto besser. Carol, du hast recht, wenn du sagst, was für eine ausgeklügelte Maschinerie wir sind, wenn wir geboren werden; das Dumme ist bloß, daß wir uns nur in einer Richtung bewegen: bergab.»

Foxy fragte: «Aber gewinnen wir nicht auch einiges? Erbarmen? Weisheit?»

«Wenn wir nicht verrotten würden», sagte Freddy, «wer hätte dann Weisheit nötig? Weisheit ist das, was man braucht, um den Verwesungsgeruch wegzuwedeln.»

«Freddy», sagte Piet sanft, im Bedürfnis, irgend etwas von sich zu retten, denn er empfand Freddy als einen Strudel, der sie alle in die Tiefe sog, «ich glaube, es liegt an deinem Beruf, daß du unter der Zwangsvorstellung des Verfalls leidest. Es gibt nicht nur Verderben, es gibt auch Gedeihen. Das Leben führt nicht nur bergab; es gibt Hochs und Tiefs. Vielleicht ist man in der letzten Sekunde ganz oben. Nimm an, du wärst im Mutterleib: du könntest dir diese Welt nicht vorstellen. Denn ist nicht alles, was existiert, wunderbar seltsam? Was mich beeindruckt, ist nicht so sehr der menschliche Selbstbetrug, sondern vielmehr die menschliche Erfindungskraft, wenn es darum geht, Unglück zu schaffen. Daran glauben wir. Unglück, das ist unsere Spezialität. Seit Eden haben wir uns immer wieder dafür entschieden. Wir produzieren Elend und nähren uns von Gift. Das bedeutet nicht, daß die Welt nicht wunderbar ist.»

Freddy sagte: «Gib es auf, Piet, mein Kleiner. Wir sind die Verlierer. Leben heißt verlieren.» Er reichte den anderen das Blatt Papier. «Da habt ihr es. Da habt ihr eure wunderbare Welt.» Die Liste sah so aus:

Fingernägel eines Babys
Frau (chchrrr)
Bach
Abendm.
☆ ☆ ☆
Fähigk. zum Selbstbetr.

Foxy sagte scharf: «Ich denke nicht daran, das zu glauben. Alles, was die Menschen je aufgebaut haben, Freddy, lassen Sie so einfach zusammenstürzen und auseinanderfallen.»

«Ich tue meine Arbeit», antwortete er. «Es ist nicht gerade die Arbeit, die ich mir gewünscht habe, aber jeden Tag ziehe ich den weißen Kittel an und tue sie.»

Weißer Kittel. Die antiseptische Wahrheit. Er hat gelernt, mit ihr zu leben. Ich nicht. Ein besserer Mann als ich. Piet hatte das Gefühl, in einen eisigen, zerklüfteten Abgrund zu stürzen: Freddys Sicht der Dinge. Foxy streckte im stillen die Hand nach ihm aus; Terry wandte sich ihm zu und deklamierte: «Hoffnung läßt sich nicht durch Logik erringen. Es ist eine Tugend, wie der Gehorsam. Sie wird einem gegeben. In unserer Macht steht nur, sie anzunehmen oder zu verweigern.»

Angela stand auf und sagte: «Ich finde, wir sind uns alle ziemlich ähnlich, einerlei, was wir zu glauben meinen. Mann, ich bin betrunken, bring mich nach Haus.»

In der Diele, wo es so elefantenhaft nach Regenschirmen roch, knuffte Piet Freddy scherzhaft in den Bauch und sagte: «Bestell Georgene, sie hätte uns gefehlt.»

Freddys Reaktion war alles andere als scherzhaft; sein verschwommenes Gesicht hinter der glotzenden Unterwassermaske blähte sich drohend. «Sie zog es vor, zu Haus zu bleiben. Soll ich ihr etwas ausrichten?» Kalt leckte die Gewißheit über Piets Gesicht, daß Freddy alles wußte.

«Nein, nur sehr herzliche Grüße von uns», sagte er geschmeidig; kein Winkelzug, kein Schlupfloch war ihm fremd auf diesem Gebiet, wo Taten zählten und Ergebung in den Tod nicht gefragt war. Wahrscheinlich wußte Freddy überhaupt nichts. Georgene hatte geweint, als sie nach so langer Zeit der Enthaltsamkeit wieder mit Piet geschlafen hatte, aber er hatte ihre Kraft seit langem erprobt und wußte, daß sie allen Pressionen des Kummers, allen Versuchungen zu beichten, standhalten konnte. Freddys drohender Ton war ein Bluff, ein typisches Fischen im trüben. Seinem Element. Piet stieß noch einmal nach: «Solltest du jetzt nicht langsam zu ihr gehen?» Freddy machte keine Anstalten, gemeinsam mit den vier anderen aufzubrechen.

«Sie schläft», sagte er. Eine schlafende Frau. Ebenso bedenklich wie wunderbar. Statt zu einer Gesellschaft zu gehen, wo sie ihren Liebhaber hätte treffen können, zog sie es vor zu schlafen. Hätschelte ihr Unglück. Piet hatte das Gefühl, als sei sie gefangen im Morast dieses Mannes, ihres Mannes, und er bereute, noch einmal bei ihr gewesen zu sein.

Carol war seit einiger Zeit in Schweigen versunken und wartete auf Eddies Rückkehr. Jetzt erhob sie sich, um gute Nacht zu sagen. Sie und Freddy, beide in Badekleidung, winkten ihnen von der schwach beleuchteten Seitenveranda nach. Das schmalbrüstige Haus der Saltz' in der Querstraße war dunkel, abgesehen von einer Lampe, die hinten im Erdgeschoß brannte. Tarbox war schlafen gegangen. Der Wasserfall bei der Spielzeugfabrik toste gedämpft. Autoreifen kreischten um die Felsen am Fuß des Angers. Eine Düsenmaschine schnurrte unsichtbar zwischen den Sternen. Es klang, als schramme jemand über Glas. Ein letztes Gestöber von Gutenachtwünschen. Foxy und Terry, humpelnde Schatten auf der blauen Septemberstraße, gingen zum Mercedes der Gallaghers. Ohne sich umzublicken, bewegte sie die Finger der linken Hand: Lebwohl, bis ich dich streichle. Angela sagte weich: «Arme Foxy, warum ist Terry nicht schon vor Stunden auf die Idee gekommen, sie nach Hause zu bringen?»

Piet fragte beleidigt: «Du meinst, sie wollte gehen?»

«Natürlich. Sie war übermüdet. Ist sie nächsten Monat nicht soweit?»

«Frag *mich* doch nicht. Woher soll *ich* das wissen.»

«Irgendwann im Lauf dieses endlosen Spiels – übrigens, du und Freddy, ihr solltet eure privaten Differenzen nicht vor uns Damen austragen, *so* spannend oder ergötzlich sind sie nun auch wieder nicht – sah ich zufällig zu ihr hinüber, und mir fiel auf, wie trostlos sie aussah.»

«Das habe ich nicht bemerkt.»

«Sie war so schön, als sie in diese Stadt kam, und wir machen ein häßliches altes Weib aus ihr.»

Das Backsteinpflaster unter den Straßenlaternen war purpurn wie ein eingetrockneter Rotweinrest. Piet bemerkte einen kleinen runden Käfer, der in einer Ritze krabbelte: ein Bürger, unterwegs in der Nacht, vom Kirchturm her gesehen. Keine Stimme, die einen heimrief. Mutterlos, vaterlos. *Onvoldaan.* Zu viel Wein hatte die Kamera in Piets Kopf unscharf eingestellt; er hob die Augen und sah in der Ferne, jenseits des Baseball-Backstops, groß, massig und gesichtslos seine Kirche aufragen, ein imposantes, hohles, verschwommenes Gebilde.

Daß Ben seine Stellung verloren hatte, hörte Piet von drei Seiten. Angela erfuhr es nach dem Kindergarten-Unterricht – sie hatte eingewilligt, weiterhin dienstags und freitags Stunden zu geben, obwohl Nancy inzwischen in die Schule ging. Irene selber sagte es ihr; ganz flach kam es heraus, unpersönlich wie die Worte auf einer gedruckten Karte. «Vermutlich hast du es schon gehört. Ben will sich beruflich verändern.»

«Nein! Ich hatte keine Ahnung! Wie aufregend! Wo wird er denn jetzt arbeiten? Ich hoffe doch, das heißt nicht, daß ihr aus Tarbox wegzieht.»

«Na ja, diese Seite der Sache ist noch etwas in der Schwebe. Aber er hat unwiderruflich seinen Posten zur Verfügung gestellt.»

«Ah, gut», sagte Angela; Irenes verkrampfte Beherrschtheit zwang sie, Floskeln zu gebrauchen und alle spontanen Regungen des Mitgefühls gewaltsam zu unterdrücken. Zu Piet sagte sie nachher: «Sie sah gespenstisch aus. Vernichtet. Auf einmal – und du weißt, wie hübsch sie diesen Sommer gewesen ist – war sie eine gebeugte ältliche jüdische Frau. Ihre Augen waren vollkommen schwarz, als sie es mir sagte, und allzu unbewegt, du verstehst schon. Und ziemlich hart. Ich hatte das Gefühl, als wolle sie mir etwas verkaufen.»

«Ich habe sowieso nie recht gewußt», sagte Piet, außerstande, Überraschung zu heucheln, denn er hatte längst davon erfahren, «was Ben eigentlich gemacht hat.»

«Er hat Miniaturgeräte gebastelt, mein Schatz. Für das Weltraumprogramm. Die Einzelheiten waren geheim.» Sie deckte gerade den Abendbrottisch für die Töchter; wenn sie Mahlzeiten vorbereitete, war sie am umgänglichsten. Sie selber waren an diesem Abend bei den Guerins eingeladen.

«Ich meine», sagte Piet, «wie wichtig war seine Funktion dabei? War er einfach nur irgendein Techniker, oder war er mehr Theoretiker?»

«Theorien entwickelt er im Gespräch.»

«Da muß ich aber staunen. Nach allem, was Irene dauernd durchblicken ließ, war diese ganze Mariner-Venussonde ausschließlich Bens Werk. Zumindest stand er auf derselben Stufe wie John Ong. Und nun stellt sich heraus, daß seine Gesellschaft ihn, ohne mit der Wimper zu zucken, an die Luft setzt, bloß weil der arme Kerl im Augenblick etwas aus dem Gleis geworfen ist.»

«Ach, du meinst, es hängt mit dieser Saltine-Geschichte zusammen?»

«Eindeutig. *Nur* damit hängt es zusammen. Die Constantines haben ihn auf den Hund gebracht. Die gehen doch nie schlafen, und Eddie fliegt laut Vorschrift bloß vierzig Stunden pro Monat. Irene hat sich neulich mal verplappert und selber zugegeben, daß Ben immer den Frühzug verpaßt.» Piet gab als eigene Vermutung wieder, was Georgene von Freddy erfahren und ihm als Tatsache unterbreitet hatte.

«Ich kann einfach nicht glauben, daß es so schlimm war.»

«Du bist so verflucht ahnungslos, Angela. Du kannst dir nicht vorstellen, daß es Menschen gibt, die sexuell stärker engagiert sind als du. Diese vier haben nächtelang munter die Partner getauscht. Carol liebt es, zwei Männer gleichzeitig zu haben; vor Ben schlief sie mit diesem Jungen, den Eddie immer zum Basketball mitbrachte.»

«Woher weißt du das alles?»

Er sagte rasch: «Jeder weiß das.»

Angela, die gerade Hühnersuppe in zwei Schüsselchen schöpfte, ließ die Kelle sinken und dachte nach. «Aber hat sie es auch mit beiden gleichzeitig *gemacht*? Ich meine, ist so etwas technisch möglich? Und wo fand es statt – in ihrem Studio, zwischen all den schmierigen Farbtuben? Und was hat Irene gemacht, während der akrobatische Akt im Gange war?» Ihre blauen Augen flackerten unter dem Ansturm dieser Vision; es gefiel Piet, daß sie so interessiert war. Aber unter all den Männern, die sie beide kannten, wußte er keinen, mit dem er sie würde teilen wollen. Thorne war zu gräßlich und Whitman zu prüde.

Am nächsten Dienstag kam Angela spät, mit sprühenden Himmelaugen, vom Kindergarten zurück und sagte: «Du hattest recht, die Constantines sind schuld. Irene hat mich mit nach Hause genommen, auf eine Tasse Tee, nur daß es nachher Bourbon war, und mir alles erzählt. Sie ist grenzenlos verbittert. Sie weigert sich, die Constantines überhaupt noch zu sehen, obwohl Carol dauernd ankommt und sich mit ihr aussprechen will. Irene gibt zu, daß es zum Teil ihre Schuld war und daß Ben so vernünftig hätte sein sollen, sich unter Kontrolle zu halten, aber sie sagt, es sei so schrecklich aufregend für sie gewesen, sie hätten ihr Leben lang immer alles so ernst genommen und sich nie richtig mit einem anderen Ehepaar angefreundet. Da sei es ihr und Ben einfach *wunderbar* erschienen, wie die Constantines lebten: nach gänzlich anderen Anschauungen und immer so gelöst und bereit zu allem, und sie äßen, wann sie gerade Lust dazu hätten, und wenn es ihnen passe, blieben sie die ganze Nacht auf. Sie sagt, das müsse man Carol und Eddie schon lassen, sie könnten unerhört charmant sein, und eigentlich treffe sie keine Schuld, sie seien nun einmal amoralisch. Einerseits, sagt sie, sei sie sogar dankbar für diesen Sommer, er habe ihr neue Erfahrungen eingetragen, über die sie froh sei – dabei ist ihre Ehe fast in die Brüche gegangen, und obendrein scheinen sie gründlich blank zu sein. Sie gab zu, gelogen zu haben, als sie neulich sagte, Ben wolle sich beruflich verändern. Er hat keinen neuen Job.»

«Natürlich nicht. Ist sie denn auch ein bißchen ins Detail gegangen? Ich meine, was hat denn nun eigentlich eine so verheerende Wirkung auf Ben ausgeübt, daß sie ihm gekündigt haben?»

«Darüber hat sie sich nicht ausgelassen, sie hat nur eingeräumt, daß er nicht bloß zu spät kam, sondern an manchen Tagen überhaupt nicht an seinem Arbeitsplatz erschien, vor allem, als sie das Boot gekauft hatten und diese ganztägigen Kreuzfahrten unternahmen. Stell dir vor, einmal sind sie tatsächlich bis nach Provincetown gesegelt, in diesem alten Katboot, mit dem man doch eigentlich bloß ein bißchen in der Marsch herumgondeln kann. Irene sagte, sie habe fast die ganze Zeit Todesängste ausgestanden, aber Eddie ist offenbar ein fabelhafter Segler. Ich finde die Vorstellung köstlich: Irene in ihrem riesigen dunkelroten Schlapphut und einer langärmeligen Bluse, und Ben, der während der ganzen Fahrt gegen seine Seekrankheit ankämpft. Zwei Eulen und zwei Kätzchen in einem schönen erbsengrünen Boot. Bis nach Provincetown! Mein Vater und mein Onkel nahmen für so eine Tour immer eine sechsköpfige Crew mit, und selbst dann durften die Kinder nicht mitfahren. Und außerdem, Bens Magen verträgt überhaupt keinen Alkohol, wenn er also tatsächlich mal zur Arbeit ging, fühlte er sich oft viel zu elend, um irgend etwas tun zu können, und er hatte kein eigenes Büro, sondern nur ein Glaskabuff, wo es kein Verstecken gab.»

«Und wie haben sie ihr Liebesleben organisiert? Hat sie sich dazu geäußert?»

«Bei diesem Punkt wurde sie sehr reserviert, und ich wollte nicht in sie dringen; ich fühlte mich so geschmeichelt und war ganz durcheinander, daß sie überhaupt diesen Sturzbach über mich ergehen ließ. Ich möchte bloß wissen, warum sie sich ausgerechnet mich ausgesucht hat.»

«Du bist unser städtisches Gewissen. Jeder ist bemüht, sich gut mit dir zu stellen.»

«Sei nicht so sarkastisch. Sie deutete an, daß alles nicht wahr sei, was ich vielleicht aus anderen Quellen erfahren haben könnte. Sie sagte, Eddie könne sehr anziehend sein – als ob sie diese Anziehungskraft zwar verspürt, ihr aber natürlich nicht nachgegeben habe. Wenn man nachgegeben hat, kann man nicht mehr von Anziehung sprechen, oder?»

«Du mußt es ja wissen», sagte Piet kurz. Es traf ihn, daß diese Erlebnisse aus zweiter Hand sie vollauf zu befriedigen schienen.

«Die Abende, die sie zu viert miteinander verbrachten, beschrieb sie als *geselliges* Beisammensein, an dem manchmal auch Freddy Thorne oder Terry teilnahmen. Auf diese Feststellung legte sie, glaube ich, deshalb so viel Wert, weil sie mir zu verstehen geben wollte, daß in der Nacht, als sie und Eddie Ben ins Bett brachten und alle Lichter in ihrem Haus aus waren, sie mit Eddie tatsächlich bloß in der Küche saß und über Bens Berufssorgen redete; zu dem Zeitpunkt hatte er nämlich schon eine ziemlich drastische Verwarnung bekommen.»

«Also Sex war es nicht. Suff und Segeln haben ihn zugrunde gerichtet.»

«Irene hat es zwar nicht direkt *ausgesprochen*, aber *gemeint* hat sie es so. Sie hat sogar gesagt – ich war sprachlos, das aus dem Mund von Irene! –, Carol sei eine Schwanzfopperin. Als ob sie *gewollt* hätte, daß Carol mit Ben ins Bett geht, und Carol es nicht getan hat oder nicht oft genug getan hat, ich weiß es nicht. Es ist alles ziemlich verworren und traurig. Besonders, wenn man an die Kinder denkt. Hauptsächlich spielte es sich wohl bei den Constantines ab, weil die Saltz' leichter von zu Hause weggehen konnten: Bernard bleibt nämlich immer ewig lange auf und liest, und da konnte er gut auf seinen kleinen Bruder achtgeben, aber nach Mitternacht regte sich bei Irene manchmal das schlechte Gewissen, und dann ging sie nach Hause, und Ben blieb und unterhielt sich mit Eddie. Sie ließen kein Thema aus: Raumfahrt, Computer, Schulfragen, Religion. Eddie ist so zynisch, daß er sich totlacht, wenn er bloß an den Begriff Kirche denkt.»

«Und dann hat Carol es mit beiden getrieben.»

«Piet, ich möchte nicht deine hohe Meinung von Carol schmälern, aber ich halte das doch für recht unwahrscheinlich. Vielleicht kommt so etwas in den Bordellen von Okinawa vor, aber hier bei den Leuten, die wir kennen . . . das ist ja absurd.»

«Mein Schatz, sie ist ein Mensch. Sie konnte es bei einem der beiden mit dem Mund machen.»

Am Himmel ihrer Augen blitzte es. «Und genau das erwartest du auch von mir, nicht wahr?»

«Nein, nein, nein», sagte er. «Um Gottes willen. Das ist ja pervers.»

Foxy wartete mit einer ganz anderen Geschichte auf, mit der Version, die Carol Terry Gallagher anvertraut hatte. Terry und Carol musizierten zusammen; Foxy und Carol trafen sich hin und wieder zum Zeichnen, und eine der erlesenen Constantine-Töchter, Laura oder Patrice, saß ihnen dann im Trikot Modell. «Carol sagte», berichtete Foxy, «daß die Saltz' sich bei ihnen einfach eingenistet hätten. Sie hätten sich in der Stadt wie Ausgestoßene gefühlt und seien schrecklich einsam gewesen, und als sie dann gesehen hätten, daß sie und Eddie sie akzeptierten, habe es kein Halten mehr gegeben. Ben habe eine *sehr* behütete Kindheit gehabt und eine sehr altmodische Erziehung, in einem hebräischen Ghetto in Brooklyn –»

Piet lachte. «Ich sehe geradezu vor mir, wie Carol ‹hebräisch› sagt!» Foxy hatte viel schauspielerisches Talent und nahm, wenn sie eine Geschichte wiedergab, unwillkürlich die Mimik und den Tonfall der jeweils zitierten Person an. Piet hatte den Kopf in ihren Schoß gelegt, und das Herz des ungeborenen Kindes schlug dicht an seinem Ohr.

«– in einem hebräischen Ghetto, und sei ganz einfach *ausgehungert* gewesen nach, nun ja, nach ein bißchen flottem Leben. Carol behauptet – und da läßt sie nicht mit sich handeln –, bevor sie und Eddie in die Stadt gekommen seien, hätten die ‹netten› Paare allesamt einen Bogen um die Saltz' gemacht: die Guerins, die ein paar Häuser weiter in der Prudence Street wohnen, die zauberhaften Thornes, die über alle Maßen entzückenden Applebys, die ach so vornehmen Hannemas, ganz zu schweigen von den entzückenden, gesellschaftlich so erfolgreichen Gall –»

«Stimmt nicht. Wir haben Ben immer zum Basketball eingeladen. Sie laufen nicht Ski, sie spielen nicht Tennis, wessen Schuld ist denn das? Und außerdem waren sie auf allen großen Partys. Die *Holländer* bilden eine Minderheit in dieser Stadt, nicht die Juden.»

«Ich schildere dir ja nur, wie Carol es sieht – vermutlich hat Irene es so hingestellt.» Zerstreut strich sie ihm übers Haar, während sie redete. «Dein Haar ist ziemlich widerspenstig.»

«Lichtet es sich schon? Werde ich kahl wie Freddy? Rothaarige Männer bekommen leicht eine Glatze. Das ist Jehovas Strafe für unsere Vitalität. Streichle mich weiter. Ich bin *sehr* gekränkt, daß Irene, die ich immer verehrt habe, uns alle für Antisemiten gehalten hat.»

«Ja, das hat sie offenbar. Und sie tut es noch immer. Sie war wütend, als Bernard zu Weihnachten in der Schule bei einem Krippenspiel mitwirken sollte. Noch dazu als Joseph. Nach Terrys Schilderung steht es für Carol unumstößlich fest, daß die treibende Kraft hinter der dicken Freundschaft der beiden Paare Irene gewesen ist. Die Ehe der Saltz' war schon vor Jahren gescheitert. Sie blieben nur wegen Bernard zusammen, und Jeremiah war dann ein pures Versehen. Irene hat damals einen Nervenzusammenbruch gekriegt.»

«Ich weiß noch, wie reizend sie aussah, als sie schwanger war. Ich liebe schwangere Frauen.»

«Das merke ich.»

«Was hat oder hatte, nach Terrys Schilderung von Carols Schilderung, Irene an Ben eigentlich auszusetzen?»

«Sie findet, er habe keinen Ehrgeiz, keinen Elan. Ihr Vater hat sich mühsam nach oben gerackert, in der Textilbranche. Und außerdem, Piet, wer weiß denn schon, warum Frauen manche Männer mögen und manche nicht= Chemie? Carols Version ist, daß Irene einen Narren an Eddie gefressen und sich in ihn verkrallt hat, wie sie sich in alles verkrallt: Kindergarten, Soziale Wohnungsplanung, Geselligkeit. Er wurde für sie zu einer Aufgabe.»

«O mein Herz, wie du das wieder ausdrückst. Das klingt eher nach Terry als nach Carol. Carol würde sagen: ‹Sie wollte ihn›, oder etwas Ähnliches von genauso ehrfurchtgebietender Schlichtheit, und ihre Blicke würden Dolche schleudern. ‹Sie hat sich geschworen, ihn zu bekommen.› – ‹Von Stund an weihte sie sich dem Ziel, das Lager mit ihm zu teilen.›»

«Nicht die Spur. Sie würde sagen: ‹Das Luder war läufig und wollte besprungen werden.›»

«O meine Geliebte, deine Ausdrucksweise!»

«Beweg deinen Kopf nicht so heftig. Sonst geht es gleich los bei mir.»

«Übrigens, es stimmt, Irene hat sich über all dem zu einem ausgewachsenen Luder entwickelt. Früher war sie so, daß man sich auf Cocktailpartys gleich zu Anfang mit ihr abgab, um es hinter sich zu haben.»

«Carol sagt, wenn die Saltz' fort waren, hätten sie und Eddie sich immer totgelacht, weil Irene wieder mal so vulgär gewesen sei.»

«Und dann ging Eddie ein paar Häuser weiter und lachte über Carol. Die Idee macht mir Spaß: Eddie Constantine, ein Ziel aufs innigste zu wünschen – wie die Rassenintegration in den Schulen oder die Erhaltung der weißen Kraniche. Der nichtswürdigste Kerl, den ich kenne. Zu denken, daß wir ihm alle unser Leben anvertrauen! Was sagt Carol denn, wie sie und Ben Irenes Angriff auf die Tugend des jungen Piloten vergolten haben?»

«Sie sagt, Ben habe ihr leid getan, aber sie habe ihn, offen gestanden, nie attraktiv gefunden.»

«Aha, sie hat also einen Bogen um ihn gemacht. Auch so ein Exemplar des angelsächsisch-protestantischen Herrenrassen-Establishments.»

«Ja, richtig», sagte Foxy, «sie wies darauf hin, daß sie die einzige in diesem Vierergespann gewesen sei, die puritanisch-protestantisch ist. Eddie kann Protestanten anscheinend nicht ausstehen und testet Carol immerzu. Macht ihr Angst, wenn er am Steuer sitzt, und lauter solche Sachen.»

«Ich dachte, sie ist eine abtrünnige Katholikin.»

«*Er* ist einer. *Sie* war Presbyterianerin.» Ihre Finger hatten sich von seinem Haar auf das empfindliche Terrain seines Gesichts hinübergewagt: straffe Flächen, die sie erkundete wie eine Blinde. «Im übrigen», sagte sie, und der schattige Ton und das melodische Steigen und Fallen ihrer Stimme hatten sich, ebenso wie ihr fließender Anblick und ihre duftende Schwere, zu einem festen Körper verdichtet, in dem seine Liebe wohnte, «im übrigen – hör bitte auf, mich so anzusehen – ist sie ganz anderer Ansicht: nicht diese Privatgeschichten seien schuld daran, daß Ben seine Stellung verloren hat, sondern schlicht seine Unfähigkeit, und das leuchtet mir bis zu einem gewissen Grad ein; seit Ken –»

«Ken und Ben, wenn die wüßten, wenn», sagte Piet.

«– seit Ken sich ein paarmal mit ihm unterhalten hat und Ben so emphatisch sein Interesse an Biochemie und dem Geheimnis des Lebens und was nicht sonst noch allem bekundete, findet Ken, sein Begriffsvermögen und sein Wissensdurst seien doch recht enttäuschend, und so oberflächliche Abhandlungen, wie sie im *Newsweek* erscheinen, seien vollauf genug für ihn. Im Grunde scheint es ihm nur um religiöse Inhalte zu gehen, und nichts langweilt Ken so sehr wie das. Was sagte er noch? Eklektisch. Ben hat einen durch und durch eklektischen Geist.»

«*Meine* Theorie ist», sagte Piet und schloß die Augen, um desto inbrünstiger Foxys allumgebende Gegenwart zu spüren – ihren Bauch an seinem Ohr, ihre Finger auf seiner Stirn, ihre Schenkel, auf denen sein Kopf gebettet lag –, «daß die Saltz' sich mit den Constantines eingelassen haben, weil Ben von Eddie einiges über die Fliegerei erfahren wollte, um seine Kenntnisse auf dem Gebiet der Raumfahrt zu vervollkommnen. Und da sie nun schon einmal drin waren in dem stinkigen alten Haus und Carol eine Nymphomanin ist, mußte sie eben aufs Kreuz gelegt werden, und anstatt glotzend danebenzustehen, hat Eddie nebenbei rasch Irene gepimpert, worauf sie zu sich selber sprach: ‹Potztausend, das macht ja Spaß!›»

«Ja, mehr oder minder sieht Carol es genauso, auch wenn sie sich nicht so ausgedrückt hat.»

«Carol und ich, wir denken dasselbe.»

«Oh, sag doch das nicht!» rief Foxy flehentlich und berührte seine Lippen, als wolle sie ihn an die unvergleichliche Erhabenheit ihrer Sünde erinnern.

Angela rundete Irenes Version noch mit einigen Verfeinerungen ab. «Sie hat mich nach dem Kindergarten fast weinend beiseite genommen und gesagt, Carol verbreite das Märchen, sie, Irene, sei sich in der Stadt wie eine Geächtete vorgekommen, weil sie Jüdin sei. Ich solle aber wissen, daß die Wahrheit vollkommen anders aussehe: sie sei sich mit Ben darüber einig, daß man sie immer mit größter Herzlichkeit behandelt habe, und es erschüttere sie beide sehr, daß ihre Freunde denken könnten, sie empfänden das Gegenteil. Sie sagt, Carol sei im höchsten Grade neurotisch, und Kevin sei nur deshalb so, wie er ist, weil sie ihn so schlimm behandle. Nämlich immer wenn sie malen will, sperrt sie ihn in seinem Zimmer ein, und an manchen Vormittagen schreit er so entsetzlich, daß die Nachbarn sich beschweren. Und dann sagte Irene noch, ihre Äußerungen bezüglich Bernards Mitwirkung beim Krippenspiel habe man vorsätzlich mißverstanden. Nie und nimmer habe sie behauptet, die Schule solle zu Weihnachten keine Krippenspiele aufführen; ihre Ansicht sei lediglich, daß man gerechterweise dann auch das Chanukka-Fest begehen müsse.»

«Klar», sagte Piet, «und wie wäre es, wenn man die Gören außerdem noch Ramadan feiern ließe, indem man ihnen das Frühstücksbrot vorenthält?»

Angela, die Irenes Fall mit angeborener Liberalität betrachtete und ihn ernst nahm, sagte zu Piet: «Es ist mir schleierhaft, warum du überhaupt zur Kirche gehst, es scheint dir immer weniger zu bekommen.»

Georgene warf ein fahles, geborgtes Licht auf das Dunkel. Sie sagte am Telefon zu Piet: «Freddy hat mit Eddie gesprochen...»

«Freddy oder Eddie, wer ist hier der Teddy», sagte Piet. Gallagher war bei einer Besprechung mit den Nonnen, die das hypothekenbeladene Anwesen in Lacetown zu kaufen beabsichtigten, und Piet hatte das Büro für sich allein.

«Unterbrich mich nicht. Eddie hat Freddy erzählt, Ben sei spät abends manchmal auf seine Arbeit an diesen Raketendingern zu sprechen gekommen – gibt es so etwas wie eine Titan? – und habe dabei auch das lächerliche Hickhack und überhaupt die Feindseligkeiten zwischen den einzelnen Abteilungen und den Regierungsvertretern erwähnt und über die Projekte geplaudert, an denen sie gerade bosselten – irgend etwas mit festem Treibstoff und Selbststeuerungssystem, woran Ben, glaube ich, beteiligt war –, und Eddie war entsetzt, daß Ben über so etwas mit ihm redete. Er meint, wenn Ben *ihm* das alles erzählt hat, dann hat er es bestimmt auch anderen erzählt, und die Regierung hat Wind davon bekommen und dafür gesorgt, daß er entlassen wurde.»

«Meinst du nicht, daß jeder Spion einschläft, wenn er Ben zuhört?»

«Freddy meint, daß vielleicht Eddie selber es gewesen ist, der Ben diesen Strick gedreht hat. Immerhin ist Eddie ja bei der Luftfahrt und weiß, wem er einen entsprechenden Wink zu geben hätte.»

«Warum sollte er denn den Liebhaber seiner Frau ruinieren wollen? Du willst doch nicht etwa sagen, Eddie sei eifersüchtig?»

«Natürlich ist er das. Diese Frau hat ihm das Leben zur Hölle gemacht. Sie ist geisteskrank. Sie ist eine absolute Egoistin.»

«Und er hat ihr das Leben nicht zur Hölle gemacht?»

«Eddie ist nichts weiter als ein kleiner Junge, der gern mit Maschinen spielt.»

«Puh. Ich mißtraue allen Kleinejungen-Theorien über männliches Verhalten. Wo bleibt denn da unsere verruchte Würde!»

«Du, wann besuchst du mich denn mal wieder?»

«Ich war doch gerade da.»

«Das ist einen Monat her.»

«Die Zeit fliegt eben.»

«Gott, ist das demütigend. Scher dich zum Teufel, Piet Hannema.»

«Was habe ich denn getan?»

«Nichts. Vergiß es. Adieu. Wir sehen uns auf irgendeiner Party.»

«Warte.»

Sie hatte aufgelegt.

Am nächsten Tag rief sie wieder an, verstellte sich als Sekretärin. «Bezugnehmend auf unsere Unterhaltung von gestern vormittag, Sir, möchte ich berichten, daß zwei Herren in Hut und Anzug gesichtet wurden, die den Wohnsitz der Familie Saltz in der West Prudence Street, Tarbox, beobachteten und später auch betraten.»

«Von wem weißt du das?»

«Ein Patient hat es Freddy erzählt, er war sehr aufgeregt. Wer trägt schon einen Hut in Tarbox, außer FBI-Agenten? Anscheinend weiß die ganze Stadt über Ben Bescheid.»

«Glaubst du, daß er auf den elektrischen Stuhl kommt wie die Greenbergs, oder an Rußland ausgeliefert wird, zum Tausch gegen Gary Powers?»

«Haha. Seit du mit Foxy schläfst, fühlst du dich ganz hoch oben in den Wolken. Aber du wirst abstürzen, Piet, und diesmal fange ich dich *nicht* auf.»

«Ich habe keineswegs mit dieser ausnehmend schwangeren und züchtigen Dame geschlafen. Du, letzte Nacht habe ich von dir geträumt.»

«Oh. Ein angenehmer Traum?»

«Nicht übel. Wir waren in einer Art Weinkeller. Freddy hatte sich diesen Herbst für die Gemeinderatswahlen aufstellen lassen, und du nahmst mich in den Keller mit, um mir den Champagner zu zeigen, den ihr ausschenken wolltet, falls er gewählt würde. Um uns herum standen lauter alte Korbmöbel, und du fordertest mich auf, das neue Parfum zu riechen, das du dir hinters Ohr getupft hattest. Du sagtest sehr stolz, du habest es in Cogwells Drugstore gekauft. Ich tauchte mein Gesicht tief in dein Haar, und du legtest zart die Arme um mich, und ich merkte, daß du mit mir schlafen wolltest, und da wurde ich wach. Dein Haar war viel länger als in Wirklichkeit. Du hattest es rot gefärbt.»

«Du hast gar nicht von mir geträumt, du Schuft.»

«Doch, Georgene, von dir. Mit deiner üblichen piepsigen, leiernden Stimme hast du mir Freddys Gewinnchancen auseinandergesetzt.»

«Komm zu mir, Piet.»

«Bald», beteuerte er.

Am Abend sagte Angela: «Irene war heute richtig drollig. Sie sagte, seit Ben nichts mehr zu tun habe, kümmere er sich pausenlos um diese zwei jungen Mormonen. Die beiden seien von der Idee beseelt, ein versprengter Stamm Israel zu sein, und hielten nun mit Ben eine Art Familientreffen ab.»

«Was für Mormonen?»

«Was tust du eigentlich den ganzen Tag? Du hast sie doch bestimmt schon in der Stadt herumlaufen sehen. Zwei junge Männer in dunklen Anzügen, mit breitkrempigen Wildwest-Hüten. Offenbar ist es bei den Mormonen üblich, daß sie ausziehen und in unaufgeklärten Gebieten die Menschen bekehren. In diesem Fall sind wir es. Wir sind Hottentotten in ihren Augen.»

«Ich habe gehört, es sollen Männer vom FBI sein.»

«Irene sagt, das denke jeder. Sie sagt, Carol erzähle überall herum, Ben habe Regierungsgeheimnisse verraten.»

«Diese Carol hat wohl nicht mehr alle Tassen im Schrank.»

«Ich traf sie heute im Supermarkt, sie war so süß, du glaubst es nicht. Sie sagte, Eddie möchte mal wieder mit mir auf seiner Vespa spazierenfahren.»

Inmitten dieses Sturms von Klatsch und Tratsch harkte der vernichtete Mann Laub zusammen, erledigte Reparaturen und Malerarbeiten in seinem Haus und ging an klaren Wochenendnachmittagen mit seinen Söhnen an den Strand. Der Sommer war vorbei, und der Strand gehörte wieder den Einheimischen, die ihre Hunde am Saum der Brandung spazierenführten und über dem Dünengewoge Drachen steigen ließen. Die Wolken veränderten ihren Charakter, wechselten von den wattigen Schönwetter-Flotten zu graueren, gestreckteren Formen über und bekamen etwas Metallenes. Die Pferdetransportwagen der Reitställe von North Mather parkten auf dem großen Parkplatz von Tarbox, und halbwüchsige Mädchen galoppierten bei Ebbe über das schwärzlichgraue Watt. Eines Sonntag morgens Mitte Oktober, als Piet mit Ruth am Strand spazierenging – er war nicht in die Kirche gegangen, also schwänzte sie den Chor –, sah er in einiger Entfernung Ben Saltz, der den kleinen Jeremiah an der Hand hielt und dann und wann stehenblieb und zusammen mit Bernard Muscheln betrachtete und allerlei anderes interessantes, im Seetang nistendes Zeug untersuchte. Piet wollte auf ihn zugehen, ihm sein Mitgefühl ausdrücken, aber er fürchtete sich vor ihm wie vor einem Sterbenskranken. Sein Leben kam ihm so zerbrechlich vor, daß er nicht wagte, es in so enge Berührung mit diesem hier zu bringen, das wirklich zerbrochen war. Angela meinte, man solle die Saltz' zu einem zwanglosen Abendessen zu viert einladen. Piet sträubte sich, dann willigte er ein. Aber Irene lehnte kühl ab. Sie hatte mit Ben verabredet, keinerlei Gastfreundschaft mehr in Anspruch zu nehmen, solange sie finanziell nicht in der Lage waren, sie zu erwidern. Die übrigen Paare kamen stillschweigend überein, sie künftig nicht mehr zu Partys zu bitten, denn solche Einladungen konnten für die Saltz' nur peinlich sein und brachten die Constantines womöglich in Verlegenheit. Piet aber sehnte sich danach, in den Abgrund zu schauen, der Katastrophe in die Augen zu sehen. Mehrmals täglich nahm er sich die Zeit, bei den Saltz' vorbeizufahren. Ihre Lampen erloschen früh am Abend; bei den Constantines herrschte herausfordernde Helligkeit. Carol und Eddie kamen häufig mit den Guerins, den Thornes, den Gallaghers zusammen. Morgens gingen die älteren Kinder der beiden Paare – Bernard und Laura – auf getrennten Wegen über den fährtenreichen Anger zur Schule, und vor Dunkelwerden kehrten sie gemeinsam zurück, und sie unterhielten sich ernster miteinander, als es Kindern angemessen ist.

Mitten in der Woche, an einem windigen Nachmittag, als Piet mit seinem Lieferwagen gerade um den Anger schwenkte, sah er Ben, der dabei war, die Sturmfenster einzusetzen. Schief aufgestapelt wie ein riesiges gläsernes Kartenspiel, lagen sie an der Seite des Hauses, und Ben rätselte an den Nummern herum. Piet wollte ihm einen Gruß zurufen, aber aus Angst, die Geschwindigkeit verringern zu müssen und aufgehalten zu werden, ließ er es bei einem kurzen Blick bewenden; und was er zu seiner fassungslosen Verwunderung sah, war Glück. Ben ließ sich den Bart wieder wachsen. Er stand über die römischen Ziffern gebeugt, die in die oberen Kanten der Sturmfenster gestanzt waren, und sein archaisches Profil schien zu lächeln wie im Schlaf. Er sah aus wie einer, dem seine Ferien zu gönnen waren – ein ganz gewöhnlicher Mensch, der etwas Notwendiges hinter sich gebracht hatte und nun damit beschäftigt war zu überleben, ein Mann, der bis auf den Grund geraten war – so empfand Piet es – und nun Ruhe und Sicherheit gefunden hatte.

Um diese Zeit seines Lebens träumte Piet, er sitze in einem Flugzeug, einer großen neuen Düsenmaschine. Ganz deutlich hatte er die beigetürkisfarbene Innenausstattung der ungeheuren röhrenförmigen Passagierkabine vor Augen, obwohl er noch nie in einem solchen Flugzeug gereist war. Seit dem Militär war er kaum geflogen; das letzte Mal vor zwei Jahren, als er seinen Bruder in Michigan besuchte. Die Maschine nach Detroit war eine Electra mit der typischen schwarzen Rußfahne gewesen und hatte während des Fluges gezittert wie ein alter Jagdhund. Die luxuriöse Traummaschine aber glitt so weich durch den Himmel, als stehe sie still; Hinterköpfe und Hände längs dem türkis ausgelegten Mittelgang bildeten eine friedvolle, sich verjüngende Schneise. Die Stimme des Piloten, zu melodisch und südlich, um Eddie Constantine zu gehören, gab jubilierend über die Lautsprecheranlage bekannt: «Ich glaube, wir sind durch, Leute!», und durch sein kleines, gummiversiegeltes Bullauge sah Piet eine graue Wolkenmasse, rankend, ringelnd, die langsam abtrieb und blauen Himmel freigab. Sie waren einem Gewitter entronnen. Auf einmal ruckte und rüttelte das Flugzeug in böigen Strömungen; bäuchlings sackte es in ein Luftloch, tastete nach einem Aufwind, verfehlte ihn, glitt ab und neigte sich. Der Neigungswinkel wurde größer; das Flugzeug stürzte. Der riesige Rumpf raste auf die Erde zu. Die fein ausgearbeiteten Details – die mit Leuchtziffern beschrifteten Platzschildchen, die Chromnieten, mit denen die zartgetönten Kopfservietten befestigt waren – verharrten sonderbar statisch inmitten des anschwellenden Sausens. Weit vorn im Mittelgang klammerte eine Stewardess mit brandroter steifer Hochfrisur sich an den Sitzlehnen fest, und die Vorhänge, die die erste Klasse abteilten, bauschten sich. Das war alles. Mehr Zugeständnisse an das Grauenhafte gab es nicht, keinen Schrei, nichts. Piet dachte: *Diese Verschwendung.* So viel kunstvoll ersonnene Zerbrechlichkeit: alles verraten und vertan. Die Kosten. Senkrecht strömte die Maschine hinab. Die Flüssigkeit in Piets Ohrinnern wallte auf, gefror. Er wußte, bei diesem Sturz gab es keinen Halt, und er wachte auf in der Dunkelheit, seines Todes gewiß.

Feucht und regelmäßig ging Angelas Atem neben ihm. Ihr Körper dellte die Matratze zur Mitte hin ein wenig ein. Stechender weiblicher Honigdunst beherrschte das warme Bett. Blasses Licht zeichnete die Falze des gefältelten Leinenschirms der Lampe nach, die auf der Kommode am Fenster stand. Sein Haus. Ein seetüchtiges Schiff, reglos auf der Dünung der Nacht. Er hob die Hand, die neben seiner Wange lag. Schwarz gehörnt stand ihre Silhouette vor den kreuzförmig unterteilten blauen Scheiben des Fensters. Seine Hand. Er ließ die Finger spielen. Er lebte. Dennoch: er hatte den Tod geschmeckt in all seiner Unleugbarkeit – die pfeifende Luft im Traum war so bereit gewesen, ihn zu verschlingen, so unersättlich widerstandslos –, und es gelang ihm nicht, zur Illusion der Sicherheit, diesem Vorzimmer des Lebens, zurückzufinden. Mit bleiernem Gewicht lag er auf der dünnsten aller Eisschichten. Er begann zu schwitzen. Schwere, langsam kriechende Feuchtigkeit überzog seine Haut, und Übelkeit, von seinem Bauch herunterhängend wie eine lose Kette, klumpige adrenale Übelkeit, wie die Panik sie erzeugt, drohte, sein Inneres nach außen zu kehren. Hastig drehte er sich um und lag auf dem Rücken.

Diese Panik war nichts Neues für ihn. Es gab Gegenmittel. An Schnee denken. Sich ein gewölbtes Zelt vorstellen, das den Regen abhält. So tun, als seien die Bettdecken eine Zuflucht. An Haut denken. Piet versuchte, sich mit den Körpern von Frauen zu beschwichtigen, die er kannte. Foxys pudrige Achselhöhlen, ihre blütenblättrige Spalte, schlichter als eine Rose. Die sommersprossige Knochigkeit unterhalb Georgenes Hals. Ihre blanke Nacktheit, ihr kurzgestutztes graugesträhntes Haar machten seine Begierde nach ihr stumpf; vielleicht kamen sie deshalb immer gleichzeitig, weil die Liebe fehlte. Ganz anders als die ambrosische Unergründlichkeit Angelas. Carols biegsame Taille, ihre nervigen Tänzerinnenbeine. Bea Guerins üppige, trunkene Brüste, nektarsüßer Schweiß im Tal. Der ranzige elastische Steg zwischen den Beinöffnungen von Annabelle Vojts Schlüpfer: sie waren beide noch unberührt gewesen, und doch hatte sie erlaubt, daß er im trommelnden Regen, in der Höhle des geparkten Wagens, umgeben von hohem, schwankendem Gras, sie dort küßte, und das Gesicht tief zwischen ihren Schenkeln vergraben, eher geistige denn physische Sensationen erfahrend, seine Zunge auf Entdeckungsreise schickte, indes sein breiter Rücken schmerzte und die Grillen zirpten und Annabelles verzückte Finger über sein widerspenstiges Haar strichen. Sie kam aus frommer Familie, aber das hinderte sie nicht, in der stickigen Wärme, beim glimmenden Schein des ohne Ton laufenden Radios, wortlos die heimliche Seidenwand wegzuschieben: mit einer Geschicklichkeit, die ihn beunruhigte, so oft geprobt schien sie, hob sie ihr Becken auf dem Autositz an und zog sich von hinten die Hose herunter; an dieser stummen, silbrig sich bäumenden Bewegung, die wie ein gekrümmter Fischleib in seiner Erinnerung emporgeschnellt war, hielt er sich eine Sekunde lang fest, dann stellte sich heraus, daß ebenso wie die anderen blassen Körper auch dieser zu schlüpfrig war, ihn in den Schlaf zu tragen. Er war zu aufgewühlt, konnte sich nicht fallenlassen. Alle Nerven und Atome in ihm waren in flimmerndem Aufruhr. Hohlknochig wie ein Vogel, würde er für immer in der Schwebe bleiben und diese säuerliche Bitterkeit kosten.

Angelas gleichmäßiger Atem stockte; ungestüm mit den Bettüchern raschelnd, drehte sie sich um, und ihre unbewußten Atemzüge fielen wieder in den alten Rhythmus.

Piet war schrecklich wach, er versuchte zu beten. Seine aufwärtsströmenden Gedanken trafen auf nichts. Onyxfarbener Dunst hing über seinem Gesicht. Etwas, das einst fest gewesen war, hatte sich in Atome zerstäubt. Laß dich nicht gelüsten deines Nächsten Weibes. Wer ein Weib ansiehet, ihrer zu begehren... Pedricks törichte Verrenkungen. Ein zäher Wüstenstamm: Totes Meer. Tonkrüge, zerbrochen von einem Hirtenjungen. Gelbroter Staub. Noch so eine trostlose Sekte: Mormonen. Salt Lake. Gesangbücher, die die ganze Woche zugeklappt gelegen haben, stinken nach modrigem Papier: als packe man einen Fisch aus. Vergib mir. Neig dich herab und berühre mich. Er hatte sich über seinen Glauben erhaben gefühlt und ihn verloren. Gott läßt sich nicht benutzen. Tod dehnte sich endlos unter ihm. Leben ist Schlacke; Bewußtsein: Schlacke des Lebens. Piet lag wie ein Schimmer über erzener Undurchdringlichkeit. Seine Eltern waren zwei Glimmerbröckchen, eingequetscht in Granit. Kein Licht würde sie mehr ans Licht bringen. Der unwiederbringliche Verlust des Lichts: so hatte er es für sich formuliert, im stürzenden Flugzeug, als er nicht wußte, daß er träumte, als er mit Leib und Seele ausgeliefert war wie irgendein beliebiger glaubensloser Passagier, dessen Tag eine schlimme Wendung nimmt. Warum Gott noch länger etwas vormachen? Der unermüdliche alte Kerl hat genug um die Ohren mit Witwen und Waisen und verhärmten Teheranern, die noch nicht dahintergekommen sind. Zähne zusammenbeißen beim Tod. Zähne zusammenbeißen. Nicht schreien im Flugzeug. Mund halten beim Sturz. Stoische Haltung bewahren, lernt man doch im Kino. Hoffnung auf das Jenseits strapaziert den Himmel. Er war kein Hottentotte! Schluß mit der Augenwischerei. Materie überwiegend gleich Null, ein Kichern, über ein Vakuum gespannt. Angela schläft im Sternennetz, das ihr Onkel geknüpft hat. Nichts ist heilig. Dreifaltigkeit wie Schwanz und Eier: Freddy Thorne. O Gott, diese steile Übelkeit, dies Gleiten. Geduldige Eltern – hatten Samen in den Torf gedrückt, hatten einen Baum gepflanzt, dessen Früchte er den Frauen gab. Gott war verschlungen worden von der gefräßigen Verzweiflung der Frauen.

Vom Gipfel seiner Angst sah Piet sein Leben immer kleiner werden und verlöschen. Wie aus einem Hubschrauber sah er die drei neuen Häuser auf dem Indian Hill, alle verkauft. Gallagher wollte schon wieder neues Land kaufen, sah sich als Pionier, als Städteplaner. Gallagherville. Terrytown. Hannema-Platz, Angela-Straße. Landkarten, Prospekte, unterirdische Garagen, das dankbare Massachusetts zeigt sich erkenntlich. Sir Matthew Galeerensklave: hat Tausenden Arbeit verschafft, ein treuer Sohn der Kirche, Dinner im Weißen Haus, in den Hauptrollen Pablo Casals und Ruby Newman. *Und dies, Herr Präsident, ist mein Partner.* Blitzendes irisches Lächeln, steifer Rücken, Silberblick. Jack: *Dieser reizende kleine Kerl? Darf ich ihn streicheln?* Dann eine andere Stimme, eine melodischere: *Beißt er auch nicht?*

Als Piet merkte, daß seine Gedanken sich in Unsinn zerfransten, verkrampfte er sich vor Dankbarkeit und vor gieriger Erwartung, endlich einzuschlafen, und war plötzlich wieder hell wach, und sein Herz stampfte. Er hatte das Bedürfnis, etwas anzufassen. Nie würde er mit Gallagher Schritt halten können, denn er mußte etwas in der Hand haben, brauchte ein Werkzeug, um die Erde zu packen. Das Flugzeug war abgestürzt, und er hatte keine Hoffnung mehr gehabt, keinen Glauben, keine Manneskraft. Er mußte Foxy berühren, ihre Brustwarzen, ihren Bauch im schräg fallenden Mondlicht. Ihr Haar war manchmal geflochten, lauter kleine Kreuze; sie glaubte. Sie betete seinen Schwanz an. Sie hatte sich mit all ihrer bauschigen hauchigen Fülle auf ihn geworfen, gehörte nur ihm, war die Frau, die für ihn bestimmt war.

Angela bewegte sich im Schlaf und stöhnte leise. Piet stand auf und ging nach unten, um sich ein Glas Milch zu holen. Immer in diesem Sommer, wenn er besonders liebeskrank nach Foxy war, ging er zum Kühlschrank, diesem kühlen, blassen Kasten voll beleuchteter Nahrungsmittel, und stopfte die Leere in sich mit irgend etwas Eßbarem. Er preßte seine Wange gegen die kalte Wange des Kühlschranks und dachte an Foxys Stimme, an ihren südlich dunklen Klang, ihre heitere Trockenheit, ihre melodischen Reminiszenzen an seine Genitalien. Er buchstabierte ihren Namen in dem magnetischen Alphabet, mit dem die Kinder an der hohen glatten Tür spielten. FOXY. PIET L   BT FOXY. Er mischte die Buchstaben durcheinander und kehrte ins Bett zurück – ging durch ein Haus, dessen vertraute Möbel und Tapeten ihm auf einmal wie Zeichen erschienen, in denen ein böser Zauber verschlüsselt war. Als er wieder neben Angela lag, dachte er, an Foxys Seite würde er sogar auf Glasscherben einschlafen. Schlaflosigkeit, eine Störung im gemeinsamen Rhythmus. Ein Lastwagen rumpelte vorbei, entfernte sich.

Wie schwer diese stockende Nacht war. Angst flitzte hin und her in ihm, suchte einen Platz zum Verweilen. Die herrische Gebärde, mit der Annabelle die Beine spreizte, als wolle sie sein ganzes Gesicht in ihren jungen Sumpf saugen. Foxys kaum wahrnehmbarer prüfender Blick aus den Augenwinkeln: ein nüchterner Verstand, der ihn abschätzte, durch alle Schleier der Ekstase hindurch. Die angstvollen großen Augen seiner Töchter: im Grunde genommen, welch ein Segen zu sterben und seine Kinder nicht länger mit der Vatergestalt zu quälen. Insgeheim immer eine Erleichterung, der Tod eines anderen. Lebensgezeiten heben sich zu Gott empor, zum großen Gemetzel. Weg mit dem Krempel. Allmächtiger Herr, bewahre Foxy, meine scheueste Kerzenflamme, vor Deinem Todeshauch. Amen. Entsetzen rotierte in ihm, höhlte ihn aus, bis er nur noch eine durchscheinende Hülse war, von allem Samen entleert, und auf den Vernichtungsschlag wartete.

Der chinesische Messerschnitt durch den Augapfel. Der staubfrei gehaltene elektrische Stuhl im gekachelten Raum. Das Erdbeben, das Kathedralendächer bersten läßt. Der Salzwassertod. Die geknüpfte Seidenschnur. Der Klavierdraht des Stoßtrupplers. Der Krebs im Gedärm. Der Hühnerknochen in der Luftröhre. Die winterlich vereiste Straße. Der falsch abgelesene Höhenmesser. Das Exekutionskommando, das mit resigniertem Seufzen seine spanische Zigaretten auf dem gebrannten Lehmboden im Hof austritt: wieder so ein fader Tagesbeginn. Der Bursche aus Ionia. Der hilflose Säugling, der in seinem Körbchen erstickt. Die verfaulende Niere, die die Haut golden färbt. Die Gewehrsalve, die das Gehirn aus dem Schädel fegt. Die fortgeschrittene Koronarthrombose. Die Guillotine. Das durchgescheuerte Fahrstuhlseil. Das dröhnende Krachen und jähe Brechen von Eis: die Fischer auf den Seen in Michigan ließen sich mitsamt ihren Karren in der Luftblase bis auf den Grund hinab und stiegen dann mit angehaltenem Atem wieder ans gezackte Tageslicht. Die Dreschmaschine. Der streunende Hai. Schwellzüngiges Verdursten. Schwarze Asphyxie. Schleichende Lepra. Kreuzigung. Harakiri. Feuer. Gas im Duschraum. Das ungeduldige Messer des Skalpjägers. Das konzentrierte Uhrmachergesicht des Folterknechts. Die letzte Kurbeldrehung an der Streckbank. Der Sog der Brandung. Das kätzchenhafte Zuschnappen des Löwen. Der lose Felsbrocken, der abrutschende Stiefel, der traumgleiche Fall. Der Zorn der Könige. Die Kugel, die Bombe, die Seuche, der Schiffbruch, die unbeachtete Infektion, die falsche Reaktion. Die zersplitterte Windschutzscheibe. Das achselzuckend abgetane Versehen des betrunkenen Arztes. Die dünnen Stellen im Eis unter den erbarmungslos gefrorenen Sternen: das dumpfe Einbrechen, ersticktes Ringen nach Luft, dann unaufhaltsames Sinken.

«Angela?» Seine Stimme klang fremd, schleppend, wie von weit her. «Wach doch bitte auf und leg deinen Arm um mich. Ich habe einen Albtraum gehabt.»

Sie erwachte halb und gehorchte halb, drehte sich zu ihm und sank, auf dem Bauch liegend, gleich wieder in den Schlaf zurück; ihr Arm wollte zu ihm, fiel aber neben ihr nieder. Piet wartete auf die Glitzertöne des Hamsterrads und hörte statt dessen, wie der Kühlschrank erzitterte und zu surren begann.

Lieber Piet –

die Flut kommt gerade herein, so blau als ob's Tinte wäre. Seit meiner zweiten Tasse Kaffee ankert drüben bei der Insel ein kleiner Junge in rotem Hemd mit seinem Ruderboot. Ich habe nachgedacht über uns, und es gibt so viel zu sagen, daß ich mich hinsetze und versuche, es aufzuschreiben. Als wir gestern zusammen waren, wollte ich Dir erklären, wie es mit Ken und mir und dem ‹Kommen› bestellt ist, aber Du warst hochmütig und beleidigt – mein Geliebter, das darfst Du nicht sein. Wie verlegen es mich macht, dieses absonderliche Wort hinzuschreiben. ‹Geliebter›. Und lächerlich ist es obendrein. Aber Du mußt doch einen Namen haben, und was wärst Du denn sonst für mich?

Ken ist mein Mann. Ich liebe ihn, als meinen Mann. Was ich Dir zu sagen versuchte, war, daß es für mich nur natürlich ist, wenn ich mit ihm schlafe. Es gibt keine Schranke zwischen uns, außer der Langeweile, aber die zählt nicht, das Leben ist ja ohnehin eine recht alltägliche Sache. Zwischen Dir und mir gibt es viele Schranken: vor allem mein Schuldgefühl, eine ehrliche Scheu und Angst, unzulänglich zu erscheinen im Vergleich mit den anderen Frauen, die Du gehabt hast, unsere Furcht, entdeckt zu werden, Deine gelegentliche, (meiner Meinung nach) unnötige Ungeduld und Hast, Deine ärgerliche Angewohnheit, Dich selber schlecht zu machen und dann darauf zu warten, daß man Dir widerspricht, und sogar Dein extrem liebevolles Verhalten mir gegenüber, das mich zuweilen verstört, wenn ich Dir das gestehen darf. Zu all dem kommen dann noch die libidinösen Unberechenbarkeiten einer Schwangeren. Diese Barrieren sind hoch, und wenn ich deshalb nicht komme, lieber Piet, so denke doch nicht, daß ich keine Höhen habe mit Dir. Ich habe große Höhen. Verlange nicht, daß ich mehr sage. Verlange nicht, daß ich meine Verbundenheit mit Ken leugne – sie war und ist mir heilig, über alles Unbehagen, alle Unzufriedenheit hinaus –, und versuch nicht zu konkurrieren. Es gibt keine Konkurrenz. Ich begreife nicht, warum ich Dich ausgerechnet zu diesem Zeitpunkt in mein Leben hineingenommen habe, aber den Raum, den Du einnimmst, hast Du selbst geschaffen, und Du darfst Dich nicht unsicher in ihm fühlen.

Ich bin mit dem Brief in die Sonne hinausgegangen, habe nur meine Unterwäsche an, nicht gerade schicklich, aber keiner meiner Badeanzüge paßt mehr. Ich hoffe nur, daß die Klempner nicht plötzlich erscheinen. Der Junge in Rot ist weggerudert. Ich glaube nicht, daß er etwas gefangen hat. Beim Durchlesen kommt mir das alles jetzt so armselig formuliert vor, so selbstbeschützerisch und voller Ausflüchte, daß ich nicht sicher bin, ob ich es Dir geben werde. Deine müde, aber Dich zärtlich liebende

Foxy

Undatiert und nicht immer unterzeichnet, häuften Foxys Briefe sich in einem Aktenschrank des Büros von Gallagher & Hannema, ganz hinten unter dem Kohlepapier, wo Gallagher niemals hingriff. Sie waren in Form und Umfang sehr unterschiedlich. Manche bestanden aus nicht weniger als vier Bogen, die auf beiden Seiten mit gleichmäßig fließenden senkrechten Schriftzügen bedeckt waren. Andere enthielten nur ein paar hastig hingekritzelte Worte, waren Kassiber, die sie ihm auf Partys zusammengeknüllt in die Hand geschoben hatte. Ordnungsliebend, abergläubisch hob Piet sie alle auf, und in den dumpfen Tagen, die auf seine Schreckensnacht folgten, griff er sich planlos diesen oder jenen heraus und las ihn, so wie ein unbedeutender Mensch sich selbst in einer Geschichte sucht, deren Held ein entfernter Vorfahr ist.

Mein Liebster!

Das ganze Haus ist von Dir erfüllt – Du bist der Geruch nach gehobeltem Holz, und Du bist der salzige Wind, und Du bist das zerwühlte Bett, das einen süßen, zarten Duft, unseren Duft, ausatmet. Die ganzen letzten Stunden bin ich ein weit offenes Fenster gewesen mit wehenden Gardinen und blauer Aussicht, ich gehöre Dir so sehr, daß ich es Dir schreiben muß, obwohl Ken unten auf mich wartet und wir gleich zu den Klein-Smiths gehen. In wenigen Minuten werde ich Dich sehen. Aber umgeben von vielen anderen. Nimm diesen Kuß.

Andere Briefe waren mitteilsamer, weitschweifiger, manchen haftete sogar etwas sanft Schulmeisterliches an. Piet las aus ihnen, daß sie ihn formen, korrigieren, zurechtrücken wollte.

Am 4. Juli, dem heiligen Feuerwerkstag

Mein süßer Liebling,

ich bin bis ans Ende des öffentlichen Strandes gegangen, habe die Ferienhorden hinter mir gelassen (italienische Großmütter, die auf Aluminiumstühlen in der Brandung sitzen, den Rock bis zu den

Knien hochgezogen, eine Strickarbeit im Schoß), und bin nun in einer Gegend, wo bestimmt keiner von unseren gemeinsamen Freunden im Hinterhalt liegt. Es ist merkwürdig anders hier, felsig und steinig und windiger, und das Wasser ist unruhiger als an dem geschützten Strandabschnitt, wo unsere reizenden Stadtmatronen mit ihren Sprößlingen planschen. Der Leuchtturm von Lacetown rückt ganz nah im Dunst. Dann und wann kommt händchenhaltend ein schwules Pärchen aus Boston oder vom Cape Cod vorbei, mit diesen knappen Badehöschen, die Freddy Eierwärmer nennt. Im übrigen bin ich allein, eine schwangere, also gegen Belästigungen gefeite Person, die einen zerknitterten New Yorker als Schreibunterlage auf den Knien hält und witzig sein möchte für ihren Geliebten, der glaubt, ein Jude zu sein.

Das mit Peter habe ich schlecht erklärt. Du bist nicht er, auch wenn Du zufällig denselben Namen hast. Vor Jahren schon hat er aufgehört, mir ein Begriff zu sein, er ist nur noch ein Schatten, ein Schatten zwischen mir und meinen Eltern, zwischen mir und Ken. Er liebte mich nicht; ich amüsierte ihn, weil ich eine so täppische unschuldige kleine Schickse war. Er benutzte mich als Spielzeug, und ich merkte zu meinem Schrecken, daß es mir gefiel. Ich genoß es, gebraucht/mißbraucht zu werden. Was er auch tat, alles steigerte meine Liebe zu ihm, sogar seine entsetzliche Kälte und die Verachtung, mit der er mich zuweilen weit weg wünschte. Er hatte mehr Alleinsein nötig, als ich ihm zugestehen konnte. Unser ganzes Verhalten war sehr jung und unkontrolliert und gewiß beeinflußt von den Verhaltensweisen unserer Eltern. Wenn mein Vater weg war, hat meine Mutter immer Qualen gelitten, und so war ich schon für Peters bloße Anwesenheit dankbar, auch wenn er gemeine Reden führte. Vielleicht zog mich auch gerade diese Überheblichkeit so an, diese selbstverständliche Ichbezogenheit, in der er meinem Vater glich. Weißt Du übrigens, daß er berühmt geworden ist? Vor einem Jahr oder so war er im Time-Magazine abgebildet, zusammen mit einer Schrottskulptur, die er geschweißt hat. Er wohnt noch immer in Detroit. Mit seiner Mutter, er ist unverheiratet. Ich hätte also jederzeit zu ihm fliegen können in all den Jahren, die ich kinderlos mit Ken verbracht habe, aber ich bin nicht geflogen. Genausogut hätte ich wieder mit Eisschlecken anfangen können.

Du und ich, das ist etwas ganz anderes. Bei Dir empfinde ich zum erstenmal, wie es ist, nicht jung zu sein. Bei Dir habe ich das Gefühl, daß ich endlich von meinem Recht der Wahl Gebrauch gemacht habe – frei von allem, was üblich ist, von jeder Vorschrift, jedem Zwang. Im Grunde bist Du mein erster Gefährte. Unsere süße Sünde ist sonderbar verquickt mit der Süße der Schwangerschaft – vielleicht hat Ken zu lange gezögert, mich schwanger zu machen, und jetzt, wo es soweit ist, wendet meine Dankbarkeit sich einem anderen zu. Ich vertraue Dir und fürchte Dich. Peter habe ich gefürchtet, und Ken vertraue ich. Die Verbindung liegt ganz allein in Dir.

Mache ich gerade einen Heiratsantrag? Diese hinterlistigen Weiber! Nichts dergleichen; ich bin so fest an Ken gebunden, daß ich mich Dir getrost offenbaren kann – wie einem Fremden im Traum, während ich die ganze Zeit in sicherem Schlaf neben meinem Mann liege. Bitte, befürchte nicht, daß ich versuchen werde, Dich von Angela zu trennen. Ich weiß noch besser als Du selber, wieviel sie Dir bedeutet – sie und das Heim, das Ihr Euch gemeinsam geschaffen habt – und wie wahrhaft innig Ihr zusammengehört. Ist es nicht gerade diese ausweglose Gefangenschaft, die uns so frei macht an unseren spärlichen gestohlenen Nachmittagen? Meine Hand ist müde und zittert. Bitte, verlaß mich noch nicht, mein Fliegender Holländer – ein Widerspruch?

Später.

Ich bin zum Schwimmen hinuntergegangen – köstlich, als sei man im Innern eines Diamanten, das Wasser in Woods Hole war viel wärmer – und habe mir die Kiesel betrachtet. Wußtest Du eigentlich, daß ich ein Semester Geologie studiert habe? Ich identifizierte Basalt und Quarz, die leicht erkennbaren Arten, schwarz und weiß, Gott und Teufel; und die vielen anderen Steine, getüpfelte, bonbonähnliche, faßte ich im Geiste zu ‹Granit› zusammen. Diese Vielfalt! Und welch eine Unermeßlichkeit an Zeit, die wir in Händen halten mit so einem sanftglatten Stein! Ich hätte sie alle küssen mögen. Weil ich an Deine sanfte Glätte dachte. Ich liebe den Strand. Ich bezweifle, ob ich jemals ich selber war, bevor Ken mich ans Meer gebracht hat.

Und dann, o Graus, wer mußte kommen – natürlich Janet und Harold. Verdammt! Ich war verlegen, dabei hätten sie es sein müssen. Aber sie waren unverfroren wie immer: Frank und Marcia seien bei den Kindern geblieben, und was ich denn hier zu suchen hätte im Schwulenparadies. Ich sagte ihnen, Spazierengehen tue mir gut in meinem Zustand, und außerdem wolle ich den Leuchtturm von Lacetown zeichnen. Sie hatten gesehen, daß ich einen Brief schrieb, und zwinkerten verschmitzt und gaben sich überhaupt sehr fidel und unbefangen und bestimmt keine Spur anders als ich, aber ich fand sie so deprimierend korrupt. Wie komme ich dazu, solche Urteile zu fällen? Wahrscheinlich bin ich im Grunde meines Herzens sehr selbstgerecht und unterscheide zwischen Privatsünde und Gruppenlotterei.

Noch etwas später.

Ich bin eingeschlafen. Merkwürdig, aufzuwachen in gleißendem Licht, der Mund geschwollen, das Haar voller Sand. Ich muß nach Hause. Ken spielt Tennis mit Gallagher und Guerin, und ich weiß nicht, wer der vierte ist. Du? Lösung eines Rätsels: der vierte Juli.

Piet, habe ich irgend etwas klarmachen können? Ich glaube, ich wollte uns herauslösen aus dem Knäuel der andern, Dir den jammervollen gehetzten Blick ersparen, der in Deine Augen kommt, wenn es Zeit wird, zur Arbeit zurückzukehren, oder wenn Du Dir einbildest, in Deinem Büro klingele gerade das Telefon. Irgendwo vermutest Du einen Himmel (wie Harold mit seinem Französisch: ein dauernder Appell an höhere Regionen), und deshalb lebst Du ein bißchen in der Hölle, und ich bin zu einem der Dämonen geworden. Ich will das nicht, ich will Linderung bringen, will hell und anonym und ermunternd für Dich sein: die Krankenschwester vermutlich, für die ich, laut Schiedsspruch meines Vaters, zu schade war. Ich bin in Sorge, daß Du Deinem komischen, stacheligen Gewissen zuliebe irgend etwas Übertriebenes und Unnötiges tun könntest. Tu es nicht. Besitz mich ohne Skrupel. Skrupel sind langweilig für Frauen. Von Dir verführt zu werden, das ist gut. Nicht um die Welt würde ich es missen wollen. Lieber Du als Freddy Thorne.

Womit ich verschleiern möchte, daß das Schlafen im Sand mich aufgeheizt hat. Ich sehne mich nach Deiner Stärke und Steife und bin

Deine Geliebte

O mein lieber einziger Piet –

wie taktlos, nein, schlimmer als taktlos, wie falsch war es von mir, daß ich Dich heute zum Zeugen meiner Gefühle für Ken gemacht habe! Wie komisch Dein Zorn war – Du schienst ganz fassungslos, daß ich überhaupt Gefühle für ihn habe – und wie traurig nachher Deine Anstrengung, aus dem Zorn einen Scherz zu machen. Es gehört zu Deinem Charme, daß Du zu viel und zugleich zu wenig von Dir hältst, und das wechselt so geschwind hin und her, daß man ganz benommen ist. Aber Du hast mich in großer Niedergeschlagenheit zurückgelassen, und ich habe das Bedürfnis, es noch einmal zu versuchen.

Als ich sagte, daß ich mit ihm seit sieben Jahren verheiratet sei, Dich dagegen erst seit ein paar Monaten kennte, war das nicht als Kritik gemeint; natürlich verschafft Dir die Tatsache, daß Du neu bist, mancherlei Vorteile. Aber was das Rätselvolle (nicht nur bei mir, sondern auch bei allen anderen!) meines sexuellen Reagierens angeht, so bist Du im Stadium I im Vor- und im Stadium II im Nachteil. Möglich, daß Männer es genießen, immer neue Frauen zu haben; Frauen fühlen sich jedenfalls am wohlsten mit Männern, die sie kennen. Das hat etwas mit Vertrauen zu tun – ja, wirklich, immer wenn man die Beine spreizt, zuckt die Angst auf, daß es weh tun könnte – und mit der traurigen Gewißheit (warum finde ich sie traurig?), daß in sexuellen Dingen die Frauen weniger Wert auf die Persönlichkeit des Partners legen als die Männer. Ich meine beim eigentlichen sexuellen Akt im Unterschied zu all den Präliminarien. Ein dumpfes, vertrautes, zuverlässiges Werkzeug, das ist alles, was wir verlangen. Weibliche Genitalien sind außerordentlich dumm, und das bringt uns in so manche Klemme, vor der uns unser Verstand normalerweise bewahrt hätte.

Warum muß ich mich dafür rechtfertigen, daß ich weiterhin Vergnügen an meinem Mann habe? Du hast mich aus meinem siebenjährigen Schlaf geweckt, und Ken profitiert davon. Genügt es Deinem Stolz nicht, wenn ich Dir versichere, daß Du in Dimensionen existierst, von denen Ken keine Ahnung hat? Und daß seine Blindheit angesichts unserer Affäre, angesichts all dessen, was mich innerlich verzehrt, ihn zu einem Kind macht, zu einem Kind hinter Glas, einem Kind, das wissentlich hinter der Glaswand sitzt? Sein Interesse am Leben ist eigentlich nie über die molekulare Ebene hinausgekommen. Er ist ein maskierter Mann, der nachts über den Balkon klettert und sich zu mir legt. Ich entdecke in mir ein Gefühl tiefer Kälte für ihn. Mit dieser Kälte manipuliere ich unsere Körper und befreie mich von der Spannung, die Du in mir erzeugt hast.

Trotzdem: laß mich ihn lieben, so gut ich kann. Er ist doch mein Mann. Du hingegen bist nur ein Mann. Vielleicht der Mann. Aber nicht der meine.

Ich glaube, ich bin ganz durcheinander. Lange schon, bevor wir miteinander schliefen, hatte ich es auf Dich abgesehen, und ich war entschlossen, Euch säuberlich getrennt zu halten, jeden für sich, in wasserdichten Kammern. Statt dessen aber habt Ihr Euch beide meines Körpers bemächtigt und führt darin eine Unterhaltung. Ich möchte jedem von Euch über den andern erzählen. Ich bin in ständiger Furcht, daß mir der falsche Name herausrutscht. Ich möchte Dich Ken ans Herz legen und Ken Dir – er ist unglücklich über seine berufliche Entwicklung und fühlt sich bedrängt von unserem ungeborenen Kind und wendet sich mir jetzt viel häufiger zu als in der ganzen Zeit seit unserem ersten Ehejahr. Natürlich kann mir nichts geschehen. Er durchbohrt mich und sagt: Schwangere kann man nicht schwängern, Tote kann man nicht töten. Verglichen mit Dir, ist es mechanisch, aber schließlich ist es Kens Beruf nachzuweisen, wie mechanisch das Leben ist.

Dein Beruf ist es, zu bauen, und Du hast wunderbar gebaut in mir, mein einziger Geliebter. Ich flüstere Deinen Namen, und während ich dies schreibe, sehne ich mich nach Deiner Stimme, nach Deinem trostreichen Gesicht. Glaubst Du wirklich, daß wir Gott langweilen? Du hast einmal zu mir gesagt, Amerika langweile Gott. Manchmal glaube ich, Du unterschätzt Gott – womit ich sagen will, Du verachtest den Glauben, in den Deine Todesangst Dich treibt. Du hast ein schlechtes Geschäft gemacht, hast den kürzeren gezogen und schneidest immer mehr ab von Deiner Hälfte. Du solltest eine Frau sein. Die Frau auf dem Zeitungsfoto, die ein totes Kind im Arm hält, weiß, daß Gott sie heimgesucht hat. Ich fühle Ihn über mir und um mich und in Dir und trotz Dir und wegen Dir. Das Leben ist ein Spiel vom Verlieren und vom Finden. Ich muß das Abendbrot für Ken machen. In reueloser Liebe. In Liebe.

Erleichtert wandte Piet sich von diesen narzißtischen langen Briefen einem kleinen Zettel zu, auf dem stand: *Schläfst Du noch mit Georgene?*

Sie hatte ihm von dem Juden erzählt, er hatte ihr von Georgene erzählt. Im September wurde ihr von ihrem Instinkt – oder vom Klatsch – eingeflüstert, er habe seine Beziehungen zu Georgene wieder aufgenommen. Dabei war er seit dem Tag, als das Kennedy-Baby starb und er diese schwache Stunde gehabt hatte, also in den letzten anderthalb Monaten, nicht öfter als dreimal bei Georgene gewesen, und das eigentlich auch nur zu dem Zweck, einen neuen Rückzugsweg zu erkunden. Er fand sie launisch, indifferent, flachbäuchig und ohne allen sexuellen Unternehmungsgeist. Ob in Freddys Bett oder draußen in der Sonne: er war so nervös und auf der Hut, daß er Mühe hatte, seine Erektion zu halten. Foxys Zettel war wie eine Warnung, ein lauter Knall im Dunkeln. Anfang Oktober besuchte er Georgene noch einmal: die welken Lärchennadeln klickten gleichmütig auf die Teerpappe, die Sonne war fahl, Georgenes Kinn zitterte, ihre tränennassen Augen wichen den seinen aus. Beim Abschied ließ er keinen Zweifel, daß er so bald nicht wiederkommen werde, erklärte diesen Entschluß mit Angelas verdächtig inniger Beziehung zu Freddy, mit Freddys neuerdings so bedrohlichem Verhalten, mit seinem, Piets, gespannten Verhältnis zu Gallagher und der zunehmenden Last der Arbeit, mit seiner Besorgnis um ihr höchstpersönliches Wohlergehen – denn das Wesentliche bei einer solchen Affäre sei doch die gegenseitige Unabhängigkeit, und sie habe gegen diese Regel verstoßen und sich selber gefährdet, indem sie abhängig geworden sei. Ihr energisches Kinn nickte, und er hielt ihre nackten Schultern umfaßt, aber ihre grünen Augen weigerten sich immer noch, seinem Blick zu begegnen. Auf Foxys Frage antwortete er, nein, er schlafe mit Georgene nicht mehr, seit er Foxy zum erstenmal gesehen habe; das sei kurz nach ihrer Ankunft in der Stadt gewesen, sie habe, von der Kirche kommend, ihre Autotür zugeschlagen. Rückblickend koppelte er den Anfang seiner Liebe mit diesem ersten flüchtigen Eindruck. Er gab zu, daß er mit Georgene weiterhin befreundet sei und daß sie – wer könnte es ihr verdenken, bei so einem Ehemann! – ihn hin und wieder im Büro anrufe; er gab es zu für den Fall, daß Foxy von Matt oder Terry bereits unterrichtet war. Und so näherte sie sich, indem sie betrogen wurde, immer mehr dem Status einer Ehefrau.

Rätsel

1. *Was ist ein Meter vierundsiebzig, episkopalistisch und kurz vorm Platzen?*
2. *Was ist kleiner als ein Lieferwagen, aber größer als alles Sterbliche?*
3. *Was ist ein Meter ...?, geschickt mit den Händen, hat rotes Haar, große Füße und ausländische Vorfahren?*
4. *Was ist kleiner als eine Brottrommel, stillt aber doch den Hunger? Appetit?*

1. *Foxy Whitman.*
2. *Das Bett.*
3. *Ein rötliches Känguruh, das Petitpointstickerei betreibt. Hah!*
4. *Richtig. Wo bist Du, Geliebter?*

Je mehr Piet und Foxy sich an ihre Liebe gewöhnten, desto kürzer und verspielter wurden die Briefe; und als der Herbst zu Ende ging, hatte Piet es geschafft: er konnte leben, ohne Foxy dauernd zu sehen. Die Umbauarbeiten an ihrem Haus waren abgeschlossen, und Gallagher hatte einen lukrativen Vertrag unter Dach und Fach gebracht, eine brandeilige Sache: die Erweiterung eines hiesigen Restaurants in antikem Stil. So mußte Piet wohl oder übel viele Tage damit zubringen, maschinell glattgehobelte Balken künstlich wieder knorrig zu machen und grünes Holz so lange zu behandeln, bis es nach siebzehntem Jahrhundert aussah. Die Besitzer der Tarbox-Taverne, zwei unangenehm tüchtige griechische Brüder, wollten den neuen Flügel im November in Betrieb nehmen. Es war eine langwierige, ermüdende Beschäftigung: in Mather fahndete er nach alten Ziegeln, in Brockton nach handgeschmiedetem Eisen, in Plymouth vertiefte er sich in Abhandlungen über das Zimmerhandwerk während der Kolonialzeit: *die seitlichen Streben für den oberen Stock, in welchem das Getreide und dergleichen mehr bewahrt werden soll, möge man nicht nageln, sondern eine jede von ihnen soll verzapft werden mit den Querbalken, oder möge es doch so aussehen, als seien sie verzapft, und so sollen sie an den Enden eingefügt sein und tragen. In diesem Stockwerk, welches über dem ersten gezogen ist, würde ich eine Trennwand errichten, ob in der Mitte oder über der Trennwand im Erdgeschoß, das mögen die Zimmerleute halten nach eigenem Gutdünken. Ich sehe es gar gern, wenn die Dachsparren recht weit über die Hausmauern hinausragen, damit diese um so besser vor dem Wetter geschützt seien. Man möge das Haus stark machen in seinem Holzgefüge und es dann schlicht und sorgfältig verkleiden. Zu diesem Behufe nehme man Bretter aus bestem Eichenholz ...* Das Unterfangen, sich diese alten ethischen Gesichtspunkte bei der Herstellung von modisch altmodischem Schnickschnack zunutze zu machen, demoralisierte Piet. Die betrügerische, künstliche Antikisierung, die er hier treiben mußte, kam ihm wie eine Prophezeiung vor: architektonische Einbalsamierung – das würde das Schicksal seiner geliebten Stadt sein, deren Schönheit sich aus dem Unbekümmerten, Zufälligen ergeben hatte. Seine Nervosität steigerte sich, weil er nicht zu Foxy konnte; wider alle Vernunft hoffte er, in den Straßen fremder Städte, in den düsteren Torwegen, die zu den Lagerhöfen der Baufirmen führten, ihre unverwechselbare Silhouette auftauchen zu sehen. Jeder blaue Kombiwagen ließ sein Herz stocken, jeder blonde Schimmer hinter einer Fensterscheibe wurde zu einem nicht gehaltenen Versprechen. Dann und wann aber trafen sie sich doch, irgendwo außerhalb von Tarbox: in einer Bar in Mather, wo fluoreszierende Bierreklamen immer wieder dieselben Parabelbögen beschrieben; in einem Naturschutzwald westlich von Lacetown, wo jedesmal, wenn sie stehenblieben, um sich zu umarmen, Schwärme riesiger Mücken ihre Arme bedeckten wie ein Vlies; an einem einsamen Strand nördlich von Duxbury, gegen den der Atlantik in ungezügeltem Zorn seine Brandung schleuderte und wo die hohen Dünen mit rostigen Dosen, grünen Glasscherben und vergessenen Unterhosen übersät waren. Die Gefahr, entdeckt zu werden, schien außerhalb der Stadt größer, als im Labyrinth der Alltäglichkeit und der gesellschaftlichen Routine vorauszusehen gewesen war; und als Foxys Stunde näher rückte, fuhr sie nur noch ungern so weit fort.

Außerhalb von Tarbox kamen sie sich wie irgendein heimliches, illegitimes Pärchen vor, das zu schäbigem Versteckspiel gezwungen ist, und Foxys Schwangerschaft nahm sich dabei grotesk aus. In Foxys luftigem Haus jedoch waren sie herrlich in ihrer Nacktheit, symphonische Gefäße der Leidenschaft. Ihr Traum war, eine Nacht miteinander zu verbringen.

Piet – Ken muß zu einer Tagung nach New York, Columbia, von Dienstag bis Donnerstag. Kannst Du Dich nicht freimachen und zu mir kommen? Oder soll ich nach Cambridge fahren und die Tage bei Freunden – bei Ned und Gretchen – verbringen? Ken möchte letzteres, will nicht, daß ich allein bleibe, aber ich könnte ihn überreden, wenn es einen Grund gäbe – gibt es einen? Ich sehne mich und lechze nach Deinem Lob. Meine Leibesfülle ist entweder schauerlich oder eine neue Form von Schönheit – was von beidem?

Er konnte sich nicht freimachen. Der Restaurant-Anbau war mittlerweile im Stadium der Verputzarbeiten, und er und Adams und Comeau mußten täglich zehn Stunden zur Stelle sein. Und außerdem: jetzt, wo alles Laub abgefallen war, lag die Strandstraße ganz ungeschützt und übersehbar da. Er scheute sich davor, mit seinem Lieferwagen am Beobachtungsposten der Thornes vorbei zum Haus der Whitmans zu fahren, das im Herbst von den Klein-Smiths aus zu sehen war. Auch abends war es ihm versagt, sie zu sehen, weil das Hannemasche Gesellschaftsleben eine neue Wendung genommen hatte: Angela hatte sich in ihrer Begeisterung für Psychiatrie den Applebys und Freddy Thorne angeschlossen, was bedeutete, daß auch Georgene ins Spiel kam. Als während einer Unterhaltung die Rede davon war, daß Ken Whitman verreisen werde, warf sie Piet aus ihren spröden Basedow-Augen einen raschen Blick zu, und ihr Gesicht verengte sich, wie immer, wenn die Gegenseite ihr um einen Punkt voraus war. Piet riet Foxy, nach Cambridge zu fahren, sich dem Klatsch zu entziehen und ihn vor der Gefahr zu bewahren, etwas Verzweifeltes, Spektakuläres, Verhängnisvolles zu tun.

Auch das noch! Meine Mutter hat beschlossen, mir bei dem ‹Abenteuer› die Hand zu halten: von Montag an wird sie hier wohnen. Könntest Du morgen nicht in die Kirche gehen?

Nach dem Gottesdienst oben auf dem Hügel ging Piet, unter dem Penny-Auge des Wetterhahns, den grauen Pfad hinab, am eisernen Pavillon vorbei, zu den rötlichen Felsen, wo Foxy damals geparkt hatte. Dort stand sie und wartete auf ihn: höflich, aufmerksam bereit, ein weites geblähtes Segel aus blasser Wolle, das Haar modisch unter einem hohen enganliegenden Turban verborgen, so daß ihr Gesicht nackt und wie geschliffen erschien. Er fühlte sich in ihren Dunstkreis gezogen; er sehnte sich danach, diesen köstlichen Ball zu umfangen und für immer festzuhalten: diese gewölbte Frau, deren Anblick hier an dieser Stelle noch einmal den ersten Eindruck beschwor, den sie damals bei ihm hinterlassen hatte: ein stolzes Luxusgeschöpf, auf dem Weg nach Haus.

«Hallo.»

«Hallo. Was machst du denn für ein feierliches Gesicht?»

«Du bist so schön. Du siehst wunderbar aus.»

«Danke gleichfalls, Mr. Hannema. Ist der Anzug neu?»

«War er mal im vorigen Herbst. Da kanntest du mich noch nicht. Ist der Hut neu?»

«Das Gebilde heißt: ‹eine Kopfbedeckung zu dem Zweck, die eigene Mutter vom Flugplatz abzuholen, damit sie sieht, daß kein Grund zur Besorgnis besteht›.»

«Ist wie geschaffen dafür.»

«Macht er zu streng? Ich würde ihn gern abnehmen, aber er ist festgesteckt.»

«Er steht dir wunderbar. Er bringt das gepflegte Rosa deines Gesichts so gut zur Geltung.»

«Himmel, bist du bösartig.»

«Mag sein, daß ich bösartig bin, aber ich bete dich an. Laß uns ins Bett gehen.»

«Was für eine Erlösung das wäre! Weißt du eigentlich, wieviel Tage es her ist, seit wir miteinander geschlafen haben?»

«Viele.»

«Neunzehn. Letzten Dienstag vor zwei Wochen.»

«Können wir deiner Mutter entwischen?» Seine Handflächen und die Haut um seinen Mund waren kalt geworden; er hatte, so im Zentrum der Sadt, das Gefühl, daß er kippte – wie jemand, der am äußersten Rand eines Karussells steht.

Foxy sagte: «Wenn du von Angela und Gallagher loskommst, ja.»

«Die sind beide sehr auf der Lauer in letzter Zeit. Mein Gott, es ist so schlimm, dich nicht zu sehen. Ich habe –»

«Sag es.» Möglich, daß sie dachte, er wolle ihr eine andere Frau beichten.

«– neuerdings Angst vor dem Tod.»

«O Piet. Warum? Bist du krank?»

«Ich meine nicht den landläufigen Tod, ich meine den Tod in jedem Augenblick, im ganzen, fortwährend.»

Sie fragte: «Hat es mit mir zu tun?»

Bislang hatte er es so nicht gesehen, aber jetzt sagte er: «Vielleicht. Vielleicht habe ich Angst davor, daß du dein Kind bekommst und alles anders wird.»

«Warum sollte es?»

Er zuckte die Achseln. «Du bist dann Mutter. Und das Kind ist nicht von mir. Es wird einfach nicht gehen, du wirst zu gespalten sein.»

Sie sagte nichts, war still. Sonntäglichkeit drängte sich um sie beide, der Himmel war eine tönende Glocke, Autos in allen Farben hasteten heimwärts. Unvermittelt flehte Piet gegen ihr Schweigen an: «Ich muß dich haben. Ich muß deinen Bauch sehen.»

Sie standen mitten im Sonnenlicht und im Verkehr, und Foxy beschloß, zu ihrem Auto zu gehen. «Ruf mich an», sagte sie. «Geht es morgen vor neun? Mutters Maschine kommt um halb elf.» Sie dachte nach. «Nein. Unmöglich. Ken fährt mit mir zusammen nach Boston, also ist er dann noch im Haus.» Sie überlegte abermals. «Ich versuche, dich nachmittags im Büro anzurufen, wenn ich einkaufen gehe. Aber dann bist du ja in der Taverne.» Ein drittes Mal fiel sie ins Grübeln. «So ein Mist», sagte sie. «Ich *will,* daß du zu mir kommst. Ich will immerzu mit dir zusammen sein. Ich will dich haben, ganz und gar.»

Als fühle er sich durch dies letzte Bekenntnis bestätigt und gerechtfertigt in seiner Ahnung, etwas verloren zu haben, winkte er großzügig ab und gab zu verstehen, daß es ja nun nicht mehr zu ändern sei. «Mir kommt es nur darauf an, daß du es auch willst», sagte er. «Wir bleiben in Kontakt. Sei nett zu deiner Mama.»

Ihre weißbehandschuhte Hand an der Autotür schien zusammenzuzucken. «Ich muß gehen», sagte sie stockend. Vor den Augen der ganzen Stadt machte er einen komischen Bückling und sah, daß sie zur Stütze für ihre Beine staubigrosa getönte Gummistrümpfe trug.

«Charmant, charmant», sagte er, «so viel Schönheit an einem so schönen Morgen, Mrs. Whitman.»

«Ich darf das Kompliment zurückgeben, Mr. Hannema», sagte sie, und ihre braunen Augen sahen ihn an aus einem Kerker der Ausweglosigkeit.

Die leuchtenden Oktobertage flossen über von ihrem Nichtdasein. Abends, wenn keine Party, kein Freundestreffen stattfand, saß er mit Angela zu Hause in der drückenden Wolke seiner Sehnsucht. «Hör auf, so zu seufzen.»

Erstaunt sah er von seinem *Life*-Heft auf: safrangelb gewandete protestierende Mönche. «Ich seufze doch gar nicht.»

«Dann hast du eben eine unerfreuliche Art zu atmen.»

«Entschuldigung. Ich werde versuchen, das Atmen einzustellen.»

«Was liegt dir auf der Seele? Die Tarbox-Taverne?»

«Nichts. Ich bin nur unruhig. Was gibt es denn im Eisschrank?»

«Du hast doch vorhin schon nachgesehen. Du wirst fett, wenn du so weiternaschst. Warum gehst du nicht vor die Tür und schaust dir die Sterne an? Ich kann dieses Geseufze nicht aushalten.»

«Kommst du mit?»

«Gleich.» Sie konnte sich nicht von ihrem Buch lösen, dem neuen Salinger: ein endloser Titel und der Schutzumschlag senfbraun, von vorn und hinten gleich anzusehen. «Jeden Augenblick muß es zur großen Klärung kommen.» Wann war das, zu welchem Zeitpunkt seines Werbens um sie, damals, vor Jahren, als sie ihn auf den Klippen von Nun's Bay mit ihrer Sternenkundigkeit überrascht und ihm gesagt hatte, ihr Onkel sei Astronom gewesen? Ihre Wange an die seine gelehnt, damit er besser ihrer weisenden Hand folgen konnte, so hatte sie ihn die Gestirne gelehrt. Such dir zuerst die großen hellen heraus. Wandere zwischen ihnen. Stell dir gerade Verbindungslinien vor. Der Tau, der durch die Wolldecke drang und sie benetzte. Das Licht hinter den Fenstern ihres Vaters, das auf den Rasen fiel und in den tischglatt gestutzten Hecken hängenblieb. Der warme Hauch ihrer Stimme, die von Sternenlegenden erzählte.

Er ließ sie im Lampenschein zurück und tastete sich über die knirschende Auffahrt in die grüngeäderte marmorschwarze Finsternis des Gartens hinaus. Hohes Zikadengezirp flirrte rings um ihn. Die klare Nacht kündigte Frost an. Die starre Sternenkaskade war ein Stück zur Seite gerückt: Wega, die Königin des Sommerhimmels, regierte nicht mehr im Zenit, sondern hatte das Zepter dem blasseren Deneb und einer matten hausförmigen Konstellation übergeben: Cepheus. Piet suchte die Andromeda nach dem kaum wahrnehmbaren Lichtstreifen ab, von dem Angela ihm einst gesagt hatte, er bilde eine ganze Milchstraße, zwei Millionen Lichtjahre weit entfernt. Onyx-Ozeane hatte sein Licht durchmessen, bevor es zu ihm drang. Entsprechend würde Piets Blick – und alsbald auch sein Tod – emporsteigen in immerwährender gerader Linie. Schwindel packte ihn. Umringt von dieser unerforschlichen leuchtenden Vielzahl, fühlte er sich in einem gigantischen Rutschen begriffen, und aufwärts sinkend, hielt er sich mit den Augen an der schattenhaften Erde fest. Die Blätter eines geknickten Fliederzweigs, tot, unfähig, sich von ihren Stielen zu lösen und abzufallen, hingen reglos im Licht des Fensters. Er dachte an Foxy: ein Dunst, ein Flaum, eine Erinnerung an pudrige Achselhöhlen, Lippen erst trocken, dann feucht, das weiche pelzige Tal unten an ihrem Rücken, aus dem seine Daumen den Schmerz wegmassierten, der von der Bürde des Kindes kam, ihre korallenen Brustwarzen, steil vom Spiel seiner Fingernägel, ihr verschleierter und doch wachsamer Blick. Sie verlor alle Struktur, war schutzlos dem klagenden Drängen seines Samens preisgegeben. *Ich mißbrauche dich.*

Nein. Hör nicht auf.

Ich möchte kommen.

Ja, komm. Ich kann diesmal nicht. Komm, Piet.

Wirklich? Du magst es? Sie nickte stumm, mit vollem Mund. Ihre Zunge streichelte ihn flatternd, bis er siedete; ihre Hand half nach. *Oh, ist das gut. Schluck mich.* Sie schluckte ihn.

Die Blätter des geknickten Fliederzweigs, tot, unfähig, sich von ihren Stielen zu lösen und abzufallen, hingen reglos im Licht des Fensters. Angela hinter der Glasscheibe blätterte gelassen eine Seite um. Die strahlende Kuppel über seinem quadratischen Garten schien zersplittert wie nach einer ungestümen Flucht. Gib mir nun die, durch die Du mich verlassen hast.

In dieser Nacht schlief Piet sofort ein, aber er wachte früh wieder auf, Stunden vor Tag, und fühlte sich betrogen, weil er nicht hatte träumen können. Angela lag schlafverloren neben ihm. Er führte ihre Hand an seinen Penis, aber sie glitt ab. Mit eigener geübter Hand erlöste er sich von der Begierde, aber auch dann gelang es ihm nicht, sich fallen und sinken zu lassen. Er erinnerte sich an das spiralige warme Dunkel, in das er sich als Kind zurückziehen konnte, wenn er eine weiche Decke oder ein pelziges Spielzeug berührte, den Regen auf dem Dach oder Stimmen unten im Haus hörte. Am Gipfelpunkt seines Lebensbogens nun hatte dieses erste Dunkel sich ein für allemal gelichtet, und das zweite, ihm unmittelbar bevorstehende, war noch unvertraut. Jähe Gesichter, fremd, feindselig, flackerten vor seinem inneren Auge auf, während er versuchte, sich auszulöschen und Schlaf zu finden. Detaillierte Planzeichnungen ungebauter Gebäude, durchdacht bis zur letzten Verzargung und Kehlung, lagen sekundenlang flach ausgebreitet auf der holprigen Fläche seines Innern. Sein Herz raste und ließ seinen Geist nicht zur Ruhe kommen. Nur mit Mühe hinderte er sich daran, Angela wachzurütteln; das Verlangen, zu beichten, seine Not zu bekennen, seine Hurerei mit Foxy zu gestehen, stieg ihm brennend in der Kehle hoch wie ein Brechreiz. Nach langem vergeblichen Hinundherwälzen schlich er sich die Treppe hinunter nach draußen.

Die Sterne waren alle aus ihrer Bahn gewirbelt und nicht mehr wiederzuerkennen. Ihm war, als betrachte er sie von einer anderen Erde, jenseits der Milchstraße, so schwer von Schweigen, so fremd waren sie. Er tappte vorsichtig über das rauhreifweiße Gras, das sich eisig anfühlte unter seinen nackten Sohlen, und entdeckte schließlich im Süden, über dem Dachfirst der Scheune mit den beiden Blitzableiterspiralen, ein gigantisches, vertrautes Sternbild: den Orion. Der Riese des Winters, in seinem Bett überrascht. Die Zukunft liegt also doch im Himmel beschlossen. Alles steht schon fest. In der tröstlichen Gewißheit, daß seine Liebe an einen Wendepunkt gekommen war und er Foxy fortan weniger lieben würde, kehrte Piet in sein behagliches Haus zurück.

IV. DURCHBRUCH

Foxy empfand die Anwesenheit ihrer Mutter im Haus als eine schreckliche, vom Himmel gesandte Gelegenheit, zu gestehen, daß sie einen Geliebten hatte. Irgendwelchen praktischen Wert würde ein solches Geständnis nicht haben, und die Mutter, die dank ihrer Wiederheirat und ihren fortschreitenden Jahren mit fröhlicher, unternehmungslustiger Selbstzufriedenheit gesegnet war, drängte Foxy wahrhaftig nicht zu einem Bekenntnis; im Gegenteil, sie nahm an, daß diese Ehe, zu der sie ihrer Tochter von Anfang an geraten hatte, fortan noch besser funktionieren müsse, denn der einzige Schönheitsfehler, der ihr anhaftete, die Kinderlosigkeit, würde ja nun bald behoben sein. Foxy ärgerte sich: die Welt rutschte bergab, auf Schienen, die mit solchen Unterstellungen geschmiert waren. Es drängte sich ihr auf die Zunge, sich zum Gegenteil zu bekennen. Zu lange schon schleppte sie ihr Geheimnis allein mit sich herum. Die beiden Lasten, die sie in ihrem Innern trug, waren gleichzeitig herangereift, und auch die schuldvolle verlangte jetzt danach, ans Licht zu kommen, sich zu zeigen, befriedigt zu werden von einer größeren Umwelt, einem hellen, sonnenwarmen Bereich der Aussprache und des Mitgefühls.

Aber zwei Wochen lang hielt die Mutter sich nun schon bei ihr auf, und noch immer bewahrte Foxy peinliche Zurückhaltung. Hinter ihrem zarten Erröten verbarg sich eine unbequeme Zähigkeit. Das Kind verspätete sich. Allzuoft wurde über die Möglichkeit gescherzt, es könnten Fünflinge werden wie vorigen Monat bei der Frau in Süd-Dakota. Zwischen Ken und Foxys Mutter – Constance Price Fox Roth, die Wert darauf legte, Connie genannt zu werden – herrschte das innigste Einvernehmen. Auch was ihre Garderobe betraf: beide kostümierten sich eher, als daß sie sich anzogen. Ken war für jede Gelegenheit ausgestattet: für den Weg zur Arbeit, für die Arbeit selber, für den zwanglosen Aufenthalt zu Hause, für den weniger zwanglosen Aufenthalt zu Hause, für Strandspaziergänge, für den Tennisplatz, für die Touch-Football-Spiele an herbstlichen Sonntagnachmittagen mit den anderen jungen Ehemännern aus Tarbox; er besaß einen Wandschrank voller Anzüge, streng nach Anlaß sortiert, ferner Sportjacketts aus Madras, Leinen und Tweed, Pullover leicht und schwer, sportliche Hosen und Jeans in sämtlichen Stadien der Abgewetztheit, Leinenschuhe verschiedenster Machart sowie ein Foulardjackett und eine Hausjacke für die Gelegenheit am häuslichen Kamin, die er exakt bis zu diesem Grad an Feierlichkeit eingeplant hatte. Und Foxys Mutter, inzwischen zu Wohlstand gekommen, hielt es genauso, zog sich mehrmals am Tag um. Zwischen halb sechs und sechs, wenn die beiden Frauen es sich bei einem Drink bequem machten und auf Kens Heimkehr aus Boston warteten, stieg Connie in eines ihrer bescheideneren Cocktailkleider, und Foxy in ihrem abgetragenen Umstandszelt blieb nichts anderes übrig, als die Figur ihrer Mutter mit einigem Neid zu messen: die Taille wurde zwar langsam unförmiger, die Hüften schrumpften, aber immer noch war sie fester und strahlte mehr Sex im herkömmlichen Sinn aus als Foxy mit ihrer schmachtenden, plattfüßigen, überlangen Erscheinung. Connie konnte es kaum erwarten, daß Ken nach Hause kam. Er war immer hübscher geworden in den Jahren, seit sie und Foxys Vater ihn als Schwiegersohn genehmigt hatten – in denselben Jahren, da Foxy der Sinn für sein gutes Aussehen abhanden gekommen war. Seine elegante, vorbildlich zur Geltung gebrachte Größe, der wohlgeformte längliche Schädel mit den kleidsam angegrauten Schläfen, der feste grauäuige Blick, so unerschrocken wie der eines Kindes. Connie war beeindruckt von der beruflichen Anerkennung, die Ken gefunden hatte und die Foxy nach dem langen öden Studentendasein nur noch als Antiklimax, als eine Täuschung empfand. Und was Foxy als Ausdruck fundamentaler Gefühlskälte ablehnte, war für Connie von großer Faszination: die Dynamik und abrupte Entschlossenheit, die manche seiner Handlungen kennzeichneten – zum Beispiel, wie er Auto fuhr, eine Unterhaltung abbrach oder auch, wie er dieses Haus erworben hatte. «Ich *liebe* das Haus, Liz», sagte Mrs. Roth zu ihrer Tochter. «Die Aussicht ist so durch und durch Neu-England.» Ihr Tonfall klang übertrieben südlich in Foxys Ohren; ihre fortwährenden Emphasen spiegelten eine klimakterische Gesellschaft, in der polierte Artigkeit alle tieferen Gefühle ausgetrocknet hatte und zu einem Spiel mit Silben geworden war. Aber unter der Haut dieser aufgeputzten fremden Person mit dem toupierten, geschickt gefärbten Haar, dieser Ehefrau aus zweiter Hand, die über Berge von Waschautomatenmünzen gesetzt worden war, mußte die Frau von ehedem verborgen sein, die Kriegsfrau, die junge Mutter mit dem unordentlichen, biederen Knoten, den Sergekleidern und den flachen Schuhen, dem versengten Bügelbrett und dem lackierten Philco-Gerät, das krächzend Nachricht gab von den Kampfschauplätzen auf beiden Ozeanen – jene tapfere, erschöpfte Mutter, die manchmal ganz unvermittelt die Hände fallen ließ und nackte Angst an den Tag legte. Foxy meinte, wenn sie ihrer bedürfe, müsse sie sich finden lassen, diese Frau.

Mit frohlockendem Besitzbewußtsein fuhr Mrs. Roth fort: «Es ist das reinste *Schloß*. Wie entzückend von Ken, und so anspruchsvoll, daß er es einfach nur so für euch beide angeschafft hat!»

«Und für das Kind.»

«Ach natürlich, das Kind, wie *konnte* ich nur das *Kind* vergessen! Wegen des kleinen Engels bin ich doch bloß *hier*!»

Foxy sagte: «Als wir hier einzogen, war es nichts weiter als ein altes, verrottetes Ferienhaus. Aber es gibt einen ganz fabelhaften Bauunternehmer hier am Ort, der hat es überhaupt erst bewohnbar gemacht. Die Wände, die Veranda, die Küche und der kleine Seitentrakt – alles ist neu. Wir mußten auch einen Keller ausschachten.»

Foxys Mutter reckte den Kopf, so daß die gealterte Haut ihres Halses schmählich bloßgelegt wurde, und inspizierte, durch den Rauch ihrer rotgefilterten Zigarette blinzelnd, Piets Werk. Foxy hatte das Gefühl, als bekomme ihr Herz einen Fußtritt von innen und rutsche nach oben. «Ich weiß nicht, Liz, irgendwie ist mir alles zu akkurat. Dieser altmodische glatte Stuckverputz – das *seid* ihr einfach nicht, du und Ken.»

«Man braucht etwas Solides, so nah an der Marsch», sagte Foxy trotzig, «sonst ist man nicht sicher vor dem Wind.»

Mrs. Roth wollte taktvoll sein, sie spürte, Takt tat not in diesem Augenblick, und sagte: «Ich bin sicher, wenn ihr euch hier erst einmal richtig eingerichtet habt, wird es schon gemütlich werden», und wechselte das Thema. «Apropos Wind, Libby, hast du gewußt – für mich ist es auch ganz neu, aber wir haben im Bücherkreis gerade griechische Mythologie gelesen, das scheint ja *der* literarische Schrei des Jahres zu sein –, daß die alten Griechen und so der Meinung waren, Frauen würden schwanger davon? Vom *Wind*!»

Foxy lachte. «Weißt du noch, Mutter, die alte Miss Ravenel in Bethesda, die ihren Schaukelstuhl immer mitten in den zugigen Durchgang stellte?» Tag für Tag lenkte sie die Unterhaltung auf die Vergangenheit hin, nach Bethesda.

«Warte mal!» rief Connie. «Ja, natürlich, *des*wegen! Sie wollte schwanger werden!» Das zweistimmige Lachen klang dünn in dem großen Zimmer mit den kahlen Wänden; keine der beiden Frauen hatte mehr als eine Schwangerschaft vorzuweisen.

Ken sah es gern, daß seine Schwiegermutter da war: Foxy hatte Abwechslung, ohne aus dem Haus gehen zu müssen zu den anderen

Paaren, die er ihr gegenüber nur noch als «deine Freunde» bezeichnete. Wenn sie gelegentlich doch ausgingen, dann nur zu dritt, und Foxys Mutter, in knisterndem Lila und mit einer weißen Seidenstola, die sie sich immer wieder über die Schulter warf und neu drapierte, war ein gesellschaftlicher Erfolg: halb Anstandsdame, halb Komische Alte. Mit Freddy Thorne kam sie besonders gut aus. Nach der Halloween-Party bei den Klein-Smiths – am Abend nach Allerheiligen und ohne Masken – bemerkte sie zu Foxy: «Also wirklich, der ist ja *enorm* beschlagen und dabei bloß *Zahn*arzt. Einfach hinreißend, was er über moderne Psychologie und alte Mythen zu sagen hatte. Findest du nicht auch, daß er rasend sympatico ist – eigentlich mehr als eure anderen fidelen Freunde?»

«Ehrlich gesagt, nein, Mutter. Ich finde ihn hinterhältig und widerwärtig.»

«Ach, tatsächlich? Schon wahr, sein Mund ist ein bißchen daneben geraten, aber welcher Mann sieht denn schon wirklich gut aus, verglichen mit Ken.» Sie sprach zögernd, denn in den vergangenen zwei Wochen hatte sie eine Antenne bekommen für Kens eigentümliches Nichtvorhandensein, für Foxys innerliches Ersterben, wenn er zur Tür hereintrat. Er spielte Tennis an diesem Vormittag, hatte, bevor er ging, sich selber Frühstück gemacht, säuberlich sein Geschirr gespült und es als stummen Tadel im Schieferbecken stehenlassen.

«Wer *gefällt* dir denn?» fragte sie.

«Ach», sagte Foxy, «vor allem die Frauen, so traurig das klingt. Terry Gallagher zum Beispiel, das ist die Große mit dem glatten dunklen Haar, die sich nicht überreden ließ, auf ihrer Laute zu spielen, obwohl sie sie mitgebracht hatte, und in gewisser Weise auch Janet Appleby. Die Pummelige, weißt du, die zum Schluß so betrunken war und ihren Psychiater nachmachte.»

«Ich fand, die müßte glücklicher sein, als sie ist.»

«Das findet sie selber auch. Und als Paar genommen habe ich die Hannemas ganz gern, und die Guerins stören mich nicht. Mit Roger kann ich zwar nichts anfangen, aber Bea besitzt, glaube ich, echte Herzlichkeit, auch wenn sie ein bißchen viel davon hermacht. *Deren* Unglück ist, daß sie keine Kinder haben können.»

«So, die Hannemas. Doch nicht etwa dieser gräßliche kleine rothaarige Kerl, der überall herumwieselt und jedem eins hintendrauf gibt und dauernd Handstand macht?»

«Das ist Piet, ja. Seine Frau ist bezaubernd. So gütig und ausgeglichen und humorvoll.»

«Die ist mir entgangen. Aber so im ganzen genommen scheint ihr mir alle *sehr* sympatico miteinander. Du hast Glück, du hast Freunde gefunden, mit denen du dich *amüsieren* kannst. Dein Vater und ich, wir hatten keinen solchen Kreis. Wir waren allein, allein mit dir. Es tut gut, wenn man Dampf ablassen kann.»

«Ken findet, wir *produzieren* Dampf. Ken findet, wir kennen einander *zu* gut. Und es stimmt, einer von unseren Bekannten hier hat seinen Job verloren, weil er und seine Frau nichts anderes mehr im Kopf hatten als ein anderes Ehepaar.»

«Welcher war das?»

«Sie sind nie mehr dabei. Er hieß Ben Saltz. Es waren Juden.» Foxy errötete in hilfloser Selbstbezichtigung.

Ihrer Mutter war nicht anzumerken, ob sie sich an die Geschichte mit Peter erinnerte. Zierlich stippte sie die Zigarette in der vollgeschwappten Untertasse aus und sagte: «Das war sicher eine Verkettung unglücklicher Umstände.»

«Die Frau, die er geliebt hat, war gestern abend da. Carol Constantine – aufgetürmtes rotes Haar, das an der Wurzel dunkel nachwächst, und sehr schmale Taille. Sie malt. Ich erwäge, ob ich ihr nicht ein Bild abkaufen soll – wo du dich so schneidend über unsere kahlen Wände geäußert hast.»

«Die ist mir aufgefallen. Vorläufig noch phänomenal, aber nicht mehr lange, dann knirscht sie in den Angeln. Sie weiß das auch. Und von dem schicken Kleinen, mit dem sie verheiratet ist, hat sie wenig Gnade zu erhoffen.»

«Eddie? Den nehmen wir nicht für voll.»

«Solltet ihr aber. Ein außerordentlich eitler und skrupelloser junger Levantiner. Ich habe ihm auf den Kopf zugesagt, daß ich froh wäre, wenn ich immer eine Maschine buchen könnte, die von ihm geflogen wird; er ist zu eingebildet, um abzustürzen.»

«Mutter! Du bist ganz schön schlimm – mit Männern flirten, die deine Söhne sein könnten!»

«Ich habe nicht geflirtet, ich war beunruhigt. Und seine arme ausgemergelte Frau ist das auch.»

«Da wir gerade von Ehepaaren reden – wie geht's denn den Kennedys?» fragte Foxy, und Heimweh nach Washington überkam sie.

«Es heißt, sie stünden jetzt besser miteinander als früher. Bei ihm war es notorisch, ist ja klar.»

«In letzter Zeit sieht sie nicht mehr ganz so verschreckt aus auf den Zeitungsfotos. An ihrem griechischen Strand.»

«Ein *scheußliches* Unglück, so eine Frühgeburt. Aber die sind ja katholisch und finden sicher einen Dreh, etwas Positives daraus zu machen. Ein Engel mehr da oben, tralala.»

«Du meinst, wir Episkopalen haben diese Möglichkeit nicht.»

«Liebe gute Elizabeth.» Mrs. Roth streckte unschlüssig die Hand aus und berührte Foxys, so daß die beiden Eheringe sacht gegeneinanderklickten, Gold gegen Gold. «Ich muß gestehen, ich habe aufgehört, mich irgendeiner Konfession zugehörig zu fühlen, Roth hat für so etwas nur Verachtung. Und bei deinem Vater hing es im Grunde auch bloß mit der Marine zusammen.»

«Geht er noch zur Kirche?»

«Ich bin nie auf die Idee gekommen, ihn danach zu fragen, und inzwischen ist es Jahre her, seit ich ihn zuletzt gesehen habe. Er lebt in San Diego – möglich, daß ich ihn nie mehr wiedersehe. Stell dir das vor.»

Foxy wollte es sich nicht vorstellen. Vorsichtig fragte sie: «Stimmt das, was alle gesagt haben – sie hätten sich fast scheiden lassen?»

«Die Kennedys? Wir haben nicht viel Kontakt mit Leuten von der Regierung, aber doch, ja, man erzählt sich so allerhand. Zu einer Scheidung wäre es natürlich nicht gekommen, sie hätten sich eine Annullierung erkaufen müssen – von Kardinal Spellman, nehme ich an. Aber bei *dem* Rücken ist er natürlich *nicht* mehr so munter, wie er früher gewesen sein muß.» Mrs. Roth stützte die Ellbogen auf die Tischkante und strich sich müde über die Hautpartie unter den Augen. «Warum fragst du?»

Foxy sagte: «Das Thema Scheidung interessiert mich.» Als wolle sie dies Eingeständnis abschwächen, drehte sie den Kopf weg, und ihr Blick fiel auf die Riesenschlagzeile der Zeitung, die säuberlich gefaltet auf Kens leerem Platz zurückgeblieben war: DIEM GESTÜRZT. Diem. *Dies, diei, diei, diem.* «Manchmal überlege ich, ob es für Ken und mich nicht das beste wäre.»

Der Planet drehte sich, während Foxy darauf wartete, wer ihr nun antworten würde: ihre Mutter oder Mrs. Roth. «Im Ernst?» Welche von beiden war es?

Foxy ging in Deckung. «Nicht wirklich», sagte sie leichthin. «Es ist einfach nur so eine Idee. Ich bin nicht genügend ausgelastet, seit wir hier draußen wohnen. Wenn erst einmal das Baby da ist, wird sich schon alles finden.»

«Na, wer's *glaubt*», sagte ihre Mutter. «Aber wenn du nicht glücklich bist, warum hast du dann nicht Schluß gemacht, bevor ein Kind ins Spiel kam? Du hast doch lange genug mit Ken allein gelebt – wie viele Jahre waren es insgesamt, sieben?»

«Ich *wußte* nicht, daß ich nicht glücklich war – erst als wir hierher zogen, ist mir das klargeworden. O Mutter, es ist ein solches Elend, ein solcher *Jammer*. Etwas Besseres als ihn könnte ich mir gar nicht wünschen, aber wir finden keinen Kon*takt* zueinander.»

«Ach mein Kind. Ja, weine nur. Es tut mir so leid.»

«Er ist so gut, Mutter, er ist so verdammt *gut.* Er *sieht* mich nicht, er *kennt* mich nicht.»

«Bist du sicher?»

«O ja, ja. Ich treffe mich mit einem anderen, und Ken hat keinen Schimmer. *Keinen Schimmer.*»

«Mit was für einem anderen?» fragte Mrs. Roth scharf. «Du triffst dich mit ihm?»

«Es spielt doch keine Rolle, wer es ist. Ein Mann. O Gott, ja, ich treffe mich mit ihm, ich schlafe mit ihm.»

«Das Kind ist von ihm?»

«Nein, Mutter, das Kind ist von *Ken.*»

Etwas Schlimmeres hätte sie nicht sagen können; während sie in etwas zerknülltes Weißes hineinschluchzte, fassungslos vornübergebeugt, als flüchte sie sich in ihren eigenen Schoß jenseits des rosa Schimmers ihrer Finger, die ihr Gesicht zusammenhielten, wurde ihr das ganz klar: das war das Schlimmste; denn wäre das Kind von Piet, so gäbe es eine logische Erklärung für ihr Verhalten und sie stünde nicht so eindeutig außerhalb der Grenzen.

«Also», sagte die andere Frau endlich, als sie soweit ihre Sprache wiedergefunden hatte, «das muß aufhören.»

Foxy fühlte die Macht der Tränen, und gewappnet mit diesem Silberschild, rückte sie gegen ihre Mutter vor: so leichten Sieg sollte die nicht davontragen dürfen, Rettung, Hilfe sollte sie bringen. «Aber wenn ich *aufhören* könnte, hätte ich doch gar nicht angefangen! Es war von vornherein alles meine Schuld. Nicht er ist auf die Idee gekommen, sondern *ich.* Und am meisten Angst habe ich davor, *ihm* etwas anzutun, nicht Ken. Ich habe Angst davor, seine Liebe auszunutzen und ihn dahinzubringen, daß er mich *heiratet.*»

«Ich darf daraus wohl schließen, daß der Mann gleichfalls verheiratet ist?»

«Natürlich ist er das, alle sind wir hier verheiratet.»

«Hat er den Wunsch geäußert, dich zu heiraten?»

«Nein. Ja. Ich weiß nicht. Es ist ganz unmöglich.»

«Also, wenn du meinen Rat wissen willst: mach Schluß. Aber ich wäre die letzte, die sagen würde, daß eine Scheidung unbedingt eine Katastrophe bedeutet.»

«In diesem Fall würde es aber ganz sicher eine sein! Er liebt seine Frau.»

«Sagt er das?»

«Er liebt uns beide. Er liebt uns alle. Ich möchte nicht das Biest sein, das ihn hereingelegt hat.»

«Was für eine empfindliche Moral! Zu meiner Zeit war es immer nur die Frau, die hereingelegt wurde. Wenn es der Mann ist, auf den ich tippe, dann wird er es überleben.»

«Auf wen tippst du denn?»

«Auf den Bauunternehmer. Diesen großen Iren, ich habe vergessen, wie er heißt, der gestern abend mit dir getanzt hat.»

«Matt Gallagher?» Foxy lachte. «Er tanzt zwar gut, aber, Mutter, er ist genau wie Ken, nur nicht ganz so intelligent.»

Connie wurde rot; am Lachen ihrer Tochter erkannte sie, wie falsch ihre Vermutung gewesen war. «Er ist der einzige, der groß genug für dich wäre», sagte sie kleinlaut, aber dann fand sie das richtige Gleis und fuhr in energischerem Ton fort: «Herzchen, ich *will* gar nicht wissen, wer der Mann ist. Wüßte ich es, würde ich mich bloß verpflichtet fühlen, es Ken zu sagen. Ich möchte etwas anderes wissen, und zwar, was dich so unzufrieden macht. Für meine Begriffe ist Ken der ideale Ehemann.»

«Ich weiß, daß du ihn so siehst. Du hast keinen Zweifel daran gelassen.»

«Und er vergöttert dich. Stimmt im Bett etwas nicht?»

«Im Bett ist alles in Ordnung.»

«Hast du deinen Orgasmus?»

«Mutter. Selbstverständlich.»

«Tu es doch nicht so ab. Ich habe erst angefangen, Freude an meinem Körper zu haben, als ich über dreißig war.»

«Ich kann nicht gerade behaupten, daß ich übermäßig viel Freude an meinem Körper hätte, in diesem Zustand. Um die Taille herum bin ich unbeweglich, und die Beine tun mir weh.» Unvermittelt stand sie auf, räumte Teller und Tassen ab und bewegte sich so eilig hin und her, daß ihre Mutter mit erhobener Stimme weiterreden mußte, um sich verständlich zu machen.

«Wie hat dieser andere es bloß fertiggebracht, immer weiter zu dir zu kommen – obwohl du ein Kind erwartest!»

Foxy zuckte die Achseln. «Er kennt mich nur in diesem Zustand. Anscheinend macht es ihm nichts aus. Er ist sogar ganz besonders zärtlich mit mir. Seine Frau will keine Kinder mehr. Sie hat die Überbevölkerung vor Augen.»

«Ach Liz, das klingt *der*maßen labil – warum *hast* du nur einen so unseligen Geschmack!»

«Du hast mich nach Ken gefragt. Ich glaube, der Fehler ist, daß nicht ich ihn mir ausgesucht habe. Du hast ihn ausgesucht. Papa hat ihn ausgesucht. Radcliffe und Harvard haben ihn ausgesucht. Alle Welt war sich einig, daß er der Richtige für mich sei, und das ist der

Grund, weshalb er es *nicht* ist. *Ich* war ganz nebensächlich. Für *mich* hat sich dabei niemand interessiert. Ich war nichts weiter als ein Gegenstand, der verpackt und aus dem Weg geschafft werden mußte, damit ihr beide, du und Papa, eure famose Scheidung erledigen konntet.» Foxy mußte sich wieder hinsetzen, so drückend war der Vorwurf, den sie eben vorgebracht hatte. Ungewohntes Brennen meldete sich in der Gegend unterhalb ihres beengten Herzens.

Ihre Mutter massierte sich die feuchten roten Hautpartien unter den Augen und erwiderte mit belegter Stimme: «So also hast du es empfunden? Aber so war es nicht, unsere Einstellung war ganz anders, trotzdem, es tut mir leid, Liz, entsetzlich leid. Wir liebten dich beide so sehr, du warst ein solcher Trost für uns in all den trüben Jahren – deine helle Stimme, dein Liebreiz –, es hat uns entsetzt, was du dir da eingebrockt hattest, mit Peter.»

«Aber Mutter –» sie gaben acht, daß ihre Hände sich nicht noch einmal auf dem Tisch berührten, denn das groteske Klicken der Trauringe war ihnen noch im Ohr – «ich habe das gewußt. Ich kannte Peter. Ich wußte, daß es von allein zu Ende gehen würde, ihr hättet nicht einzugreifen brauchen. Ihr habt mir alles Selbstgefühl genommen. Dieser andere Mann und ich – ich weiß, auch das wird zu Ende gehen. Er wird mich verlassen. Wird wieder zur Tagesordnung übergehen. Sag Ken nichts davon. Bitte.»

«Ich *denke* nicht daran, Ken etwas zu sagen. Er würde überhaupt nicht fertig werden damit. Womöglich noch in Panik geraten. Schließlich bin ich ja nicht *nur* eine putzsüchtige komische Alte, Liz. Ich sehe durchaus, wo Kens Grenzen liegen. Er ist wie dein Vater, alles muß seinen Rahmen haben. Aber innerhalb der Norm, finde ich, ist er bemerkenswert. Er verdient es, daß man ihn schätzt.»

«Gewiß, und ich schätze ihn ja auch. Es ist nur so niederschmetternd, einen Mann zu haben, der von Berufs wegen den Geheimnissen des Lebens nachspürt und nicht merkt, oder sich nicht darum kümmert, daß man an seiner Seite eingeht.»

«Er kümmert sich, da bin ich sicher.»

«Er kümmert sich um seine Requisiten, und ich gehöre dazu.»

Mrs. Roths Interesse regte sich wieder. «Du glaubst ehrlich, daß du mit diesem anderen Schluß machen kannst? Es ist also noch nicht zu spät?»

Die Frühstücksreste auf dem Tisch – Orangen- und Eierschalen und die Zeitung – erschienen Foxy wie ein Konzentrat des Inhalts dieser Welt. Kein Wunder, daß das Kind sich Zeit ließ. Vor mehr als einer Woche schon hatte es sich gesenkt; seine Bewegungen, früher nicht mehr als ein leichtes Flattern, waren tumultartig geworden, und sein Gewicht hatte für sie jetzt etwas Bleiernes, Verschrecktes, Verratenes. Foxy antwortete: «Vielleicht ist schon alles vorbei. Wir haben kaum miteinander gesprochen, seit du da bist. Wir haben – wir sind seit fünf Wochen nicht mehr richtig zusammengewesen.»

Mrs. Roths Fingerspitzen wanderten ein Stück höher und streichelten jetzt, wie etwas Kostbares, die Wölbungen der Augäpfel hinter den geschlossenen Lidern. «Liebe Libby», sagte sie, ohne die Augen zu öffnen. «Von dem ganzen schrecklichen Haus in Bethesda ist mir am deutlichsten der Lichtschein der Radio-Skala in Erinnerung und dein wunderschönes Flachshaar, das ich kämmte und kämmte und kämmte.»

«Vorbei, Mutter, vorbei», sagte Foxy zerstreut, und als sie sich erhob, klang eine unbekannte melodische Wendung des Schmerzes in ihrem Kreuz auf.

Gerade zehn geworden, noch ein wenig drall, aber mit ersten Zeichen von Anmut, gab Ruth sich in ihrem Zimmer, das sie höchst reinlich hielt, zufriedenen Selbstbetrachtungen hin. Piet hatte ihr zum Geburtstag einen mannshohen Spiegel geschenkt – ein Tor zur Eitelkeit, ein typisches Vatergeschenk: verliebt und wohl auch zudringlich. Er war vorsichtig geworden, darauf bedacht, sich ihr nicht aufzudrängen. Als er sich doch einmal in ihr Zimmer wagte, warf er einen Blick auf sein Geschenk, um zu sehen, ob es Spuren von Gebrauch trage, und prallte zurück vor seinem eigenen schneidend deutlichen Spiegelbild: ein plumper Eindringling. Der Spiegel und die knallige Blumentapete, die sie selber ausgesucht hatte; die verschiedenen Sammlungen, von denen jede auf einem Extrabord untergebracht war: Bücher, Muscheln, Flaschenkappen, die exotischen Puppen, die Angelas Eltern ihr aus den Häfen ihrer winterlichen Kreuzfahrten schickten; eine Weltkarte mit türkisenen Meeren; die grünweiße Fahne des Football Clubs der High School von Tarbox, etliche mit Klebestreifen an der Wand befestigte Fotos, die sie mit ihrer Box aufgenommen hatte: ihre Eltern Arm in Arm, der Hamster, der gestorben war, die Fliederhecke zur Blütezeit, ihre Freundinnen am Strand, aber nicht ein einziges von ihrer Schwester – das war Ruths Reich, hier saß sie an dem aufklappbaren Pult, das Piet ihr geschreinert hatte, und machte ihre Schularbeiten oder führte ihr lakonisches Tagebuch, in dem nur vom Wetter und von Ausflügen die Rede war, oder hielt ihr Album mit den sorgfältig aus *Life* und dem *National Geographic* herausgeschnippelten Abbildungen auf dem laufenden, ein Sammelsurium, in dem nichts und niemand fehlte: Sophia Loren, Königin Elizabeth II. von England, ein russischer Raumfahrthund, ein riesiger Stein-Pharao, der von den Wassern des Assuan-Staudamms bedroht war, eine nackte Nigerianerbraut, eine pakistanische Mutter, ihr Kind beweinend, das bei einem Erdbeben umgekommen war, Jacqueline Kennedy und eine Vokalgruppe, die man die Beatles nannte.

An Tagen wie diesem Montag, wenn Piet früher nach Hause kam als Angela, fühlte er schon von weitem, daß seine Tochter oben ihr Wesen trieb. Gegen vier brachte der Bus sie immer aus der Schule zurück. Die Stille hinter der geschlossenen Tür, die nur unterbrochen wurde, wenn Ruth irgendwelche Gegenstände verrückte oder einen Choral aus dem Kirchenchor vor sich hin schnulzte, schüchterte ihn ein; er hatte ihre Windeln gewaschen und ihre Milchflaschen gewärmt, und nun hatte er bloß noch die Funktion, ihr Eigenleben zu respektieren und im Hintergrund zu bleiben. Er blätterte ein zweites Mal die Zeitung durch, erwog, die morschen Bretter der eigenen Scheune zu erneuern, und mixte sich dann lieber einen zeitigen Gin-and-Bitter-Lemon. Der Tavernenanbau war inzwischen fertig und auch schon eingeweiht worden – ein feierliches Bankett, an dem alle drei Gemeinderäte teilgenommen hatten sowie Feuerwehrhauptmann Kappiotis, der alsbald in Schlaf fiel –, und Piet hatte im Augenblick nicht genug zu tun. Der Besitz in Lacetown war an die Nonnen verkauft worden, so viel hatte Gallagher geschafft, den fetten Umbauauftrag aber hatte sich eine Firma in Watertown gesichert, deren Direktor der Bruder eines Priesters war. Man hatte ihnen mitgeteilt, die Kostenvoranschläge seien ohne Ansehen der Person geprüft worden; Gallaghers berühmter Charme – bei diesen Schwestern verfing er nicht. Ein einziger Auftrag war unter Dach: die alte Villa der Tarbox' an der Divinity Street sollte zu einem Mietshaus mit Büros und Appartements umgebaut werden. Die alte Gertrude Tarbox, die sich aus gehorteten Zeitschriften und allerlei Gerümpel ein höchsteigenes Paradies gebastelt hatte, war auf Anordnung irgendwelcher in Palo Alto lebender Verwandter durch die Agentur einer Bank von New Bedford im September in eine Pflegeanstalt eingeliefert worden. Piets Auftrag – Schindeln ausbessern, Zwischenwände entfernen, Fußböden abziehen, schimmelige Wandflächen mit Kunststoffplatten aufputzen, die Holzpaneele vortäuschen sollten – war so armselig, daß die Arbeit kaum für Adams und Comeau und Jazinski ausreichte, die als Stundenlohnempfänger Anspruch darauf hatten, bevorzugt beschäftigt zu werden. Piet hatte also viel Muße. Er nahm einen großen Schluck von dem gesüßten Gin und gab sich Mühe, nicht an Foxy zu denken; seit sie sich hinter ihrer Mutter verschanzt hatte, brannte sie ihm wie eine entzündete Stelle im Bewußtsein, die unablässig von der Zunge seiner Erinnerung betastet wurde. Der Sommer war wie ein Traum und weit weg. Sie war verschwunden – das Zuschlagen einer Autotür nach dem Gottesdienst. Er sehnte sich nach der Ökonomie des Doppellebens, dem Reiz, es aufrechtzuerhalten. Wenn er treu war, hatte er das Gefühl, brachzuliegen. Ausgetrocknet und fade dehnten sich die Stunden um ihn. Er trank, um die Zeit totzuschlagen.

Angela kam nach Hause und barst vor Neuigkeiten. «Soll ich dir sagen, was Irene, diese Person, gemacht hat? Sie hat einen bezahlten Posten an der Handelsschule für Mädchen in Lacetown angenommen und muß nächsten Montag dort anfangen, also in einer Woche, das heißt, ich habe den Kindergarten von jetzt an allein auf dem Hals.»

«Sag ihr, daß du es nicht schaffst.»

«Wieso denn nicht? Ich schaffe es vielleicht nicht, zum Psychiater zu gehen, aber mit einem Dutzend Kinder werde ich ja wohl noch fertig werden können, zumal jetzt, wo Irene mit ihren Kibbuz-Theorien mir nicht mehr dreinreden kann.»

«Du möchtest es also.»

«Was überrascht dich so daran? Außerdem *möchte* ich gar nicht so gern. Ich glaube nicht, daß so kleine Kinder unbedingt mein Fall sind, aber ich bin neugierig, ob das Unterrichten an sich mir überhaupt noch von der Hand geht, nach so viel Jahren. Und außerdem – wäre es nicht auch für dich ganz nett, wenn ich ein bißchen Geld nach Hause brächte?»

«Du hast Angst, ich könnte dich nicht durchbringen.»

Angela beugte sich zu ihm herab und rieb ihre Wange an seiner Schläfe, liebevoll, aber flüchtig, Berührung eines Flügels, der sich zum Flug entfaltet. «Natürlich kannst du das. Aber ich bin schließlich auch jemand. Meine Kinder werden größer.» Und dann flüsternd: «Nancy lutscht den ganzen Vormittag nicht mehr am Daumen, es sei denn, sie wird plötzlich daran erinnert.» Angela flüsterte, weil sie das Kind mit nach Hause gebracht hatte; es stand an der Treppe und überlegte, ob es sich trauen solle, Ruth zu stören.

«Was hat Irene sonst noch gesagt? Du bist eine Ewigkeit weggeblieben. Hat Ben schon einen neuen Job gefunden?»

«Nein, und ich bin nicht einmal sicher, ob er sich überhaupt nach einem umsieht. Aber im übrigen war sie gespickt mit Neuigkeiten. Keine Sekunde läßt sie die Constantines drüben aus ihren schwarzen Perlaugen: Eddie und Carol haben es jetzt mit den Guerins, sagt sie. Roger und Bea sind jeden Abend bei ihnen, und Irene vermutet – du müßtest es von ihr selber hören, um es in seiner ganzen

Komik zu erfassen –, daß die *gleich*gearteten Hälften beider Paare Sympathie füreinander entdeckt hätten.» Zur Erläuterung zeichnete sie ein Viereck in die Luft. «Carol und Bea sympathisieren miteinander und Roger und Eddie.»

«Na, und glaubt sie, daß diese Sympathien auch in die Tat umgesetzt werden? Ich hole mir noch etwas zu trinken. Willst du auch etwas?»

«Bourbon, keinen Gin – der Sommer ist vorbei, Piet. Sie traut sich nicht recht, es so kraß auszusprechen. Aber sie meint, Carol sei physisch zu allem fähig, und Bea hat ja nun ganz unbestreitbar die entsprechend passive Ader. Sie war im Grunde immer eine Frau für Frauen; sie *flirtet* mit Frauen und tätschelt sie.»

«Aber es muß doch gewaltige Überwindung kosten», sagte Piet, wohl wissend, daß es bei heterosexueller Veranlagung nicht die allermindeste kostete, «sich auszuziehen und unterschwellige Neigungen dieser Art auch wirklich zu praktizieren.»

Angela nahm ihm das moschusduftende goldene Getränk aus der Hand; sie nippte daran, und ihre Augen wurden blauer, stellten sich Szenen vor, von denen man ihr erzählt hatte. «Niemand von uns wird jünger», sagte sie, «und wenn man etwas haben kann, das man sich immer schon gewünscht hat – baut man dann nicht allmählich alle Hemmungen ab? Die Tabus werden immer bedeutungsloser.»

Piet schenkte sich klaren Gin ein und sagte: «Roger *ist* homosexuell, das steht fest, aber sein Charme war immer, daß er sich gesträubt hat, es zuzugeben. Außer in seinem Benehmen Frauen gegenüber, das entweder grob ist oder übertrieben höflich.»

«Ich glaube, man muß unterscheiden zwischen homosexueller Veranlagung und Vorurteilen gegen Frauen», sagte Angela. «Hat Roger jemals, sagen wir mal auf dem Golfplatz, einen Annäherungsversuch bei dir gemacht?»

«Nein, aber er ist reichlich zutraulich, und von einem Damen-Vierer überrundet zu werden, kann er einfach nicht ertragen. Aber das eigentliche Rätsel bei dieser Geschichte scheint mir Eddie zu sein. Wie kann Irene von einem Mann, der noch vor ein paar Monaten ihr Liebhaber war, behaupten, er sei ein praktizierender Schwuler?»

«Also erstens hat sie das nicht expressis verbis getan, und zweitens ist sie sehr verletzt und verbittert. Als ich sie andeutungsweise danach fragte, sagte sie lediglich, Eddie könne etwas sehr Überredendes haben. Was sie damit meinte, weiß ich nicht, aber sie hat es dreioder viermal gesagt.»

Piet fragte: «In welcher Form ist dein Freund Freddy Thorne an dieser Neugruppierung beteiligt?»

«Ach ja, Freddy hat die vier überhaupt erst zusammengebracht; die Guerins und die Constantines hatten so gut wie nichts miteinander zu tun, bis Freddy kam. Ich nehme an, er hockt ziemlich oft mit ihnen zusammen und hält die Suppe am Kochen.»

«Arme Georgene.»

Hellwach, mit hochgezogener Oberlippe und feuchtglitzernden Zähnen, fragte Angela: «Wieso arme Georgene?»

«Ganz allgemein betrachtet. Sei du mal mit so einem bösartigen Widerling verheiratet!»

«Du kannst nicht im Ernst behaupten, daß er bösartig ist. Ihm macht es halt Spaß, wenn es schön bunt zugeht. Und Georgene ist übrigens sehr frostig mit mir, seit die Schule wieder angefangen hat. Wenn Irene erst einmal weg ist, würde es mich nicht wundern, wenn Georgene ihren Tag auch nicht mehr einhielte.»

«Was hat Irene denn sonst noch alles aus ihrem überquellenden Nähkörbchen geplaudert?»

«Laß mich mal nachdenken. John Ong scheint krank zu sein. Irgendwas mit seiner Brust; die Ärzte haben gesagt, er müsse mit dem Rauchen aufhören, aber er will nicht. Er kann nicht.»

«Mein Gott. Krebs?»

«Man weiß es nicht. Aber schließlich ist er auch älter als wir alle, es ist bloß nie aufgefallen, weil er Asiate ist.»

«Ist er im Krankenhaus?»

«Noch nicht. – Ach ja, natürlich! Jetzt kommt etwas für dich: Foxy Whitmans Baby ist da.»

Die Luft verdickte sich; erst meinte er, zu ersticken, dann fiel er – ein schwereloses, grenzenloses Fallen. Er fragte: «Wann?»

«Irgendwann an diesem Wochenende. Sonntag, glaube ich. Freitag abend hast du sie ja noch bei den Klein-Smiths gesehen. Vielleicht ist es vom Tanzen mit Matt Gallagher gekommen. Er hopst immer so schrecklich.»

«Warum hat uns niemand früher Bescheid gesagt?»

«Piet, du nimmst es so persönlich. Der allernächste Anverwandte bist du ja schließlich *nicht*. Aber es wundert mich, daß Matt es nicht im Büro erwähnt hat. Terry muß es doch gewußt haben, wenn sie Foxys beste Freundin ist.»

«Matt und ich reden dieser Tage nicht viel miteinander. Er ist sauer, weil uns das Nonnenkloster durch die Lappen gegangen ist. Aber das ist ja sehr erfreulich. Sie hatte enorme Ausmaße angenommen. Junge oder Mädchen?»

«Ein Junge. Sieben Pfund und etwas. Ob wir Blumen hinschicken sollen? Ich mag Foxy, aber mir scheint, unsere Beziehungen sind nicht so, daß Blumenspenden angebracht wären.»

«Ach, schick ihr welche. Hör auf mit dem Krampf. Du kannst sie ja doch nicht mitnehmen, Angela, im Himmel gedeihen keine Blumen, die wachsen nur auf Mist.»

Verdutzt über sein feindseliges Geplapper, schnitt Angela eine Grimasse und ging aus der Küche. «Ru-uth!» rief sie. «Komm herunter und kapsele dich nicht so ab, Nancy möchte Angeln spielen.»

Allein mit sich, versuchte Piet, die Freude zu fassen, die deutlich, aber unstet ihn erfüllte. Foxy hatte alles überstanden. Das Kind war ein Junge. Ihr Glück hatte standgehalten. Er wollte ihr ganz nahe sein, wollte sich in das antiseptische weiße Zimmer schleichen, in dem sie lag: flachbäuchig jetzt und rosig, unsichtbar blutend, bewußtlos atmend, mit schlaffem blassen Mund und aufgelöstem Haar. Er malte sich all die Treibhausblumen aus: üppige Gladiolen, prunkende Dahlien, mit Papiermanschetten geschmückte Hyazinthen, duftend nach Erde, die von moosigen Daumen festgedrückt war, rote Schnittrosen, kühl strotzend mit schweren Blütenköpfen. Er sah auch das Glas mit dem schal perlenden Wasser neben Foxys verschwommenem Gesicht und die Glückwunschkarten und, versteckt in der emaillierten Schublade, eine halb aufgegessene Rolle Bonbons. Und in einem Winkel jenseits dieses besitzsüchtigen Tagtraums hielt sich die Nutzanwendung bereit: Foxy war niedergekommen, ohne es ihn wissen zu lassen, hatte ihm Schmach angetan, war schuldig geworden an ihm, und mit dieser Schuld verhieß sie ihm Freiheit. Einmal, als sie nicht kommen konnte, hatte sie an seinem Schenkel masturbiert, den sie fest zwischen ihre Beine geklemmt hielt. *Ist es sehr lästig für dich?*

Nein, natürlich nicht. Jugend stellt nun mal Ansprüche.

Mach dich nicht lustig über mich. Ich geniere mich schon genug.

Du genierst dich? Bei mir, deinem Geliebten?

So bin ich nun mal.

Es ist so rührend, wie Frauen sich abrackern müssen.

Streichle meine Brustwarzen.

Aber gern.

Sanfter. Ich bin fast da.

Komm. Sein Schenkel fing zu schmerzen und zu prickeln an, das Blut staute sich. *Ja, komm. Gut. Toll.*

Auf dem Kühlschrank stand eine hölzerne Salatschüssel voller Süßigkeiten, die Ruth und Nancy sich zum Halloween-Tag gewünscht hatten. Piet holte die Schüssel herunter und griff sich, um seine Freude zu feiern, um ihr Substanz zu verleihen, eine Handvoll gezukkerten Puffmais heraus; er aß selten Süßes, hatte Angst um seine Zähne.

Vor drei Wochen bereits, als sie noch im Krankenhaus lag, hatte Foxy diesen Termin mit ihm ausgemacht: Freitag, ein Uhr; trotzdem fühlte Freddy Thorne sich allem Anschein nach überrumpelt, als sie in seiner Praxis erschien. Bislang war sie ihrem Zahnarzt in Cambridge treu geblieben, aber gegen Ende der Schwangerschaft hatten sich Beschwerden gemeldet, und nun war sie wegen des Stillens in ihrer Bewegungsfreiheit ein wenig eingeschränkt. Niemand, nicht einmal Piet, bestritt, daß Freddy ein fähiger Zahnarzt war. Als sie jetzt jedoch in seinem Ordinationszimmer stand, konnte sie sich des Gefühls nicht erwehren, daß sie von dem Augenblick an, da sie sein absurdes, vom Postamt schier erdrücktes Cottage an der Divinity Street betreten hatte, obgleich es noch andere fähige Zahnärzte am Ort gab, durch Mutterschaft kühn geworden, das Spiel mitspielte, das Tarbox sie gelehrt hatte: das Spiel von der Herausforderung des Schicksals.

Er trug eine weiße Jacke und, zollbreit vor seiner normalen Brille, ein Paar rechteckiger Vergrößerungslinsen. Alles im Behandlungszimmer war fanatisch sauber, von der runden Serviette auf dem schwenkbaren Instrumententisch bis zu Freddys rotgeschrubbten Handflächen, die er in überraschter oder auch segnender Gebärde vor der Brust seiner hinten geknöpften weißen Jacke hoch hielt. Eine quadratische schwarze Uhr zeigte zwölf nach eins. Sein erster Termin nach dem Mittagessen. Sie hatte gegen zehn einen Happen zu sich genommen; durch das Kind waren ihre Schlaf- und Essensgewohnheiten völlig durcheinandergeraten. Es beruhigte sie, daß Freddy, wie alle Zahnärzte, seinen Stundenplan nicht einhielt. «Na so was, wer kommt denn da!» sagte er, als sie eintrat. «Herrlicher Tag», brummelte er, während er sie auf dem Stuhl zurechtrückte. Und als sie brav den Mund öffnete, fragte er: «Wo sitzen die Beschwerden?» Drei verschiedene Personen hatten gesprochen: zuerst der frivole, unverfrorene Mann, den sie kannte, dann ein höflicher, belästigter Bekannter und schließlich ein vollkommen Fremder, ein Experte, der seinen Beruf ausübte.

«Hier», sagte sie und bezeichnete die Stelle von außen mit dem Finger und von innen mit der Zunge. Freddy hielt Sonde und Spiegel überkreuz vor der Brust und hörte zu. «Hier oben, einer von den Backenzähnen, glaube ich. Es zieht jedesmal, wenn ich etwas Süßes esse. Und hier drüben, auf der anderen Seite, fühle ich ein

Loch, da muß die Füllung herausgefallen sein. Aber es steht ja wohl in allen Büchern, und auch meine Mutter ist felsenfest überzeugt davon, daß einem nach der Schwangerschaft die Zähne ausfallen, weil alles Kalzium für das Kind draufgegangen ist.»

«Haben Sie Kalziumtabletten genommen?»

«Eisen, das weiß ich bestimmt. Ich habe alles geschluckt, was Doc Allen mir verschrieben hat.»

Freddy sagte: «Bei moderner Ernährungsweise ist die Kalziumzufuhr normalerweise kein Problem. Primitive Frauen neigen freilich in der Tat dazu, ihr Gebiß einzubüßen. Wollen wir es uns einmal ansehen?» Er hantierte sehr zart mit den Untersuchungssonden. Ein einziges Mal traf eine Metallspitze auf einen Nerv und zog sich feinfühlig sogleich wieder zurück. Der Pfefferminzduft seines Atems verhehlte, was er zu Mittag gegessen hatte, Kalbfleisch vielleicht. Seine parfümierten Finger glitten in ihren Mund, und wie bei so vielem, das ihr abstrakte Furcht eingeflößt hatte – Kinderkriegen zum Beispiel oder Ehebruch –, war auch diesmal die Realität gebrochener und nicht so schlimm, wie sie angenommen hatte.

«Sie haben starke Zähne», sagte er und trug mit Bleistift präzise Markierungen auf einer dieser Zahnarztkarten ein, die Foxy als Kind wie einen weitoffenen Schrei empfunden hatte. Eigenartig, die Bezeichnung «stark» zu wählen, und nicht «hübsch» oder «gut».

Sie zählte die Markierungen und sagte: «*Vier* Löcher!» Immer, wenn sie auf einem Zahnarztstuhl saß, fing sie an zu plappern, um den Bohrer ihrem Mund fernzuhalten.

«Sie können sich nicht beklagen über Ihre Zähne», sagte er. «Wir fangen rechts oben an, mit dem, der Ihnen Scherereien gemacht hat.»

Er nahm eine Injektionsnadel aus dem blauen Sterilisierapparat.

Foxy sagte: «Normalerweise brauche ich kein Novocain.»

«Heute möchte ich es Ihnen aber geben.» Sein Betragen war sanft und unwiderstehlich; wo war der flegelhafte Unhold geblieben, den sie von Partys kannte? Er rückte sich die verschärfenden Brillengläser zurecht, und seine Augen verschwammen vollends. Er war nur noch Stimme und Berührung. «Das ist jetzt das Neueste», sagte er; seine Finger entblößten ihr oberes Zahnfleisch, und sie spürte ein sacht zischendes, eisiges Sprühgeräusch. Ein taubes Gefühl entstand, den Nadelstich nahm sie nicht mehr wahr.

Sie warteten, daß das Novocain seine Wirkung tue. Freddy machte sich hinter ihrem Rücken zu schaffen. Sie gähnte; Toby hatte um zwei zu trinken bekommen und war um fünf schon wieder aufgewacht. Ihre Füße auf dem hochgestellten Metallrost sahen lang und flach und blaß aus in den Ballerinenslippern. Das große Fenster darüber, mit Vorhängen aus schwärzlichbrauner Sackleinwand, rahmte eine abstrakte Ansicht ein: das Dach des Postgebäudes, in immer engeren Schieferreihen bis zum kupferbeschlagenen First aufsteigend, der am Himmel festgelötet schien. Der Tag war mild, obwohl man schon Ende November schrieb. Kleine schleppende Wolken warfen übergebührliche Schatten auf Tarbox, wenn sie die Sonne kreuzten. Foxy fragte sich, warum Piet keine Blumen geschickt hatte. Freddy klirrte mit Metall, und die Sprechstundenhilfe, ein Mädchen mit Mopsgesicht und skunkstreifiger Ponyfrisur, lief unaufhörlich zwischen dem Vorzimmer und einem Nebenraum hin und her, in dem Foxy einen Tisch sehen konnte, einen Bunsenbrenner, eine zerfledderte Schautafel mit bildlich dargestellter Zahnpflege für Kinder und das Fußende eines Klappbetts. Etwas näher, auf einer Kommode mit emaillierten Schubladen, stand ein kleines farbloses Radio und brachte eine farblose Musik hervor, die dann und wann von einer farblosen Männerstimme unterbrochen wurde, einer Stimme bar jeder Betonung oder Gemütsbewegung. Foxy fragte sich, wo diese Art von Musik wohl herstammte, von Menschen oder von Maschinen, und wer sie so unversieglich in Zahnarzt-Praxen, Hotelhallen und landenden Flugzeugen plätschern ließ. Ken nannte sie Zahnpasta-Musik.

Freddy räusperte sich und fragte: «Ist Ihre Mutter noch da? Kommt sie heute abend mit?» Die Thornes hatten zu einer Party in Gesellschaftskleidung gebeten. Für Foxy bedeutete dieser Anlaß, daß sie nach Wochen der Zurückgezogenheit endlich Piet wiedersehen würde.

«Nein, wir haben sie Dienstag ins Flugzeug gesetzt. Gottlob.»

«Gefiel es Ken nicht, seine Schwiegermutter im Haus zu haben?»

«Ihm hat es weniger ausgemacht als mir. Ich bin inzwischen ein richtiger Einsiedler geworden.»

«Sie schien mir recht munter zu sein.»

«Das ist sie auch. Aber ich habe seit meiner Collegezeit im Grunde nicht mehr viel mit ihr zu tun gehabt. Ich bin zu alt, um eine Mutter zu haben.»

«Sie hat sich über das Baby gefreut.» Das war nicht eigentlich eine Frage.

«Sie hat so getan, ja. Aber Menschen in dem Alter, stelle ich fest, sind nicht mehr sehr anpassungsfähig; es hat mich viel Kraft gekostet, ihr mit dem Kind nicht auf die Nerven zu gehen. Sie hat sich pausenlos umgezogen und in Erinnerungen gekramt, während ich treppauf, treppab rannte.» Als der Augenblick nahte, da Freddy nach dem Bohrer greifen würde, lief Foxy das Wasser im Mund zusammen, sie sprudelte über vor Gier, ihm alles zu erzählen: die rhythmischen Eröffnungsschmerzen, die immer kürzeren Pausen, die traumhafte Gleichgültigkeit der Ärzte und Schwestern, die Narkose, die wie mit rauschenden, brausenden Flügeln über ihr zusammenschlug, der bestürzend durchdringende Blick des Neugeborenen, ihr irrer, umnebelter Gedanke, daß es mehr Ähnlichkeit mit Piet habe als mit Ken, und die wunderbare Entdeckung, daß sie bei all ihrer Magerkeit reich war an Milch, ein hoher nahrungspendender Baum.

Freddy sagte: «Sie schien es nicht sehr eilig zu haben, zu ihrem Mann zurückzukommen.»

«Ja, das gab mir zu denken. Sie hat immer sehr loyal von ‹Roth› gesprochen, wenn er ihr zufällig einfiel. Ich glaube, sie sieht ihr Leben als eine Art Aschenputtel-Story: zum Schluß wird alles gut, sie ist glücklich bis an ihr Lebensende – und das langweilt sie nun.»

«Sie findet Ken sympathisch.» Auch das war nicht unbedingt als Frage zu verstehen.

«Sehr.»

Mit einer so bündigen Antwort hatte Freddy nicht gerechnet; delikat in die Enge getrieben, leckte er sich die Lippen und wagte einen Ausfall: «Mir schien, sie hatte auch für mich etwas übrig.»

«Aber Freddy, das geht uns doch allen so.»

Die Sprechstundenhilfe, die in der Ecke mit dem Sterilisierapparat herumklapperte, ließ hinter Freddys Rücken ein anzügliches Lächeln aufblitzen. Er merkte, daß man sich über ihn lustig machte, und gab sich ein wenig trockener. «Wir haben uns über Fruchtbarkeit unterhalten, hat sie es Ihnen erzählt?» Die Sprechstundenhilfe verließ das Zimmer.

«Und ob, sie war noch ganz atemlos von all den Mythen.»

«Ja, zum Teil war auch davon die Rede. Wenn ich mich recht erinnere, kamen wir zu dem Schluß, daß Frauen genausogut vom Wind geschwängert werden können wie von Männern. Sie müssen nur daran glauben. Jede Empfängnis ist eine unbefleckte – kein Vorwand ist zu windig dafür.» Dazu dieses schmierige Schmunzeln: worauf spielte er an, wie sollte sie das Ganze verstehen?

«Wirklich schade, aber allein sind wir offenbar hilflos», sagte sie.

«So?»

«Warum würde es sonst so viele Einzelkinder geben? Ich fand es *gräßlich*, ein Einzelkind zu sein. Aber mein Vater war einfach nicht zur Stelle. Elektrische Ventilatoren hatten wir genug.»

«Ach wirklich?» Dem Witz war der Wind aus den Segeln genommen.

«In jedem Zimmer einen. Ich weiß mit Sicherheit, daß ich *mein* Kind nicht allein aufwachsen lassen möchte.»

Es war wie verhext: gerade hatte sie zum hundertstenmal beschlossen, Freddy endgültig als verächtlich abzutun, da stellte sie fest, daß es ihm abermals gelungen war, sie aus der Reserve zu lokken.

«Schon betäubt?» fragte er.

Sie sagte: «Fast. Was soll das Klappbett da?» Sie zeigte zum Nebenzimmer, um die Unterhaltung von sich fortzulenken. Eine kleine Wolke schob sich vor die Sonne, und sekundenlang waren sie in Schatten getaucht, wie in jähe Intimität. Das Radio dudelte mechanisch *Tea for Two*. Foxy hatte plötzlich Appetit auf englische Muffins.

«Nicht, was Sie denken», sagte Freddy.

«Ich denke gar nichts, ich frage nur.»

«Statt mittags zu essen, halte ich manchmal ein Schläfchen.»

«Ich habe mich schon gewundert, wie Sie all diese Partys schaffen. Aber was dachten Sie denn, habe ich gedacht?» Mit stummen Gesten deutete sie das Äußere der jungen Sprechstundenhilfe an, imitierte deren Puppenglotzen, strichelte sich mit dem Finger den Skunk-Pony auf die Stirn und faltete wie zum Schlaf die Hände an der Wange. Und um noch deutlicher zu erklären, was sie meinte, machte sie einen Kußmund.

«Nein», flüsterte Freddy, «sondern daß ich dort Abtreibungen vornehme.»

Entsetzt, erstickt vor Abscheu, wollte Foxy sich aus dem Stuhl losreißen. «So etwas habe ich *nie* gedacht.»

«Oh, Zahnärzte machen es aber. Alles ist wie geschaffen dafür. Der Stuhl ist da, die Narkosemittel, die passenden Instrumente ...»

Sie entschied, daß er das nur sagte, um sich vor ihr großzutun und das Bild, das sie von ihm hatte, mit Unerhörtheiten auszuschmücken. Er hatte Medizin studieren wollen, also nach Macht über Leben und Tod gedürstet; er war durchgefallen, hatte mit der Zahnmedizin vorlieb nehmen müssen, einer pingeligen Pusselei an den Pforten des Lebens, aber sein Durst brannte noch immer. Sie wies Freddy in die Schranken. «Ich will nichts davon hören.»

Er antwortete: «Sie müssen jetzt betäubt sein», und fing an zu bohren. Seine warme Wange schwebte dicht über ihr, und alles, was von ihm übrigblieb, so verkehrt herum gesehen, waren ein Paar haariger Nasenlöcher, ein Tanz von tastenden Fingern und zwei funkelnde Halbmonde aus gewölbtem Glas. Ein mütterlicher, seifiger Dunst ging von ihm aus. Foxy entspannte sich. In ihren Brüsten meldete sich ein leises Ziehen, und sie wußte, bald würde sie davon befreit sein: wenn sie hier fertig war, würde sie das Kind in seinem vanillefarbenen Tragbettchen bei Bea Guerin abholen, die gewundene Strandstraße hinunterfahren zu ihrem leeren Haus, das Kleid aufknöpfen und den gestauten Überfluß in den kleinen blinden, gierig saugenden Mund strömen lassen. Heute morgen hatte er ihre rechte Brust ausgetrunken, zum Mittag würde sie ihm die linke geben. Zwanzig Minuten später würde die Wirkung des Novocains abklingen, dann könnte sie sich einen Lunch zurechtmachen aus übriggebliebenem Salat und einem Thunfisch-Sandwich. Wie unbekümmert das Leben die Tage verschlang. Wie dumm von ihr, wie christlich-neurotisch, unter der freundlichen, vielfältigen Oberfläche des Alterns und Reifens, des Nährens und Essens und Schlafens und der Liebe – einer eingebildeten, einer gestohlenen, einer naturbestimmten – ein Schrecknis, ein alarmierendes Unrecht zu wähnen, eine Schuld, die der Katastrophe zutrieb. Der arme Freddy, ihrer aller Rädelsführer, entpuppte sich als kompetenter Zahnarzt. *Lady Be Good* plätscherte aus dem Radio. Unter der roten Decke ihrer geschlossenen Lider erkannte Foxy, daß sie bald Schluß machen müsse mit Piet, und sie empfand keinen Schmerz.

Die Musik riß jäh ab.

Atemlos, abgehetzt, als habe man ihn von weither ans Mikrofon zurückgeholt, gab die unpersönliche Männerstimme bekannt: «Eine Sondermeldung. In unmittelbarer Nähe der Wagenkolonne des Präsidenten in Dallas sind Schüsse gehört worden. Wir wiederholen. Wie aus Dallas verlautet, sollen in unmittelbarer Nähe der Wagenkolonne von Präsident Kennedy Gewehrschüsse gefallen sein.»

Ein kurzes stechendes Schweigen folgte. Dann senkte die Nadel sich wieder auf die Plattenrille, und die Zahnpasta-Musik schmierte weiter: *Lady Be Good.* Die schwarze Uhr zeigte 1 Uhr 36.

Freddy nahm den Bohrer weg. «Haben Sie gehört?»

Sie fragte: «Was soll das heißen?»

«Irgendein verrückter Texaner.» Er bohrte weiter. Die Umdrehungsfrequenz schwoll ungeduldig an. Der Hitzestachel durchstach die kühlende Sprühwolke; es tat weh. Freddy seufzte pfefferminzen. «Sie können ausspülen.»

Mit weit aufgerissenen Augen, weil auch sie die Radiomeldung gehört hatte, kam die Sprechstundenhilfe aus dem Vorzimmer, um das Silberamalgam anzurühren und mehr zu erfahren. «Was glauben Sie, waren das Kommunisten?» fragte sie. Wieder brach die Musik ab. Das Mädchen bekreuzigte sich. Ein kleiner Taubenschwarm, der sich auf dem Schieferdach des Postamts drüben niedergelassen hatte, nahe beim Schornstein, der Wärme wegen, wuselte plötzlich schwerfällig durcheinander und schwirrte auf. Die Meldung wurde wiederholt, mit dem Zusatz, es stehe außer Zweifel, die Wagenkolonne *selber* sei unter Beschuß genommen worden. Drei Schüsse habe man gezählt. Die Tauben bekamen Aufwind unter ihre verschmutzten Flügel und rauschten aus Foxys Blickfeld. Das Mädchen brachte, in ein chamoisfarbenes Schutzpolster gebettet, ein Silberkügelchen und setzte es auf der makellosen runden Serviette ab, die über den Instrumententisch gebreitet war. Freddy rollte es zwischen den Fingerspitzen fester zusammen. Der grobe Mißgriff, mit der Musik fortzufahren, wiederholte sich nicht mehr. Nur Worte fielen noch; zerhackt von Schweigen, formulierten sie die massive, unleugbare Wahrheit. Man hatte auf den Präsidenten geschossen, er war in den Kopf getroffen worden, sein Zustand war kritisch, man hatte nach einem Priester geschickt, der Präsident war tot. Gegen zwei Uhr gab es keinen Zweifel mehr daran. Umweht von Medizingerüchen, hatte Freddy den aufgebohrten Zahn ausgetupft, ihn mittels Tampons und Klammern vor der Zunge geschützt und die Silberfüllung eingesetzt. Foxy war noch zehn Minuten auf dem Stuhl sitzen geblieben, um das Schlimmste abzuwarten. Als Kennedy tot war, ging sie. Die Sprechstundenhilfe weinte; ihre Augen waren immer noch weit aufgerissen, wie bei einer Puppe, die man erst hinlegen muß, damit sie zuklappen. Dankbar für so viel Ergriffenheit, streichelte Foxy ihr die Hand, eine flüchtige Berührung im Vorübergehen. Lebendige Haut verlangt nach anderer lebendiger Haut. Das Mädchen sprudelte heraus: «Und wir haben nicht mal für ihn gestimmt, niemand von unserer Familie, wir wollten es erst nächstes Mal tun.»

Auf Freddy schien dies Zeugnis des Chaos eine stimulierende, angenehm prickelnde Wirkung auszuüben. Als er Foxy durch das Vorzimmer in den Flur hinausbegleitete, sagte er: «Damit ist die Party wohl im Arsch, was?»

«Sie müssen alle ausladen», sagte Foxy. Sie würde Piet nicht sehen heute abend.

«Aber ich habe doch schon den ganzen Fusel gekauft», meuterte er.

Foxy trat in Freddys winzigen Vorgarten hinaus, in dem, skelettartig, spinnig, ein kahler Holzapfelbaum stand. Die Post hatte bereits halbmast geflaggt. Die Divinity Street war so ausgestorben, daß Foxy ein elektrisches Sandstrahlgebläse hören konnte, das mehrere Straßenecken weiter in Betrieb war. Durch die großen Glasscheiben der Pizzeria und der Redaktion des *Tarbox Star* und der Schuhreparaturwerkstatt, die gleichzeitig eine Wettannahmestelle war, sah sie Schatten, um Radios geschart. Sie dachte an den kleinen farblosen Apparat, der so fassungslos aus seinem Himmel voller Geigen gestürzt war, an die marineblauen, tränenlackierten Augen der Sprechstundenhilfe, an Freddys bornierte Weigerung, Trauer zu empfinden, seine nichtswürdige Uneinsichtigkeit, aber – war sie selber denn besser? Sie versuchte, sich den Toten vorzustellen, diesen jungen Mann, der fast zu ihrer Generation gehört hatte und mit dem sie geschlafen haben könnte. Ein Mann war gestorben, ein Ehemann, mit dem sie nichts zu tun gehabt hatte, und die Leere, die sie empfand, war nicht jetzt erst entstanden, sondern nur aufgedeckt worden durch diesen Tod. Trauer hätte Foxy erfüllen sollen, statt dessen reagierte sie mit Zärtlichkeit, mit persönlicher Getroffenheit. An der Ecke bei Cogswell sah sie zur Kongregationskirche hinauf, und ihr Herz, dieses blinde Lamm, schlug schneller. Der Plymouth stand bei den Felsen; sie mußte sich beeilen, um zu dem Kind zu kommen. Bergauf hastend im windigen gesprenkelten Sonnenschein, dachte sie an den gierigen, zahnlosen Mund ihres Sohnes. Ihre linke Brust schmerzte ungeduldig. Sie befühlte die rechte Seite ihres Mundes und stellte fest, daß sie noch betäubt war. Würde ihr schiefes Lächeln ihn erschrecken? Dann auf einmal dachte sie, daß der arrogante Tote mit den Tränensäcken Piet hätte sein können, und ihr Magen sackte durch; die Stadt ringsum hatte sich mit ihren schmutzigen weißen Giebeln in Schuld verfangen und versuchte, sich zu befreien und aufzusteigen und zu einem Gebet zu werden.

Die Thornes beschlossen, ihre Party trotzdem stattfinden zu lassen. Am späten Nachmittag, als Oswald festgenommen und Johnson vereidigt worden war und das Perpetuum mobile des Staats seine Funktionstüchtigkeit bewiesen hatte, rief Georgene sämtliche Geladenen an und erklärte, Essen und Getränke seien ja doch nun einmal eingekauft, alle hätten sich neue Kleider angeschafft und ihre Smokings reinigen lassen, und sie und Freddy würden sich *so* verlassen fühlen heute abend, ganz zu schweigen von der Enttäuschung der Kinder, und überhaupt könne sie nichts Unrechtes daran finden, wenn die Paare an diesem entsetzlichen Tag zusammenkämen, denn sie seien sich doch alle einig, *wie* entsetzlich das Ganze sei. Wenn man es sich einmal überlege, sagte Georgene zu Angela, habe es direkt etwas von einer Totenwache, einer irischen Totenwache, und ein festliches Dinner mit anschließendem Tanz sei sehr angemessen für diesen Toten, der doch so viel Stil gehabt habe. Bitte, kommt. Freddy wäre sehr gekränkt, ihr wißt ja, wie empfindlich er ist.

Die diesjährige Herbstmode schrieb tiefe Dekolletés vor; Piet, der um neun erschien, war überwältigt von so viel nackter Brust. Nur zögernd war er zu diesem Fest gegangen. Seine symbolgläubige Natur hatte sich nach irgendeinem religiösen Ritual gesehnt, nach einer

Feier zu Ehren des tapferen toten Kennedy, obschon er, Piet, Republikaner war. Er wußte, daß Freddy blasphemisch werden würde. Zudem fühlte er sich unwohl: seine Zunge und sein Zahnfleisch waren von einer Art Mundfäule befallen, und ebenso lange, wie Foxy nicht mehr greifbar für ihn war, hatte auch Angela nicht mehr mit ihm geschlafen, und sein Smoking war vorsintflutlich, ein Erbstück von seinem Schwiegervater, mit altmodisch breiten Revers, und auf dem schwarzen Stoff wurden seine Kopfschuppen so sichtbar. Als er das Wohnzimmer der Thornes betrat, sah er nackte Schultern und grell entblößte Busen im Kerzenlicht schwimmen, ein spukhaftes Treiben zwischen den afrikanischen Masken, den knalligen, achtlos hingeworfenen Kissen, den Schemeln aus Korbgeflecht, den eisenbeschlagenen spanischen Truhen, den verschossenen Lehnsesseln. Im Kamin aus Feldstein brannten klobige Scheite. Der leinengedeckte, mit Gläsern und Flaschen vollgestellte Bartisch wurde vom Widerschein des Feuers in ein wogendes Feld verwandelt. Janet Appleby trug ein giftgrünes langes Kleid, dessen schnürsenkelschmale Träger nicht recht geeignet schienen für die Last, die sie zu halten hatten und die zusammengequetscht war zu einer scharfen dunklen Furche, wie die senkrechte Falte einer finster gerunzelten Stirn. Marcia Klein-Smith, mit orangefarbenem Oberteil, unter dem sie keinen Büstenhalter trug, stellte jedesmal, wenn sie sich, ohrringflirrend, vorbeugte, um ihre Zigarette in dem kupfernen Aschenbecher abzustreifen, dessen Einkerbungen Halbmonde waren im Kerzenschimmer, konische Zitzen zur Schau, die lose im Trüben hingen wie röhrenförmige Wurzeln im Wasser. Georgene war ganz in Weiß: zwei duftige Stoffbahnen, überkreuz gelegt wie die Stützbandage eines Athleten oder auch nach attischem Vorbild, und ihre Brüste wirkten so knabenhaft flach, als liege sie auf dem Rücken. Carol Constantine hatte sich ein blauseidenes Etuikleid geschneidert, kompromißlos eng um die Knöchel herum und vorn züchtig hochgeschlossen, im Rücken aber ausgeschnitten bis zum letzten Wirbel. Irene Saltz – denn auch die Saltz' waren da, einerseits, weil Irenes Arbeit ihnen neues Ansehen eingetragen, und andererseits, weil Freddy boshaft darauf bestanden hatte – trug ein schlichtes Cocktailkleid aus schwarzem Samt; der ovale Halsausschnitt gab in umgekehrtem Bogen ihre berunruhigten Brauenwölbungen wieder. Eifersüchtig und ängstlich verfolgte sie jede Bewegung von Ben und Carol und Eddie. Piet war gerührt. Sie fand es genauso unrecht, hier zu sein, wie er. Sie hatte abgenommen. Demütigung stand ihr gut.

Mit emporgehobenem Gesicht trieb Bea Guerin auf ihn zu und trug in starrer scharlachroter Schale ihren schweißüberperlten Busen vor sich her wie zwei weiche, zuckerbestreute Brötchen, die, noch warm, in ihrer metallenen Backform serviert werden. «Ach Piet», sagte sie, «ist es nicht furchtbar, daß wir alle hierher gekommen sind, anstatt abzusagen und zu Hause zu bleiben und zu trauern, wie es sich gehört?» Er quälte sich ein paar zustimmende Worte ab und sah gierig, mit gesenkten Lidern, auf ihre Brüste, die so prall und rund hochgepreßt waren, daß sich an den oberen Rändern Dellen bildeten. *Warum willst du mich nicht ficken?* Ihre hochgezogene Oberlippe entblößte die kleine Lücke zwischen den Schneidezähnen; sie legte eine bebende Hand auf seinen Arm – Halt suchend oder warnend. *Du bist von lieblosen Menschen umgeben.* Verlegen nippte er an seinem Martini, und die entzündeten Bläschen in seinem Mund brannten.

Er sagte: «Wie ich höre, kommt ihr viel mit den Constantines zusammen.»

«Das sind schreckliche Langweiler, Piet. Roger ist begeistert von ihnen, aber es sind egozentrische Langweiler. Nach einer Weile stört es eben doch, daß sie nicht das College besucht haben.»

«Von wem ist Roger mehr begeistert, von Eddie oder von Carol?»

«Sei nicht gemein, Piet. Bei den andern macht es mir nichts aus, aber von dir kann ich so etwas nicht vertragen. Das ist doch gar nicht deine Art, warum tust du so?»

«Beantworte meine Frage.»

«Carol kann amüsant sein», sagte Bea, «aber sie ist so kalt. Kalt und rüde. Ich glaube – es ist schrecklich traurig –, ich glaube, sie war ernstlich verliebt in Ben, ganz fürchterlich verliebt, und hat nie etwas davon wissen wollen, und jetzt kann sie es erst recht nicht zugeben, es ist einfach *zu* unrühmlich; statt dessen macht sie ihn auf die grausamste Weise nach.»

«Aber Ben ist doch so langweilig.»

«Piet, ich glaube nicht, daß sie das gemerkt haben, wo sie doch selber solche Langweiler sind. Ach, es ist schrecklich, *alle* sind so langweilig, Roger ist uner*träg*lich langweilig.»

«Du meinst, ich wäre es nicht?»

«Fürs erste nicht, Piet, mein Süßer. Eine ganze Zeit lang nicht. Aber du magst keine kleinen Frauen, das ist das Napoleonische an dir.»

Piet lachte und spähte über Beas Kopf hinweg. Wo war Foxy? Er sah sich vergeblich in dem flackernden Zimmer um. Sie war nicht gekommen, und er fühlte sich moralisch ins Hintertreffen geraten: ihre königliche Überlegenheit, einen Sohn geboren zu haben, dieser Triumph, den sie über ihn errungen hatte, war jetzt vollkommen.

Selbstmitleid schlug über ihm zusammen; er kam sich klein und verlassen vor. «Wo sind die Gallaghers?» fragte er.

«Matt hat zu Georgene gesagt, sie wollten mit den Kindern lieber in die Seelenmesse gehen. Sie sagte, er sei höflich gewesen am Telefon, gerade noch.»

«Matt macht sich immer selbständiger. Und die Ongs?»

«John ging es zu schlecht.»

«Wie krank ist er denn?»

«Freddy meint, er wird sterben», sagte Bea, und die Linie ihrer Wange sah im Kerzenlicht wie ein Artemisbogen aus. Sterben. Bevor Piet zur Party ging, hatte er mit seinen Töchtern im Fernsehen verfolgt, wie der Sarg im Scheinwerferlicht des Rollfeldes aus der Maschine gehoben wurde: ein Strahl auf dem blanken Holz, jäh wie eine Gewehrkugel, die Ahnung von der luftlosen Abgeschiedenheit im Innern, die flutende Helligkeit draußen, die bleiche Witwe inmitten wimmelnder Schatten, die Schultern der Militärattachés, die sich vor das Bild schoben. Der Sarg hatte sich zur Seite geneigt, war auf die Erde gerumpelt. Bea sagte zu Piet: «Du fragst ja gar nicht, wo die Whitmans sind.»

«Oh, sind sie denn nicht hier?»

«Piet, du bist *so* leicht zu durchschauen. Ich habe *keine* Ahnung, wo sie sind, aber die *ganze* Zeit hast du über meinen Kopf hinweggesehen. Sehr galant ist das nicht.»

«Ich habe überlegt, wie ich zu einem neuen Drink komme.» Um die Angst zu löschen. Der Kühlschrank. Die Sterne.

«Piet», sagte Bea hastig, schmeichelnd, denn sie merkte, daß er fortstrebte, «ich könnte dich lieben, wenn du mich ließest.»

Am Bartisch stand Carol und flirtete gleichzeitig mit Harold und mit Frank. «Frank», sagte sie laut, aber doch ein wenig ängstlich, die ganze Gesellschaft aufmerksam zu machen und gedrückte Stimmung zu erzeugen: «Zitier uns etwas von Shakespeare. Niemand weiß so recht, was er sagen soll.»

«Gute Nacht, mein Fürst?» schlug Angela vor. Piet fuhr zusammen, als er sie sah: ihr feiner ovaler Kopf, ihr Hals, schwerelos im schwebenden Licht, wechselnde Schatten auf ihren weißen Schultern, der bogenförmig ausgezackte Kleidausschnitt, die dezente Perlparabel.

Frank Applebys Augen waren rot gerändert, er besann sich und sagte: «Die Ehrsucht hat gebüßt.»

Carol fragte: «Ist das ein Zitat?»

«Aus *Julius Caesar*. Ungebildetes Ding!» Er schlang den Arm um Carols Schultern, daß es nur so knirschte, und Piet sah schwarz für ihr empfindliches blaues Futteral.

«Wie wär es denn hiermit –» Harold Klein-Smith unterbrach sich kichernd – «Denn Oswald ist ein ehrenwerter Mann?» Sich sonnend im Gelächter der andern, fuhr er fort: «Es war *wirklich* zum Lachen, die Nachricht kam just während des Desserts durch, *gâteau avec des fraises*, ich saß mit dreien meiner republikanischsten Mitarbeiter zusammen, einschließlich – Frank, das wird dich amüsieren – dem jungen Ed Foster, der, wie Frank weiß, die Ansicht vertritt, Robert Taft sei zum Schluß rosa angehaucht gewesen. *Un peu de rose au fin*. Das erste, was naturgemäß jeder dachte, die Rundfunkkommentatoren inbegriffen, die selbstverständlich alle Liberale sind...»

Carol unterbrach ihn: «Harold, bist du *wirklich* ein Konservativer?»

Janet ergriff das Wort. «Harold und Frank sind verschieden. Frank ist Föderalist; er liebt und verehrt die Gründer der Union. Harold ist ein Ultramontaner; bei ihm ist alles nur gesellschaftlicher Snobismus.»

«*Merci pour votre mots très incisifs*. Darf ich jetzt weitersprechen? Also, natürlich nahm jeder an, daß irgendein Spinner von *rechts* es getan hat. Ihr erinnert euch, am Anfang wurden allerlei Schauermärchen eingeblendet: Dallas, ein Paradies für Rechtsradikale et cetera; wir distanzierten uns alle und sagten huihui.»

«Ist das Französisch?» erkundigte sich Carol.

«Aber so gegen halb drei, als ich wieder im Büro war und die Oswald-Geschichte langsam durchsickerte, rief in einem wahren Freudentaumel Jung-Ed bei mir an und sagte: ‹Haben Sie schon gehört? Es war keiner von *uns*, es war einer von *denen*!›» Möglich, daß seine Zuhörer alle den gleichen Gesinnungswandel durchgemacht hatten und die Phonstärke ihres Gelächters deshalb nicht seinen Erwartungen entsprach.

«Seit der Niederlage McCarthys sind die wahren Wölfe immer von links gekommen», steuerte Frank bei.

Freddy sagte: «In einem Punkt bin ich mir absolut sicher – er hat es nicht allein gemacht. Dazu waren es zu viele Schüsse. Dies ganze verdammte Ding ist einfach zu erfolgreich gewesen.»

Er wurde einstimmig ausgebuht. Janet sagte: «Freddy, daß du auch immer gleich eine Verschwörung wittern mußt!»

«Er meint, *wir* hier bilden auch eine», sagte Angela. «Um einander vor dem Tod zu bewahren.»

«Um die Nacht fernzuhalten, habe ich meines Wissens gesagt.»

Piet war beeindruckt, daß Freddy sich an irgend etwas erinnern konnte, das er einmal gesagt hatte. Seine Gestaltlosigkeit legte sich offenbar ein Knochengerüst zu. Stahl sich das Kalzium von ihm, Piet, dessen eigenes Leben schon schlaff und planlos genug war. Seit geraumer Zeit hatte Freddy die Angewohnheit, ihn allzu ungeniert und anzüglich zu mustern.

«Verschwörung hin, Verschwörung her – *ich* weiß jedenfalls eine, die ich euch nur wärmstens empfehlen kann», sagte Harold Klein-Smith. «Wenn der Börsenmarkt sich wieder erholt hat, kauft! Mit Kennedy stand die Wirtschaft auf *keinem* guten Fuß, aber Johnson wird lieb Kind bei ihr sein, denn mit *ihm* geht es ihr gut, dafür ist der alte Halunke genau der Richtige.»

Carol mit ihrem langen nackten Rücken erschauerte. «Dieser klotzige, trübselige Kerl. Es kam mir vor, als ob man einen High School-Kugelstoßer zum Vorsitzenden des Schülerbeirats ernannt hätte: die personifizierte Ergebenheit und in Grammatik eine Fünf. Freddy, meinst du, wir dürfen tanzen?»

«Der Wunsch meiner Gäste ist mir Befehl. Ich für meine Person bin offen gestanden nicht recht sicher, wie ich mich verhalten soll. Passiert mir schließlich zum erstenmal, daß mein Präsident gemeuchelt wird. Als sie Lincoln umlegten, war ich noch zu klein. Der brave alte Aby.»

Ben Saltz hatte mitgehört und gesellte sich zu ihnen. Sein Gesicht über dem Bart kam Piet wie ein Stück Muschelkalk vor, die grinsende Scherbe einer explodierten Vergangenheit. «Dem ist entgegenzuhalten», so belehrte er Freddy, «daß dieses Land seit 1865 einen unseligen Rekord hält, was Gewaltverbrechen an Politikern betrifft. *Vier* Präsidenten, dazu die Attentate auf Truman und die beiden Roosevelts – wie ihr wißt, ist Teddy 1912, während seines erfolglosen Wahlkampfes, tatsächlich verletzt worden –, ganz zu schweigen von Huey Long. Kein einziges Land westlich des Balkans hat auch nur annähernd solche Ziffern aufzuweisen. Die Premierminister von England kommen mit nur einem Leibwächter aus.»

«Wir haben uns das Recht auf Waffenbesitz *erkämpft*», sagte Frank.

Carol sagte: «Ben tanzt bestimmt mit mir, nicht wahr, Ben, du möchtest doch mit mir tanzen?»

Das gemeißelte Löwenlächeln erschien auf seinem Gesicht, aber seine Augen blieben die eines Menschen: voller Zweifel und Schrekken. Carol hängte sich zappelig an Harolds Arm und sagte: «Wenn Ben sich nicht traut, dann eben Harold – nicht wahr, Harold? Komm, tanz mit mir. Wo Janet sich doch so gemein über deine eleganten politischen Ansichten geäußert hat. Freddy, leg Musik auf.» Sie kehrte Piet die frostige Blässe ihres Rückens zu.

Ben, in schmuckem, geliehen wirkendem Smoking, wandte sich

ebenfalls ab; er fing eine Unterhaltung mit Angela an. Piet hörte seine Frau fragen: «... inzwischen abgefunden, daß sie Unterricht gibt?»

Und klagend und klar kam Bens Antwort: «... ersprießlich für mich, daß sie nach all den Jahren wieder geistig tätig sein kann und intellektuell doch immerhin bis zu einem gewissen Grad herausgefordert wird.»

Georgene stand mitten im Zimmer, jeder Zoll eine Gastgeberin, die sich zwischen ihren Pflichten hin und her gerissen fühlt. Piet trat zu ihr und ließ sie an seinem Glas nippen. «Carol ist total hinüber», sagte er.

«Dann geh doch mit ihr ins Bett, du weißt ja, wo es ist.»

«Fällt mir im Traum nicht ein. Womöglich kratzt sie. Aber ich möchte wissen, wer den begnadeten Einfall gehabt hat, die Saltz' und die Constantines zusammen einzuladen.»

«Freddy natürlich.»

«Aber du hast es ins Werk gesetzt. Freddy hat viele Einfälle, die du auf sich beruhen läßt.»

Georgene entbrannte in gerechtem Clubdamenzorn. «Also wirklich, Piet, es ödet mich an, wenn Leute nicht imstande sind, ihre Affären unter sich auszumachen.» Wir waren anders, sollte das heißen, wir waren diskret und tapfer, wir waren besser als diese verlotterten Paare. Und sich ungestüm durch die ergrauenden Haare fahrend, als seien Lärchennadeln zu entfernen, fuhr sie vernehmlich fort: «Mir scheint, ich bin die einzige von uns allen, die noch einen Sinn für Diskretion hat.»

«Oh. Was für eine interessante Bemerkung.»

«So war es nicht gemeint.»

«Liebste Georgene, was *fängst* du nur mit all deiner Diskretion an, jetzt, wo du mich nicht mehr hast?»

«Ach», sagte sie, «die Männer geben sich nur so die Klinke in die Hand. Ich habe schon gar keinen Überblick mehr. Sie haben einen Weg getrampelt zwischen den Bäumen.» Sie fragte: «Interessiert es dich?»

«Natürlich. Du warst herrlich für mich.»

«Und was ist geschehen?»

«Ich bekam es mit der Angst. Ich spürte, daß Freddy es wußte.»

«Und wenn schon. Ich bin immer fertig geworden mit Freddy.»

«Vielleicht bin ich gerade nicht ganz ehrlich.»

«Natürlich nicht», sagte Georgene. «Das bist du nie», und wie eine Spielkarte, die aufgenommen wird, drehte sie sich um und mischte sich unter die andern. Laß dich mit einer Frau ein, dachte Piet, und die Belehrungen nehmen kein Ende mehr. Gouvernanten seit Adams Zeiten. Kommen sich vor wie die Götter.

Roger Guerin schlenderte herbei. Seine Stirn war streng gerunzelt, und er trug ein rüschenbesetztes, plissiertes Smokinghemd mit Rubinknöpfen und einer weichen, nach allerletzter Schwulenmode gebundenen Halsschleife. «Ob man die Golfschläger wohl schon einmotten soll?» fragte er.

Piet sagte: «Es kann noch ein warmes Wochenende kommen.»

Eddie Constantine hüpfte in Hockstellung auf sie zu. «Junge, Junge», sagte er, «habt ihr Marcia schon in den Ausschnitt geguckt? Die reinsten Raketenspitzen – Anflugsziel Bauchnabel.»

«Das wußtest du doch schon vorher», sagte Piet.

«Aber man muß es sehen, um es zu glauben. Meine Güte! Wir waren in der Küche und unterhielten uns über irgendwelchen Blödsinn – Verschmutzung der Luft oder so, und ich glotzte ihr unentwegt in den Ausschnitt, wo diese Dinger baumelten, und kriegte einen derartigen Steifen, daß ich mich verdrücken mußte, um mich wieder abzuregen.»

Roger lachte überlaut aus seinem winzigen Mund, wie jemand, der erst spät in seinem Leben das Lachen gelernt hat, und Piet begriff plötzlich, daß er den beiden hier als Vorwand diente: Eddie hatte es mit seiner Geschichte ausschließlich darauf abgesehen, Roger zu ergötzen und zu erregen. Mein Schwanz, hatte Eddie insgeheim gesagt, ist so dick wie ein Flugzeugrumpf. Frauen, hatte er gesagt, sind Dreck.

«Und wie findest du Janet mit diesen zwei niedlichen Schnürsenkeln?» fragte Roger.

Eddie machte sich, noch immer in der Hocke, näher an den steif dastehenden Guerin heran. «Nach der Art, wie die Dinger bei ihr zusammengepreßt sind, könnte man meinen, sie führt einen Reservehintern mit, für den Fall, daß das Original mal schlapp macht.» Die Schönheit der Dualität. Ein Universum voller Zweiheiten. «Du, Roger, soll ich dir sagen, was Carol, dieses verrückte Weib, letzte Nacht gemacht hat? Wir waren ... du weißt schon ... auf meinem Schoß, aufrecht ... mit dem Rücken zu mir ... und was macht das Luder – schwingt doch tatsächlich ihr eines Bein nach hinten und stopft mir ihren Fuß in den Mund! Es war phantastisch, ich hätte beinahe gekotzt. Bring Bea dazu, daß sie es auch mal probiert.»

Piet ließ die beiden stehen, postierte sich abwartend in Janets Nähe und machte sie auf diese Weise ganz unauffällig den Klein-Smiths und Freddy Thorne abspenstig. Das Glas in ihrer Hand enthielt nur noch halbgeschmolzene Eiswürfel; er nahm es ihr ab. Sie ließ ihn gewähren, ihr Kopf war gesenkt. In dem stillen, von ihren Körpern eingefriedeten Raum fragte Piet: «Wie geht es, Jan-Jan? Was macht dein reizender Gehirnwäscher?»

«Dieser Hund», sagte sie, ohne aufzusehen, «dieses Mistvieh. Er will mir nicht befehlen, daß ich mit Harold Schluß machen soll.»

«Wir dachten alle, du hättest schon vor Ewigkeiten mit Harold Schluß gemacht. Gleich zu Anfang deiner seelischen Kaltwasserkur.»

Jetzt hob sie den Kopf. «Du bist nett, Piet. Naiv, aber nett.»

Er fragte sie: «Wieso ist es Aufgabe deines Psychiaters, dir zu befehlen, daß du mit Harold Schluß machen sollst?»

«Genau dasselbe sagt er auch», erwiderte sie. «Aber ich liebe ihn, darum. Er ist ein fetter alter Teutone mit einer Stützschiene am Bein, aber ich liebe ihn, er ist ein mieser Schnüffler, aber ich bete ihn an, und wenn ich ihm auch nur den leisesten Furz wert wäre, dann würde er mir verbieten, weiter mit Harold zu schlafen. Aber er tut es nicht. Er will nicht. Dieser alte Rohrkrepierer.»

«Was *sagt* er dir denn nun eigentlich?»

«Ich gehe jetzt seit fünf Monaten zu ihm, aber der einzige Hinweis, den er mir bislang gegeben hat, ist, daß ich jedesmal, wenn ich eine Tablette nehme, Geschlechtsverkehr mit meinem Vater treibe, sozusagen seinen Samen schlucke – weil er doch diese pharmazeutische Fabrik hat. Ich habe zu ihm gesagt: Was, bitte schön, soll ich denn machen, wenn ich Kopfschmerzen habe und zwei Aspirin brauche – die Telefonseelsorge anrufen?»

«Liebe süße Janet, nicht weinen. Sag mir lieber, ob Angela auch damit anfangen soll? Seit *du* beim Psychiater bist, möchte sie auch hin. Was ist meine Pflicht als Ehemann?»

«Erlaub es ihr nicht. Besorg ihr einen Liebhaber, schick sie nach Jugoslawien, irgendwas, bloß *das* nicht. Mein Gott, es ist so entwürdigend. Sie wird total durchdrehen, und sie ist doch so heiter und gelassen. Sie ahnt nämlich nicht, wie neurotisch sie ist.»

«Sie fängt an, es zu ahnen. Sie sagt mir, sie komme sich viel zu losgelöst von allem vor, als ob sie schon tot sei.»

«Mm, dieses Gefühl kenne ich. Angela und ich, wir ähneln uns ein bißchen.»

«Ja, das sagt sie auch. Sie sagt, ihr hättet beide große Busen, und das stimme euch so melancholisch.»

«Angela soll gefälligst für sich allein sprechen. Ich bezweifle, ob es mir Vergnügen macht, jemandes Zwilling zu sein. Holst du mir nun endlich noch einen Bourbon oder nicht?»

Als Piet am Bartisch stand, schlängelte Freddy Thorne sich an ihn heran und sagte: «Könnte ich dich einen Augenblick sprechen? Unter vier Augen.»

«Freddy, wie aufregend! Nur wir beide – der kleine Piet und der große Freddy?»

«Nimm bitte zur Kenntnis, daß ich ein ernstes Gesicht mache.»

«Aber ich sehe ja, wie du lachst – innen in deinem Schädel, gleich hinter deinen Wulstlippen da.»

«Wieviel hast du getrunken?»

«Das fragt man einen Iren bei der Totenklage nicht. Ein Glas, das man zur Trauer leert, ist *nie* verkehrt. Nun hör schon auf, mich so unheilschwanger anzuglotzen. Ich muß Janet ihren Bourbon bringen. Ich glaube, ich verliebe mich gerade in Janet.»

Aber als er endlich zu ihr zurückkehrte, steckte sie tief in einem Gespräch mit Harold, und Piet mußte es sich gefallen lassen, daß Freddy ihn in die Ecke, hinter die Harfe ohne Saiten, steuerte.

«Piet», sagte Freddy, und es klang wie ein Peitschenhieb, «ich will dir reinen Wein einschenken – dir kalten Truthahn servieren, wie man so schön sagt: Ich bin über dich und Georgene im Bilde.»

«Kalten Truthahn? Ich dachte, damit gewöhnt man Rauschgiftsüchtigen ihr Laster ab. Oder hat es am Ende etwas mit dem Resteschmaus nach dem Thanksgiving-Fest zu tun?»

«An dem Abend bei den Constantines habe ich dir gesagt, du sollst die Finger von ihr lassen, erinnerst du dich?»

«Meinst du den Abend, als du Tschiang Kai-schek warst?»

«Und jetzt stelle ich fest, daß ihr euch mitten im Zimmer wie die Turteltäubchen anzwitschert. Stimmt es oder hab ich recht?»

«Ist mir doch egal, was die im State Department sagen, ich finde, wir sollten dich einmarschieren lassen. Laßt Freddy Thorne los! ist meine Devise, wie unsere vielen gemeinsamen Freunde dir gern bestätigen werden.»

Freddy sagte nichts. Piet fand es beängstigend, dieses Ausbleiben jeglicher Antwort. Er fragte: «Wieso bildest du dir ein, so etwas zu wissen?» Und als abermals keine Antwort kam, fragte er: «*Was* bildest du dir ein zu wissen?»

«Sie hat es mir selbst erzählt. Daß ihr beiden ein Techtelmechtel hattet.»

«Georgene?»

«Nun? Hat sie etwa gelogen?»

«Schon möglich – um sich an dir zu rächen für irgend etwas. Aber genauso möglich ist es, daß du *mich* anlügst. Wann soll es sich denn zugetragen haben?»

«Laß diese Mätzchen. Du weißt genau, wann.»

«Also gut. Ich gestehe. Im letzten Sommer war es, wir spielten Tennis. Ich verlor den Kopf: ihr aufreizender weißer Dreß und ihre

Sommersprossen und überhaupt; ich warf sie nieder auf die weiße Linie, und wir gaben uns geschlagen bei Sex zu Sex. Ich bin untröstlich. Untröstlich, untröstlich, untröstlich.» Sein Mund fühlte sich ausgedörrt an, obwohl er eben den dritten Martini getrunken hatte: das Glas war leicht in seiner Hand, leer, trocken, die Olive ein zahmes grünes Ei.

Es gelang Freddy, sich zu einer drohenden Masse zu ballen, zu einer scheelen Wolke, und seinem schmalen kahlen Schädel Majestät zu verleihen. Er runzelte die Stirn, und seine Glatze riffelte sich über und über mit kleinen Zickzackfurchen. «Ich werde mich schadlos halten an dir», verkündete er und stelzte zur Küche, um frisches Eis zu holen.

Als Angela sah, in welch mitgenommenem Zustand Piet war, ließ sie Ben stehen und ins Leere weiterdozieren, ging zu ihrem Mann und fragte: «Was hattet ihr miteinander zu reden, du und Freddy? Du bist bleich wie ein Gespenst.»

«Er hat gesagt, ich müßte mir dringend die Zähne in Ordnung bringen lassen. Auu. Der ganze Mund tut mir weh.»

«Du willst es mir also nicht sagen. Ging es um mich?»

«Angela, du hast den Nagel auf den Kopf getroffen. Er hat feierlich um deine Hand angehalten. Er sagte, er liebe dich bereits seit Jahren.»

«Ach, das sagt er doch ständig.»

«So?»

«Das ist seine Masche, mich zu ärgern.»

«Aber es gefällt dir doch. Ich sehe es an deinem Gesicht, daß es dir Spaß macht, solchen Mist aufgetischt zu bekommen.»

«Warum auch nicht? Warum machst du Freddy so schlecht? Hat er dir jemals etwas getan?»

«Er bedroht meinen primitiven Glauben», erklärte Piet seiner Frau.

Foxy betrat das Zimmer, mit Ken. Sie trug ein trägerloses silbernes Abendkleid. Ihre Brüste strotzten vor Milch. Als sie sich umwandte und Piet zu erspähen suchte inmitten der irrwitzigen Schatten, hatte ihr Oberkörper etwas vom langsamen, strahlenden Spreizen eines Gefieders. Die Ankunft der Whitmans, das Öffnen und Schließen der Eingangstür, hatte die Luft im Haus in Aufruhr versetzt: die Kerzenflammen wehrten sich gegen den Zugwind, und die Möbel und Wände schienen zu taumeln und zu wogen. Sie war seinetwegen gekommen. Sie hatte ihr Haus, ihr tröstliches Kind in dieser Nacht der Trauer nur deshalb verlassen, weil sie in Sorge um ihn war, weil sie ihn behüten wollte vor dieser verkommenen Gesellschaft. Er hörte, wie sie Georgene erklärte: «Wir hatten schon alles fest ausgemacht mit dem Mädchen und dachten, nun müßten wir auch wirklich für ein Weilchen weggehen, damit es sich für sie überhaupt lohnt – es ist die Tochter von Doc Allen, und wir wollten sie nicht gleich am Anfang enttäuschen, bisher *brauchten* wir ja keinen Babysitter. Aber als sie dann kam, konnten wir uns doch nicht zum Aufbruch entschließen, wir waren einfach nicht imstande, uns vom Fernsehapparat loszureißen.»

«Was gibt es denn Neues?» erkundigte Roger sich mit seiner tiefen Stimme.

«Ach», sagte Foxy, «sie bringen hauptsächlich Ausschnitte aus alten Wochenschauen. Die Pressekonferenzen haben wirklich etwas Herzzerreißendes. Er war so rasch und schlagfertig und – ich weiß nicht – so aufmerksam. Irgendwie hatte man durch ihn auf einmal wieder *Spaß* daran gefunden, Amerikaner zu sein.» Piet sah, daß sie sich, während sie sprach, am Arm ihres Mannes festklammerte, als suche sie Schutz. Ken stand aufrecht und bleich, in mustergültiges Schwarz gekleidet, neben ihr. Seine Hemdenknöpfe waren aus Onyx.

«Ich habe ihn geliebt!» rief Bea Guerin, und ein fernes Weh klang in ihrer überstürzten Stimme, ein Klagen, das aus der Unterwelt aufzusteigen schien. «Ich hätte ihn nie gewählt, all diese sozialistischen Wischiwaschipläne, die er hatte, überzeugten mich einfach nicht, ich finde, jeder muß sich selbst verwirklichen, und sei es auch nur, um zu leiden, aber ich fand seine ganze Art so wunderbar: wie er sich gab, wie er sich anzog – immer ohne Hut und Mantel, meine ich.»

«Und die entsetzliche Traurigkeit, die in seinem merkwürdigen Silberblick lag», sagte Frank Appleby.

Marcia sagte: «Du meinst, er hatte einen Silberblick? Ich dachte, es läge nur daran, daß er immer auf die Teleprompter schielte.»

Musik überschwemmte in durchsichtigen Wellen das Zimmer. Doris Day, *Stars Fell on Alabama*. Freddy war vernarrt in Doris Day. Freddy war sentimental bis auf die Knochen und so amerikanisch wie Apfelauflauf und Partnertausch.

«Freddy», schrie Carol, «du Engel! Wo ist Roger?» Der Teppich aus aneinandergeknüpften Binsenrosetten wurde aufgerollt, bis zu den Beinen der Seiden-Chaiselongue hin, und Carol und Roger tanzten: sie geschmeidig, er hölzern. «Oh», rief sie, «deine Hand ist eisig!»

«Vom Glas», brummelte er verlegen, mit grollend gefurchter Stirn, und berührte ihre pflanzenhafte Wirbelsäule nur noch mit der Kante seiner Hand, die er zu einer schlaffen Faust gekrümmt hatte wie ein Kind im Schlaf.

Die anderen sahen beklommen zu. Ken Whitman, der seiner Frau und sich einen Drink holen wollte, ging naserümpfend am Rand der kahlen Tanzfläche entlang und unterhielt sich gedämpft mit Janet, während er darauf wartete, daß Freddy mit dem Eis aus der Küche käme. Ben Saltz schlenderte zu Foxy hinüber. In ihren Gesten drückte sich die Freude aus, ihn wiederzusehen nach all der Zeit, die er sich von Partys ferngehalten hatte; er sagte irgend etwas, worauf sie niederblickte auf ihren sanftflachen Bauch und artig, keineswegs ungehalten, errötete: genüßlichen Erinnerungen an Peter hingegeben, die durch Bens Judentum beschworen wurden. Angela berührte Piet am Arm und fragte: «Wollen wir tanzen?»

«Möchtest du denn? Es kommt mir so lästerlich vor, auf dem Grab des armen Kerls herumzuwalzen.»

«Ist es auch, ja, aber wir *müssen*. Es ist schauerlich geschmacklos, aber wir können Roger und Carol nicht allein lassen. Es wird sonst zu peinlich für sie.»

Sie war vertraut und dick und schmiegsam in seinen Armen; er hatte nie die richtigen Tanzfiguren gelernt, und im Laufe ihrer Ehe hatte sie sich darauf eingestellt: leichtfüßig paßte sie sich seinen unbestimmten, ausholenden Schritten an, als entwürfen sie gemeinsam ein flächiges Muster, und ihre Schenkel und ihr Becken drückten sich wie ein weiches Polster gegen ihn. Sie waren gleich groß. Angela benutzte selten Parfum, so daß von ihrem Haar und ihrer Haut ein Duft ausging, der nichts Spezifisches hatte, sondern einfach nur gut war, wie Wasser oder Leben oder bloßes Sein, im Gegensatz zu dem übermächtigen Vakuum zwischen den Sternen.

«Wo sind Irene und Eddie?» fragte er.

«In der Küche, sie unterhalten sich über die Verunreinigung der Luft.»

«Wirklich, ein *sauberes* Pärchen», sagte Piet. «Nach all dem Theater. Ich hoffe, du nimmst Irenes beleidigte Herzensergüsse in Zukunft mit einem Salzleckerchen.» Er spielte auf die Salzlecken an, diese großen Kuchen aus Salz, die in den Stallhöfen der Molkereien von Michigan gestapelt lagen, aber es klang wie eine ganz winzige Menge: als sei es weniger noch als ein Körnchen.

«Was willst du», sagte Angela, «Ben ist mit deiner exschwangeren Freundin beschäftigt, Irene *mußte* also zu Eddie zurückgehen.»

«Das ist mir zu kompliziert», sagte Piet und bemühte sich, auf das neue Tempo umzuschalten, denn aus *Stars Fell on Alabama* war *Soft as the Starlight* geworden. «Und die andere Dame mag von mir aus exschwanger sein, aber meine Freundin war sie nie.»

«Ich habe einen Scherz gemacht. Sträub dich doch nicht so gegen mich. Mach dich ganz locker. Leicht und locker.»

«Unter uns, ich finde diese Party hassenswert. Wann können wir nach Hause gehen?»

«Piet, diese Art von Partys schätzt du doch.»

«Ich habe das Gefühl, daß wir Kennedy beleidigen.»

«Nicht im mindesten. Gestern war er einfach nur unser Präsident im fernen Washington, und jetzt gehört er zu uns. Er ist hier, ganz nah. Fühlst du ihn nicht?»

Sprachlos starrte er in ihre blauen Augen. Etwas unerschöpflich Fremdes war um sie, das ihn trotz aller Ernüchterungen immer von neuem berückte. Plötzlich wurde ihm klar, und er haßte diese untergründige Hörigkeit und dürstete danach, Foxy von Ben fortzureißen, ihm mit Stiefeln in sein buschiges Gesicht zu treten. Tölpelhaft trat er Angela auf den Zeh.

Ken und Janet gesellten sich jetzt zu ihnen auf die Tanzfläche, und Freddy und Irene. Über Freddys schwarzer Schulter waren Irenes ebenmäßige Brauen zu sehen, ein zwiefacher Zirkumflex, ein aufstiebendes Flügelpaar. Ihr Haar war streng in der Mitte gescheitelt. Eddie Constantine kam und tat, als wolle er sie sich greifen, drehte aber im letzten Moment ab und nahm sich Angela. Piet ging zu Georgene, die vor sich hin starrend am Tisch mit den halbleeren Flaschen und schmutzigen Gläsern stand, und forderte sie zum Tanzen auf.

In seinen Armen fragte sie: «Meinst du, es ist noch zu früh für den Schinken? Wir haben auch Lachs besorgt, aber nun sind gar keine Katholiken gekommen.»

«Du mit deiner sauberen Diskretion!» beschwerte er sich. «Dein Mann hat mich eben ganz schön zusammengestaucht.»

«Freddy? Weshalb denn, um Himmels willen?»

«Weil ich mit dir ein Verhältnis habe.»

«Mach keine Witze darüber. Die Zeit, die wir zusammen verbracht haben, ist etwas sehr Kostbares – wenigstens für mich.»

«Witze! Er behauptet, du selber hättest es ihm erzählt, und zwar alles: Stellungen, Daten, Mondphasen.»

«Das ist eine solche Lüge! *Niemals* habe ich irgend etwas über uns zugegeben, obwohl er mich oft genug dahin bringen wollte. Mit solchen Methoden arbeitet er. Ich hoffe bloß, *du* hast nichts zugegeben.»

«Nein, aber nur aus purer Perversität nicht. Ich war überzeugt, er hätte mich in der Falle.»

«Er unterhält sich dauernd mit Carol und Janet; vielleicht hat eine der beiden ihm Grund zu der Annahme gegeben, er wisse jetzt etwas.»

«Bist du sicher, daß er nichts weiß? Bist du sicher, daß du es ihm nicht eines Nachts, vor dem Einschlafen, gebeichtet hast, weil du dir sagtest, ich sei ja sowieso ein aussichtsloser Fall, und weil du ihm etwas heimzahlen wolltest, zum Beispiel seine Affäre mit Carol?»

«Mit Carol? Stimmt das?» Er genoß es zu fühlen, wie sie Angst ausstand in seinen Armen; die Festigkeit ihres Körpers lockerte sich, zerfiel wie bei sexueller Unterwerfung.

«Nein, aber er ist doch ständig drüben, und Carol nimmt es nicht so genau. Womit ich nicht sagen will», setzte er hastig hinzu, «daß Freddy nicht ein Prachtstück von einem Mann ist.»

Sie ignorierte diese herzlose, taktlos-taktvolle Bemerkung und fragte: «Und du? Bist du *wirklich* ein aussichtsloser Fall?»

Soft as the Starlight wechselte über zu *It Must Have Been Moonglow*. Piet sagte vorsichtig: «Wird mir wohl nichts anderes übrigbleiben, wenn Freddy so tut, als wisse er alles.»

«Ach, Freddy. Der will *nichts* wissen, Hauptsache, die Leute glauben, daß er *alles* weiß. Aber wenn ich dir die Mühe nicht wert bin, brauchen wir uns ja nicht weiter zu unterhalten, nicht wahr, Piet?» Rasch, sportlich energisch, wie es ihre Art war, legte sie ihm die Hände auf die Arme und stieß sich von ihm ab. «Aber komm bitte nicht zu *mir*, wenn du mal wieder eine kleine Abwechslung bei deiner Freizeitvögelei nötig hast.» Er sah ihr nach und erkannte, daß er während all dieser Monate, während der ganzen Zeit mit Foxy, nicht aufgehört hatte, Georgene als seine Geliebte zu betrachten. Foxy tanzte drüben auf der anderen Seite mit Frank Appleby. Sie bewegten sich gelassen, nahmen keine Notiz von dem Beatrhythmus; Silber, umschlossen von Blei. *Warp Your Troubles in Dreams* war jetzt an der Reihe. Marcia stand bereit; sie kuschelte sich geschmeidig, behende an seine feuchte Hemdbrust und fragte: «Piet, was ist los mit dir? Du bist gar nicht mehr so lustig wie früher.»

«Ich habe es nie darauf angelegt, lustig zu sein.»

«Du warst es aber trotzdem. Es hat dir immer Spaß gemacht, mit uns zusammen zu sein – am Strand, beim Skilaufen, überall. Jetzt interessieren wir dich nicht mehr. Du findest, wir sind ein scheußliches, läppisches Pack.»

«Marcia, du bist zum Küssen. Ich wette, du warst früher mal Klassensprecherin.»

«Liegt es an deiner Arbeit? Was machst du jetzt eigentlich, wo es zu kalt ist, um noch mehr von diesen gemütlichen Horribelchen auf dem Indian Hill zu bauen?»

«Wir haben im letzten Augenblick einen rettenden Strohhalm erwischt. Vorige Woche kriegten wir einen tollen Innenausbau an der

Divinity Street. Gertrude Tarbox ist in eine Pflegeanstalt abgeschoben worden, und diese Bank in New Bedford, die Hypothekengläubiger war, will das Haus in Büros aufteilen. Wir haben drei Wagenladungen voll *National Geographics* weggekarrt.» Es war ihm unangenehm, daß er Marcia dies alles erzählte. Den ganzen Tag hatte er allein in dem Haus gearbeitet, mit einer enormen Schleifmaschine Dielenbretter abgezogen, in einem Raum, der einst ein lüstergeschmücktes Eßzimmer gewesen war. Berauscht vom hypnotischen Heulen und Fauchen des Apparates, gebannt von der Beschäftigung, jahrzehntealte Schmutz- und Farbschichten abzutragen und das Holz wieder in seinen ursprünglichen Zustand zurückzuverwandeln, hatte er nichts von der Ermordung des Präsidenten geahnt, bis um drei, nach einer rätselhaft langen Mittagspause, Jazinski wiedergekommen war. Betäubt vom Schleifgerät, hatte Piet die Kugel schmerzlos durch sich hindurchgehen lassen.

Marcias Fragen machten ihn nervös. «Wieso braucht man in Tarbox denn so viele Büroräume?»

«Oh, du würdest dich wundern. Im Zentrum herrscht schreiender Mangel daran. Versicherungsgesellschaften. Chiropraktiker. Und die American Airlines wollen eine Filiale aufmachen. Tarbox ist nicht mehr der lauschige Winkel, in den du dich zurückgezogen hast, Marcia. Wir sind leider Vorstadt geworden. Zwischen hier und Lacetown soll ein großes Einkaufszentrum entstehen. Ist Frank nicht in dem Komitee, das immer mehr und immer bessere Eisenbahnverbindungen aus dem armen alten New Haven herausschinden soll oder aus der Transportgesellschaft von Massachusetts oder der Lionel Company oder Gott weiß wem noch alles?»

«Piet, wann trennst du dich endlich von Gallagher? Frank und Harold haben neulich in Boston beim Lunch jemanden getroffen, der sich bei der South Shore-Gesellschaft auskennt, und der rechnet damit, daß Gallagher demnächst pleite macht. Er ist bis über die Ohren verschuldet bei den Banken, und trotzdem treibt er dies Glücksspiel immer weiter. Wenn die Nonnen ihn vorigen Sommer nicht ausgelöst hätten, wäre er zu keiner einzigen Lohnzahlung mehr fähig gewesen.»

«Meine Süße, das verstehst du nicht. Matt kann nicht verlieren. Wir leben in einem Universum, das sich immer mehr ausdehnt.» Um ihr den Mund zu stopfen, um ihren kritischen Geist zu dämpfen, ließ Piet seine Hand zu ihrem Hintern hinuntergleiten: er war schmal und so fest zusammengepreßt wie die führigen kleinen Radpaare vorn an einem Traktor. Dem lenkenden Druck seiner Hand folgend, schmiegte ihr Körper sich enger an ihn, so eng, daß seine Lippen zurückzuckten vor dem kalten Feuer des baumelnden Ohrrings. Er murmelte: «Da wir gerade von der Massachusetts-Transportgesellschaft reden – wie *geht* es Frank denn?»

«Unverändert. Höchstens schlechter. Einfach nur ins Bett zu gehen, beruhigt ihn nicht mehr. Er muß sich endlich unter diesem schwergewichtigen neurotischen Biest hervorwühlen.»

«Ach was, wir alle müssen uns unter irgend etwas hervorwühlen.»

«Ich nicht. Ich brauche Harold. Damit er mir weh tut. Er ist schön grausam, findest du nicht?»

«Schön?»

«Und dabei immer vornehm und höflich, auf eine altmodische Weise. Ich gehöre ihm, trotzdem respektiert er meine Unabhängigkeit. Ich finde, wir sind ein richtig nettes, altmodisches Ehepaar, findest du nicht auch?»

«Antik. Königin Victoria und Prinz Albert. Aber laß uns mal von mir sprechen. Müßte ich mich nicht unter Angela hervorwühlen?»

«Ach Piet», sagte sie ungeduldig, «du würdest umkommen ohne Angela.»

Das verschlug ihm die Sprache, er wußte keine Antwort und sang statt dessen, zusammen mit der umflorten Schallplattenstimme, in Marcias zierlich gedrechselte kühle Ohrmuschel hinein: «Burgen, sie fallen, Schicksal ist das, so geht's uns allen, das Leben ein Spaß.»

Sie mißdeutete seine Anwandlung und flachte ihren Körper noch biegsamer dem seinen an. Ihre Fingerspitzen tasteten sich zu den Härchen in seinem Nacken hinauf, ihr Becken hob sich eine Spur höher. Eine Frau, die es gewohnt war, zwiefach begehrt zu werden – hilfesuchend sah er sich im Zimmer um. Ken tanzte noch immer mit Janet. Seine Schläfen schimmerten grau, als er sich an einer Kerze vorbeiwiegte. Statt Eddie hielt jetzt Freddy Angela im Arm. Eddie und Irene hatten die Tanzfläche verlassen, lehnten an der Wand und unterhielten sich. Frank Appleby mischte sich einen neuen Drink. Foxy hatte sich aus dem Staub gemacht. Doris Day sang jetzt *Moonglow.* Harold fing Piets Blick auf, kam herüber und krallte seine Finger so grausam in Marcias reglosen Arm, daß ihre olivfarbene Haut weiß zwischen seinen Nägeln aufquoll. «In dem Idiotenkasten faseln sie jetzt davon, ob man ihm eine ewige Flamme anzünden soll, *une flamme éternelle*», sagte er. «Himmelherrgott, er war aber nicht der Unbekannte Soldat, sondern bloß ein geschickt aufgebauter Politiker, der zufällig von irgendeinem Niemand eine Kugel abgekriegt hat. *Chérie, es-tu ivre?*»

Marcia war an Piets Körper eingeschlafen, jetzt wachte sie auf. «Ja», sagte sie heiser.

«Dann komm mit. *Pardonnez-nous*, Piet.»

«Aber bitte, gern. Ich sehe mal zu, daß ich noch eine Kugel abkriege.» Er mixte sich seinen vierten Martini. Silbrig. Foxy. Hatte sie sich in die Büsche geschlagen? Und wo war Ben? Jedenfalls nicht unter den Tanzenden. Sie flog auf Juden wie Motten aufs Licht. Lieber Abram als Lot, lieber den Älteren. Bens Finger, geübt durch den Umgang mit Miniaturgeräten: wie sie sich vortasteten über die langen bräunlichen Innenseiten ihrer strumpfumspannten Schenkel, zu dem negerlippigen blassen Vlies hin. Ihre Klitoris, die langsam, rubinrot aufblühte und den milchigen Schleier durchbrach; Uhrfedern, angeordnet in Stiefmütterchenform. Und Foxy würde sich ausstrecken, entrückt, in Schatten und Lächeln gehüllt, und würde ihn führen. Ben, löwenhaft, im bergenden Dämmer des Gebüschs. Hinter den schwarzen Scheiben da tat sie sich einem neuen Liebhaber auf.

Schmerzgetroffen wandte Piet sich vom Fenster ab, und ihm war, als bewegten die Paare sich auf dem glänzenden Deckel von Kennedys Sarg. Eine Insel aus Licht im trauernden Land. *Close Your Eyes.* «Schlie-hieß deine Augen», flüsterte die Samtstimme aus Hollywood zollbreit vor seinem Trommelfell. Nackt und verlassen, ohne die beschützende Martinihülle, lag das Olivenei im Glas. Die Bläschen in Piets Mund taten weh, besonders das eine, das er nur mit gereckter Zunge erreichen konnte: links vorn am Zahnfleisch, ganz unten an der Lippenwurzel. Ohne Hilfe von oben hätte diese Entwicklung niemals stattfinden können: zuerst nur Algen und jetzt dies komplizierte Häutchengebilde. Gott hat uns ein bißchen auf die Sprünge geholfen. Piet hatte das Gefühl, daß er mit dem Trinken aufhören sollte. Alles auf nüchternen Magen, kein Abendbrot. Marcias Schmiegsamkeit hatte ihn aufgestört. Halbmast, abgeschlafft, schwerer Klumpen. Seine Nieren schlugen an – süßes Geläut einer stummen Glokke: erlöse mich. Georgenes Badezimmer. Dort wusch sie sich immer, vorher und nachher. Sagte, sein Saft laufe ihr die Beine hinunter, er habe zu viel davon, solle sich öfter mal über Angela hermachen. Sechseckige kleine Fliesen, blaßblaues Toilettenpapier, schicke purpurne Handtücher. *Willkommen im Pillen . . .* Nackt unter der Dusche hervortänzelnd, ihr Kätzchen von farniger Frische. Die wohlige Schwere nach der Liebe. Wohlgetan, ihr, die ihr gut und gläubig seid. Als er die vertraute Treppe hinaufging, sicheren schwarzbeschuhten Fußes die schwanken Stufen bewältigte, warf er einen Blick ins Nebenzimmer, wo ein paar kaum erkennbare Gestalten die matt flimmernde Wiederholung jener Szene verfolgten, in der der Sarg aus dem Flugzeugbauch gehievt wird. Ben saß da: vorgebeugt, silbern schimmerndes Profil wie auf Öldrucken in der Sonntagsschule,

Blick zum Berge Sinai gewandt. Roger und Carol, zusammen auf einem Polsterschemel. Frank nuckelte an einer Zigarre, deren Rauch durchschossen war von flitzenden Lichtreflexen, während Sarg zu Witwe wurde, Witwe zu Johnson, Johnson zu Kommentator. Leichenschänderbande. Foxy mußte in der Küche sein. Die paneelierte Badezimmertür war geschlossen. Taktvoll klopfte er an. Foxys melodische Stimme rief: «Glei-heich!»

Piet sagte: «Ich bin's», und drückte auf die Klinke. Die Tür ging auf. Foxy saß auf der Toilette, erschreckt, mit hochgezogenem Silberkleid, ein blaues Stückchen Papier in der Hand haltend wie einen Fetzen Himmel. Ihre blassen Schenkel mit den Strumpfbändern drückten sich in die Breite auf dem ovalen Sitz; vornübergebeugt hockte sie da, berührte die sechseckigen Fliesen nur mit den Zehen, nicht mit den Fersen. «Ich liebe dich» – wie ein Zahn wurde es aus ihm herausgerissen. Der Spiegel über dem Waschbecken warf ihn auf sich selbst zurück: sein flächiges straffes Gesicht sah erhitzt und betroffen aus, sein Mund stand offen, sein schwarzer Schlips war verrutscht.

Mit einer Flüsterstimme, die widerhallte in dem hellen Fliesenraum, sagte Foxy: «Du bist verrückt, hier hereinzukommen.» Und mit widersprüchlicher Bedächtigkeit tupfte sie sich ab, ließ das Papier in das Wasseroval unter sich fallen und drückte, sich halb umdrehend auf dem Sitz, den verchromten Hebel herunter. Träge strudelte das Wasser auf; Georgene klagte immer über den niedrigen Wasserdruck hier oben auf dem Hügel. Foxy erhob sich von dem Strudel und strich sich das Kleid glatt. Sie wirkte groß, als sie ihm gegenüberstand, hatte etwas Herausforderndes, Feindliches, und ihre geschlossenen Lippen, blaßrosa angemalt, wie die Mode es befahl, sahen seltsam ausgebleicht aus. Er vergewisserte sich, daß die Tür zu war, ging an Foxy vorbei und urinierte im Stehen. Mit schmerzhaftem Stechen, zögernd am Anfang, erschien sein goldener Bogen. «Mein Gott», sagte er, «ist das eine Wohltat, dich allein zu sehen. Wann können wir uns endlich wieder treffen?»

Sie antwortete hastig, über sein Plätschern hinweg: «Ich war mir nicht sicher, ob du es überhaupt noch wolltest. Du warst so weit weg.»

«Die ganze Zeit, seit das Baby da ist, habe ich schreckliche Angst vor dir gehabt. Ich nahm an, es wäre unser Ende.»

«Das stimmt nicht. Nicht, wenn du es nicht willst.»

«Die Wahrheit ist, daß ich schon den ganzen Herbst über Angst gehabt habe. Vor dem Tod, vor meiner Arbeit, vor Gallagher, vor meinen Kindern, vor den Sternen. Es war grauenhaft.» Ein letzter Spritzer, der etwas Rhetorisches hatte, und ein abschließendes Trokkenschütteln. Er knöpfte sich wieder zu. «Mein Leben kommt mir wie ein ununterbrochenes langes Fallen vor.»

«Aber das *stimmt* doch nicht. Du hast ein gutes Leben. Deine reizende Familie, dein schönes, solides Haus, mich, wenn du mich haben willst. Wir können hier nicht reden. Ruf mich am Montag an. Ich bin wieder allein.»

Er drückte auf den Hebel, aber der Wasserkasten hatte sich noch nicht wieder gefüllt. «Warte. Bitte. Laß mich deine Brüste sehen.»

«Sie sind voller Milch.»

«Ich weiß. Nur einen Augenblick. Bitte. Ich brauche es so.»

Sie horchten, ob jemand die Treppe heraufkam: nichts. Nur die Musik unten und der Fernsehmonolog. Ihr Mund öffnete sich, als sie hinter sich griff, um den Verschluß aufzuhaken, und rot wie Störfleisch schlüpfte ihr die Zunge auf die Unterlippe. Kleid und Büstenhalter schälten sich in einem herab. Frucht.

«O mein Gott.»

Sie errötete. «Ich komme mir so plump vor.»

«So geädert und voll. So hart an den Spitzen, hier.»

«Gib acht, sonst geht es gleich los. In einer Stunde muß ich nach Hause.»

«Zum Stillen.»

«Ja. Was für merkwürdige traurige Linien du hier bekommst, hier und hier. Runzle doch die Stirn nicht so, Piet. Und graue Haare. Die sind neu.»

«Still mich.»

«O mein Liebling, nein.»

«Still mich.»

Erschreckt bedeckte sie die eine Brust, aber er war schon niedergekniet und hatte sich mit seinem großen Mund an der andern festgesaugt. Beim ersten Schluck schmeckte das dickliche träge Sickern ekelerregend süß. Das grelle Badezimmerlicht brannte ihm auf den Lidern, und es war, als würde sein Inneres in ein tiefes, fließendes Rosa getaucht, bis hinab zu seinen schmerzenden Kniescheiben auf dem eisigen Fliesenboden. Foxys Hand schmiegte sich stützend um die Wölbung seines Hinterkopfes, steuerte ihn tiefer in ihren Strom oder gab ihm, indem sie sein Ohr berührte, zu verstehen, daß er ihr weh tat. Er öffnete die Augen: kirschrot sprang die Spitze der anderen Brust zwischen schützend darübergewölbten Elfenbeinfingern hervor. Er schloß die Augen. In kleinen Stößen pulste die unerlaubte Nahrung gegen seine Zunge, sein Zahnfleisch. Foxy spielte mit seinem Haar, er streichelte ihren stoffbedeckten Hintern, ertrank fast in ihrem Rosa.

Wie Felsgestein schlug ein Klopfen gegen die unverschlossene Tür handbreit hinter ihnen. Gleißende Helle überflutete ihn. Er sah, wie Foxys beringte Hand nach der anderen Brust faßte und deren unwillkürlich ausgelöstes Fließen auffing. Und im gleichen melodischen Tonfall wie vorhin rief sie: «Einen Augenblick bitte!»

Angelas klare höfliche Stimme antwortete: «O pardon, Foxy, lassen Sie sich Zeit.»

«Vielen Da-ank!» sang Foxy zurück und warf Piet einen panischen fragenden Blick zu. Ihre nackten Brüste riesige Kreise. Eine Christensklavin, zur Folter entblößt.

Angst donnerte in seinem Körper. Seine Hände zuckten, als würden sie von einem Marionettenspieler bewegt, aber sein Gehirn machte eine Blitzaufnahme von dem hellerleuchteten Raum, der ihm zur Falle geworden war. Es gab keine zweite Tür. Die Duschkabine hatte zwei Schiebetüren aus Milchglas; seine Umrisse würden zu sehen sein. Ein kleines Fenster war da, der Sims etwa in Brusthöhe. Es hochzuschieben, würde Lärm machen: er bedeutete Foxy, sie solle die Wasserspülung betätigen. Als sie sich vorbeugte und die Hand nach dem verchromten Hebel ausstreckte, veränderte sich die Form ihrer Brüste; sie hingen jetzt nach vorn, lang und spitz zulaufende Euter, aus denen es trübweiß niedertröpfelte. Er schob den verrosteten Riegel zurück und stemmte das Fenster hoch, während langsam das Wasser strudelte und weggesogen wurde, setzte dann seinen Fuß im schwarzen Abendschuh auf den Rand der Badewanne und hievte sich, mit dem Kopf voran, in das Viereck aus schwarzer Nacht. Er sah Bäume draußen, Ulmen, aber keine in Reichweite. Seine Hände fanden nur senkrecht abfallende Holzflächen und eisige, von Sternen durchstochene Luft. Zu spät erkannte er, daß er mit den Füßen voran hätte hinausklettern sollen; er mußte springen. Dies war die baumschattige, die ländliche Seite des Hauses. Weiches Gras. Die Toilette hatte zu rauschen aufgehört – kein Lärm mehr, der das Scharren und Rascheln übertönt hätte, das er beim Umdrehen machte. Foxy kam auf den Gedanken, beide Wasserhähne voll aufzudrehen. Als nächstes mußte sie logischerweise die Tür öffnen und Angela hereinlassen. Piet schob sich rückwärts aus dem Fenster. Foxy stand vor den rauschenden Wasserhähnen und starrte ihn an, während sie sich mit einem purpurnen Waschlappen abwusch und die Corsage des Silberkleids wieder zuhakte. Ihm war, als lächle sie. Keine Zeit, darüber nachzudenken. Er stand auf dem schlüpfrigen Wannenrand, hob ein Bein aus dem Fenster, machte so etwas wie einen Handstand auf der Heizkörperverkleidung und schaffte es, das andere Bein nachzuziehen. Ein Knopf. Festgehakt. So. Endlich.

Bäuchlings rutschte er hinaus und hangelte sich, so schwer er war, ein Stück an Thornes welligen Schindeln entlang. Vorstehende Nägel – wenn er nun mit dem Nasenloch hängenblieb oder sein Gesicht aufgeschlitzt wurde wie ein Fisch, der ausgeweidet werden soll? Luft zog an seinen Schuhen. Drei Meter. Dreieinhalb Meter. Alte Häuser, hohe Räume. Etwas Fedriges streifte seine Finger, die sich innen am Fensterbrett festhielten. Foxy, die ihn bat, es nicht zu riskieren? Angela, die sagte, schon gut, sie wisse alles? Zu spät. Fallen. Keine Ausflüchte mehr. Er stieß sich leicht mit den Füßen von der Mauer ab, versuchte, sich locker zusammenzukrümmen, um den Aufprall zu mildern, und ließ los. Er fiel: erst ein Summen, dann dröhnende Erschütterung: ein Harfenschlag in umgekehrtem Klangablauf. Seine Absätze schlugen auf dem frostharten Rasenboden auf; er machte einen Rückwärtssalto und dachte besorgt, ob sein Smoking wohl Grasflecken bekommen habe; dann erst fiel ihm ein, Gott zu danken, daß er sich nichts gebrochen hatte. Über ihm verschwand ein rosa Gesicht, und lautlos schloß sich ein goldenes Fenster. Sie waren gerettet. Er saß auf dem verharschten Rasen, seine Füße in den papierdünnen Abendschuhen schmerzten.

Die Kontur des Ulmenstammes, der ihm am nächsten war, wurde plötzlich unscharf; eine Frauenstimme kicherte. «Piet, was bist du doch für ein Angeber», sagte Bea Guerin.

Ben Saltz' volltönende Stimme ließ sich vernehmen: «Tolle Leistung. Ich bin beeindruckt.»

Piet stand auf und klopfte sich den Anzug ab. «Was macht ihr beide eigentlich hier draußen?»

«Oh», sagte Bea, und ihr schwebender Tonfall bekam etwas Körperloses hier im Freien, «Ben wollte mir einen vorbeiziehenden Satelliten zeigen, in dem einer von seinen Miniaturapparaten steckt.»

«Ein winziges Zubehör», sagte Ben. «Mein alter Laden hat den Satelliten entwickelt und dabei ein paar von meinen Genieblitzen verwendet. Ich dachte, das Ding würde vielleicht gerade jetzt über uns hinwegziehen, aber alles, was wir bisher gesehen haben, war eine Sternschnuppe.»

«Es sah so hübsch aus, wie sie herunterfiel», sagte Bea, und für Piet, der noch immer benommen dastand, war es, als spreche der Baum, obwohl sich allmählich das Scharlachrot ihres Kleides aus dem Dunkel hob, «grünlichblau flackernd, ganz hell, wie ein angezündetes Streichholz, dann nichts mehr. Seit meiner Kindheit hatte ich keinen Kometen mehr gesehen.»

«Das war kein Komet», sagte Ben. «Das war ein Meteor, ein toter Brocken Materie, man könnte auch Weltraum-Staub sagen, der in dem Augenblick, wo er in unsere Atmosphäre eintaucht, durch Reibung verbrennt. Kometen sind weißglühend und beschreiben eine elliptische Bahn.»

«Ach Ben, du bist wunderbar, du weißt einfach alles, findest du nicht auch, Piet? Aber jetzt sag uns, was ihr beide eigentlich angestellt habt, du und Foxy.»

«Wieso Foxy?»

«Wir haben gesehen, wie sie das Fenster schloß. Du nicht?»

«Bist du sicher, daß es Foxy war? Ich dachte, Angela sei es gewesen.»

«Angela, pah. Natürlich war es Foxy – ihr herrliches Honighaar. Habt ihr es miteinander getrieben? Im Badezimmer?»

«Junge, Junge, dazu gehören Nerven aus Stahl», sagte Ben, «ganz zu schweigen von anständig gepolsterten Körpern. Ich habe es mal in einem Boot versucht, aber ehrlich gesagt, es war nicht unbedingt mein Fall.»

«Seid nicht albern», sagte Piet. «Wie kommt ihr denn auf so etwas? Ihr seid ja übergeschnappt.» Vielleicht konnte Zorn dies unwillkommene Paar in Luft auflösen.

«Was heißt hier *albern*!» rief Bea im gleichen sanft ansteigenden Klageton, mit dem sie auch Kennedy betrauert hatte. «Jeder weiß doch Bescheid über dich und Foxy. Dauernd parkt dein Lieferwagen vor ihrer Tür. Wir finden es *nett*.»

«Mein Wagen hat seit Monaten nicht dort gestanden.»

«Mein Herz, sie war ja wohl auch kaum in der geeigneten Verfassung dafür.»

«Es würde mich wirklich interessieren», sagte Ben, «weshalb man während der Schwangerschaft vom Geschlechtsverkehr abrät. Ich habe den Verdacht, daß es auch nur wieder so ein pseudomedizinischer Aberglaube ist, ähnlich wie man in den dreißiger Jahren allen Ernstes glaubte, Stillen sei unhygienisch. Ich habe darauf *bestanden*, daß Irene stillt, und sie ist mir dankbar dafür.»

«Du bist ein wunderbarer Ehemann, Ben», sagte Piet. «Jetzt bestehst du darauf, daß sie arbeitet, und wieder ist sie dir dankbar.»

Bea legte ihm eine bebende Hand auf den Unterarm. «Sei doch nicht so sarkastisch zu Ben, nur weil du selber ein schlechtes Gewissen hast. Wir sagen es auch niemandem, daß du aus dem Fenster gesprungen bist. Außer Roger und Irene.»

«So, und wem soll ich sagen, daß du hier draußen mit Ben herumknutschst?»

«*Einem* Menschen darfst du es erzählen», sagte Bea, «das sind die

Spielregeln. Aber bitte nicht Angela, denn die erzählt es Freddy Thorne, und dann weiß es jeder. Mir ist kalt.»

Zu dritt gingen sie ins Haus zurück. Doris Day sang gerade *Stardust.* Angela kam die Treppe herab, aus dem Badezimmer. «Wo habt *ihr* denn gesteckt?» fragte sie.

Piet erklärte ihr: «Ben behauptet, einen der Sterne da draußen hätte *er* gemacht, aber wir konnten ihn nicht finden.»

«Und warum sucht ihr ihn unter den Bäumen? Ich habe mich schon gewundert, was für ein Geflüster das da unten war, ich konnte euch nämlich vom Badezimmer aus hören.» Sie war auf halbem Weg stehengeblieben und hing schimmernd wie ein Lüster über ihnen auf der Treppe. Jetzt, da Piet sich mit heiler Haut wieder unter die Partygäste gemischt hatte, wurmte ihn Beas Behauptung, Angela gebe alles an Freddy Thorne weiter. Er hätte seine Frau gern gefragt, ob das die Wahrheit sei, statt dessen fragte er: «Wieviel hast du getrunken?»

«Gerade genug», antwortete sie und kam die letzten Stufen herunter; mit den Händen einen unsichtbaren Vorhang teilend, schwebte sie an ihm vorüber.

Piet hastete weiter; er hatte Fragen an jede Frau. Noch immer lag ihm der Geschmack süßlich-klebriger Milch auf der Zunge. Foxy war in der Küche, mit Janet, die ihr den Rücken zukehrte; so konnten die beiden Liebenden sich miteinander verständigen. Er fragte stimmlos: «Alles in Ordnung?»

«Natürlich», flüsterte sie.

«War es Einbildung, oder hast du tatsächlich dagestanden und über mich gelächelt?»

Sie sah sich um, ob man sie auch nicht belausche. «Du warst so kopflos, das Ganze hatte etwas von einer Stummfilmszene. Ich wollte dir sagen, du sollst nicht verrückt sein und dein Leben aufs Spiel setzen, aber wir durften ja nicht sprechen, und zudem warst du offenbar ganz vernarrt in die Idee, aus dem Fenster zu springen.»

«Vernarrt! Ich hatte schreckliche Angst, und zu allem Überfluß tut mir jetzt mein rechtes Knie weh.»

«Du hattest Angst vor Angela. Warum eigentlich? Ihr Mann war mit einer andern im Badezimmer – na und? Davon geht doch nicht die Welt unter. Vielleicht hatte ich etwas im Auge, und du warst mir behilflich, es zu entfernen.»

Piet mobilisierte die letzten Reserven moralischer Entrüstung, die ihm noch geblieben waren. «Ich bin entsetzt», sagte er. «Unsere Liebe hängt an einem seidenen Faden, und du lachst.»

«Ich versuchte, im letzten Augenblick deine Hand zu greifen, aber da ließest du schon los.» Ihr Lächeln wurde künstlich, leblos. «Wir hören jetzt besser auf. Freddy Thorne hat schon ein Auge auf uns, und da kommt Harold.»

Klein-Smith, dessen angeklatschtes Haar sich im Nacken zu winzigen Spiralfedern kräuselte, setzte eine irgendwo anders begonnene Unterhaltung fort, indem er in affektiertem Unmut sagte: «Wenn ich an den allmächtigen Herrn Jesus glaubte, würde ich sagen, dies war die Strafe dafür, daß Kennedy unseren einzigen zuverlässigen Verbündeten in Südostasien hat draufgehen lassen, um sich bei der schwulen Linken hier im Land lieb Kind zu machen. *La gauche efféminée.*»

«Ach Harold», sagte Foxy bemutternd und überlegen, «reden Sie nicht so daher, Sie imitieren ja doch nur jemand anderen. Kardinal Richelieu. Sie glauben, wir finden Sie toll, wenn Sie sich rechts gebärden. Wir finden Sie auch so schon toll genug, nicht wahr, Piet?»

«Harold», fragte Piet, «hast du schon daran gedacht, die junge Witwe um ihre Hand zu bitten? Du und Madame Nhu, ihr würdet ein reizendes Paar abgeben. Ihr habt beide so eine feurige Art, euch auszudrücken.»

«Außerdem sprecht ihr beide Französisch», setzte Foxy hinzu.

«Die Krux mit diesem *merde*-Haufen von Land ist», sagte Harold, widerwillig geschmeichelt von ihren Frotzeleien, «daß es einfach keine honorige Art gibt, nicht liberal zu sein.»

«Wieso denn nicht? Sieh doch mich an», sagte Piet. «Ich bin kein Liberaler. Sieh dir deine Kollegen von der Börse an. Sie bemogeln die Armen und spielen den Zuhälter für die Reichen. Daran ist nichts Liberales.»

«Das sind alles Idioten. *Idiots*», sagte Harold zu Piet. «Du wagst dich nie aus diesem bukolischen Paradies heraus, daher weißt du nicht, was für Dummköpfe das alles sind. Es ist wirklich *entscheidend* für sie, ob einer einen Buick fährt oder einen Cadillac.»

«Das ist zu fürchterlich, als daß man's glauben könnte», sagte Piet; er sah Carol allein neben der Harfe ohne Saiten stehen und ging zu ihr. «Was hast du Freddy Thorne, dieser Flasche, alles erzählt?»

«Ich weiß es nicht mehr», sagte sie, «aber das eine sage ich dir, Piet Hannema, er war so ungefähr der einzige, der immer noch zu uns kam, als ihr andern alle Eddie und mich wegen der armen alten Irene geschnitten habt. Von wegen arme alte Irene – hast du gesehen, wie sie Eddie in die Küche geschleift hat, kaum daß sie da war?»

«Du Goldstück. Komm, laß uns tanzen.» Doris Day sang jetzt:

Under a Blanket of Blue. Carols Rücken unter seiner Hand war weitflächig-nackt, knochig und biegsam und gab ihm zu verstehen, mit welch grenzenloser Leichtigkeit seine behaarten langen Arme sie im Bett umfangen und ihre schlanke, nervöse Tänzerinnen-Nacktheit besänftigen könnten. Sein Daumen streifte über die Kante ihres Schulterblatts; seine Handfläche überspannte feucht den Grat ihrer Wirbelsäule; seine Fingerspitzen machten sich mit dem fülligeren Ansatz ihrer Flanken vertraut. Geschmeidige Flanken, die abwärts verliefen, Muskeln bekamen und zum weiten Angelpunkt der Welt wurden, zu ihrem Thron, der sogar in einer zerbrechlichen Frau noch machtvoll und stark ist. Mit seidigem Fließen paßte Carol sich ihm an, sie berührte ihn in seiner ganzen Länge. Die Körper der Frauen sind Teile eines Puzzlespiels, sie passen oder sie passen nicht, ganz wie es ihnen gefällt. Behutsam nuancierte Carol die Schrägung ihres Beckens, so daß Piets Penis sich liebkost fühlte. Sie rieb sich leicht an ihm, reckte den Hals zur Seite, damit er ihre Brust sehen könne, hauchte ihm ins Ohr. Die Musik riß ab. Carol trat mit unwillig verzogenem Gesicht einen Schritt zurück und seufzte. «Du bist ein solcher Schuft», sagte sie und ging weg, nackt vom Hals bis zur Taille. Nixe. Glitscht einem aus der Hand wie ein Stück Seife.

Ein solcher Schuft. Als man ihn damals im College – er war spät von einem Rendezvous zurückgekehrt, mit trockenem Mund, nassem Hosenschlitz und ebbehaftem Fotzegeruch an den Fingern – vom Unfall seiner Eltern unterrichtet hatte, war sein erster Gedanke gewesen, daß, wenn er hätte bei ihnen sein können, bei ihnen in Grand Rapids, seine Gegenwart die Ereignisse beeinflußt und ihrem Lauf eine andere Richtung gegeben hätte – jedenfalls so weit, daß seine Mutter und sein Vater am Leben geblieben wären. Auf die gleiche Weise fühlte er sich schuldig am Tode Kennedys, als Jazinski ihm, in das Schweigen der Bodenschleifmaschine hinein, die Nachricht überbrachte.

Irene Saltz trieb auf ihn zu, ihre Brauen wölbten sich über hellen, im Kerzenlicht glitzernden Tränen. «Bist du glücklich, Irene?» fragte er.

«Ich liebe ihn noch immer, falls du das meinst», sagte sie.

«Du willst, daß man über dich lacht», sagte Piet, «genau wie ich. Wir sind beide Sündenböcke.»

Flankiert von Georgene und Angela trug Freddy auf erhobenen Händen, im Triumph, den Schinken, den warmen, fetten, glänzenden Schinken mit kreuzförmig eingeritzter, nelkengespickter Kruste aus der Küche herein. Hinter ihm schritt Bea Guerin, das farblose Haar, blasser als Wind, zu einem losen Knoten geschlungen, und brachte die vollgehäufte Salatschüssel: ölige grüne Blätter, Gurkenscheiben, Avocados, Tomaten, Petersilie, Schnittlauch, Chicoree, Endivien. Und segne, was du uns bescheret hast. Freddy kreuzte silberklirrend die Klingen: er wetzte das Tranchiermesser. Aus dem Kreis der Umstehenden erhob sich Frank Applebys Stimme: «Mit was für Speise nährt der Cäsar sich, daß er so groß ward?»

Georgene sagte: «Ich habe Lachs für die Katholiken besorgt, aber wo nun keiner von ihnen gekommen ist, kriegen die Kinder ihn morgen zum Lunch.»

Freddys Brillengläser funkelten blind, als er den Schinken aufschnitt; er war Spezialist dafür: niemand konnte so dünne Scheiben schneiden wie er. «Nehmet, esset», psalmodierte er, während er Scheibe für Scheibe auf die Teller legte, die die Frauen ihm hinhielten, «das ist mein Leib.»

«Freddy!» rief Marcia Klein-Smith. «Das ist widerwärtig!»

«Findet ihr nicht», fragte Bea Guerin, und ihre Stimme klang keusch und klagend und sonnte sich in ihrer Verlorenheit, «daß wir fasten sollten oder irgend so etwas?»

«Fasten oder ficken», sagte Freddy Thorne und schnitt mit chirurgischer Delikatesse die nächste Scheibe ab.

Ken Whitman stand an der Wand, unter einer afrikanischen Maske, und sah schweigend zu. Ben Saltz stellte, beflissen buckelnd, Rettich und Brot auf den Tisch. Carol kam mit zwei Flaschen Burgunder, der schwarz wie Teer aussah im Kerzenlicht. Piet, dem man einen Teller gereicht hatte, kaute mit trockenem Mund. Ihm war, als habe er glühende Asche auf der Zunge. Er fühlte sich auf einmal alt und sah sich nach einem Stuhl um. Sein Knie schmerzte tatsächlich.

Am darauffolgenden Dienstag, als im Land alles wieder seinen gewohnten Gang ging, stattete er, noch immer humpelnd, Foxy einen Besuch ab. Die drei Tage allgegenwärtiger Trauer waren für die Paare von Tarbox wie drei entrückte, nach gleichförmigem Plan entworfene Ferientage verstrichen. Die Männer hatten jeden Nachmittag auf dem Feld am Joy Creek, hinter dem Grundstück der Applebys, Touch-Football gespielt, und die Frauen und Kinder hatten drinnen in der Bibliothek vor dem Fernsehgerät gesessen. Wenn langweilige Bildfolgen von den Trauerfeierlichkeiten in Washington oder den postmortalen Geschehnissen in Dallas kamen (Piet war mit seinen Kindern gerade aus der Kirche zurückgekehrt, da sahen sie, wie Oswald erschossen wurde; Ruth drehte sich unerschüttert um und fragte: «War das echt?», und Nancy steckte schweigend den Daumen in den

Mund), gingen einige der Frauen hinaus, machten es sich in Franks Heuhaufen bequem und sahen ihren Männern zu, die mit erhitzten Gesichtern über das bucklige Feld tobten und hinter dem Ball herschrien. Diese Tage an der Schwelle des Winters waren herbstlich hell, von Wärme durchflutet, bis die Schatten fielen und rasch immer länger wurden. Wenn sie genug gespielt hatten an diesem langen Wochenende, tranken die Männer und die Kinder aus Pappbechern den Apfelmost, den die Whitmans oder die Klein-Smiths von der Obstgärtnerei an der Strandstraße mitgebracht hatten; und dann strömte alles ins Haus, zu Cocktails und langen Sitzungen vor dem Fernsehapparat, und die Kinder wurden quengelig und fielen über Janets Vorrat an Crackers, Erdnußbutter, Rosinen und Äpfeln her. Wieder und immer wieder, wie auf der unaufhörlichen Walze der Schlaflosigkeit, ruckten Haile Selassie und General de Gaulle die Pennsylvania Avenue hinunter, räumte Jack Rubys Nackttänzerin mit schleppender Stimme ein, daß Ruby niederträchtige Anwandlungen haben könne, wurde der grinsende Lee Oswald durch einen menschenüberfüllten Korridor geführt, einem lauernden Hut und den wild klickenden Kameras entgegen. Die Witwe und einer der Brüder, so dicht vor der Kamera, daß sie verschwammen, neigten sich schief über eine unbestimmte schräge Fläche von Erde und Blumen. Weit im Hintergrund hob sich die Kuppel des Kapitols in den südlichen Sonnenschein. Unter Trommelwirbeln leuchtete der Sarkophag auf, dann war er verschwunden. Weinende, von ihren Spielgefährten drangsalierte Kinder kamen angelaufen. Noch einen Drink? Es war Zeit, nach Haus zu gehen, aber noch nicht, noch nicht gleich. Es wurde Abend, bis die Kinder endlich in den Autos verstaut waren. Man fuhr nach Haus, und die Luft in den Wagen war stickig von ungefragten Fragen, von der unsagbaren Beunruhigung über diesen Königsmord: eine beängstigende Erschütterung für kleine Kinder, ein komisches Gefühl in der Magengrube, das nur vom Schlaf beschwichtigt wurde. Die Schule und der Dienstag kamen wie eine Erlösung.

Piet parkte seinen Lieferwagen, für jeden sichtbar, auf der Einfahrt. Die Fliedersträucher im Garten der Whitmans, die den Umbau überlebt hatten, waren entlaubt, und Piets Augen zuckten zusammen im radikalen Licht. Jede Jahreszeit hat ihren bestimmten Lichtton, den wir von einem Jahr zum andern vergessen: eine Küche mit vereisten Fensterscheiben, eine laubüberwachsene Seitenveranda, die kreidigen Mittage im Frühling, die kalte neutrale Klarheit, die immer stärker wird, je mehr die Blätter fallen. Das Oktober-Orange in der Marsch war versickert; schwärzlichgrau dehnte sie sich bis zum fernen Rand des Strandes. Es war gerade Ebbe: das Meerwasser war tief in die breiteren Kanäle gebettet, wie geschmolzenes Eisen. Foxy öffnete auf sein zweites Klingeln.

Sie sah zart aus, wie sie da in der Tür stand, als sei sie gerade von einer Krankheit genesen oder als habe sie sich in einem schonungslos heißen Bad geläutert. «Oh, du bist es. Wie schön.»

«Findest du? Bist du allein? Ich wollte gern mal das Baby sehen.»

«Mich nicht?»

Aber als er drinnen auf dem gewebten Teppich stand, umschlang er sie so fest, als gäbe es kein Baby, als gäbe es nichts anderes Lebendiges in dieser untergegangenen öden Welt als nur sie beide. Unter ihrem derben Hauskittel, zwischen den steilen Brüsten und den vorstehenden Hüftknochen, da, wo ihr gewölbter Bauch gewesen war, fühlte er jetzt eine schutzlose Mulde. Aus dem Wohnzimmer kam ein klägliches Schniefen, kein Weinen, eher ein flehendes Scharren an einer Tür. Foxy klammerte sich an ihn, und ihm war, als schluchze sie; er tauchte den Kopf in ihr Haar und küßte sie seitlich auf den Hals, und erlöst von der Scheu, die durch die lange Trennung entstanden war, regten ihre Zunge und ihre Finger sich und begannen bebend, ihn wiederzuentdecken, aber blind, wie Bienen in einem raucherfüllten Raum, zuckten sie hierhin und dahin, und immer zu den falschen Stellen: zu seinem unrasierten Kinn, seinen klimpernden Taschen, seinem Auge, das sich gerade noch rechtzeitig schließen konnte, seiner kitzligen Achselhöhle, die ihre inbrünstige Heftigkeit nicht zu öffnen vermochte. «Das Baby schreit», sagte er.

Zusammen gingen sie ins Wohnzimmer, wo das Kind atmend in seinem Korbbettchen lag. Perlenklare Stille behütete alles, was es umgab, und die Fenster, die auf die frostverkohlte Marsch hinausgingen, schienen Bilder zu rahmen, die aus des Kindes noch farbenloser Seele aufstiegen und von einer Laterna magica projiziert wurden. Foxy fragte: «Möchtest du es mal halten?» Behutsam nahm sie es hoch und legte es ganz unfeierlich in Piets Hände. Er fühlte die plötzlich sich regende kleine Last in seinen breiten Handflächen und staunte über etwas, das er längst vergessen hatte: wie schmal so ein kleines Hinterteil war, wie fiebrig bläulich der Schädel. Eine Sekunde lang sah das Kind ihn fest und abschätzend an mit großen basaltfarbenen Augen; dann rutschten die Pupillen in ein Schielen, und auf seiner Stirn traten, wie eine elastische Vorrichtung zum Niederdrükken der Augenbrauen, die Muskeln hervor. Es fing zu weinen an. Aus Angst, das Geschrei könne ihr heimliches Beisammensein verraten, legte Piet das Kind wieder in Foxys Arm. Sie drückte das Bündel an sich und ruckelte es zärtlich hin und her.

«Wie heißt er?» fragte Piet.

«Das weißt du doch.»

«Angela hat's mir gesagt, aber ich habe es vergessen. Ich weiß bloß noch, daß es ein altmodischer Name war – für so ein modernes Paar.»

«Tobias.»

«Heißt so nicht der Kater?»

«Der Kater heißt Cotton. Tobias war der Name von Kens Großvater.»

«Warum habt ihr ihn nicht nach Kens Vater genannt?»

«Wahrscheinlich mag Ken seinen Vater nicht.»

«Ich dachte, sein Vater wäre durch und durch perfekt, der perfekte Hartforder Anwalt.»

«Ist er auch. Aber für Ken gab es da gar keine Frage, ich habe mich selber gewundert.»

«Ken steckt gelegentlich voller Überraschungen, nicht wahr? Ein faszinierender Bursche.»

«Willst du ihn mir anpreisen?»

«Warum spielen wir Versteck?» fragte Piet.

Foxy sagte: «Ich weiß nicht. Das Baby irritiert dich.»

«Ich finde das Baby entzückend. Ich finde dich als Mutter entzükkend.»

«Aber nicht mehr als Geliebte?»

«Ja, aber –» Verlegenheit drückte ihm auf den Magen – «du bist doch noch nicht wieder soweit, oder?»

«Zwei Wochen sollte ich noch warten, aber ich glaube, ein kleines Zeichen von Liebe könnte ich schon vertragen. Warum bist du so zurückhaltend?»

«Bin ich das?» Wie konnte er es ihr erklären: der Frieden, den das alles hier für ihn hatte, die verdorrte Marsch, die die Fenster füllte, die heitere Ruhe des Zimmers, das er selber geschaffen hatte, die weißverputzten Wände, weit ausgebreitet wie eine Fahne, die perlensanfte Aura, die das Kind umgab, Foxy selbst mit ihrer verhaltenen trockenen Anmut – so trocken, als seien aller Schlaf, alle Selbstrücksicht aus ihr herausgetrocknet –, diese keusche, verzauberte Luft hier und seine abergläubische Furcht, sie zu vergiften? «Ich frage mich, ob ich hier überhaupt noch etwas zu suchen habe», bekannte er.

«Warum auf einmal? Was hattest du denn jemals hier zu suchen? Ich war auch vorher nicht deine Frau. Du bist zu mir gekommen wegen einer außerehelichen Vögelei, das war in Ordnung so, du hast sie gekriegt, ich hab's gern getan. Und jetzt? Ich habe mich schmutzig gemacht, weil ich ein Kind bekommen habe.» Piet fand, daß sie diese rüde Sprache zu sehr genoß, daß sie ihn als Vorwand benutzte, um aus tieferen Schichten ihrer Vergangenheit etwas wiederaufleben zu lassen. Breitbeinig, mit vorgebeugtem Oberkörper, Tobias fest, aber achtlos im Arm haltend, stand sie da; ihr lautes Reden hatte das Kind eingeschläfert. Piet liebte ihre mütterliche Derbheit, ihr schon selbstverständliches Vertrauen darauf, daß dies Kind in ihre Hand gegeben war.

Er sagte: «Wie kannst du mich bloß wollen – du hast dies wunderbare kleine Paket da. Du hast Ken, dem du es verdankst.»

«Er mag es nicht. Er mag das Kind nicht.»

«Das ist doch nicht möglich.»

Foxy fing zu weinen an. Ihr Haar, glanzlos im stumpfen, späten Licht, hing nach vorn über das Kind herab. «Es macht ihm angst», sagte sie. «Ich mache ihm angst. Ich habe ihm immer angst gemacht. Und ich kann es ihm nicht verdenken, ich habe auf der ganzen Linie versagt, Piet.»

«Unsinn.» Das nagende Unbehagen in ihm wich einem drastischen Gefühl des Versinkens; er hatte keine andere Wahl, als zu ihr zu gehen, den Arm um sie und das Kind zu legen und zu sagen: «Du bist süß.»

Sie hörte nicht auf zu schluchzen. Seine Beteuerungen und seine umfangenden Arme schienen sie ihre Situation nur um so peinvoller empfinden zu lassen. «Magst du eigentlich mit mir reden?»

«Natürlich mag ich das.»

«Hast du überhaupt jemals Interesse daran gehabt? Willst du je etwas anderes, als mit mir ins Bett gehen? Kannst du nicht mal diese paar Wochen abwarten?»

«Bitte, Fox, rede nicht solchen Unsinn.»

«Ich wollte mir keinen Äther geben lassen, weil ich Angst hatte, ich könnte deinen Namen schreien. Ich laufe im Haus herum und sage ‹Piet, Piet› zu diesem unschuldigen Kind. Ich habe den armen Ken auf diese gräßliche Party geschleift, nur um dich zu sehen, und du riskierst lieber dein Leben, als mit mir ertappt zu werden.»

«Du übertreibst, so gefährlich war es nun auch wieder nicht. Und außerdem habe ich es nicht nur für mich, sondern auch für dich getan.»

«Du hinkst ja jetzt noch.»

«Das kommt nur vom Fußball.»

«O Piet, jetzt hacke ich schon auf dir herum. Verlaß mich noch nicht ganz und gar. Du bist das einzig Wirkliche, das ich habe. Ken ist unwirklich. Die Marsch da draußen ist unwirklich. Ich selber komme mir unwirklich vor, ich bin nur dazu da, dies Kind hier am Leben zu halten, nur deshalb existiere ich, und das macht mich *wütend*.»

«Sei nicht wütend», bat er; aber auch er empfand Zorn, weil er so niedergeschlagen und verloren war und ihm keine Kraft blieb, ihr zu erklären, daß es unrecht sei, wenn sie sich weiterhin sähen, zumal es gut gewesen war. Sie hatten Gottes Spielzimmer betreten dürfen und sich dort den ganzen Nachmittag lang auf dem Fußboden vergnügt; jetzt war es Zeit, die Spielsachen wegzuräumen und die Stühle wieder an die Wand zu stellen.

Ken kam von der Arbeit nach Haus; seit seiner Examenszeit hatte er nicht mehr so erschöpft ausgesehen. Er brachte ein Bündel hektographierter Texte mit und warf es auf den Tisch in der Diele. «In der Photosynthese hat es einen Durchbruch gegeben», sagte er. «Sie sind irgendeinem Ferredoxin-Zusammenhang auf die Spur gekommen. Scheint sich um den Übergangspunkt zwischen Licht- und Dunkelreaktionen zu handeln.»

«Was ist Ferredoxin?»

«Ein Protein. Ein Elektronenträger mit einem sehr niedrigen Redoxpotential.»

«Wer ist darauf gekommen?» Er erzählte ihr fast nie von seiner Arbeit, deshalb bemühte sie sich jetzt, verständnisvoll auf ihn einzugehen. Zur Feier des Tages – ihr Kind wurde heute sechs Wochen alt – trug sie ein zitronengelbes Cocktailkleid.

«Ach», sagte er seufzend, «irgendwelche Japsen. Tüchtige Leute, muß man schon sagen. Tüchtiger als ich. Mit mir ist nichts mehr los.» Er ließ sich in den Sessel fallen, den ledernen Sessel, den sie in Cambridge so viele Mietshaustreppen hinauf- und hinunterbugsiert hatten. Und Foxy hatte das schreckliche Gefühl, als laufe das Leben rückwärts für sie beide.

«Laß *mich* mal sehen», sagte sie und ging, ganz geschäftige, energische Ehefrau, zum Tisch in der Diele, um Ken zu beweisen, daß es nicht so war, wie er sagte. Das oberste Heft trug den Titel: *Neurophysiologische Mechanismen, die dem Verhalten zugrunde liegen: Emotionen und Tonsillen.* Auf dem darunterliegenden stand: *Experimentelle Phenylketunorie: Pharmakogenetik der Krämpfe bei Mäusen.* Sie las nicht weiter.

An unsere Doppelgänger in Tarbox, die «Klein»-Smiths –

wieder eine Adventszeit, die uns persönlich wohl und munter sieht, wenngleich sie natürlich überschattet ist von den tragischen und schockierenden November-Ereignissen. Wahrlich, der Mensch ist «wie Gras». Eine Trauer anderer Art hielt Einzug bei uns im September, als wir Klein-Tim, unser frühgereiftes, geliebtes Baby, das er vor we-

nigen Jahren noch war, in das St. Mark's College brachten, wo er sein Freshman-Jahr absolviert. Er kommt zwar an den Wochenenden nach Hause, schon ganz «junger Mann», aber es wird herrlich für uns sein, ihn in den Ferien wieder längere Zeit unter dem elterlichen Dach zu haben, obwohl er zum Mißvergnügen unserer Phonempfindlichkeit angefangen hat, elektrische Gitarre zu spielen. Pat, Audrey und Gracelyn besuchen inzwischen weiterhin erfolgreich die exzellenten staatlichen Schulen von Newton. Pat wurde sogar ausgezeichnet mit dem (was Ihr jetzt hört, sind die von unserer stolzgeschwellten Brust abspringenden Knöpfe)

«Großer Gott», sagte Marcia, «wie die bedenkenlos über den armen Kennedy krabbelt, nur um uns zu stecken, daß sie sich St. Mark's leisten können!»

«Zum Mißvergnügen unserer Phonempfindlichkeit», sagte Janet, und beide brachen in unbändiges Lachen aus.

Die Vorweihnachtsabende in Tarbox sind düster und aufregend: Blechsterne und -girlanden, an schlaffen Drähten aufgehängt, frösteln hörbar im Wind; schweigend knien die Krippenfiguren im Eisenpavillon; Schulkinder rennen in der Dunkelheit kreischend nach Haus; späte Kauflustige hasten gesenkten Kopfes vorüber, als seien sie auf verbotenen Wegen und fürchteten, gesehen zu werden; Woolworth und Western Auto und die Eisenwarenhandlungen reißen erwartungsvoll und angestrengt munter die Schaufensteraugen auf und können doch das Gähnen nicht unterdrücken. Die öffentlichen Gebäude hatten dies Jahr halbmast geflaggt, und einige Geschäfte – der alte Juwelier, die schwedische Bäckerei – hatten auf die übliche Weihnachtsdekoration verzichtet. Im grellerleuchteten, von erbarmungslosem Festgedudel dröhnenden Warenhaus, wo Piet seinen Töchtern Geschenke für Angela aussuchen half, traf er am Kerzenstand Bea Guerin. Beim Anblick ihres kleinen, prüfend vorgeneigten Kopfes, ihres zurückgestrafften glänzenden Haars beschleunigte sich sein Herzschlag, und in seinen schwer herabhängenden Händen kribbelte es. Sie drehte sich um und bemerkte ihn; ihr instinktives Lächeln verstärkte sich, als sie erfaßte, wie unverhältnismäßig groß seine Freude war, sie zu sehen.

Ruth und Nancy streiften unschlüssig durch die Haushaltswarenabteilung. Ihre Gesichter sahen schmutzig aus in dem krassen Licht. Seine Töchter kamen ihm wie Obdachlose vor, elend und verlassen in diesem Dschungel von Schund. Ihre ratlose Gier machte ihn ganz krank. Er ließ sie gewähren und wußte, sie würden sich für eine Geschenkpackung niedlicher, poppig gemusterter Geschirrtücher entscheiden und für einen Messerschärfer mit rotem Griff, der Neujahr bereits unauffindbar wäre.

Ahnungslos, was es heißt, Kinder zu haben, wirkte Bea seltsam jung und unberührt. Sie trug ein grünes Wollcape und elfenhaft leichte Wildlederschuhe und hielt einen Karton mit langen dünnen chartreusefarbenen Peitschenkerzen in der Hand. Nicht nur, daß sie jung wirkte: etwas Ungebundenes, Freies haftete ihr an – ein Puck, der einen Diebstahl plante. Piet näherte sich ihr bedacht und fragte, Vorwurf in der Stimme: «Kerzen?»

«Roger mag sie so», sagte sie. «Mir sind sie offengestanden ein bißchen unheimlich. Ich fürchte mich vor Feuer.»

«Weil du in einem Holzhaus wohnst? Das tun wir doch alle.»

«Er will sogar am Weihnachtsbaum echte Kerzen haben, weil es bei ihm zu Haus so Sitte war. Er ist eben ein altmodischer Kauz.» Sie sah in der bedrängenden Helle zu ihm empor, und ihr Gesicht war ernst, angespannt, reizlos, verängstigt. Ihre Frisur straffte die Stirn zu einer glänzenden Fläche. In seinem Elternhaus hatte es Drucke von holländischen Gemälden gegeben, auf denen waren Mädchen mit so hohen hellen Stirnen zu sehen gewesen.

«Da wir gerade von deinem Haus sprechen –»

Nancy war zurückgekommen und zerrte enervierend, mit bonbonklebriger Hand, an seinem Daumen. «Papi, komm doch mit.»

«In einer Sekunde, Süße.»

«Du sollst *jetzt* mitkommen. Ruthie ärgert mich immer, ich darf überhaupt nichts *sagen.*» Ihr keksrundes Gesicht war mit Sommersprossen gesprenkelt.

«Ich komme sofort», sagte er. «Du gehst jetzt zu Ruthie und bestellst ihr von mir, sie soll sich nicht so aufspielen. Jeder soll sein Geschenk für Mami ganz allein aussuchen. Vielleicht findest du ein paar hübsche Geschirrtücher.»

Nancy gehorchte wider besseres Wissen und marschierte zu ihrer Schwester zurück. Piet sagte zu Bea: «Das arme Kind, es sollte längst im Bett sein. Weihnachten ist grausam.»

Sie hatte keine Kinder, konnte sich keinen Begriff davon machen, wie sehr Kinder das Leben ihrer Eltern beherrschen, und in ihren Augen lag Bewunderung für seine Langmut; dabei hatte er in Wahrheit ein übermüdetes Kind im Stich gelassen. «Da wir gerade von meinem Haus sprechen ...» erinnerte sie ihn.

«Ach ja», sagte Piet und merkte, daß er rot wurde, daß er dunkelrot anlief in diesem Tauchbad aus Plastikgrelle, «ich wollte dich fragen, ob es dir recht wäre, wenn ich irgendwann morgens oder nachmittags bei dir vorbeikäme und mir noch einmal ansähe, was ich vor vier Jahren bei euch umgebaut habe. Das war nämlich ein Experiment, ich habe den Stützbalken an einem A-Träger unterm Dach aufgehängt, und es würde mich interessieren, ob er sich gesetzt hat. Gibt es irgendwo Risse im Verputz?»

Irgend etwas neben seiner Nase, irgendein unbarmherzig ausgeleuchteter Makel, hielt ihren Blick fest; sie sagte langsam: «Ich habe keinerlei Risse bemerkt, aber du kannst gern kommen und dich selber davon überzeugen.»

«Aber *möchtest* du auch, daß ich komme?»

Beas Gesicht mit den schrägen Augen, die von fast wimpernlosen, leicht geschwollenen Lidern umrahmt waren, sah jetzt noch mehr wie das eines Kindes aus – eines Kindes, das von Weihnachtsgier angestachelt ist, aber mißtrauisch vor den Geschenken zurückscheut.

«Es gab eine Zeit», sagte er drängend, «da hättest du dich gefreut.»

«Nein, das heißt, ich freue mich ja auch, aber –» sie suchte nach Worten, und ihre Augen, von noch blasserem Blau als Angelas, blickten zu ihm empor – «es ist doch nur ein Haus, verstehst du.»

«Natürlich, nur ein Haus. Ein wunderhübsches Haus. Sag mir, an welchem Vormittag es dir am besten paßt.»

«Heute ist Donnerstag. Sagen wir, nach dem Wochenende. Montag?»

«Dienstag wäre mir lieber. Montag ist mein Bürotag. So gegen zehn?»

«Frühestens. Ich weiß nicht, was mit mir los ist, aber ich werde einfach nicht mehr mit dem Anziehen fertig.»

«Papi, die *ist* vielleicht eine blöde Heulsuse, und ich spiele mich über*haupt* nicht auf.» Ruth kam angestürzt, mit der weinenden Nancy im Schlepptau, und Piet stellte bestürzt fest, daß seine älteste Tochter zwar nicht ganz so groß wie Bea, aber doch immerhin von vergleichbarer Statur war. Während die Augen ihres Vaters gerade einmal woanders gewesen waren, hatte sie die Bereiche des Kleinseins hinter sich gelassen. Und in dem überhellen Licht erkannte er, daß ihr erhitztes Gesicht, auch wenn es noch ein Kindergesicht war, von dem dunstigen Etwas, der vorsichtigen Verschlossenheit einer Frau geprägt war.

Besitzergreifend, ganz als stünde es ihr jetzt zu, seine Gedanken zu lesen, sagte Bea neben ihm: «Sie wird genauso groß und stattlich werden wie Angela.»

Auf der Silvesterparty bei den Hannemas fragte Foxy Piet: «Wer ist sie?»

«Wer ist wer?» Sie tanzten in dem schmucken Kolonialstil-Wohnzimmer, das für diesen Zweck zu klein war. Beim Zurückschieben der Stühle und Tische hatten Frank Appleby und Eddie Constantine die eierschalenfarbene Wandtäfelung verschrammt. Der alte Kiefernholzboden ächzte unter der ungewohnten Last sich drehender Paare, und Piet hatte Angst, daß sie alle miteinander einbrechen und in den Keller fallen würden. Diese Party war Angelas Idee gewesen, nicht so sehr die seine; sie, die den Freunden immer viel distanzierter gegenübergestanden hatte als er, schien sich neuerdings mehr und mehr für sie zu erwärmen. Sogar die arme Bernadette Ong hatte sie überredet, herzukommen – allein, denn John war noch im Krankenhaus.

«Die Frau, die meinen Platz eingenommen hat», sagte Foxy. «Deine neue Geliebte.»

«Süße Foxy, es gibt keine.»

«Komm, laß das. Ich kenne dich. Oder hat Angela sich inzwischen in eine Sexnudel verwandelt?»

«Sie ist tatsächlich viel begehrenswerter in letzter Zeit. Glaubst du, sie hat einen Liebhaber?»

«Schon möglich, aber es interessiert mich nicht. Der einzige Mensch in Tarbox, der mich interessiert, bist du. Warum rufst du nie mehr an?»

«Es war doch Weihnachten. Die Kinder hatten Ferien.»

«Die Kinder! Den ganzen Sommer über haben die dich nicht gestört!»

«Jetzt ist aber noch eines dazugekommen.» Er fürchtete, sie verletzt, ihr einen Schlag versetzt zu haben. Er tätschelte ihren stocksteifen Rücken und sagte in scherzendem Ton: «Soso, du magst also niemanden von all unseren Freunden? Früher fandest du Angela doch so nett.»

«Das war, als ich anfing, dich zu lieben. Jetzt kann ich sie nicht mehr ausstehen. Warum soll sie dich haben. Sie macht dich nicht glücklich.»

«Du bist hart.»

«Ja.»

Sie senkte jungmädchenhaft die Wimpern und tanzte. Ihr Körper mit seinen sanften Flächen und seiner linkischen Steifheit war auf unerklärliche Weise sein – ein Besitz, der schwer zu bewerten war, jetzt, da die Wölbung des Bauches, dieses kostbare Kleinod, fehlte.

Nach einer Weile sagte er: «Ich glaube, wir sollten uns tatsächlich mal unterhalten. Es wäre hübsch, wenn wir uns irgendwann sehen könnten.» Betrug auf Betrug. Ineinandergreifend, immer höher, wie ein Baugerüst.

«Ich bin immer zu Hause.»

«Fängt Ken am Montag wieder mit der Arbeit an?»

«Er hört nie auf damit. Er ist während der ganzen Ferien jeden Tag nach Boston gefahren, außer an den Weihnachtstagen.»

«Vielleicht trifft er sich mit einer Frau.»

«Ich wünschte, es wäre so. Ich habe es verdient. Aber ich fürchte, er trifft sich nur mit einer Zelle. Er fängt bescheiden an.»

Er lachte, und ohne sie merklich an sich zu ziehen, spannte er seine Armmuskeln, damit sie es wie eine Umarmung empfinde. Wenn Piet eine Schwäche für etwas hatte, dann für weibliche Ironie. «Ich sterbe vor Sehnsucht nach dir», sagte er, «aber ich habe Angst, daß du enttäuscht sein wirst. Erwarte nicht zuviel. Wir wollen uns nur unterhalten.»

«Natürlich, was denn sonst? Eine junge Mutter fickt man nicht.»

«Ich habe das Gefühl, es macht dir Spaß, mich in diesem Punkt mißzuverstehen. Ich liebe dein Baby.»

«Daran zweifle ich nicht. Nur mich liebst du nicht.»

«Aber doch, doch, viel zu sehr! Ich war so tief in dir, ich habe dich so schrecklich geliebt, daß ich mich davor fürchte, mich wieder in dir zu verlieren. Ich habe das Gefühl, daß es uns nur *einmal* zugedacht war und daß es eine Herausforderung des Schicksals wäre, wenn wir wieder damit anfingen. Ich habe das Gefühl, daß unser Glück aufgebraucht ist. Eben, *weil* ich dich liebe, *weil* ich nicht will, daß dir Schmerz zugefügt wird.»

«Na schön, genug für heute. Freddy und Georgene sehen schon herüber.»

Die Musik, Della Reese, hörte auf. Piet ließ Foxy stehen und war froh, von ihr wegzukommen; dabei hatte sie jetzt, wie sie so verlassen dastand in ihrem bauschigen, knielangen Kleid, das milchiggrün war wie die Schnittfläche eines Blumenstengels, tatsächlich etwas von dem linkischen sittsamen Mädchen aus Maryland, jung und langbeinig, das sie ihm so oft beschrieben hatte und das er ihr nie recht hatte glauben wollen.

Aus der Küche hörte er die helle, an- und abschwellende Dulderinnenstimme Beas, die eine Anekdote zum besten gab und ihn plötzlich zu sich rief. Aber in der engen Diele stellte sich ihm Bernadette Ong mit ihren breiten Schultern in den Weg. «Piet», sagte sie schallend, «wann komme ich zu meinem Pflichttanz?»

Er schlug einen ernsten Ton an. «Wie geht es John, Bernadette? Wann wird er entlassen?»

Sie war beschwipst: machte einen Schritt auf ihn zu und prallte mit dem Bauch gegen ihn. Ihr Atem roch bronzen. «Keine Ahnung.

Die Ärzte können sich nicht einig werden. Der eine sagt bald, der andere vielleicht. Aber da die Regierung für alles aufkommt, behalten sie ihn vielleicht für alle Zeiten dort.»

«Und wie fühlt er sich?»

«Ihm ist alles egal. Er hat seine Bücher. Er tauscht sich jetzt per Telefon mit Cambridge aus.»

«Das sind doch gute Neuigkeiten, oder?» Piet schob sich zur Treppe vor.

Sie machte abermals einen Schritt und hinderte ihn daran, den Geländerpfosten zu fassen. «Vielleicht, vielleicht auch nicht. Jedenfalls will ich ihn nicht wieder im Haus haben, solange es mit ihm nicht besser geworden ist. Die ganze Nacht hat er wach gelegen und hat nach Luft gejapst und die Jungen zu Tode geängstigt.»

«Mein Gott, war es so schlimm?»

Bernadette, mit ihrem in Seide gewickelten Körper und dem goldenen, zwischen den Brüsten klebenden Miniaturkreuz, hörte, wie ein Frug aufgelegt wurde, und breitete die Arme aus. Piet sah den sterbenden Gatten eingebettet in ihr wie eine Larve im Kokon. Er wurde nervös und schlängelte sich akrobatisch an ihr vorbei, auf die erste Treppenstufe. «Ich bin in zwei Sekunden wieder unten», sagte er und fügte, da sie annehmen würde, er müsse zur Toilette, die unnötige Lüge hinzu: «Ich glaube, eines der Kinder hat geweint.»

Oben ging er dann, Gefangener seiner Lüge, statt in das beleuchtete Badezimmer in das atmende Dunkel, das seine schlafenden Töchter umgab. Von unten drangen, abwechselnd oder zusammenklingend, die Stimmen Angelas und Beas herauf. Seine Frau und seine Geliebte. Bea hatte ihn im Bett hingerissen mit ihrer zuckerkörnigen Haut, ihren kalten Fußsohlen, ihrer Vagina, die ihn naß und eng umschloß: eine täuschende Enge, die sich zu einer Weite öffnete, wo sein Same schwer und pulsend im Unendlichen versank. Die geschwollenen Lider geschlossen, saugte sie blind an seinen Fingern, und er drang ein zweites Mal in sie ein. Ihm war, als schwebe sie über ihrem Bett, getragen von einer Seligkeit, die von seinem Kommen und Gehen kaum berührt wurde; und so stellte Bea eine Herausforderung für ihn dar. Endlich gestand sie, daß er ihr weh tue, und zum Dank hakte sie ihm einen Finger von hinten um die Ohrmuschel. Sie war die kleinste von all seinen Frauen, die passivste und während dieser trauervollen Agonien weiter als alle anderen der Sprache und jeglicher Frage entrückt. Sie hatte ihm das Gefühl gegeben, als sei er selber eine allumfassende Antwort. Als sie schließlich einsahen, daß er gehen müsse, wickelte sie sich rasch in ihren Bademantel, und in dem Sekundenbruchteil, da sie nackt und aufgerichtet dastand, sah er, daß ihre Brüste und ihr Hintern herabhingen wie etwas Flüssiges, das von zu dünner Haut gehalten wird. Ektoplasma.

Er hockte sich nieder in dem Raum, wo der Atem seiner beiden Töchter sich verwob. Nancys war feucht und kaum hörbar. Konnte jeden Augenblick in Schweigen übergehen. Das hauchdünne Gespinst sich hinfädelnder Atome. Der Hamster in seinem himmlischen Laufrad. Da. Ist. Er. Ruths Atemzüge waren tiefer, erneuerten sich immer wieder mit ruhiger Zuversicht aus sich selber, hatten schon etwas von dem kraftvoll vorwärtsziehenden Atemholen eines Erwachsenen. Ein Schiff, das stromauf geschleppt wird. Volle Kraft voraus. Bald würde es mit den Jungen losgehen. Mit Witzen hinter vorgehaltener Hand, mit Jungmädchen-Romanen, mit Zeichnungen von Brüsten: Teenager-Zeit. Vor kurzem noch war sie Helen Keller gewesen, in einer Schulaufführung, und blind, mit verbundenen Augen, durchs helle Haus gestolpert, und nichts hatte sie dazu bewegen können, die Binde abzunehmen. Machte sich selber angst. Mußte es tun. Ging immer so tapfer zum Chorsingen und langweilte sich so schrecklich dabei. Ihr Atem stockte, verdoppelte dann sein Tempo. Ein Traum. Daß er sie verließ. Er kauerte sich tiefer zwischen die beiden Betten und griff nach ihrer feuchten kräftigen Hand. Ihr Atem ging wieder ruhig und gleichmäßig. Ihr Kopf wechselte die Lage. Dornröschen. Schneewittchen. Ich bin dein einziger, dein wahrer Liebhaber. Alle folgenden sind nur ein Abklatsch von mir. Schatten. Schlaf. Die Musik unten riß ab. Frug – keiner von ihnen verstand sich darauf, sie waren zu alt, um es noch zu lernen. Nancys Atem drang nicht mehr an sein Ohr. Statt dessen streiften hauchzarte Wesen das Fenster mit den kreuzförmig unterteilten Scheiben. Schnee. Trockene Flocken, ein leises Gestöber. Das schüchterne erste in diesem Winter. Das Treibhaus seiner Eltern, hoch von Schneewällen umgeben. Ein rostigwarmes Glücksgefühl durchflutete ihn, Freude darüber, lebendig, zusammen mit sprießenden Blumen, in diesem rechteckigen Gehäuse geborgen, gefangen zu sein; ganz hinten die Mutter, Sträuße bindend mit behenden Fingern; Schulferien, alle Lust auf Abenteuer vertagt.

In der Ferne ertönten Böllerschüsse. Unten wurde *Auld Lang Syne* angestimmt, und einer nach dem andern fielen seine Freunde in den Gesang ein. Piet war der Gastgeber, er hätte bei ihnen sein müssen, aber er rührte sich nicht, er verharrte kauernd, bis der fröhliche Lärm unter ihm verebbte und er den dünnen Faden von Nancys Atem und das lauschende Flüstern des Schnees wiederfand.

Der Besuch bei Foxy verlief enttäuschend. Es war ein windiger Wintermontag, an dem man Ohrenschmerzen bekam; der Lieferwagen krachte erbittert in seinen Fugen, als Piet die Strandstraße hinunterfuhr, und das Radio tat unter Störungsgeknatter kund, daß Papst Paul in Jerusalem beinah zertrampelt worden wäre. Es war kalt im Haus; Foxy trug einen dicken Pullover, ein Flanellnachthemd und pelzgefütterte Pantoffeln. Ihre Bewegungen, ihre Redeweise waren hastig und erregt, als wolle sie sich warmhalten. Die feindselige Marsch, die den Wind ungehindert durch die Mauern fegen ließ, die Piet um Foxy gezogen hatte, war zernarbt von den salziggrauen Eisgeröll-Säumen längs den Prielen. Das Wasser kräuselte sich deutlich sichtbar unter den Windstößen. «Möchtest du eine Tasse heißen Kaffee?» fragte sie.

«Ja, bitte.»

«Mir ist kalt, dir nicht?»

«Hast du den Thermostat höher gestellt?»

«Die Heizung läuft die ganze Zeit auf Hochtouren. Hörst du nicht, wie sie dröhnt? Ich habe Angst, daß sie explodiert.»

«Sie explodiert nicht.»

«Ein Freund von Ken, der sich am Cape Cod ein Haus gebaut hat, sagt, wir seien verrückt, daß wir das Wohnzimmer nicht voll unterkellert hätten.»

«Das hätte mindestens weitere zweitausend bedeutet.»

«Das wäre es wert gewesen. Rechne nur mal das ganze Benzin zusammen, das ich verbrauche: dauernd muß ich zu irgendwelchen Leuten fahren, um mich aufzuwärmen. Heute Janet, morgen Carol. Ich kenne jeden Klatsch.»

«Was für Klatsch?»

«Es gibt nicht viel. Anscheinend sind wir alle ein bißchen ausgelaugt. Janet hat mich über Kens Kindheit ausgefragt, und Carol glaubt, du habest was mit Bea Guerin.»

«Wie reizend von Carol.»

«Komm, laß uns den Kaffee in der Küche trinken, da ist es nicht ganz so schlimm.»

«Vielleicht sollte man auf der Marschseite Sturmfenster mit Holzrahmen anbringen. Die halten den Wind besser ab als diese Aluminiumkonstruktionen. Oder was hältst du davon, wenn man alles wieder mit Brettern dichtmachen würde, so wie es früher war?»

«Wo bleibt dann Angelas Aussicht!»

Diese humorvolle Erwiderung rief die Zeiten in ihm wach, da sie in seinen Armen gelegen hatte und von dem zwiefachen Diebstahl sprach, den sie begingen: Angelas Mann und Angelas Haus. Als sie in der nicht ganz so kalten Küche saßen, wo die Whitmans den elektrischen Heizapparat wieder aufgestellt hatten, sagte sie: «Du würdest lachen, wenn du mich nachts sehen könntest – auf der einen Seite Ken, auf der anderen Toby. Das ist die einzige Möglichkeit, wie ich mich warmhalten kann.»

Ihm war klar, daß sie mit dieser Schilderung seine Eifersucht reizen wollte, und er war tatsächlich eifersüchtig, als er sich vorstellte, wie sie schlafend zwischen Mann und Sohn lag und der Fächer ihres mondbeschienenen Haars vom einen zum andern reichte. Und weil er wußte, daß es sie ärgerte, wenn er Interesse für ihr Kind zeigte, fragte er: «Wie *geht* es dem jungen Herrn denn eigentlich?»

«Ausgezeichnet. Er ist jetzt zwei Monate alt und sieht aus wie Kens Vater. Die gleiche überlegene Juristenmiene.»

«Zwei Monate», sagte Piet. Er trug Arbeitsstiefel und ein Lumberjackhemd unter seiner aprikosenfarbenen Lederjacke. Foxy reichte ihm den Kaffee in einem Becher, ohne Untertasse, als sei er ein Arbeiter. Er fühlte sich gehemmt und klobig und fand ihre großen braunen Augen unangenehm wachsam. Horchte sie auf das Telefon – ein neuer Liebhaber? Aber nein, sie hatte ja ein Kind. Die Glucke in ihrem Gehege.

Sie sah ihn unverwandt an. Das unbestechliche Winterlicht hob das kleine Gerstenkorn hervor, das die Linie ihres linken Augenlids verunstaltete. «Zwei Monate sind mehr als sechs Wochen», sagte sie.

Er überlegte, was es mit den sechs Wochen auf sich hatte. «Oh! Wunderbar! Aber – willst du denn überhaupt? Mit mir, meine ich?»

«Die Frage ist wohl eher, ob *du* mit *mir* willst.»

«Aber natürlich. Natürlich will ich, ich liebe dich. Das merkst du doch. Aber sollen wir's wirklich tun? Alles von neuem beginnen? Ich habe Angst davor, ehrlich gesagt. Gerade haben wir uns dem Zwang der Gesellschaft gebeugt. Und dich *einmal* zu verwinden, war schon hart genug.»

Er fürchtete, daß sie sich über ihn lustig machen werde; aber sie nickte ernst. Ihr Haar war nicht einhellig blond wie Beas, sondern wies eine ganze Skala von Blondtönen auf, die von Eiche über Honig und Asche bis zu Bernstein reichte, und wenn das Badewetter vorbei war, wurde es sogar noch dunkler. Sie hob den Kopf. Unter einem ihrer Nasenlöcher war eine kleine rosa Wundstelle zu sehen, die vom Schnupfen herrührte. «Du hast Angst vor mir?»

«Nicht vor dir. *Davor*. Es wäre *unrecht* jetzt.»

«Gut, dann geh. Geh, Piet. Vielen Dank für alles. Es war sehr hübsch.»

«Nicht. Sei nicht so bitter.» Er wartete auf ihre Tränen und fühlte, wie ihm selber die Augen feucht wurden. Die Szene mußte durchgespielt werden.

Sie entschied sich für die Rolle der Stolzen, die sich nichts anmerken läßt. «Ich weiß nicht, wie eine verlassene Geliebte sich zu verhalten hat. Das hat man uns im Radcliffe nicht beigebracht. Möglich, daß ich die falschen Kurse belegt habe. Aber beim nächstenmal mache ich es besser.»

«Bitte nicht», bat er. Ihre tränenlosen Augen schleuderten Strahlen, und er krümmte sich, um diesen Speeren auszuweichen.

«Bitte nicht was?» fragte sie. «Bitte keine Szene machen? Bitte keine solche Schreckschraube sein? Der arme kleine Handwerker hat doch gar nichts getan, ist bloß zu dir ins Haus geschneit und hat dir den Schlüpfer heruntergezaubert und dich in ihn verliebt gemacht, da darfst du dem armen Kerl doch jetzt keine Scherereien machen und ihm lästig fallen. Hab keine Angst, mein heißgeliebter Piet, dazu kommt es auch nicht. Geh nur. Zieh ab. Geh zu Bea. Geh zurück zu Georgene. Oder geh doch gleich wieder zu Angela zurück. Mir soll's egal sein.»

Ihre Augen wollten nicht weinen; er mußte etwas tun, irgend etwas, um diese eisigen trockenen Strahlen zu ersticken, die ihn vernichteten. Er fragte: «Können wir uns nicht miteinander hinlegen?»

«Oh», sagte sie und machte eine heftig abwehrende Bewegung, aber der Pullover und das dicke Nachthemd wollten sich, ganz anders als ihre wehenden Sommerkittel, nicht mitbewegen; und auch alle übrigen Dinge in der Küche – Herd, Backofen, Spülbecken, Fenster – verharrten in ihrer starren Form, unbeeindruckt wie Geschworene. «Du willst dich aus purer Gefälligkeit noch ein letztes Mal dazu überwinden. Spar dir das. So nötig habe ich es auch wieder nicht!»

Die Unverletzlichkeit ihrer Augen war jedoch gebrochen. Sie weinte. Er merkte, wie seine Stimme einen weisen, warmen Ton bekam und die Reserven der Erinnerung anzapfte, die Foxy mit ihm teilte. «Ich möchte dir den Rücken massieren und von dem Kind hören.»

Sie strich sich über die Haut unter den Augen. «Wahrscheinlich hast du recht mit dem, was du über uns sagst», gab sie zu. «Ich will bloß nicht wissen, wann genau der Zeitpunkt gekommen ist.»

Sie gab ihn frei – das war das großmütigste aller Geschenke, das sie ihm je gemacht hatte. In einer Stunde, wußte er, würde er guten Gewissens frei sein. Er fragte: «Wollen wir hinaufgehen? Wir brauchen etwas zum Zudecken.»

Sie sagte: «Wir müssen die Tür offenlassen, damit wir das Baby hören. Es schläft im Kinderzimmer.» Piet war froh, daß der Augenblick des Verzichts verquickt war mit der Sorge um das Kind.

Oben war es sogar noch kälter. Sie behielt im Bett ihr wollenes Nachthemd an und er sein Unterzeug; er rieb die glatten Flächen ihres Rückens und Hinterns, bis er dachte, sie sei eingeschlafen. Aber als er aufhörte, drehte sie sich zu ihm herum, ließ die Hand hinuntergleiten zu seinem Slip und fragte, als rechne sie mit einer Zurückweisung: «Hättest du Lust, zu mir zu kommen?»

«Und wie.»

«Aber sei vorsichtig.»

Sie war weiter geworden durch das Kind; die herrliche jungfräuliche Enge war dahin. Er überwand sich, ihre Brüste zu küssen, obgleich der leise schale Milchgeruch ihn störte; ihre Finger schoben sein Gesicht zurück. Sie mußte sich schonen, für ihr Kind. Ihre langen Glieder unter ihm hatten etwas Kameradschaftliches, Ungeschmeidiges, Männliches. Seine Gedanken schweiften ab, er dachte an Holz: geduldige blasse Flächen, die auf die Schleifmaschine warteten, komplizierte Fugen, mit Stahlwolle und Öl geglättet, runde, eingedübelte Bolzen – Holz, fest und doch weich, von jener freundlichen, stillen Lebendigkeit, die Holz immer behält.

Etwas Schweres fiel aufs Bett; Piet fuhr zusammen vor Schreck. Foxys Wange, an die seine geschmiegt, verzog sich zu einem Lächeln. Es war Cotton, der Kater. Behaglich schnurrend nistete das Tier sich in die Mulde, die die Bettdecke zwischen den gespreizten Beinen der Liebenden bildete. «Ich habe zwei Liebhaber», sagte Foxy zärtlich, aber in Piet war Furcht wachgeworden und tauchte die Welt in ein grelles Licht: das Büro von Gallagher & Hannema in der Hope Street, das Farmhaus im Kolonialstil an der Nun's Bay Road, der unverkennbare Lieferwagen, der auffällig in der Whitmanschen Einfahrt parkte. Er mußte sich beeilen. «Kannst du kommen?» fragte er.

«Ich glaube nicht. Es stürmt zu viel auf mich ein.»

«Darf *ich* dann?»

Sie nickte steif, und mit ein paar sorglosen, unbeschwerten, kräftigen Stößen war er da; er mußte sie festhalten, denn sie zitterte so irritierend heftig, als er sich in sie ergoß, daß er anfänglich dachte, auch sie sei gekommen. Er ließ seine Lust wie auf einem Hackbrett klaftertief in ihrem weichen Mechanismus zurück. Sie sah ihn an, und in ihren Augen spiegelte sich das Rechteck des Oberlichts. «So schnell?»

«Ich weiß, ich bin ein lausiger Liebhaber. Ich muß gehen.»

Er zog sich rasch an, um den Diskussionen und fruchtlosen Erörterungen zu entrinnen, nach denen es sie, wie er wußte, verlangte. Gut, dachte er, daß es bei diesem letzten Mal so enttäuschend für sie gewesen war. Ihre Hemmungen, zu kommen, das sah er jetzt, waren immer einer Art Besitzgier entsprungen. Als er vorsichtig die Tür zwischen den Fliedersträuchern öffnete, fing das Baby im Kindertrakt zu weinen an.

Draußen war es so still wie in einem Haus während jener Interimszeit, wenn die letzten Handwerker das Feld geräumt haben, die Bewohner aber noch nicht eingezogen sind und die Heizung noch schweigt. Die Bäume zwischen dem Whitmanschen Anwesen und dem der Klein-Smiths – Purpur, von Rauhreif aufgehellt – blieben vom Wind so unbewegt wie Eisfarne auf einer Glasscheibe. Kein einziges Auto war auf der Strandstraße zu sehen. Eine einsame Möwe kreuzte sein Blickfeld; er hörte Foxys Weinen hinter sich. Seine Handflächen prickelten, als er das Lenkrad umklammerte; er wendete und fuhr in Richtung Stadtmitte. Zwischen den blattlosen Bäumen spähte ein goldener Wetterhahn hervor. Langsam wurde es warm im Auto, und Piet pfiff zur Radiomusik, voller Freude darüber, daß er noch einmal davongekommen war.

Vielleicht war es an diesem Tag gewesen, daß er eine verborgene Grausamkeit in sich entdeckte, denn eines Spätnachmittags in derselben Woche noch, als er bei Bea war, geschah es, daß er sie schlug. Sie war über ihm gewesen, auf allen vieren, ein stillendes Säugetier mit tulpig glänzenden hängenden Brüsten, und als habe er diesem Glück nachdrückliche, hörbare Grenzen setzen wollen, hatte er seine flache Hand auf ihren Hintern, auf ihre schlaffen Flanken niedersausen lassen und, sich dann herumwälzend mit ihr, so daß sie unter ihm lag, sie so heftig ins Gesicht geschlagen, daß seine Finger sich rot auf ihrer Wange abzeichneten. Als er ihre ungläubig erstaunten Augen sah, schlug er noch einmal zu, um jeden Zweifel auszuschließen und ihr Verhältnis ein für allemal auf dieser neu abgesteckten Ebene zu etablieren. Er hatte ihre Passivität bereits in sämtlichen Positionen ausgekostet; das hier war eine neue Sensation für seinen Penis: Piet fühlte, daß er eine Methode gefunden hatte, die Zeit zu verlängern, die er in einer Frau zubringen konnte und die ihm niemals lang genug war.

Beas Augen zogen sich, in Erwartung eines dritten Schlages, zu Schlitzen zusammen, und als der Schlag ausblieb, weiteten sie sich überrascht und in fassungslosem Erkennen. «Das macht Roger doch immer.»

«So heißt es.»

«Ich dachte, es käme daher, weil er nicht normal mit einer Frau schlafen kann – weil ich ihn anders nicht errege. Aber das trifft doch nicht auf dich zu.»

«Nein, es liegt an dir. Du forderst dazu heraus. Du bist ein süßes weißes Loch, in das man alles hineintun kann. Sperma, Fäuste, Spukke.» Er spuckte ihr zwischen die Brüste und hob den Arm, als wolle er sie zusammenschlagen.

Ihre Augen, die von so verwaschener Farbe waren, daß man sie kaum noch blau nennen konnte, weiteten sich vor Schreck, und sie wandte den Kopf ab auf dem schattigen Kissen. «Allmählich zweifle ich, ob ich normal bin», sagte sie, «wenn ich die Männer zu so etwas animiere. Eddie dreht mir immer das Handgelenk um. Bitte, Piet, mir wäre es lieber, du tätest nicht auch so etwas. Benutz mich, aber tu mir nicht weh, wenn es nicht unbedingt sein muß. Ich mag es nämlich nicht wirklich. Vielleicht ist das nicht richtig von mir.»

«Natürlich, ich weiß ja, ich weiß, es muß scheußlich für dich sein, verzeih mir», sagte Piet und verbarg das Gesicht an ihrem Hals, in ihrem Haar. «Bitte, verzeih mir.» Aber ihm war wohl zumute, denn der Mißbrauch, den er mit ihr getrieben, hatte das Fundament seiner Liebe gefestigt und den Schlag seines Herzens beschleunigt. Er liebte jede Frau, mit der er schlief – das war seine Stärke, seine Anziehungskraft; aber mit jeder Frau wuchs seine Furcht vor dem Gegenschlag der Zeit. Im Zusammensein mit Bea jetzt hatte er eine Schanze aus Schuld errichtet und sich beruhigt in den friedlichen Pfuhl ihres Körpers und Bettes fallen lassen. Weit weg, unberührt vom Lärm der Schulkinder, die sich auf dem Heimweg in der Dämmerung Schneeballschlachten lieferten, saugte Bea an seinen Fingern, und ihr unterer Mund wurde so weit, daß Piet ganz in ihm unterging, und er erlebte den Orgasmus auf eine sonderbare Weise: eine Osmose, bei der es keinen Höhepunkt gab, ein Verebben des Lichts über den schneebedeckten Dächern. Der Tod hatte seinen Schrecken verloren.

Das Telefon läutete, und er war erstaunt, Foxys Stimme zu hören. Während des ganzen Monats seit ihrem unbefriedigenden Zusammensein in dem kalten Haus hatte sie ihn nicht angerufen und auf Partys kaum das Wort an ihn gerichtet. Sie war verblaßt zu einer Figur in der Tapisserie des Freundeskreises. «Piet, ist Gallagher da?» fragte sie.

«Ja, ist er», schmetterte Piet betont gutgelaunt zurück.

«Könntest du in eine Telefonzelle gehen und mich anrufen?»

«Jetzt gleich?»

«Bitte, Piet, ich muß mit dir sprechen.» Ihre Stimme hatte einen fernen, wunden Klang: sicher zerknüllte sie ein Taschentuch in der Hand.

«Wie Sie wünschen.» Und er setzte ein festes, von Mann zu Mann gesprochenes «Geht in Ordnung» hinzu. Er hatte das Gefühl, Gallagher höre zu hinter der geriffelten Glaswand, obwohl die Tür geschlossen war. Immer häufiger war Gallaghers Tür jetzt geschlossen. Jeden Morgen, wenn Piet das Büro betrat, kam es ihm so vor, als seien die Wände über Nacht noch ein wenig dichter zusammengerückt. Neben seinem Schreibtisch hing ein Kalender der Firma Gebrüder Spiros, Baumaterialien und Holzhandlung, auf dem ein tropfnasser, goldfarbener Apportierhund mit einer grünköpfigen Wildente im Maul zu sehen war; während Piet über seinen Papieren saß, meinte er, den stoßenden Atem des Hundes an seinem Ohr zu spüren.

Er trat hinaus in den gleißenden Valentinstag, ging zwischen Schneewällen zu einer Aluminium-Telefonzelle, in der es nach Gummigaloschen roch. Auf dem Abstellbord lag, vergessen, ein einzelner verschrumpelter Kinderfäustling. Piet ließ es drei-, vier-, fünfmal bei den Whitmans läuten, aber niemand nahm ab. Er sah Foxy tot daliegen, Selbstmord, im allerletzten, schon umnachteten Augenblick hatte sie ihn noch angerufen, dann war sie im Koma aufs Bett gesunken, ihr langes Haar ergoß sich, das Kind weinte, niemand hörte. Der Hörer wurde abgenommen; als habe sich ihm ein Fenster aufgetan, sah Piet durch die schmierige Glasscheibe der Telefonzelle, wie auf der anderen Straßenseite vier Männer ein Auto durch Schaukelbewegungen aus dem Schnee zu befreien versuchten.

«Hallo.» Foxys Stimme klang kühl, unpersönlich, zerstreut.

«Ich bin's. Warum dauert es so lange, bis du ans Telefon gehst?»

Ihre Stimme lockerte sich erleichtert – aber nicht ganz, spürte Piet.

«O Piet! So schnell rufst du zurück!»

«Du hast mich darum gebeten.»

«Ich war bei Toby.»

«Was gibt's?»

Sie zögerte. «Ich wollte bloß wissen, wie es dir geht. Ich hatte auf einmal einen Anfall von Sehnsucht, und mir ging auf, daß ich dich die ganze Zeit nur deshalb nicht angerufen habe, weil ich dich bestrafen wollte, aber es war gar keine Strafe für dich, also, was soll's.»

Er lachte, halb beruhigt, halb mißtrauisch, denn seiner Erinnerung nach war sie nicht die Frau, die einen einmal gefaßten Entschluß umstößt. «Doch, es war schon eine Strafe, aber ich dachte, solange wir keinen triftigen Grund zu einem Gespräch hätten, sei es gut, wenn wir nicht miteinander redeten. Ich habe dich bewundert für dein Feingefühl.» Sie schwieg, und er redete hastig weiter. «Von Zeit zu Zeit hole ich deine Briefe hervor und lese sie.» Das war eine Lüge; seit Monaten hat er es nicht mehr getan; all diese blauen Häkchen und Schnörkel kamen ihm wie tote Dornen vor – um so stacheliger, weil sie tot waren.

Sie lachte, als ahne sie, was in ihm vorging. «Aber ich *habe* dir etwas zu sagen. Etwas Gutes, du wirst dich freuen. Das Haus ist warm jetzt – es war nicht deine Schuld. Als der Heizungsofen installiert wurde, hat der Mann den Thermostat zu dicht neben irgendwelchen Warmwasserleitungen angebracht, die in der Wand verlaufen, und da glaubte der Thermostat nun immer, das Haus sei warm, nur weil er selber warm war, und drosselte die Heizung. Ken und Frank Appleby sind neulich abend, im Suff, dahintergekommen. Die Applesmiths kommen jetzt manchmal vorbei.»

«Ach, mein Schatz, trotzdem ist es meine Schuld. Ich hatte die Bauleitung, ich hätte es merken müssen. Aber ich war nicht bei der Sache, weil ich mit dir geschlafen habe.»

«Hast du gern mit mir geschlafen? Ich war mir nie ganz sicher, irgendwie bin ich schrecklich jungfräulich.»

«Jungfräulich und verhurt in einem. Es war herrlich, mit dir zu schlafen. In gewisser Hinsicht war es der absolute Gipfel. Aber fühlst du dich jetzt nicht doch ein wenig besser, trotz allem? Du kannst Angela ins Gesicht sehen und ich Ken.»

«Angela hat mich nie gestört. Ich hatte das dunkle Gefühl, daß es ihr recht war.»

Diese Wendung der Unterhaltung mißfiel ihm; es paßte ihm nicht, daß Angela so kurzerhand abgetan wurde. Er fand, seine Geliebten seien es ihm schuldig, Angela in Ehrèn zu halten, denn er hatte es auf sich genommen, sie der Lächerlichkeit preiszugeben, indem er die Körper der anderen Frauen vorzog. «Und wie geht es Toby? Macht er dir Freude?»

«Ja, sehr. Er kann schon den Kopf heben, und ich habe das Gefühl, daß er mir zuhört, wenn ich mit ihm rede. Im Gegensatz zu seinem Vater.»

«Ken macht dir also keine Freude?»

«Nicht sehr.»

«Und das ist alles, weswegen du mich angerufen hast? Dafür hast du mich in den Schnee hinausgehetzt?»

«Nein.» Die Silbe klang metallisch, als habe der Telefonhörer selber einen Laut produziert. Dann kam wieder Foxys Stimme, und jetzt hatte sie nichts Aufgesetztes mehr. Während er zuhörte, war ihm, als gleite er über eine kristallene Fläche, Foxys elementares Wesen, so wie Gott es in seinen Händen gehalten, bevor er es in einen Körper gebettet hatte – ihre Seele. «Piet, meine Periode ist seit zwei Wochen überfällig. Und nur du kannst es gewesen sein.»

«Ich kann was gewesen sein?» Aber natürlich wußte er es sofort. Das kalte Haus, das greuliche letzte Mal. Das Hackbrett. Das Unterpfand.

Foxy sprach weiter, und ihre Stimme machte ein sanft schrammendes Geräusch, das von den Schlittschuhen herrührte, auf denen er sich beim Zuhören zu bewegen schien. «Nicht nur, daß meine Periode nicht kommt – die ganze Chemie ist verändert, ich spüre wieder das leichte Brennen da unten, genau wie damals bei Toby.»

«Merkt man das wirklich schon so früh?»

«Es ist einen Monat her.»

«Könnte es nicht sein, daß so kurz nach der Entbindung bei dir alles noch ein bißchen durcheinander ist?»

«Aber ich habe inzwischen schon zweimal meine Periode gehabt.»

«Und Ken kann es nicht gewesen sein?»

«Eigentlich nicht, nein.» Er fand ihre Ausdrucksweise sonderbar. Sie fügte hinzu: «Er benutzt diese Dinger.»

«Sie reißen manchmal.»

«Nicht bei Ken. Außerdem ist es in letzter Zeit sowieso nicht allzu oft dazu gekommen. Ich lähme ihn, seit das Kind da ist. Und er hat Sorgen im Beruf. Neuerdings wird er nicht nur von Juden, sondern auch von Japanern überflügelt.»

«Aber *wie* oft genau?»

«Zweimal, wo es hätte passieren können, wenn er nicht diese Dinger benutzen würde, und einmal gerade vor kurzem – da glaubte ich noch, meine Regel würde dadurch vielleicht ausgelöst.»

«Und du fühlst tatsächlich wieder dieses Brennen?»

«Ja, und diese Unrast. Und ich kann wieder nicht schlafen. Ach, Piet, es tut mir so leid, es ist so idiotisch.»

«Warum hast du mich denn gelassen, wenn –»

«Ich weiß nicht, du hast dich gar nicht so verhalten, als ob es so weit kommen würde, und mein altes Pessar paßt nicht mehr und –»

«Ich war der Meinung, du nimmst die Pille. Alle andern nehmen sie doch auch.»

«Ach wirklich? Alle andern nehmen sie? Du hast also eine Umfrage angestellt.»

«Sei nicht so empfindlich.»

«Sei du's nicht. Und was die Pille betrifft, es spielt zwar keine Rolle, aber Ken traut ihr nicht. Ihm ist das alles noch zu wenig erforscht. Er glaubt, sie könnte irgendwelche Querschüsse auslösen.»

«Bumm», sagte Piet, «bumm, bumm.»

Foxy fuhr fort: «Und wenn du's genau wissen willst – wenn du wissen willst, wie naiv ich bin –, ich dachte, ich wäre sicher, weil ich doch stille.» Ihr Schluchzen knisterte und kratzte im Hörer, der kalt an seinem Ohr lag.

Er lachte. «Das alte Ammenmärchen? Ich vergesse immer, daß du aus dem Süden kommst, wo man noch nach Urgroßmutters Rezepten erzogen wird.»

«Oh», sagte sie, nach Luft schnappend, mit tränennasser, dünner Stimme, «wie schön, daß du über mich lachst. Es war die Hölle. Ich habe dich vorhin angerufen, weil ich dachte, ich werde verrückt, und als du zurückriefst, hatte ich zuviel Angst, um ans Telefon zu gehen, und dann habe ich gelogen. Ich lüge und lüge und lüge bloß noch, Piet.»

«Darin bringen wir es langsam alle zur Meisterschaft», sagte er. Der Hörer war so leicht in seiner Hand, so kalt und unbeweglich und hohl, daß er sich wunderte, weshalb er ihn nicht einhängte und einfach fortging, sondern das Ding an ihn geklammert war wie der Körper an die Seele.

«Was sollen wir tun?» fragte Foxy.

Er flüchtete sich in die Illusion, Rat zu erteilen, dachte, aus der Rechtwinkligkeit und den Stützbalken der Vernunft müsse sich ein Obdach zimmern lassen. «Warte noch ein paar Tage», sagte er. «Nimm heiße Bäder, so heiß, wie es nur geht. Wenn es dann immer noch nicht kommt, geh zu einem Arzt und laß einen Kaninchentest machen. Dann wissen wir wenigstens genau, woran wir sind.»

«Aber ich *kann* nicht zu Doc Allen gehen. Er wäre garantiert außer sich, daß ich so schnell wieder schwanger bin. Möglicherweise würde er es irgendwelchen Yachtclub-Freunden ausplaudern.»

«Ärzte plaudern niemals etwas aus. Aber ihr hattet doch sicher einen Arzt in Cambridge – geh zu dem, wenn dir das lieber ist. Aber nicht gleich. Es kann ja noch kommen. Bei Angela sind es manchmal drei, manchmal fünf Wochen, es ist schrecklich unregelmäßig bei ihr. Wirklich ein Wunder, daß ich sie nie mehr angebumst habe.»

Er hatte es ernst gemeint, aber Foxy lachte. «Der arme Piet mit seinen Frauen», spöttelte sie, «wie er sich blind durch die Mondphasen tappt. Mir scheint, mit mir hast du eine Niete erwischt.»

«Das Gegenteil einer Niete, würde ich sagen.» Und bei allem Entsetzen entdeckte er Freude in sich, Freude darüber, daß sie sich ein zweites Mal fruchtbar gezeigt hatte, daß sie ihn hinstellte als jemanden, der fähig war, die Erde um ein Leben reicher zu machen.

Sie fragte: «Rufst du mich an? Bitte. Du brauchst auch nichts zu tun, ich werde schon irgendwie selber damit fertig werden – ganz bestimmt. Nein, sag nichts. Aber ich gebe zu, ich fühle mich allein. Schrecklich allein, Piet.»

Er versprach: «Ich werde dich morgen anrufen.» Aber es war noch ein letztes Wort nötig, ein Zauberspruch, der seine Hand und sein Ohr von dem Hörer losband. Stotternd vor Angst, es könnte schwülstig wirken, breitete er alle Weisheit vor ihr aus, die ihm zu Gebote stand. «Foxy, nach jahrelangem Nachdenken bin ich zu dieser Erkenntnis gekommen: es gibt zweierlei Gegebenheiten in der Welt – solche, an denen wir etwas ändern können, und solche, an denen wir *nichts* ändern können, die Sterne zum Beispiel oder der Tod. Und ich habe mich entschlossen, es für eine große Verschwendung, ja für eine Sünde zu halten, wenn man sich um Dinge sorgt, die man nicht ändern kann. Nimm also ein heißes Bad und entspann dich. Wir sind alle in Allahs Händen.»

Er verabscheute sich dafür, daß er es nicht über sich brachte, «Gott» zu sagen. Aber Foxy leierte beschwichtigt, als habe sie eben gar nicht zugehört, in den Hörer: «Ruf mich morgen an, Piet, ich wette, alles wird dann verflogen sein wie ein dummer Traum, und wir können zurückkehren zu unserer netten gemütlichen Entfremdung.»

So war also «Entfremdung» das letzte Wort. Er hing ein und sah, daß die Männer das Auto aus dem Schneegraben gehievt hatten, und die Charity Street, auf der allüberall das Gescharre von Schaufeln zu hören war, kam ihm wie eine heilige Stätte vor, wo man bauen und laufen und sich frei entscheiden konnte und der er entfremdet war.

Das war der Beginn eines Albtraums: tägliche Telefongespräche, kleine trügerische Hoffnungen (das Brennen war heute weniger ausgeprägt, nach dem glühendheißen Bad am Morgen schien sich im Uterus irgend etwas verändert zu haben, das medizinische Nachschlagewerk in der Städtischen Bücherei berichtete von vielen Fällen menstrueller Unregelmäßigkeit nach der Entbindung); dann zäh sich verdichtende Gewißheit. Der erste Kaninchentest kam mit negativem Ergebnis vom Labor zurück, aber der Arzt in Cambridge erklärte, in so frühem Stadium biete der Test nur eine neunzigprozentige Gewähr, und er ließ durchblicken, daß er ihre Ungeduld mißbillige. Dieser kurz angebundene Mann mit dem Falkengesicht und dem Behandlungszimmer voller Golftrophäen mochte auf den ersten Blick die Symptome diagnostiziert und das Übel erkannt haben: diese keineswegs ungewöhnliche Infektion, die eintritt, wenn die ehrbare Gesellschaft es mit der Übermacht des blinden Lebens aufnehmen will – ein Übel, von dem Foxy und Piet sich allein befallen wähnten. Eine ganze Nacht lag sie schlaflos und zitterte vor Ungeduld, Piet die gute Neuigkeit zu melden, was doch erst am Morgen möglich war. Aber der Unsicherheitsfaktor von zehn Prozent blähte sich gespenstisch und wurde immer größer, je hartnäckiger Foxy sich weigerte, ihren mikroskopischen Gefangenen freizugeben, zu kapitulieren, zu bluten. Piet bombardierte sie übers Telefon, setzte Geduld als Waffe gegen sie ein, versuchte es mit der Weigerung, ihr die Schuld zu geben, wollte ihr sagen, er sei nicht mehr ihr Liebhaber gewesen, er habe nur noch einmal mit ihr geschlafen, um Abschied zu nehmen, er sei glücklich mit seiner ungewöhnlichen und ungreifbaren Frau, er sei überrumpelt worden durch Foxys Naivität, sie habe kein Recht auf ihn; aber nichts dergleichen brauchte er zu sagen, alles war schon im voraus akzeptiert. Sie entschuldigte sich, sie spottete über sich selbst, sie bot ihm an, mit ihrem Kind, ihrem schon vorhandenen Kind, aus der Stadt zu verschwinden, aber im Augenblick kannte nur er, er allein, ihr Geheimnis, nur er konnte die Qual dieser Tage mit ihr teilen. Der Klang seiner Stimme war das einzige auf der Welt, das ihr nicht fremd und zuwider war. Sie beschlossen, sich zu treffen, aus Mitleid miteinander und aus dem Verlangen, das Boxer in den Clinch treibt: nämlich ganz nah an den heranzugehen, der einem Schmerzen zufügt. Der große Parkplatz rings um den Supermarkt in Lacetown war sicherlich von Schneepflügen freigeschaufelt; hinter dem Gebäude, da, wo die Lastwagen ausgeladen wurden, parkten immer nur wenige Autos. Janet war die einzige von ihren Freunden, die gelegentlich zum Einkaufen dorthin fuhr. In Lacetown würden sie sicher sein.

Freitag. Der Himmel schwer und malvenfarben. Ein paar trockene Flocken. Piets Herz hämmerte, als er den schwarzen MG dort stehen sah: ganz allein auf dem Asphalt unter den tiefhängenden Wolken. Er stellte seinen Lieferwagen beim Abfallverbrennungsofen des Supermarkts ab und überquerte den leeren Parkplatz. Foxy kurbelte das Fenster herunter. Eine Flocke blieb an ihrer linken Braue hängen. Piet sagte: «Ich dachte, Ken nimmt das Auto immer nach Boston mit.»

«Er ist heute mit dem Zug gefahren, weil ein Schneesturm angesagt worden ist. Steig ein.»

Als er neben ihr saß und die Tür zugeschlagen hatte, sagte er: «Ken denkt an alles.»

«Was hast du gegen ihn? *Seine* Schuld ist es nicht.»

«Ich habe nichts gegen ihn. Ich bewundere ihn. Ich beneide ihn. Er hat einen akademischen Titel.»

«Ich dachte schon, du wolltest sagen, er hat *mich.*» Sie lachten: über sie, über sich beide, über alle. Mit dem Verlassen der Grenzen von Tarbox hatten sie eine andere Perspektive gewonnen; ihre Freunde, ihre Familien nahmen sich, von hier gesehen, klein aus. Nur sie beide, Foxy und Piet, waren lebensgroß. Nur sie beide hatten aufgehört, herumzuflattern im Leben, und hatten, mittels Biologie, diese schneidend scharfen Umrisse erlangt. Ihr Dilemma schmeichelte ihnen wie eine samtene Hintergrunddrapierung. Foxy saß, unbequem zur Seite gekehrt, hinter dem Lenkrad, ihre Knie stießen gegen den Schaltknüppel, ihre langen Beine steckten in gelbwollenen Hosen, ihr Haar fiel lose auf den Kragen ihres Russenmantels herab.

«Gut siehst du aus», sagte Piet und tätschelte ihren Schenkel. «Nach unseren hysterischen Telefongesprächen hatte ich dich mir eher wie ein Wrack vorgestellt.»

Sie grinste; ihre Nase und ihr Kinn wirkten wie abgehobelt von der Wucht des nahenden Sturms. Schneeflocken bildeten längs der Gummiabdichtung der Scheibe eine dünne weiße Linie. Auf der Laderampe des Supermarkts stapelte ein Junge im Verkäuferkittel mutterseelenallein Pappkartons übereinander, sein Atem dampfte wolkig. «Oh», sagte sie, scherzhaft geziert, «wir Frauen müssen doch schließlich auf unser Äußeres achten.»

«Ich nehme an, es gibt wohl kaum noch einen Zweifel.»

Sie nickte – so vorsichtig, als trage sie dicht unter dem Kinn ein Ansteckstäußchen. Tanzfeste. Mädchen in Autos, nach Tanzfesten. Eine ganze Generation war es her, seit er zum letztenmal so gesessen hatte. Foxy sagte: «Meinem Gefühl nach nein. Ich fahre heute nachmittag nach Cambridge, um einen zweiten Kaninchentest machen zu lassen. Jedenfalls war es so geplant. Vielleicht erledigt es sich jetzt durch den Sturm.»

«Gegen dich kommt der nicht an.» Und als wolle er sein Lachen begründen, fügte er hinzu: «Komisch, wie diese Eins-zu-zehn-Chance sich durchgesetzt hat.»

«Du hast immer gesagt, wir forderten unser Glück zu sehr heraus.»

«Es tut mir leid, daß es ausgerechnet bei diesem letzten Mal, als es passierte, nicht besser für dich war.»

«Ich erinnere mich noch genau. Wie wir von einem Zimmer ins andere gingen und der Kater aufs Bett sprang. Es ist alles so unsinnig, findest du nicht? Ehebruch. Nichts als Unannehmlichkeiten.»

Er zuckte die Achseln, zögerte, ihr beizupflichten. «Es ist eine Möglichkeit, Abenteuer zu erleben. Die Welt kennenzulernen und sein Wissen zu bereichern.»

Sie fragte: «Und was wissen wir jetzt, Piet?»

Er fühlte, daß sie sich ihm näherte, indem sie ihn bei seinem Namen nannte, und daß sie aus dieser verzweifelten Zusammenkunft eine süße Gelegenheit des Beieinanderseins, ein Rendezvous machen wollte. Seine Stimme wurde härter. «Wir wissen, daß Gott seiner nicht spotten läßt.»

«Ich habe seiner nie gespottet.»

«Nein. Dein Gott sitzt hier, zwischen deinen Beinen, ohne Gestalt und ganz scheu und voller Erwartung, daß man ihn berührt. Schon gut, Fox. Ich meine es nicht so. Es liegt wohl hauptsächlich daran, daß ich dich so anziehend finde; ich habe das nicht erwartet, es macht mich ganz knurrig. Es kommt mir so deplaciert vor, dich noch immer zu begehren.»

Sie rückte ihre Beine bequemer zurecht; ein Knie berührte das seine, schnell zog sie es zurück. «Hast du erwartet, daß du mich jetzt haßt?»

«Ein bißchen. Diese letzten zehn Tage sind die Hölle für mich gewesen. Im Verhältnis zu deiner Stimme am Telefon machst du einen ausgesprochen glücklichen Eindruck.»

«Das ist das Schlimmste daran. Ich bin glücklich. Ich bin glücklich, dein Kind in mir zu haben. Mein ganzer Organismus will, daß ich es bekomme.»

«Du darfst es nicht bekommen. Du darfst nicht. Du darfst nicht!»

«Oh, gewiß, natürlich nicht. Du hast vollkommen recht.»

Ihr Gesicht verschloß sich bitter. Ein Stöhnen blockierte ihm die Kehle. Er ließ sich gegen sie fallen, griff blind nach ihr, fürchtete sich vor ihrem Gesicht. Ihr Atem war heiß, ihre Wange von Tränen kalt, ihr Körper in dem schweren Mantel versuchte, sich dem seinen anzuschmiegen, aber die Schalensitze und die Knüppelschaltung erlaubten es nicht. Er rückte wieder weg von ihr, und mit einem hastigen Blick in ihr schmerzverzerrtes Gesicht stellte er fest, daß sie ihn lossprach und ihm freistellte, alle Spuren ihrer Liebe aus ihr herauszukratzen. «Aber wie?» fragte er. «In Schweden? Oder Japan? Wie *macht* man denn so etwas?» Der Schneehimmel hinter ihrem verwuschelten Haar war mit einer entlaubten Ahornallee gesäumt, wie mit einer gestickten Borte.

«Traurig, nicht wahr?» sagte sie. «Offenbar kennen wir nicht die richtigen Leute. Ich weiß, daß es *überall* Leute gibt, die Abtreibungen machen und bloß darauf warten, daß man sie aufsucht, und hier sitze ich und habe keine Möglichkeit, mit ihnen in Verbindung zu kommen.»

«Was ist mit Ken? Der kennt doch Ärzte.»

«Ich kann es Ken nicht sagen.»

«Wirklich nicht? Es würde alles leichter machen. Du könntest dann sogar nach Japan fliegen. Vielleicht kann er dort eine Gastvorlesung halten.»

«So menschenfreundlich ist er nicht.»

«Ich habe nur einen Scherz gemacht.»

«Ich weiß. Piet, ich will alles tun, um das Kind loszuwerden, nur eines nicht – meinen Mann einweihen. Er würde nicht fertig werden damit. Er ist zu – selbstgefällig. Und in gewisser Hinsicht bin ich es auch. Ich habe einmal gekuscht, und ich werde es nicht wieder tun. Ich werde nicht betteln oder um Verzeihung für uns bitten – denn was wir getan haben, war *richtig*. Lieber riskiere ich mein Leben. Das klingt arroganter, als es ist. Du könntest es Angela erzählen, daß du mit mir geschlafen hast, ihr beide würdet es verarbeiten und nach einer gewissen Zeit sogar einen Nutzen daraus ziehen, aber unsere Ehe ist anders organisiert. Wir sind uns nicht so nah. Wir haben einen ganz bestimmten Vertrag abgeschlossen, der keinem von uns beiden gestattet, Fehler dieser Größenordnung zu begehen. Ken wäre vernichtet. Verstehst du, was ich meine?»

Ihm war klar, daß sie nicht dahinzubringen sein würde, es ihrem Mann zu erzählen, ebensowenig wie sie vor Monaten Schränke mit Türen hatte haben wollen. Sie war der Kunde, er hatte sich ihren Marotten zu fügen. «Schön, und wie wär's, wenn du ihm sagst, daß es seines ist, und du einfach noch einen kleinen Whitman kriegst? Vielleicht hätte er rote Haare, aber schließlich könnte ja in einem von euch beiden eine rothaarige Erbeinheit schlummern.»

Sie antwortete mit Bedacht, aber erst, nachdem sie sich auf die Zungenspitze gebissen hatte. Frauen, die ihre Zunge nicht im Mund behalten können, haben mehr Sex als alle andern. «Das wäre möglich. Aber wenn du dir vorstellst, daß das kleine Kind von Tag zu Tag größer wird und ich mit ansehen muß, wie es Ken immer unähnlicher wird und Piet Hannema immer ähnlicher und wie es anfängt, Treppengeländer herunterzurutschen und Holzstücke zusammenzunageln, dann mußt du zugeben, daß wir uns für den Rest unseres Lebens die Hölle auf Erden bereiten. Da nehme ich die Hölle doch lieber gleich in einer stärkeren Dosis zu mir und bring's hinter mich.»

«Meine arme Fox.» Er beugte sich zu ihr und küßte sie auf die Nase. Ihre roten Hände lagen schwerfällig im Mantelschoß. Vielleicht zuckte sie die Achseln.

Ein braunes Mercury-Coupé, das aussah wie Janet Applebys, schwenkte langsam in die Einfahrt zum Parkplatz. Aber der Fahrer war ein Unbekannter, ein älterer Herr aus Lacetown, mit grauem Backenbart und einer karierten Sportmütze. Er starrte sie an – weißumrandete Waschbäraugen – und fuhr einmal im Kreis herum und verließ den Parkplatz durch die Ausfahrt auf der anderen Seite. Das Herz hatte ihnen gestockt bei dieser Erscheinung, und sie hielten es nicht mehr aus in ihrem Versteck. Der Junge, der auf der Rampe Kartons gestapelt hatte, war nicht mehr zu sehen. «Wir verschwinden jetzt wohl lieber», sagte Piet, «sonst findet man uns hier noch erfroren, einer in des andern Armen.»

Zu Hause, geschützt vor dem Schneesturm, umgeben von den Geräuschen, die Angela beim Kochen machte und seine Töchter bei ihrem streitsüchtigen Spiel, gab Piet sich alle Mühe, seine mißliche Lage als etwas Relatives zu sehen, sie von allen Seiten zu betrachten, außer von der einen einzigen, der absoluten, die sie als ein Verhängnis zeigte, das gleichbedeutend war mit Tod. Schwangerschaft war Leben. Die Natur benutzt den Sex als Köder, um uns an den Abgrund zu locken. Fehltritte werden wohlwollend beurteilt. Große Männer haben uneheliche Kinder: Grover Cleveland, Karl der Große. Niemand stößt sich daran, ein fröhlicher Witz. Kein Grund zur Aufregung, der Lord von Norfolk grüßt seinen natürlichen Sohn. Eine Seele mehr: drei Milliarden plus eine. Foxy würde wahrscheinlich ohnehin nach Berkeley oder Los Alamos ziehen, und er würde das Kind nie sehen. Erledigt. Piet Hannema, Vater eines neuen Stammes. Prost. Er schlürfte den doppelten Martini in sich hinein, und siedende brausende Furcht, brennend wie Jauche, wallte in ihm auf, dem Gin entgegen. Ken. Seine Furcht bezog sich auf Kens Gesicht, auf das merkwürdige Vertrauen, das es mit seiner ein wenig groben Ausdruckslosigkeit erweckte, auf die Rechtschaffenheit, mit der er Rache nehmen würde. Angeekelt, mit einem Gefühl, als rutsche er ins Bodenlose, erkannte Piet, daß er in einer Welt lebte, in der alle Moral ausschließlich für Männer zugeschnitten war, in der nur Männer Anspruch auf Gerechtigkeit hatten, und daß er wie ein Baby, das man mit vielen Kissen vor dem Fallen bewahrt, eingeschlafen war inmitten von Frauen. Er war sprachlos gewesen, als er Foxy so abschätzig über Ken hatte sprechen hören. In Piets Vorstellung nahm Ken einen endlosen Raum ein, die Beleidigung, Ken zum Vater des Kindes eines andern machen zu wollen, war ohne Grenzen in Piets Augen. Vaterschaft, die Fotze des Mannes. Verletzlich. Mit Zartheit zu behandeln. Sein Vater: Geranien eintopfend mit erdigen Daumen; Erinnerung ans Treibhaus: eine Vielzahl gerader Linien. Als Kind hatte er sich am liebsten in dem warmen Raum ganz hinten aufgehalten, wo seine Mutter mit gespreiztem Schoß zwischen Schleifenbändern saß. Das Schweigen seines Vaters hatte ein Geheiß, einen Auftrag enthalten, vor dem er zurückgescheut war. Ein aufrechter Mann, der Mund sonderbar verändert durch das künstliche Gebiß. O Gott, wie gut, daß sie nicht mehr lebten, so, wie die Dinge lagen.

Alles ist relativ. Wenn er als Junge etwas schlimm fand, stellte er sich zum Trost etwas noch Schlimmeres vor. Es wäre schlimmer, Kinderlähmung zu kriegen, als nicht in die Football-Mannschaft zu kommen. Es wäre schlimmer, Joop aus Versehen ins Auge zu schießen und ihn für sein ganzes Leben blind zu machen, als nicht zu Annabelle Vojts Party eingeladen zu werden. Es wäre schlimmer, tot zu sein, als in dieser Klemme zu stecken. Wäre es das? Auf eine Weise, die dem Sterben gleichkam, hatte er die Schwelle zu einer weiten Dunkelheit überschritten. In Foxys seidige fruchtbare Lenden hatte er eine Saat gepflanzt, die sein Gesicht trug, und nun wünschte er sich, klein zu sein, durch ihre schlüpfrigen Korridore zu kriechen und mördergleich zuzuschlagen. Gott, vergib mir. Nein: tu es, Gott. Gott, der du so oft tötest mit hoheitsvoller Leichtigkeit, ob Alge oder Wal, töte noch einmal, lösch von oben, mit einem Peitschenschlag, einem Finger, der ihr durch die Kehle fährt, dieses fürchterliche Wachstum aus. Denn Dein ist das Reich.

Kens Gesicht, kaum noch Höflichkeit ausdrückend. Blaß vor Ehrgeiz und verbissenem Fleiß. Piets Gedärm verkrampfte sich wieder; er kippte silberne Flüssigkeit in sich hinein, um es zur Ruhe zu bringen. Die Kugel. Das verschlafene Exekutionskommando. Das schreckliche Reich, wo das Leben emporschießt aus sündenlosem Dunkel. Gottes vorsätzliche Tat. Lehm mit Spucke gemischt. Foxys hinterhältige Fotze, Blütenblätter korallenfarben, innen eher purpurn; ihre Augen Zwillingsglocken, an einem Baum hängend, klingelnd bei jedem Windhauch. Aber sie litt, hinter der Frau verbarg sich ein animalisches Wesen, ein Mensch wie er, oder besser, ein in die Jahre gekommenes Kind, das sich Meinungen bildete, vermutete, hoffte, Gelüste hatte. Welch ein ungeheuerlicher Gedanke, daß sich etwas in einem festsaugen und schwären kann wie ein Pilz! Seine Hoden erschauerten mitfühlend. Arme sanfte Foxy. Reiß es ihr aus, Herr. Reiß mich los.

Er trank. Die Süße am Schluß, wenn man sich wirklich fallenließ. Bea. Er hatte Angst, sie anzurufen, vielleicht würde sie sich etwas zusammenreimen. Etliches wußte sie schon. Sie hatte ihn aus dem Fenster springen sehen, Foxys Kopf golden im Badezimmerlicht. In ihrem Bett hatte er nur jenen letzten trostlosen Montagsbesuch unerwähnt gelassen, als er unwissentlich das Hoheitsgebiet von Kens Vaterschaft verletzt und eine neue Menschenseele ins Leben gerufen hatte, für die er gesetzlich haftbar gemacht werden konnte. Schande, Gefängnis, Tod, Feuerbestattung, Auslöschung, ewige Namenlosigkeit. Der Spott der Freunde. Die verdammenden Berichte in den Zeitungen. Er sah Bea vor sich, wie sie lächelte, ihre Brüste zerfließend, ihr Körper ein stiller Teich, sein Schwanz in ihr ruhend wie ein schlafender Aal, und er wußte, warum er sie liebte: sie war unfruchtbar. Bis in alle Ewigkeit könnte sein Samen in diesen weißen Abgrund fallen, nie würde er Frucht tragen.

Seine Einsamkeit wurde immer verzweifelter. Der Schneesturm sang klagend, ein Wesen, das es nicht gab, ein Getümmel aus Luft. Er trank das Glas aus und ging in die Küche. Seine Frau und seine Töchter bauten Valentinsgeschenke auf. Er hatte vergessen, für Angela eines zu besorgen. Ruth und Nancy hatten in der Schule flauschige Herzen, glotzende Kühe, Giraffen mit geflochtenen Hälsen bekommen. Ruth stellte die besten Stücke gerade auf dem Eisschrank auf. Ihr Körper war bemerkenswert biegsam, als sie sich so emporreckte. Mit seinem Erscheinen – er war gekommen, um sich mehr Gin zu holen – brach er in eine weibliche Dreiecksbeziehung ein, die vor allem der kleinen Nancy teuer war. Sie hob ihr rundes, herzförmiges Kinderkarikaturen-Gesicht zu ihm auf und kicherte im voraus über die Unverschämtheit, die sie gleich begehen würde: «Papi ist häßlich», sagte sie.

«Nein, Papi nicht häßlich», sagte Ruth und schlang ihren Arm um seine Taille, «Papi hübss!»

«Er hat furchtbare Nasenlöcher», sagte Nancy; sie trat näher heran und äugte zu ihm hinauf.

Ruth redete weiter in der Babysprache, mit der sie ihre Liebeswallung vertuschen wollte. «Papi hat die allerssönsten Nasenlöcher, weil er ist nämlich vor langer Sseit aus Holland gekommen.»

Piet mußte lachen. «Und was ist mit meinen Füßen?» fragte er Nancy.

«Wehwehfüße», sagte sie.

Ruth umschlang ihn fester und streichelte seinen pelzigen Arm. «Wunderssöne Füße», sagte sie. «Mami hat dumme Füße, ihre kleinen Zehen berühren nicht den Boden.»

«Das gilt als Zeichen großer Schönheit», sagte Angela.

«Weißt du was, Mami», sagte Ruth, nun nicht mehr für Piet Partei ergreifend und die Babystimme aufgebend, «Mrs. Whitman hat Plattfüße. Frankie Appleby und Jonathan Smith haben nämlich diesen Sommer am Strand Detektiv gespielt, und sie sind immer hinter Leuten hergegangen, und Mrs. Whitmans Fußspuren hatten keine Einbuchtungen innen, weißt du, da wo diese krumme Stelle, wie heißt sie doch –»

«Spann», sagte Angela.

«– wo dieser Spann ist. Es sah aus, als ob sie Tennisschuhe angehabt hätte, bloß daß Zehen dran waren.» Sie sah zu ihrem Vater hinüber. Und es stimmte: selbst eine so unfreundliche Erwähnung Foxys machte ihm Freude. Plump und plattfüßig latschend, dick von seinem Kind. Sein warmes Schlupfloch.

«Wie spannend», sagte Angela. Ihre Hände stöberten geschäftig zwischen den Salatblättern, die es zum Abendbrot geben sollte. «Was hast du denn sonst noch über Füße herausgefunden?»

«Mr. Thorne hat einen grünen Zehnagel», sagte Ruth.

«Papis Zehen», sagte Nancy und sah, sich unter Angelas Fittichen wissend, frech zu ihm hinauf, «sind wie Halloween-Zähne, mit denen man anderen Angst macht.» Und es ging Piet auf, daß er für diese Tochter den Tod darstellte: daß alles, was die Zerbrechlichkeit des Lebens bedrohte und angriff, für sie zusammengefaßt war in seiner ragenden, rohen Männlichkeit; daß sie aber mit der Zeit in Ruths Stadium kommen und den Versuch wagen würde, dies Fremdartige zu bewundern und sich gefügig zu machen; und daß sie dann am Ende so sein würde wie Angela – darauf bedacht, etwas von sich selber, ihr reines Selbst, über den Zusammenprall hinauszuretten. Er liebte sie, seine Frauen, die wie die Stäbe einer Falle um ihn gesteckt waren.

Ruth sagte: «Mami, sag Nancy, sie soll aufhören, Papi zu beleidigen. Papi sieht hübsch aus, nicht?»

Piet bückte sich und hob Nancy hoch; sie quiekte und strampelte in einer Mischung aus Vergnügen und Furcht. Ihr Atem wehte ihn mit einem jähen scharfen Geruch nach roten Zuckerherzen an. Machte sich ihre schönen Zähne kaputt. Ärgerlich packte er sie fester; sie kreischte, nur noch Angst jetzt, und versuchte, sich seinem Griff zu entwinden.

«Ich weiß nicht, ob Papi wirklich *hübsch* aussieht», sagte Angela. «Er ist das, was man anziehend nennt.» Sie ergänzte: «Und nett und lieb.» Er stellte Nancy auf den Boden und kniff sie heimlich. Sie starrte zu ihm hinauf, wußte jetzt etwas, das sie nie würde vergessen und nie würde in Worte fassen können.

Vielleicht war es die Folge des zärtlichen Zusammenseins mit den Kindern und ihren Valentinsgeschenken, vielleicht war es auch nur das knisternde Gefühl, geborgen zu sein inmitten des Schneesturms: an diesem Abend führte Angela ihn früh zu Bett, und wie eine warme, herabsinkende Wolke liebte sie ihn, rittlings auf ihm sitzend, in der klassischen Haltung Andromaches, den Hektor tröstend.

Am Samstagmorgen klingelte das Telefon; Foxy hauchte, die Lippen gegen das Mundstück gepreßt: «Ist Angela in der Nähe?»

«Nein», sagte Piet, «sie ist draußen und schippt Schnee mit den

Kindern. Was hättest du dir einfallen lassen, wenn *sie* an den Apparat gegangen wäre?»

«Ich hätte sie gefragt, ob sie zum Wohltätigkeitsball ein langes oder kurzes Kleid anzieht.»

«Es ist wirklich riskant, verstehst du. Gerade fängt sie an, dich etwas weniger im Verdacht zu haben.»

«Ich muß dich sprechen, tut mir leid. Ich hatte gehofft, dich gestern abend bei den Gallaghers zu treffen. Warum bist du nicht gekommen?»

«Wir waren nicht eingeladen. Wer war alles da?»

«Alle. Außer euch und den Saltz' und den Ongs. Es gibt jetzt ein neues Paar hier, aber die kamen mir ziemlich langweilig und jung vor.»

«Matt hat mir kein Wort gesagt. Na egal. Was gibt's Neues bei dir?»

«Der Test. Er war positiv. Es besteht kein Zweifel mehr, Piet.»

«Ufff.» Während er in dieses Faktum einsackte, nahm er fasziniert die Eleganz seiner Möbel wahr: das Telefontischchen aus Ahorn mit den spitz zulaufenden Beinen, den Spiegelrahmen mit dem Akanthusmuster und der abblätternden Vergoldung. All dies war von Männern zustande gebracht, die keine Sorgen hatten, deren Hände nicht gelähmt waren. Er staunte über sich selber, daß er je die Kraft, die Zeit gefunden hatte, zwei Holzstücke miteinander zu verbinden.

Sie rief in sein bleiernes Schweigen hinein: «O Piet, ich bin eine solche Last für dich geworden!»

«Nein», log er. «Ich finde dich nach wie vor leicht und lieb.»

«Auf jeden Fall – leg auf, wenn Angela kommt –, ich glaube, ich habe eine Idee.»

«Was für eine?»

«Freddy Thorne.»

Piet lachte. «Freddy bohrt es aus dir raus. Das nennt man dann einen Abohrt.»

«Na schön. Ich häng auf. Ich werde dich nicht wieder behelligen. Vielen Dank für alles.»

«Nein, warte!» rief er laut, aus Angst, sie könnte den Hörer schon vom Ohr genommen haben. «Sag mir, was für eine Idee du hast. Und sei nicht so empfindlich.»

«Das alles ist die Hölle für mich, mein Liebling, und ich kann's nicht vertragen, wenn man sich über mich lustig macht.»

«So geht es nun mal zu in der Hölle.»

«Jetzt laß mich erst mal reden.»

Er gab ihr das Stichwort: «Freddy Thorne.»

«Freddy Thorne hat mir irgendwann mal erzählt, daß Zahnärzte Abtreibungen vornehmen. Sie haben die entsprechenden Instrumente, den Stuhl, die Narkosemittel –»

«Das klingt einleuchtend. Und?»

«Und gestern abend bei den Gallaghers – du weißt ja, wie er einen immer in eine Ecke bugsiert, um ungestört zu schmusen – brachte ich die Rede darauf und fragte ihn, ob er jemanden wisse, der so etwas erledigen könne.»

«Du hast ihm gesagt, daß du schwanger bist?»

«Nein, Gott bewahre! Ich habe ihm gesagt, es handle sich um eine Bekannte aus Cambridge, ein besonders nettes Mädchen, das nicht mehr ein noch aus wisse.»

«Wie wahr.»

«Und – hört Angela uns auch ganz bestimmt nicht zu?»

«Ich gehe eben mal zum Fenster, um zu sehen, wo sie ist.» Er kam zurück und berichtete: «Sie ist hinten auf der Zufahrt und schippt, als sei es ihre ganze Seligkeit. In letzter Zeit ist sie überhaupt sehr aktiv. Der Schneesturm hat sie in Hochstimmung versetzt.»

«Mich nicht. Ich mußte den ganzen Weg nach Cambridge hin und zurück, um meinen Urin zu spenden. Und anschließend mußten wir uns zu den Gallaghers durchkämpfen.»

«Und Freddy hat dich mit seinem Schleierblick gemustert und verdammt genau gewußt, daß du es bist, die das Kind kriegt.»

«Ja, er hat's gewußt. Aber er hat nichts gesagt.»

«Was *hat* er denn gesagt? Er hat in seinem Abtreibungskalender geblättert und dir einen Termin gegeben.»

«Das nicht gerade. Aber er sagte etwas sehr Unheimliches. Übrigens fand das alles in der Küche statt, die andern waren im Wohnzimmer und spielten ein neues Ratespiel, mit einem Wörterbuch. Er sagte, er müßte beide sehen, das Mädchen und den Mann.»

«Das ist wirklich unheimlich. Das Mädchen *und* den Mann.»

«Ja, und wenn er weiß, daß ich das Mädchen bin, dann muß er annehmen, daß du der Mann bist. Ich konnte daraus nur den Schluß ziehen, daß er *dich* sehen will.»

«Deine Schlüsse gehen zu weit. So gut funktioniert Freddys Kombinationsgabe nun auch wieder nicht. Er spielt ein bißchen herum. Klopft auf den Busch.»

«Das Gefühl hatte ich nicht. Er machte einen sehr seriösen und entschiedenen Eindruck. Mehr Zahnarzt als Partymensch.»

«Auf den Zahnarzt in Freddy legst du großen Wert, nicht? Ich will ihn nicht sehen. Ich kann ihn nicht leiden, ich traue ihm nicht. Ich habe keine Lust, uns seiner Gnade auszuliefern.»

«Wessen Gnade wäre dir denn lieber?»

Die Haustür wurde aufgestoßen. Geschwind legte Piet den Hörer auf und wandte den Kopf zur Diele, als habe er nur rasch einen Blick in den Spiegel geworfen. Nancy stand da, eingemummelt, schneeüberstäubt. Ihre Wangen glühten. Mit weit aufgerissenen Augen streckte sie ihm ihre Hand im nassen Lederfäustling hin und zeigte ihm etwas, das er zuerst für einen Schneeball hielt; aber es war grau. Es war ein erfrorener Vogel, mit ingwerrötlichem Kopf und einem schwarzen Fleck auf der Brust: ein Feldsperling, der dem Schneesturm zum Opfer gefallen war. Kleine Eiskristalle hingen an seinem offenen Auge, das rund war wie ein Hutnadelknopf. In sachlichem Ton, mit dem sie ihrem Vater kurzerhand alle Einwände abschnitt, erklärte sie: «Mami hat ihn gefunden, wie er ganz steif im Schnee lag, und ich werde ihn jetzt auf die Heizung legen, damit er warm und wieder lebendig wird, auch wenn ich weiß, daß es gar nicht geht.»

Der Wohltätigkeitsball zugunsten der Herz-Forschung fand alljährlich im Veteranen-Club statt, einem düsteren Gebäude aus Zementquadern, das an einer Abzweigung der Musquenomenee Street lag. Im Parterre des Clubhauses gab es eine Bar und zwei Bowlingbahnen, im ersten Stock war ein Tanzsaal und eine zusätzliche Bar. Eine facettierte rotierende Kugellampe bespritzte die Wände ringsum mit farbigen Lichtsprenkeln, die in den Ecken rascher aufprasselten und über den Fenstern langsamer wurden und in verrücktem Zickzack zwischen den Füßen der Tänzer umherflitzten. Wie kalt es draußen auch sein mochte, im Clubhaus war es immer heiß. Jedesmal, wenn die Tür aufging, wälzte sich eine Dampfwoge, rosa und blau getönt vom Neonlicht, ins Freie hinaus und verschmolz mit den Auspuffgasen der parkenden Wagen.

In diesem Jahr waren nur wenige der Paare, die Piet kannte, zu dem Ball gekommen. Carol Constantine hatte bei den griechischen Tänzen immer einen so graziösen Anblick geboten: während die Familienoberhäupter und ihre Frauen an Kartentischen, beladen mit *keftedes* und *dolmathes* und schwarzen Oliven und *baklava,* saßen und huldvoll zusahen, führte sie, Hand in Hand mit den Söhnen der Alten – Lebensmittelhändlern, Elektroniktechnikern, Börsenmaklern – die Reihen an. Carol hatte die strenge Eleganz, die archaisch stolze Haltung, die man dazu brauchte. Aber Irene Saltz saß dieses Jahr im Festkomitee, und so waren die Constantines mit den Thornes und den Gallaghers nach Boston gefahren, um sich das Baseballspiel der Celtics anzusehen. Die Hannemas waren häuptsächlich aus Freundschaft zu Irene gekommen; sie hatte ihnen anvertraut (aber sagt es *nie*mandem, vor *allem* nicht Terry Gallagher), daß möglicherweise ihre letzten Monate in Tarbox angebrochen seien, denn man habe Ben einen Job in Cleveland angeboten. Die Whitmans saßen mit den Applesmiths an einem Tisch, und die Guerins hatten das neue Paar mitgebracht. Sie hießen Reinhardt. Sie wirkten katzenfreundlich und gesellschaftlich ambitioniert, und Piet würdigte sie kaum eines Blikkes. Er wartete nur darauf – während die bunten Lichttupfen wirbelten und griechische Töchter der dritten Generation zu den orientalisch klagenden Klängen des Bouzouki ihre silhouettenhaften Friese bildeten –, daß die amerikanische Musik begänne, damit er mit Bea tanzen konnte. Angela war lahm vom vielen Schneeschaufeln, und Foxy schien ganz starr vor Anstrengung, ihn zu übersehen. Nur Bea verhieß ihm Frieden, Bea: ein Kreis wie die Öffnung einer weißen Glocke; ihre Stimme, die dann und wann zu ihm drang, war der tönende Klöppel. Er wußte, daß sie ein stiller Teich war, in den er sich bis zum Nabel hineinknien konnte. Als die halbwüchsige Band mit der modernen Musik anfing, legte er den Arm um sie, glitt mit ihr außer Hörweite der Freunde, und sie sagte, den Kopf abwendend: «Piet, du hast irgendwelche Schwierigkeiten. Ich spüre es an deinem Körper.»

«Vielleicht liegt es an *deinem* Körper.» Aber sie war nicht betrunken und hielt ein wenig Abstand zu ihm, er dagegen hatte beim Abendessen in der Tarbox-Taverne drei Martinis zu sich genommen und schwitzte. Er wollte ihre Brüste fühlen, sie lindernd gegen sein Herz pressen.

«Nein», sagte sie in singendem Tonfall und weigerte sich, dem bittenden Druck seines Arms nachzugeben, «irgend etwas stimmt mit dir nicht, du hast alle Elastizität verloren. Du stehst nicht mal mehr so *da* wie früher. Habe ich dir nicht gesagt, daß lieblose Menschen dich kaputtmachen würden?»

«Niemand ist lieblos gewesen. Ihr seid alle nur zu lieb. Bei der gleichen Gelegenheit, an die du dich zu meiner Überraschung noch erinnerst, hast du mich gefragt, ob ich dich nicht –»

«Ja, ich weiß. Und du hast es getan und bist nicht wiedergekommen. Hat es dir nicht gefallen?»

«O Gott, es war herrlich. Du bist herrlich. Es war unbeschreiblich das letzte Mal. Seither wollte ich nie mehr irgendwo anders hin.»

«Ist das der Grund, weshalb du nicht angerufen hast?»

«Ich konnte nicht. Du hast recht, im Augenblick bedrückt mich tatsächlich etwas – ein Knoten, ein grauenhafter Knoten. Wenn er sich je lösen sollte, willst du mich dann wiederhaben?»

«Natürlich. Immer.» Aber sie sprach wie aus weiter Ferne; voller Angst preßte er sie an sich, drückte sie wie einen Breiumschlag gegen den krustigen Knoten in seiner Brust, wo Verrat mit Verrat beglichen worden war. Frank Appleby, der mit der jungen Reinhardt tanzte, fing zufällig Piets Blick auf und lächelte gallig. Verdammte Seelen, sie alle. Auf Wiedersehen in der Hölle. Frank, der keine schwangere Geliebte hatte, kam ihm wie ein Glückspilz vor. Vorteile einer Exeter-Erziehung. Tünche.

Bea trat zurück, löste sich aus seinen Armen; ihr Blick war auf irgend etwas hinter seiner Schulter gerichtet. Piet drehte sich um und erschrak. Foxy war von hinten an ihn herangetreten. «Bea, es ist nicht *fair* von Ihnen, daß Sie diesen *zauber*haften Mann *ganz* für sich allein in Anspruch nehmen.» Sie sprach an Piets Gesicht vorbei, und ihre Hand auf seinem Arm fühlte sich trocken und starr an. Während sie ihn in den nächsten Tanz hineinsteuerte, sagte sie – und ihre Stimme klang scharf, und ein bitterer Zug lag um ihren blassen Mund –: «Deine Frau hat mich beauftragt, dir zu sagen, daß sie müde ist und nach Haus gehen möchte. Aber halt mich einen Augenblick fest.» Ihr Körper erschien ihm jedoch eckig und ungelenk, und sie tanzten, als gelte es, einer Verpflichtung nachzukommen. Sie hatte, was gar nicht zu ihr paßte, ein schweres süßes überladenes Parfum an sich, das an verfaulende Iris erinnerte; und durch den Kontrast wurde Piet sich nachträglich des Zitronendufts bewußt, der um Bea gewesen war. Leicht wie ein Schatten war sie in seinen Armen hingeschwebt.

In Freddy Thornes Praxis roch es nach Eugenol und Teppichreinigungsmitteln und Lollys; Piet hielt Nancys zappelnde pummelige Hand fest und mußte an seine eigene Kindheit denken, an die Angst, die er vor diesem Zahnarztgeruch gehabt hatte – verkrampfter Magen, wissen, daß draußen die Sonne schien und die Freiheit war, beten, die nächste halbe Stunde möge im Schlaf vorübergehen. In Freddys Zeitungsständer aus Nußbaumholz steckten alte *Time*- und *Newsweek*-Nummern, auf denen Charles de Gaulle und Marina Oswald abgebildet waren. Beide sahen verhärmt aus. Freddys stupsnasige Sprechstundenhilfe lächelte dem verängstigten Kind beruhigend zu, und Piets Gedanken, die bislang einspurig auf Freddy ausgerichtet gewesen waren, wurden in einer jähen Aufwallung von Dankbarkeit zu diesem Mädchen hingelenkt. Ein knackiges Stück, jung. Als esse man frische, mit Salz bestreute Selleriestangen. Ob Freddy jemals? Er hatte Zweifel. Er hatte überhaupt seine Zweifel, was Freddy anging. Er brauchte ihn sich nur vorzustellen, dann fühlte er eine hoffnungslose nasse Schwere in sich – wie Wäsche in einer langsam rotierenden Waschmaschinentrommel.

Piets linke Handfläche kribbelte vor Scham. Er beneidete die kleine Nancy um ihre Angst, die sich nur auf Schmerz bezog. Er nahm ein abgegriffenes *Look*-Heft zur Hand, und während er versuchte, darin zu lesen, rieb seine Tochter sich an ihm. Gegen den Strich. Zwei Katzen. Elektrizität ist Angst. Pedrick hatte einmal gesagt, man könne sich Gott als elektromagnetische Wellen vorstellen. Er vermißte die geistigen Verrenkungen des armen Teufels, sollte mal wieder hingehen. Nancy flüsterte, und er konnte nichts verstehen. Erbittert über die blinden Taumelbewegungen, mit denen sie sich gegen ihn fallen ließ, fragte er laut: «Was?»

Das Kind rief: «Sch!» und legte ihm hastig die Hand auf den Mund. Er schüchterte Nancy ein. Sie vertraute nur noch ihrer Mutter. Normalerweise hätte Angela sie zu diesem Zahnarzttermin begleitet, aber heute fand nach dem Kindergarten eine Versammlung statt, und so hatte Piet, der das Ganze als Herausforderung des Schicksals nahm, sich widerstrebend bereit erklärt, sie zu vertreten. *Wessen Gnade wäre dir denn lieber?* Unentschlossenheit und Widerwille flatterten jetzt in ihm, und nur die Erschöpfung schraubte sein Dilemma auf ein erträgliches Maß herunter. Ihm war zumute, als habe der Schuldirektor ihn zu sich bestellt. Der alte Orff, ein fanatischer Lutheraner. Verachtete die Holländer. Serviler Calvinismus. Sir, es tut mir leid, wirklich furchtbar leid, ich wußte nicht – *du wußtest nicht, daß dich jemand beobachten würde?* Erwischt, wie er das Geländer herunterrutschte im Stahlfachwerk-Treppenhaus. Nancy flüsterte etwas deutlicher: «Glaubst du, er nimmt das schnelle Ding?»

«Du meinst den Bohrer. Nur wenn du Löcher hast.»

«Kannst du welche sehen?» Sie machte den Mund weit auf: ein riesiger Mund, *sein* Mund.

«Meine Süße, ich sehe keine, aber ich bin kein Zahnarzt. Wenn du wirklich Löcher hast, dann sind es nur kleine, weil du so kleine Zähne hast, weil du noch ein kleines Mädchen bist.»

Er kitzelte sie, aber ihr Körper war überhitzt und abgelenkt und reagierte nicht. «Sag ihm, er darf das nicht», sagte sie.

«Aber er *muß*, das ist doch Dr. Thornes Beruf. Wenn wir ihm jetzt nicht die Gelegenheit geben, alles in Ordnung zu bringen, wird's später viel schlimmer werden.» Er hielt sein Gesicht ganz dicht an ihres. Wie ein rundes weißes Löschpapier saugte sie seine Weigerung auf, sich selber zu retten; und indem sie ihrerseits sich weigerte zu weinen, imprägnierte sie ihn mit Mut. Zusammen gingen sie in Freddys Ordinationszimmer.

Als sie dann auf dem hellblauen verstellbaren Zahnarztstuhl saß, das Wasser im Becken neben ihrem Ohr gluckern und Dr. Thorne über ihren Kopf hinweg mit dem Vater scherzen hörte, beruhigte Nancy sich ein wenig und ließ zu, daß der Zahnarzt sich durch die leise widerhallenden Reihen ihrer Zähne stocherte. «Zwei», erklärte er schließlich, machte die entsprechenden Zeichen auf seiner Karte und meinte: «Nicht so schlimm.»

«Zwei Löcher?» fragte Nancy. «Tut es weh?»

«Ich glaube nicht», erwiderte Freddy salbungsvoll freundlich. «Wollen doch mal sehen, wie still du halten kannst. Je ruhiger du äußerlich bist, desto ruhiger bist du auch innerlich, und je ruhiger du innerlich bist, desto weniger spürst du den Bohrer.»

Piet erinnerte sich an das taubengraue Handbuch über Hypnose, das neben Freddys Bett stand, und hätte gern eine stichelnde Bemerkung über Amateurpsychologie gemacht, aber da er auf Gnade angewiesen war, hielt er sich zurück und fragte statt dessen demütig: «Sollte man ihr nicht vielleicht Novocain geben?»

Freddy sah auf ihn herunter. «Sie sind sehr klein», sagte er.

Ohne einen Laut von sich zu geben, ließ Nancy sich den ersten Zahn aufbohren; aber als Freddy gleich darauf mit dem zweiten Loch begann, stieg gurgelnder Protest in ihrer Kehle hoch. Piet ging auf die andere Seite des Stuhls und hielt ihre zuckende Hand fest. Er sah ihr in den Mund, wo der Bohrer, reglos vor Geschwindigkeit, aufrecht wie eine Topfpflanze, zwischen zwei gefurchten Backenzähnen stand. Nancys Zunge stemmte sich gegen den Druckpunkt des Schmerzes, und Piet mußte ihre Hand daran hindern, zum Mund zu greifen. Ihre gutturalen Protestlaute brachen zu einem Schrei durch. Ihre Augen, weit aufgerissen vor Qual, begegneten denen ihres Vaters. Piet brach in Schweiß aus; seine Brust war naß von einer Achselhöhle bis zur andern. Auf dem korallenroten Stück Zahnfleisch zwischen Nancys Unterlippe und den unteren Schneidezähnen stauten sich Speichel und Bohrspülwasser. Ihr Rücken krümmte sich. Ihre freie Hand stieß blind in die Höhe; Piet griff nach ihr und hielt sie fest und flehte Freddy an: «Hör auf!»

Freddy beugte sich über das von Angstkrämpfen geschüttelte Kind. Sein Mund wurde schmal, öffnete sich dann wie ein Fischmaul. «Ah», sagte er, schob den Bohrer hoch und ließ ihn wegschwenken, «für heute war's genug. Na also», sagte er zu Nancy, «hat sich doch gar nicht gelohnt, die ganze Aufregung, oder?»

Sie sog die Wangen nach innen, spuckte ins gluckernde Becken und beschwerte sich: «Ich wollte nur *ein* Loch.»

«Aber nun haben wir gleich alle beide hinter uns gebracht», sagte ihr Vater, «und jetzt kommt der lustige Teil, jetzt tut Dr. Thorne Silber hinein!»

«Überhaupt nicht lustig», sagte Nancy.

Freddy sagte: «Sie ist nicht leicht herumzukriegen, was? Ganz wie die Mutter.» Sein schmieriges Grinsen drückte Zufriedenheit aus.

«Du hättest ja auch ein bißchen weniger rücksichtslos mit ihr umgehen können.»

«Die Stellen waren winzig. Kratzer im Schmelz. Sie hat sich in ihre Angst hineingesteigert. Ist sie zu Hause auch so verschreckt?»

«Sie hat mein Mißtrauen geerbt. Die Ältere ist eher stoisch veranlagt, wie Angela.»

«Angela ist nicht stoisch, das ist *deine* Theorie. Meine Theorie ist, daß sie leidet.» Freddys Lächeln ließ durchblicken, daß er Zugang zu den Bodenschätzen der Weisheit, zu dem geheimen Strom unter der Wirklichkeit hatte. Mein Gott, was für eine Flasche. Die skunkgestreifte Sprechstundenhilfe kam herein, um das Silber anzurühren.

Nancys Pein war vorüber. Als Freddy die Füllungen einsetzte und glattspachtelte, rang Piet sich zu der Frage durch: «Kann ich dich nachher einen Moment privat sprechen?»

Freddy sah auf. Seine Augen waren monströs geweitet durch die Vergrößungslinsen, die er zur Verstärkung seiner gewöhnlichen Brillengläser trug. «Ich komme heute mit meinen Terminen nicht nach.»

«Schon gut, dann lassen wir's.» Piet war erleichtert. «War auch nicht so wichtig. Vielleicht ein andermal.»

«Nun, nun, Hannemännchen, wer wird denn gleich einschnappen. Eine Minute werde ich schon erübrigen können.»

«Vielleicht dauert es auch zwei», sagte Piet; sein Fluchtversuch war gescheitert.

Freddy sagte: «Marsch, ab durch die Bank, Nancy. Geh mit Jeanette, vielleicht hat sie einen Lolly für dich.» Er führte Piet in den kleinen Nebenraum, wo sein alter gelber Porzellanstuhl stand und wo er seine Ausrüstung für Notfälle und die Reinigungsutensilien verwahrte. Vom Fenster sah man über Hinterhöfen die Spitze der Kongregationskirche ragen – ein Tupfer sonnenbeschienenen Goldes. In seinem priesterlichen Weiß wirkte Freddy beträchtlich größer als Piet. Piet wurde rot. Freddy putzte sich seine Brille und wartete; jahrelang geübte Boshaftigkeit hatte das Verschlagene, Undurchsichtige seines Ausdrucks noch verschärft.

«Wir kennen beide eine Dame –» fing Piet an.

«Wir kennen beide mehrere Damen.»

«Eine große Dame mit langem, hellem Haar und einem Mädchennamen, der auch der Name eines Tieres ist.»

«Eine entzückende Dame», sagte Freddy. «Wie man hört, soll sie im Bett ganz wunderbar sein.»

«Ich habe nichts dergleichen gehört», sagte Piet. «Aber wir haben uns neulich unterhalten, sie und ich –»

«Vielleicht im Bett?»

«Ich würde sagen, nein. Vielleicht am Telefon.»

«Ich persönlich finde Telefongespräche immer so unbefriedigend.»

«Hast du es schon mal mit Onanie versucht?»

«Piet, mein Kleiner, ich habe nicht viel Zeit. Kotz es aus. Ich weiß, worum es sich handelt, aber ich möchte es von dir hören.»

«Diese Dame hat mir erzählt, oder vielleicht hat sie es auch jemand anderem erzählt, der es dann mir erzählt hat, daß du Herren kennst, die Operationen nicht-zahnärztlicher Natur auszuführen imstande sind.»

«Kann sein, kann auch nicht sein.»

«Also dann – kann *nicht* sein.» Piet wollte sich an ihm vorbeidrücken, zur Tür hin. Freddy hielt ihn mit ruhiger Hand fest. Der genau berechnete Handgriff eines Technikers. «Und wenn es sein kann?»

«Du kennst also jemand? Ich muß mich auf dich verlassen können. Antworte, ja oder nein.»

«Sagen wir, ja.»

«Dann, liebster Freddy, bedarf diese Dame deiner Freundschaft.»

«Aber Piet, mein Guter, mein Bester, mein *Freund*, du sprichst immer nur von *ihr*. Wie sieht es denn mit dir und mir aus? Bedarfst *du* denn nicht gleichfalls meiner Freundschaft?»

«Möglich.»

«Wahrscheinlich.»

«Okay, wahrscheinlich.»

Freddy grinste; man sah selten Freddys Zähne. Sie waren klein, standen weit auseinander und waren voller Zahnstein.

Piet sagte: «Ich finde das Ganze widerlich, ich gehe. Du bluffst bloß, *sie* hast du auch geblufft, damit sie mich dazu kriegt, dir alles zu verraten. Du stinkst.»

Ein zweites Mal hinderte Freddy ihn am Gehen, er hielt ihn mit gekränkter Herzlichkeit am Arm fest, als habe er sich in all den Jahren, da sie einander mit Sarkasmus und Verachtung begegnet waren, dieselben Rechte erworben, die sonst nur wahre Zuneigung beanspruchen darf. «Ich bluffe nicht. Ich kann es ermöglichen. Es ist nicht so einfach, ich lasse mich da auf ein Risiko ein, aber es wäre eine saubere Sache. Der Mann ist ein Idealist, ein Spinner. Er tut es aus Überzeugung. In Boston. Ich kenne Leute, die sich seiner bedient haben. In welchem Monat ist sie denn?»

«Im zweiten. Gerade eben.»

«Gut.»

«Es läßt sich tatsächlich machen?» Die gute Nachricht rann wie ein Narkotikum durchs Piets Adern; er war unterwürfig wie eine Frau, dankbar wie ein Hand.

«Ich sagte, *ich* kann es ermöglichen. Kannst *du* es ermöglichen?»

«Du meinst finanziell? Wieviel verlangt er?»

«Dreihundert. Vierhundert. Kommt drauf an.»

«Kein Problem.»

«Was den Mann betrifft. Und was ist mit mir?»

«Du willst auch Geld?» Piet war glücklich, wieder einmal bestätigt zu finden, wie recht er mit seiner Verachtung für Freddy gehabt hatte. «Nur immer zu. Wir kriegen es schon zusammen.»

Draußen vor der Tür rumorte es; Freddy rief: *«Uno momento, Jeanette!»*

Aber es war Nancys verschreckte Stimme, die antwortete: «Wann gehn wir denn endlich, Papi?»

Piet sagte: «Noch eine Minute, mein Zuckerhäschen. Geh ins Wartezimmer und sieh dir eine Zeitschrift an. Dr. Thorne röntgt mich gerade.»

Freddy lächelte. «Du bist ja ein richtig einfallsreicher Lügner geworden.»

«Das bringt das Baugewerbe so mit sich. Wir haben gerade die Kostenfrage erörtert.»

«Nein, haben wir nicht. Geld ist kein Thema zwischen zwei so alten Freunden, wie wir es sind. Geld kommt als Zahlungsmittel zwischen uns wohl kaum in Frage, nicht wahr, alter Freund?»

«Was willst du denn sonst haben? Liebe? Tränen? Ewige Dankbarkeit? Wie wär's mit einem neuen Taucheranzug?»

«Junge, Junge, du bist schon ein rechter Witzbold. Du spielst mit Leben und Tod und kannst dir doch das Witzemachen nicht verkneifen. Das muß der Grund sein, weshalb die Frauen dich so lieben. Piet, ich werde dir reinen Wein einschenken. Zwischen uns ist noch eine Rechnung offen. Du hast Georgene gehabt – oder irre ich mich?»

«Wenn sie es sagt... Ich kann mich nicht mehr genau erinnern.»

«Ich dagegen, obwohl ich seit eh und je voll tiefer Bewunderung für deine Teure gewesen bin, habe nie –»

«Geht nicht. Sie würde es niemals tun. Sie verabscheut dich.»

«Sie verabscheut mich nicht. Im Gegenteil, sie findet mich anziehend.»

«Sie findet, du bist eine Flasche.»

«Sieh dich vor, Hannematz. Jetzt bin *ich* an der Reihe, und mir reichen deine Frechheiten nun. Ich verlange eine Nacht. Das ist sehr bescheiden. Eine Nacht mit Angela. Sieh zu, wie du es zustande bringst, Bruderherz. Sag ihr so viel, wie nötig ist. Oder sag ihr alles. Beichten ist gut für die Seele.»

Piet sagte: «Du verlangst das Unmögliche. Und ich will dir auch sagen, warum du das tust: du *kannst* überhaupt nichts ermöglichen. Du bist ein nichtsnutziger schleimiger Wurm.»

Freddy bildete mit gekrümmten Zeigefingern zwei vergnügte muntere Hörner an seiner Stirn. «Du hast sie mir aufgesetzt, Freundchen. Du bist der Fachmann. Ich bin nichts weiter als ein leichtgläubiger, spießiger Handlanger und habe es, soviel man weiß, in der Kunst, anderer Männer Frauen aufs Kreuz zu legen, nicht gerade weit gebracht.» Freddys kahles Gesicht wurde sehr häßlich, wie die Unterseite irgendeines schwabbeligen, augenlosen Meerestiers, dessen Mund zugleich als Anus dient. «Dies Grab schaufelst du dir ganz allein, mein kleiner Holländer.»

Abermals bewegte Piet sich auf die Tür zu, und diesmal wurde er nicht zurückgehalten. Er riß sie auf und prallte entsetzt zurück: Nancy war nicht ins Wartezimmer gegangen, wie er ihr gesagt hatte, sondern stand dort und lauschte. Ihre Lippen schürzten sich um einen Lollystiel, und ihre Augen wußten alles, auch wenn ihr Mund keine Worte dafür hatte.

Als er Foxy am Telefon von Freddys Vorschlag berichtete, sagte sie: «Wie ulkig. Ich hatte immer angenommen, die beiden schliefen längst miteinander oder *hätten* wenigstens miteinander geschlafen.»

«Wie kommst du dazu, so etwas anzunehmen?»

«Oh, nach der Art, wie sie sich auf Partys verhalten. Sehr entspannt und so innig.»

«Soviel ich weiß, ist Angela mir nie untreu gewesen.»

«Gibst du an oder beklagst du dich?»

«Du bist ja heiterer Laune. Was schlägst du nun als nächsten Schritt vor?»

«Wieso ich? Angela ist jetzt dran, findest du nicht?»

«Du machst mir Spaß. Ich kann ihr das nie und nimmer zumuten.»

«Warum nicht?» Ungeduld überwog die Müdigkeit in ihrer Stimme. «So ungeheuerlich ist es ja nun auch nicht. Wer weiß, vielleicht ist sie froh, wenn sie dir mal eine Nacht entrinnen kann.»

Er wird ihr weh tun, wollte Piet sagen. Freddy Thorne wird Angela weh tun. Aber er sagte: «Das bedeutet, daß ich ihr alles über uns erzählen müßte.»

«Ich sehe nicht, weshalb. Wenn sie dich liebt, wird es ihr genügen, daß du sie darum bittest. Du mußt es bloß richtig anfangen. Sie ist deine Frau, soll sie sich's doch verdienen. Wir andern haben dich lange genug bei Laune gehalten, sie kann jetzt auch mal was tun.»

«Du bist ganz schön hart.»

«Ich werde es allmählich.»

«Bitte, Fox. Verlang nicht von mir, daß ich sie darum bitte.»

«Ich verlange überhaupt nichts. Wie könnte ich. Diese Sache müßt ihr beiden unter euch abmachen. Wenn du zu zimperlich bist oder sie zu engelhaft, dann müssen wir Freddy eben auf eine andere Weise dazu bringen oder ohne ihn fertig werden. Ich könnte versuchen, mich der Gnade meines Arztes in Cambridge auszuliefern. Er ist nicht katholisch. Ich könnte sagen, ich stünde kurz vor einem Nervenzusammenbruch. Das wäre nicht einmal gelogen.»

«Du meinst ehrlich, ich könnte sie darum bitten? Würdest du so etwas tun, um Ken zu helfen?»

«Ich würde es tun, um *mir* zu helfen. Ich habe mich sogar schon erboten, es zu tun.»

«*Was* hast du getan? Du hast dich erboten, mit Freddy zu schlafen?»

«Deine Stimme braucht deswegen nicht gleich schrill zu werden. Das steht dir nicht. Natürlich hab ich's getan, mehr oder weniger. Ich habe nicht den Rock hochgehoben, aber was sonst hätte ich ihm anzubieten? Was für ein Thema gibt es denn schon zwischen Männern und Frauen außer dem einen? Er hat mich abblitzen lassen. Auf eine ganz zartfühlende Weise, fand ich. Er sagte, ich erinnerte ihn zu sehr an seine Mutter, und vor der habe er immer Angst gehabt. Aber vielleicht ist er dadurch auf die Idee gekommen, sich Angela auszubedingen. Ich glaube allerdings, im Grunde geht es ihm nur darum, *dir* eins zu verpassen.»

«Wegen Georgene?»

«Weil du ihn immer verhöhnt hast.»

«Du hältst nicht für möglich, daß es ihm wirklich um Angela zu tun ist?»

«Bitte, gib dir keine Mühe, Komplimente für deine Frau aus mir herauszuquetschen. Wir wissen alle, wie prächtig sie ist. Ich habe keine Ahnung, um was es Freddy wirklich zu tun ist, ich weiß nur, um was es *mir* wirklich zu tun ist. Ich will, daß dies verdammte Ding in mir zu wachsen aufhört.»

«Nicht weinen.»

«Die Natur ist *so* was Blödes! Sie hat all meine mütterlichen Drüsen in Gang gebracht, weißt du, was das heißt, Piet? Weißt du, was das Unglaubliche daran ist, schwanger zu sein? Ich hätte es mir früher nie träumen lassen. Man ist nicht mehr allein. Wenn man ein Kind in sich hat, ist man nicht mehr *allein*. Es ist ein *Mensch*.»

Er hatte ihr bereits gesagt, sie solle nicht weinen. «Du meinst wirklich ... sie würde es tun?»

«O mein Gott, sie ist doch auch nur wie alle andern, woher soll ich denn wissen, was sie tun wird oder nicht tun wird, verdammt noch mal! Du scheinst immer noch anzunehmen, daß es ein Schicksal gibt, das schlimmer ist als der Tod. Sie ist deine göttergleiche Ehefrau, also macht das bitte unter euch aus. Gib mir nur Bescheid, zu was ihr euch durchgerungen habt, damit ich eventuell etwas Neues ankurbeln kann. Ich dachte, ich hätte das ganz gut gemacht mit Freddy Thorne.»

«Hast du auch. Du warst sehr findig und couragiert.»

«Vielen Dank für das Kompliment.»

Piet sagte: «Ich werde es versuchen. Du hast recht. Ich glaube nicht, daß es klappt. Eher würde sie die Scheidung verlangen. Aber *wenn* es klappt, Foxy, mein Liebling –»

«Ja, mein Liebling.»

«Wenn wir aus dieser Klemme herauskommen, muß es ein Ende haben mit unserem – mit uns.»

«Selbstverständlich», sagte Foxy und legte auf.

Am nächsten Morgen gab Nancy ihren ersten Traum wieder, den ersten Traum ihres Lebens, der ihr im Gedächtnis geblieben war. Sie und Judy Thorne waren auf einer Veranda mit Fliegengittern und fingen Marienkäfer. Judy fing einen Käfer mit einem Punkt auf dem Rücken und zeigte ihn Nancy. Nancy fing einen mit zwei Punkten und zeigte ihn Judy. Dann fing Judy einen mit drei Punkten und Nancy einen mit vier. Denn (so erklärte das Kind) an den Punkten könne man abzählen, wie alt die Marienkäfer seien.

Sie hatte diesen Traum ihrer Mutter erzählt, und die veranlaßte sie, ihn beim Frühstück dem Vater zu wiederholen. Piet war ergriffen, für ihn bedeutete es, daß seine Tochter in eine neue Dimension des Lebens eingetreten war, ähnlich wie mit dem ersten Schultag. Er war gerührt von ihrem winzigen Bildervorrat: die Veranda mit den Fliegengittern (weder sie noch Thornes hatten eine – wie kam sie darauf?), die Marienkäfer (neben Schildkröten die spielzeugähnlichsten Geschöpfe), die geheimnisvolle Macht der Zahlen, die Raum und Zeit erzeugt. Er sah den langen, immer weiter werdenden Korridor ihrer Träume hinab und wollte sie alle, alle von ihr erfahren, wollte älter werden mit ihr, wollte sie für alle Zeit behüten. Um ihretwillen mußte er Angela preisgeben.

«Angela?»

«Mm?» Sie lagen im Bett, im Dunkeln, waren nur noch halb wach. Er hatte nicht mit ihr geschlafen; er hatte nicht die Absicht, jemals in seinem Leben wieder mit jemandem zu schlafen.

«Würdest du es glauben», fragte er, «wenn ich dir sagte, daß ich in großen Schwierigkeiten bin?»

«Ja», antwortete sie.

Überrascht fragte er: «Was vermutest du?»

«Du kommst nicht mehr mit Gallagher zurecht.»

«Das stimmt, aber das ist noch das Wenigste. Die Sache mit Matt kann ich ins reine bringen, sobald ich mich selber gefangen habe.»

«Möchtest du darüber sprechen? Ich war schon fast eingeschlafen, aber das macht nichts.»

«Ich kann nicht darüber sprechen. Kannst du dich damit abfinden?»

«Ja.»

«Würdest du mir glauben, wenn ich dir sagte, daß du mir ungeheuer helfen könntest, indem du etwas ganz Bestimmtes tust?»

«Zum Beispiel mich scheiden lassen?»

«Nein, ganz und gar nicht. Hast *du* so etwas erwogen?»

«Hin und wieder. Beunruhigt dich das?»

«Ziemlich. Ich liebe mein Zuhause.»

«Aber das ist nicht dasselbe, als wenn du mich liebst.»

«Dich liebe ich auch. Das ist doch selbstverständlich.» Das Wort hallte trocken wider, und er fühlte, wie sie abtrieben von dem entscheidenden Punkt, der entscheidenden Frage. Vielleicht war das eine Möglichkeit: die Sache selber als etwas Dahintreibendes anzusehen, als eines von vielen Teilchen im Strom des Schicksals. «Nein», sagte er, «das, was du für mich tun könntest, würde nur eine Nacht dauern.»

«Mit Freddy Thorne schlafen», sagte sie.

«Wie kommst du darauf?»

«Stimmt es?»

Wattig umhüllt vom Dunkel, fand Piet den Atem nicht, um ihr zu antworten; er lag auf dem Bett wie jemand, der reglos auf dem Wasser liegt: nur die Augen und Nasenlöcher sind nicht überspült. Schließlich fragte er ein zweites Mal: «Wie kommst du darauf?»

«Weil er immer wieder zu mir gesagt hat, eines Tages werde es ihm gelingen, mit mir ins Bett zu gehen. Seit Jahren möchte er dich gern in die Hand bekommen. Hat er es jetzt geschafft?»

Piet antwortete: «Ja.»

«Und das ist es, was er von dir will?»

Sein stummes Nicken ließ das Bett leise erzittern.

«Sei nicht entsetzt», fuhr Angela fort, in einer Stimme so weich wie das Dunkel, «seit Jahren hat er es darauf angelegt und es mir auch so gesagt, und ich dachte immer, das beste wäre, wenn ich lachte. Was mir immer so merkwürdig vorgekommen ist, war, daß er mich nicht ein einziges Mal direkt gefragt hat, im Vertrauen auf sich selbst, sondern von vornherein davon ausging, daß er es nur schaffen könnte, indem er dich unter Druck setzt. Natürlich liebe ich ihn nicht, aber er kann ganz anziehend sein, und ich bin unglücklich genug gewesen mit dir, es hätte sich also von selbst ergeben können, wenn er nur direkt vorgegangen wäre. Soll ich dir was Trauriges sagen?»

Er nickte wieder, aber diesmal war das Erzittern des Bettes ein theatralischer, ein vorsätzlich herbeigeführter Effekt.

Sie sagte: «Er ist der einzige Mann in der Stadt, für den ich je attraktiv gewesen bin. Eddie Constantine hat mich damals zur Fahrt mit seiner Vespa eingeladen, und dabei hat er's bewenden lassen. Ich wirke einfach nicht anziehend auf Männer. Was ist los mit mir?»

«Nichts.»

«Aber irgend etwas *muß* mit mir sein. Es gibt niemanden, mit dem ich auf einer Wellenlänge bin. Nicht einmal mit den Kindern, jetzt, wo Nancy immer größer wird. Ich bin sehr allein, Piet. Nein, faß mich bitte nicht an. Manchmal hilft es, aber im Augenblick kann ich es nicht gebrauchen. Ich scheine wirklich nicht ganz von *hier* zu sein; deshalb war es mir auch ernst mit dem Psychiater. Ich glaube, ich brauche richtige fachmännische Hilfe. Ich muß in eine Schule gehen, wo ich selber der Unterrichtsstoff bin.»

Er witterte, daß sich ein Handel in der schattigen Dunkelheit abzeichnete. Die fernen Lampen an der Nun's Bay Road, die krummverzweigten Fliederbüsche, die vasenförmigen kahlen Ulmen und der widerstrahlende Schnee warfen Lichtmuster auf die Wände, wie es sie im Sommer nie gab. Er sagte: «Warum nicht, wenn sich alles geregelt hat.»

«Wenn», wiederholte Angela. «Ich möchte dich etwas fragen. Ich bin entsetzlich neugierig, aber ich stelle nur diese eine Frage. Traust du Freddy? Glaubst du, daß er seinen Teil der Abmachung erfüllt?»

«Ich weiß zwar nicht wieso, aber ich glaube es. Vielleicht hat er das Bedürfnis, sich mir als ein Mann von Ehre zu erweisen.»

«Er will mich nur *einmal*?»

«Das hat er gesagt.»

Sie lachte einsilbig auf und drehte ihm den Rücken zu. «Ich scheine keine übermäßig große Leidenschaft in Männern zu entfachen.» Ihre Worte klangen erstickt, aber ihr Ton hatte etwas Ironisches.

Er stützte sich auf den Ellbogen, um besser hören zu können. Weinte sie? Bedeutete es für sie den Tod?

Sie antwortete auf sein lauerndes Schweigen: «Ich würde es lieber nicht hier in der Stadt machen. Hier sind mir zu viele Autos und Kinder im Spiel. Kommen die Thornes am Wochenende von Washingtons Geburtstag mit zum Skilaufen?»

«Klar. Die lassen doch nichts aus.»

«Schön, die Kinder werden dann ja alle in den Kinderschlafräumen untergebracht sein, und wir Erwachsenen wohnen wahrscheinlich auf demselben Flur. Du hast mit Georgene geschlafen?»

Er zögerte, begriff dann, daß sie einen vollkommen neuen Raum ihres Lebens betreten hatten, und gestand: «Das war einmal.»

«Na siehst du. Dann paßt ja alles wunderbar. Nein, Piet, faß mich bitte nicht an. Ich muß jetzt wirklich schlafen.»

Das Skihotel hielt den Gästen auf seinem Anschlagbrett immer noch Fotos entgegen, die es im Sommer zeigten, ganz, als wolle es sagen: *Das hier bin ich, dieser sanfte braune See, diese laubstrotzenden Birken, nicht diese Totenmaske aus Eis und Schnee, die ich im Augenblick trage.* Hoch oben in der spinnwebdunstigen Ecke hing immer noch gespensterhaft die entseelte Kuckucksuhr, aus dem Fernsehapparat knatterten Nachrichten, denen keiner zuhörte, das ältliche junge Besitzerpaar kam und ging mit Aschenbechern und Eisbehältern und hinterließ ein Kielwasser von Mißbilligung. Die Preise waren höher, die Rosinensauce zum Schinken war knapper geworden. Vier Fremde spielten Bridge, die Paare aus Tarbox spielten Ratespiele auf dem Fußboden. Whisky wärmte ihre Körper, erfüllte sie mit triumphierender Mattigkeit: sie waren Überlebende, Glückskinder, hatten einen Beruf, waren gesund und frei. Die Hänge heute hatten gefunkelt unter der Feriensonne, die täglich höher ihre Bahn zog. Der Schnee war ganz oben vereist gewesen, pulvrig auf halber Höhe und in den schattigen Schneisen, körnig auf den breiten unteren Strecken und matschig bei der Talstation, wo bereits der Erdboden durchkam. Die üppige Sonne, die prickelnden glitzernden Schauer trockenen Schnees, die in den Schneisen jäh niederregneten von den überhängenden Tannenzweigen, die beschwerlichen Schneeverhältnisse, die harten Buckel, die sich nach zwei Monaten Saison gebildet hatten – all das löste eine köstliche Schlaffheit bei den Skiläufern aus. Sie zogen sich früher zurück als im vergangenen Jahr, da Freddy Thorne die Applesmiths mit seinen Phantastereien unterhalten hatte. Der knapp dreizehnjährige Jonathan Klein-Smith war wacher als seine Eltern und zwang den zwei Jahre jüngeren, vor Übermüdung quengeligen Frankie Appleby dazu, eine aussichtslose Schachpartie nach der anderen mit ihm zu spielen. Die einzige Möglichkeit, ihn ins Bett zu bekommen, war, daß Harold und Marcia gemeinsam mit ihm hinübergingen zum gasgeheizten Bungalow, in dem Julia und Henrietta schon schliefen. Die Applebys folgten ihnen auf dem Fuße. Dieses Jahr hatten beide Paare sich Bungalows genommen; auf Janets Verlangen an entgegengesetzten Enden der Reihe. Dann erhoben sich auch die Guerins – Freddy freilich beschwor Roger aufs innigste, noch auf einen Drink zu bleiben, und Bea warf Piet vielsagende, schwärmerische Abschiedsblicke zu – und gingen hinaus in die mondlose Nacht, zu ihrem gaszischenden Bungalow. Zurück blieben die Gallaghers, die Hannemas und die Thornes. Die Whitmans liefen nicht Ski. Eddie Constantine, mit immer größerer Verantwortung betraut, war mit seiner herrlichen neuen Düsenmaschine, dreistrahlig, unerhört schnell, der Boeing 727, nach San Juan unterwegs. Die Saltz', die angekündigt hatten, daß sie diesen Winter unwiderruflich mit dem Skilaufen anfangen wollten, hatten ernst zu nehmenden Gerüchten zufolge das Angebot aus Cleveland akzeptiert und würden Tarbox verlassen; und von Stund an waren sie zu Parias geworden. Nach ein paar gezwungenen Witzeleien hüstelte Matt Gallagher und gab bekannt, *er* gehe nun zu Bett. Die Betonung des Wörtchens ‹er› besagte, daß es Terry ausdrücklich gestattet war, sich frei zu fühlen. Terry, die aus bestimmten Gründen, welche nur Carol Constantine bekannt waren, die Töpferei-Stunden aufgegeben hatte, erhob sich prompt und sagte, *sie* gehe auch. Als die Hannemas und die Thornes allein waren, ehepaarweise einander gegenübersaßen auf den beiden Sofas, zwischen denen ein niedriger, mit alten *Ski*- und *Vogue*-Nummern beladener Ahorntisch stand, sagte Freddy zu Piet: «Du und Matt, ihr scheint euch in letzter Zeit nicht gerade viel zu sagen zu haben.»

Piet sagte: «Er kümmert sich um seine Angelegenheiten, ich mich um meine.»

Freddy lächelte anzüglich. «Nützt deinen Angelegenheiten zur Zeit nicht viel, wenn du dich kümmerst, was, Hannibal?»

«Das ändert sich bald. Sowie der Frost nachläßt, fangen wir wieder auf dem Indian Hill an. Für diesen Sommer sind sechs Häuser geplant.»

Vor einem Jahr noch hätte er Freddy nicht die Genugtuung bereitet, ihm so erschöpfend Auskunft zu geben, fast als müsse er sich rechtfertigen.

Angela richtete sich auf und teilte mit den Händen einen unsichtbaren Vorhang. «Also ist das nun die Nacht?» Ihr Gesicht sah fiebrig erhitzt aus von der Sonne und dem scharfen Wind, und ihre Augen waren so durchtränkt von der ungewohnten Anstrengung und der Schönheit des Tages, daß Iris und Pupille ineinanderschmolzen. Statt des Skianzugs trug sie jetzt einen grobmaschigen zartlila Pullover und weiße, an den Knöcheln ausgestellte Hosen; sie war barfuß. Sie war Janet Appleby geworden.

Georgene stand auf und sagte: «Ich denke nicht daran, mir das mitanzuhören. Ich gehe ins Bett und verriegele die Tür und nehme eine Schlaftablette. Ihr drei könnt machen, was ihr wollt. Aber *mich* laßt bitte aus dem Spiel.» Sie stand da, als erwarte sie Widerspruch.

Freddy sagte: «Aber Georgiekind, du hast doch mit allem angefangen. Wie du mir, so ich dir. Was du nicht willst und so weiter.»

«Ich finde dich zum Speien. Ich finde euch alle zum Speien.» Mit unerbittlich gerecktem Kinn schritt sie durch den Lichtschein mehrerer Lampen zur Treppe hin. Die Sonne dieses einen Tages hatte genügt, ihr Gesicht mit einer leichten Bräune zu überziehen.

Sie war noch in Hörweite, als Freddy sagte: «Ach, zum Teufel, blasen wir das Ganze ab. Ich wollte ja bloß sehen, wie ihr reagiert.»

Angela sagte: «Kommt nicht in Frage. Es besteht so was wie ein Vertrag, und *wir* halten uns daran. Es wäre besser, wir gingen jetzt hinauf, die viele frische Luft hat mich angegriffen, ich schlafe sonst womöglich noch ein.»

Piet fühlte, daß er keinen der beiden ansehen konnte; ihre Gesichter, die verschwommen über dem oberen Rand seines Blickfeldes schwebten, kamen ihm deformiert vor, so deformiert, daß er fürchtete, unwillkürlich aufzuwinseln oder zu lachen, wenn er es riskierte, die Augen zu ihnen zu erheben. So redete er auf seine bestrumpften Füße hinunter. «Lassen wir Georgene doch eine Minute Zeit, in ihr Zimmer zu kommen. Brauchst du nicht deine Zahnbürste oder sonst irgend etwas, Freddy?»

Freddy fragte: «Sie nimmt doch die Pille, oder?»

«Natürlich. Willkommen im Paradies.» Piet blieb auf dem Sofa sitzen, als die beiden sich anschickten, hinaufzugehen. Angela gab ihm einen Gutenachtkuß auf die Wange; sein Kopf verweigerte jede Bewegung. Ihre Lippen hatten sich gespenstisch deutlich angefühlt: die zwei gemeißelten Hälften des Mundes einer Statue, aber einer Statue, in der ein Feuer brennt. Er wagte es erst, ihr nachzusehen, als sie schon auf der Treppe war, den Blick starr geradeaus gerichtet, das weiche Haar aus der Klammer der Ohrenschützer entlassen, die sie beim Skilaufen trug. Freddy folgte ihr; lahm hielt er seine weißen Hände vor der Brust, und sein Mund stand offen, als werde er gleich eine Blase formen.

Im Flur oben war es still geworden. Eine einzelne Glühbirne brannte. Georgenes Tür sah fest verschlossen aus. Im Zimmer nebenan konnte man die Gallaghers murmeln hören. Auf lautlosen nackten Füßen führte Angela Freddy in ihr Zimmer, und bevor es noch zu einer Berührung zwischen ihnen kam, entschuldigte sie sich und ging wieder in den Flur hinaus, zur Toilette. Freddy tat das gleiche, und als er zurückkam, hatte sie ihr Nachthemd an, ein einfaches Baumwollhemd, wie Kinder es tragen, mit einer grüngestickten Blume am Ausschnitt. Das einzige Fenster des Zimmers ging auf ein Flachdach hinaus, das im Sommer als Sonnenterrasse diente; das Geländer trug barocke Schneeskulpturen, Produkte des Tauens bei Tag und des Frostes bei Nacht. Im Zimmer gab es ein Doppelbett mit einem hohen Kopfende aus Messingrohr, ein Porzellanwaschbecken, fleckig von den Tränen des Heißwasserhahns, einen schäbigen Spiegel, einen alten, zinnoberrot gestrichenen Schaukelstuhl, eine Kiefernholz-Kommode in Giftgrün, einen schwarzen Nachttisch, der von Weckerfüßen zerkratzt war und auf dem, unter einer fröhlichen kleinen Lampe mit orangefarbenem Schirm, eine broschierte Ausgabe von *Jenseits des Lustprinzips* lag. Als Angela, umgeben von heiterem elektrischen Funkenflug, ihr Haar ausgebürstet hatte und sich vorbeugte, um die Lampe auszuknipsen, durchdrang das Licht den simplen Nachthemdstoff und enthüllte den Umriß ihres Körpers, die Falte ihres Bauches; ihre großen Brüste schwammen im mohnfarbenen Glühen wie träge Fische in einem Aquarium voll Rosenwasser. Das Licht erlosch, und ein Geist trat an ihre Stelle. Ihre Stimme löste sich aus schwarzem Haargespinst und fragte: «Möchtest du dich denn gar nicht ausziehen?»

Das Schneelicht, das durchs Fenster fiel, pflückte rings um ihren Kopf die Ranken feinen Haars heraus, die sich durch das heftige Bürsten nach außen gekringelt hatten. Sie dehnte sich erwartungsvoll. Freddy fühlte die nahe Gegenwart ihres durchbluteten Körpers, wie ein Tier die Nähe des Wassers, der Beute, des Feindes fühlt. Er sagte: «Liebend gern, aber wie wär's mit einem Drink als Auftakt? Du hast nicht zufällig etwas im Koffer, einen kleinen Jack Daniels zum Beispiel?»

«Ja, wir haben eine Flasche Bourbon mitgebracht, aber sie ist unten. Soll ich hinuntergehen und sie Piet wegnehmen?»

«Um Gottes willen, nein. Geh bloß nicht in seine Nähe.»

«Mußt du denn wirklich etwas trinken? Ich finde, du hast genug gehabt.»

Seine Mundhöhle fühlte sich zerschrammt an, als habe er etliche scharfkantige Brocken zerkaut und hinuntergeschluckt. Und diese unbekömmlichen Kanten hatten auch in seinem Magen noch ihre Schärfe bewahrt. Die langerwartete Nähe dieser Frau hatte all seine Zersetzungsstoffe kristallisiert. Er sagte: «So so, du liest also immer noch Freud.»

«Ich liebe dieses Buch. Es ist sehr streng und elegant. Er sagt, daß wir, und überhaupt alle Lebewesen, unseren Tod in uns tragen – daß alles Organische zum Zustand des Anorganischen zurückkehren will. Es möchte ausruhen.»

«Es ist Jahre her, seit ich es gelesen habe. Ich glaube, ich hatte damals einige Einwände dagegen.» Lähmung befiel ihn, als er merkte, daß sie sein Hemd aufknöpfte. Er war paralysiert von dem Gedanken an einen Drink – Bernstein, von Eis getrübt – und der Überzeugung, daß das rauchige goldene Alkoholdestillat seine innere Verknotung lösen würde. Er ließ zu, daß sie die beiden Hälften seines Hemdes auseinanderschob und an seinem Hosenschlitz herumfingerte, bis sie, erbittert über ihre eigene Unerfahrenheit, sich abwandte. Sie trat ans Fenster, warf einen kurzen Blick hinaus, streifte das Nachthemd ab und schlüpfte, mit hüpfenden Brüsten, in das säuberlich gemachte Bett. «Oh, es ist eisig!» rief sie und zog sich die Decken über das Gesicht. «Schnell, Freddy!» Die Aufforderung drang halb erstickt zu ihm.

Er stellte sich vor, wie unten, in dem langen, vom Feuer vergoldeten Raum, Piet mit der Whiskyflasche saß, und zog sich aus bis aufs Unterzeug und stieg zu ihr ins Bett.

«He», sagte Angela, «du mogelst.»

«Du hast mich erschreckt, als du sagtest, das Bett sei so kalt.»

«Na, dann machen wir es eben warm.» Sie berührte ihn vorn. «Oh, du bist ja ganz unerregt.»

«Ich bin übererregt», sagte Freddy ausweichend und zog sich die Decken zurecht. Die straffgespannten Laken hatten seinem Eindringen jungfräulichen Widerstand geleistet, sich dann aber verheddert und ihn hinten bloßgelegt.

«Piet ist nie –» Angela stockte. Hatte sie sagen wollen: «– unerregt»? Sie sagte: «Ich habe keine Wirkung auf dich.»

«Du hast überwältigende Wirkung auf mich. Ich liebe dich seit undenklichen Zeiten.»

«Du brauchst das nicht zu sagen. Ich bin nichts Besonderes. Manchmal stelle ich mich vor den Spiegel, den Piet Ruth geschenkt hat, und dann sehe ich einen knubbeligen, geäderten, fetten Bäuerinnenkörper mit winzigen roten Füßen und einem lieben kleinen ovalen Kopf, der nicht draufpaßt. Piet nennt mich einen Delphin.» Sie erinnerte sich, daß er sie im Bett einmal so genannt hatte, als sie, auf ihm sitzend, ihn in sich haltend, ihren gekrümmten Rücken seinen streichelnden rauhen Händen überlassen hatte.

«Wie kommt ihr miteinander zurecht, du und Piet?»

Sie konstatierte, daß Freddy sich unterhalten wollte, und sah voraus, daß Reden sie schläfrig machen würde. Sie kitzelte das Stück Haut zwischen seinem Unterhemd und dem Gummizug der Hose und erwiderte: «Besser, ehrlich gesagt. Seit einiger Zeit liegt ihm irgend etwas auf der Seele, aber im großen ganzen, glaube ich, haben wir mehr Vergnügen aneinander als in all den letzten Jahren. Ich glaube, ich habe ein Jahr gebraucht, bis ich ihm verzeihen konnte, daß er mir das Robinson-Haus verwehrt hat. Das Whitman-Haus, richtiger gesagt. Die beiden haben sich mir nicht sehr eingeprägt.» Sie schob sein Hemd hoch und schmiegte sich an seine nackte Brust.

«Aber – wie bringst du das jetzt in Einklang?» fragte Freddy.

«In Einklang womit?» Sein betretenes Schweigen brachte sie zum Lachen; ölige warme Spitzen, ihre Brüste, drückten sich schimmernd gegen ihn, und das schwankende Bett beschwerte sich geräuschvoll. «Daß du und ich hier miteinander liegen? Er hat gesagt, ich müsse es tun. Bei den Hamiltons sind die Ehefrauen immer botmäßig gewesen. Außerdem war ich neugierig, wie es wohl sein würde. Und ich muß sagen, Freddy, du bist ziemlich passiv. Zieh jetzt diese beleidigenden Sachen aus.»

Es gelang ihr, seinen elastischen Hosenbund hinunterzuschieben: Freddy trug keinen Paisley-Slip wie Piet, sondern Jockey-Unterhosen wie ein kleiner Junge. Als er nackt neben ihr lag, untersuchte sie mit zwickenden Fingern seine Flanken und seine Oberarme. «Freddy Thorne», sagte sie, «du bist schwammig.» Ihre Finger wanderten tiefer. «Und noch immer klein», stellte sie vorwurfsvoll fest. Zart und lau lagen seine Genitalien in ihrer Hand: wie drei Eier, gekocht, gepellt, abgekühlt, die sie auf den Tisch brachte. Angela erschlaffte. Sie hätte sich nicht träumen lassen, daß Männer Frauen gegenüber diese Ruhe bewahren könnten. Piet hätte sie niemals so lange halten können. Nicht einmal im Schlaf. Das war das Netteste am Mann. Nicht sicher verwahrt wie bei Frauen. Dem Risiko ausgesetzt. Verletzlicher.

Freddy legte probehalber die Hand auf ihren Rücken, als tanzten sie miteinander. Ihre Haut fühlte sich dunkel an, ölig, negroid: flache breite Muskelpartien, die sich geschmeidig ineinanderfügten, schweres Gesäß, zwei Monde, aufgeworfen aus einer Urerde. Die sanfte Gewalt ihres Leibes beängstigte ihn. Daß Angela, die ungreifbarste aller Frauen, deren scheues, empfindsames Zuhören seine redende Zunge zu der drängenden Findigkeit eines Bohrers angestachelt hatte, der sich dem Zahnmark nähert, daß diese Angela unter ihren Kleidern die gleiche unersättliche Fleischlichkeit besaß wie andere Frauen, erfüllte Freddy, während er sich über die glatte, lavaschwarze Haut tastete, mit dem Ekel der Ernüchterung. Ihm war, als könne ihre Hand, die sich um seine Hoden schloß, jeden Augenblick zur Klaue werden. «Laß uns miteinander reden», bat er. Er sehnte sich danach, ihre Stimme möge aus dem Schweigen niedersteigen und ihm vergeben.

Sie fragte: «Gibt es irgend etwas, das du magst und das ich für dich tun könnte? Irgend etwas Besonderes?»

«Sprich einfach nur mit mir. Bist du nicht neugierig, worum es bei diesem Handel eigentlich geht?»

«Nein. Ich habe Angst davor, ich möchte es nicht wissen. Ich habe das Gefühl, wir sind alle zu weit gegangen, um noch alles wissen zu wollen. Es ist schrecklich von mir, aber ich habe nie das Bedürfnis gehabt, mich über Piets Frauengeschichten zu informieren. Sie haben für mich nicht mehr mit ihm zu tun als die Tatsache, daß er dann und wann zur Toilette geht. Du kannst das nicht verstehen, aber es ist so ungeheuer angenehm, ihn im Haus zu haben.»

«Erzähl. Ich kann es mir einfach nicht vorstellen, daß du dich von Piet ficken läßt.»

«Das ist aber merkwürdig, Freddy. Du hast mich idealisiert, oder du siehst ganz jemand anderes in mir. Piet und ich –» sie brachte das Wort nicht heraus, aus Rücksicht auf *ihn*, wie es schien – «nicht so oft, wie er gern möchte, aber wir tun's natürlich. Neuerdings sogar immer öfter.»

«Hast du außer mit Piet auch mal mit einem andern geschlafen?»

«Nie. Deswegen dachte ich, ich sollte es vielleicht mal tun.»

«Wieso?»

«Um im Bett besser zu werden.»

«Für *ihn*. Scheiße. Sehen wir die Dinge doch klar, Angela. Du hast einen Schuft geheiratet. Einen Zuhälter. Er hat dich verkuppelt. Er hat dich so unter dem Daumen, daß du dich mit jedem einläßt, den er dir anbringt.»

«Du bist nicht jeder, Freddy. Ich habe Vertrauen zu dir. Du bist wie ich. Du möchtest die andern etwas lehren.»

«Das war einmal. Bis ich lernte, die andern das Entscheidende zu lehren; seither habe ich keine Lust zum Lernen mehr.»

«Das Entscheidende?»

«Wir sterben. Wir sterben nicht nur in der einen bestimmten Sekunde irgendwann in der Zukunft, sondern wir sterben die ganze Zeit, in jeder Hinsicht. Mit jeder Mahlzeit, die wir einnehmen, bröckelt ein bißchen mehr vom Schmelz ab.»

«He. Du bist größer geworden.»

«Der Tod erregt mich. Der Tod wird von Gott gevögelt. Er wird köstlich sein.»

«Du glaubst nicht an Gott.»

«Dafür aber an den Anderen, an den großen Gevatter Tod. Tag für Tag rieche ich ihn zwischen den Zähnen der Menschen.»

Er hoffte, sie mit derart gewalttätigen Visionen von sich fernhalten zu können, aber sie rückte noch dichter an ihn heran, bedrängte ihn mit amorpher Wärme. Ihre Zehen verhakten sich mit den seinen; ihr Kinn preßte sich an seine Brust, an den harten Knochen rechts von seinem Herzen. «Piet graut sich vor dem Tod», sagte sie und schmiegte sich an ihn.

Freddy erklärte ihr: «Das ist ihm zur Masche geworden. Es dient ihm als Selbstrechtfertigung. Er ist wütend auf die Welt, weil sie seine Eltern umgebracht hat.»

«Männer sind so romantisch», sagte Angela, nachdem sie eine Weile gewartet hatte, ob er weitersprechen würde. «Piet verbraucht all seine Energie, um dem Tod die Stirn zu bieten, und du reibst dich auf damit, ihn zu akzeptieren.»

«Das ist der Unterschied zwischen uns. Maskulin kontra feminin.»

«Du stufst dich unter feminin ein?»

«Natürlich. Ich bin eindeutig homosexuell. Aber schließlich, wer von all den Männern hier ist das *nicht*, abgesehen von unserem guten alten Piet.»

«Freddy. Du machst mir etwas vor, bloß um zu sehen, was ich dazu sage. Sei ehrlich.»

«Ich bin ehrlich. Jeder, der ein bißchen Ahnung von Psychologie hat, muß sehen, daß ich recht habe. Überleg mal. Frank und Harold. Einer vögelt die Frau des andern, weil sie zu versnobt sind, sich gegenseitig zu vögeln. Janet wittert das; sie ist nichts weiter als ein Vorwand für sie. Oder nimm Guerin und Constantine. Die sind wie geschaffen füreinander.»

«Natürlich, Roger –»

«Eddie ist schlimmer. Ein Sadist mit Erfolg. Oder Gallagher und Whitman. Verhinderte Priester. Saltz und Ong bilden vielleicht die Ausnahmen, aber der eine zieht weg, und der andere liegt im Sterben. Außerdem zählen sie nicht, sie sind keine Christen. Der schlimmste von allen bin *ich*, ich möchte jedermanns Mutter sein. Ich möchte Brüste haben, an denen jeder saugen kann. Warum, glaubst du, trinke ich so viel? Um Milch zu produzieren.»

Angela sagte: «Du hast dir wirklich Gedanken über all das gemacht, nicht wahr?»

«Nein, ich erfinde es gerade, um deine Aufmerksamkeit von meinem schlappen Schwanz abzulenken, aber es trifft zu, findest du nicht? Piet steht allein auf weiter Flur. Kein Wunder, daß die Frauen in Tarbox ihn in Stücke reißen.»

«Ist das der Grund, weshalb du ihn immer gehaßt hast?»

«Gehaßt? Zum Teufel, ich liebe ihn. Wir beide lieben ihn.»

«Freddy, du bist nicht homosexuell, und ich werde es dir beweisen.» Sie schob sich höher im Bett, so daß ihre Brüste ins Sternenlicht tauchten und ihr Becken oberhalb des seinen war. Sie hob einen Schenkel und stützte ihn auf seinen Hüftknochen. «Mach schon. Steck ihn hinein.»

Er hatte es zu leidlicher Steife gebracht, aber die schlüpfrige Wärme ihrer Vagina versengte ihn wie die Kerze den Finger, der zu langsam die Flamme durchquert.

Sie fühlte, wie er wieder schrumpfte, und fragte noch einmal: «Was soll ich tun?»

«Mir einen blasen?» schlug er vor.

«Was? Ich weiß nicht, wie man das macht.»

Voller Mitleid für sie – dies Geständnis gab ihm den Blick frei auf ein weites Feld der Unschuld, das die Hannemas hinter geschlossenen Zwillingstoren verborgen gehalten hatten – sagte er: «Lassen wir das. Tratschen wir lieber ein bißchen. Was meinst du, geht Janet wohl immer noch mit Harold ins Bett?»

«Sie machte ein großes Theater darum, daß die beiden Bungalows an entgegengesetzten Enden der Reihe zu liegen hätten.»

«Das sind gerade dreißig Meter, die schafft man sogar barfuß, wenn's einem am Herzen liegt. Ich könnte mir denken, daß Janet, als echte Tochter ihres Vaters, tatsächlich an Heilmittel glaubt. Sie hat das Baby gekriegt, dann hat sie sich einen Liebhaber genommen, und dann fing sie mit der Analyse an; und noch immer hat sie diesen Kopfschmerz-Ausdruck im Gesicht.»

«Ich möchte auch zur Analyse gehen», sagte Angela. Sie sprach schleppend und lag jetzt mit ihrem ganzen Gewicht auf dem Bett, drückte es zur Mitte hin ein, so daß Freddy sich anstrengen mußte, nicht näher zu ihr hinzurollen. Seine Hand ruhte auf dem Glorienschein ihres Haars, und mit streichelnder Stimme sprach er zu ihr über Psychoanalyse, über sich selbst, über Marcia und Frank, Irene und Eddie, über John Ongs Krebs, über das Schicksal, das auf jeden von ihnen wartete und das beschlossen lag in dieser dunklen Zeit, dieser einen unter den vielen, bei denen die Menschheit alle Jahrtausende, zwischen dem Tod und der Wiedergeburt der Götter, zu Gast ist und in denen es keine anderen Wegweiser gibt als Sex,

Stoizismus und die Sterne. Sein Tonfall und der Rhythmus seiner Worte erinnerten Angela an die Unterhaltungen zwischen ihren Eltern und ihrem Onkel, an die unermüdlichen Gibbs'schen Tüfteleien, das sterile mild Predigerhafte, ein Erbteil der Pilgerväter, in dem sie eingebettet gewesen war und aus dem Piet sie scheinbar erlöst hatte, und sie döste ein, wachte wieder auf, hörte Freddy immer noch seinen Faden spinnen und fiel unwiderruflich in Schlaf. Und er, nachdem er sie also in Schach gehalten und seine Schande vermehrt und seine Rache vollendet hatte, er fühlte, wie er stark und diamanten wurde, und masturbierte gegen ihren Bauch, hütete sich jedoch, sie zu beflecken. Dann trieben sie beide, nebeneinanderliegend, dem Morgengrauen entgegen, und ihre Gesichter waren gelöster als die von Kindern.

Piet unten hatte sich noch einen Bourbon eingegossen; ihm wurde kalt am sterbenden Kaminfeuer, er langweilte sich, fühlte sich schändlich behandelt. Er versuchte, sich mit seinem Anorak zuzudecken, aber der war zu klein. Er ging auf Zehenspitzen die Treppe hinauf, lauschte an seiner Zimmertür, klopfte dann an Georgenes. Er drückte die Klinke herunter. Die Tür ging auf. Georgene, anfangs über die Maßen indigniert, von ihrem Liebhaber verschmäht, von ihrem Mann betrogen und bei diesem Spiel zu einem unwichtigen Faktor gestempelt worden zu sein, ließ ihn zu sich ins Bett, denn zum Sitzen gab es wirklich keinen Platz, und es war kalt. Sie schwor, sie werde nicht mit ihm schlafen. Piet willigte ein. Aber als er, brav und bescheiden, neben ihr lag, verbündeten sich seine Hautnähe und die Angst vor einer schlaflosen Nacht und ließen ihren Entschluß unrealistisch erscheinen. Er erbot sich, ihr den Rücken zu reiben. Sie lud ihn ein in ihren Leib. Und so wie früher, trotz der vielen mißtönenden Monate, die seither vergangen waren, kamen sie im selben Augenblick; ihr Gesicht fiel zur Seite, als habe man es geschlagen, etwas Weiches quoll dem Schmettern entgegen, das aus ihm brach, ihre Schenkel öffneten sich weit, damit er noch tiefer in ihr versinke, und er wußte, seine Sorge war übertrieben gewesen, das Schicksal ließ sich beschwichtigen.

V. ES IST WIEDER FRÜHLING

Im Common Garden in Boston steht, umgeben von einem holprigen Backsteinpflaster, auf dem aus Zementsockeln und Holzlatten gefertigte Bänke angeordnet sind, ein düsterer kleiner Musikpavillon. Hier wartete Piet auf Foxy, die sich in einer Zahnarzt-Praxis in einem senffarbenen sechsstöckigen Bürogebäude an der Tremont Street aufhielt. Zu dieser Jahreszeit – es war Mitte März – gab es nur wenige Müßiggänger im Park. Ein paar Kinder in Schneeanzügen ließen am Rand des abgelassenen Wasserbeckens Zündplättchen knallen; ein graues Eichhörnchen flitzte staccato über das tote Gras, verharrte dann und wann, als solle es fotografiert werden oder als taxiere es die Gefährlichkeit des Miniaturgeschützlärms, den die Zündplättchen machten. Das Knirschen seiner eigenen Schritte kam Piet lauter vor. Dichter Nebel herrschte, in dem deutlich die Neonschilder an der Tremont Street und der Boylston Street leuchteten. Rußige, nasse Tauben steuerten frech auf die Köpfe der hastenden Passanten zu und drehten im letzten Augenblick ab. Die Bäume über ihm, heiter-gelassene Fontänen des Lebens mit dem Schildchen *Ulmis hollandicis,* ließen schlaffe, mit festgeschlossenen Knospen besetzte Zweiglein, die allen Schädlingen widerstanden hatten und einem neuen Jahr gewonnen waren, in die nebelfeuchte Luft herabhängen. Das Rad drehte sich. Piet wartete, und die Zeit erschien ihm als erhabene Stille: das zierliche Kreisen des Sekundenzeigers auf seiner Armbanduhr, die nicht wahrnehmbare Genauigkeit, mit welcher der Minutenzeiger vorrückte. Fast verehrte er sie, diese Seelenlosigkeit, die ihn seit Stunden hier festhielt und abschnitt von allen Neuigkeiten. RUBY ZUM TODE VERURTEILT las er auf dem weggeworfenen Boulevardblatt, das, in den Schneematsch gestampft, am Rand des Weges lag. Piets linke Handfläche juckte dröhnend, wann immer er auf diese Schlagzeile sah oder ein Kind rufen hörte.

Freddy und Foxy hatten alles so perfekt unter sich geregelt, daß Piet sich ausgeschlossen fühlte. Beide hatten es abgelehnt, ihm Einzelheiten mitzuteilen. Bleich, mit schmalen, vom Wind zusammengepreßten Nasenflügeln, eine eingerissene, sperrige Papiertüte voller Lebensmittel im Arm, so war sie ihm auf der Charity Street begegnet und hatte gesagt: «Du brauchst nicht das mindeste zu tun. Am liebsten wäre mir, du wüßtest nicht einmal, *wann* es geschieht. Nur eins sag mir – es ist wirklich dein Wunsch? Es ist dein Wunsch, daß dieses Kind umgebracht wird?»

«Ja.» Seine unumwundene Antwort traf sie wie ein Schlag; sie wurde noch bleicher. Er fragte: «Gibt es eine Alternative?»

«Du hast recht», sagte sie kalt, «es gibt keine», und sie ließ ihn stehen, und der Papierbeutel, den sie im Arm trug, riß noch ein Stück weiter.

Erst später, am Telefon, setzte sie ihm widerstrebend den Plan auseinander. Ken mußte Mitte März für drei Tage nach Chicago, zu einem Biochemiker-Kongreß, der am achtzehnten, einem Mittwoch, beginnen sollte. Und Mittwoch war Freddys freier Tag, er konnte sie also nach Boston fahren, zu dem Idealisten, der sich für dreihundertundfünfzig Dollar bereit erklärt hatte, die Abtreibung durchzuführen. Freddy würde auf sie warten und sie nach Tarbox zurückbringen, in das Haus am Ende der Strandstraße, wo sie sich nur um das Essen für sich und Tobias zu kümmern brauchte, der zwölf Stunden am Tag schlief. Georgene würde morgens und abends nach ihr sehen, und überdies hätte sie die Möglichkeit, Georgene auch zwischendurch jederzeit anzurufen. Sollten Komplikationen auftreten, so könnte sie ohne weiteres mit einer natürlichen Fehlgeburt ins Krankenhaus von Tarbox eingeliefert werden, und Ken würde denken, das Kind sei von ihm gewesen.

Piet wollte nicht, daß Georgene ins Spiel kam.

Foxy sagte: «Daß irgendein widerlicher Handel geschlossen worden ist, weiß sie sowieso schon. Freddy hat es so bestimmt, und er hat durchaus das Recht dazu. Sollte mir etwas zustoßen, wäre er der Beihilfe zum Mord schuldig, vergiß das nicht.»

«Dir wird nichts zustoßen.»

«Wir wollen es hoffen. Georgene kann mich jedenfalls viel eher besuchen als du oder Freddy. Den ganzen Tag wimmelt doch Marcia auf der Strandstraße herum. Das Wichtigste ist, daß *du* wegbleibst. Vergiß, daß es mich gibt.» Sie wollte ihm die Adresse des Arztes nicht sagen, bevor sie noch einmal mit Freddy gesprochen hatte. «Freddy hat Angst, du könntest irgend etwas Dramatisches und Verrücktes anstellen.»

«Hast du auch diese Angst?»

«Nein.» Ihr Ton war nicht freundlich.

Am gleichen Nachmittag rief Freddy ihn an, gab ihm die Adresse an der Tremont Street, verbat sich entschieden, daß er sie begleite, und wollte ihm ausreden, im Common Garden Wache zu halten.

«Was kannst du schon machen?» fragte Freddy und lieferte gleich selber die verächtliche Antwort: «Beten, das kannst du. Wenn sie es gehabt hat, mein Junge, dann hat sie's gehabt.» Der Doppelsind dieses ‹es gehabt› – der Hinweis auf ein bestimmtes, kostbares ‹es›, das Foxy in sich schließen und besitzen könnte, so wie man sagt: ‹ihn gehabt›, wenn eine Frau mit einem Mann geschlafen hat, das dumpfe Empfinden, als bewerbe Foxy sich um einen hochdotierten Preis – rief eine taumelnde, wirbelnde Schar von Spukgestalten in Piet wach, die Schatten all jener armen Kreaturen und all jener Berühmtheiten, die den Preis bereits erhalten hatten. Er sehnte sich danach, das Ganze rückgängig zu machen, Freddy von seinem Vertrag zu entbinden und Foxy rund und schwer werden zu lassen, aber das war unmöglich; er redete sich ein, es stehe nicht mehr in seiner Macht, Freddy und Foxy würden den einmal gefaßten Entschluß rücksichtslos ausführen: sie waren zu Göttern geworden, die sich im Übernatürlichen bewegten, da, wo das Leben erschaffen und zerstört wird. Er legte den Hörer auf die Gabel; ihm war physisch übel, seine Hand kam ihm geschwollen vor wie die eines Ertrunkenen, das zerbrechliche Bakelitding schien mehr Leben zu besitzen als er.

Aber am vergangenen Abend hatte er Memory gespielt mit seinen Töchtern, und obwohl er wußte, daß er einen Tod ins Rollen gebracht hatte, waren sein Eifer und seine Konzentration so ungetrübt gewesen, daß er gewann. Immer höher war sein Kartenberg gewachsen, und Nancys Augen hatten sich mit Tränen gefüllt. Sie war so siegessicher gewesen. Ein bißchen Anfängerglück hatte sie in den Glauben versetzt, sie besitze die Zauberkraft, immer nur Paare aufzudecken. Piet hatte ihre Illusion zerstört. Vaterpflicht. Aber wie triumphierend er sie geübt hatte! Verwundert hatte Ruth beobachtet, mit welcher Bravour er seinen Sieg erfocht.

Ein triefnasiger Stromer mit stacheligem Bart kam auf ihn zu und streckte die Hand aus. Piet zuckte zusammen: ein Messer? Der andere wich verwirrt zurück, seine Hand war leer. Piet beruhigte sich und hörte hin; er wurde um irgend etwas gebeten. Zehn Cents. Das Wrack von einem Menschen da wollte zehn Cents. Die Stimme drang kaum durch den Bart, war nur ein urlauthaftes Gestammel. Piet gab ihm einen Vierteldollar. «Gottsegnesiemann.» Ein verkappter Engel. Niemals abweisen. Die vielen Hungrigen, die während der Depression an der Haustür geklingelt hatten. Die Teigaufläufe seiner Mutter. Laß dein Brot über das Wasser fahren. So jemand deinen Rock nehmen will, dem laß auch den Mantel. So dich jemand nötigt eine Meile, gehe mit ihm zwei. Niemand glaubt daran. Philanthropie: ein Schwindel, um den Kommunismus zu verhindern. Als Kind hatte er sich gefragt, wer wohl nasses Brot essen mochte. Abgedroschene alte Geschichten. Brot und Fische, Abfälle. Haltet euer Boston sauber. Er stellte fest, daß er Hunger hatte. Ein Gefühl von Leichtheit in den Gliedern, komische Empfindung, Hunger: woher weiß er, was Nahrung ist? Sonderbare Engel, diese Begierden. Kommen aus einem Bereich jenseits von uns, siedeln in unserem Mechanismus. Piet wies seinen Hunger ab. Wenn er zu dem Selbstbedienungslokal hinüberliefe, das dort an der Ecke leuchtete, würde Foxy sterben. Es ging auch ohne. Der schöne Spruch seiner Mutter. *Mein Sohn, es geht auch ohne.* Ihre mehligen Arme, die sich zum Küchenbord hinaufreckten. Liebe stampfte in ihm wie eine Maschine, preßte seine Eingeweide zusammen. Nie mehr. *Moeder is dood.*

Grausame Stunden verstrichen. Der Pavillon; das frostbucklige Backsteinpflaster; die Eichhörnchen, die für Schnappschüsse posierten; die Taubenschwärme, Gangsterbanden, die aufeinander prallten; die schlaffhängenden Zweige, so dick mit Nebel lasiert, daß sie tropften: das war die einzige Welt, die für Piet noch zählte; alle anderen – das Treibhaus, die Zeit beim Militär, das Leben in Tarbox, die Häuser und Partys seiner Freunde – waren nur noch schemenhaft Vorstadien für ihn, Straßen, die er durcheilt hatte, um hierher zu gelangen. Der Hunger bedrängte seinen nebeltrüben Kopf, aber er blieb fest: es ging auch ohne. Sonst verpaßte er womöglich Foxys Augenblick. Das Messer. So dich jemand bittet um zehn Cents, gib ihm fünfundzwanzig. Fünfzehn Cents Gewinn. Er sicherte seine Investition ab. Dehnte sich aufwärts, kegelförmig, spitz zulaufend zum Gebet. Mach es ungeschehen. Befreie mich von ihr und sie von diesem ‹Es› und uns von Freddy. Gib mir meine Ungestörtheit wieder. In spitzem Winkel hatte sie sich in die Ebene seines Lebens hineingeschoben, wo tägliche Gewohnheiten sich abgelagert hatten wie Staub. Lampenlicht, Frühstück. Sie hatte eine drastische Dimension hinzugefügt. Er hatte unschuldig unter Bäumen gelebt. Sie hatte gefordert, daß er eingeweiht werde. Die gerade Schnur seines Lebens: verknotet. Der Knoten konnte nur Sünde sein. Piet betete, er möge sich lösen.

Die Ulmenzweige über ihm waren in einen Himmel aus schmutziger Wolle gebettet: Erosionsdeltas in einem entwässerten Gebiet, aufgenommen aus großer Höhe: Kirchenfensterglas. Die Mittagspause war zu Ende, knirschende Schritte überall im Park, deutlich voneinander zu unterscheiden, wie unter einem geschlossenen Kuppeldach. Ein kleiner rötlicher Käfer krabbelte an der Kante eines Backsteins entlang. Das hatte er schon einmal gesehen. Wann nur? Den Kopf schiefgelegt so wie jetzt. Ganz genau so. Er versank im Schlund der Vergangenheit und grub nach dem Zeitpunkt, da er schon einmal einen Käfer so hatte krabbeln sehen. Er hob die Augen, und würdevoll ragte die Park Street-Kirche vor ihm auf. Er sah sich in dem grauen Passantenstrom um, und alle Menschen kamen ihm wie Wunderwesen vor, denn hinter ihren warmen Gesichtern verbargen sie das Wissen, daß sie bald verwelken mußten oder gefällt werden würden unter dem mit Tünche gespritzten Himmel.

Kirche. Stundenschlag. Dreimal. Er wurde schwach, wurde sich selber untreu, lief hinüber, besorgte sich Kaffee und einen, nein, zwei Zimtkrapfen. Als er das Lokal verließ, war der gelbe Himmel zwischen den Gebäuden voll von Foxy. Der Kaffee schwappte aus dem Pappbecher und verbrannte ihm die Finger, als er, von hoffnungslosen Schuldgefühlen erfüllt, die Tremont Street hinaufrannte. Aber Freddys Auto, das gelbe Mercury-Kabrio, das mit aufgeklapptem Verdeck überwintert hatte, so daß der Stoff jetzt eine Schimmelhaut trug, stand noch auf seinem Platz in der schmalen Passage, halb auf dem Fußweg, neben einer Metalltür, die senfbraun, Ton in Ton mit der Hauswand gestrichen war und nur von ihren Angeln, die alle Farbe abgestoßen hatten und sich in ihrer blanken Stahlbeschaffenheit zu erkennen gaben, als Tür entlarvt wurde. Foxy war also noch nicht fort. Er überquerte die Tremont Street, ging zum Pavillon zurück und aß.

Seine Füße wurden taub. Boston hatte ein feuchteres Klima als Tarbox: schmutziger Hafen, läßt den kalten Kuß des Meeres herein. Nördlichere Lage. Zu seiner Angst um Foxy kam die Sorge, man könnte ihn zu Hause vermissen. Gallagher und Angela – jeder von beiden würde denken, er sei beim andern. Die Sonne hinter dem Nebelgewölbe des Himmels rutschte tiefer, dorthin, wo die Wände dünner waren. Talgig glänzendes Licht versuchte Schatten zu erzeugen und berührte die Schildchen an den Stämmen und die trockenen Fontänen. In dieser Beleuchtung sah er, wie die Tür hinten im Gäßchen sich öffnete und ein heller Fleck auftauchte: Freddys Glatze. Piet schlängelte sich durch den dichter werdenden Verkehr, ihm war, als hafte er nicht mehr am Boden, sondern als schwebe er – als schwebe er der Erlösung entgegen, endlich zu *wissen*: so wie früher, wenn er das Haus der Whitmans betrat, durch die fliederumwucherte Tür in die Diele ging, wo es nach frisch gespäntem Holz duftete und sich ihm gleich der grenzenlose Anblick der Marsch und Foxys schwellende Umarmung öffnen würden. Freddy Thorne, der gerade das Auto aufschloß, sah blinzelnd hoch; Piets Erscheinen paßte ihm ganz und gar nicht. Keiner der beiden wußte, was er sagen sollte. In der offenen Metalltür stand eine Negerin in grüner Schwesternuniform, mit silbern gerandeter Brille, und stützte Foxy.

Foxy war bei Bewußtsein, aber das Narkosemittel wirkte noch nach; ihr spitzzulaufendes, halbschlafendes Gesicht war weiß und rosa gefleckt, als habe man sie wiederholt auf die Wangen geschlagen. Ihr Blick blieb an Piet hängen und glitt dann ab. Ihr Haar floß nur zur einen Seite herab, wie Weizen, der von der Spreu geschieden wird, und der hohe Kragen ihres Russenmantels, dieses Mantels, den er so liebte, war zugeknöpft bis obenhin und stützte ihr Kinn wie ein Balkenband.

Freddy trat eilig auf sie zu, sagte: «Sechs Schritte» und half ihr, mit grimmig geschlossenem lippenlosen Mund, einen Arm um ihre Taille gelegt, den anderen unter ihrem Ellbogen, zur offenen Wagentür hinüber, als könnte sie bei der geringsten Erschütterung zerbrechen. Die Negerin schloß, ohne ein Wort zu sagen, die Metalltür hinter sich. Sie war nicht in die Gasse hinausgetreten. Piets gehetzter Laufschritt hatte die Neugier einiger Fußgänger erregt; gaffend standen sie auf dem Trottoir an der Mündung der Gasse, traten aber nicht näher. Freddy bugsierte Foxy vorsichtig auf den Vordersitz und flüsterte ihr zu: «Braves Mädchen.» Die Tür schloß sich mit dem leise schnappenden Ton, den Autotüren an sich haben. Foxy hinter Glas. Die Art, wie ihre Lippen aufeinander lagen, die Gespanntheit oberhalb des ihm zugekehrten Mundwinkels, die ein Lächeln anzukündigen schien, wirkten wie eine mangelhafte Überlieferung aus der Vergangenheit, eine betrügerische Anleihe beim Schattenreich, und gaben ihrem Gesicht die geheimnisvolle, aber endgültige Leblosigkeit minuziös nachgebildeter Wachsfiguren. Dann hob sie die Hand aus dem Schoß und strich sich mit zwei Fingerspitzen über die Hautpartie unter ihren Augen.

Piet sprang mit einem Satz um den Kühler herum. Freddy saß schon hinter dem Lenkrad; verdrossen kurbelte er einen Spalt breit das Fenster herunter. «Ach, da ist ja Piet Spermema, der berühmte Samenhändler.»

Piet fragte: «Ist sie –»

«Alles klar», sagte Freddy, «alles in schönster Butter. Du bist gerettet, mein Schnuckelchen.»

«Warum hat es so lange gedauert?»

«Sie hat ein bißchen liegenbleiben müssen, war nicht bei sich. Hast du gedacht, sie würde vom Stuhl hopsen und tanzen? Nimm endlich deine beschissene Hand von der Tür weg!»

Foxy blickte herüber; vielleicht, daß die Wut in Freddys Stimme sie geweckt hatte. Sie hob die Hand an die Lippen. «Hallo», sagte sie. Die Stimme klang fremd, klang warm und schlaftrunken. «Ich kenne dich», setzte sie hinzu, und Piet empfand das als Ironie und Geständnis in einem: sie wollte auf ironische Weise zu verstehen geben, daß sie diesen aufdringlichen Menschen sehr genau kenne, auch wenn sein Name ihr nicht einfiel. Freddy kurbelte das Fenster hoch, drückte demonstrativ beide Türverschlußknöpfe herunter, ließ den Motor an und schleuderte Piet einen blinden, triumphierenden Blick zu. Behutsam, darauf bedacht, seinem Fahrgast jede Erschütterung zu ersparen, lenkte er den Wagen vom Gehsteig herunter, fuhr durch die Gasse und fädelte sich in den blechernen Strom des Feierabendverkehrs. Ein Präservativ und ein Bonbonpapier lagen einträchtig nebeneinander im leeren Rinnstein.

Erst Tage später, als Foxy das achtundvierzigstündige Alleinsein mit Toby überlebt hatte und auch den Test, den Kens Rückkehr aus Chicago für sie bedeutete, erfuhr Piet – nicht von Freddy, sondern von Foxy selber, Freddy hatte es ihr erzählt –, daß sie in dem Augenblick, da sie die Narkose bekommen sollte, in Panik ausgebrochen war; sie hatte versucht, die Negerin wegzustoßen, als die ihr die ekelhaft süße Maske aufs Gesicht preßte, und während die ersten Ätherwellen über sie hinschwappten, hatte sie immerfort geschrien, sie wolle nach Hause, sie müsse dies Kind zur Welt bringen, der Vater des Kindes werde kommen und mit einem Hammer die Tür einschlagen und die Tat verhindern.

Dies Geständnis legte sie ihm am Montag während eines Telefongesprächs ab, und sein Schweigen dehnte sich so lang, daß sie lachte, um es zu brechen. «Mach dir keine Vorwürfe, daß du nicht gekommen bist und die Tür eingeschlagen hast. Ich wollte das gar nicht. Es war bloß mein Unterbewußtsein, das sich da gemeldet hat, und das auch nur, weil ich bewußt auf den Punkt zugesteuert bin, von dem es kein Zurück mehr gab, und ich mich also gehenlassen konnte. Was wir gemacht haben, war richtig. Wir hatten keine andere Möglichkeit, nicht wahr?»

«Mir ist keine andere eingefallen.»

«Wir haben Glück gehabt, daß wir so glimpflich davongekommen sind. Wir sollten unserm, ja, was? – unserm Glücksstern dankbar sein.» Sie lachte abermals, ein mechanisches Rascheln im Apparat.

Piet fragte: «Bist du traurig?»

«Ja, natürlich. Nicht so sehr, weil ich womöglich eine Sünde begangen habe – ich habe ja nur getan, was du von mir verlangt hast und was im Grunde in unser *aller* Interesse lag –, sondern weil ich mich jetzt wieder zurechtfinden muß, mich diesmal wirklich *abfinden* muß.»

«Womit?»

«Mit meinem Leben. Mit Ken. Diesem kalten Haus. Dem Verlust deiner Liebe. Ja, und meine Milch ist versiegt, ein Grund mehr, um deprimiert zu sein. Toby kann die Trockenmilch nicht bei sich behalten. Und Cotton ist weg.»

«Cotton?»

«Der Kater, erinnerst du dich nicht?»

«Doch, natürlich. Er hat mich immer begrüßt.»

«Mittwoch morgen war er noch da und hat unten an der Marsch Feldmäuse gefangen, und als ich am Abend aus Boston zurückkam, war er weg. Ich habe es nicht einmal bemerkt. Erst am Donnerstag habe ich angefangen, ihn zu suchen, aber ich war zu schwach, um lange draußen zu sein.»

Piet sagte: «Er ist unterwegs, auf Freiersfüßen.»

«Eben *nicht*», sagte Foxy, «er war kastriert», und rhythmisch kratzte ihr Schluchzen im Hörer.

«Warum hast du nicht öfter mit mir gesprochen, bevor wir unseren Entschluß faßten?»

«Ich war wütend, was vermutlich heißt, ich hatte Angst. Und was hätten wir noch miteinander reden sollen, alles war gesagt. Du hast nicht gewollt, daß ich es zur Welt bringe, daß ich es als Kens Kind ausgebe, und ich habe immer gewußt, daß ich dich nie von Angela loseisen kann. Nein, widersprich nicht.»

Er schwieg gehorsam.

Sie sagte: «Aber was nun, Piet? Was haben wir voneinander zu erwarten?»

Er dachte nach und antwortete dann: «Nicht viel.»

«Du bist besser dran», sagte sie. «Du findest immer irgend jemanden, zu dem du dich flüchten kannst. Streite es nicht ab. Aber ich, ich sitze fest. Soll ich dir etwas Schlimmes sagen?»

«Wenn du es gern loswerden willst.»

«Ich kann Ken nicht mehr ertragen. Ich bringe es kaum über mich, ihn anzusehen oder zu reagieren, wenn er mit mir spricht. Für mich ist es, als hätte *er* mich dazu gezwungen, mein Kind umzubringen. So etwas würde *ihm* nämlich ähnlich sehen.»

«Süße, er war es aber nicht, *ich* war es.»

Und Foxy erklärte ihm, was sie ihm schon so oft erklärt hatte: mit seiner sieben Jahre währenden Weigerung, sie ein Kind bekommen zu lassen, hatte Ken in ihr etwas getötet, das nur ein anderer Mann wieder zum Leben erwecken konnte. Zum Schluß fragte sie: «Piet, ob du wohl mal vorbeikommst und mit mir redest? Einfach nur redest?»

«Hältst du das für richtig?»

«Was heißt ‹richtig›! Natürlich ist es nicht richtig. Aber ich bin so fertig, mein Liebling, so schrecklich und endgültig fertig.» Sie sprach dies letzte in einem müden, theatralischen Ton, wie sie ihn oft im Kino gehört hatte. Das Drehbuch verlangte, daß sie an dieser Stelle den Hörer auflegte, und also legte sie auf. Piet opferte noch ein Zehn-Cent-Stück und wählte ihre Nummer ein zweites Mal von der Telefonzelle aus, die vor Poiriers Spirituosenladen stand und in der er nur allzu leicht von Bekannten entdeckt werden konnte: ein possierlicher Leichnam, aufrecht stehend in einem blitzenden Aluminiumsarg. Bei Foxy meldete sich niemand. Natürlich mußte er zu ihr gehen. Kommt der Tod erst einmal zu Gast, hinterläßt er überall seine schmutzigen Schuhabdrücke.

Freddys Anordnungen getreu, machte Georgene sich gegen Mittag desselben Montags auf, um Foxy zu besuchen, und war außer sich, als sie in der Whitmanschen Einfahrt Piets Wagen stehen sah. Sie empfand das als einen Verstoß gegen die Abmachungen. Sie war davon ausgegangen, daß mit dieser Abtreibung Foxys Einfluß auf Piet erlöschen würde; sie glaubte, daß in dem Augenblick, da Foxy ausschiede, ihre eigene Nützlichkeit für Piet wiederhergestellt wäre. Sie war stolz darauf, nützlich zu sein, ihre Zusagen einzuhalten und die Aufgaben zu erfüllen, mit denen man sie betraut hatte, handle es sich um die Beschaffung eines Gastredners für den Frauenverein oder den Aufschlag in einem Tennismatch oder die Fortsetzung der Ehe mit Freddy Thorne. Sie hatte Foxy am späten Mittwochabend besucht, zweimal am Donnerstag und einmal am Freitag. Sie hatte der Rekonvaleszentin Tee und Toast ans Bett gebracht, Tobys strengriechende, orangegefärbte Windeln gewechselt und zwei Körbe voll schmutziger Kinderwäsche und Laken durch die Waschmaschine und die Trockenschleuder laufen lassen. Am Freitag hatte sie mehr als eine Stunde damit verbracht, in den unteren Räumen Staub zu saugen und alles für Kens Rückkehr vorzubereiten. In diesen Tagen hausfraulicher Komplicenschaft hatten ihre Gefühle für Foxy sich gewandelt. Als sie ihr vor einem Jahr, auf der Party bei den Applebys, zum erstenmal begegnete, hatte sie sie nicht leiden können, diese preziöse, hochnäsige Fremde; als Foxy ihr dann Piet wegnahm, steigerte ihre Abneigung sich zu Haß – einem Haß, dem Respekt innewohnte. Aber jetzt, da die Jüngere ihrer Gnade ausgeliefert war, gestattete Georgene sich zärtliche Gefühle. Sie sah in Foxy eine Frau, deren Bestimmung es war, zu wagen und zu leiden, eine jüngere Schwester, die den Lockungen des bequemeren Wegs widerstand, und die man dunkel sogar noch um ihre Fehler beneidete. Sie war beeindruckt von Foxys Würde. Foxy leugnete nicht, daß sie in diesem schmerzlichen Interregnum Hilfe und Gesellschaft brauchte, nahm jedoch den Umstand, daß Georgene ihr diese Hilfe leistete, nicht im mindesten zum Anlaß, sich in Beteuerungen oder Hohn oder Bekenntnissen oder Selbstverachtung zu ergehen. Das Leben mit Freddy hatte Georgene gelehrt, daß Selbstverachtung unweigerlich umschlägt in Verachtung für andere, und es gefiel ihr, daß Foxy ihre Anwesenheit als das nahm, was sie war: eine Zufälligkeit. Mittwoch abend sagte Foxy ihr, rücksichtsvoll gefaßt wie ein Kind, das den Eltern versichert, es habe keine Angst vor dem Dunkel, sie könne sie ruhig alleinlassen. Sie war den Tränen nah und noch benommen von der Narkose und preßte das Kind, das ihr geblieben war, wie eine Puppe an sich, aber aus einem tief in ihr eingebetteten Reservoir des Takts dankte sie Georgene für ihr Kommen, ließ sie zu, daß Georgene die blutigen Laken auswechselte, akzeptierte sie die strikte Weisung, keine Treppen zu steigen, nickte sie feierlich, als Georgene ihr sagte, sie könne zu jeder Zeit, einerlei, aus welchem Grund, und sei es unbegründete Furcht, die Nummer der Thornes wählen. Donnerstag morgen traf Georgene sie, blaß und unausgeschlafen, im Erdgeschoß an; sie war nicht imstande gewesen, das Kind zu stillen, und hatte hinuntergehen müssen, um eine Flasche zu wärmen. Brav hatte sie dann darauf verzichtet, die Treppe wieder hinaufzusteigen, und mit Hilfe einer Wolldecke für sich und das Kind ein Lager auf dem Sofa hergerichtet. Georgene stellte sich die langen einsamen, monddurchfluteten Stunden vor, dachte, was für eine Erlösung es gewesen sein müßte, zum Telefon zu greifen, und bewunderte Foxy im stillen für ihren Mut und ihren Stolz. Sie half ihr die Treppe hinauf und fühlte den Körper der andern, der sich nackt, nur mit Bademantel und Unterrock bekleidet, gegen sie lehnte: er war höher gewachsen als der ihre, nicht so schmiegsam, eher kühl und spröde und ein wenig ungelenk, dieser Körper, den ihr Geliebter geliebt hatte. Nachempfundene Liebe strömte von ihr aus. Und schüchtern wurde diese Regung erwidert. Sie schwiegen im Einklang. Gemeinsam durchmaßen sie in diesen Tagen, da das Wetter draußen einen nassen, rauhen Vorgeschmack auf den Frühling bot, der unangenehmer war als entschiedener Winter, Zone um Zone taktvollen Schweigens. Sie sprachen nicht über Piet und nicht über Freddy und erwähnten auch nicht die Umstände, die sie zusammengeführt hatten – höchstens, daß sie gestreift wurden durch Georgenes Erkundigungen nach Foxys körperlichem Befinden. Sie unterhielten sich über Krankheiten und Haushaltsdinge, über das Wetter und über Kinderpflege. Am Freitag, dem letzten Tag, an dem Georgene gebraucht wurde, brachte sie nachmittags die kleine Judy mit, und Foxy war inzwischen wieder richtig angezogen und stellte zur Feier ihrer Genesung Kekse und Wermut auf den Tisch und überredete Georgene, sich nach all der Mühe ausnahmsweise einmal eine Zigarette zu gönnen. Verlegen hoben sie die Gläser, als wollten sie einander zuprosten: zwei Frauen, die Ordnung gemacht hatten nach einem heillosen Durcheinander.

Georgene war nicht darum gebeten worden, am Montag wiederzukommen. Aber sie war neugierig, zu erfahren, wie Foxy das Wochenende überstanden, wie sie Ken abgespeist hatte. Sie wollte fragen, ob sie irgendwelche Besorgungen erledigen könne. Als sie Piets Wagen in der Einfahrt stehen sah, wurde sie von einer vielschichtigen Eifersucht, dem Gefühl einer nachhaltigen Zerstörung gepackt; ihre zärtliche kameradschaftliche Beziehung zu der anderen Frau zerbrach; der Verlust traf sie hart. Von Piet hatte sie nichts zu erwarten, außer daß er weiter existierte und ohne es zu beabsichtigen, ihrem Leben Farbe gab. Sie hatte sich ihm aus freiem Willen aufgetan und wußte, daß die Chemie dieser Liebe ausschließlich von ihr und ihrem Verhalten bestimmt wurde. Sogar seine Macht, sie verwunden zu können durch Mißachtung, war eine Macht, die *sie* geschaffen, die *sie* ihm verliehen hatte; was immer er tat, dem Verwaltungsbezirk ihrer Freiheit, ihrer freien Entscheidung zu lieben, konnte er nicht entrinnen. Zwischen ihr und Foxy gab es ein festes Abkommen: Regeln, ein ganzes Paket stillschweigend vorausgesetzter Zugeständnisse, einen großzügigen Vertrag, bei dem auch präsumtive Niederlagen einkalkuliert waren. Georgene betrat selten den neutralen Boden zwischen weiblicher Unterwerfung und geschlechtsloser Herrschaft, darum war die gleichsam vertraglich ausgehandelte zärtliche Neigung zu Foxy etwas Ungewöhnliches für sie, etwas Kostbareres vielleicht als ihre Liebe zu Piet, die im voraus festgelegt, unveränderlich und ein wenig stumpf war. Foxys Verrat traf sie an verwundbarer Stelle. Sie kam sich nicht nur hilflos, sondern zudem noch dumm vor. Hilflosigkeit kennt sinnliche Tröstungen; für Dummheit gibt es keinen Trost. Ohne anzuklopfen, stieß sie die Tür auf.

Piet und Foxy saßen einander in geziemender Entfernung am Sofatisch gegenüber. Piet hatte seine aprikosenfarbene Wildlederjacke mit Reißverschluß, die er immer zur Arbeit trug, nicht abgelegt, und hinter seinem Ohr steckte ein gelber Bleistiftstummel. Das Licht, das von der morgendlichen Marsch einfiel, schlug weiße Funken aus Foxys rüschenbesetztem Nachthemd und ließ ihre blasse Hand mit der Zigarette, deren Rauchspirale wie eine Skulptur aus blauem Stein aussah, zu Eis gefrieren. Auf dem niedrigen Teakholztisch zwischen ihnen stand Kaffeegeschirr: vielfältige Arkaden aus Porzellan und Metall und Sonne. Georgene hatte das Gefühl, in ein Schweigen eingebrochen zu sein. Ihrer Empörung war der Wind aus den Segeln genommen, weil es ihr nicht gelungen war, die beiden bei einer Umarmung zu ertappen. Gleichwohl war Piet verlegen und erhob sich halb von seinem Stuhl.

«Bleib ruhig sitzen», sagte Georgene. «Laßt euch nicht stören bei eurem trauten Stelldichein.»

«Es ist keines», sagte er.

«Ach, nur eine Seelenbegegnung, wie ergreifend.» Sie wandte sich an Foxy. «Ich wollte dich fragen, ob ich dir irgend etwas besorgen soll und wie es dir geht. Aber wie ich sehe, bist du wieder auf dem Damm und brauchst mich nicht mehr. Ausgezeichnet.»

«Laß doch diesen Ton, Georgene. Ich habe Piet gerade gesagt, wie fabelhaft du warst.»

«*Er* hat das *dir* nicht gesagt? Ich bin gekränkt.»

«Warum bist du so verärgert? Meinst du nicht, daß Piet und ich ein Recht haben, miteinander zu reden?»

Piet rutschte nach vorn auf seinem Stuhl und brummelte: «Ich gehe ja schon.»

Foxy sagte: «Kommt nicht in Frage, du bist gerade erst gekommen. Georgene, trink eine Tasse Kaffee mit uns. Hören wir endlich auf mit diesen Scharaden.»

Georgene weigerte sich, Platz zu nehmen. «Bildet euch bitte nicht ein, daß ich mich in irgendeiner Form getroffen fühle», sagte sie. «Es geht mich nichts an, was ihr beiden treibt, oder besser, es ginge mich nichts an, wenn nicht ausgerechnet mein Mann euch aus der Klemme geholfen und dabei selber Kopf und Kragen riskiert hätte. Aber in eurem eigenen Interesse darf ich euch einen Rat geben: falls ihr nicht die Absicht habt durchzubrennen, ist es sehr leichtsinnig von euch, Piets Lieferwagen da draußen stehen zu lassen, jeden Augenblick kann nämlich Marcia vorbeikommen!»

«Marcia ist bei ihrem Psychiater in Brookline», sagte Foxy. «Sie ist jeden Tag zwischen zehn und zwei weg oder noch länger, wenn sie sich mit Frank in der Stadt zum Lunch verabredet.»

Piet, bestrebt, eine Konversation, ein geselliges Beisammensein zustande zu bringen, fragte: «Ach, Marcia geht zum Psychiater? Angela hat nämlich auch gerade damit angefangen.»

«Wie um alles in der Welt kannst *du* dir das denn leisten?» fragte Georgene.

«Ich kann's mir gar nicht leisten», sagte er, «aber wir haben ja Papa Hamilton. Die zwei haben das unter sich ausgebrütet.»

«Und was habt *ihr* zwei gerade ausgebrütet, als ich hereinplatzte?»

«Nichts», sagte Piet. «Wir hatten im Gegenteil Mühe, überhaupt ein Thema zu finden.»

Foxy fragte: «Warum sollte ich mich mit dem Vater meines Kindes nicht unterhalten dürfen?»

«Es war kein Kind», sagte Piet, «es war ein kleiner Fisch, weniger als ein Fisch. Es war nichts, Fox.»

«Es war doch etwas, verflucht noch mal! *Du* hast es schließlich nicht in dir gehabt!»

Georgene empfand Eifersucht bei ihrem Streit, bei diesem Zusammenprall stolzer Seelen. Sie und Freddy ließen es selten zu einem Streit kommen. Sie gingen zusammen schlafen oder besuchten eine Party und fühlten sich den ganzen nächsten Tag so trostlos wie alte Kriegsinvaliden. Erst Piet hatte ihr Kunde von einer Welt gebracht, in der die Vegetation heraldisch und jede Frau eines Mannes Königin war. Sie dachte sich diese Welt wie die Marsch hinter den Fenstern dort, wo Gräser gediehen im salzigen Schlamm, der so nützliche Gewächse wie *sie* erstickte. «Ich bin ehrlich der Meinung», hörte sie sich sagen, «daß einer von euch aus Tarbox weggehen sollte.»

Sie waren verblüfft, amüsiert. «Aber weswegen denn?» fragte Foxy.

«Euretwegen. Aller anderen wegen. Ihr vergiftet die Atmosphäre.»

«Wenn irgend jemand hier die Atmosphäre vergiftet hat, dann ist das dein Mann», sagte Piet. «Er ist der Drahtzieher hier.»

«Freddy will nichts weiter als menschlich sein. Er weiß, daß ihr alle euch über ihn lustig macht, und so hat er sich diese Rolle zurechtgeschneidert. Und außerdem meinte ich auch gar nicht vergiftet im Sinne von Gift. Vielleicht sind wir andern alle vergiftet, und ihr beide bringt uns mit eurer Unschuld aus dem Gleichgewicht. Aber denkt doch an euch selber, Piet, sieh sie dir doch an. Warum willst du sie immer weiter mit deiner Gegenwart quälen? Laß sie mit ihrem Mann nach Cambridge zurückkehren. Oder trenne du dich von Gallagher und geh irgendwo anders hin. Geh wieder nach Michigan. Ihr ruiniert euch gegenseitig. Ich war seit letztem Mittwoch viel mit ihr zusammen. Es war keine Kleinigkeit, was du ihr zugemutet hast.»

Foxy unterbrach sie trocken: «Ich habe es selber so gewollt. Ich bin dir dankbar für deine Hilfe, Georgene, aber ich wäre auch allein fertig geworden. Und wir hätten auch ohne Freddy eine Möglichkeit gefunden, obwohl es in der Tat gut geklappt hat. Im übrigen haben Piet und ich nicht die Absicht, jemals wieder miteinander zu schlafen. Deinen Worten entnehme ich, daß du ihn gern zurückhaben möchtest. Nimm ihn.»

«Das habe ich *nicht* gesagt! Ganz und gar nicht!» Es war etwas ganz Selbstloses gewesen, eine auf das Wohl aller gemünzte Wahrheit, die sie den beiden hatte nahebringen wollen, aber sie waren zu verkommen, um hinzuhören.

Piet sagte in scherzendem Ton: «Ich komme mir vor, als würde ich versteigert. Sollte man nicht auch Angela Gelegenheit zum Bieten geben?»

Er war belustigt. Sie waren beide belustigt. Georgene hatte sie aufgemuntert, hatte wieder Leben in ihnen entfacht. Sie sahen ihr zu, wie sie mit zitternder Hand die Tasse hielt, ein unbeholfener Störenfried, und fühlten sich überlegen, fühlten sich vollkommen Herr der Lage. Mit Schmeichelworten hatten sie die ihnen Unterlegenen dazu überlistet, ihnen bei der Abtreibung zu helfen; nun waren sie in Sicherheit und würden auf ewig füreinander existieren. Ein friedlicher Ausdruck lag auf ihren sonnenbeschienenen Gesichtern: sie sahen satt und zufrieden aus, wie Tiere, die gerade gefressen haben.

Georgene nippte an dem glühendheißen Kaffee, stellte die Tasse in die Vertiefung der Untertasse zurück und nahm pedantisch steif Platz. «Ich weiß nicht, was ich sagen soll», entschuldigte sie sich. «Ich freue mich, Foxy, dich so glücklich zu sehen. Ehrlich, ich finde, du hast enorm viel Schneid.»

«Ich bin keineswegs glücklich», protestierte Foxy, Gefahr witternd.

«Nun, dann eben glückli*cher*. Ich bin es auch. Ich bin *so* froh, daß es Frühling ist, der Winter war lang da oben auf meinem Hügel. Die Krokusse an der Garage blühen schon, Piet. Wann spielen wir denn wieder Tennis?» Sie erhob sich; sie hatte keinen Mantel, mit dem sie ihren Abgang hätte verzögern können. Nie, außer an den kältesten Wintertagen, trug Georgene mehr als Rock und Pullover und einen gestrickten Schal. Es war herzerwärmend, ihr an einem Januarnachmittag, wenn die Sonne sich durch einen Spalt im Himmel zwängte, in der Stadt zu begegnen: gekleidet wie für einen strahlenden Herbsttag, Judy im Schneeanzug über Eisbuckel führend, vorwärtseilend voll Entschlossenheit und innerem Feuer.

Auf der Bürgerversammlung roch es diesen Frühling nach Whisky. Piet merkte es sofort, kaum daß er das neue High School-Auditorium betreten hatte, wo dicht an dicht orangerote Plastikstühle, so entworfen, daß man sie ineinanderschachteln konnte, auf der Basketballfläche zwischen den Zuschauerbänken und der Bühne, unter der fluoreszierenden, mit Kabeln und Turntakelagen vollgehängten luftigen Höhe aufgestellt waren. Ein paar Handbreit über dem Sumpf der Gesichter schwebte ein flimmerndes Miasma von Alkohol: von bernsteinfarbenem Whisky, von Martinis, hastig hinuntergekippt zwischen Nachhausekommen und Abendessen, kurz bevor der Babysitter eintraf. Piet hatte diesen Geruch früher nie wahrgenommen und überlegte, ob es von dem warmen Abend kam – lauer Nebel hatte sich vom Meer hereingewälzt, und der Fußballplatz war plötzlich mit Löwenzahn übersät – oder ob die Bürgerschaft sich verändert hatte. Jedes Jahr vergrößerte sich die Zahl der Pendler, immer mehr junge Familien mit VW-Bussen und Cézanne-Drucken zogen in die Neubausiedlungen, die meilenweit vom Zentrum des historischen Tarbox entfernt lagen. Jedes Jahr gab es mehr selbstsichere junge Männer auf der Bürgerversammlung, die ums Wort baten, und verstummt waren die Stimmen, die vorherrschten, als Piet und Angela sich in Tarbox niederließen: dröhnende Yankee-Apotheker, paranoide Muschelsammler, spitzbäuchige Gemeinderäte, die sich langatmig bemühten, die Widerstände auszuräumen, die ihnen durch ihre Väter erwachsen waren, ein kurzsichtiger, hundeschnäuziger Vorsitzender, der nur seinen Freunden das Wort erteilte und alle Meinungsverschiedenheiten, wenn sie nicht gerade ohrenbetäubend waren, zum einstimmigen Beschluß erklärte. Auf der ersten Versammlung, zu der Piet erschienen war, hatten die städtischen Angestellten, die getrennt von ihren Frauen, hemdsärmelig, ein Pulk von Exsportlern, auf der Tribüne hockten, den betagten Rechtsdezernenten, Gertrude Tarbox' Schwager, so lange ausgepfiffen, bis die durchgewetzte Stimme des alten Mannes riß und, verstärkt durch das Mikrofon, ein schluchzender Laut aus seiner Kehle brach. Jetzt, wo ihnen Jahr für Jahr, anstandslos, die gewünschte Gehaltserhöhung zuerkannt wurde, trugen sie Jacketts und saßen, über den ganzen Saal verstreut, stumm und verdrossen neben ihren Frauen. Das Amt des Rechtsdezernenten bekleidete jetzt der urbane Juniorpartner einer Firma von der Bostoner State Street, der darin ein Hobby sah, und der Vorsitzende der Versammlung war ein kaninchenohriger außerordentlicher Professor für Soziologie, ein Meister parlamentarischer Verhandlungsführung. Zu Debatten kam es nur noch selten, höchstens, wenn ein Punkt auf der Tagesordnung stand, der die ländliche Vergangenheit der Stadt heraufbeschwor: der Erwerb einer alten Scheune, die an den öffentlichen Parkplatz grenzte; das Gesuch eines Farmers, eines Fabelwesens mit frostversengtem Gesicht und langsamer, stolpernder Sprechweise, man möge ihn erst noch seinen Winterroggen schneiden lassen, bevor man daranginge, die S-Kurve der Straße nach Mather zu begradigen. Neue Schulen und neue Autostraßen. Kommunalobligationen zur Finanzierung von Abwässeranlagen, Verordnungen die Stadtplanung betreffend – alles ging, geölt mit Bundeszuschüssen, glatt durch. Jede Modernisierung, jede Beschränkung stellte sich als Teil der nationalen Gesamterfordernisse dar, wurde beschlossen zum höchsten Wohl einer grandiosen Nation. Die letzten Opponenten, die phlegmatischen Pfennigfuchser und cholerischen Nein-Sager, die sich in ihrer Unvernunft zehn Jahre lang dem Bau dieser neuen Schule widersetzt hatten, waren gestorben oder hatten aufgehört, sich um die Angelegenheiten der Stadt zu kümmern, die in einem Gebäude abgewickelt wurden, dessen Glasdach undicht war und dessen verstellbare Trennwände sich nicht mehr verstellen ließen. Alljährlich sprach man jetzt von einer Abgeordnetenversammlung, und das Quorum war um die Hälfte reduziert worden. Viele von Piets Freunden spielten eine maßgebliche Rolle: Harold Klein-Smith saß im Finanzausschuß, Frank Appleby war Vorsitzender des Komitees, das mit den zuständigen Stellen wegen des aus Steuergeldern finanzierten Vorortverkehrs zwischen Tarbox und Boston verhandelte, Irene Saltz war Vorsitzende der Naturschutz-Kommission (in ihren Jahresbericht hatte sie charmant ihre Rücktrittserklärung eingeflochten: sie und ihr Mann zögen zu ihrem aufrichtigen Bedauern nach Cleveland), und Matt Gallagher gehörte dem Berufungsausschuß für Fragen der Stadtplanung an. Es gab wirklich keinen Grund, weshalb Matt der Andeutung des polnischen Priesters nicht Glauben schenken sollte, derzufolge man vorhatte, ihn in den Gemeinderat zu wählen. Und Georgene Thorne wäre fast in den Schulausschuß gewählt worden – es fehlten so wenige Stimmen, daß es schon einem Skandal gleichkam.

Politik langweilte Piet. In der Gegend, aus der er stammte, waren die Holländer ausgeschlossen gewesen von der Regionalpolitik und hatten sie verachtet. Seine Familie hatte für die Republikanische Partei gestimmt, in der Annahme, das sei die Partei der Anarchie; man hatte die Regierung für einen Schwindel gehalten, den die Regierten nicht auch noch unterstützen sollten. Die Welt der Politik war ebenso unwirklich für ihn wie die Welt des Films, und er fühlte sich auf dieser Versammlung so unbehaglich wie bei einem ländlichen Talentwettbewerb, wo verkrampfte Gesichter mit nachgeäfftem, manieriertem Ausdruck hoffnungsvoll zu Sternen aufblicken, die nur in ihrer Einbildung existieren. Piet ging zu den Bürgerversammlungen, um seine Freunde zu treffen, aber obwohl die Hannemas früh gekommen waren, ergab es sich diesmal, daß keiner aus ihrem Kreis bei ihnen saß. Die Applesmiths und die Saltz' hatten ganz vorn in den Reihen der politisch Aktiven ihre Plätze. Auf der Bühne saßen, als Zuschauer, denn sie waren noch nicht eingebürgert, die jungen Reinhardts, die Piet verabscheute. Die Guerins und die Thornes traten gerade in den Saal und fanden Stühle bei den hinteren Ausgängen, und Piet vermochte weder Beas noch Georgenes Blick einzufangen. Bernadette Ong und Carol Constantine kamen ziemlich spät, ohne ihre Männer. Die Whitmans erschienen seltsamerweise überhaupt nicht, obwohl sie inzwischen lange genug in Tarbox lebten, um Stimmrecht zu haben. Angela, die jeden Tag, wenn sie mit dem Kindergarten fertig war, nach Cambridge jagen und sich dann durch den Feierabendverkehr zurückkämpfen mußte, war übermüdet, nickte dauernd ein und schreckte wieder hoch. Aber da sie eine politisch und sozial aufgeschlossene Person war, harrte sie aus und ließ es sich nicht nehmen, dem Chor der andern ihr schläfriges Ja beizumischen. Der Antrag auf Errichtung eines verstärkten Zugverkehrs, der für den jährlichen Haushalt eine Mehrbelastung von schätzungsweise zwölftausend Dollar darstellte und damit begründet wurde, daß der Personenkreis, der sich mittels günstiger Zugverbindungen für Tarbox gewinnen ließe, das Leben der Gemeinde ungemein bereichern würde, kam einstimmig durch. Die selbstgerechte, alkoholdunstige Betriebsamkeit der Versammlung machte Piet so nervös, beengte ihn so sehr in seinem Freiheitsbedürfnis, daß er mehrmals die anonyme Menge verließ und am Brunnen in der Halle draußen einen Schluck Wasser trank; und jedesmal kam es ihm so vor, als weiche der städtische Aufseher seinem Blick aus, um seinen Gruß nicht erwidern zu müssen. Es war nach elf, als die Versammlung aufgehoben wurde, und er sah, wie die andern sich am Ausgang zusammenscharten und berieten, ob sie bei einem von ihnen noch einen Drink nehmen sollten. Harolds Profil schnatterte eifrig; Bea nickte langsam, verträumt. Angela mokierte sich über Piets Befürchtungen, ausgeschlossen zu werden, und sagte, sie wolle nach Hause, schlafen. Als sie noch nicht zum Psychiater ging, hätte sie sich unumwundener ausgedrückt. Piet mußte sich wohl oder übel fügen. Im Auto fragte er sie: «Bist du geschafft?»

«Ein bißchen. Ich habe Kopfschmerzen von all diesen Wegerechten und fummeligen Landstreifen. Warum handeln sie so etwas nicht im Rathaus aus und verschonen uns damit?»

«Wie war's bei der Analyse?»

«Nicht sehr aufregend. Ich war abgespannt und kam mir dumm vor und wußte nicht, was ich da sollte.»

«Frag *mich* bitte nicht, was du da sollst.»

«Tue ich ja auch gar nicht.»

«Worüber redet ihr?»

«Nur *ich* soll reden. Er hört zu.»

«Und sagt nie ein Wort?»

«Im Idealfall.»

«Redet ihr über mich? Daß ich dich dazu gebracht habe, mit Freddy Thorne zu schlafen?»

«Anfangs ja. Aber jetzt sind wir bei meinen Eltern. Hauptsächlich bei Papa. Letzten Donnerstag kam heraus, es schlüpfte mir einfach so von der Zunge, daß er sich immer im Ankleidezimmer ausgezogen hat. Ich hatte seit Jahren nicht mehr daran gedacht. Jedesmal, wenn ich bei ihnen im Schlafzimmer war, kam er aus dem Ankleidezimmer und hatte seinen Pyjama an. Die einzige Möglichkeit, ihn *richtig* zu sehen, war, ihn heimlich im Bad zu beobachten.»

«Das hast du getan? Aber Angela.»

«Ich weiß, ich bin ganz rot geworden, als es mir wieder einfiel. Aber ich bin auch *wütend* geworden. Wenn er ins Bad ging, drehte er immer beide Hähne auf, so daß wir niemals hören konnten, was er machte.»

Wir: Louise, die selten in Erscheinung tretende Schwester, eine schlechte Kopie Angelas, zwei Jahre jünger, in Vermont ansässig, der Mann unterrichtete an einer Privatschule. Louise hatte früh geheiratet, sie war keine ausgefallene Schönheit wie Angela, verschmierter Mund, trübe Haut, im Bett vermutlich besser, vulgärer. Er dachte an Joop. Sein blasser, blonder Bruder, Flachshaar, wasserblaue Augen, jünger, reiner, hatte das Treibhaus übernommen, hätte Angela heiraten sollen, dann könnten beide zusammen leben im entschwindenden Licht. Ihm die vulgäre Louise lassen. Er fragte: «Hat Louise mal seinen Penis gesehen? Habt ihr beide euch über so was unterhalten?»

«Nicht direkt. Wir waren schrecklich verklemmt, glaube ich, obwohl Mutter immer mit so einer merkwürdigen Emphase von der Großartigkeit der menschlichen Natur redete und das ganze Haus voller Kunstbücher war. Bei Michelangelo, ich meine bei seinen Adam-Darstellungen, sehen sie immer furchtbar niedlich und schlaff aus, mit langer Vorhaut, deswegen dachte ich ja auch, als ich dich sah –»

«Was dachtest du?»

«Ich werde versuchen, mit *ihm* dahinterzukommen, was ich dachte.»

Die Nun's Bay Road zog sich, seit sie verbreitert worden war, im Gegensatz zur Strandstraße gerade und ziemlich öde hin und sah eher wie eine Überlandstraße im Mittleren Westen aus; sie war kaum bebaut: ein Gemüsestand mit geschlossenen Rolläden und ein abbröckelndes Knusperhaus oben auf einer Anhöhe, mit einem vereinzelten Licht im ersten Stock, wo ein Witwer lebte – das war alles. Joop hatte Mamas Augen und Mund gehabt. Ausgewaschen, blind, zersplittert. Piet merkte, daß Angela eindöste, und sagte: «Ich bezweifle, daß ich meine Mutter je nackt gesehen habe. Sie schienen beide nie zu baden, jedenfalls nicht, solange ich wach war. Ich hielt es für ausgeschlossen, daß sie irgendwas über Sex wüßten, und war ganz erschüttert, als meine Mutter sich einmal beiläufig über die Flecken in meinem Bett beschwerte. Sie hat nicht geschimpft, sie hat es eher scherzhaft gesagt. Ich glaube, das war es, was mich so erschüttert hat.»

«*Etwas* Gutes haben wir Papa aber doch zu verdanken», sagte Angela. «Als wir anfingen, Busen zu bekommen, hat er uns dauernd ermahnt, wir sollten uns gerade halten. Er wurde ganz wild, wenn wir einen krummen Rücken machten.»

«Hast du dich geschämt, als du Brüste bekamst?»

«Nicht eigentlich geschämt, man hat zuerst nur das Gefühl, daß man nicht *fertig* wird mit ihnen. Sie stehen vor und wabbeln.» Piet stellte sich Angelas Brüste vor und sagte: «Ich bin sehr gekränkt, daß du über deinen Vater sprichst, wo ich doch immer dachte, *ich* sei dein Problem. Aber du kannst beruhigt sein, *er* ist derjenige, der zahlt.»

«Warum ärgert dich das so? Er hat Geld und wir nicht.»

Die Räder ihres Wagens, des crèmefarbenen Peugeots, knirschten über Kies. Sie waren zu Hause. Lichtvierecke, die aus den Fenstern fielen, verwandelten das Gebüsch in schraffierten Nebel. Der Rasen war matschig unter ihren Füßen: Tau, der wie eine lose Haut am Körper des Winters hing. Ein Ahorn-Schößling, der im Knollenbeet bei der Veranda Wurzeln gefaßt hatte, setzte sein im letzten Sommer begonnenes Wachstum in glitzernden, geraden Trieben fort, die rot wie das Quecksilber im Thermometer waren. Neben dem schwarzen Schornstein stand verschwommen und warm der Mond. Dankbar atmete Piet die feuchte Nacht ein. Sein Sorgenjahr war abgeschlossen, gehörte zu den Akten.

Ruth und Nancy waren in der Obhut von Merissa Mills zurückgeblieben, der halbwüchsigen Tochter des Anführers des ehemaligen Yachthafenklüngels, der sich vor Jahren von seiner Frau hatte scheiden lassen und nach Florida gezogen war, wo er einen Bootsclub aufgemacht und sich wieder verheiratet hatte. Merissa war, wie man es oft bei Kindern aus zerbrochenen Ehen findet, betont unbewegt und höflich und förmlich. Sie sagte: «Es hat jemand angerufen, ein Mr. Whitman. Ich habe die Nummer aufgeschrieben.» Auf einem gelben Quittungsblock von Gallagher & Hannema hatte sie mit Bleistift, in ihrer runden weichen Schrift, Foxys Nummer notiert.

«*Mr.* Whitman?» fragte Piet.

Merissa, die ihr Bücher zusammenpackte, blickte ihn ohne Neugier an. Sie hatte einen solchen Strudel von Schuld und Verstrickung miterlebt, daß sie entschlossen war, derartiges nicht noch einmal durchzumachen. «Er sagte, Sie möchten auf jeden Fall zurückrufen, ganz gleich, wie spät es würde.»

«So spät kann er aber unter keinen Umständen gemeint haben», sagte Angela zu Piet. «Bring jetzt Merissa nach Hause, morgen früh rufe ich Foxy an.»

«Nein!» Schneidend scharf sah er plötzlich, wie die beiden Frauen vor ihm sich übereinander schoben und zu einer einzigen wurden: beide hatten sich früh in moralischer Tapferkeit geübt, beide hatten sich hinter bewußter Selbstbeherrschung verschanzt. Er wußte, daß sie ihn abschirmten gegen irgend etwas im Dunkel da draußen, gegen etwas, das sein war, sein Schicksal, die Frucht seiner Taten. In panischer Hast, als sei dies der letzte noch offene Ausweg, sagte er: «Vielleicht brauchen wir Merissa noch. Ich möchte erst Ken anrufen, bevor wir sie gehen lassen.»

Angela protestierte: «Merissa hat morgen Schule, und ich bin todmüde.» Aber ihre Stimme setzte ihm nicht genügend Widerstand entgegen; er beachtete sie nicht und ging zum Telefon; in seinen Handflächen kribbelte es. Seine Bewegungen, als er den Hörer abnahm und die Nummer wählte, waren so vorsichtig wie die eines Aussätzigen, dem in silbrigen Fetzen das Fleisch abfällt.

Ken kam nach dem zweiten Klingeln an den Apparat. «Piet», sagte er. Es war nicht als Gruß gemeint; er nannte nur etwas beim Namen.

«Ken.»

«Foxy und ich haben eine längere Unterhaltung gehabt.»

«Worüber?»

«Über euch beide.»

«Oh.»

«Ja. Bestreiten Sie, daß Sie seit letztem Sommer ein Verhältnis mit ihr haben?»

Ken wartete; sein Schweigen dehnte sich. Ein ungeduldiger Arzt, der es mit einer den Exitus hinauszögernden Hoffnung zu tun hat. Piet erkannte, daß es keinen Lichtschimmer mehr gab, daß die Wahrheit ausgebrochen war und sie alle umfing, wie Sauerstoff, wie Finsternis. Und einem Sterbenden gleich, der sich nach Monaten erfinderischer Abwehrmaßnahmen erleichtert der Hoffnung auf ein Jenseits zuwendet, sagte Piet mit einem Seufzer: «Nein, ich bestreite es nicht.»

«Gut. Das bringt uns einen Schritt weiter.»

Wortlos, trostlos, schob Angelas Gesicht sich in sein Blickfeld, während er Ken zuhörte.

«Außerdem hat sie mir gesagt, daß sie in diesem Winter ein Kind von Ihnen erwartete und daß ihr in der Zeit, als ich in Chicago war, für eine Unterbrechung der Schwangerschaft gesorgt habt.»

«So, hat sie das gesagt? Während Sie in dieser schlimmen Stadt waren?» Piet hatte das Gefühl, als dehne sich eine diamantharte Fläche vor ihm, und spürte den Drang, auf ihr zu tanzen.

«Ist das wahr oder nicht?» Ken gab nicht nach.

Piet sagte: «Wie sind eigentlich die Spielregeln bei diesem Quiz? Kann ich nur verlieren? Oder auch gewinnen?»

Ken schwieg. Angela wurde bleich, als ihr dämmerte, was vor sich ging, und ihr Mund formte angstvoll die stumme Silbe *Wer?*

Nicht mehr ganz so zuchtmeisterlich, eine Spur nachsichtiger, sagte Ken: «Piet, ich glaube, das Beste wäre, wenn Sie und Angela heute noch herüberkämen.»

«Angela ist schrecklich müde.»

«Könnte ich sie bitte sprechen?»

«Nein, wir kommen.» Er legte auf und fand sich einer rechteckigen leeren Tapetenstelle gegenüber, die etwas dunkler war als die übrige Fläche: bis vor kurzem hatte hier ein Spiegel gehangen. Angela hatte ihn in Nancys Zimmer gebracht, weil das Kind eifersüchtig gewesen war auf die ältere Schwester, die vom Vater einen Spiegel zum Geburtstag bekommen hatte. Piet sagte zu Angela: «Wir müssen gehen», und Merissa fragte er: «Kannst du bleiben?» Beide fügten sich, er hatte während der kurzen Minuten am Telefon die furchteinflößende Würde all jener gewonnen, die nichts mehr zu verlieren haben. Sein Gesicht war eine Maske, in seinen Adern aber tobte ein Sturm, ein siedendes Hin und Her von Scham und Angst, das sich für einen Augenblick zu den nebensächlichen kleinen Handlungen kondensierte – einen störrischen Riegel zurückschieben, die Taschen nach den Autoschlüsseln abklopfen, Merissa zum Abschied zulächeln, ihr versichern, daß es nicht lange dauern werde –, die nötig waren, damit er und Angela das Haus verlassen, in den Nebel hinausgehen und ihren Weg beschreiten konnten.

Wenn man durch die Blackberry Lane fuhr, eine gewundene Verbindungsstraße – früher hieß sie Nigger Lane, aber taktvoll hatte man den Namen umgeändert –, wo zur Zeit Daniel Websters ein entlaufener Sklave sein verlassenes Dasein gefristet hatte und schließlich verreckt war an Einsamkeit und Lungenentzündung, war es nicht weit von den Hannemas zu den Whitmans. Im Sommer fuhr Piet oft noch am Nachmittag, nach der Arbeit, mit seinen Töchtern an den Strand zum Schwimmen und war zum Abendessen wieder zurück. Er und Angela hatten jetzt also nicht viel Zeit zum Reden; Angela sprach hastig und planlos, unbekümmert um die Lückenhaftigkeit dessen, was sie gehört oder sich zusammengereimt hatte. «Wie lange geht das schon?»

«Ach, seit dem Sommer. Ich glaube, sie hat mich teilweise deshalb angestellt, weil sie ausprobieren wollte, ob es zu etwas führt.»

«Denselben Gedanken hatte ich auch schon mal, aber ich dachte immer, deine Arbeit sei dir zu schade für so etwas, ich dachte, es verstieße gegen deine Grundsätze. Mich betrügen, ja, aber deine Leute und Gallagher...»

«Ich habe den Auftrag völlig korrekt durchgeführt. Erst ganz am Schluß haben wir miteinander geschlafen. Und als alles fertig war, als es keinen Grund mehr für mich gab, meinen Wagen vor ihrer Tür zu parken, da bekam ich das Gefühl, daß es unrecht sei.»

«Oh, es kam dir tatsächlich unrecht vor?»

«Gewiß. Es wurde immer bedrückender. Irgendwie religiös und traurig. Sie war so schwanger.» Es gefiel Piet, darüber sprechen zu können; als habe er in dieser anderen Frau insgeheim Angela geliebt und könne ihr jetzt die ganze Höhe und Tiefe seiner Liebe offenbaren.

Sie sagte: «Ja, das ist das Überraschende daran. Daß sie so schwanger war. Für Ken muß das schwer zu verwinden sein.»

Piet zuckte die Achseln. «Es gehörte zu ihr. Wenn es *sie* nicht gestört hat, warum sollte es *mich* dann stören. Im Gegenteil, alles bekam dadurch etwas Unschuldigeres, so als ob sie Ken mit diesem Teil von sich die Treue bewahrte, ganz gleich, was wir mit dem Rest machten.»

«Wie oft hast du insgesamt mit ihr geschlafen?»

«Oh. Dreißig-, vierzigmal.»

«Vierzigmal!»

«Du hast mich gefragt.» Sie weinte. Er sagte: «Wein doch nicht.»

«Ich weine, weil du in letzter Zeit einen glücklicheren Eindruck gemacht hast, und ich dachte, das läge an *mir*, dabei lag es an *ihr*.»

«Nein, das lag nicht an ihr.» Er spürte eine weiche Stelle unter sich, eine verborgene Grube: Bea.

«Nein? Wann warst du das letzte Mal bei ihr?»

Die Abtreibung. Sie durfte nichts davon erfahren. Aber die Sache war zu groß, als daß man sie verbergen konnte. Groß wie ein Baum. Der Boden in seinem Schatten war verdächtig kahl. Piet sagte: «Es ist Monate her. Wir beschlossen, daß es das letzte Mal sein sollte.»

«Aber das Baby war schon geboren?»

«Ja, es war ungefähr sechs Wochen nach der Entbindung. Ich war überrascht, daß sie mich noch wollte.»

«Du bist so bescheiden.» Ihre Stimme war bar aller Ironie, tot. Eine gerammte Briefkastensäule, schief, für immer nach hinten gekippt, schwenkte ins Scheinwerferlicht. Nebelgeister stoben von der Marsch herauf, da, wo die Straße sich senkte. Angela fragte: «Warum hast du Schluß gemacht?»

An anderer Stelle war er geizig gewesen mit der Wahrheit, hier ging er freigebig mit ihr um. «Der Schaden war größer als die Annehmlichkeit. Dir gegenüber wurde ich allmählich grausam, und die Kinder sah ich überhaupt nicht mehr; ich hatte das Gefühl, als wüchsen sie ohne mich auf. Dann bekam sie ihr Kind, einen Jungen noch dazu, und damit schien es irgendwie besiegelt, daß unsere Zeit um war.» Er setzte hinzu: «Zeit zu lieben, Zeit zu sterben.»

Ihre Tränen waren versiegt, hatten aber Spuren in ihrer Stimme hinterlassen, eine ausgewaschene Ödnis. «Hast du sie geliebt?»

Er erwog jetzt genau, wohin er trat; ihr Gespräch hatte aus einem dichten, trügerischen Wald in eine Wüste geführt, wo jeder Schritt einen Abdruck hinterließ. Er sagte: «Ich bin nicht sicher, ob ich weiß, was dieser Terminus bedeutet. Es hat mir Freude gemacht, mit ihr zusammenzusein, ja.»

«Und mit Georgene hat es dir auch Freude gemacht?»

«Ja. Auf eine weniger komplizierte Weise. Sie war nicht so anspruchsvoll. Foxy wollte mich immer erziehen.»

«Gibt es sonst noch welche?»

«Nein.» Die Lüge blieb in der Luft hängen, bis sie in die letzte Straßensenke vor der kleinen Anhöhe tauchten, auf der das Haus der Whitmans lag.

«Und ich? Hat es dir je Freude gemacht, mit *mir* zusammenzusein?» Die Wüste hatte sich verändert; der gleitende Sand von Angelas Stimme war zu ausgebranntem Gestein geworden, einstmals weich, scharfkantig jetzt.

«Oh, mein Gott», sagte Piet, «mit dir zusammenzusein ist der Himmel auf Erden.» Er sprach hastig weiter, sein Entschluß stand jetzt fest. «Da ist noch etwas, das du wissen solltest, weil Ken es weiß. Zum Schluß, als ich der Meinung war, die Geschichte sei zu Ende, wurde Foxy schwanger von mir, frag mich nicht, wie, es war absurd, und wir konnten mit Freddy Thornes Hilfe eine Abtreibung ermöglichen. Der Preis, den er dafür verlangte, war die Nacht mit dir. Es klingt furchtbar, aber es war die einzige Möglichkeit so, es war fabelhaft von dir, und zwischen Foxy und mir war es damit endgültig aus. Aus und vorbei. Erledigt. Wir müssen heute nacht bloß noch hin, damit ich meinen Rüffel kriege.»

Sie waren angekommen. Als er den Motor abgestellt hatte und

Angela immer noch nichts sagte, wurde er unruhig. Endlich sprach sie, aber ihre Stimme klang winzig, fern, erloschen. «Es ist besser, du bringst mich nach Haus.»

«Mach kein Theater, du *mußt* mitkommen.» Er rechtfertigte seinen herrischen Ton: «Ich bin zu feige, um ohne dich reinzugehen.»

Sie läuteten, und Ken öffnete. Er trug eine Hausjacke mit Seidenschal: der Gastgeber. Ernst gab er Piet die Hand und maß ihn flüchtig mit seinen flachen grauen Augen, als mache er einen Schnappschuß von ihm. Angela begrüßte er mit einer Fürsorglichkeit, die fast etwas Flirtendes hatte. Seine männliche Stimme und seine breiten Schultern füllten behäbig den Raum, in dem Foxy allein immer so hilflos und verloren gewirkt hatte. Er nahm ihnen die Garderobe ab – Angelas blauen zweitbesten Mantel und Piets knappe aprikosenfarbene Lederjacke – und führte sie durch die mit einem Flickenteppich ausgelegte Diele; Angela sah sich mit großen Augen um, fasziniert, wie dies Haus, das sie sich so sehr gewünscht hatte, renoviert worden war. Sie flüsterte Piet zu: «Hast *du* die Tapete ausgesucht?» Foxy saß im Wohnzimmer, sie hielt das Baby im Schoß und fütterte es. Weder konnte sie aufstehen, noch fiel ihr etwas zur Begrüßung ein, und so lächelte sie nur. Ihr tränennasses, vom Lächeln erhelltes Gesicht kam Piet wie ein Netz voller Edelsteine vor; Lampenschimmer floß über ihr offenes Haar auf das gesichtslose Bündel herab, das in ihrem Schoß lag. Die Batterie von Flaschen auf dem Sofatisch glitzerte. Sie hatten getrunken. Im gesellschaftlichen Leben von Tarbox gab es nichts Schmeichelhafteres als eine Einladung, bei der man in die private Sphäre eines anderen Paares einbezogen wurde und teilnahm an seiner intimen Zwanglosigkeit, seinen unverhüllten Zwistigkeiten und den damit verbundenen Kümmernissen. Es war schwer für die beiden Paare, sich dem Zauber dieser intimen Nacht zu entziehen und einander als Feinde zu sehen. Angela setzte sich auf den alten Ledersessel, und Piet nahm sich den Binsenstuhl mit der Rückenlehne aus Holzsprossen, den Foxys Mutter, entsetzt über die Kahlheit des Hauses, aus Maryland geschickt hatte. Ken blieb stehen und versuchte, die Sitzung in akademischer Manier zu leiten. Piet hatte das Bedürfnis, Ulk zu treiben, sich unsichtbar zu machen hinter der überkommenen Maske des Clowns. Angela und Foxy saßen mit schimmernden übereinandergeschlagenen Beinen da und verliehen der Zusammenkunft die beflügelnde Anmut weiblicher Zeugenschaft, ohne die, seit Adam den Tieren Namen gab, kein Geschehen vollkommen ist. Frauen sind sanfte, nützliche Wesen, zwischen uns geschaltet, um die Schuld zu zerstreuen.

Ken fragte, was sie zu trinken wünschten: er trug die Hausjacke, mußte sich diesem Kostüm anpassen. Für die Schmach ist im Fundus nichts vorgesehen. Angela sagte: «Nichts.»

Piet wollte gern etwas haben, das Gin enthielt. Da die Tonic-Zeit noch nicht angebrochen war, vielleicht ein wenig trockenen Wermut, halb und halb, einen europäischen Martini. Irgendwas, bloß keinen Whisky. Er schilderte den Whiskydampf auf der Bürgerversammlung und war enttäuscht, als niemand lachte. Mißmutig fragte er: «Ken, was ist denn der erste Punkt auf Ihrer Tagesordnung?»

Ken beachtete ihn nicht, sondern wandte sich an Angela: «Wieviel haben Sie gewußt von dieser ganzen Sache?»

«Aha», sagte Piet. «Ein mündliches Examen.»

Angela sagte: «Ich wußte so viel wie Sie. Nichts.»

«Sie müssen doch irgendwelche Vermutungen gehabt haben.»

«Ich stelle mancherlei Vermutungen über Piet an, aber er ist so aalglatt.»

«Wendig, würde ich vorschlagen», sagte Piet.

Ken wandte den Blick nicht von Angela. «Aber Sie sind den ganzen Tag zu Hause. Ich bin von sieben Uhr früh bis sieben Uhr abends weg.»

Angela verlagerte ihr Gewicht nach vorn, so daß das Lederpolster aufseufzte. «Worauf wollen Sie hinaus, Ken? Daß ich ungenügend bin als Ehefrau?»

Foxy sagte: «Einer der Gründe, weshalb Angela eine so gute Frau für Piet abgibt, eine bessere, als ich je sein könnte, ist, daß sie sich die Augen zuhält.»

«Oh, ich bin nicht so sicher», sagte Angela, damit beschäftigt – denn zu diesem Zweck war sie auf dem Sessel vorgerückt –, sich einen Cognac einzugießen. Es war einer mit fünf Sternen, aber das einzig verfügbare Trinkgefäß war ein irdener Marmeladentopf. In Foxys Haushalt gab es mehrere solcher Lücken und Tücken. Piet hatte bei spätnachmittäglichen Besuchen, durch den blonden Regenbogen ihrer Umarmung hindurch, schmutziges Frühstücksgeschirr auf dem Sofatisch gesehen oder ein Buch, in dem ein vertrocknetes Stückchen Speck als Lesezeichen steckte. Wenn er sie auf so etwas hinwies, behauptete sie, das sei Absicht, sie habe ihn damit zum Lachen bringen wollen; aber er hatte bemerkt, daß auch ihre Unterwäsche nicht immer sauber war.

Außerstande, Angelas harmlosen Einwand unwidersprochen zu lassen, setzte sie sich, das schlafende Bündel in ihrem Schoß unsanft erschütternd, aufrecht hin und sagte rechthaberisch: «Das war als Kompliment gemeint. Ich finde, es ist eine sehr gute Eigenschaft. Ich könnte niemals so sein: die weise, über alles hinwegsehende Ehefrau. Ich bin von Grund auf eifersüchtig. Ich bin fast gestorben, wenn ich auf Partys mitansehen mußte, wie Sie mit diesem süßen, besitzwütigen Lächeln auf Piet zugekommen sind, um ihn mit nach Hause ins Bett zu schleppen.»

Piet zuckte zusammen. Worauf es ankam, war, Ken nicht zu klar sehen zu lassen. Das Thema wechseln. Wie ein ganz harmloser Mensch, der in aller Unschuld um eine Auskunft bittet, fragte er: «Wie sind Sie eigentlich dahintergekommen?»

«Jemand hat es ihm erzählt», fuhr Foxy dazwischen. «Eine Frau. Eine eifersüchtige Frau.»

«Georgene», sagte Piet.

«Genau», sagte Foxy.

Ken sagte: «Nein, es war Marcia Klein-Smith. Wir trafen uns neulich zufällig in der Stadt, und da fragte sie mich, was denn noch alles an unserem Haus gemacht würde, denn Piets Wagen stehe so oft vor der Tür.»

«Lächerlich, die beiden haben verabredet, das zu behaupten», sagte Foxy zu Piet. «Natürlich war es Georgene. Als sie uns letzte Woche hier zusammen sitzen sah, war mir gleich klar, daß sie etwas Gemeines tun würde. In ihrem Leben gibt es keine Liebe, und darum kann sie es nicht ertragen, wenn sie bei andern welche sieht.»

Piet mochte ihre rücksichtslose Art nicht; er fand, sie schuldeten dem Paar, dem sie so viel Unrecht zugefügt hatten, einen etwas gemäßigteren Ton. Vorwurfsvoll sagte er: «Und dann hast du ihm alles erzählt.»

Die Edelsteine in ihrem Gesicht zerrissen das Netz. «Ja, das habe ich. Als ich erst mal angefangen hatte, konnte ich nicht mehr aufhören. Es tut mir leid, für dich, aber sonst nicht. Du hast mir das Leben zur Hölle gemacht, Piet.»

Angela lächelte Ken zu, über den Cognac hinweg. «Sie streiten sich.»

«Es ist ihr Problem», antwortete er, und als Piet den unnachgiebigen Ton hörte, wurde ihm klar, daß Ken nicht wie er selber davon ausging, das Problem betreffe sie *alle*, sei ein Gewebe aus Schuld und Sühne, in das sie zu viert verstrickt waren. Kens Bestreben war, das erkannte er, sich selber freizusprechen und herauszulösen.

Angela, über die zunehmende Härte der beiden andern ebenso erschreckt wie Piet, neigte ihren ovalen Kopf ein wenig in Foxys Richtung und fragte leise: «Georgene hat euch vor einer Woche zusammen gesehen? Piet hat mir gesagt, es sei längst aus.»

Foxy sagte: «Er hat Sie angelogen, Liebste.»

«Das habe ich *nicht.*» Piets Gesicht brannte. «Ich bin vorbeigekommen, weil du dich elend gefühlt hast. Wir haben nicht miteinander geschlafen, wir haben uns kaum unterhalten. Wir waren beide der Ansicht, daß mit der Abtreibung etwas zu Ende gegangen ist, das längst hätte zu Ende gehen sollen. Das war alles.»

«War es wirklich alles?» Augen niedergeschlagen, Samtmund geschürzt. Er erinnerte sich an die ganz bestimmte subtile Geschmeidigkeit ihrer Lippen. Ihr Verhalten war eine Mischung aus Unterwerfung und Trotz. Und als er mit den Augen ihren schönen Körper umfing, war ihm, als beschwöre sie ihn, ihr nicht die gleiche Demütigung zuzufügen, die Peter ihr angetan hatte.

Ken wandte sich wieder Angela zu. «Was *wissen* Sie eigentlich? Wissen Sie, daß sie während der Kennedy-Party im Badezimmer herumgeknutscht haben? Wissen Sie, daß er es eine Zeitlang mit beiden getrieben hat, mit Georgene *und* Foxy, und daß er es jetzt mit einer andern treibt?»

«Mit wem?»

Angelas schnelle Frage brachte die Whitmans aus der Fassung; sie sahen einander an, einer wartete auf ein Zeichen des andern. Piet registrierte, daß Foxy sich nicht rührte. Ken sagte es Angela ins Gesicht. «Bea.»

«Die liebe Bea», sagte Angela und fuhr mit zwei Fingerspitzen immer im Kreis über einen Messingnagel des Ledersessels: über den zweiten von oben an der Außenkante der linken Lehne. Schmerz, mit so viel Gelassenheit ertragen. Lesbierinnen-Verrat. Sich in Chitons kleiden, Gedichten lauschen. Streicht mir immer über den Arm. Hokkey.

Piet griff ein. «Das ist übles Gerede. Was für Beweise habt ihr denn?»

«Schon gut, Piet», sagte Angela leise.

Ken nahm wieder sein erzieherisches Gehabe an; professorales Grau schimmerte an seinen Schläfen, als er sich im Lampenschein zu Angela hinabbeugte. «Über die Abtreibung sind Sie orientiert?» In seinem Gesicht staute sich etwas, das sich durch den pedantischen Mund Luft machen wollte. Ein schwammiger strebsamer Junge, der in der Pause von seinen Mitschülern verhöhnt worden ist. *Nie sticheln, Piet, nie sticheln.*

«Warum läßt er meine Frau nicht in Ruhe?» fragte Piet Foxy.

Angela nickte, ja, sie sei orientiert, und mit einer anmutigen Handbewegung setzte sie hinzu: «Ken, mir scheint, die beiden haben das ebenso sehr für Sie getan wie für sich selber. Eine zynische Frau hätte das Kind bekommen und es als Ihres großgezogen.»

«Da müßte ich schon total blind sein. Ich weiß, wie ein Whitman auszusehen hat.»

«Man braucht ja bloß hinzuhören, dann weiß man Bescheid», sagte Piet. «Schon in der Wiege fangen sie an zu dozieren.»

Ken kehrte sich ihm zu. «Zu den Schritten, die ich erwäge, gehört auch eine Strafanzeige gegen Thorne. Sie würden wegen Beihilfe belangt.»

«Um Gottes willen, warum denn?» fragte Piet. «Das war vermutlich die christlichste Tat, die Freddy Thorne je begangen hat. Er mußte es ja nicht tun, er hat es aus Mitleid getan. Mehr noch, aus Liebe.»

«Aus Liebe zu wem?»

«Zu seinen *Freunden.*» Und als Piet dies aussprach, fühlte er, wie sein Herz, vor Liebe nervös, vibrierte, als ob er und Freddy, jetzt, da die Wand zwischen ihnen niedergerissen war, einander endlich so schrankenlos verstünden, wie sie es sich lange ersehnt und an jenem Abend in der dumpfigen Diele der Constantines fast schon erreicht hatten. Haß und Liebe, beide dürsten danach, zu wissen.

Ken sagte, und mit seiner Oberlippe ging etwas Sonderbares vor – ein hämisches Vorwölben, ein höhnisches Halbstarkengrinsen: «Er hat es getan, weil er überall seine Finger reinstecken will. Aber darauf kommt es jetzt nicht mehr an. Es ist geschehen, und ich sehe keinen Weg mehr zurück.»

Angela verstand ihn rascher als die andern. «Wirklich gar keinen?» fragte sie.

Ken bestätigte ihre Schlußfolgerung. «Mir reicht es. Um in der Fachsprache zu sprechen: es gibt Reaktionen, die sind umkehrbar, und es gibt solche, die sind es nicht. Das, was hier geschehen ist, scheint mir nicht mehr umkehrbar zu sein. Mit einfacher Untreue könnte man fertig werden, auch mit einer längeren Affäre noch, aber so ... mit meinem *Kind* in ihrem Leib –»

«Ach, sei nicht so abergläubisch», unterbrach ihn Foxy.

«– und dann noch diese monströse Sache mit Thorne ...»

«So können Sie das nicht hinstellen», sagte Angela. «Piet hat recht, es war reine Barmherzigkeit, so wie die Dinge lagen.»

Piet sagte: «Den ganzen Sommer hat sie mir lange Briefe geschrieben, in denen immer wieder stand, wie sehr sie Sie liebt.» Aber noch während er sich verteidigte, wußte er, daß es zwecklos war, und diese Erkenntnis befriedigte ihn, denn er fühlte sich einem Gott untertan, der uns in seiner Gnade die Verteidigung erläßt, der die Balken seines göttlichen Ratschlusses fest ineinanderfügt und das Universum mit Ordnung überdacht.

Dann redete Ken wieder, und seine Stimme bekam, obwohl er

noch immer wie ein gestrenger Erzieher vor ihnen stand, etwas jünglingshaft Unsicheres. «Ich darf noch einmal beginnen. Mir ist klar, daß ich niemandem von euch etwas bedeute. Aber dieser Abend war nicht ganz leicht für mich, und ich möchte mich dazu äußern.»

«Hört, hört», sagte Piet. Zufrieden wartete er darauf, zerschmettert erlöst zu werden.

«In gewissem Sinn», fuhr Ken fort, «bin ich ganz dankbar und voll guten Willens, denn als Wissenschaftler bin ich gehalten, nach der Wahrheit zu forschen, und heute abend ist sie mir zuteil geworden, da will ich mich ihrer auch würdig erweisen. Ich will ihr nicht ausweichen.»

Piet goß sich noch etwas Gin ein. Foxy blinzelte und ruckelte das Baby hin und her; Angela nippte an ihrem Cognac und blieb vorn auf der Kante des gewaltigen Ledersessels sitzen.

«In der Chemie», sagte Ken, «haben die Moleküle *Bindungen*. Einige Verbindungen sind stärker, andere sind schwächer gebunden. Heute können wir zwar an Hand der Atom-Wertigkeiten erklären, warum das so ist, aber ursprünglich war das Ganze eine rein pragmatische Angelegenheit. Als ich heute abend meiner Frau zuhörte – nicht nur dem, *was* sie sagte: all diese erstaunlich kaltblütigen Betrügereien, sondern auch, *wie* sie es sagte: die genießerische Rückhaltlosigkeit, mit der sie es vorbrachte –, mußte ich feststellen, daß die Bindung zwischen uns nicht gerade stark ist. Dabei sollte sie es eigentlich sein. Wir entstammen den gleichen Kreisen, wir sind beide intelligent, wir können an einem einmal gefaßten Entschluß festhalten, sie hat mit mir eine Reihe von, wie sie jetzt sagt, recht trostlosen Jahren durchgehalten. Sie hat mir gesagt, sie habe vergessen, was Liebe sei, bis *Sie* auf den Plan traten, Piet. Nein, sagen Sie nichts. Vielleicht bin ich unfähig zu lieben. Ich habe immer angenommen, daß ich sie liebe, daß ich fühle, was man in einem solchen Fall eben fühlt. Ich wollte, daß sie ein Kind bekommt, sobald wir Platz dafür hätten, ich habe ihr dieses Haus verschafft –»

Foxy unterbrach ihn: «Du hast dir selber dieses Haus verschafft.»

Kens Hände, langfingrig und jünger als sein übriger Körper, hatten tastend auf einer imaginären Ebene vor ihm Diagramme entworfen; gemaßregelt fielen sie jetzt an seinen Seiten herab. Er kehrte sich Piet zu und sagte: «Sehen Sie? Keine Bindung. Aber zwischen Ihnen und Foxy besteht ja offensichtlich eine. Viel Erfolg also.»

«*Wenig* Erfolg, möchte ich hoffen», mischte Angela sich ein.

Ken sah sie überrascht an. Er war der Meinung, er habe sich verständlich genug ausgedrückt. «Ich lasse mich scheiden.»

«Das ist nicht Ihr Ernst.»

«Ist das sein Ernst?»

Angela hatte Ken, Piet hatte Foxy gemeint. Foxy nickte auf Piets Frage, die Edelsteine streuten sich wieder brennend über ihr Gesicht und überstrahlten den dämmernden Blick des Erkennens, das Eingeständnis der Hoffnungslosigkeit. Piet mußte an Nancy denken, an ihren Ausdruck, kurz bevor sie zu weinen anfing, wenn sie sich noch auflehnte gegen das sichere Wissen, daß gleich die Tränen kommen würden: dieser winzige Augenblick der Unentschiedenheit, ehe ihr Gesicht auseinanderfiel, in Scherben ging wie eine Vase und ihre Zunge sichtbar wurde, die sich in Qual gegen den Boden der Mundhöhle preßte.

«Wenn Sie sich von ihr scheiden lassen, muß ich sie heiraten.» Piet hatte das Gefühl, dieser Satz war ihm herausgerutscht; er konnte sich nicht vorstellen, daß er ihn gesprochen haben sollte. War es eine Drohung, eine Beschwerde, ein Versprechen?

Foxy sagte trocken: «Das ist der reizendste Heiratsantrag, den ich je gehört habe.» Aber sie hatte es ausgesprochen: ein Heiratsantrag.

«Oh, mein Gott, mein Gott!» weinte Angela. «Mir ist übel, übel.»

«Hör auf, alles zweimal zu sagen!» sagte Piet.

«Er liebt sie nicht, er liebt sie ganz bestimmt nicht», sagte Angela zu Ken. «Er versucht schon seit dem Sommer, sie loszuwerden.»

Ken sagte zu Piet: «Ich weiß nicht, was Sie zu tun haben. Ich weiß nur, was *ich* zu tun habe.»

Piet beschwor ihn: «Sie können sich doch nicht scheiden lassen wegen einer Sache, die vorüber ist. Sehen Sie sie doch an. Sie bereut. Sie hat gebeichtet. Es ist *Ihr* Kind, das sie da im Arm hält. Bringen Sie sie weg von hier, schlagen Sie sie, verlassen Sie Tarbox, gehen Sie mit ihr nach Cambridge zurück, machen Sie sonst was. Aber kein vernünftiger Mensch –»

Ken sagte: «Ich bin nur zu vernünftig. Das Gesetz ist auf meiner Seite, und meine Gründe reichen dreimal aus.»

«Hören Sie für eine Sekunde auf, der Sohn eines Rechtsanwalts zu sein. Versuchen Sie, ein Mensch zu sein. Das Gesetz ist tot.»

«Die Sache ist nur die», sagte Ken und setzte sich endlich, «sie bereut *nicht*.»

«Natürlich tut sie das», sagte Piet. «Sehen Sie sie doch an. Fragen Sie sie.»

Ken fragte sanft, als wecke er sie auf: «Fox, stimmt das? Bereust du es?»

Sie musterte ihn mit unerschrockenen braunen Augen und sagte: «Ich werde dir jeden Abend die Füße waschen und anschließend das Wasser trinken.»

Ken wandte sich wieder Piet zu: das Experiment war geglückt. «Was habe ich gesagt? Sie macht sich lustig über mich.»

Foxy stand auf, reckte sich zu ihrer ganzen Größe, hielt das Kind aufrecht gegen ihre Schulter gelehnt und trommelte ihm leicht auf den Rücken. «Ich habe keine Lust mehr, mich wie ein Gegenstand behandeln zu lassen», sagte sie kategorisch. «Entschuldigen Sie mich, Angela. Es tut mir ehrlich leid, daß ich Ihnen Kummer mache, aber diese *Männer.* Immerfort dieses Wetteifern in Selbstmitleid.» An der Tür blieb sie stehen, um sich eine Decke von einem Stuhl zu angeln, und als sie sich niederbeugte, machte Tobias mitten in das Schweigen hinein, das bei ihrem Abgang entstand, sein Bäuerchen.

Angelas Schultern zuckten vor Lachen bei diesem kleinen Verdauungsrülpser, der sich mit so ominöser Deutlichkeit vernehmen ließ. Sie hatte die Hände vors Gesicht geschlagen. Jetzt nahm sie sie weg: als klappe sie, ihr eigener Altardiener, ehrfürchtig die Seitenflügel eines Triptychons auf. Ein Gesicht, so empfand Piet es, das ertrunken war in Selbsterkenntnis, ein Gebilde aus Öffnungen, bereit wie eine Seeanemone, alles aufzunehmen, was drüberhin geschwemmt wurde. «Ich möchte nach Hause», sagte sie zu Ken. «Ich bin müde, ich möchte ein Bad nehmen. Ist alles geklärt? Sie lassen sich von Foxy scheiden, und Piet läßt sich von mir scheiden. Wollen Sie mich heiraten, Ken?»

Er antwortete ihr mit einer Galanterie, die Piet in seinem Verdacht bestärkte – einem Verdacht, den er von Kindheit an gehabt hatte –, daß die Welt von Menschen bewohnt war, die größer und erfahrener, gewandter und weniger gierig waren als er. Ken sagte: «Sie führen mich in Versuchung. Ich wollte, wir hätten einander vor Jahren kennengelernt.»

«Vor Jahren», sagte Angela, «wären wir zu sehr damit beschäftigt gewesen, brave Kinder zu sein.» Sie fragte Piet: «Wie wollen wir's machen? Willst du heute nacht noch ausziehen?»

«Dramatisiere doch nicht alles so», sagte Piet. «Nichts ist geklärt. Ich finde, wir sollten uns das Ganze erst mal bei Tageslicht besehen.»

Ken fragte: «Demnach treten Sie bereits zurück von Ihrem Angebot?»

«Von was für einem Angebot?»

Ken sagte: «Piet, Sie sollten sich über eines klarwerden, das uns beide betrifft und das mir aus irgendeinem Grund – vermutlich, weil es der gute Ton heute so verlangt – nicht recht über die Lippen will und das Ihnen bei dieser Unterhaltung auch keineswegs deutlich geworden zu sein scheint, so wie Sie da sitzen und lächeln. Ich verabscheue Ihre Unverfrorenheit.» Es klang falsch; er verbesserte sich:

«Ich verabscheue Sie für das, was Sie mir angetan haben, was Sie Foxy angetan haben.»

Piet dachte, Angela werde ihn verteidigen, zumindest einen kleinen Protest einlegen; aber sie schwieg.

Ken fuhr fort: «In weniger als einem Jahr haben Sie, Sie und diese verpestete Stadt, alles kaputtgemacht, was meine Frau und ich in sieben Jahren aufgebaut haben. Die Lustigkeit, die Sie an den Tag legen, täuscht; es macht Ihnen Vergnügen, zu zerstören. Sie genießen es. Der Rote Rächer. Sie weiden sich daran; Sie haben sich *geweidet* am Unglück dieser armen Frau.»

Piet hatte es satt, abgekanzelt zu werden, und rebellierte. Er stand auf und sagte: «Schließlich handelt es sich um Ihre Frau! Es liegt an *Ihnen,* ob sie in Ihrem Bett bleibt. Sie haben sie verloren, bevor Sie überhaupt mit ihr angefangen haben. Wenn sie auch nur einen Funken Selbstachtung besäßen, hätten Sie sie gar nicht erst geheiratet – Sie haben sich ihre Enttäuschung zunutze gemacht. Geben Sie *mir* doch nicht die Schuld, wenn nichts zum Blühen gekommen ist in diesem –» in der Tür zur Diele drehte er sich um – Angela war schon vorausgegangen – und deutete mit einer weitausholenden Armbewegung auf die Cambridge-Möbel, die leere Korbwiege, die spiegelnden Fenster, die Summe der Ehejahre – «in diesem Reagenzglas.» Befriedigt über seine schlagfertige Antwort, wartete er darauf, daß Angela ihm beipflichte, aber sie hatte schon die Haustür ins Schloß fallen lassen. Die feuchte Luft draußen überrumpelte ihn; er machte einen Schritt zur Seite, trat zwischen die gestutzten Fliederbüsche; etwas Scharfes stach ihn unters Auge, und er überlegte, ob er vielleicht betrunken sei und deshalb so übermütig.

Das Auto schoß durch den Nebel. Angela fragte: «War sie so viel besser im Bett als ich?»

Piet erwiderte: «Sie war anders. Sie hat ein paar Sachen gemacht, die du nie machst, ich glaube, sie legt mehr Wert auf Männer als du. Sie ist unsicherer als du, könnte man sagen, und wahrscheinlich ein bißchen maskulin. Rein physisch gesehen, bist *du* mehr vorhanden, sie ist ein bißchen steif, und ihre Reaktionsfähigkeit ist noch nicht so richtig entwickelt. Sie ist jung, wie du ja selber mal sagtest.»

Angela brach zusammen bei dieser erschöpfenden Auskunft, als habe nichts sonst sie bisher davon überzeugt, daß Piet die andere Frau wirklich besessen hatte. Sie schrie und ließ sich auf den gummibelegten Boden des Autos fallen, schlug mit den Armen um sich in dem engen, metallkantigen Raum, warf den Kopf hin und her und preßte ihn ins staubige Sitzpolster, um ihre Schreie zu ersticken. Piet trat auf die Bremse, brachte den Peugeot zum Stehen, ging um den tikkenden Kühler herum auf die andere Seite und machte Angelas Tür auf. Er zog sie heraus; schlaff und schlenkerig wie eine Betrunkene oder eine Marionette hing sie ihm in den Armen. «Atme tief durch», sagte er. Die Strandstraße hatte an dieser Stelle ein starkes Gefälle zur Marsch hinunter, und der Nebel war dick und schwer von Salz, schmeckte nach Ewigkeit. Angela faßte sich wieder, entschuldigte sich, rupfte eine Handvoll Frühlingsgras aus und preßte es sich auf die geschlossenen Augen. Ein Scheinwerferpaar schlingerte durch den Nebel auf sie zu und hielt.

Eine Wagentür öffnete sich. Harold Klein-Smiths durchdringend scharfe Stimme rief: «Alles klar da drüben?»

«Vielen Dank, ja. Wir schnuppern nur ein bißchen Seeluft.»

«Oh, Piet, du bist es! Wen hast du denn da bei dir?»

«Angela.»

«Hallo», rief Angela, um Zweifeln vorzubeugen.

Piet rief über das schimmernde Autodach hinweg: «Wie war denn die Party?»

«Es war keine Party», sagte Harold schuldbewußt. «Nur ein Glas Bier. *Un peu de bière.* Carol hat euch gesucht, aber ihr seid durch den anderen Ausgang gegangen.»

«Wir hätten sowieso nicht kommen können, trotzdem vielen Dank», sagte Piet, und er fragte: «Und wen hast *du* bei dir?»

«Marcia natürlich.»

«Wieso natürlich?»

Marcias Stimme pfiff durch den Nebel: «Das kannst du dir sparen, Piet. Du bist ein gräßlicher alter Kerl.»

«Und du eine Zuckerpuppe. Gute Nacht allerseits.»

«Gute Nacht, Hannemas.» Die beiden roten Rücklichter wurden kleiner, zergingen. Schweigen herrschte, nur das Seufzen des Meerwassers war zu hören, das in den Kanälen stieg und das Salzgras aufrichtete und es rascheln und saugen ließ. Ihre Schreie waren tierhaft gewesen, nein, weniger als das: Geräusche eines gestörten Mechanismus. Es wollte Piet nicht in den Kopf, daß die Welt – der Einuhrnachts-Nebel, die vertraute Geographie von Tarbox – unverändert fortbestehen konnte nach einem solchen Zusammenbruch. Angela bedankte sich bei Merissa, log ihr etwas vor, weshalb sie noch einmal hätten weggehen müssen («Das Baby hatte eine Kolik, und da sind sie in Panik geraten; es ist ihr erstes, weißt du.»); und Merissa, die im Schein des Fernsehapparats gelesen hatte, packte, ohne eine Miene zu verziehen, ihre Bücher zusammen. Piet brachte sie heim, und ein Duft nach Mandarinen strömte von ihr aus, und sie sprach von dem schrecklichen Erdbeben in Anchorage. Als er zurückkehrte, waren unten im Haus alle Lichter aus, und Angela lag oben in der Badewanne. Bis auf die türkis geäderten Brüste, die leicht gebräunten Schultern und Schenkel war ihr Körper vom Wasser umspült, und träge seifte sie ihre Scham ein. Kreisförmig fuhr sie mit der Hand drüberhin, zwirbelte das schaumglitschige Haar zu spitzen kleinen Büscheln zusammen, bewegte sich, so daß eine klatschende Welle den Seifenschaum wegwusch. Ihre Brüste schwappten und schwammen im perligtrüben Wasser; ihr Haar war zu einem weichen Knoten hochgesteckt und legte zärtlich ihren Nacken bloß.

Piet sagte: «Entschuldige, aber ich muß auf die Toilette. Mein Bauch ist wie mit Säure vollgepumpt.»

«Tu dir keinen Zwang an. Laß dich nicht stören.»

Er streifte die Hosen herunter, setzte sich, und während es in brennendem, erlösendem Schwall aus ihm herausbrach, starrte er fasziniert auf ihre Zehen: vom heißen Wasser ausgelaugte, rosige, kätzchenhafte Knubbel. Foxy hatte lange Greifzehen; eines Abends bei den Constantines hatte er gesehen, wie sie mit dem Fuß einen Bleistift hielt und *Elizabeth* an die Wand schrieb. Er fragte Angela: «Wie fühlst du dich?»

«Kreuzunglücklich. Wenn du mir das Rasiermesser reichst, schneide ich mir die Pulsadern auf.»

«Sag nicht so etwas.» Ein zweiter Schwall löste sich aus ihm, er mußte einen Augenblick die Luft anhalten und antwortete mit einer kleinen Verspätung. Wo kam bloß dies viele Gift her? Tötete Gin die Enzyme?

«Warum nicht?» Angela machte eine Vierteldrehung; das Wasser schwappte in kleinen Wellen. «Es würde dir den ganzen Scheidungsärger ersparen. Ich glaube nicht, daß mein Vater mir erlaubt, sehr großzügig zu sein.»

«Glaubst du denn –» ein dritter, schwächerer Schwall – «daß es soweit kommen wird? Ich habe Todesangst vor dieser Frau.»

«Ich war dabei, wie du ihr einen Heiratsantrag machtest.»

«Sie hat es so ausgelegt. Aber ehrlich gesagt, ich möchte viel lieber mit dir verheiratet bleiben.»

«Vielleicht möchte *ich* aber nicht mit dir verheiratet bleiben.»

«Aber du hast doch niemanden, zu dem du gehen könntest.»

«Nein, niemanden. Nur mich selbst. Du hast mich nie richtig zu mir selbst kommen lassen. Immerfort mußte ich mit dir auf Partys gehen oder selber welche veranstalten, bloß damit du die Frauen von all diesen trübseligen Männern verführen konntest.»

Er liebte ihre beiläufigen, gelassenen Wahrheiten; er liebte die

Eintracht mit ihr, er genoß es, ihr Schüler zu sein. «Sie sind wirklich trübselig. Ich bin draufgekommen, daß es zweierlei Sorten von trüben Tassen in dieser Stadt gibt: solche, die zum oberen Mittelstand gehören, und solche, die zum unteren gehören. Die vom oberen waren auf dem College. Mein Problem ist, daß ich sozusagen mittlerer Mittelstand bin.»

Sie fragte: «Wie fandest du Ken?»

«Greulich. Ein richtiger Computer. Man braucht bloß ein paar Angaben zur Person und Sache reinzustecken, und schon kommt fix und fertig der Urteilsspruch heraus.»

«Ich weiß nicht», sagte Angela, im Wasser sachte die Beine spreizend und schließend und wieder spreizend, «ich finde, er hat mehr Mut bewiesen, als wir alle zusammen.»

«Weil er von Scheidung geredet hat? Er denkt überhaupt nicht daran, sich von ihr scheiden zu lassen. Ihm lag nur daran, daß wir alle, sie und ich und du, einen Schreck bekommen und seine Schuljungenehre gewahrt bleibt.»

«Ich hatte nicht den Eindruck, daß sie einen Schreck bekommen hat. Sie hat es doch darauf angelegt. Warum hat sie sonst wohl den Abend damit zugebracht, ihm alles zu erzählen?»

Schneidende Kälte fuhr ihm plötzlich in die entleerten Gedärme. Er wischte sich ab und drückte auf den Wasserknopf. Der Geruch in dem kleinen Raum, wie schlecht gewordener Zimt, war ihm peinlich vor seiner Frau. Sie hielt sich einen Waschlappen vors Gesicht und stöhnte erstickt: «O Gott, o mein Gott.»

«Liebling, was ist denn?» fragte er.

«Ich werde so allein sein», sagte sie. «Du bist der einzige Mensch, der je versucht hat, sich zu mir durchzukämpfen.»

«Dreh dich um, ich schrubbe dir den Rücken.» Ihr Hintern bildete zwei rote, von der Hitze rubbelige Inseln. Zwischen ihnen eine schmale Wasserfurche. Ihr Rücken tierbraun, waagerecht gekerbt vom Büstenhalter und gestirnt mit drei blassen Narben, den Spuren wegoperierter Leberflecken. «Es kommt nicht dazu», sagte er und streichelte sie beschwichtigend, mit seifigen Händen, «es kommt ja nicht dazu.»

«Ich dürfte dich eigentlich keine Nacht mehr hier dulden.»

«Nichts wird geschehen», sagte er, wieder und wieder das Narbensternbild umkreisend.

«Vielleicht *sollte* aber was geschehen», entgegnete sie mit kraftloser Stimme, ganz seinen einlullenden Streichelbewegungen hingegeben. Aber als er aufhörte und sie sich erhob, wirkte sie übermächtig; in Bächen stürzte das Wasser aus den Mulden ihres Körpers nieder und klatschte in die Wanne zurück. Etwas Wildes war in ihren blauen Augen, ihre nackten Arme schlenkerten seltsam unkoordiniert. Tränen firnißten ihr Gesicht, und Dampf stieg von ihrer Haut auf, als sie in das kühle, eierschalenfarbene Schlafzimmer trat. «Es *muß* irgend etwas geschehen, Piet. Du hast mich entsetzlich ausgenutzt. Ich habe es herausgefordert, gewiß, aber genau das ist mein schwacher Punkt, und ich habe nie dagegen angekämpft.»

«Du redest allmählich wie dein eigener Psychiater.»

«Er sagt, ich hätte keine Selbstachtung, und das stimmt. Und du hast auch keine. Aber die Leute, bei denen wir vorhin waren, *die* haben welche, und die haben uns niedergewalzt.»

«Diesmal war eben *er* am Zug. Meinen habe ich schon gemacht.»

«Oh, ich kann es nicht ertragen, wenn dein Gesicht sich so dehnt. Du hast keine Ahnung davon. Wie dein Gesicht vorhin aussah. Als du sagtest, daß du sie nun heiraten müßtest, da hast du – ich war ganz fassungslos – einen unglaublich glücklichen Eindruck gemacht, so, als ob es ab sofort keine unbeantworteten Fragen mehr für dich gäbe.»

«Das kann nicht stimmen. Ich habe keine Lust, sie zu heiraten. Lieber heirate ich Bea Guerin. Meinetwegen auch Bernadette Ong.»

«Du hast mit Bernadette geschlafen?»

«Nie. Aber sie hat sich an mich herangemacht, und ihr Mann liegt im Sterben.» Er lachte. «Komm, laß sein, mein Engel. Das ist ja alles albern. Ich habe nicht das leiseste Verlangen danach, Foxy zu heiraten, ich liebe dich. Sie ist ein solches Luder, verglichen mit dir.»

Sie hielt den Hals gereckt; und obgleich Piet keinen Zentimeter weniger maß als sie, hatte er das Gefühl, zu ihr aufzublicken: zu ihrem nachdenklich vorgeschobenen Mund, der so straff zusammengezogen war, daß ihre Nasenflügel sich blähten, zu ihren Brüsten, über die sie schützend einen Arm gelegt hatte. «Du hast etwas übrig für Luder», sagte sie. Ein anderer Gedanke kam ihr: «Unsere Freunde müssen mich alle für eine komplette Idiotin halten.»

Er meinte, jetzt irgendein akrobatisches Kunststück vorführen zu müssen. Nackt bis auf seinen Paisley-Slip, warf er sich auf die Knie und umschlang Angelas Schenkel. Der Steinboden vor dem Kamin war kalt, ihr Körper noch dampfend; protestierend schob sie seinen Kopf von sich fort, um jeder erotischen Wallung vorzubeugen. Ihre Vulva rosenbraun. Papyrus. Ägypten. Lotus. «Zwing mich nicht, wegzugehen von dir», flehte er. «Du bist die Hüterin meiner Seele. Ohne dich bin ich auf ewig verdammt.»

«Es wird aber das Beste für dich sein», sagte sie, noch immer seinen Kopf von sich wegdrängend, «es wird auch für Foxy das Beste sein. Du hast recht, Ken ist sexuell keine Attraktion. Ich habe mir vorhin alle Mühe gegeben, mich von ihm in Brand stecken zu lassen, aber nichts war zu spüren, nicht das kleinste Fünkchen.»

«Mein Gott, mach keinen Spaß», sagte er. «Denk an die Kinder.»

«Die sind gut aufgehoben bei mir.»

«Sie werden leiden.»

«Du hast doch immer gesagt, sie *müßten* leiden. Wie sollen sie sonst lernen, gut zu sein? Hör auf, an mir herumzusabbern.»

Peinlich verlegen kam er wieder auf die Füße. Er trat einen halben Meter zurück und zog seinen Slip aus. Er war angeschwollen. «O Gott», sagte er, «ich möchte dich zusammenschlagen.»

Sie ließ den Arm sinken; ihre Brüste pendelten nackt: bläulich-blaß, empfindlich wie Wunden. «Natürlich möchtest du das», sagte sie ruhig.

Seine Faust zuckte vor; Angela wich zurück und wartete gelassen.

Während der Aprilwochen, die auf diese Nacht folgten, führte Piet viele Gespräche: als ahne die Stadt, daß er verurteilt war, und beeile sich, ihm ein letztes Wort mit auf den Weg zu geben. Eines regnerischen Tages hielt Freddy Thorne ihn auf der Divinity Street an, als Piet gerade, mit Hammer und Wasserwaage in der Hand, aus dem neuen Büroappartementhaus trat, Gertrude Tarbox' ehemaliger mit Rolläden verrammelter Einsiedelei. «He», sagte Freddy, «du hast mir ja was Schönes eingebrockt. Ich habe gerade einen paranoiden Schrieb von Ken Whitman bekommen, wegen der, du weißt schon, der kleinen Pelvis-Orthodontie, die wir da vorgenommen haben. Er schreibt, daß er beschlossen habe, zum gegenwärtigen Zeitpunkt keine gerichtlichen Schritte zu unternehmen, sich dieselben jedoch räusper räusper vorbehalte. Das Ganze ist mit psychopathischer Feierlichkeit abgefaßt. Ich habe gegen vier Gesetze verstoßen, er hat sie mir alle aufgezählt, mit Kapitel- und Versangabe, und fein säuberlich immer gleich die jeweilige Höchststrafe dazugesetzt. Wirklich eine tolle Analtype. Was 'n los, Hannemännchen?»

Piet, der jetzt Tag und Nacht hinter gläsernen Wänden der Angst lebte, Abend für Abend dem Schweigen des Telefons und Angelas versteinertem Leiden ausgeliefert, während seine Kinder mit aufgerissenen Augen zusahen und im Schlaf leise wimmerten, war froh, als er merkte, daß wenigstens Freddy Thornes Bann von ihm genommen war: der alte Abscheu, die alte Faszination waren erloschen. Freddys Atheismus, sein missionarischer Humanismus hatten allen Schrecken für Piet verloren; der Zahnarzt materialisierte sich im Nieselregen vor ihm zu einem dicklichen, wirrköpfigen Mann mit Schielaugen und listigem Altweibermund. Unter dem Regenmantel guckte sein weißer, hinten geknöpfter Kittel hervor. Wenn Piet überhaupt etwas empfand, dann ein Gefühl von Wärme: die Wärme, die eine Frau für ihren Beichtvater oder Gynäkologen oder Liebhaber empfindet – für jemanden, der auch das Schlimmste an ihr hinnimmt. Piet beschloß, ihm nicht zu sagen, daß Georgene es war, die Ken alles hinterbracht hatte; das war er den Thornes schuldig. Statt dessen sagte er: «Foxy hat die Spannung nicht mehr ausgehalten und ihm an dem Abend, als die Bürgerversammlung war, alles erzählt.»

Und dann gab er eine kurze Schilderung des darauffolgenden Zusammentreffens der beiden Paare.

«Das alte Mausefallenspiel», sagte Freddy. «Sie will dich nun mal haben, Junge.»

«Ach was, sie war hysterisch. Sie hörte überhaupt nicht mehr auf zu heulen.»

Freddys Lippen stülpten sich listig nach innen. «Wenn diese goldhaarige Puppe einen hysterischen Anfall kriegt», sagte er, «dann nur, weil sie höchstpersönlich auf den Auslöser gedrückt hat. Du sitzt in der Falle, mein Freund. Viel Glück.»

«Beunruhigt dich diese Sache mit Whitman?»

«Halb und halb. Er wird nichts auf die Spitze treiben, solange unsere kleine Füchsin die Fäden in der Hand hält.»

«Freddy», sagte Piet, «du lebst in einer Märchenwelt, in der die Frauen allmächtig sind. Ich habe nichts mehr von ihr gehört. Um ehrlich sein, ich mache mir Sorgen. Könntest du nicht Georgene bitten, daß sie mal nachsieht, was los ist?»

«Ich fürchte, die Zeiten, wo Georgene den Boten spielte, sind endgültig vorüber», sagte Freddy. «Ihr ist ernstlich der Kragen geplatzt, als sie dich mit Foxtrott erwischt hat. Ein paar Tage lang hatte ich einen giftigen Drachen im Haus. Je weniger ihr beiden euch seht, desto besser für uns alle, *capito?*»

«Ist das der Grund, weshalb wir zu keiner Party mehr eingeladen werden?»

«Was für Partys?»

Georgene rief am Freitagnachmittag an, als er gerade den Sweet's-Katalog für Leichtbauartikel durchblätterte, auf der Suche nach geflanschten Verblendplatten. In zweien der Häuser auf dem Indian Hill hatte man sich letzten Winter über undichte Stellen beschwert, und bei den neuen Häusern, für die bereits die Grundflächen planiert wurden, wollte Piet den Fehler vermeiden. Gallagher saß in seinem Kämmerchen und hörte zu, aber Piet ließ Georgene reden. Ihre flinke clubdamenhafte Sprechweise und das Wetter draußen, bei dem man wieder an Tennis und Sonnenterrassen dachte, stimmten ihn sentimental und reumütig. Er sah überhängende Lärchenzweige, erinnerte sich, wie Georgenes Schenkel sich an den Innenseiten einbuchteten, wie ihre Pupillen sich verengten und die Lidwölbungen immer höher wurden, und wie sie hinterher manchmal sagte, alles, was sie sei, sei sie nur durch ihn. «Piet», sagte sie, und ihre Worte klangen glattgeschliffen, frei von allen Schartigkeiten der Liebe und der drängenden Anspielungen: der Text einer gewandten, energischen Schwester, «ich war vorhin bei den Whitmans. Freddy sagte, du seiest beunruhigt, aber es ist niemand da. Es sieht so aus, als ob schon eine ganze Weile niemand da wäre. Vier Zeitungen liegen hinter der Windfangtür.»

«Weiß Marcia irgend etwas?»

«Sie sagt, seit Dienstag hätte kein Auto mehr in der Einfahrt gestanden.»

«Hast du durchs Fenster gesehen?» Der geöffnete Gashahn. Die hastig hinuntergespülten Schlaftabletten. Der Flur mit der baumelnden Glühbirne, die ausgebrannt ist über zwei Füßen.

«Alles stand an seinem Platz, als hätten sie gründlich Ordnung gemacht, bevor sie das Haus verließen. Ich habe nirgendwo das Babykörbchen entdeckt.»

«Hast du mit Carol oder Terry gesprochen? Irgend jemand muß doch eine Erklärung haben. Es verschwindet doch niemand so einfach.»

«Aber, aber, Schätzchen, komm zu dir. Du bist nicht der liebe Gott, du kannst die Whitmans nicht davor bewahren, sich gegenseitig das anzutun, was sie sich antun wollen.»

«Danke vielmals. Danke für das anregende Gespräch. Und ganz besonderen Dank, daß du Whitman informiert hast.»

«Ich habe ihm fast gar nichts gesagt. Ich gebe zu, es war gehässig von mir, ihn zu fragen, warum dein Wagen immer vor seiner Tür stünde, aber dann hat *er* mich mit Fragen überfallen, er gierte förmlich danach, etwas zu erfahren. Offenbar hatte er schon Lunte gerochen. Trotzdem, es tut mir leid. Aber, Piet – bist du noch da? –, ich hatte mich so irrsinnig geärgert, wie ich an dem Montag da ins Zimmer kam, voller Eifer, ein gutes Werk zu tun, und dann plötzlich als die Putzfrau dastand, die ungebeten zum Tee erscheint.»

Er seufzte. «Na schön, lassen wir das. Die Wahrheit will ans Licht, vielleicht ist es ganz gut so. Du bist ein braves Kind. Eine gehorsame Ehefrau, eine pflichtbewußte Mutter.»

«Piet – ich war nicht die Richtige für dich, oder? Ich dachte, wir könnten so gut miteinander, aber das war wohl ein Irrtum?»

«Du warst phantastisch im Bett», bescheinigte er ihr geduldig. «Du warst zu gut. Du hast es meinem schwachen Charakter zu leicht gemacht, du hast mir das Gefühl gegeben, ich sei im Recht. Bitte, verzeih», setzte er hinzu, «wenn ich dich manchmal gekränkt habe. Ich habe es nie mit Absicht getan.»

Ausgerechnet Gallagher war es, der des Rätsels Lösung brachte. Er hatte alles mitangehört und rief Piet zu sich in sein Bürokämmerchen; und während langsam, gleichmäßig verebbend, das späte Licht unterging, schilderte Matt, ohne die Lampe einzuschalten, so daß sein fünfeckiges Gesicht mit den breiten Kinnladen nur noch ein murmelnder, verschwommener Fleck war, eine sonderbare Szene. Am Dienstag in aller Frühe, noch vor dem Milchmann, war Ken Whitman bei den Gallaghers erschienen. Er war durchnäßt und zerknittert und ganz voller Sand; er hatte die Nacht am Strand zugebracht, war durch den Nebel gelaufen und hatte dann kurze Zeit in verkrampfter Haltung in seinem MG geschlafen. Piet schwieg und erinnerte sich schuldbewußt, wie er Montag nacht, warm an Angelas Seite gekuschelt, den tiefen Schlaf des Gerechten genossen und belanglose Träume vom Fliegen gehabt hatte. Ken erklärte, warum er gekommen war. Matt sei der einzige Mann in Tarbox, den er respektieren könne, der einzige, der hier nicht «mitmische». Und Terry könne sich vielleicht in Foxy hineinfühlen, so drückte er sich aus. Wie meinte er das? Hatten die beiden etwas gemeinsam? Beide waren sie «stolz». Hier zögerte Matt, verfing sich in Überlegungen, die nur ihn selber betrafen, oder kämpfte mit sich, ob und wie weit er Piet einweihen solle. Aber der Ire in ihm bestand darauf, die einmal begonnene Geschichte zu Ende zu bringen. Piet stellte sich die frühmorgendliche Küche vor, den gerahmten Postkartendruck von Dürers *Betenden Händen* über dem Edelstahlbecken, Terrys grobgewebtes leuchtendes Tischtuch, das plumpe, selbstgetöpferte Geschirr, drei verschlafene, Kaffee schlürfende Münder, und hörte förmlich, wie man ihn diskutierte, bedauerte, beschuldigte. Ken fragte, was er tun solle. Beide rieten ihm natürlich, zu Foxy zurückzugehen: er liebe sie, sie hätten jetzt einen Sohn, das dürften sie nicht vergessen, und sie gäben doch ein so gutes Paar ab. Jeder, sagte Terry, mache mal einen Fehltritt – oder gerate zumindest in die Versuchung dazu. Mit *einer* Ausnahme, hatte Matt – so argwöhnte Piet – im stillen sicher ergänzt. Ken hatte sich jedoch nicht erweichen lassen. Nicht, daß er Rachegelüste gezeigt hätte. Er sprach ohne alle Leidenschaft, als handele es sich bei den betroffenen Personen um chemische Elemente. Er habe da unten am Meer alles gründlich durchdacht, und die einzige mögliche Konsequenz sei die Scheidung. Terry fing zu weinen an. Ken beachtete sie gar nicht. Ihm ging es nur darum, zu erfahren, ob sie glaubten, Piet werde sich von Angela scheiden lassen und Foxy heiraten. Falls sie das für wahrscheinlich hielten, dann je eher, desto besser. Falls sie aber glaubten, Piet werde so «schuftig» sein – Matt machte eine taktvolle Pause, bevor er weitersprach –, «Foxy schmoren zu lassen», dann könnten sie ja noch abwarten und brauchten sich fürs erste lediglich zu trennen. Er wollte nach Cambridge zurückgehen, sie sollte im Haus bleiben. Ob sie sich wohl ein bißchen um sie kümmern würden? Aber ja, das sei doch selbstverständlich. Dann hielt Terry ihm einen langen Vortrag. Sie sagte, daß er und Foxy sich bislang von allen übrigen hier unterschieden hätten, weil sie kinderlos und darum freier gewesen seien. Daß trotz allem, was die Kirche sage, sie persönlich eine Ehe erst dann für etwas Geheiligtes und Unwiderrufliches halte, wenn aus ihr ein drittes Wesen, ein Kind hervorgegangen sei. Daß die Ehe bis dahin im Grunde nichts anderes sei als der erste Kuß, den man seinem ersten Freund gibt: ein Experiment. Aber wenn ein Kind gezeugt worden sei, dann höre sie auf, ein Experiment zu sein, dann werde sie zu einem Faktum; wie die Unfehlbarkeit des Papstes oder die chromatische Tonleiter. Und auch wenn sie einem willkürlich erschienen, so brauche man doch solche Fakten, um die Welt darauf zu gründen. Ken mache nun aber ganz den Eindruck, als fühle er sich noch immer frei, er scheine sich nur sehr langsam darüber klarzuwerden, daß er einen Sohn habe –

Piet fragte: «Das hat sie ihm gesagt?»

«Ja. Sie hat Whitman nie besonders leiden können.»

«Wie nett von Terry.»

Weiter hatte Terry gesagt, Ken möge ja vielleicht der Ansicht sein, daß er noch immer volle Entscheidungsfreiheit habe, Piet aber besitze diese Freiheit auf keinen Fall. Er liebe seine Kinder, er brauche Angela, und es sei sehr unrecht von Ken, wenn er aus irgendeinem absurden Ehrgefühl, das schon seit Jahrhunderten außer Kraft gesetzt sei, ihn zwingen wolle, alles aufzugeben und Foxy zu heiraten. Piet sei einfach nicht frei.

«Und wie hat Ken das alles geschluckt?»

«Mit Fassung. Er nickte und bedankte sich und verschwand. Am selben Vormittag noch ging Terry auf einen Sprung zu Foxy hinüber – Ken hatte sie uns ja irgendwie anvertraut –, und da war sie beim Packen. Sie war vollkommen ruhig, hatte sich ganz und gar in der Gewalt. Sie wollte mit dem Kind zu ihrer Mutter nach Washington, und ich nehme an, da ist sie jetzt.»

«Gott sei Dank. Ich wollte sagen, was für eine Erleichterung, daß es ihr gut geht. Und daß sie die Stadt verlassen hat.»

«Du hast wirklich nichts mehr von ihr gehört?»

«Kein Sterbenswörtchen.»

«Und du hast nicht versucht, sie zu erreichen?»

«Hätte ich das tun sollen? Ganz gleich, was ich ihr gesagt hätte, sie hätte doch nur daraus geschlossen, daß ich noch immer mitmische, und die Verwirrung wäre um so größer. Was rätst du mir?»

Matt sprach vorsichtig, wählte seine Worte so sorgsam, daß Piet erkannte, wie wenig der andere sein Freund war; mit Freunden braucht man nicht so vorsichtig zu sprechen. Matt mochte ihn immer weniger, und er – wie konnte es auch anders sein – mochte Matt immer weniger; das hatte schon begonnen, als er ihn zum erstenmal sah: beim Militär, in gebügelter Uniform, die schwarzen Knopfaugen ebenso blank wie die Schuhe, von Kopf bis Fuß ein Streber. «Terry und ich haben natürlich über die Sache gesprochen, und wir sind beide der Meinung, Piet, daß du ihn unbedingt dazu bringen solltest, seine Karten aufzudecken. Gib den Whitmans zu verstehen, indem du Ken anrufst oder Foxy einen Brief schreibst – die Adresse ihrer Mutter bekommst du ja sicherlich heraus –, daß du sie unter *keinen* Umständen heiraten wirst. Ich glaube, wenn sie das ein für allemal wissen, werden sie wieder zueinander finden.»

«Aber ist das denn unbedingt das Richtige? Daß sie wieder zusammenkommen, damit ihr beruhigt seid, du und Terry und der Papst? Georgene hat mir gerade gesagt, ich solle mich im Fall Whitman nicht wie der liebe Gott aufführen.»

Der Kopf des andern hoch sich, halb beleuchtet, aus dem Dunkel: ein enganliegendes Ohr, der hervortretende Muskel hinten an der Kinnlade, die Einbuchtung der Schläfe: alles bläulichweiß, denn draußen vor dem Fenster, auf der Hope Street, war die Bogenlampe aufgeflammt. Piet wußte, was in Matt vorgegangen war und was als nächstes kommen würde: Matt hatte die zwingende Kraft seiner moralischen Überlegenheit zu hoch veranschlagt und würde sich nun, gekränkt darüber, wie wenig Piet sich lenken ließ, in seine wetterfeste Selbstgerechtigkeit zurückziehen. Er knallte eine Schublade des Stahlrohrschreibtischs zu. «Ich möchte mich nicht in deine Angelegenheiten mischen. Ich habe dir einen Rat gegeben. Befolge ihn, wenn du daran interessiert bist, daß diese unerquickliche Geschichte einen glimpflichen Ausgang nimmt. Ich bilde mir nicht ein, zu wissen, wonach dir in Wahrheit der Sinn steht.»

Piet versuchte, ihn versöhnlich zu stimmen, Gallagher war sein Geschäftspartner und hatte ihm wertvolle Informationen geliefert. «Matt, ehrlich, ich glaube nicht, daß ich noch irgend etwas ausrichten kann. Mir bleibt nur noch abzuwarten und zu beten.»

«Mehr hast du noch nie getan.» Matts Antwort kam ohne das leiseste Zögern, gleichsam als Reflex; es war einer jener blitzartigen Momente – ähnlich bizarr, als stehe man in einem Konfektionsgeschäft vor dem dreiteiligen Ankleidespiegel und sehe sich plötzlich selber im Profil –, da man erkennt, wie man sich in den Augen der andern ausnimmt. *Der Rote Rächer.*

Angela hatte einen Telefonanruf bekommen. Sie sagte es ihm, als sie mit dem Abendessen fertig waren und beim Kaffee saßen und die Mädchen sich im Fernsehen *Gunsmoke* ansahen. «Ich habe heute einen Anruf bekommen, ein Ferngespräch aus Washington», fing sie an.

«Foxy?»

«Ja. Woher weißt du das?» Sie gab sich selber die Antwort. «Sie hat mit dir telefoniert, obwohl sie mir gegenüber das Gegenteil behauptet hat.»

«Sie hat *nicht* mit mir telefoniert. *Gallagher* hat mir gesagt, wo die beiden sind. Ken war Dienstag bei ihnen und hat sein Herz ausgeschüttet.»

«Ich dachte, du wüßtest das längst. Terry hat es mir schon vor Tagen erzählt.»

«Warum hast du mir nichts gesagt? Ich war ganz krank vor Ungewißheit.»

«Wir haben nicht miteinander gesprochen.» Das stimmte.

«Was hatte die schöne Elizabeth denn auf dem Herzen?»

Angelas verschlossenes Gesicht, ein wenig schmaler geworden in den letzten Tagen, spannte sich, und er wußte, daß er den falschen Ton angeschlagen hatte. Sie bekam etwas Lehrerinnenhaftes. Sie sagte: «Sie war sehr beherrscht. Sie erzählte, sie sei jetzt bei ihrer Mutter und habe nachgedacht, und je länger sie nachgedacht habe –» Angela verschränkte ihre Hände auf dem Tisch, um sie am Zittern zu hindern – «desto klarer sei ihr geworden, daß sie und Ken sich scheiden lassen müßten, solange das Kind noch so klein sei. Sie wolle Toby nicht in der gleichen stickigen traurigen Atmosphäre aufwachsen lassen, die sie als Kind erlebt habe.»

«Himmel hilf», sagte Piet. Und sanft ging er unter inmitten regloser Artefakten.

Angela hob einen Finger von der geölten Kirschholzplatte des Eßtischs. «Nein, warte. Sie sagte, sie habe nicht angerufen, um mir das zu erzählen, sondern um mir zu sagen – was ich dann *dir* weitersagen solle –, daß sie absolut nicht von dir erwarte, daß du mich verläßt.» Ihr Finger senkte sich wieder, ihre Stimme wurde unsicher. «Sie liebe dich, aber die Scheidung sei ausschließlich eine Sache zwischen ihr und Ken und habe wirklich nichts mit dir zu tun, und du brauchtest dich zu nichts verpflichtet zu fühlen. Das hat sie mindestens zweimal gesagt.»

«Und was hast *du* gesagt?»

«Was konnte ich schon sagen? ‹Ja, ja, nein, danke›, dann habe ich aufgelegt. Ich fragte noch, ob wir uns in irgendeiner Weise um das Haus kümmern sollten, es zusperren oder hin und wieder nachsehen, ob alles in Ordnung sei, aber sie sagte, das sei nicht nötig, Ken würde an den Wochenenden immer herkommen.»

Piet stützte sich mit den Handflächen auf die Tischplatte und stemmte sich seufzend hoch. «Was für eine Erlösung», sagte er. «Das war ein Albtraum.»

«Hast du keine Gewissensbisse wegen ihrer Scheidung?»

«Ein bißchen. Nicht sehr. Es war aus zwischen ihnen, sie wußten es nur noch nicht. Im Grunde genommen war ich ein Segen für sie, denn durch mich sind sie erst draufgekommen.»

«Lauf nicht weg, Piet. Foxy hatte ich zwar nichts zu sagen, dafür aber *dir.* Würdest du uns einen Cognac holen?»

«Ist denn noch Platz in deinem Magen? Das Essen war übrigens ausgezeichnet. Keine Ahnung, warum ich Limabohnen so leidenschaftlich gern mag. Ich liebe mildes Essen.»

«Hol uns einen Cognac. Bitte, schnell. *Gunsmoke* ist gleich zu Ende. Ich wollte eigentlich warten, bis die Kinder im Bett sind, aber ich halte die Spannung einfach nicht mehr aus. Ich brauche einen Cognac, bitte.»

Er holte ihn, und noch während er ihr einschenkte, begann sie zu sprechen. «Ich glaube, Foxy ist sich über ihre Situation jetzt klargeworden, und wir sollten uns über die unsere klarwerden. Ich glaube, du solltest ausziehen, Piet. Heute abend noch. Ich möchte nicht mehr mit dir zusammen leben.»

«Ist das dein Ernst?»

«Das ist mein Ernst.»

«Dazu ist in der Tat Cognac nötig. Erkläre mir bitte, warum. Du weißt, daß es mit Foxy aus und vorbei ist.»

«Ich bin nicht so sicher, aber darauf kommt es nicht an. Ich glaube, du liebst sie immer noch, aber selbst wenn es nicht so wäre: der Name Bea ist gefallen, und wenn es nicht Bea ist, dann ist es eine andere, und diesen Preis finde ich einfach zu hoch.»

«Und die Kinder? Findest du ihn auch dann noch zu hoch, wenn du an die Kinder denkst?»

«Verschanz dich nicht hinter den Kindern. Ja, ich finde ihn auch dann noch zu hoch. Sie sind hellhörig, sie merken, wenn wir uns streiten oder, was vermutlich schlimmer ist, uns *nicht* streiten. Die arme kleine Nancy leidet offensichtlich, und ich bin nicht sicher, ob es mit Ruth sehr viel anders ist, auch wenn sie meinen seelenruhigen Gesichtsausdruck geerbt hat.»

«Ich höre deinen Psychiater reden.»

«Da irrst du dich. Der äußert weder Zustimmung noch Mißbilligung. Ich versuche das, was ich denke, in Worte zu fassen, was mir nicht leicht fällt, weil mein Vater immer wußte, was ich denken soll. Und wenn ich es dann ausspreche und es zurückprallt vom Schweigen dieses anderen Menschen – ich weiß kaum, wie er aussieht, so sehr fürchte ich mich davor, ihn anzusehen – und es dann immer noch wahr klingt, dann versuche ich, damit zu leben.»

«Verdammter Mist, an allem ist bloß dieser Idiot Freddy Thorne schuld.»

«Laß mich ausreden. Was ich für wahr halte, ist, daß du mich nicht liebst, Piet Hannema. Du liebst mich nicht. Du – liebst – mich – nicht.»

«Aber das stimmt doch nicht! Natürlich liebe ich dich.»

«Hör auf, du liebst mich *nicht*. Du hast mir nicht einmal zu dem Haus verholfen, das ich so gern haben wollte. Statt dessen hast du es für sie hergerichtet.»

«Ich wurde bezahlt dafür. Ich bete dich an.»

«Ja, das ist es. Du betest mich an, um mich nicht lieben zu müssen. O ja, mein Busen und mein Hintern, die sind dir schon ganz recht, und es kommt dir auch zupaß, daß ich die Nichte eines Professors bin und dir beibrachte, welche Gabel man benutzt, und dich nach jeder Exkursion in fremde Betten wieder aufgenommen habe, und du machst dir ein Vergnügen daraus, mir das Gefühl zu geben, ich sei frigid, damit du um so ungehemmter –»

«Ich bete dich an. Ich brauche dich.»

«Dann brauchst du eben das Falsche. Ich will nicht mehr. Ich habe es satt, mich dauernd drangsalieren zu lassen.»

Der Cognac brannte ihm im Magen, als träfe er dort auf zarte Knospen. Piet fragte: «Habe ich dich drangsaliert? Vermutlich ja, in gewisser Weise. Aber erst seit kurzem. Ich wollte dich *erreichen*, mein Liebling, aber du hast mich nicht gelassen.»

«Du hast nicht verstanden, darum zu bitten.»

«Vielleicht verstehe ich es jetzt.»

«Zu spät. Willst du wissen, was ich glaube? Ich glaube, sie ist haargenau das, was du dir wünschst.»

«Was heißt das schon! Das ist Aberglaube.» Aber so etwas zu sagen, bedeutete, daß er sich fragen mußte, woran er denn im Gegensatz dazu wirklich *glaubte*; er glaubte, daß es hinter der Nebelwand von Paaren und Häusern und Tagen einen calvinistischen Gott gab, der uns erhebt und uns niederschmettert, ganz wie es Ihm gefällt, ohne uns unsere Gebete anzurechnen oder nach unserem Willen zu fragen. Angela war zum Abgesandten dieses Gottes geworden. Er wehrte sich gegen sie, so wie eine Frau sich wehren mag, die vergewaltigt wird und die Tat dadurch verschlimmert. Er sagte: «Ich bin dein Mann und werde es immer bleiben. Ich verspreche dir, daß ich Schluß mache mit dem Herumgeschlafe – übrigens, so schlimm war's nun auch wieder nicht. Du bildest dir ein, daß viel geklatscht worden ist, und jetzt handelst du aus verletztem Stolz – aus Stolz und aus dem Egoismus, den diese beschissenen Psychiater jedem einimpfen, den sie in die Hände kriegen. Was scheren den die Kinder oder deine Einsamkeit, wenn ich erst mal weg bin? Je elender du dran bist, desto fester kann er seine Krallen in dich schlagen. Das Ganze ist ein Schwindel, Angela, es ist Quacksalberei, und in hundert Jahren werden die Menschen es nicht fassen können, daß wir so etwas ernst genommen haben. Es wird so sein wie mit den Blutegeln und dem Aderlaß.»

Sie sagte: «Verschone mich bitte mit deiner Ignoranz. Ich möchte mich gern mit ein bißchen Achtung an dich erinnern können.»

«Ich gehe nicht.»

«Dann gehe *ich*. Ruthie hat morgen vormittag Tanzstunde, und anschließend will sie zu Betsy Saltz zum Lunch gehen. Nancys blaues Kleid muß gewaschen und gebügelt werden für Martha Thornes Geburtstagsfeier. Vielleicht kannst du Georgene dazu bewegen, daß sie dir die Arbeit abnimmt.»

«Wo willst du denn hin?»

«Oh, da gibt es viele Möglichkeiten. Ich könnte nach Hause fahren und mit Papa Schach spielen. Ich könnte nach New York fahren und in die Matisse-Ausstellung gehen. Ich könnte nach Aspen fliegen und Ski laufen und mit einem Skilehrer schlafen. Es gibt eine ganze Menge, was ich tun könnte, wenn ich nur erst von dir erlöst wäre.» In ihrer Erregung stand sie auf, ihr üppiger Körper wogte.

Im dunklen Wohnzimmer brandete Musik auf: die Fernsehsendung ging zu Ende. Kakteen. Sonnenuntergang. Das Gute hat gesiegt. Er sagte: «Wenn es dir wirklich ernst ist, bin natürlich ich derjenige, der geht. Aber nur versuchshalber. Und auch nur, wenn man mich höflich darum bittet.»

Und Höflichkeit herrschte bis zum Schluß. Sie brachten zusammen die Kinder ins Bett, packten einen Koffer für Piet und tranken in der Küche einen Abschiedscognac. Als er ganz langsam, damit die Mädchen nicht aufwachten, den Lieferwagen rückwärts aus der knirschenden Zufahrt heraussteuerte, hörte er auf der Veranda ein Geräusch, und er dachte, Angela wolle ihn zurückrufen. Er bremste, und sie eilte auf seine Wagenseite, in der Hand hielt sie eine kleine, silbrig tropfende Flasche, einen halben Liter Gin. «Für den Fall, daß du nicht schlafen kannst», sagte sie, reichte ihm die feuchte Flasche und gab ihm einen kühlen Kuß auf die Wange, und er fühlte eine leise Silbrigkeit: das mußten Tränen sein. Er wollte die Tür aufmachen, aber sie hielt von außen den Griff fest. «Piet, mein Liebling, sei tapfer», sagte sie und rannte mit langen, laut knirschenden Schritten über den Kies zurück ins Haus und löschte das goldene Flurlicht.

Das erste Wochenende verbrachte er im Büro von Gallagher & Hannema: er schlief auf dem kunstledernen Sofa unter einer alten Militärdecke und betäubte sein Entsetzen mit verdünntem Gin; das Wasser holte er sich vom tropfenden Hahn im Waschraum, der so groß wie eine Telefonzelle war. Das Tropfen, das Ticken seiner Armbanduhr auf dem schallverstärkenden Holzschreibtisch, das dumpfe Stampfen seines Herzens, die klirrenden Scheiben, wenn die Lastwagen, die zu jeder Tages- und Nachtstunde durch das Stadtzentrum donnerten, von einem Gang in den andern geschaltet wurden, die Erbarmungslosigkeit des stummen Telefons – das alles hielt ihn wach. Am Sonntagmorgen, als dicht neben seinem Ohr die Kirchgänger über den Gehsteig schlurften, verkroch er sich in seinem Unterzeug unter der Wolldecke. Sein Kopf war, wie eine Thermosflasche, inwendig mit zerbrechlichem Glas ausgeschlagen: er hatte einen Kater, und ihm war zumute, als belausche er die Leute draußen zynisch aus seinem Grab heraus. Die banalen Grußworte, die zu ihm drangen, klangen ihm mit unheilvoller Erhabenheit in den Ohren, hatten etwas Intimes und Pompöses wie nackte Körper. Am Montagmorgen witterte Gallagher, obwohl Piet aufgeräumt hatte, daß sein Büro als Schlafstatt diente, und war entsetzt. In derselben Woche noch, als es keinen Zweifel mehr gab, daß Angela ihn nicht zurückrufen würde, zog Piet in den dritten Stock eben jenes Büroappartementhauses, zu dem er selber die Villa der letzten Tarbox umgestaltet hatte. Der dritte Stock, teils Mädchenzimmer, teils Bodenraum, war fast unverändert. Die Dielenbretter in Piets Zimmer waren nicht abgezogen worden: dort, wo es durchgeregnet hatte, waren Flecken entstanden, die wie nasse Blätter aussahen, hier und da klebten noch Fetzen alten Linoleums, und wo es sich gelöst hatte, waren helle Stellen zurückgeblieben. An den hafermehlfarbenen schiefen Mansardenwänden hingen noch immer die peniblen Wildblumen-Pastelle, die Gertrude Tarbox vor dem Ersten Weltkrieg als junge, alleinstehende Dame von ‹feiner Bildung› gepinselt hatte. Wenn es regnete, schlug an der einen Wand, von der sich schon vor langer Zeit die Tapete heruntergeschält hatte, die Feuchtigkeit durch, und morgens erwärmte das Zimmer sich nur sehr langsam: mittels eines einzigen Heizkörpers, der so verschnörkelt war wie Klöppelspitze und so dick wie Panzereisen. Um in dies Zimmer zu gelangen, mußte Piet durch das pflaumenblau ausgelegte Foyer gehen, an den Mattglastüren der Versicherungsgesellschaft und des Chiropraktikers vorbei, die breite Treppe mit den aluminiumgefaßten Stufen hinauf, um die Ecke, an den Türen eines Augenarztes und eines neuzugezogenen Rechtsanwalts vorbei zur Geheimtreppe, die hinter einer unbeschrifteten, mit einem Gleitbolzen versehenen Tür nach oben führte in den dritten Stock. Gegenüber von Piet, auf der anderen Seite der Treppe, wohnte ein Mann, der nachts arbeitete und so schrecklich stotterte, daß er kaum ein «Guten Morgen» herausbekam, wenn sie einander auf der Treppe begegneten. Außer diesen beiden Zimmern gab es hier oben nur den großen, leeren Dachspeicher, den Gallagher noch auszubauen hoffte, um ihn dann als Tanzsaal an die Ballettschule zu vermieten, die im Augenblick mit dem Gemeindesaal der Episkopalkirche vorlieb nehmen mußte: dort hatte Ruth jeden Samstag ihren Tanzunterricht.

Die Arbeit auf dem Indian Hill war zwar wiederaufgenommen worden – bis zum Labor Day sollten sechs Zwanzigtausend-Dollar-Häuser dastehen –, aber Jazinski wurde inzwischen mit den meisten Problemen selber fertig. «Alles klar», bekam Piet immer wieder zu hören, und mehr als einmal war es passiert, daß er beim Holzlager anrief oder bei der Firma, die die Fundamente setzte, und er den Bescheid erhielt, man habe mit Gallagher oder Leon bereits alles geregelt. So kam es, daß Piet sich meistens in der Stadt aufhielt und nicht viel zu tun hatte. Am Karfreitag, als die Börse geschlossen war, lief ihm auf der Charity Street, vor dem Friseurgeschäft, Harold Klein-Smith über den Weg.

«Piet, das ist ja fürchterlich. *C'est terrible*. Was haben die Whitmans dir angetan!»

«Die Whitmans? Nichts Besonderes. Es war Angelas Idee, daß ich ausziehen soll.»

«*La belle ange?* Ich kann es nicht fassen. Ihr wart doch immer das vollkommene Ehepaar. Bei den Whitmans dagegen habe ich gleich beim allererstenmal gemerkt, daß etwas nicht stimmt. Stocksteif, alle beide. Aber Marcia und ich sind ganz schön wütend, daß sie euch nun mit hineingezogen haben. Warum kann sich nicht *tout le monde* um seine eigenen Angelegenheiten kümmern?»

«Ja, ja, es ist aber doch nicht so, daß ich völlig –»

«Oh, ich weiß, ich weiß, aber das ist doch wohl nie der springende Punkt, nicht wahr? Die Leute benutzen es eben, wenn sie es nötig haben, das kommt von unseren schwachsinnigen puritanischen Gesetzen.»

«Wie meinst du das in meinem Fall, wer hat wen benutzt?»

«Nun, *clairement* hat Foxy dich benutzt. Wie hätte sie denn sonst diesen Schwachkopf loswerden sollen. Laß dich nicht benutzen, Piet. Geh zu deinen Kindern zurück und vergiß diese Person.»

«Rede nicht so von ihr. Du hast doch überhaupt keine Ahnung von der ganzen Geschichte.»

«Hör zu, Piet, ich würde dir das nicht sagen, wenn es sich ausschließlich um meine eigene bewährt unzuverlässige neofaschistische Ansicht handelte. Aber Marcia und ich haben gestern nacht bis nach drei mit den Applebys zusammengesessen und diese Sache durchgesprochen, und wir sind alle einhellig einer Meinung: wir sehen es nicht gern, wenn einem Paar, das wir lieben, übel mitgespielt wird. Wenn ich nicht einen solchen Kater hätte, würde ich mich bestimmt wesentlich taktvoller ausdrücken. *Pas d'offense*, selbstverständlich.»

«Janet war auch der Meinung, daß Foxy eine ‹Person› ist und mich reingelegt hat?»

«Sie hat eine Weile den *advocatus diaboli* gespielt, aber wir haben sie mürbe gemacht. Im übrigen ist es völlig schnurz, was wir meinen. Wichtig ist, was du jetzt zu tun gedenkst. Sprich dich aus, ich bin dein Freund. *Ton frère*. Was hast du vor?»

«Nichts. Angela hat nicht angerufen und scheint keinen Wert darauf zu legen, daß ich zurückkomme.»

«Du wartest auf einen Anruf von ihr? Wozu wartest du, geh zu ihr! Frauen wollen genommen werden, das weißt du doch. Ich dachte, du wärst ein so großer Liebhaber.»

«Wer hat dir das gesagt – Marcia?» Harolds Schnabelnase reckte sich argwöhnisch, nahm Witterung auf. Piet lachte und trieb es weiter. «Oder vielleicht Janet? Eine phantastische Frau. Ich weiß noch, als sie Prostituierte in St. Louis war, zog sich die Schlange durch den ganzen Korridor bis ins Billardzimmer. Hast du mal drauf geachtet, wie sie einen im entscheidenden Augenblick regelrecht in sich *hineinsaugt*? Einmal, ich erinnere mich genau –»

Harold fiel ihm ins Wort. «Immerhin, ich stelle erfreut fest, daß dein Witz keinen Schaden gelitten hat. Du schreckst vor nichts zurück, was, Piet?»

«Vor nichts. *Pas d'offense*.»

«Marcia und ich wollten dich bei Gelegenheit auf einen Drink zu uns bitten und zur Abwechslung mal ernst mit dir reden. Sie ist total aufgelöst wegen dieser Geschichte. Sie hat bei euch zu Hause hereingeschaut, und Angela war von vollendeter Höflichkeit und hat sich nicht das leiseste anmerken lassen, aber sie blieb fest.»

«Ach, und Marcia liegt daran, die Leute weich zu machen?»

«Hör zu, mir scheint, ich habe mich falsch ausgedrückt. Es berührt uns, *das* ist der Punkt. Es berührt uns, Piet.»

«*Je comprends. Merci. Bonjour.*»

«Also gut, dann laß uns so verbleiben», sagte Harold und schniefte eingeschnappt. «Ich muß mir die Haare schneiden lassen.» Piet fand, daß seine Frisur tadellos war.

Die Einladung zu einem Drink bei den Klein-Smiths erfolgte nie. Kaum einer von seinen und Angelas gemeinsamen Freunden kümmerte sich um ihn. Die Saltz' baten ihn einmal – vermutlich, weil Angela sie gedrängt hatte – zum Essen zu sich, aber die Möbel standen schon für den Umzug bereit, und der Abend deprimierte Piet. Jetzt, wo sie fortzogen, fanden sie kein Ende, sich als Juden herauszustreichen, als hätten sie sich während der ganzen Jahre in Tarbox nicht zu ihrer Rasse bekennen dürfen und müßten sich nun Luft machen. Ausführlich, mit zuckenden Augenbrauen, schilderte Irene ihren Kampf mit der Schulbehörde wegen der Krippenspiele. Der Antisemitismus, der in diesem Ort, ja, selbst in einem kleinen aufgeklärten Freundeskreis herrschte, wurde Piet in aller Dringlichkeit vor Augen gehalten. Am schlimmsten seien die Constantines. Carol sei in einem *sehr* presbyterianischen Kleinstadtmief aufgewachsen, müsse man wissen, und Eddie sei natürlich ein Ignorant. Abend für Abend hätten sie dort gesessen und über die absurdesten Dinge diskutiert, zum Beispiel über die Vorrangstellung der jüdischen Kommunisten und Psychoanalytiker und Geiger – als ob eine einzige große Verschwörung im Gange sei. Traurig genug, daß sie es zugeben müßten, aber nach einigen Drinks hätten sie sich dann gegenseitig jüdische Witze erzählt, und natürlich hätten sie sehr viel mehr auf Lager gehabt als die Constantines, was die ihnen dann so ausgelegt hätten, als schämten sie sich ihrer Rasse, und das könne man von ihr, Irene, nun wirklich und wahrhaftig nicht behaupten. Piet versuchte ihnen klarzumachen, daß er sich, besonders in der Tarboxer Gesellschaft, als eine Art Jude im Geiste fühle; aber Irene fiel ihm ins Wort, als trachte er hinterlistig danach, sich die Mitgliedschaft im auserwählten Volk zu erschleichen, und überschüttete ihn sturzbachgleich mit einer Analyse der Gründe, weshalb Frank Appleby, dieser Erz-Konservative, fortwährend mit ihr streite, es einfach nicht *lassen* könne, sich mit ihr anzulegen, und auf Partys nicht von ihrer Seite weiche. Aber was recht sei, müsse recht bleiben: unter ihren sogenannten Freunden gebe es zwei Menschen, bei denen sie nie auch nur eine Spur von Herablassung oder Scheu bemerkt habe – der eine sei Angela, der andere Freddy Thorne. «Dieser elende Mistkerl», stöhnte Piet, aus Gewohnheit und ihnen zu Gefallen: die Leute zählten darauf, daß er Freddy haßte. Die Saltz' nahmen seinen Zwischenruf prompt als sicheren Beweis dafür, daß Freddy und Angela, wie alle ja geahnt hatten, seit ewigen Zeiten ein Verhältnis miteinander hatten.

Piet verabschiedete sich früh; er sehnte sich nach der Stille seines schäbigen Zimmers, der Anspruchslosigkeit seiner vier Wände. Ben legte ihm die Hand auf die Schulter und lächelte sein langsames archaisches Lächeln. «Du bist jetzt am Boden», sagte er, «und es ist ein Jammer, daß du kein Jude bist, denn jeder Jude hat einkalkuliert, daß er in seinem Leben gelegentlich mal am Boden ist, und hält für solche Fälle eine Philosophie parat. Gott stellt ihn auf die Probe. *Nisayon Elohim.*»

«Aber ich habe mir dies eindeutig selber zuzuschreiben», sagte Piet.

«Wer sagt das? Wenn du an den Allmächtigen glaubst, ist das unwesentlich. Wesentlich ist nur, daß du deine eigene Asche schmeckst. Daß du sie kaust. Glücklich oder unglücklich, was ist das schon; *ain ben David ba elle bador shekulo zakkai oh kulo chayyav.* Der Sohn Davids wird nicht eher kommen, als bis es eine Menschheit gibt, die vollkommen gut oder vollkommen schlecht ist.»

Piet versuchte ihnen zu sagen, wie sehr er sie mochte, und daß Angela einmal gesagt hatte – eine Ansicht, die er teile –, von allen Paaren, die sie kannten, hätten nur die Saltz' sich herausgehalten aus der – na ja, aus der ganzen Scheiße hier.

Ben hörte nicht auf zu grinsen und Ratschläge zu erteilen. «Ruhig Blut, Piet. Alles kommt wieder in die Reihe. Es war verdammt nett, mit dir befreundet zu sein.»

Irene schnellte auf ihn zu und küßte ihn zum Abschied: ein rascher, sengender Kuß von Lippen, die dunkelrot in ihrem blassen Gesicht brannten und sein Verlangen nach Frauen wieder aufflammen ließen.

In der gleichen Woche noch, nachdem er mehrmals täglich an ihrem Haus vorbeigefahren war, rief er Bea an. Er war ihr einmal in der Stadt begegnet; sie hatte ihm von der anderen Straßenseite zugewinkt und war dann im Juweliergeschäft verschwunden, das noch immer einen nickenden Hasen in der Auslage zeigte, obwohl Ostern vorüber war. Ihre Stimme am Telefon klang erschreckt, schuldbewußt.

«O Piet, wie geht es dir? Wann gehst du zu Angela zurück?»

«Wie kommst du darauf? Sie fühlt sich doch offenbar viel wohler ohne mich.»

«Oh, aber nachts muß es schrecklich für sie sein.»

«Und wie ist es für *dich* nachts?»

«Oh, immer dasselbe. Niemand geht mehr auf Partys. Alle Welt unterhält sich bloß noch über die Kinder.»

«Würdest du – hättest du Lust, mich zu sehen? Einfach nur zum Tee, irgendwann nachmittags?»

«Oh, Liebling, ich glaube nicht. Wirklich. Ich glaube, du hast genug Frauen, die dir Scherereien machen.»

«Ich habe überhaupt keine Frauen.»

«Das ist auch mal ganz gut, nicht wahr?»

«Es ist nicht so schlimm, wie ich gedacht hatte. Aber was ist mit uns? Ich war nämlich verliebt in dich, bevor das Dach einstürzte.»

«Du warst hinreißend, so lebendig. Aber ich fürchte, du hast mich idealisiert. Ich bin im Bett viel zu passiv für dich. Und außerdem, mein Liebling, mit einemmal, es ist richtig rührend, braucht Roger mich.»

«Wie meinst du das?»

«Du sagst es auch wirklich niemandem weiter? Alle Welt ist davon überzeugt, daß du dir einen Stall voller Mädchen hältst.»

«Alle Welt irrt sich. Mich interessieren bloß verheiratete Frauen. Die erinnern mich an meine Mutter.»

«Sei nicht so naseweis. Gerade versuche ich, dir das mit Roger zu erklären. Er hat eine Menge Geld verloren, einer seiner schrecklichen schwulen Investment-Freunde aus Boston, und kam buchstäblich weinend zu mir angelaufen, es war wunderbar.»

«Mit anderen Worten, weil dein Mann bankrott ist, kann ich nicht mit dir schlafen.»

«Nicht bankrott, du idealisierst *wirklich* alles. Nein, verstört, so verstört – oh, ich muß es endlich jemandem erzählen, sonst platze ich! –, daß er bereit ist, ein Kind zu adoptieren. Wir sind sogar schon bei der Vermittlungsstelle gewesen und haben eine Reihe beleidigender Fragen über unser Privatleben beantworten müssen. Das Merkwürdige ist, weiße Babys sind Mangelware, sie haben viel mehr Neger vorrätig.»

«Darauf also hast du es die ganze Zeit abgesehen? Du willst ein Kind adoptieren?»

«Oh, seit Jahr und Tag schon. Seit ich wußte, daß ich selber nie eines bekommen würde. Es lag nicht an Roger, mußt du wissen, es lag an *mir*. Alle haben sich über Roger lustig gemacht, aber es war *meine* Schuld. O Piet, verzeih mir, ich belaste dich nur damit.»

«Nein, es ist keine Belastung.» Ihm war, als schwebe er, und er dachte daran, wie *sie* damals geschwebt hatte: hoch über dem Schneeballschlachtenlärm der Kinder, in lavendelblauen Höhen, wenn früh die Abende hereinbrachen.

Sie schluchzte kaum hörbar, ihre Stimme war schlaff und feucht, wie ihr Körper. «Aber es ist so gemein, ausgerechnet jetzt, wo du mich brauchst, muß ich nein sagen, dabei war es doch die ganze Zeit umgekehrt, *ich* habe *dich* gebraucht, und du bist zu guter Letzt auch gekommen.»

«Zu guter Letzt. Bea, alles trifft sich doch ganz fabelhaft: du adoptierst ein Kind, und Roger geht ins Armenhaus.»

Ein Lachen schlüpfte durch ihr Schluchzen. «Ich kann's einfach nicht», sagte sie, «jetzt, wo meine Gebete endlich erhört werden. Das Komische ist, du hast dazu beigetragen. Roger war sehr erschrocken, als er hörte, daß ihr auseinander seid, du und Angela. Er ist sehr ernsthaft geworden.»

«Er war immer ernsthaft.»

«Lieber süßer Piet, sag mir, du hast mich doch nie sehr real gesehen, nicht wahr? Findest du es denn nicht auch alles ganz richtig so? Ich habe solche Angst vor deinem Anruf gehabt, ich dachte, er würde eher kommen.»

«Er hätte auch eher kommen sollen», sagte er und setzte dann eilig, um sie zu beruhigen, hinzu: «Nein, ich habe dich nie sehr real gesehen»; und zum Schluß sagte er noch: «Kuß.»

«Kuß», erwiderte Bea leise. «Kuß Kuß Kuß Kuß.»

Als Piet am Sonntag seine Töchter nach Hause brachte – er war mit ihnen in Boston gewesen, im Naturwissenschaftlichen Museum –, wurde er beim Anblick des verlassenen Basketballplatzes von Elend gepackt. Um diese Jahreszeit hatten sich hier sonst immer die jungen Ehemänner von Tarbox zum Spiel getroffen. Aber Whitman war von der Bildfläche abgetreten, Saltz war weggezogen, Constantine flog Jets nach Lima oder Rio, Thorne und Klein-Smith hatten Basketball schon immer für einen plebejischen Sport gehalten. Unkraut fädelte sich durch einen Spalt im Asphalt, und der Ring hing schief und ohne Netz und mußte dringend mit längeren Schrauben befestigt werden. Angela begrüßte sie im Garten; sie hatte Zweige aufgesammelt, die im Winter auf den Rasen gefallen waren, und hatte die kahlen Stellen im Grün mit Grassamen bestreut. Der Richtung seines Blicks folgend, sagte sie: «Du solltest den Ring da herunternehmen. Oder möchtest du deine Freunde zu einem Spiel einladen? Es würde mir nichts ausmachen.»

«Ich habe keine Freunde, wie sich herausstellt. Es waren alles *deine*

Freunde. Außerdem würde es künstlich und gezwungen wirken, meinst du nicht?»

«Wahrscheinlich.»

«Kann Ruth den Ring denn nicht gebrauchen?»

«Im Augenblick konzentriert sie sich darauf, weiblich zu sein. Vielleicht später, wenn die Zeit der Schulmannschaften kommt. Vorläufig ist es nur abstoßend.»

«Du bist einfach zu fein», sagte er.

«Wie war euer Ausflug? Künstlich und gezwungen?»

«Nein, vergnüglich. Nancy hat im Planetarium geweint, als die Maschine die Sterne wirbeln ließ, dafür hat die Gläserne Frau ihr aus irgendwelchen Gründen ganz besonders gut gefallen.»

«Die hat sie an mich erinnert», sagte Angela.

Piet überlegte, ob diese Kostprobe humorvoller Selbstverleugnung wohl darauf hindeutete, daß sie bereit war, ihn wieder zu Hause aufzunehmen. Heimlich hoffte er, es möge nicht so sein. Er fühlte, daß die schlimmsten Nächte der Einsamkeit hinter ihm lagen. Das Alleinsein gab ihm etwas zurück, das ihm zusammen mit seiner Kindheit abhanden gekommen war: ein elementares Gefühl des Überraschenden bei allem. Sogar seine Besuche bei Angela hatten trotz aller Peinlichkeit etwas angenehm Frisches, Ungewohntes für ihn. Mit ihren weichen, tastenden Bewegungen, ihren eigenartigen Schüben stiller Entrücktheit kam sie ihm wie ein scheues starkes Geschöpf vor, das seinen Lenden entsprungen war und jetzt lernte, sich selber zu bewähren. Er fragte sie: «Wie ist es dir ergangen?»

«Es gab allerlei zu tun. Ich mußte die Beziehungen zu meinen Eltern reparieren. Meine Mutter sagt, ich hätte ihnen zehn Jahre lang die kalte Schulter gezeigt. Mir war das nicht so vorgekommen, aber vielleicht hat sie recht.»

«Und die Mädchen? Vermissen sie mich jetzt weniger?»

«Etwas weniger. Am schlimmsten ist es, wenn etwas kaputtgeht und ich es nicht heilmachen kann. Ruth war neulich sehr böse mit mir und sagte, ich sei ganz blöde, denn sie hätten keinen Vater mehr, weil ich mich im Bett so breit mache. Ich nehme an, Jonathan oder Frankie haben ihr in der Schule erzählt, ich sei schlecht im Bett, und da dachte sie, das könne nur bedeuten, daß ich dir nicht genug Platz lasse. Ich kann dir sagen, wir hatten eine recht muntere Diskussion daraufhin. Von Frau zu Frau.»

«Arme kleine Heilige. Zwei arme Heilige.»

«Du siehst besser aus.»

«Ich pendele mich langsam ein. Keiner kümmert sich um mich, was in einer Hinsicht eine Wohltat ist, denn da brauche ich mich wenigstens nicht zu verstellen. An manchen Tagen rede ich mit überhaupt niemandem, außer mit Adams und Comeau; wir bauen gerade Schränke bei einem neuen Paar in der Nähe von Lacetown ein.»

«Ich dachte, du wärst auf dem Indian Hill.»

«Da haben jetzt Jazinski und Gallagher das Heft in der Hand. Sie arbeiten frisch von der Leber weg nach Nullachtfünfzehn-Plänen, die für die Hanglage vollkommen ungeeignet sind.»

«Aha. Ich war neulich bei ihnen eingeladen, zusammen mit irgendwelchen Leuten aus North Mather, die ich nicht ausstehen konnte. Geldleute, Pferdetypen.»

«Matt macht sich.»

«Terry schien sich sehr zu langweilen.»

«Sie wird sich von jetzt an nur noch langweilen. Und du? Langweilst du dich auch? Bist du glücklich? Mußt du dich der Nachstellungen seitens unserer Herren Freunde erwehren?»

«Ein paar haben ihre Fühler ausgestreckt», gab Angela zu. «Aber nichts Ernsthaftes. Eine getrennt lebende Frau ist eben etwas anderes. Da wird die Sache riskant.»

«Du betrachtest uns also wirklich als getrennt?»

Statt ihm zu antworten, sah sie über seine Schulter hinweg zum Gehölz hin, wo die Scilla blühte und wo er Ruths Hamster begraben hatte und wo die Mädchen, jubelnd vor Erleichterung, der Enge des peinlich klappernden, ungewaschenen Lieferwagens ihres Vaters entronnen zu sein, noch im Sonntagsstaat ihren Kletterbaum erstürmten, einen Apfelbaum mit tief ansetzenden Zweigen, der verkümmert zwischen den Ahornstämmen stand. Angelas Gesicht belebte sich, etwas Erfreuliches fiel ihr ein. «O Piet, ich muß dir etwas sagen. Das Merkwürdigste, Angenehmste, das es gibt. Ich habe wieder zu träumen angefangen. Träume, an die ich mich erinnern kann. Das ist seit Jahren nicht mehr vorgekommen.»

«Was für Träume?»

«Ach, nichts Aufregendes, wenigstens bisher noch nicht. Ich bin in einem Fahrstuhl und drücke auf den Knopf, und nichts passiert. Daraufhin denke ich, nicht im mindesten beunruhigt: ‹Dann bin ich wohl schon im richtigen Stockwerk.› Oder – das gehört vielleicht noch zum selben Traum – ich bin in einem Kaufhaus und will für Nancy eine Pelzmütze kaufen, die sie zum Skilaufen aufsetzen kann. Ich weiß genau die Größe und wie sie gefüttert sein muß, und gehe von Tisch zu Tisch, und man bietet mir Fäustlinge, Ohrenschützer, Überschuhe an, lauter Sachen, die ich nicht haben will, aber ich bleibe ganz ruhig und freundlich, weil ich weiß, irgendwo werden sie die Mütze schon finden, denn ich habe für Ruth genau die gleiche hier gekauft.»

«Was für niedliche Träume.»

«Ja, sie sind sehr dürftig und banal. *Er* äußert sich nicht dazu, weder zustimmend noch ablehnend, aber ich stelle mir vor, daß mein Unterbewußtes eigentlich sterben wollte und sich jetzt ganz langsam wieder hervorwagt und Dinge ausdrückt, die ich mir wünsche. Noch nicht für mich selber, aber für andere.»

«He, du träumst für *ihn*. Wie ein kleines Mädchen, das für seinen Papi aufs Töpfchen geht.»

Sie zog sich, wie er es gewollt hatte, in die verzauberte Stille zurück, die ihm in diesem quadratischen Garten, diesem adretten männerlosen Haus so gefiel. «Du bist ein solcher Tyrann», sagte sie. «Ein eifersüchtiger Tyrann. Du hast immer so mühelos geträumt – neben dir zu liegen, hat mich gehemmt, ich bin überzeugt davon.»

«Hätten wir nicht zusammen träumen können?»

«Nein, du machst das allein. Ich bin draufgekommen, daß du alles allein machst. Weißt du, wann ich mich immer am einsamsten gefühlt habe? Wenn wir miteinander schliefen.» Das Schweigen, das darauf folgte, bewog sie, einen begütigenden Ton anzuschlagen. Sie fragte: «Hast du was von Foxy gehört?»

«Nichts. Nicht einmal eine Ansichtskarte vom Washington Monument.»

Sein Rasen, sah er, war beim Abflußsiel und bei der Scheune stellenweise eingegangen – überall da, wo der verharschte Schnee zu lange liegen geblieben war. Ein harter Winter. Die Polkappen des Mars wachsen wieder. Die behaarten Mammuts kommen zurück. «Ich bin eigentlich ganz erleichtert», sagte er zu Angela.

Die Mädchen tauchten aus dem Gehölz auf, ihre Frühlingsmäntel waren fleckig geworden von der Baumrinde. «Geh jetzt», sagte Nancy zu Piet.

Ruth schlug nach ihrer Schwester. «Nancy! Das ist *nicht* sehr nett!»

«Ich glaube, sie will nur helfen», sagte Angela. «Sie erklärt Papi, daß alles gut ist und er jetzt gehen kann.»

«Mami», sagte Nancy und ließ, schwindlig nach oben blickend, ihre Patschhand wirbeln, «die Sterne haben sich immerzu im Kreis gedreht, immerzu im Kreis.»

«Und das Baby *hat* vielleicht geheult!» sagte Ruth.

Nancy starrte nach innen, als suche sie ihre Koordinaten, und sprang plötzlich auf die Schwester zu und trommelte ihr mit den Fäusten gegen die Brust. «Du lügst! Du lügst!»

Ruth biß sich auf die Unterlippe und befreite sich von Nancy mit einer geübten Seitwärtsbewegung ihrer Faust. «Das Baby hat *doch* geheult», wiederholte sie, «und hat Papi so gekränkt, daß er ganz schnell wieder mit uns rausgegangen ist.»

Nancy schluchzte, gegen die Beine ihrer Mutter gelehnt. Ihr Gesicht dort, wo Piet nie wieder sein würde. Wellig gefalteter Spalt, Haar und Höhlung, ambrosischer Kelch, der Samen auffangen kann. «Es war ganz bestimmt sehr aufregend», sagte Angela. «Und darum sind jetzt alle müde und quengelig. Kommt, wir gehen hinein und essen zu Abend.» Sie sah auf; in ihren Augen war zu lesen, wieviel Anstrengung es sie kostete, fest zu bleiben und nicht das Naheliegende, Natürliche zu tun: Piet gleichfalls hineinzubitten.

Auf der Straße, vor der Buchhandlung, wo man hauptsächlich Zeitschriften erwarb, stieß er mit Bernadette Ong zusammen. Er wollte hinein, um sich das neue *Life*-Heft zu kaufen, sie kam gerade mit einem *Scientific American* heraus. Ihr Körper fühlte sich flach und hart an, als er den seinen streifte, schien aber aller Kraft beraubt. Sie sah fahl aus, und ihre orientalische Lidfalte hing so schwer herab, daß die Wimpern darunter verschwanden. Sie standen beide unter der Markise des Buchladens; der Apriltag rings spiegelte Hochsommer wider: der erste heiße Tag, endlich wieder Strandwetter, ein Wetter, wo die High School-Schüler die krustigen steifen Verdecks ihrer Kabrios zurückschieben und zuhauf in die Dünen knattern. Über dem Herzen von Tarbox ragte kalkweiß der griechische Tempel auf seinem Hügel aus rotem Gestein, und der goldene Hahn loderte in einem Ofen von Bläue. Bernadette hatte den Mantel ausgezogen. Die dünne Kette ihres Kreuzes glitzerte im Ausschnitt einer schmutzigen Seidenbluse. Sie war in den Stollen des Todes eingefahren und war staubig geworden wie ein Bergmann.

Ohne Umschweife und mit einem Gefühl der Schuld erkundigte er sich, wie es John gehe, und sie sagte: «So gut, wie man es den Umständen nach erwarten kann, denke ich.» Nach dem Klang ihrer Stimme zu urteilen, waren ihre Erwartungen auf den Nullpunkt gesunken. «Er wird jetzt die ganze Zeit unter Medikamenten gehalten und spricht kaum noch Englisch. Er hat dauernd gefragt, warum niemand ihn besucht, aber das ist jetzt vorbei.»

«Es tut mir so leid, ich hatte es immer vor, aber dann hatte ich den Kopf so voll mit meinen eigenen Schwierigkeiten. Du hast ja wahrscheinlich gehört, daß Angela und ich uns getrennt haben.»

«Nein, das wußte ich nicht. Wie *schrecklich.*» Sie sagte «schracklich»; alle Vokale platteten sich in ihrem breiten flachen Mund zu einem «a» ab. *Wann kamme ich zu manem Pflichttanz?* «Von euch hätte ich das am allerwenigsten erwartet. John war immer ein wenig verliebt in Angela, das hast du ja sicherlich bemerkt.»

Piet hatte nichts dergleichen bemerkt. Spontan schlug er vor: «Wie wär's, wenn ich ihn auf der Stelle besuche? Ich habe Zeit, und du bist doch sowieso auf dem Weg zurück ins Krankenhaus, oder nicht?»

Das Veterans' Memorial Hospital lag dreieinhalb Kilometer landeinwärts vom Stadtzentrum entfernt. Es war aus schwärzlichen Klinkern erbaut, hatte einen rosaroten neuen Entbindungstrakt, der nicht recht zum Hauptgebäude paßte, und lag auf einer Anhöhe zwischen unbenutzten Eisenbahngeleisen und einer Treibhaus-Gärtnerei (Hendrick Vos & Söhne – Blumen, Knollen, Sträucher). Hinter dem Krankenhaus erstreckte sich ein schöner, kunstvoll angelegter Garten, in dem nie jemand spazierenging, weder Patienten noch Schwestern. Von den hohen Fenstertüren in John Ongs Zimmer sah man auf gestutzte Ligusterhecken und einen rosa blühenden Holzapfelbaum und ein muschelförmiges, mit Grünspan überzogenes Vogelbekken aus Kupfer, das ohne Wasser war. Der Wind wehte Blütenblätter vom Holzapfelbaum und bauschte die weißen Gardinen am Fenster und ließ die groben transparenten Bahnen des Sauerstoffzelts neben dem Bett sich jäh eindellen und schnalzend wieder ausbuchten. John war abgezehrt und bis auf die halbdollargroßen hektischen roten Flekken auf seinen Backenknochen ohne alle Farbe. Seine Magerkeit ließ ihn größer erscheinen, als Piet ihn in Erinnerung hatte. Das Sprechen fiel ihm schwer: als komme seine Stimme aus einem erschöpften Luftloch oben in seiner Brust, dicht unter der Kehle. Unverändert geblieben war nur das rasche Lächeln, hinter dem er sich versteckte, wenn er nicht gleich begriff. «Wie geh Pie? Wennes wamis wirrich imme Terrispieren.» Bernadette übersetzte mit tönender Stimme: «Er fragt, wie es dir geht, Piet. Er sagt, wenn es warm ist, will er immer Tennis spielen.»

«Bald kommst du ja wieder raus», sagte Piet; er warf einen imaginären Ball in die Luft und deutete einen Aufschlag an.

«Wie geh denannan?»

«Er fragt, wie es den andern geht.»

«Gut. Alles in Ordnung soweit. Wir hatten einen langen Winter.»

«Henjere? Kinder? Feddys Hokuspokus?»

«Angela wird dich bald besuchen», sagte Piet überlaut, als rufe er hinter einem abfahrenden Auto her. «Und Freddy Thorne hatte in letzter Zeit wenig Gelegenheit, seinen Hokuspokus zu machen. Es gibt keine großen Partys mehr. Unsere Kinder wachsen heran.»

Es war falsch gewesen, das zu sagen; es gab nichts zu sagen. Als die Unterhaltung stockte, wurde John Ongs Blick stumpf. Seine Hände, insektenhaft, nur Haut und Knochen, fingerten an dem Magazin herum, das Bernadette ihm mitgebracht hatte. Einmal bekam er einen Hustenanfall, er hörte gar nicht mehr auf, ein endloser Versuch, etwas auszureißen, das zu tief verwurzelt war. Piet wandte den Kopf ab; ein Rotkehlchen hatte sich auf dem Rand des trockenen Vogelbeckens niedergelassen. Es wurde ganz deutlich, daß John unter Drogen stand; seine anfängliche Aufmerksamkeit war nur ein gewaltsamer Klimmzug aus nebligem Dämmer gewesen. Für einen Augenblick erwachte noch einmal, wie eine gierige, raubtierhafte Kraft, erkennende Intelligenz in seinem ausgebrannten Gesicht; dann sackte er ab, fiel in ein undeutliches Murmeln und sprach zweimal koreanisch. Mit einem Blick bat er Bernadette, es zu übersetzen, aber sie zuckte die Achseln und machte Piet ein Zeichen. «Ich kann bloß ein paar Brocken. Er hält mich manchmal für seine Schwester.» Piet stand auf, um zu gehen, aber mit scharfer Stimme bat sie: «Geh nicht.» So harrte er weitere fünfzehn Minuten aus, indes Bernadette in ihrem Schoß unablässig etwas klicken ließ und John, der seinen Gast vergessen hatte, von hinten den *Scientific American* durchblätterte und ungeduldig die Seiten überflog, auf der Suche nach etwas, das nicht zu finden war. Schwestern eilten auf Gummisohlen im Flur hin und her. Ärzte flirteten ungeniert. Auf dem Fußboden bei der Heizung drängten sich bombastische Blumenarrangements, und Piet fragte sich, von wem sie wohl stammten. McNamara. Rusk. Die erste Wolke dieses Nachmittags verdunkelte den Holzapfelbaum, und als habe nur die Berührung des Lichts die Blüten festgehalten, entlud sich ein rosa Schauer auf die Erde. Es wurde kühler im Zimmer. Als Piet zum zweitenmal aufstand, um zu flüchten, und Johns kraftlose Hand in die seine nahm und zu laut, zu munter sagte: «Auf Wiedersehen auf dem Tennisplatz», hoben sich die von Drogen erweiterten Augen zu ihm auf, die das Chaos der Teilchen auf dem Grund der Materie geschaut hatten, und zogen ihn in die Allwissenheit hinab; und untertauchend erkannte er, wie selbstverständlich es war zu sterben; er erkannte, daß der Tod nicht wie ein Meteor auf die Erde niederkracht, sondern auf der gleichen Ebene stattfindet wie Geburt und Ehe und die tägliche Postzustellung.

Bernadette begleitete ihn durch den gebohnerten Flur bis zum Portal. Draußen wehte ihr der Wind eine Haarsträhne über die Augen, und in einem der Treibhäuser drunten spiegelte sich gleißend die Sonne. Bernadettes Kreuz funkelte. Er spürte, wie ein leises sexuelles Verlangen sich in ihrem flachbrüstigen Körper mit den breiten Schultern und Hüften regte; zu lange schon hatte sie keine Tröstung mehr erfahren. Sie bewegte sich zollbreit auf ihn zu, als wolle sie ihn etwas fragen, und hob die Hand mit den abgekauten Nägeln, um die schillernde schwarze Strähne zurückzustreichen, unter deren windzerfaserter Berührung ihre Augen sich blinzelnd verengt hatten, und es war, als bitte sie mit dieser Gebärde schüchtern um Verzeihung dafür, daß sich zu leben bereit war. Ihr Lächeln war eine Grimasse. Piet sagte: «Es *gibt* Wunder.»

«Er lehnt sie ab», sagte sie so schlicht, als habe er ihr mit dieser tröstenden Behauptung, die ihm selber so befremdlich in den Ohren klang, lediglich die Existenz der Tabletten bestätigt, die sie ihrem Mann täglich verabreichte. Das Klicken hatte von einem Rosenkranz hergerührt.

Seit seinem Besuch bei dem Sterbenden war Piet sich bewußt, wieviel Zeit er hatte und wieviel Freiheit, sie zu nutzen. Er machte lange Spaziergänge am Strand. Die große Bucht bot sich jeden Tag anders dar in diesem facettenreichen April. An manchen Tagen schoben bei Flut, unter einer weißen Sonne, kraftvolle Wellen, blauer als Wolframstahl, den Sand zu porösen Kliffs zusammen und schleuderten Treibholz und Seetang in die Dünen hinein, wo der Gezeitenwechsel allenthalben vereinzelte himmelblaue Teiche zurückließ. Bei Ebbe wurden sanfte Äcker freigelegt, in denen sich die Malven- und Lachs- und flüchtigen Grüntöne des Sonnenuntergangs spiegelten. Manchmal bäumte sich das Meer, purpurn gefleckt; und manchmal, wenn es unter einem warmen, tiefhängenden Regenhimmel lag, war es farblos wie schmutziges Waschwasser: kräuselige Wellenreihen eilten vom Horizont herein, um sich dem Ufer anheim zu geben und erlöst zu werden im Lecken und Schwappen dort. Piet bückte sich und las Engelflügel und Scheidenmuschelschalen auf und Seeigel mit ihrem makellos gestanzten Stern und dem liebevoll ersonnenen Luftloch für ein im Innern verborgenes Lebewesen, das er sich nicht vorstellen konnte. Holzstücke, glattgeschliffen wie Flußkiesel; Eisenstifte, mumifiziert im orangefarbenen Schaum der Oxydation; kraftvoll eingeprägte Pferdehufspuren, vierzehige Pfotenabdrücke von rennenden Hunden, die flachen Fußtapfen zweier Menschen, die nirgends mehr zu sehen waren (der weibliche Fuß nackt, mit deutlichen Zehen und einer zierlichen Landenge zwischen Ferse und Ballen; der männliche fühllos besohlt mit der Waffelgravur eines Tennisschuhs, hinter ihm die Schleiflinie eines Stocks); die ziellosen Molluskenfährten, trüb wie die Konturen einer Fotografie, die zu lange in der Entwicklungsschale der Gezeiten gelegen hat; der vollkommene Kreis, den ein Strandhaferhalm solipsistisch um sich selber zieht – Piet fand nichts zu gering, um es nicht der Beachtung wert zu halten. Der Strand hatte etwas Traumhaftes, war immer wieder neu und fremdartig. Als Piet eines Tages am späten Nachmittag – der Himmel regenverhangen, mit silbernen Flecken hoch oben über dem westlichen Wolkenrand – auf dem leeren Parkplatz aus seinem Lieferwagen stieg, hörte er ein stetiges, melodisches Tosen. Als er aber ans Meer kam, sah er, daß es still wie ein See war, von stumpfem, schlammigem Grün. Es war gerade Ebbe; er ging über die unversehrten Sandrippen hin, die das Wasser vor kurzem erst freigegeben hatte, und erfaßte – er diagnostizierte es, als sei das anhaltende Tosen ein Symptom in ihm selber –, daß an der einen Kilometer weit entfernten Sandbank gewaltige Wellen sich brachen; und obgleich von ihrer Bewegung nur sehr wenig sein Auge erreichte, trieb doch ihr harmonisch ineinandergeblendeter Klang über das erstarrte Wasser zu ihm hin wie über die straffe Haut einer Trommel. Dieser Eindruck, hervorgerufen von Kräften, die ganze Städte hätten speisen können, war nur für ihn bestimmt; die gigantische Klangsilbe rings um ihn erschien ihm als sein eigener Ton: gehalten seit seiner Geburt, ihm jetzt entrissen und der Luft überantwortet. Die Luft war warm an diesem Tag und roch nach Asche.

In seiner Einsamkeit empfand er die Wellen als Gesellschaft, besonders jene fernen bei der Sandbank, die Gischtarme emporwarfen, um ihn zu grüßen. Die Welt war platonischer, als er geahnt hatte. Er stellte fest, daß er Freunde weniger vermißte als Freundschaft; und wenn er an Foxy dachte, war es der Ehebruch an sich, dem seine Sehnsucht galt: das Wagnis, der Tanz auf dem Seil, der das Betrügen verlangt, die Spannung der verborgenen Saiten, die neuen Landschaften, die wir uns untertan machen.

Manchmal, wenn er durch die Dünen zum Parkplatz zurückging, sah er das Haus der Whitmans auf seiner grasbewachsenen Anhöhe liegen: die Lehmnarben, die es von der Unterkellerung behalten hatte, die hellen Flickstellen in der Schindelverkleidung. Das Haus sah ihn nicht. Die Fenster, aus denen er so oft hinausgeschaut hatte, euphorisch und mit weit geöffneten Sinnen, funkelten blind. Einmal, als er dort vorbeifuhr, am alten Robinson-Haus, dachte er, wie gut, daß sie es nicht gekauft hatten, er und Angela, denn es war ein Unglückshaus; dann erst ging ihm auf, daß es ihnen so und so Unglück gebracht hatte. Die Einsamkeit, in der er lebte, machte ihn langsam zerstreut. In der Stadt fiel ihm eine neue Frau auf – der elastische stolze Gang ließ auf Bildung schließen, auf einen Geist, der frei war von bäurischer Schwerfälligkeit: schwingende Arme, aufregender Hintern, schmale Fesseln. Eilig überholte er sie auf der anderen Seite der Charity Street, um sie von vorn zu sehen, und in dem Augenblick, als sie die Sparkasse betreten wollte, erkannte er, daß es Angela war. Ihr Haar hing offen herab, und sie trug ein neues blaues Cape, ein Trostgeschenk ihrer Eltern.

Ganz unvorstellbar, daß sie eifersüchtig gewesen sein sollte auf seine Träume, daß sie ihm vorgeworfen hatte, er träume zu mühelos! Er nahm jetzt jeden Abend große Mengen Gin zu sich, vielleicht, daß ihm seine Träume deshalb kaum noch im Gedächtnis blieben – wolkige, immer wiederkehrende Bilder des Wirrwarrs und Nichtpassenwollens, er träumte, er baue etwas, das nicht in den Fugen, nicht im Lot bleiben wollte. Er war ein kleiner Junge, genauer gesagt, sein Vater, der einherging neben seinem Vater, also Piets Großvater, einem Mann ohne Gesicht, den er nie gesehen hatte, einem der vielen hundert Schreiner, die aus Holland ausgewandert waren und in den Möbelfabriken von Grand Rapids arbeiteten. Seine Daumen hatten dicke Schwielen, die dem Jungen an seiner Seite angst machten. Oder er nahm an John Ongs Begräbnis teil, und plötzlich öffnete sich der Sarg, und John krabbelte heraus, staubig wie ein Insekt, verkroch sich hinter dem Altar und krümmte sich vor Scham. Derartige Träume spülte Piet weg, zusammen mit dem ranzigsauren Geschmack in seinem Mund, wenn er vor Morgengrauen aufwachte, urinierte, ein Glas Wasser hinunterkippte und sich schwor, am nächsten Abend weniger Gin zu trinken. Zwei Träume waren intensiver. In dem einen kehrte er mit einem Sohn, einem Kind, das Nancy und Ruth zugleich war, nur männlich, vom Baseballplatz zurück, der unweit seines Elternhauses lag; der Weg führte bergauf, durch einen Schneesturm. Zwischen dem Spielfeld und den am Berg liegenden Treibhäusern seines Vaters war ein lichtes Gehölz aus Roßkastanien und Kirschbäumen, in dem an Spätnachmittagen die Kinder tobten und kletterten und von wo eines Halloweentags ein Steinhagel auf die Treibhäuser niederprasselte, der mit einer Verhandlung vor dem Polizeigericht endete und Piet den ganzen November hindurch in Keilereien verwickelte. Im Traum war es Winter. Ein schneidender Wind peitschte durch die Lücken zwischen den Baumstämmen, und der Pfad war unter dem Schnee vereist, so daß Piet das Kind am Arm festhalten mußte, damit es nicht ausrutschte. Piet selber ging im tieferen Schnee am vereisten Halteseil entlang; denn wenn sie beide gleichzeitig fielen, würde das den Tod bedeuten. Sie erreichten den Durchgang, durchquerten ihn, und da, am Eingang zu ihrem Hof, neben den dunklen Treibhäusern, in einem Würfel von Schneelosigkeit, stand gebeugt und besorgt Piets Großmutter und wartete auf sie. Unsichtbare Wände schlossen sie ein. Sie hatte nur ein Baumwollkleid an und ihre abgetragene schwarze Wolljacke; die Knöpfe waren nicht zu. Im Traum fragte Piet sich, wie lange sie schon so gewartet haben mochte, und dankte dem Himmel, daß sie in Sicherheit waren, und konnte es kaum erwarten, bei ihr zu sein in dieser seltsamen durchsichtigen Laube, in der er deutlich grünes Gras erkannte, Halm für Halm. Als er aufwachte, wunderte er sich darüber, daß er von seiner Großmutter geträumt hatte, denn sie war an Lungenentzündung gestorben, als er neun war, und er hatte ihr nicht nachgetrauert. Sie hatte nur wenig Englisch gesprochen und, vom Putzteufel besessen, ständig versucht, Piet und Joop nicht nur vom Wohnzimmer fernzuhalten, sondern auch von allen anderen Räumen im Erdgeschoß, mit Ausnahme der Küche.

Der zweite Traum war statisch. Piet stand unter den Sternen und versuchte kraft seines Willens ihr Muster zu verändern. In geballtem Flehen stemmte er sich gegen die metallische Maske der Nacht, gegen die verschlungenen Konstellationen da oben, sie möchten ihren Standort wechseln; aber flammend und unbeugsam verharrten sie an ihrem Platz. Er dachte: *Ich könnte mir das Herz überanstrengen* und wachte auf, weil er einen stechenden Schmerz in der Brust fühlte.

Foxy war wieder in der Stadt. Das Gerücht eilte von Marcia Klein-Smith, die sie in Kens MG durch die Nun's Bay Road hatte fahren sehen, zu Harold zu Frank zu Janet zu Bea und Terry im A & P-Supermarkt und von dort zu Carol und den Thornes, wo es Bestätigung fand durch Freddy, der sie am Nachmittag von seinem Praxisfenster aus gesehen hatte, als sie gerade Cogswells Drugstore verließ. Die Neuigkeit verästelte sich immer weiter, bis sie schließlich allenthalben in dem Satz «Ich weiß» auf sich selber traf. Terry fühlte sich verpflichtet, ihr Amt als Vertraute auszuüben, das Ken ihr an jenem Morgen vor einem Monat übertragen hatte, und rief Angela an, um ihr schonend die Nachricht beizubringen, die diese mit gelassener Freundlichkeit zur Kenntnis nahm, als gehe es sie kaum etwas an. Die Hannemas waren undurchsichtig geworden für die anderen Paare, hatten die Verschwörung gegenseitiger Durchschaubarkeit verraten. Immer mehr verflocht sich das Delta des Klatsches, und der einzige, der auf dem trockenen blieb, war Piet; ihm sagte keiner etwas. Aber es war auch gar nicht nötig. Er wußte es schon. Am Dienstag, seinem Bürotag, hatte er aus Washington diesen Brief bekommen:

Lieber Piet –
ich muß für ein paar Tage nach Neu-England zurückkommen und werde am 24. April in Tarbox sein, um die Möbel aufzuteilen. Wäre es Dir recht, wenn wir uns auf ein Gespräch träfen? Sei unbesorgt, ich mache keinen Ansprüche geltend.

Herzlich,
F.

Hinter ‹geltend› war das Wort ‹aber› durchgestrichen. Ihre erste Begegnung war ein Zufall, sie fand auf dem Parkplatz im Stadtzentrum statt, einer zerfransten, mit Steinchen übersäten Asphaltwüste voller abgestelltem Metall, von wo man zu den Hintereingängen der Geschäfte an der Charity Street gelangte: zum A & P, zu Poiriers Spirituosenladen, zu Beths Buchhandlung, zum Methodist Thrift Shop und – durch eine Passage, in der es von Glassplittern glitzerte – sogar zum neuen Büroappartementhaus.

Er entdeckte, daß er nicht vorbereitet war auf ihren Anblick, auf die Kadenz, die sie, so von weitem gesehen, für ihn bildete: das rasche Ducken und Wiederauftauchen ihres hochgewachsenen Körpers, als sie eine Einkaufstüte in dem flachen schwarzen Wagen verstaute, der blonde Farbfleck ihres zusammengebundenen Haars, das Gefühl, genau zu wissen, wie ihre Bauchmuskulatur in diesem Augenblick beschaffen war, die schwindelerregende Gewißheit, daß es unter all den Milliarden auf dieser Welt tatsächlich keine andere gab als sie. Er spürte ein Stechen in der Seite; seine linke Handfläche kribbelte. Er rief; sie stand reglos und ging dann auf ihn zu, und er fand sie jünger, als er sie in Erinnerung gehabt hatte, glatter, feiner gearbeitet: die seidige Haut ließ das Blut durchschimmern, über dem geraden Nasenrücken lag eine leichte Blässe, die braunen Augen hatten einen warmen Goldton, saßen schräg im zierlichen Rahmen der Lider: empfindsame Linsen, zarter als Wolken, kaum merklich hin und her zuckend, während sie sprach. Ihre Stimme dimensional, mit vertrauten Klangabstufungen, die unzähligen, immer neuen Formen ihrer atmenden sprechenden denkenden Lippen: sie war lebendig. Er hatte mit erstarrten, verblassenden Bruchstücken von ihr gelebt und war nicht darauf vorbereitet, sie so im ganzen, so lebendig, so voll Geist vor sich zu sehen.

«Piet, du siehst rührend schlecht aus.»

«Im Gegensatz zu dir.»

«Warum kämmst du dich nicht mehr?»

«Du bist sogar schon ein bißchen braun.»

«Mein Stiefvater hat einen Swimmingpool. Da unten ist schon Sommer.»

«Hier ist es sehr wechselhaft. Immer derselbe Ärger mit dem Wetter. Ich bin viel am Strand spazierengegangen.»

«Warum lebst du nicht mehr mit Angela zusammen?»

«Wer sagt das?»

«Angela. Sie hat es mir am Telefon gesagt. Bevor ich schrieb, rief ich bei dir zu Hause an. Ich wollte mich von euch beiden verabschieden.»

«Sie hat mir nie gesagt, daß du angerufen hast.»

«Wahrscheinlich hat sie es nicht für so wichtig gehalten.»

«Eine geheimnisvolle Person, meine Frau.»

«Sie hat gesagt, ich soll kommen und dich holen.»

Er lachte. «Wenn sie das gesagt hat, warum fragst du dann, weshalb ich nicht mit ihr zusammen lebe?»

«Warum lebst du nicht mit ihr zusammen?»

«Sie will nicht.»

«Das ist nur der halbe Grund», sagte Foxy.

Von nun an redeten sie in einer anderen Tonart; ihre Unterhaltung wurde unbefangener, beiläufiger, als hätten sie eine Entscheidung hinter sich gebracht. Piet fragte: «Wohin willst du mit den eingekauften Sachen?»

«Sie sind für mich, ich wohne übers Wochenende im Haus. Ken hat versprochen, in Cambridge zu bleiben.»

«Ihr wollt euch nicht wieder versöhnen, du und Ken?»

«Er ist guter Dinge. Er sagt, er arbeitet jetzt auch abends und glaubt, einer bedeutsamen Sache auf der Spur zu sein. Er ist wieder zu den Seesternen zurückgekehrt.»

«Und du?»

Sie zuckte die Achseln, ein hellhaariges Schulmädchen, das eine Antwort sucht, die groß genug ist, sein Nichtwissen zuzudecken. «Ich schaff's schon.»

«Ist es nicht deprimierend für dich, allein in dem Haus zu sitzen? Oder hast du das Kind mitgebracht?»

«Toby ist bei Mutter geblieben. Sie kommen wunderbar miteinander aus, sie finden beide, daß auf mich kein Verlaß ist, und schwärmen für Weißkäse.»

«Was sollen wir tun?» fragte er ohne Umschweife und setzte als Erklärung hinzu: «Zwei Waisen.»

Er trug ihre Tüte mit den Lebensmitteln in sein Zimmer hinauf, und sie verbrachten das Wochenende dort. Am Samstag ging er mit ihr durch das leere Haus an der Marsch und half ihr, die Tische und Stühle, die sie für sich haben wollte, mit Zettelchen zu versehen. Niemand hinderte sie daran. Die alte Stadt unterstützte sie in ihrem Gefühl der Unschuld. Foxy gestand Piet, sie habe geahnt, daß sie mit ihm schlafen würde, und habe ihr Pessar mitgebracht und in Cogswells Drugstore eine neue Tube Vaginalgelee gekauft. Und während er fühlte, wie er selber jung und ausgelassen wurde durch den Balsam der Liebe, alterte sie; die Glatthäutigkeit, das Schimmern – dieser erste Eindruck, den er beim Wiedersehen gehabt hatte, wurde verdrängt durch die grobkörnige Rauheit ihres Hinterns, das unangenehme Grau der ausrasierten Achselhöhlen, die häßlichen Kniekehlen, die plumpe Taille, die von der Schwangerschaft zurückgeblieben war. Ihr Gang hatte, wenn sie sich plattfüßig hin und her bewegte auf den nackten Dielenbrettern in dem schmutzigen, hafermehlfarbenen Zimmer, etwas watschelig Unbeholfenes, das ganz anders war als die federnde Leichtigkeit, mit der Angela, ohne daß ihre beiden kleinen Zehen den Boden berührten, durch das rechtwinklige Farmhaus mit der eierschalefarbenen Holzvertäfelung schritt. Beim Schlafen schnaufte sie durch die Nase und wälzte sich und drängte ihn an die Bettkante, und manchmal schlug sie, von Albträumen bedroht, um sich. Am ersten Morgen weckte sie ihn, indem sie seinen Penis in die Hand nahm und zart die Vorhaut zurückschob; ihr Gesicht war bleich und ausgehöhlt von Begierde. Sie schrie, daß es unrecht sei, hier mit ihm zu liegen, unrecht, unrecht, und wehrte sich, als er in sie eindrang; und hinterher erkundigte sie sich listig, ob es durch ihr gespieltes Sträuben nicht erregender für ihn gewesen sei. Sie stellte ihm unvermittelte Fragen, zum Beispiel, ob er sich noch für einen Christen halte. Er antwortete, er wisse es nicht, er bezweifle es. Foxy sagte, sie halte sich noch für eine Christin, freilich für eine, die in Sünde lebe; und herausfordernd und anmaßend und, wie er fand, preziös, warf sie den Kopf auf dem Kissen hoch und strich sich das feuchte, wirre Haar zurück. Sie beschwerte sich, sie sei hungrig. Ob er vielleicht vorhabe, sie so lange zu vögeln, bis sie verhungert sei. Ihr Magen knurrte.

Sie aßen in der Musquenomenee Luncheonette, in einer Nische weitab vom Fenster, durch das sie Frank Appleby und den kleinen Frankie beobachteten, die Säcke voll Kalk und Torfmoos aus dem Haushaltswarengeschäft zum alten kastanienbraunen Mercury-Coupé schleppten. Sie sahen, aber wurden nicht gesehen, als säßen sie hinter einem Spiegelglasfenster. Sie redeten über Angela und Ken und die Abtreibung und verweilten bei keinem Thema lange genug, um es zu erschöpfen, geschweige denn abzustecken; die Art ihres Zusammenseins schloß jede gründlichere Unterhaltung aus, als würde sich am Ende ja doch alles nur als zu gewichtig oder zu trivial herausstellen. Auch wenn sie reglos beieinanderlagen, hatte Piet das Gefühl, daß sie in hastigem Flug dahineilten, locker verbunden, aber nicht wahrhaft vereint. Er schlief schlecht neben ihr. Sie hatte Mühe, gleichzeitig mit ihm zu kommen. Wenn sie die Hoffnung verlor, selber zum Orgasmus zu gelangen, gab sie sich ihm in sklavischen Stellungen hin, als könne sie seine jähe, pulsende Ejakulation zu ihrer eigenen machen, wenn sie sie in ihrem Mund oder zwischen ihren Brüsten fühlte. Sie trug noch immer ihre Verlobungs- und Eheringe, und als er hinuntersah auf ihre Hand, mit der sie ihn in ihr seidiges Gesicht steuerte, die Wangen konkav über klaffenden Kiefern, fiel ihm das eisige Achteck ihres Brillanten auf, und er litt bei dem Gedanken, daß er ihr, sollten sie heiraten, keinen so großen Stein würde kaufen können.

Sie machte nicht den Eindruck, als wolle sie sich ihm anpreisen, viel eher war sie eine unbefangene und freimütige Gefährtin. Am Samstag, nach der unerquicklichen Beschäftigung mit den Möbeln (er war nicht versucht, sie zu berühren in diesem Haus, das viele Male von ihnen geschändet worden war; sie hatte, wie sie so von Zimmer zu Zimmer wehte, etwas Schemenhaftes, Ungreifbares für ihn; und das Vorrecht der Liebenden, jeden Ort, den sie betreten, für den ihren zu erklären, hatten sie bereits verloren), ging sie mit ihm am Meer spazieren, am Ende des öffentlichen Strands, wo sie aller Wahrscheinlichkeit nach keine Bekannten treffen würden. Sie zeigte ihm die Stelle, wo sie ihm einen langen Brief geschrieben hatte, an den er sich ganz bestimmt nicht mehr erinnerte. Er sagte, doch, er erinnere sich genau, aber in Wahrheit hatte er ihn zum größten Teil vergessen. Sie eröffnete ihm plötzlich, daß seine Indifferenz, seine Promiskuität Vorteile für sie hätten: bei ihm könne sie so verhurt sein, wie sie wollte, er sitze nicht zu Gericht wie die meisten Männer. Piet erwiderte, das liege an seinem Calvinismus. Nur Gott sitze zu Gericht. Und ohnehin finde er sie rundherum wunderbar. Rundherum: Pusteln, Pickel, Plattfüße, Schniefen, einfach alles. Sie lachte, als sie diese Beschreibung von sich hörte, und die Art ihres Lachens sagte ihm, daß sie eitel war, daß sie sich trotz aller abwehrenden Dementis für makellos hielt. Piet glaubte ihr, glaubte der Behauptung ihres bellenden Lachens, das weggerissen wurde vom salzigen Wind am Frühlingsmeer, glaubte der Behauptung, daß sie in Wahrheit vollkommen sei, und hungerte danach, mit ihrem langen Körper wieder allein zu sein in seinem verschwiegenen schäbigen Zimmer.

Träge liebkoste sie ihn mit dem Mund, und er spielte mit ihrem schönen Haar. Oh, und schön war auch ihre Fotze, mit dem Korallenton, mit dem Burgunderrot, mit dem stiefmütterchenförmigen Vlies, einem M oder W: sie hier zu küssen und zu fühlen, wie sie sich auftat vom Torweg zur Kammer, von der Kammer zum Universum, war besinnungslose Lust, die nach Unendlichkeit schmeckte, bis er sie biß und sie sich in seinen Rücken krallte und kam. Er hätte sich das Genick brechen können. Sie hatte ihn vollkommen vergessen. War nur noch nacktes Selbst. Eine Maschine, die Salz bereitet am Grund des Meers.

Münder, dachte Piet, sind erlaucht. Sie verkehren am Hofe des

Verstandes. Wir lassen unsere Genitalien da unten wie Bauern sich paaren; wenn aber der Mund sich herabläßt zu ihnen, findet eine Vermählung zwischen Geist und Körper statt. Einander mit dem Mund zu nehmen, ist heilig. *Ich liebe dich, Elizabeth, deine blütenblättrige Geilheit, dein unschätzbares Schatzkästchen voller Nichts, bekränzt mit schlüpfrigen Knospen.* Gegeben am Sonntagmorgen, unter dem schwebenden Dröhnen der Glocken.

«O Piet», sagte Foxy aufseufzend, «noch nie war ich so von innen nach außen gestülpt. Niemand hat mich je so gekannt.»

Übernächtigt, ausgelaugt von vierwöchigem Kampf gegen die Panik, lächelte er und versuchte, Lob mit Lob zu vergelten, aber er schlief ein, und sein flächiges Gesicht glühte fiebrig, als sei es noch von ihren Schenkeln umklammert.

Seine Sonntagnachmittage gehörten den Kindern; auf Foxys Vorschlag fuhren sie alle vier zum Bowling nach North Mather. Ruth und Nancy waren entgeistert über Mrs. Whitmans Anwesenheit, aber Foxy konzentrierte sich ganz unbefangen darauf, für sich selber eine gute Punktzahl herauszuholen und den Mädchen zu zeigen, wie man mit der unhandlichen Kugel umging und verhinderte, daß sie in die Fangrinne rollte. Als es Ruth trotzdem passierte, sagte diese: «*Merde.*»

Piet fragte: «Wo hast du denn das Wort her?»

«Jonathan Klein-Smith sagte es immer, statt eines Fluchs.»

«Magst du Jonathan?»

«Er ist ein Waschlappen», sagte Ruth, so wie Angela von Freddy Thorne gesagt hatte: *Er ist eine Flasche.*

Bei der zweiten Runde brachte Piet es auf 81 Punkte und Foxy auf 93. Sie war eine ernsthafte Konkurrentin. Zum Abschluß gab es Eiskremsoda an einer kürzlich erst wieder geöffneten Eisbude am Straßenrand, deren Besitzer gerade, mit dem Blinzelblick eines Fischers und mit pellender Stirn, von seinem alljährlichen fünfmonatigen Florida-Aufenthalt zurückgekehrt war. Seine Hand auf Ruths Kopf legend, sagte er zu Piet: «Die hier sieht aus wie Sie, aber die kleine Krabbe da –» und er spreizte seine braune Hand auf Nancys blondem Kopf – «schlägt ganz und gar nach der Frau Gemahlin.»

Foxy hatte vorgehabt, am Sonntagabend nach Washington zurückzufliegen, aber sie blieb noch über Nacht. «Wird Ken nicht ahnen, wo du geschlafen hast?»

«Na wenn schon. Es interessiert ihn nicht die Bohne. Er hat Gründe genug gegen mich, und außerdem haben wir uns so ziemlich geeinigt. In Gelddingen ist er Gott sei Dank nicht kleinlich. Er ist kein Neurotiker, das muß man ihm lassen. Er hat seinen Entschluß gefaßt, und dabei bleibt es.»

«Das klingt ja, als bewundertest du ihn.»

«Ich habe ihn immer bewundert. Nur gewollt habe ich ihn nie.»

«Und mich?»

«Sieht ganz so aus, als ob ich dich wollte, meinst du nicht? Warum, glaubst du, bin ich hergekommen?»

«Um die Möbel aufzuteilen.»

«Ach, was kümmern mich die Möbel! Ich weiß ja noch nicht einmal, wo ich leben werde.»

«So, dann werde ich wohl doch dran glauben müssen.»

«Ich bin gar nicht so sicher. Vielleicht hat Angela dich nur beurlaubt.»

«Ich –»

«Nein, sag nichts. Wenn du da bist, bist du da, wenn nicht, dann eben nicht. Ich muß mich selber erst einmal freischaufeln. Ich werde jetzt für einige Zeit weg sein, Piet. Sechs Wochen, zwei Monate. Soll ich lieber gar nicht wiederkommen?»

«Wohin gehst du?»

«Ich weiß noch nicht. Kens Vater findet, irgendein Staat im Westen sei das Richtige, aber ein Freund von uns aus Cambridge war mal auf den Virgin Islands, und da scheint es mir ersprießlicher zu sein als auf einer Wüstenranch voller Klimakteriumspatientinnen aus Connecticut, deren Männer mit ihren Sekretärinnen durchgebrannt sind.»

«Du willst es also wirklich endgültig beenden?»

«Ja», sagte sie und tastete ihm im Dunkeln neugierig über die Wange, als prüfe sie die Glasur einer Vase, die sie gekauft hatte, «endgültig. Ich bin eine gescheiterte Frau.»

Irgendwann in dieser zeitlosen, von Müdigkeit zerdehnten Nacht, die nur gegliedert war durch ein rhythmisches Anschwellen in seinem Innern – etwas, das in ihm aufstieg, aber nicht zu ihm gehörte, eine Woge, die von hinten anbrandete und sich schwarz an der seltsamen gegabelten Weiße der Frau unter ihm brach –, sagte Foxy: «Es tut gut, wenn man genug hat, nicht wahr? Wirklich genug.»

Und er sagte: «Mit Sex ist es wie mit Geld; nur zu viel ist genug.»

«Das hört sich nach Freddy Thorne an.»

«Mein Rater und Retter.»

Sie verschloß ihm die Lippen mit Fingern, an denen Ebbegeruch hing. «Oh, bitte nicht. Ich kann keine anderen Menschen ertragen, nicht einmal ihre Namen. Laß uns so tun, als gäbe es nur uns. Sind wir nicht eine ganze Welt?»

«Und wie. Ich bin eine kitzlige Frage, und du bist die gekitzelte Antwort.»

«O mein Herz, mir tut alles weh.»

«Glaubst du, mir nicht? Uuuaaaauu.»

«Piet.»

«Uuuaauhuuaa.»

«Hör auf. Es klingt abscheulich.»

«Ich kann nichts dafür, Liebling. Ich bin fertig. Noch einmal fikken, und ich sterbe. Lutsch mich aus. Ououiiijaaa. Aiiiaa.»

Ihm war, als werde seine Brust mit jedem Stöhnen leerer, als entstehe ein Hohlraum in ihm, der dem Vakuum unter den Sternen entsprach.

Sie drohte ihm: «Ich werde dich verlassen.»

«Kannst du gar nicht. Probier's mal, stöhn mit. Es macht Spaß.»

«Nein. Du willst mich strafen, dabei besteht überhaupt keine Verpflichtung für dich, mich zu heiraten. Ich bin nicht einmal sicher, ob *ich* dich heiraten will.»

«Oh, tu's. Uuoooiiaaauu. Gnade, Gnade. Du bist phantastisch, Fox.»

«Mmmmmooh. Du hast recht, es tut wirklich gut.»

Er wiederholte: «Gnade», und als ihr nackter verschwitzter ausgepumpter ausgefickter Körper neben ihm niedersank, sagte er entkräftet, bezwungen: «Ah, du gehörst mir.» Sie schmiegte ihre verschmierte Wange an seine. Ihre Nasenspitze war kalt. Ein Zeichen von Gesundheit. Wir sind Vertriebene, wir alle, die wir es nötig habens, ins Irrationale zu tauchen.

Als sie sich am Montagmorgen die Treppe hinunterschlichen, begegneten sie dem anderen Bewohner des dritten Stocks, einem kleinen bebrillten Mann in grauer Fabrikarbeiter-Montur, der gerade nach Hause kam. Wie festgefroren blieb er auf der schmalen Treppe stehen, um die beiden vorbeizulassen, und sagte: «G-g-g-guten Mor-mor-»

Auf dem Parkplatz draußen, neben dem glitzernden MG, kicherte Foxy und sagte: «Der arme Mann ist fast gestorben vor Schreck, weil du eine Frau bei dir gehabt hast.» Piet sagte, nein, der Mann spreche immer so. Die Welt nehme viel weniger Notiz von Liebespaaren, als wir immer meinen, setzte er hinzu. Er sah sie, als er sich von ihr verabschiedete, durch einen Schleier von Sonnenglast, der ringsum niederflirrte und ihm Kopfschmerzen verursachte; ihr blasses, tapferes Gesicht verschwamm, war überbelichtet. Undeutlich nahm er wahr, daß ihre Augen mit den blauen Schattenringen sanft geblieben waren, trotz der vergangenen Nächte – Blumen, die im

Sumpf blühten. Die Umstände verlangten, daß er jetzt entweder fröhlich lachte oder ungescheut weinte oder sich fürstlich bedankte für die drei Tage sklavischer Ergebenheit oder auch nur amüsanten Gleichmut zeigte, aber nichts dergleichen brachte er zustande, nicht einmal bare Höflichkeit. Sie reichte ihm die Hand zum Abschied, und er hob sie an den Mund und preßte seine Zunge in die Innenfläche und wünschte, alles wäre vorüber. Er beugte sich zum Autofenster hinein, hauchte ihr einen Kuß aufs Ohr und gab ihr den Rat, im Flugzeug zu schlafen. Nichts war beschlossen worden, nichts gab es, das noch hätte gesagt werden müssen. Sie machte eine verlegene Handbewegung, sagte melancholisch: «*Ciaou*», wie sie es im Kino gelernt hatte, dann schwenkte ihr MG durch die Ausfahrt, an der automatischen Auto-Waschanlage vorbei, und war weg; Piet fühlte keinen Schmerz; die kiesige Arena, mit den Hintereingängen rings, sah papieren aus, wie ein Bühnenbild bei Tageslicht.

Erst später, am Nachmittag, bekam der Verlust Realität und bleiernes Gewicht. Piet ging, mit leerem Kopf und schmerzenden Lendenmuskeln, die Divinity Street hinunter, als er Eddie Constantine traf, der soeben von irgendeinem Ende der Welt zurückgekehrt war. Eddie hielt sich nur noch selten in der Stadt auf, und wahrscheinlich hatte Carol ihn gerade ganz frisch mit dem Klatsch des Monats programmiert, denn vergnügt rief er Piet zu: «Hallo, Piet! Hat man dich also mit der Hand im Honigtopf erwischt!»

Eines Sonntags Mitte Mai ging Piet mit seinen Töchtern an den Strand; die Menschenmenge dort, mit leicht geröteten, noch nicht gebräunten Körpern, hatte sich herdengleich zwischen die heißen Dünen und das kalte Wasser gepfercht und bildete mit ihren Sonnenbrillen und Aluminiumstühlen ein lebendes Band, das sich parallel zum zerfransten Saum der Brandung hinzog. Nancy planschte juchzend in den Wellen, zusammen mit den drei Ong-Söhnen, die von einer gestrengen Babysitterin beaufsichtigt wurden; für Bernadette waren jetzt die letzten Nachtwachen gekommen. Ruth lag neben Piet und fühlte sich nicht wohl in ihrer Haut: sie war zu jung, um wie ein Teenager Lust am Sonnenbaden und Schönsein zu haben, und zu alt, um noch Sandburgen zu bauen. Ihr Gesicht war magerer geworden. Die Dunstigkeit um ihre Augen verdichtete sich; sie würde, im Gegensatz zu ihrer Mutter, eine umwölkte Schönheit sein, etwas Dunkles, Trauervolles haben, das sich wie ein Filter vor ihr freundliches Wesen schob. Piet liebte sie und war beschämt, daß ihm nichts Tröstliches für sie einfiel, nur dies: sie möge abwarten; er schloß die Augen vor der Strahlenkrone, die die Sonne aus seinen gebogenen Wimpernhärchen spann. Irgendwo klang Musik, sie schwoll an, türmte sich dann unmittelbar vor ihm: er sah sandige Knöchel, einen türkisgrünen Transistor, junge Schenkel, einen Bikinihintern, bei dem man an Kugeln dachte. *How many miles must a man ...* Folksongs. Rock ist vorbei ... *the answer, my friends ...* Liebe und Frieden sind jetzt dran. Die Musik entfernte sich, und er schloß die Augen, und die karmesinrote Innenseite seiner Lider spiegelte Kugeln, die sich teilten, um ihn einzulassen. Er hatte Durst. Der Wind kam von Westen, vom Land her, und schmeckte nach ausgedörrten Dünen.

Dann kündigte sich das Metaphysische an. Im Norden war unbemerkt ein dumpfes Purpur heraufgezogen. Eine Wand aus kalter Luft fegte südwärts über den Strand; der Windwechsel war so entschieden und abrupt, daß ein einstimmiges «Uuuh» aus der Menge aufstieg. Vereinzelte Regentropfen, schwer wie Hagelkörner, fielen im Sonnenschein herab: Speerspitzen aus Feuer. Dann wurde die Sonne verschluckt. Die Herde sammelte ihre leuchtenden Farben und hedonistischen Requisiten ein und trichterte sich in trägem Fluß auf die Laufplanken. Rohe Donnerschläge, die immer rascher aufeinanderfolgten, bis es wie das berstende splitternde Speien von kosmischen Vulkankratern klang, spornten die Menge zu eiligerem Rückzug an. Der bleifarbene Himmel hatte sie jetzt von allen Seiten umzingelt; der niedrige grüne Hügelhorizont, hinter dem der Stadtkern von Tarbox lag, wirkte blasser als die dichte Lufthülle, die drückend darüberlag. Ein grelleuchtender, vielfach gezackter Riß sprang im Norden über East Mather auf; unheilvolles Krachen folgte. Auf den Laufplanken entstand Gedränge; eine Frau kreischte, ein Kind lachte. Handtücher wurden um frierend hochgezogene Schultern geschlungen. Die Temperatur war innerhalb von fünf Minuten um elf Grad gesunken. Der Strand hinter Piet und seinen Kindern war leergefegt, bis auf ein paar Lästerer, die sich noch immer auf ihren Decken rekelten. Die Fläche des Meers entzündete sich wie der Glühfaden in einer Blitzlichtbirne.

Eine Sekunde bevor Piet mit seinen Töchtern den Wagen erreichte, brach der Regen los und durchweichte sie bis auf die Haut; er prasselte gegen die Fenster und trommelte ohrenbetäubend gegen die Metallwände. WASCH MICH MAL. Die Windschutzscheibe war ein Wasserfall, gegen den die Scheibenwischer nichts ausrichteten. Fetzen von Farbe trieben durch das Glas herein, und Rufe durchstachen die triumphierende Monotonie des Sturms. Das nasse Haar der Mädchen verströmte in dem schützenden Gehäuse einen Geruch nach Hundefell. Nancy war entzückt und schreckgebannt, Ruth voller Gleichmut und Belustigung. Als das wütende Toben sich ein wenig beruhigte, ließ Piet den Wagen an, steuerte vom Parkplatz herunter, der eine einzige riesige Pfütze war, lavierte durch fallenreiche, mit herabgerissenen Ästen versperrte Straßen und weiter durch die Blackberry Lane, die an einer Stelle unter Wasser stand, bis er schließlich die knirschende Einfahrt zu Angelas Haus erreichte. Die ganze Zeit, seit das Unheil heraufgezogen war, hatte ein einziger Wunsch ihn beherrscht: seine Töchter bei ihrer Mutter abzuliefern, bevor er überrollt würde. Er mußte fort aus ihrer Nähe. Angelas Einladung zu einer Tasse Tee schlug er aus und fuhr ohne Aufenthalt weiter, Richtung Stadtzentrum, nicht wissend, daß das große Ereignis des Jahres schon zu schwelen begonnen hatte.

Der Wolkenbruch ging in einen gleichmäßigen Regen über. Häuser, Garagen, Ulmen, Asphalt – alles fügte sich dem nämlichen grauen Flüsterton. Hin und wieder noch Donner; grollend, als werde er abgewiesen, zog er sich zurück. Piet parkte hinter dem Haus, in dem er sein Zimmer hatte, und plötzlich ertönte Sirenenalarm. Der Feuermelder von Tarbox stieß sein schleppendes, schwülstiges Geheul aus. Dem Kode-Signal nach mußte das Feuer im Standzentrum ausgebrochen sein. Piet bildete sich ein, Ingwer zu riechen. Er hastete hinauf, zog sich um und trat durch den Haupteingang auf die Divinity Street hinaus. Alles rannte. Der Löschzug donnerte vorbei mit kreiselndem roten Licht und beladen mit Feuerwehrmännern, die noch dabei waren, sich in ihr Ölzeug zu zwängen, und sich festklammerten, als der Zug bei Cogswell um die Ecke bog. Die Feuersirene, apokalyptisch nah, stieß noch einmal ihren Warnschrei aus. Der Teil der Stadt, der leewärts vom Hügel lag, war in gelben Rauch gehüllt. Piet setzte sich in Trab und rannte mit den andern.

Weiter oben am Hügel verdichteten sich die Menschenmenge und der Rauch. In den Straßen um den Anger lagen überall Feuerwehrschläuche: teils schlaff und in wirren Knäueln, teils prall und mit lekken Stellen, aus denen anmutige Fontänen aufstiegen. Die Kirche brannte. Gottes eigener Blitz hatte sie getroffen. Der eisige Regen wurde stärker, und die aus allen Himmelsrichtungen herbeigeeilten Menschen, Alte und Junge, sahen in erstarrtem Schweigen zu.

Beißend gelber Rauch quoll in säuberlichen, rasch sich riffelnden wolligen Laken unter dem Sims der linken Giebelhälfte und an der Unterkante der Kuppel hervor, die vierzig Meter hoch den vergoldeten Wetterhahn in die Luft hob. Unten zwischen den dorischen Säulen vertrieben die Feuerwehrleute Gemeindemitglieder, die herbeigestürzt waren und schon das Abendmahlsgerät und den Altar und die Kanzel aus massivem Nußbaumholz in Sicherheit gebracht hatten, ebenso das Messingkreuz, die Konterfeis der alten Kirchenväter, Stöße von alten Predigttexten, die davonflatterten, und ein paar Kissen, die noch von der letzten Renovierung stammten und jetz aufgeweicht und immer schwärzer werdend im unerbittlichen Regen lagen. Piet wollte sich vordrängen und helfen, denn auch er hatte einst zur Gemeinde gehört, aber die Feuerwehrleute und die Polizisten hatten einen festen Kordon gebildet, durch den nur die teilnahmsvoll kläffenden Hunde schlüpfen konnten. Mit dem geschulten Auge des Bauunternehmers schloß er, daß der Blitz in den Spitzturm eingeschlagen hatte, von dem dünnen Blitzableiter-Kabel in die Stahlstreben der Kuppel geleitet worden war, und da, wo der Dachfirst in den Turmsockel überging, das trockene Holz entzündet hatte. Hier, in den Hohlräumen, die die alten Baumeister aus Isolierungsgründen geschaffen hatten, zwischen den Wänden, zwischen dem Dach und der gipsernen Decke des Altarraums, in den luftlosen Gelassen hinter dem vorgetäuschten Tympanon und Fries und Architrav der klassizistischen Fassade, im Wirrwarr des staubigen Speichers, zu dem man nur über eine Sprossenstiege hinter der unbenutzten Chorempore gelangen konnte: hier würde das Feuer üppig gedeihen. Es half nichts, die Schläuche immer weiter auf die dampfenden Außenwände zu richten. Es gab nur eine Möglichkeit: ohne Zögern mit der Axt das Dach einzuschlagen und erbarmungslos die alten handgeschnitzten Triglyphen und Metopen zu zertrümmern. Aber die Säulen der Vorhalle maßen zwölf Meter von ihrer Basis bis zum Kapitell, und kein Löschwagen konnte nah genug über das Felsengeröll herangefahren werden, daß man die Leiter ans Dach hätte legen können, und der Wind blies den giftigen, immer dichter werdenden Rauch den Rettern frontal ins Gesicht.

Ironischer Beifall erhob sich aus der Zuschauermenge. Buzz Kappiotis, unverkennbar in seiner Massigkeit, hatte sich eine Gasmaske aufgesetzt und stieg, mit der Axt in der Hand, eine Leiter hinauf, die in ihrer ganzen Länge ausgefahren war und fast bis an die rauchgefiederte Regenrinne der imposanten Kirche reichte. Er kletterte langsamer und immer langsamer, seine geduckte Haltung verriet, wieviel Furcht er ausstand; dann wurde er eins mit dem Rauch, war nicht mehr zu sehen, bis er wieder auftauchte: Zoll für Zoll rückwärts kletternd. Ein paar Teenager hinter Piet buhten, aber die übrige Menge schwieg – weil sie nicht begriff oder weil sie sich schämte. Ein anderer Feuerwehrmann, schimmernd wie ein Stück Kohle in seinem Ölzeug, erklomm die Spitze der Leiter, schwang seine Axt, und in violettem Schwall brach das gestaute Gas hervor und übergoß die Maske des Mannes mit leuchtendem Pfauenblau, und die Hitze zwang ihn zum Rückzug.

Flammen wurden jetzt sichtbar, zögernde orangefarbene Zungen; sie leckten an der Kuppel hinauf und an den Innenkanten der Maueröffnungen entlang, die dazu dienten, das Glockengeläut nach draußen schallen zu lassen. Die Glocke selber, schwerfällig und trauernd von Gestalt, eine verhüllte Witwe, war von unten in ein Glühen getaucht. Wasserstrahlen stiegen auf in hohen, sich überschneidenden Bögen und knickten jäh ab. Am himmelblau bemalten Kuppelgewölbe rankten sich Rauchspiralen empor – den Wetterhahn freilich, der sich hoch oben im Winde drehte, verdunkelten sie nicht.

Die Sirene gellte ein drittes Mal, und nach und nach trafen jetzt die Löschzüge der Nachbarorte ein, aus Lacetown und Mather kamen sie, und von noch weiter her, aus Quincy und Plymouth; und durch den Druck, den ihre Pumpen erzeugten, wurde das Wasser bis zum flackernd brennenden Spitzturm hinaufgeschleudert; aber inzwischen hatten die hohen klaren Seitenfenster zu glühen angefangen, und von den geteerten Schindeln auf dem Dach stiegen schmierige kleine Dampfwolken auf. Das Feuer hatte sich unter dem Dach entlanggefressen und durch die Doppelwände hindurch, und obwohl die auswärtigen Feuerwehrleute die rautenförmig unterteilten Glasscheiben zerschmetterten, blähte es sich jetzt golden im Altarraum. Einen Augenblick lang konnte man die gotisch spitzgiebeligen Choraltafeln sehen, die noch die Nummern vom Vormittag trugen; die dorische Kannelierung der Emporenbrüstung war bernsteinfarben, wie mit einem Rechen, nachgezogen; der Plüschvorhang, hinter dem die Chorsänger ihre Knie versteckten, fing Feuer und stob ins leere Presbyerium empor wie ein Phönix. Fort war die Kanzel, auf der Pedrick so heftig mit dem Wort Gottes gerungen hatte. Statt des Teenager-Buhens hörte Piet jetzt das Weinen einer Frau hinter sich. Die Menge, die in der ersten Aufregung schutzlos und bloß an den Ort der Katastrophe geeilt war, hatte inzwischen Schirme entfaltet und sich mit Regenmänteln und Zeltplanen ausgerüstet. Es roch nach Zirkus. Kleine Kinder in gelben Gummimänteln und Südwestern drängten sich an die Beine ihrer Eltern. Halbwüchsige Pärchen saßen gemütlich, bei Radiomusik, in ihren Autos und betrachteten sich das Spektakel. Der Gedenkpavillon quoll über von Schaulustigen, und auch am Baseball-Gitter klammerten sie sich fest. Die Menschenmenge hatte sich mittlerweile so angestaut, daß sie sich in alle Straßen rings um den Anger ergoß, in die Divinity Street, die Prudence Street, die Temperance Avenue: aschige Gesichter, dicht an dicht, bis in das Neongekritzel des Geschäftsviertels hinunter. Durch den Regen wurde es vorzeitig dunkel. Die Scheinwerfer der Löschzüge streiften über eine Menge hin, die kein Ende zu nehmen schien und die immer mehr verstummte, je unersättlicher die Feuersbrunst in der Kirche wütete. Als der Glockenstuhl ausgebrannt war, fraßen sich die Flammen weiter, und wie Wimpel flatterten sie jetzt vom schlanken Spitzturm, der den Hahn trug. Immer höher spannten sich die Wasserbögen, sehnsüchtige Parabeln. In wirbelndem Funkensturm brach ein Teil des Daches ein. Die äußerste linke Säule fing zu blaken an wie eine geschneuzte Geburtstagskerze. Fassungslosigkeit breitete sich in der Menge aus: wie konnten Regen und Feuer gleichzeitig existieren, wie konnte die Natur so im Streit mit sich selber sein – es war, als habe sich ihnen allen ein Konflikt in Gottes Herzen offenbart. Piet staunte, wie leicht ihm selber ums Herz war, und Dankbarkeit erfüllte ihn, denn hier vor seinen Augen geschah etwas, das weit über ihn und aller Schuld hinausreichte.

Er hob eine durchnäßte Broschüre auf, eine Predigt aus dem Jahre 1795. *Es ist die unverbrüchliche Pflicht aller Völker dieser Erde, zu wissen, daß Gott der HERR ist, und ihm Lob und Dank zu sagen in Demut und Treue. Wenn es aber eine Nation gibt unter dem Himmel, die vornehmlichere und zwingendere Gründe hat als andere, mit Herz und Mund im Dank sich ihm zu weihen, so sind das die Vereinigten Staaten von Amerika.*

Vertraute Gesichter zeichneten sich in der Menge ab. Piet erkannte die Applebys und die Klein-Smiths und die Thornes, die im breitblätterigen Schutz eines Trompetenbaums nahe der Bücherei standen. Die Männer lachten; Freddy hatte Bier mitgebracht. Auch Angela war gekommen, sie hatte die Töchter bei sich; er trat zu ihnen, und nicht Nancy war es, sondern Ruth, der Tränen in den Augen standen vor Kummer darüber, daß der Mann Jesus so etwas tun konnte: Seine eigene Kirche zerstören, wo sie, aus Scheu vor der Heiligkeit des Ortes, sich immer die Füße abgetreten und zusammen mit lauter Kindern, die sie nicht leiden konnte, brav Sein Lob gesungen hatte, um ihrem Vater eine Freude zu machen. Zerknirscht drückte Piet ihr weit aufgerissenes Gesicht an seine Brust; aber seine Lederjacke war durchnäßt und kalt, und Ruth scheute zurück vor der unangenehmen Berührung. «Das hier ist zu niederschmetternd für die Kinder», sagte Angela, «wir gehen nach Hause.» Als Nancy bettelte, noch bleiben zu dürfen, sagte sie: «Das Feuer ist fast aus, das Beste ist schon vorbei», und sie hatte recht. Nur noch in den Winkeln des verkohlten Gerippes waren richtige Flammen zu sehen.

Da zeigte Nancy nach oben und sagte: «Das Hühnchen!» Der Hahn thronte reglos und leuchtend, als schwebe er nicht nur über dem Rauch, sondern auch über dem Regen, auf der Spitze eines schmalen Scheiterhaufens. Flammen mit zarten gasigen Spitzen waren am Türmchen hinaufgezüngelt und hatten schon die schmiedeeiserne Kugel erreicht, aus der die Stange der Wetterfahne wuchs; es schien, als werde gleich alles zusammenstürzen; da schoß ein einzelner Strahl empor, er funkelte im Scheinwerferlicht, schwang sich höher als alle andern, und jäh erloschen die Flammen. Das spindlige Türmchen schwankte zwar unter dem Anprall, aber er hielt stand. Immer häufiger wurde fotografiert: Blitzlichter flammten auf, als entlüde sich ein zweites Gewitter. Und in dieser grell zuckenden Beleuchtung, inmitten des hysterischen Geschwirrs der Leuchtkegel, sah Piet, wie seine Frau sich entfernte, noch einmal sich umdrehte, ganz weiß, und zurückblickte und dann weiterging mit ihren jungfräulichen Töchtern.

Pedrick tauchte auf, das drahtharte alte Haar gesträubt zu einer wirren, durchscheinenden Federkrone; er erkannte Piet in der Menge, obgleich es Monate her war, daß dieser einen Gottesdienst besucht hatte. Mit krallender Stimme sagte er: «Sie kennen sich aus in praktischen Dingen. Was würde es, in Dollars und Cents ausgedrückt, wohl heißen, wenn man dies unselige Bauwerk wiederherstellen wollte?»

Piet sagte: «Oh, falls man die äußere Schale erhalten kann, zwischen zwei- und dreihunderttausend. Wenn man allerdings von Grund auf neubauen muß, vielleicht eine halbe Million. Das ist das mindeste. Die Baukosten steigen jedes Jahr um etwa acht Prozent.» Der hagere Geistliche beugte sich unter diesen Zahlen wie unter einer Last. Mitfühlend setzte Piet hinzu: «Es ist wirklich eine unselige Geschichte. Das Holzwerk da drinnen kann niemals ersetzt werden.»

Pedrick straffte sich, seine Augen blitzten. In tadelndem Ton sagte er: «Christlicher Glaube schlägt sich nicht in Dollars und Cents nieder. Diese Kirche besteht nicht aus der Ruine dort. Die Kirche besteht aus Menschen, mein Freund, *aus Menschen.*» Und er wedelte mit seinem schwieligen Finger hin und her, und Piet merkte, daß auch Pedrick von seinem unfreiwilligen Auszug von zu Hause wußte und von seiner Sehnsucht, wieder eine Ordnung zu finden.

Piet gab ihm zur Antwort: «Aber ob man die Außenschale retten kann oder nicht – die Wände werden in jedem Fall so geschwächt sein, daß man das Ganze sowieso abreißen muß.» Und wie zur Bekräftigung seiner Worte flackerten neue Flammen an der Wand auf der anderen Seite auf und loderten, während die Schläuche herumgeschwenkt wurden, so hoch empor, daß sie auf einen jungen Ahorn übergriffen, der zu nah an der Kirche Wurzeln geschlagen hatte und nun glimmende Zweige auf die Umstehenden regnen ließ.

Die Menge geriet in brodelnde Bewegung, niemand wollte sich dies letzte Aufleben der zerstörerischen Kräfte entgehen lassen, und Piet wurde gegen Carol Constantine gespült. Sie hielt einen aufgespannten Regenschirm in der Hand und lud ihn ein, sich darunter zu stellen – zu ihr und ihren beiden Töchtern Laura und Patrice. Ihr bekümmertes Gesicht rührte ihn. «Ach Piet», sagte sie, «es ist so schrecklich. Ich habe diese Kirche so gern gehabt.»

«Ich habe dich nie dort gesehen.»

«Natürlich nicht, ich bin ja auch Presbyterianerin. Aber zwanzigmal am Tag, immer wenn ich im Garten war, habe ich sie vor Augen gehabt. Ich wäre bestimmt sehr religiös, wenn Eddie nicht so eine pauschale Anti-Einstellung hätte.»

«Wo ist Eddie? Unterwegs?»

«Über den Wolken. Und dann kommt er nach Hause und erzählt mir, wie toll die Mädchen aus Puerto Rico im Bett sind. Es ist ein Vergnügen, ihn wieder abziehen zu sehen. Warum erzähle ich dir das alles?»

«Weil du traurig darüber bist, daß die Kirche brennt.»

Die ausgebrannte Schale blieb erhalten. Die Säulen stützten das Giebelfeld, und der Giebelbalken stützte die Kuppel, aber der Gemeinderaum war ein Trümmerhaufen aus Gebälkresten und Gipsbrocken und verkohltem Gestühl, und die auswärtigen Feuerwehrleute rollten ihre Schläuche ein, und Buzz Kappiotis verfaßte im Geiste schon seinen Bericht, und die Menge zerstreute sich allmählich. Carol lud Piet zu einer Tasse Tee ein. Die Teestunde dehnte sich bis zum Abendessen: Spaghetti – sie aßen zusammen mit den Kindern. Er zog seine nassen Sachen aus und schlüpfte in einen Pullover und in eine Hose von Eddie, die zu eng war. Als die Kinder im Bett lagen, ergab es sich, daß er die Nacht hier verbringen würde. Noch nie hatte er mit einer Frau geschlafen, die so knochig und biegsam war. Es tat gut, nach den strapaziösen Erfahrungen mit Foxy eine Frau zu haben, die schnell und mühelos und mit dankbaren Schreien kam und sich ihm handlich anpaßte; sie schob sich ein Kissen unter die Hüften, sie ließ den Kopf über den Bettrand hängen, ihr Haar schleifte am Boden, ihre Kehle spannte sich; sie umschlang ihn mit den Beinen, als sei sein Rumpf ein stabiles Trapez, an dem sie sich weit hinausschwingen konnte über den Abgrund der Welt. Im Schlafzimmer war ein Geruch, der in jener Nacht wohl in vielen Zimmern von Tarbox war: ein Geruch nach nasser Holzkohle und beißendem Rauch. Zwischendurch, in den Wellentälern, redete sie, erzählte sie von ihrem Leben mit Eddie, von seiner Perversität und ihrem Elend, von ihrer Hoffnung auf Gott und ein Leben nach dem Tod, von den guten Zeiten, die sie und Eddie einstmals miteinander gehabt hatten, lange bevor sie nach Tarbox gezogen waren. Piet fragte sie nach der Affäre mit den Saltz' und ob sie die beiden vermisse. Carol schien sich nur mit Mühe zu erinnern, und schließlich sagte sie: «Das Ganze war in erster Linie ein Gerücht. *Sie* war ja ganz amüsant, aber er war ein schrecklicher Langweiler.»

Larrys & Lindas Gästehaus
Charlotte Amalie, St. Thomas, Virgin Islands
15. Mai

Liebster Piet,

ich brauche nur Deinen Namen zu schreiben, dann ist mir, als schmölze ich inwendig und löste mich auf. Was treibe ich eigentlich hier, so weit weg von meinem Mann oder meinem Geliebten oder meinem Vater? Ich habe nur Toby, und der arme kleine Kerl hat einen Sonnenbrand, nur weil seine dumme Mutter, an den mählich heraufziehenden Sommer von Tarbox gewöhnt, ihn und sich in der tropischen Sonne hat braten lassen, die senkrecht am Himmel steht, ein kleiner weißer Fleck, nicht größer als eine Erbse. Er hat die ganze Nacht geweint, immer, wenn er sich umdrehen wollte. Außerdem ist dies Etablissement, das einem als «Herberge im altüberlieferten idyllischen Stil der Rum- und Sonneninseln» angepriesen wird (auf dem Schreibtisch vor mir liegt genau der gleiche Prospekt, den ich in Washington im Reisebüro bekommen habe), zwei Häuser weit von einem Nightclub mit Steelband entfernt, und die abschüssige kleine Straße, in deren Rinnsteinen blaue Abwässer fließen, ist bis in die Morgenstunden vom Geknatter schalldämpferloser VWs erfüllt und von den balzenden Pfiffen schwarzer Jünglinge. Also fuchse ich mich die ganze Nacht und bin am Tage wie gerädert.

Eben ist ein Zimmermädchen hereingekommen, mit papierleichten Sandalen und schwermütigem Singsang, den ich kaum noch als Englisch entziffern kann. Sie hat Toby angestarrt, daß man meinen könnte, ein ausgewachsener nackter Mann liege dort. Ich glaube, es passiert nicht allzu häufig, daß Touristen ihre Babys mitbringen. Vielleicht stellt so ein Mädchen sich vor, die Kinder kommen in Wäschekörben bei uns an, fix und fertig gepudert und blauäugig und mit einem Befehl auf den Lippen.

Jetzt ist wieder Ruhe. Das Mädchen hat auf mein Drängen ein bißchen mit ihm geschmust und dann die Betten gemacht und den Staub hierhin und dahin verteilt, und nun ist sie weg, und Toby schläft wieder. Das Dumme ist, seine Mutter ist auch ganz müde. Die Straße draußen glüht, aber hier drinnen liegt die Sonne in gelben Streifen, wie mit dem Buntstift gezogen, auf dem sandigen grünen Fußboden – Piet, ich glaube, es wird mir hier gefallen, wenn der Schmerz erst einmal nachläßt. Auf der Fahrt vom Flugplatz hierher wünschte ich, Du wärest bei mir und ich könnte alles mit Dir zusammen erleben – allein schon die Häuser hier: Wellblech und plattgedrückte Olivenölbüchsen und Treibholz, alles von blühender Bougainvillea zusammengehalten, und die Sanftheit der Luft, wenn man in San Juan aus der Maschine steigt: wie ein Kuß nach dem Ficken. O mein Liebster, verzeih mir, ich bin so müde.

Rasch erhob sich nach ihrem stärkenden Schläfchen die junge demnächst geschiedene Blondine, kleidete sich an, wobei sie sich vor jeglicher rauhen Berührung ihrer sonnenverbrannten Unterarme und Schenkel und ihres (besonders empfindlichen) Bauches hütete, wechselte die beschmutzten Unaussprechlichen ihres Sprößlings und stürzte sich, in dem heroischen (heroinischen?) Bemühen, etwas Eßbares aufzutreiben, in den grellen Lärm des tropischen Städtchens. So etwas wie den A & P-Laden in Tarbox oder den IGA-Supermarkt in Lacetown scheint es hier weit und breit nicht zu geben, hingegen könnte ich ganze Säcke voll zollfreier Schweizer Uhren und Fotoapparate kaufen. Die Restaurants, sofern sie nicht auf den Hügeln liegen und zu den gräßlich schicken Hotels gehören, sind entweder von Einheimischen betriebene Imbißstuben, in denen die Hocker mit Chilisauce vollgekleckert sind, oder «einschlägige» Nightclubs, die nicht vor sechs aufmachen. Mir scheint, um diese Jahreszeit gibt es, abgesehen von den Negern, fast nur Schwule hier. Ihre Stimmen sind unverkennbar, man hört sie auf Schritt und Tritt. Ein Stück weiter die Straße hinauf, in der Nähe des Marktes, fand ich schließlich ein ganz anständiges Selbstbedienungslokal mit gepfefferten Insel-Preisen, aber wenigstens kommt es meinen offenbar sehr anspruchsvollen Vorstellungen von Hygiene entgegen (ich bin eine schrecklich schrullige Person, mein Schatz!) und liefert mir die Milch für Tobys Flasche in beruhigenden Wachspapiertüten. Larry und Linda sind keine große Hilfe. Sie sind Flüchtlinge aus New York, angeblich Schauspieler, und ich habe den Verdacht, sie hat ihn davor bewahrt, ein «Einschlägiger» zu werden. Er zeigt sich mir beharrlich im Profil, während sie anscheinend denkt, daß sie am besten von vorn zur Geltung kommt, denn sie dampft immer frontal auf mich zu, mit riesigen braunen Zitzen, die etwas Beängstigendes haben: wie entgegenkommende Scheinwerfer in einer regenglatten Nacht. Zu meinem Entsetzen erfuhr ich, daß sie fünf Jahre jünger ist als ich, und ich konnte sehen, wie ihre Zunge einen entschlossenen kleinen Anlauf nahm, mich beim Vornamen zu nennen. Irgendwie scheinen beide total den Boden unter den Füßen verloren zu haben. Sie reden die ganze Zeit von New

York, wie grauenhaft es da war etcetera – Haßliebe, würde Freddy Thorne sagen – und sind in dauernder Aufregung wegen ihres schlafmützigen unzuverlässigen, unverständlich sprechenden Hausmädchens. Aber das Abendessen, das Linda auf den Tisch bringt, ist sehr angenehm und leicht und französisch. Der Verpflegungsplan ist allerdings amerikanisch: man bekommt Frühstück und Abendessen, in der Zwischenzeit muß man sich, so gut man kann, selber versorgen. Achtzehn Dollar kostet es pro Tag.

Aber Du bist es, Du, an den ich denke, um den ich mir Sorgen mache, über den ich mir den Kopf zerbreche. Waren wir nicht fabelhaft, wie wir uns da versteckt hielten: ich ein Callgirl, Du ein Gangster? Habe ich Dir Kummer gemacht? Du schienst so verstört am letzten Morgen und so froh, mich loszuwerden, daß ich während der ganzen Fahrt zur Universität geweint habe und mich von Ken zum Lunch in den Club mitnehmen ließ, und da habe ich dann noch weiter geweint, bis den Leuten an den Nachbartischen ganz feierlich zumute wurde. Ich glaube, er dachte, daß ich seinetwegen weinte, was in gewissem Sinne ja auch stimmte, und ich konnte sehen, wie er die großmütige Regung in sich bezwung, alles zu widerrufen und mich wieder aufzunehmen. Er hat etwas sehr Distinguiertes, Weltmännisches bekommen, seit wir getrennt sind – seine Studentinnen beten ihn sicherlich an. Er hatte einen neuen Frühjahrsanzug an, aus leichtem Kammgarn, und es beunruhigte ihn offensichtlich, daß ich Notiz davon nahm: als befürchte er, daß ich mich wieder um ihn bemühen könnte, oder als hätte ich ihn dabei ertappt, wie er sich um eine andere bemühte; dabei habe ich die ganze Zeit nur Dich zwischen den Beinen gefühlt und stand neurotische Ängste aus, weil wir Toby in Kens Labor bei den Technikern gelassen hatten und ich den Gedanken nicht loswurde, daß ich oben aus dem Fahrstuhl steigen und ihn seziert vorfinden würde. Grauenhaft. Unbegründet! Ken war sehr reizend mit dem Kind und stellte aufs Milligramm genau sein Gewicht fest.

Etliche Tage sind vergangen. Mein Brief an Dich hat einen ganz falschen Zungenschlag, kommt mir so geschwätzig vor, allzu «kurzweilig» und forsch. Beim Durchlesen mußte ich lachen über die Art und Weise, wie ich mich über den hübschen Busen der armen Linda ausgelassen habe; sie und Larry sind wirklich ein ganz besonders nettes angeknackstes Gespann, bei dem aber auch nichts stimmt und das mir Eltern und Schwester und Bruder zugleich sein will, und sie gehen sehr gewissenhaft und besorgt miteinander um, legen eine geradezu beflissene Sinnlichkeit an den Tag und sind doch im Grunde vollkommen indolent. Ich frage mich, ob unsere Generation wohl die letzte ist, die noch «Ambitionen» hat. Diese beiden scheinen felsenfest davon überzeugt zu sein, daß die Welt sie schon nicht verhungern lassen wird und daß das Leben dazu da ist, «genossen» zu werden – eine barbarische Vorstellung. Aber es ist erholsam, nach all der Zeit mit unseren schrecklichen Freunden in Tarbox, die immer bloß über sich selber reden, mit Leuten zusammen zu sein, die sich für Kunst und Theater (sie sprechen mit naivem Pomp immer nur von der «Bühne») und für internationale Angelegenheiten interessieren. Sie finden, LBJ ist ein ungehobelter Klotz, fühlen sich mit ihm aber wohler als mit Kennedy, denn K. hatte doch zu viel Ähnlichkeit mit uns, also mit all den übrigen lieben Halbgebildeten aus der Zeit nach dem Kalten Krieg, und hätte aus irgendeinem falschen Instinkt womöglich die ganze Chose in die Luft gehen lassen können. Wie Lincoln war er dazu bestimmt, ein Märtyrer, ein Denkmal zu werden. Ein Märtyrer wofür? Dafür, daß Marina Oswald ihren Mann sexuell verschmäht hat. Verzeih, ich benutze meinen Brief an Dich, um mich mit Larry auseinanderzusetzen. Aber es hat mich so traurig gemacht, daß er der Meinung war, einer, der so ist wie wir (falls das für K. zutraf), sei nicht dazu geeignet, uns zu regieren, was bedeutet, wir sind nicht fähig, uns selber zu regieren, also her mit den Imperatoren, den Halbgöttern, den Riesenrobotern und was nicht sonst noch allem. Übrigens, bei einem Merengo in der «Brünstigen Katze» – das ist das Lokal unten an der Straße – hat Larry mir zu verstehen gegeben, daß er sich, was seine sexuelle Ambivalenz angeht (Wechselstrom oder Gleichstrom nennt er das), entschieden auf dem Weg der Besserung befindet, aber ich lehnte dankend ab, das meinige zu seiner Heilung beizutragen, obwohl er wirklich wundervoll tanzen kann. Er nahm den Korb hin, als sei sein Herz bei der ganzen Sache völlig unbeteiligt.

Womit wir bei Dir angelangt wären. Wer bist Du? Bist Du schwach? Deine «Schwäche»: das war ein häufiges Gesprächsthema zwischen unseren gemeinsamen Freunden, als wir noch alle zusammen in einem magischen Kreis lebten. Aber ich glaube, was sie eigentlich sagen wollten, war, daß das, was stark an Dir ist, nicht genügend zum Tragen kommt. Deine Tugenden sind nicht zeitgemäß. Ich sehe Dich als Lehnsmann vor mir, der bei irgend jemandem in Diensten steht, bei dem armen prüden fanatischen Matt zum Beispiel: ein glorreicher rothaariger Lehnsmann, findig und treu, der von den Erträgen seines Landes lebt und Waffen repariert mittels alter Haarnadeln, der sich mit seinen Späßen Zugang verschafft zu Schlössern und Gasthäusern, der unerfüllbare Wunschträume realisiert, aber ihrer Unerfüllbarkeit bedarf, um sich ihnen ganz hinzugeben. Lange ehe ich Dich kannte, hat Bea Guerin Dich mir als einen altmodischen Mann geschildert. Wenn ich von Ken zu Dir überwechseln würde, wäre das in gewisser Hinsicht ein Schritt zurück. Verglichen mit Ken bist Du primitiv. Die Zukunft gehört ihm oder dem Chaos. Aber mein Leben gehört jetzt mir, und ich muß mir einen Überblick verschaffen. Trotz all meiner vagen intellektuellen Vorstöße (sie sind ungefähr genauso vage wie Freddys, und er wußte das) bin ich von keinem allzu großen Nutzen – aber ich weiß, daß ich die richtige Frau für Dich sein könnte. Als Lebensziel genommen, ist das zwar bescheiden, aber klar umrissen. Auch wenn wir uns nie wiedersehen sollten, bin ich glücklich, daß ich mich nützlich fühlen durfte und benutzt wurde. Danke.

Die Frage ist, sollte ich (oder die nächste oder die übernächste) Dich überhaupt unters Ehejoch zwingen? Wäre es nicht viel großherziger, Dich vagabundieren und leiden zu lassen? Vagabunden sind so selten geworden. Wir haben fast nur noch Frauennaturen unter uns, häusliche, hortende Wesen. Du hast Angela geheiratet, weil Dein Instinkt Dir sagte, daß sie Dich nicht in Besitz nehmen würde. Ich würde es tun. Um mich Deinem Körper zu unterwerfen, würde ich Dich zähmen mit meinem Geist. Aber das unterbewußt Atavistische in mir, das die ungezähmte Rasse liebt, möchte Dir lieber Freiheit geben, Freiheit, zu vergewaltigen und zu fliehen und Dich zu vergeuden – jetzt, wo die Kunst des Bauens ausschließlich eine Sache der Buchhalter ist. Gleich am Anfang, als Du mit Deinem staubigen Lieferwagen zum erstenmal vor meinem öden Haus aufkreuztest und nach einer Stunde hastig wieder davongerumpelt bist, habe ich gefühlt, habe ich an Dir geliebt, daß Du fürs Alleinsein disponiert bist, daß Du Dich als etwas Gesondertes betrachtest. Wenn Du Dich danach sehnst, der Mann der ganzen Welt zu sein, welches Recht habe ich dann, Dich für mich allein haben zu wollen?

Toby weint, und Linda ist gekommen. Wir wollen einen Picknick-Ausflug in die Magen's Bay machen.

Nacht. Die Steelband ein paar Häuser weiter weckt in mir den Wunsch, hinauszugehen ins Freie. Wenn Dir das, was ich heute nachmittag geschrieben habe, verworren erscheinen sollte, so halte Dir vor Augen, daß es ein Versuch ist, der Wahrheit auf die Spur zu kommen. Ich fürchte mich nicht davor, der Wahrheit über uns nachzuspüren. Bei Ken war das anders, da hatte ich immer Angst. Angst, auf die tödliche Kälte zu stoßen, die am Schluß auch wirklich zwischen uns herrschte.

Es hätte Dir gefallen, dort, wo wir vorhin waren.

Korallensand ist anders als Kieselsand: er ist ganz weiß und porös, und er atmet, und man läßt tiefe, deutlich geprägte Fußspuren in ihm zurück. Meine sehen riesig und elend platt aus. Die Muscheln sind winzig und vielfältig: Baby-Fingernägel für Carol. Erinnerst Du Dich an jenen Abend? Ich war so eifersüchtig auf Angela. In der Bucht gibt es schattenspendende Seetraubenbüsche. Allmählich werde ich jetzt braun. Linda hat mich überredet, einen Bikini anzuziehen. Wir überspannen Tobys Korb mit einem Moskitonetz, und er wird karamellfarben darunter. Ich habe inzwischen gelernt, auf der linken Straßenseite zu fahren, und versuche, mit den Scheidungsformalitäten fertig zu werden. Anwälte sind etwas Schreckliches. Dir würde grausen vor der Prozedur. Heiraten tut man bei Licht, am hellen Mittag, wenn der Champagner schal wird in der Sonne; die Scheidung aber wird im Dunkeln vollzogen, irgendwo zwischen schwirrenden Insekten, an versteckten Orten, von erbärmlichen Anwälten. Aber am Ende der Hauptstraße, wo keine Uhrengeschäfte mehr sind, steht eine alte vierschrötige Lutherische Kirche, in der es nach Zedernholz duftet und in der dänische Gedenktafeln hängen; dort war ich am Sonntag. Die Gemeinde bestand aus lauter korpulenten farbigen Damen, die sogar die Freudenchoräle in wehklagendem Ton sangen. Die Predigt hielt ein gestrenger junger Weißer, sehr intellektuell, zu hoch für mich. Mir gefiel das. Die Neger hier sind reizend, sanfter als die in Washington – vor denen ich mich als Kind ziemlich gefürchtet habe –, nicht verhärtet und gezeichnet von Schmach wie die amerikanischen Farbigen. Ich mag sogar die Schwulen, die haben sich wenigstens irgendwie arrangiert und quälen nicht eine Frau, die schon vergeben ist. Die Boote im Hafen sind faszinierend. Linda hat eine Kinderkarre aufgetrieben, und nun schiebe ich mit Toby immer am Kai entlang, einen Kilometer hin, einen Kilometer zurück. Mein Vater hat mir manches über Boote beigebracht, und ich stelle fest, daß ich noch immer eine Ketsch von einer Yawl unterscheiden kann. Ich staune über die handgeschnitzte Fangausrüstung der alten Fischerboote von den primitiveren Inseln. Nicht das kleinste Stück Metall, und doch hält alles zusammen. Die Wolken ziehen schnell, sind fast durchsichtig, als habe die Natur sie eigentlich gar nicht vorgesehen. Wenn es bei Sonnenschein regnet, sagen die Leute hier, der Teufel schlägt seine Frau.

Geht es Dir gut? Gibt es Dich noch? Falls Du zu Angela zurückgekehrt bist, kannst Du ihr diesen Brief ruhig zeigen. Denk mit Zärtlichkeit an mich, ohne Angst. Dein Schicksal braucht nicht das meine zu sein. Ich schreibe Dir wieder, aber nicht oft. Sogar hier gibt es allerlei zu tun. Linda hat mich, gegen eine Ermäßigung meiner Hotel-

kosten, mit der Beaufsichtigung ihrer Morgenhilfe betraut und außerdem damit begonnen, mir ihr Liebesleben zu beichten.

Deine Foxy

PS. Larry sagt, der Mensch sei das geschlechtsbetonteste aller Lebewesen und das einzige, welches weiß, daß es sterben muß. Daraus müßte sich ein Rätsel machen lassen.

PPS. In der «Brünstigen Katze» an der Straße unten habe ich inzwischen auch mit Negern getanzt – unerhört kühn für ein Mädchen aus den Südstaaten. Die letzte farbige Person, mit der ich in Berührung gekommen bin, war die Schwester beim Zahnarzt. Sie sind sanft wie Seide, diese Leute, und setzen in aller Unschuld voraus, daß ich mit ihnen schlafen will. Wie traurig, instinktiv davon auszugehen, der eigene Körper könne für andere einen Wert haben. Nach all diesen Wochen der Keuschheit kommt physische Liebe mir vor wie die Erforschung einer Traurigkeit, die so unermeßlich ist, daß man zu zweit gehen muß, weil einer allein es nicht schafft.

PPPS. Offenbar bin ich nicht imstande, diesen Brief abzuschließen. Ein schlechtes Zeichen?

John Ong starb am gleichen Tag, an dem Frankreich eine neue Konferenz zur Wiederherstellung des Friedens in Laos vorschlug und Rotchina sich bereit erklärte, Kenia einen Kredit über fünfzehn Millionen Dollar zu gewähren. Piet staunte über die Länge des Nachrufs im *Globe*: geboren in P'yongyang, politischer Flüchtling, 1951 Asyl; 1957, zusammen mit einem Finnen, Entdeckung eines Elementarteilchens, dessen Lebensdauer sich nach Millionsteln einer Sekunde mißt; Aufzählung der Lehrämter, die er bekleidet, der wissenschaftlichen Gesellschaften, denen er angehört hatte; Hinterbliebene: seine Frau und drei Söhne, wohnhaft in Tarbox, Massachusetts. Trauerfeierlichkeiten im engsten Familienkreis. Bitte keine Blumenspenden. Ihr Freund. Piet ging wie beschwingt durch den Tag, der Tod, die ungeahnte Bedeutung John Ongs erregten ihn, und er stellte sich vor, wie die Telefondrähte summten zwischen den Paaren, mit denen er und John befreundet gewesen waren. An der Ecke bei Cogswell fand sich, wie jeden Nachmittag nach drei, eine Horde langmähniger Jungen ein, und immer noch schimmerte der blaue Himmel durch das verkohlte Gerippe der ausgebrannten Kirche, über der, unversehrt, ein goldener Hahn schwebte.

In derselben Woche hatte Piet einen geschäftlichen Auftrag auszuführen, bei dem er Jazinskis Hilfe brauchte, der mittlerweile über sämtliche Pläne und Absichten Gallaghers informiert zu sein schien; als er ihn nirgends finden konnte, fuhr er zu der ausgebauten Ranch am Elmcrest Drive, wo die Jazinskis wohnten, und da sah er in der Garage Leons neuen Golfsack stehen. Die Schläger waren funkelnagelneue Hogans, und obendrein steckte auf jedem Griff eine dieser weißen Plastikröhren, die bei allen Golfern, die auf sich hielten, als der letzte Schrei galten: blasse, vierkantig nach oben zielende Geschütze. An dem schwarzen, mit vielen Taschen besetzten Sack hing die Mitgliedskarte eines neuen 36-Löcher-Clubs in South Mather, wo Piet noch nie gespielt hatte. Piet, der ehedem mit einer unvollständigen Ausrüstung angefangen und sich dann nach und nach neue Eisen dazugekauft hatte, die ihm mit ihrer unterschiedlichen Schwere und Schlagkraft allmählich so vertraut geworden waren wie Freunde – Piet wußte, daß ihm nichts anderes übrigblieb, als zu kapitulieren vor der Kraft, die sich in diesem ehrgeizigen Golfsack auf dem Wägelchen dort ausdrückte, dessen Räder Speichen hatten wie die Räder eines Sportautos. Leons hübsche Frau kam an die Seitentür, das schwarze Haar gestutzt und angesprüht, und Piet nahm abermals sein Urteil entgegen, wie sie da vor ihm stand mit ihrer knappen kirschroten Hose, der losen, Op Art-gemusterten Bluse, dem herausfordernden Lächeln, das keine Schranken mehr gelten ließ zwischen ihm, dem Chef, und ihrem Mann und das unterstützt wurde von einem allzu unverwandten Blick und einem durchtriebenen, neugierig wägenden Schnippen ihrer Zungenspitze, als seien ihr viele abträgliche Äußerungen über ihn zu Ohren gekommen. Die Küche im Hintergrund (Mrs. Jazinski bat ihn nicht herein; sein schlechter Ruf?), mit der imitierten Nußbaumtäfelung und den kupfernen Kuchenformen ringsum, war wie die schmucke Kombüse eines Schiffes, das Kurs hielt auf wärmere Gewässer.

Und noch ehe der Mai zu Ende ging, rief Gallagher Piet zu einer ernsten Unterredung zu sich. Er fragte, ob Piet glaube, daß Leon in der Lage sei, einen Bau zu beaufsichtigen, und Piet antwortete, ja, dazu sei Leon in der Lage. Matt fragte, ob Piet nicht auch das Gefühl habe, daß sie sich im Laufe des letzten Jahres mit ihren jeweiligen Geschäftsressorts – Kaufverträge abschließen, Häuser bauen – immer mehr in entgegengesetzter Richtung bewegt hätten, und Piet erwiderte, er sei stolz, wie schnell sich die ersten drei Häuser auf dem Indian Hill hätten verkaufen lassen. Matt räumte das ein, eröffnete ihm dann jedoch, er wolle mit dieser Art von Maßkonfektion, die nichts Halbes und nichts Ganzes sei, nun Schluß machen und sich statt dessen größeren Bauvorhaben zuwenden: hinter Lacetown gebe es ein ideales Gelände, flaches schieres Land, nur im Frühling ein bißchen sumpfig, um das bemühe er sich gerade, denn dort wolle er Fertighaus-Siedlungen errichten, ein Projekt, für das Piet mit seinem Talent einfach zu schade sei. Er persönlich glaube nämlich, daß Piets Stärke im Restaurieren liege, und da es in Tarbox von alten Bruchbuden nur so wimmele, fände er es am gescheitesten, wenn Piet sich selbständig machte, die Dinger billig aufkaufte, herrichtete und dann zu hohen Preisen abstieße. Piet dankte ihm für den Vorschlag, sagte aber, er sehe sich eigentlich mehr als Lehensverwalter denn als Ritter. Matt lachte gezwungen, spürte einen neuen Ton, eine neue Denkweise hinter Piets beunruhigender Verschlossenheit. Eine Partnerschaft, die gelöst wird, ist schon keine mehr gewesen. Als Entschädigung für Piets Anteil am Sachvermögen, das sich zusammensetzte aus ein paar Büromöbeln, einer Anzahl leichterer Baumaschinen und Zimmermannsgeräte, dem Lieferwagen, einem Bündel Hypotheken auf Treu und Glauben und einem Firmennamen, der sich wie eine Varieté-Nummer anhörte (hier lachte Matt verächtlich auf, als ob ihre Verbindung immer schon ein Witz gewesen sei), bot er ihm fünftausend an und fand, das sei nun wirklich verdammt großzügig. Piet, rebellisch wie immer, wenn man ihm Patentlösungen vorsetzte, verlangte zwanzig und ließ sich herunterhandeln auf sieben. Er hatte nicht damit gerechnet, überhaupt etwas zu bekommen, er glaubte, durch das Wochenende mit Foxy habe er all seine Rechte verwirkt. Um seine Schuldgefühle zu beschwichtigen, tröstete er sich damit, daß Gallagher, der besser wußte als er, wie hoch ihr Vermögen war, sich auch zu einer größeren Abfindung bereitgefunden hätte. Sie besiegelten ihre Übereinkunft mit einem Händedruck. Gallaghers Kiefermuskeln zuckten. In ernstem, eindringlichem Ton sagte er, es sei ihm ein Bedürfnis, Piet zu versichern, daß dies alles nichts mit Piets persönlichen Schwierigkeiten zu tun habe, er und Terry seien nach wie vor davon überzeugt, die Sache mit Angela werde sich wieder einrenken. Piet war gerührt ob dieser heuchlerischen Beteuerung, denn wiewohl Matt inzwischen Geschmack am harten Geschäftemachen gefunden hatte, gestattete ihm die Vorstellung, die er von sich selber hatte, normalerweise keine Lügen.

Unterdessen freute sich auf der anderen Seite des Angers Bea Guerin ihres adoptierten Babys, seiner bläulichen Zehennägel, seines furchtlosen Froschblicks. Es war ein kleines Negerkind. «Roger und ich haben Tarbox integriert!» rief sie atemlos in die Muschel, als sie mit Carol telefonierte. «Du weißt ja, wir sind die letzten Kreuzfahrer auf der Welt, wir konnten es einfach nicht mehr aushalten, noch länger zu warten!» Bernadette Ong erwachte zu ihrer Witwenschaft mit dem Gefühl, als sei die Seite ihres Körpers, auf der sie beim Schlafen gelegen hatte, von oben bis unten aufgerissen: ein klaffender Mund, in dem die Tröstungen ihrer Kirche brannten wie Salz; sie hatte Johns Wunsch, ohne religiöse Zeremonie beerdigt zu werden, respektiert, und immer wieder schwemmten nun siedende Wogen der Schuld über sie hin, und die endlosen Fragen ihrer Kinder peinigten sie. «Papi ist von uns gegangen. An einen Ort, den wir uns nicht vorstellen können. Ja, dort spricht man seine Sprache. Ja, der Papst weiß, wo er ist. Wenn euer Leben zu Ende ist, werdet ihr ihn wiedersehen. Ja, er wird euch erkennen, ganz gleich, wie alt ihr dann seid.» Sie war bei ihm gewesen, als er starb. Eben noch hatte er leise geatmet, sein Mund hatte menschliche Form. Im nächsten Augenblick gab es den Mund nicht mehr, nur noch ein schwarzes Loch – schwarz und tief. Diese unermeßliche Diskrepanz verfolgte sie, verwandelte das Messegepränge in den Fackelschein des Untergangs. Marcia Klein-Smith erlitt einen Schock; nachdem sie die Reinhardts zweimal zu Dinnerpartys eingeladen und beide Male eine Absage erhalten hatte, stattete sie Deb Reinhardt, einer schmallippigen Vassar-Absolventin mit glatt anliegendem Haar, einen Besuch ab und mußte sich sagen lassen, Deb und Al hätten sie und Harold an und für sich ja ganz gern, aber mit ihren Freunden, mit dieser ganzen – und hier rutschte ihr auf unverzeihliche Weise die Zunge aus – «miesen Clique» wollten sie keinesfalls etwas zu tun haben. Statt dessen bildeten die Reinhardts, zusammen mit dem jungen Soziologen – dem neuen Vorsitzenden der Bürgerversammlung – und einem reizend bohemienhaften, ganz unaffektierten Kinderbuchillustrator, der früher in der Bostoner Bleecker Street gewohnt hatte, und dem neu nach Tarbox berufenen Unitarierpfarrer, samt den dazugehörigen, durchweg besinnlichen Ehefrauen, einen abgesonderten Kreis ganz eigener Prägung, in dem man sich seine Kleider selber schneiderte und Stücke mit verteilten Rollen las und Sex in gebührenden Grenzen hielt und mit LSD experimentierte und militanter noch als Irene Saltz liberale Ideen verfocht. Die Applesmiths sprachen verschnupft von der «Sekte».

Georgene Thorne wurde heimgesucht von einer kurzen gespenstischen Vision. Unglücklich über den Scherbenhaufen, der von Piets Leben übriggeblieben war, verzweifelt, daß sie ihn unwiederbringlich verloren hatte und zum Teil selber die Schuld daran trug, wandte sie sich ganz ihren Kindern zu und unternahm, als das Wetter milder wurde, mit Whitney und Martha und Judy, die überhaupt keine Lust dazu hatten, an den Wochenenden lange Ausflüge zu den Museen in Boston, zu den Naturschutzparks tief im Innern des Landes und zu fremden Stränden in entlegenen Küstengegenden. Als sie sich eines Tages mit ihren Kindern, vom Parkplatz kommend, einem solchen

Strand näherte, hörte sie ein Lachen, das ihr bekannt vorkam: ein Paar, das bis zu den Knien im eisigen Ozean watete. Der Mann hatte ewas Ziegenbockhaftes: alt und bärtig, knotige gelbe Beine, eine winzige, nach europäischer Art geschnittener Badehose und ein mächtiger, mit grauem Pelz bedeckter Brustkasten; unter viehischem, gierigem Gejohle bespritze er eine kreischende große schlanke Frau mit flatterndem dunklen Haar und einem mädchenhaften schwarzen Bikini: Terry Gallagher. Der Alte mußte der Töpfer sein, der Mann der Lautenlehrerin. Georgene dirigierte ihre Kinder hinter ein paar Felsen vorbei ein Stück weiter den Strand hinunter und sagte niemandem auch nur ein Wort von dem, was sie gesehen hatte – Freddy nicht und auch nicht Janet Appleby, die ihre engste Freundin geworden war, seit sie sich wegen des Briefchens an Freddy miteinander ausgesprochen hatten.

Auch Janet hütete ein Geheimnis. Eines Samstagnachmittags Ende Mai, als sie gerade von den Klein-Smiths kam, sah sie Kens MG in der Whitmanschen Einfahrt stehen und hielt spontan ihren Wagen an. Sie ging um den Kindertrakt herum, wo Foxys Rosen Knospen trieben, und fand Ken an der Vorderseite des Hauses, wo er Reisig verbrannte. Sein Haar war weiß im Licht, das von der flutenden Marsch herüberschien. Sie schlug einen lustigen Plauderton an, aber er spürte bald, denn er hatte sie schon immer gemocht, daß sich in ihr etwas staute – eine Nervosität, die durch die Schönheit des Tages zum Zerreißen gespannt war. Allmählich ging sie dazu über, von ihm zu sprechen: wie ihm wohl zumute sei, in welcher Einsamkeit er sich doch befinden müsse und – obschon sie das nicht aussprach – welche Schmach er erlitten; und dann erbot sie sich, ohne viel Worte, aber doch klar genug, mit ihm zu schlafen, jetzt, hier in dem leeren Haus. Er erwog das Angebot und schlug es dann ebenso taktvoll wie unmißverständlich aus. Es war die bestmögliche Lösung so. ‹Ich bin ein gebranntes Kind, verstehst du; mich kann nichts mehr treffen›, war der Tenor ihres Angebots gewesen; und sein Nein war so formuliert, daß es die Wertvorstellung, die sie von sich selber hatte, eher steigerte als minderte: «Ich glaube, wir beide müssen uns Zeit lassen, um wieder mehr Achtung vor uns selber zu gewinnen.» Eine Insel aus Brombeergestrüpp und Weißdorn und Erlen hob sich aus der Marsch, zu klein für die kleinste Hütte, und während Janet und Ken hinüberschauten, senkte sich eine Wolke von nordwärts ziehenden Staren auf das Eiland nieder, aber noch ehe die letzten der Schar den Boden berührten, stoben die Anführer schon wieder auf und flogen weiter. So war ihre Begegnung hier, umgeben von wiedererwachendem Leben, vom Duft nach versengtem Gras, von Insektengesumm und der steigenden Flut in den geradlinigen Kanälen, Erfüllung genug, eine Gelegenheit für sie beide, Freiheit zu kosten. Die ersten Schritte beim Ehebruch sind die einzig freien; später entsteht eheähnlicher Zwang. Janet und Ken fühlten sich erhoben, wie sie dort über der grünleuchtenden Marsch standen: würdig, zu leben in dieser weiten Helligkeit. Jeder empfand das Gesicht des andern wie eine herrliche planetarische Oberfläche: Haut, über pulsendes Leben gespannt, das überwältigend hervorbrach aus Augen und Mund. Sie senkte den Blick; der Wind griff Ken ins Haar. Ihr Angebot war lehrreich für ihn gewesen, so wie seine Ablehnung es dann für sie gewesen war. Jahre hindurch hegten sie die Erinnerung an diese Minuten in einem Maß, das in keinem Verhältnis zu dem Geschehenen stand.

So schnell die Paare sich auch abgeriegelt hatten gegen Piets Gesellschaft, gegen die Ansteckungsgefahr, vor der sie sich seit seinem Schiffbruch fürchteten, so sehr fühlten sie sich doch gepeinigt und gezüchtigt, als habe sein Sturz etwas von einem Opfer an sich. Angela in ihrer Ungebundenheit stellte eine Bedrohung für jede Ehe dar; die anderen Frauen besuchten sie zwar aus Höflichkeit noch eine Weile weiter, stießen aber nur noch auf schroffe Kühle und Zurückhaltung und fühlten sich, wenn sie heimkehrten, bestärkt in ihrer Antipathie gegen sie; und so wurde sie kaum noch zu Partys eingeladen. Es fanden ohnehin kaum noch welche statt. Die Kinder wuchsen heran und stellten immer größere Ansprüche und Forderungen. Die Guerins und Thornes und Applebys und Klein-Smiths kamen zwar immer noch zusammen, bildeten jetzt aber eine recht gesetzte Runde; an einem Abend, der Freddy ehemals dazu beflügelt hätte, eines seiner geistreichen psychologischen Ratespiele zu veranstalten, mit denen er sie immer alle ‹vermenschlichen› wollte, bauten sie zwei Tische auf und spielten Bridge, und fortan wurde ihnen das zur Gewohnheit. Die Gallaghers gehen, seit die Hannemas als Bindeglied fehlten, ihre eigenen Wege: haben sich Grundstücksmaklern und Geldleuten aus den benachbarten Orten angeschlossen und sich aufs Reiten verlegt. Die Saltz' bedachten zu Weihnachten jeden mit einem Kartengruß. Die Jazinskis sind in ein altes Haus am Anger gezogen und Unitarier geworden. Doc Allen hat sich mit der neuesten Errungenschaft vertraut gemacht, mit intrauterinen Spiralen, die er inzwischen auch einsetzen kann. Reverend Pedrick schwebt in einem Freudentaumel angesichts der überwältigenden Geldspenden, die ihm nicht nur von Kongregationalisten, sondern auch von Katholiken, und nicht nur aus Tarbox, sondern auch aus Lacetown und Mather für den Wiederaufbau seiner Kirche zugeflossen sind. Der Brand hat in der Öffentlichkeit ein wirksames Echo gefunden. Eine staatliche Stiftung, deren Aufsichtsratsvorsitzender zufällig an jenem Montag im Ritz beim Frühstück den *Boston Herald* las, hat bekanntgegeben, sie werde jede private Spende mit einer Spende in gleicher Höhe aufwiegen, und wie man hört, sollen für die Restaurierung architektonischer Wahrzeichen, sofern bestimmte historische und ästhetische Kriterien gegeben sind, auch Bundesgelder verfügbar sein. Aber in der Stadt munkelt man, daß keine Rekonstruktion der alten Kirche geplant ist, sondern ein modernes Bauwerk, eine parabolisch aufsteigende Zeltform aus Gußbeton mit überkippendem Kamm, wie eine sich brechende Woge.

Abgesehen davon, daß die alte Kirche durch den Brand übel zugerichtet war, stellten sich etliche gravierende Konstruktionsfehler heraus: ein Wunder, daß sie nicht schon zehn Jahre früher von selbst eingestürzt war. Bevor die Bulldozer und die Bagger sich durch die Ruine malmen durften, mußte der Hahn geborgen werden: von einem jungen Mann, der, rittlings auf einer Stahlkugel sitzend, bis zum äußersten Ende eines gewaltigen Krans gehievt wurde. Die Kinder der unteren Klassen bekamen schulfrei, damit sie das Schauspiel nicht versäumten. Immer höher stieg der Reiter, bis er in der Sonne oben schimmerte wie der goldene Hahn selber, und Piet Hannema, der ohne Arbeit war und Zeit zum Zuschauen hatte und der wußte, welche Fehler Kranführer machen können, hielt vor Angst den Atem an. Vorsichtig wurde die Kugel das letzte Stück hinaufgezogen und mit sachtem Ruck in die richtige Stellung gebracht, und mit verblüffender Leichtigkeit nahm der junge Mann das golden in den Himmel gezeichnete Symbol aus seiner Drehfassung und wurde, es im Schoß haltend, schnell zur Erde heruntergelassen, wo der Jubel der Schulkinder ihn empfing. Der Wetterhahn maß einen Meter fünfzig vom Schnabel bis zu den Schwanzfederspitzen; sein Auge, der kupferne Penny, war winzig. Als der junge Arbeiter über den Anger ging, um Pedrick und den beiden Diakonen, die mit dem Geistlichen erschienen waren, das Emblem zu überreichen, bildeten die Kinder ein wuselndes Spalier, ein tanzendes, flimmerndes Muster aus Farben um ihn her: sie drängelten sich, sprangen in die Höhe, um das Auge zu sehen, von dem ihre Eltern ihnen erzählt hatten. Dem abseits stehenden Piet kam ihr fröhliches Geschrei wie Hohngejauchze vor. Das Gras des kuppelförmig gewölbten Angers war frühlingshaft saftig. Die steif dastehenden Kirchenvertreter nahmen das alte Emblem in Empfang und ließen sich, andächtig um das Blechding gruppiert, in albernen Posen fotografieren; dem Mann zu Pedricks Rechter wuchsen Haare aus den Ohren, der zu seiner Linken war ein Juwelier. Die Kinder umringten sie in wimmelndem Schwarm, alle wollten den stumpfmetallenen Vogel anfassen. Der Himmel oben war leer, bis auf die parallelen Kondensstreifen zweier Düsenmaschinen.

Bewegt von diesem Bild der Freude, betroffen von der Einsicht, daß sein Leben in gewissem Sinne zu Ende war, wandte Piet sich ab und sah, daß er genau dort stand, wo er Foxy zum allererstenmal erblickt hatte, damals, als sie, von der Kirche kommend, in ihr Auto stieg: an der nämlichen Stelle, wo sie sich später dann verabredet hatten, als die Ankunft ihrer Mutter schon ihren Schatten warf und Foxys hochgewachsener Körper reif und schwer war und sie diesen hellen Turban trug; und er freute sich darauf, sie zu heiraten, und hatte Angst, daß er es nicht tun würde.

Macht er zu streng? Ich würde ihn gern abnehmen, aber er ist festgesteckt.

Er steht dir wunderbar. Er bringt das gepflegte Rosa deines Gesichts so gut zur Geltung.

Himmel, bist du bösartig.

Mag sein, daß ich bösartig bin, aber ich bete dich an. Laß uns ins Bett gehen.

Was für eine Erlösung das wäre! Weißt du eigentlich, wieviel Tage es her ist, seit wir miteinander geschlafen haben?

Viele.

Heute, obwohl es nicht viele Jahre her ist, erinnert die Stadt sich kaum noch an Piet Hannema mit dem rumpelnden Lieferwagen voller Holzmuster, mit dem roten Haar und dem Kordhut und der auffälligen aprikosenfarbenen Wildlederjacke, der so oft zufrieden in Cogwells Drugstore saß, die Hände um eine Tasse Kaffee gefaltet, einen Bleistiftstummel zwischen Ohr und Hut geklemmt, den Reißverschluß der Jacke geöffnet, so daß der teure, von Sägemehl und Hobelspänen ruinierte Kaschmirpullover zum Vorschein kam, die lebhaften Augen gerötet, als habe er sie am Abend vorher zu heftig gerieben, die Haut darunter sackig, zu einer kleinen Falte gekerbt, wie wenn sein Schöpfer die Tonmasse in letzter Sekunde noch ein wenig zurechtgekniff hätte. Angela unterrichtet an einer Mädchenschule in Braintree, und hin und wieder sieht man sie plaudernd mit Freddy Thorne an einer Straßenecke stehen oder mit einem elegant gekleideten, weise lächelnden kleinen Mann, ihrem Vater, am Strand entlang wandern. Sie flog im Juli nach Juárez und wurde innerhalb eines Tages geschieden. Piet und Foxy heirateten im September. Foxys Vater ließ von San Diego aus seine Beziehungen spielen und verschaffte seinem neuen Schwiegersohn einen Posten bei der Regierung: Piet ist jetzt im Raum Boston–Worcester für Bauvorhaben der öffentlichen Hand zuständig und hat vorwiegend mit Kasernen zu tun. Ihm gefällt die Ordnung bei der Behörde, die geregelte Arbeitszeit. Die Hannemas leben in Lexington und haben inzwischen einen Kreis gefunden, der zu ihnen paßt und sie als neues Paar akzeptiert hat.

Von John Updike erschienen im Rowohlt Taschenbuch Verlag ferner:
«Das Fest am Abend» (rororo Nr. 1625), «Unter dem Astronautenmond» (rororo Nr. 4151), «Der Sonntagsmonat» (rororo Nr. 4676), «Heirate mich!» (rororo Nr. 4982), «Hasenherz» (rororo Nr. 5398), «Henry Bech» (rororo Nr. 5448), «Der Coup» (rororo Nr. 5667), «Der weite Weg zu zweit» (rororo Nr. 5777), «Amerikaner und andere Menschen» (rororo Nr. 5850), «Die Hexen von Eastwick» (rororo Nr. 12366), «Bessere Verhältnisse» (rororo Nr. 12391), «Auf der Farm» (rororo Nr. 12570), «Der verwaiste Swimmingpool» (rororo Nr. 12680) – auch als Tonkassette, gelesen von Christian Brückner, in der Reihe Literatur für KopfHörer –, «Das Gottesprogramm. Rogers Version» (rororo Nr. 12867), «S.» (rororo Nr. 12955), «Spring doch!» (rororo Nr. 13213), «Der Zentaur» (rororo Nr. 13643), «Selbst-Bewußtsein» (rororo Nr. 13708), «Rabbit in Ruhe» (rororo Nr. 13400), «Vermischtes. Essays» (rororo Nr. 13229). Die «Rabbit»-Romane sind auch als vierbändige Kassette erhältlich (rororo Nr. 13553).

Im Rowohlt Verlag liegen vor:
«Werben um die eigene Frau» (1983), «Gedichte» (1986) und «Erinnerungen an die Zeit unter Ford» (1994).

Ernest Hemingway

Ernest Hemingway, 1899 in Oak Park, Illinois, geboren, setzte sich früh in den Kopf, Journalist und Schriftsteller zu werden. Als Korrespondent für den «Toronto Star» arbeitete er in Paris, wurde des «verdammten Zeitungszeugs» überdrüssig und begann, Kurzgeschichten zu schreiben. 1929 erschien «In einem andern Land» und wurde ein durchschlagender Erfolg. Hemingway reiste durch Spanien, unternahm Jagdexpeditionen nach Afrika, wurde Kriegsberichterstatter im Spanischen Bürgerkrieg. 1954 erhielt er den Nobelpreis für Literatur. Sein selbstgeschaffener Mythos vom «Papa», seine Krankheiten und Depressionen machten ihn schließlich unfähig zu schreiben. Am 2. Juli 1961 nahm er sich das Leben.

Von Ernest Hemingway sind u. a. lieferbar:

Gesammelte Werke *10 Bände in einer Kassette*
(rororo 31012)

Der Abend vor der Schlacht
Stories aus dem Spanischen Bürgerkrieg
(rororo 5173)

Der alte Mann und das Meer
(rororo 328)

Fiesta *Roman*
(rororo 5)

Der Garten Eden *Roman*
(rororo 12801)

Die grünen Hügel Afrikas
(rororo 647)

rororo Literatur

In einem andern Land *Roman*
(rororo 216)

Reportagen 1920 – 1924
(rororo 12700)

Schnee auf dem Kilimandscharo
6 stories
(rororo 413)

Im Rowohlt Verlag sind u. a. erschienen:

Lesebuch *Noch einmal glückliche Tage*
256 Seiten. Gebunden

Die Stories
500 Seiten. Gebunden

Sämtliche lieferbaren Titel von *Ernest Hemingway* finden Sie in der *Rowohlt Revue*. Jedes Vierteljahr neu. Kostenlos in Ihrer Buchhandlung.

3236/2

Paul Auster

Paul Auster, geboren 1947 in Newark / New Jersey, gilt in Amerika als eine der großen literarischen Entdeckungen der letzten Jahre. Er studierte Anglistik und vergleichende Literaturwissenschaft an der Columbia University und verbrachte danach einige Jahre in Paris. Heute lebt er in New York.

Die New-York-Trilogie *Roman*
Deutsch von J. A. Frank
(rororo 12548)
Die «New-York-Trilogie» machte Paul Auster mit einem Schlage berühmt. Zunächst wirkt sie wie eine klassische, spannungsgeladene Kriminalgeschichte, die den Leser raffiniert in ihren Bann zieht. Aber bald scheinen die vordergründig logischen Zusammenhänge nicht mehr zu stimmen. Die Rollen der Täter und Opfer, der Verfolger und Verfolgten verschieben sich auf rätselhafte Weise ...
«Eine literarische Sensation!»
Sunday Times

Mond über Manhattan *Roman*
Deutsch von Werner Schmitz
(rororo 13154)
«Paul Auster ist der vielleicht bedeutendste amerikanische Autor der letzten Jahre; seine literarischen Qualitäten suchen auch hierzulande ihresgleichen.»
Deutschlandfunk

Die Erfindung der Einsamkeit
Deutsch von Werner Schmitz
256 Seiten. Gebunden
Paul Auster erzählt in zwei aufrichtigen autobiographischen Texten von der Einsamkeit und dem Sterben seines ihm bis zu-letzt fremdgebliebenen Vaters.

Literatur

Die Musik des Zufalls *Roman*
Deutsch von Werner Schmitz
256 Seiten. Gebunden
Jim Nashe, ein Feuerwehrmann aus Boston, kündigt Job und Wohnung und begibt sich auf eine ziellose Reise, nachdem er unerwartet zweihunderttausend Dollar geerbt hat. Eines Tages liest er einen Anhalter auf: Jack ("Jackpot") Pozzi, einen bankrotten Zocker. Die beiden haben nichts zu verlieren und riskieren alles ...

Im Land der letzten Dinge
Roman
Deutsch von Werner Schmitz
(rororo 13043 und als gebundene Ausgabe)
«Ein ausgezeichnetes, höchst lesbares Buch. Paul Auster hat sowohl der modernen Literatur als auch unserer Sicht der Welt eine Dimension hinzugefügt.»
The Boston Globe

William Kennedy

«Ein herausragendes Buch. Kennedys Sprache ist kraftvoll, voller Energie. Er ist sehr talentiert; einfach ein Vollblutschriftsteller.» (Saul Bellow) Der Ruhm für **William Kennedy** kam spät. In Albany, einer vormals stolzen, heute abgetakelten Industriestadt, ist er großgeworden. Er arbeitete als Journalist und schrieb an seiner «Albany-Trilogie». Es ist die Welt der zwanziger und dreißiger Jahre in den USA, von der Kennedy erzählt, die Welt der Geschäfte, des Alkoholschmuggels, der Korruption.
Seit 1961 lebt William Kennedy wieder als freier Schriftsteller in Albany.

Wolfsmilch *Roman*
(rororo 12483)
Nach zweiundzwanzig Jahren kehrt der zum Tramp gewordene Francis Phelan in seine Heimatstadt Albany zurück. Für «Wolfsmilch» erhielt William Kennedy den Pulitzer-Preis für Literatur. Der Roman wurde mit Meryl Streep und Jack Nicholson verfilmt.

Der Lange *Roman*
(rororo 12142)
«Eines der besten Porträts eines Gangsters jener Tage, die wir kennen, fesselnd, voller Tempo, mit allerlei Raffinessen gestrickt und von Anfang bis Ende spannend.»
Buchjournal

Billy Phelans höchster Einsatz
Roman
(rororo 12775)
Um seine Unabhängigkeit zu bewahren, wagt der berühmte Spieler Billy Phelan in der

rororo Literatur

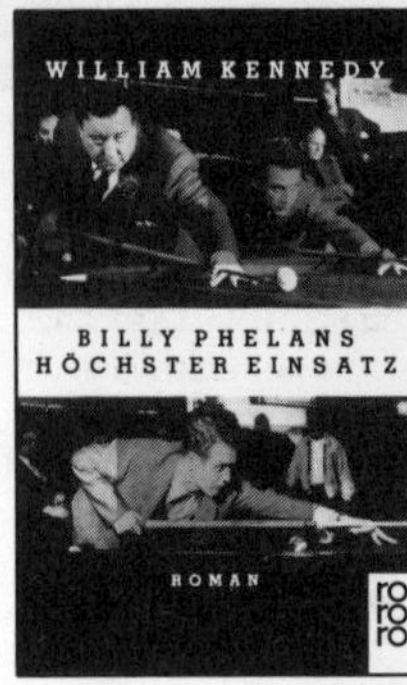

schummrigen Halbwelt von Gangstern und Stadtstreichern, von korrupten Politikern und Glücksrittern in Albany den höchsten Einsatz seines Lebens.
«Man unterhält sich glänzend und wird trotzdem nie unterfordert. Was kann man schon Besseres sagen über ein Buch?»
Westermanns Monatshefte

Im Rowohlt Verlag sind außerdem erschienen:

Druck *Roman*
Deutsch von Walter Hartmann
320 Seiten. Gebunden.

Quinns Buch *Roman*
Deutsch von Walter Hartmann

3243/1

Rowohlts Amerika

Paul Auster
Die New York-Trilogie *Stadt aus Glas / Schlagschatten / Hinter verschlossenen Türen*
(rororo 12548)
Jeder der drei Romane wirkt zunächst wie ein klassische Kriminalgeschichte, aber bald stimmen die vordergründig logischen Zusammenhänge nicht mehr. Schritt für Schritt wird der Leser in ein Spiel mit seinen eigenen Erwartungen verstrickt. «Eine literarische Sensation!» *Sunday Times*

Nicholson Baker
Vox *Roman*
Deutsch von Eike Schönfeld
192 Seiten. Gebunden und als rororo 13830
Zwei Menschen sprechen über Sex - am Telefon. «Vox» ist ein erotischer Roman im besten Sinne und eine kunstvolle, ebenso ungehemmte wie vorurteilsfreie Auseinandersetzung mit Sexualität heute.

William Boyd
Stars und Bars *Roman*
(rororo 12803)
Mit himmelschreiender Komik erzählt William Boyd die Geschichte von einem feinsinnigen Briten, der nach Amerika kommt und sein blaues Wunder erlebt.

Robert Olmsteadt
Jagdsaison *Roman*
Deutsch von Klaus Modick
288 Seiten. Gebunden
«Ein bemerkenswerter Roman, der die prekäre Balance zwischen spannendem Thriller und lyrischer Fabel hält.»
The New York Times Book Review

rororo Literatur

John Irving
Garp und wie er die Welt sah
Roman
(rororo 5042)
«Diese Geschichte ist so absurd, so komisch, so tränentreibend, so kühl und sachlich, so wirklich und genau, daß man das Buch nicht wieder los wird.»
Nürnberger Nachrichten

Tom Robbins
Salomes siebter Schleier
Roman
Deutsch von Pociao
540 Seiten. Gebunden
Der Altmeister des Underground-Romans, läßt die verrücktesten Typen, die schärfsten Sprüche und provokantesten Gedanken über die Seiten tanzen.

Cormac McCarthy
All die schönen Pferde
Roman
Deutsch von Hans Wolf
540 Seiten. Gebunden und als rororo 13652
1949 - zwei junge Ausreißer sind auf dem Weg nach Mexiko. Sie träumen von Abenteuern, heißblütigen Pferden und unberührter Natur...

3290/1

Literatur für KopfHörer

Wer nicht lesen will, kann hören - eine Auswahl von Rowohlt's Hörcassetten:

Simone de Beauvoir
Eine gebrochene Frau
Erika Pluhar liest
2 Toncassetten im Schuber
(66012)

Wolfgang Borchert
Erzählungen
Marius Müller-Westernhagen liest
Die Hundeblume. Nachts schlafen die Ratten noch. Die Küchenuhr. Schischyphusch
1 Toncassette im Schuber
(66011)

Albert Camus
Der Fremde
Bruno Ganz liest
3 Toncassetten im Schuber
(66024)

Truman Capote
Frühstück bei Tiffany
Ingrid Andree liest
3 Toncassetten im Schuber
(66023)

Roald Dahl
Küßchen, Küßchen!
Eva Mattes liest
Die Wirtin. Der Weg zum Himmel. Mrs. Bixby und der Mantel des Obersten
1 Toncassette im Schuber
(66001)

Louise Erdrich
Liebeszauber
Elisabeth Trissenaar liest
Die größten Angler der Welt
2 Toncassetten im Schuber
(66013)

Elke Heidenreich
Kolonien der Liebe
Elke Heidenreich liest
1 Toncassette im Schuber
(66030)

Jean-Paul Sartre
Die Kindheit des Chefs
Christian Brückner liest
3 Toncassetten im Schuber
(66014)

Henry Miller
Lachen, Liebe, Nächte
Hans Michael Rehberg liest
Astrologisches Frikassee
2 Toncassetten im Schuber
(66010)

Vladimir Nabokov
Der Zauberer
Armin Müller-Stahl liest
2 Toncassetten im Schuber
(66005)

Kurt Tucholsky
Schloß Gripsholm
Uwe Friedrichsen liest
4 Toncassetten im Schuber
(66006)

rororo Toncassetten werden produziert von Bernd Liebner. Ein Gesamtverzeichnis der Reihe finden Sie in der *Rowohlt Revue*. Jedes Vierteljahr neu. Kostenlos in Ihrer Buchhandlung.

rororo

3298/1